Susanna Ernst

So wie die Hoffnung lebt

Roman

Besuchen Sie uns im Internet:
www.knaur.de

Originalausgabe August 2016
Knaur Taschenbuch
© 2016 Knaur Verlag
Ein Imprint der Verlagsgruppe
Droemer Knaur GmbH & Co. KG, München
Alle Rechte vorbehalten. Das Werk darf – auch teilweise –
nur mit Genehmigung des Verlags wiedergegeben werden.
Redaktion: Isabell Spanier
Umschlaggestaltung: FAVORITBUERO, München
Umschlagabbildung: Anita Ponne/Shutterstock;
Olivier Le Moal/Shutterstock
Satz: Adobe InDesign im Verlag
Druck und Bindung: CPI books GmbH, Leck
ISBN 978-3-426-51905-9

2 4 5 3

*~ Für Marita, Regina und Hans-Peter ~
Es heißt immer »von einem Fleisch und Blut«
und doch spüre ich euch mit meiner Seele.*

Teil I

~ *Rückblick 1992 bis 1998* ~

So, wie die Hoffnung lebt, so leben auch wir.
Vage, wie der zarte Duft des Frühlings
nach einem langen harten Winter.
Nicht greifbar, wie die Sternschnuppe,
die nur für den Bruchteil einer Sekunde
das tiefe Schwarz des Nachthimmels anritzt.
Kämpferisch, wie der erste Sonnenstrahl,
der sich durch dichten Nebel bohrt.
Tür an Tür mit der Verzweiflung, immerzu.
Aber wir leben. Wir leben.
Und das allein zählt.

1.
~ Katie ~

Herzen brechen lautlos.
Meines brach in einer warmen Spätsommernacht vor fast dreiundzwanzig Jahren. Das war im August 1992 und nur zehn Tage nach meinem achten Geburtstag.

Die seltsamsten Dinge schießen mir durch den Kopf, sobald ich die sorgsam verschlossene Schublade mit den Erinnerungen an jene Nacht auch nur einen Spaltbreit öffne.
Sie flattern mir entgegen – düster, chaotisch und beängstigend – wie Fledermäuse aus einer verborgenen Höhle. Bruchstücke einer verdrängten Vergangenheit, die mich wie eine Lawine überrollen und unwillkürlich bewirken, dass sich mein Magen schmerzhaft zusammenzieht.

Da wäre zum einen der schwere, süße Duft von eingewecktem Obst – Pflaumen, Mirabellen und Johannisbeeren –, der mich an meine Mutter erinnert. Ausgehend von der Küche bahnte er sich seinen Weg und flutete das gesamte Haus, bis in die letzten Winkel hinein.
Und dann ist da das Geräusch der *Minnie Mouse*-Uhr, die über meiner Zimmertür hing. Ich hatte sie erst wenige Tage zuvor von meiner Tante Jacky als verspätetes Geburtstags-

geschenk bekommen. Tante Jacky war Grundschullehrerin und als solche immer darauf bedacht, keine in ihren Augen sinnlosen Dinge wie Plüschtiere oder Barbiepuppen zu verschenken. Die Wanduhr hatte sie offenbar als pädagogisch wertvoll und meinem Alter angemessen erachtet.

Ich erinnere mich noch, dass ich die vollen, halben und Viertelstunden bereits sicher ablesen konnte, dass mich das fortwährende Ticken jedoch nervte, besonders nachts. Rückblickend kommt es mir so vor, als hackte der Stakkato-Rhythmus dieser rot-weiß gepunkteten Uhr die friedliche Ruhe erbarmungslos in akkurate kleine Stücke.

Ebenso erinnere ich mich an das Quietschen der metallenen Ösen unserer Schaukel, deren Gerüst direkt unter meinem Zimmerfenster stand und die sich im lauen Wind jener Spätsommernacht hin und her drehte. Ich liebte diese Schaukel. Überhaupt liebte ich unseren großen Garten mit all seinen Versteckmöglichkeiten, die ich im Laufe der Zeit ausfindig gemacht hatte.

Niemand konnte sich besser verstecken als ich. Jedoch bremste meine zehnjährige Schwester Alice meinen Spiel- und Forschungstrieb oft genug aus. Sie war von Natur aus eher ruhig und bedacht und ließ keine Chance aus, mich zu bevormunden. Immer wieder murmelte Mom vor sich hin, dass es ihr ein ewiges Rätsel bleiben würde, wie zwei Mädchen, die sich äußerlich so ähnelten wie Alice und ich, charakterlich doch so verschieden sein konnten. Ich schloss daraus, dass sie sich wünschte, ich wäre ein bisschen mehr wie meine zwei Jahre ältere Schwester. »*So verantwortungsvoll und vernünftig*«, wie Daddy es immer ausdrückte.

Mit meinem vier Jahre alten Bruder Theo konnte man noch nicht viel anfangen. Immerzu hing er an Moms Rockzipfel, und seine Schmusedecke musste stets in Reichweite liegen, für den Fall, dass er müde war, trotzig oder sich wehgetan hatte. Also immer.

Doch auch wenn es nicht gerade leicht war, das Sandwich-Kind der Familie zu sein, liebte ich meine Geschwister von Herzen. Ich mochte es, wie Theo meine Finger mit seiner kleinen knubbeligen Hand umschloss, wenn wir ab und an zusammen in seinem oder meinem Bett Mittagsruhe hielten. Wie klar und strahlend mich das helle Blau seiner Augen traf, wenn er erwachte. Und wie er dann meinen Namen sagte. »Katie!« So fröhlich, mit vom Schlaf noch krächzender Stimme. Ruckartig setzte er sich auf und schenkte mir ein unternehmungslustiges Grinsen.

Und Alice? Alice war die beste Gruselgeschichtenerzählerin aller Zeiten. Überhaupt hatte sie eine unglaubliche Fantasie, verschlang Bücher wie Chips, tanzte in meinen Augen so anmutig wie eine Primaballerina und war auch mit den Händen sehr geschickt. So bastelte sie mir in jenem Sommer ein beinahe lebensgroßes Pferd aus Pappmaché, das zwar einen zu kurzen Hals und ein abgeknicktes linkes Ohr hatte, auf dem man aber tatsächlich richtig »reiten« konnte.

Ich glaube nicht, dass ich Alice je mehr liebte als in diesem Augenblick, in dem sie mir ihr Bastelergebnis stolz präsentierte und meinen Freudenschrei mit einem zufriedenen Lachen erwiderte. Natürlich wusste sie, wie sehr ich mir ein eigenes Pony wünschte und dass unsere Eltern nicht über die finanziellen Mittel verfügten, mir diesen Traum zu erfüllen. Ich nannte mein Pappmaché-Pferd Toffee und hoppelte so lange wild darauf herum, bis die Oberfläche erste Risse aufwies. Die schützende Lackschicht begann in immer größeren Stücken abzublättern, und als das nächste Sommergewitter über unser kleines Haus hinwegpeitschte, fiel mein Liebling dem sintflutartigen Regen zum Opfer. Nachdem Daddy Toffees klägliche Überreste beseitigt und ich stundenlang geheult hatte, versprach Alice, mir ein neues, noch stabileres Pferd zu bauen, wenn ich nur endlich aufhören würde zu weinen. Sofort beendete ich mein Gejammer.

Keiner von uns ahnte damals, dass Alice nicht mehr dazu kommen würde, ihr Versprechen in die Tat umzusetzen. Wohl sammelte sie die Kartons meiner Geburtstagsgeschenke noch ein, um sie zu verarbeiten, doch dann kam ihr das Schicksal zuvor.

Es geschah zehn Tage nach meinem achten Geburtstag, zu später Stunde des 13. August 1992. Nichts Bedrohliches haftete dieser Nacht an. Die Luft war angenehm warm, und der Wind, der unsere Schaukel behutsam anstieß, sanft und lau. Ich erinnere mich noch genau, es roch nach frisch eingewecktem Obst, als mein komplettes Dasein aus den Fugen geriet. Nichts von dem, was ich in stillschweigender Selbstverständlichkeit so an meinem Leben geliebt hatte, war am folgenden Morgen noch da. Dass es die Sonne überhaupt wagte, wenige Stunden später wieder aufzugehen – als hätten die furchtbaren Ereignisse nie stattgefunden –, erscheint mir bis heute, fast dreiundzwanzig Jahre später, noch grotesk.

Wie so oft, wenn ich mitten in der Nacht erwachte, schaltete ich die kleine Lampe neben meinem Bett an und probierte mit verschiedenen Fingerstellungen aus, welche Schatten ich auf die blau-gelb geblümte Tapete werfen konnte. Als ich auf einmal die Stimme meines Vaters hörte und diese immer lauter wurde, erstarrte ich, und der stolze Schwan, den meine Hände gerade geformt hatten, knickte erschrocken in sich zusammen.

Ich verstand nicht, was Daddy sagte, und schon gar nicht, was Mom antwortete, aber ich spürte, dass sie sich in einen Streit hineinsteigerten. Ich weiß noch, dass ich begann, die

Blütenblätter der blauen Blumen auf meiner Tapete zu zählen, und dass ich wieder und wieder von vorne beginnen musste, weil mich die lauten Stimmen meiner Eltern zu sehr ablenkten. Irgendwann hörte ich Mom Onkel Harrys Namen schreien, und Daddy brüllte ihn kurz danach ein zweites Mal, obwohl ich mir sicher war, dass Onkel Harry nicht anwesend war, denn er besuchte uns nur tagsüber.

Onkel Harry war nicht wirklich unser Onkel. Er war schon immer Daddys bester Freund gewesen, schon in der Grundschule. Außerdem war Onkel Harry auch Moms guter Freund und Alice' Patenonkel, worauf ich ehrlich gesagt ziemlich eifersüchtig war. Denn meine Patentante Anna, mit der Onkel Harry einmal verheiratet gewesen war, kannte ich eigentlich nur noch von den Fotos meiner Taufe. Onkel Harry hingegen kam oft zu uns nach Hause und half Mom bei der Gartenarbeit oder spielte mit Daddy Karten. Ich mochte Onkel Harry, weil es ihm nie zu viel wurde, wenn wir mit ihm herumtollten. Und wenn Mom Theo und mich ermahnte, nicht ganz so wild zu sein, lächelte er nur und sagte: »Schon gut, Lilian, es macht mir nichts aus, wirklich nicht.«
Meiner Auffassung nach war Onkel Harry schon immer mehr Familienmitglied als nur Freund gewesen – ob nun richtiger Onkel oder nicht.

Aber jetzt schien er etwas wirklich Dummes angestellt zu haben, denn sein Name fiel immer wieder. Daddy brüllte inzwischen richtig, während Moms Stimme immer leiser wurde. Es dauerte eine Weile, bis ich begriff, dass sie weinte.
Und dann vernahm ich die ersten klaren Sätze des Streits aus dem Mund meines Vaters, als er die Küchentür aufriss und in den Flur stürmte: »Nein, Lil!«, schrie er, und seine

Stimme klang dabei ganz fremd, so viel Verzweiflung trug sie. »Das lasse ich nicht zu! Ich hätte es verflucht noch mal wissen müssen, dieser verdammte Scheißkerl! Aber ich werde verhindern, dass ihr mir alles nehmt. Macht, was ihr wollt, aber meine Kinder bekommt ihr nicht!«

»Jimmy!«, rief meine Mutter. Sie verstand ich schlechter; ihre Worte schienen von Tränen verschluckt. »Jimmy, bitte! ... auch meine Kinder! ... bin doch ihre Mutter!«

»Eine gottverdammte Hure, das bist du!«, schallte es prompt zurück, so laut und energisch wie das Bellen eines Hundes.

Damals wusste ich zwar noch nicht, was eine Hure war, aber die tiefe Verachtung, mit der mein Vater meine Mutter so nannte, sprach Bände. Ich zuckte zusammen und fragte mich plötzlich, ob Alice wohl auch wach in ihrem Zimmer lag und sich ebenso ruhig verhielt wie ich.

»Ich weiß, was du vorhast, Lil, ich weiß es genau!«, rief Daddy weiter. Dann folgten einige Worte, die zu leise waren, als dass ich sie hätte verstehen können.

»Nein, Jimmy, nein!« Die Stimme meiner Mom war inzwischen nicht mehr als ein Wimmern, die meines Vaters hingegen wurde wieder lauter.

»Richtig! Nein! Jedes zweite Wochenende und drei Wochen in den großen Ferien? Nie im Leben lasse ich das zu! Wenn ich gehen muss, dann gehen wir alle! Als Familie, so, wie es sein soll!«, schrie er.

Und das war das Letzte, was ich aus dem Mund meines Vaters hörte. Danach war nur ein heftiges Scheppern zu hören, und das metallene Geräusch der Kleiderbügel setzte eindeutige Bilder in meinem Kopf frei. Ohne dass ich es sah, wusste ich, dass Daddy meine Mom gegen die Wandgarderobe geschubst hatte.

Unsere Mutter war eine kleine, zierliche Frau mit dem Gesicht einer Porzellanpuppe. Daddy wirkte fast wie ein Grizzlybär neben ihr, mit seinen breiten Schultern und den kantigen Gesichtszügen.

Das leise Jammern meiner Mom verstummte abrupt – und dann hörte ich die mächtigen Schritte, mit denen mein Vater die Treppe hinaufpolterte. Vermutlich nahm er dabei mehrere Stufen auf einmal, denn ich zählte nur fünf Donnerschläge, die durch die Holzdielen, die Zimmerwände und meinen kompletten Körper echoten, bis die Tür zum Schlafzimmer meiner Eltern aufgerissen wurde.

Mittlerweile bebte ich vor Angst am ganzen Leib.

Mein Vater war immer ein ruhiger und gutherziger Mann gewesen. Ich konnte mich nur an wenige Augenblicke erinnern, in denen er seine Stimme gegen uns Kinder erhoben hatte, geschweige denn seine Hand. Tante Jacky nannte ihn manchmal *sanfter Riese*, und ich fand diese Bezeichnung sehr passend, weil Daddy keiner Fliege etwas zuleide tun konnte. Zumindest hatte ich das bis zu diesem Zeitpunkt geglaubt.

Für ein paar Sekunden blieb es absolut still. Doch dann hörte ich das Knarren der losen Holzdiele im Flur und das leise Quietschen, mit dem sich Theos Zimmertür öffnete. Es vergingen weitere Sekunden, in denen ich ganz ruhig in meinem Bett saß, bis auf einmal ein dumpfer Knall ertönte, den ich nicht zuzuordnen wusste. Mein Hirn versuchte verzweifelt, Bilder zu diesem Geräusch zu finden, doch nichts, was mir einfiel, passte.

Dann hörte ich, wie die Tür zu Alice' Zimmer nebenan geöffnet wurde. Wieder vergingen ein paar Sekunden, und wieder durchschnitt dieses seltsam dumpfe Geräusch die Stille.

»Jimmy?« Die Stimme meiner Mutter klang unglaublich schwach, als wäre sie gerade erst aus tiefem Schlaf erwacht. Dann rief sie noch einmal. Lauter diesmal und voller Panik: »Jimmy?!«

Mein Daddy antwortete nicht. Doch gerade, als ich mich von meinem Bett erheben wollte, um nach ihm zu sehen, schob sich meine angelehnte Zimmertür weiter auf, und seine große Silhouette tauchte nur wenige Meter vor mir auf. Ich sah ihn an – und verharrte augenblicklich in meinen Bewegungen. Denn vor mir stand nicht mein Vater. Das heißt, natürlich war er es. Aber irgendwie auch nicht.

Denn da lag nichts Vertrautes in dem leeren Blick dieses Mannes. Nichts erinnerte mich an den liebevollen Daddy, der am Tag zuvor noch mein aufgeschürftes Knie geküsst hatte.

Tausend bereits erlebte Szenen durchfuhren mich in diesem winzigen Moment.

Ich dachte an die Sonntage, an denen Daddys fröhliches Pfeifen genauso zu unserem Morgenappell gehörte wie der Duft von frischen Pancakes und Rührei mit Speck. Ich erinnerte mich an sein verschwörerisches Zwinkern, mit dem er Tante Jackys ekligen Blumenkohl an deren verfressenen Dackel Bobo verfüttert hatte, und daran, wie er Alice mit seinem riesigen Zeigefinger zwischen die Rippen gepikst hatte, wann immer sie ihm zu ernst gewesen war.

Ich dachte an all die scheinbar unbedeutenden kleinen Glücksmomente zurück, die wir als Familie erlebt hatten, und wusste, dass sie für alle Zeiten vorbei waren.

Ich wusste es, noch bevor ich den Revolver in seiner Hand bemerkte und damit die Erklärung für den abscheulichen dumpfen Knall fand.

Es war, als würde die Zeit stehenbleiben. Ich weiß nicht, ob mein Vater durch das heisere »Daddy?«, das ich hervorpresste, aus seinem geistesabwesenden Zustand schreckte. Vielleicht waren es auch meine vor Angst geweiteten, verstörten und fassungslosen Augen, die ihn Hilfe suchend anblickten.

Ich weiß nicht, was der Auslöser war.

Fest steht, dass aus dieser Gestalt, die mir so fremd und seelenlos gegenüberstand, plötzlich noch einmal mein Dad auftauchte – wenn auch nur für einen winzigen Augenblick. Die Erkenntnis tröpfelte in sein Bewusstsein und ließ ihn verwirrt blinzeln.

Meine Mutter hatte sich in der Zwischenzeit die Stufen unserer schmalen Treppe hochgeschleppt. Ich konnte sie nicht sehen, aber ihre Stimme war nach wie vor von Panik erfüllt. »Jimmy? Was machst du mit dem Revolver, um Gottes willen?«

Vielleicht erfasste Mom die offen stehenden Zimmertüren, vielleicht die unheilvolle Stille, vielleicht den furchtbaren Blick meines Vaters, als er sich zu ihr umdrehte.

Ich werde nie erfahren, was ihre Befürchtung in schreckliche Gewissheit verwandelte. Was ich jedoch weiß, ist, dass ich niemals mehr einen Menschen so markerschütternd habe schreien hören wie meine Mutter in diesem Moment. »Neeeeein!«, schrie sie, so lang gezogen und schrecklich herzzerreißend, dass der nächste Schuss, der sich aus dem Revolver meines Vaters löste und diesen Schrei abrupt verstummen ließ, fast einer Erlösung gleichkam.

Dann sah er mich wieder an. Nicht so leer wie zuvor, aber auch nicht wie mein Daddy, den ich acht Jahre lang gekannt, dem ich blind vertraut und den ich über alles geliebt hatte. Mit riesigen, schockgeweiteten Augen blickte er auf mich herab, strauchelte rückwärts aus meinem Zimmer – und schickte dann den letzten Schuss durch diese lauwarme Augustnacht.

»Mom?«, hauchte ich zittrig in die Stille, die nur noch von dem Ticken meiner Uhr unterbrochen wurde.

»Theo?«

»Alice?«

Die Namen meiner Geschwister waren die letzten Worte, die meine Lippen verließen. Danach blieb ich still. Vollkommen still, für eine ewig lange Zeit.

Denn ja, Herzen brechen lautlos.

II.
~ Jonah ~

Ich sah Katelyn Christina Williams am 28. Juli 1995 zum ersten Mal, vor beinahe zwanzig Jahren.

Ich kann mich genau an dieses Datum erinnern, denn Ruby, meine Betreuerin vom Jugendamt, hatte es bereits zwei Wochen zuvor mit einem roten Marker in dem Kalender an der Zimmertür angekreuzt, und es markierte das Ende meines knapp dreimonatigen Krankenhausaufenthalts.

Ich beäugte es argwöhnisch. Ruby hingegen war völlig aus dem Häuschen.

»Freitag in zwei Wochen, das ist der Termin. Da wirst du endlich entlassen, Jonah!«, frohlockte sie und strahlte mich dabei so breit an, dass ich es einfach nicht übers Herz brachte, ihre anschließende Frage, ob ich mich denn gar nicht freute, ehrlich zu beantworten.

Vermutlich zögerte ich jedoch eine Idee zu lange mit meinem »Doch, klar!« und erwiderte ihr Grinsen nicht überzeugend genug, denn Rubys Gesichtszüge entgleisten. Sie seufzte und setzte sich neben mich auf die Bettkante. Ich musste aufpassen, nicht zur Seite zu kippen, so sehr wurde die Matratze unter ihrem Gewicht zusammengedrückt.

»Hör zu, Jonah. Ich kann mir vorstellen, dass dir bei dem

Gedanken an diesen neuen Abschnitt ein wenig mulmig zumute wird. Aber das ... *Haus,* in das ich dich bringe ...«

Ich zog die linke Augenbraue hoch, weil es allzu deutlich war, wie sehr sie sich bemühte, das böse H-Wort durch das wesentlich freundlicher klingende zu ersetzen.

Ruby schüttelte missbilligend den Kopf. Ich beobachtete stumm, wie die unzähligen fein geflochtenen Zöpfe dabei um ihr rundes, schokoladenbraunes Gesicht schlenkerten. »Schön, reden wir Tacheles, von mir aus! Also, dieses *Heim* ist ein ganz besonderes, Jonah. Die Betreuung ist hervorragend, und ich glaube wirklich, dass du dich dort schnell wohlfühlen wirst.«

»Mit der *hervorragenden Betreuung* meinst du wohl die gottverdammten Psychologen. Ich habe genug von denen. Das sind doch nur wieder neue superkluge Menschen mit der Überzeugung, dass alles besser wird, sobald ich nur endlich anfange, darüber zu sprechen. So ein Schwachsinn!«

Vor lauter Wut war mir ganz heiß geworden, also warf ich die Bettdecke zurück und starrte zornig auf die große Narbe, die auf meinem linken Oberschenkel prangte, unter meiner Boxershorts verschwand und sich vom Stoff verdeckt etwa handbreit über meine Hüfte und Lende bis hoch zu meinem Rippenbogen spannte. Die neue Haut war noch so dünn wie Pergamentpapier und schimmerte auch so ähnlich. Aber es hatte während der Heilung kaum Verwachsungen gegeben, und wenn, dann hatte man sie sofort wieder gelöst.

Die Narbe war noch immer hochempfindlich; selbst das breite, lockere Gummiband meiner Shorts rieb unangenehm darüber. Natürlich war der Schmerz noch da, aber irgendwie trat er von Tag zu Tag mehr in den Hintergrund, als ob ich mich langsam, aber sicher an ihn gewöhnte.

Nur der Schmerz in meiner Brust, der tiefe innere Schmerz, war immer noch da, stets präsent. Wenn überhaupt, war er mit der Zeit nur noch heftiger geworden. Zwar nicht mehr so lodernd und stechend wie zu Beginn, dafür aber dumpf, dröhnend und pochend. Oft kam es mir so vor, als würde mein Herz ihn mit jedem Schlag durch meine Adern pumpen und somit höchstpersönlich dafür sorgen, dass ich ihn von den Haarwurzeln bis in die kleinen Zehen mit jeder Faser meines Körpers und meiner Seele spürte. Immerzu.

Ich schluckte hart. Die nächsten Worte bahnten sich als trotziges Murmeln ihren Weg über meine Lippen. »Gerade habe ich hier einen neuen Freund gefunden. John. Er ist nur eine Woche jünger als ich.«

Ruby nickte. Seltsamerweise wirkte sie kein bisschen erstaunt. »Und warum ist John hier?«

»Blinddarm. Er ist am Montagmorgen notoperiert worden.«

Nun warf sie einen Blick auf den Kalender. »Und heute ist schon Donnerstag. Das bedeutet, ihr habt hier vielleicht noch drei, vier Tage zusammen, bevor er wieder entlassen wird. Danach geht er zurück nach Hause, zu seinen eigentlichen Freunden, und erinnert sich vermutlich in ein paar Wochen nicht mal mehr an deinen Namen.«

Ich starrte sie an – fassungslos ob ihrer schonungslosen Offenheit –, doch Ruby zuckte nur mit den Schultern. »Du warst derjenige, der nicht länger um den heißen Brei herumreden wollte. Also sage ich dir nur, was wirklich Sache ist, ganz geradeaus. Nicht, dass du es nicht selber wüsstest. Du bist der mit Abstand klügste Dreizehnjährige, der mir je untergekommen ist. Und deshalb weißt du auch, dass du dich mehr und mehr vor der Welt dort draußen verschließt, je länger du hierbleibst. Die Schwestern und Ärzte mögen es ja als gutes Zeichen werten, dass du neue Bekanntschaften knüpfst, aber wir beide wissen, dass du dir damit nur ein weiteres Zeitpolster erschleichen willst.« Sie sah mich so eindringlich an, dass ich ihrem Blick kurz auswich, nur um ihm im nächsten Moment umso störrischer zu begegnen. Ruby seufzte. »Jonah, wir haben das doch schon mal durchgekaut. Du kannst deinen Einzug ins Heim nicht ewig aufschieben, auch wenn es ein Schritt ist, vor dem du dich fürchtest. Medizinisch betrachtet besteht keine Notwendigkeit mehr, dich noch länger im Krankenhaus zu behalten. Deine körperlichen Wunden sind gut verheilt.« Sie nickte zu meiner Narbe. »Jetzt ist es an der Zeit, sich um die tiefer liegenden Wunden zu kümmern. Aber das funktioniert nur, wenn du dabei mithilfst, okay?« Der Ausdruck ihrer Knopfaugen wurde weicher, nachgiebiger. Sie beugte sich so nah zu mir heran, dass ich ihr viel zu süßes Parfüm riechen konnte. »Da draußen warten echte Freunde auf dich. Langfristige Freunde, keine flüchtigen Bekanntschaften. Dein ganzes Leben erwartet dich da draußen, Junge.«

»Mag sein«, presste ich nach einer Weile hervor, einfach, um nicht länger wie ein schmollendes Kleinkind zu wirken. Niedergeschlagen zupfte ich die Bettdecke über mein verletztes Bein zurück. »Nur ist es ohne *sie* ein vollkommen anderes Leben. Es macht mir Angst. Und solange ich noch im Krankenhaus bin, kann ich zumindest ...«

Ich ließ den Satz unvollendet. Ruby war die Einzige, mit der ich überhaupt über meine Gefühle sprach, aber in diesem Moment verließ mich mein Mut sogar vor ihr. Doch sie verstand mich auch so. Ihre warme Hand legte sich auf mein dunkelblondes Haar und wuschelte darüber, als wäre es von Natur aus nicht schon wirr genug. »Solange du hier bist, kannst du dir zumindest noch ausmalen, dass du nach deiner Entlassung zurück nach Hause kommst und dort alles wieder so ist wie zuvor. Ist es nicht so?«

Mein Nicken kostete mich unglaubliche Überwindung. Es war so schwer, ihr – und vor allem mir selbst – das einzugestehen. »Schon okay, Jonah«, tröstete sie mich. »Das ist vollkommen verständlich.«

»Aber auch illusorisch.«

»Ein Selbstschutz, nicht mehr. Wir Menschen sind Überlebenskünstler und Meister darin, uns vor traumatischen Situationen abzuschirmen. Selbst wenn das bedeutet, die Tatsachen zu verdrehen. Nur so konnten wir es in der Evolution so weit bringen. Anders als leidende Tiere, die einfach aufhören zu fressen.«

Ich wusste nicht, wem ich mich in diesem Moment näher fühlte, Ruby oder dem armen Vieh, von dem sie sprach. Also seufzte ich, viel lauter als beabsichtigt, und für einen winzigen Moment hob sich dadurch das Gewicht von meiner Brust und ließ mich ein-, zweimal tief durchatmen. Als ich es endlich schaffte, Ruby wieder in die Augen zu sehen, blitzte mir der Schalk daraus entgegen.

»Was?«, fragte ich irritiert. »Was ist jetzt schon wieder?«

»Illusorisch, hm? Welcher Dreizehnjährige benutzt wohl außer dir noch dieses Wort, Jonah?«

Ich grinste matt. »Deine Schuld! Du bist doch diejenige, die mich ständig mit so 'nem Psychokram vollquatscht und mit diesem ganzen Evolutionsmist.«

Nun lachte sie schallend. »Oh Mann, Kleiner! Glaub mir, ich werde dich jeden Monat in diesem Heim besuchen. Und wehe, sie verhunzen dich da, dann bekommen sie es mit good old Ruby persönlich zu tun, das schwöre ich dir!«

»Nur einmal ... im Monat?«, brachte ich ängstlich hervor. Ich sah sie an, diese kleine knubbelige, farbige Frau, die ich ganz automatisch in mein Herz geschlossen hatte. Sie, die Einzige, die mich seit meiner Einlieferung ins Rideout Memorial Hospital vor zweieinhalb Monaten täglich besucht hatte und die mich im Gegensatz zu allen anderen nicht mit dieser Singsang-Stimme anredete, die eigentlich nur Kleinkindern, Welpen oder geistig Senilen vorbehalten ist. Wenn Ruby bei mir war, hatte ich nicht zwangsläufig das Gefühl, ein hoffnungsloser Fall zu sein. »*Jeden Monat*« klang deshalb in meinen Ohren nicht gerade verheißungsvoll, sondern eher wie ein dürftiges Zugeständnis.

»Du wirst mich gar nicht öfter sehen wollen, wenn du erst mal da bist«, prophezeite sie nun. »Ich bin mir wirklich sicher, dass du dich schnell einleben wirst. Und dein Talent zum Malen kann dir dabei helfen, all die neuen Eindrücke zu verarbeiten.«

Bewundernd ließ Ruby ihren Blick über die wenigen Bleistiftskizzen schweifen, die ich während der vergangenen Wochen im Krankenhaus gezeichnet hatte und die rund um den Kalender an der Tür hingen. »Du hast eine echte Gabe, Jonah.«

Eine der Skizzen zeigte den Innenhof des Krankenhauses, wie ich ihn aus meinem Zimmerfenster sah. Eine weitere das Porträt von Schwester Laura, die sich gerne als selbst ernannte Chefin der Station aufspielte und mir immer einen extra Karamellpudding zuschusterte. Und dann gab es noch dieses eine Bild, das aus meiner Erinnerung heraus entstanden war und den riesigen See zeigte, an den ich früher oft zum Baden gefahren war. Umschlossen von hohen Kiefern und dichtem Schilf, mit seinen von runden Steinen und hellem Sand bedeckten Buchten, hatte dieser See immer zu meinen Lieblingsplätzen gehört. Jetzt fragte ich mich, ob ich ihn in absehbarer Zeit wiedersehen würde. Oder jemals. Denn das, was in meiner Erinnerung am lebendigsten aufflackerte, sobald ich an die Tage am See zurückdachte, war nicht mehr da. Meine Mom. Und meine Granny.

Ich bemerkte, dass Ruby nach einer Weile auf den Kalender an der Tür blickte. Gemeinsam starrten wir auf das rote Kreuz.

»Versprichst du mir, dass du es wenigstens versuchst?«, fragte sie schließlich. »Dich ein wenig zu öffnen und dem Leben eine zweite Chance zu geben, auch wenn es ein komplett anderes ist als das, das du bisher kanntest?«

Ich brachte meine Einwilligung nicht über die Lippen. Aber zumindest bekam sie ein Nicken von mir.

* * *

Die Zeit und ich, wir standen schon immer auf Kriegsfuß miteinander. Wartete ich sehnsüchtig auf etwas, vergingen die Stunden so schleppend wie sonst nur ganze Tage. Und wollte ich möglichst lange an einer besonderen Situation festhalten und sie in vollen Zügen auskosten, rasten die Stunden wie Minuten dahin. Kurzum: Die Zeit konnte ein echtes Arschloch sein.

Und so zeigte sie sich auch in den letzten beiden Wochen meines Krankenhausaufenthalts von ihrer heimtückischsten Seite.

Ehe ich michs versah, stand Ruby schon neben mir und packte meine wenigen Kleidungsstücke in eine große Sporttasche, die von nun an mir gehören sollte. Das Feuer hatte alles vernichtet, was ich besessen hatte. Ruby und ich redeten während des Packens kaum miteinander. Zum einen, weil sie meine Nervosität spürte, zum anderen, weil ihr bewusst sein musste, wie traurig ich im Hinblick auf unsere bevorstehende Trennung war. Ganz ehrlich, an diesem Morgen wusste ich nicht, wie viele Abschiede ich noch verkraften würde.

Während der letzten Visite des Operationsarztes erhielt Ruby eine dicke Akte, die sie bei unserer Ankunft Mr Connor, dem Heimleiter, übergeben sollte. Als mich Schwester Laura schließlich noch an ihre Brust drückte und mir dabei eine Sechserpackung Karamellpudding zusteckte, hätte ich um ein Haar losgeflennt wie ein Dreijähriger. Aber ich riss mich am Riemen, löste mich tapfer aus ihrer Umarmung und verließ das Krankenhaus nur wenige Minuten später – vor Anspannung stocksteif und mit schmerzendem Kiefer, weil ich die Zähne so fest zusammenbiss.

Erst als ich mich auf den Beifahrersitz von Rubys altem Ford sinken ließ, stieß ich die Luft, von der ich bis zu diesem Moment nicht mal wusste, dass ich sie angehalten hatte, in einem tiefen Seufzer aus.

»Und, Kleiner, bist du bereit?«, fragte Ruby.

Ich lachte humorlos auf. »Was denn, sehe ich etwa nicht so aus? ... Na los, fahren wir zu diesem *Haus* mit seiner *fabelhaften Betreuung*. Yeah, das wird ein Spaß!« Ich schwenkte ein imaginäres Fähnchen und setzte mein bestes Lächeln auf. Ruby honorierte meine miserable Schauspieleinlage zwar mit einem Kopfschütteln, ließ mir meinen Sarkasmus aber kommentarlos durchgehen und startete den Wagen.

Die Fahrt vom Krankenhaus zum Heim führte uns in den kleinen Vorort namens Meddington. Es gab nur ein paar Geschäfte, von denen einige tatsächlich noch handbemalte Beschilderungen aufwiesen. Außerdem hatte ich einen Supermarkt, einen Imbiss, ein winziges Café und ein Sonnen-/Nagel-/Friseurstudio am Rande der Straße entdeckt, die allem Anschein nach nicht nur die Hauptstraße war, sondern überhaupt die einzige, die Meddington durchzog. Insgesamt machte dieses Zweitausend-Seelen-Städtchen keinen besonderen Eindruck auf mich. Und ich kannte mich weiß Gott aus, so oft, wie Mom und ich früher umgezogen waren, bevor wir bei Grandma unterkamen.

Doch dieses Mal war ich sprichwörtlich mutterseelenallein unterwegs, und es erwartete mich lediglich ein einziges Zimmer, das ich mir höchstwahrscheinlich mit ein oder zwei anderen Jungs würde teilen müssen. Ich hatte mein Zimmer noch nie mit jemandem geteilt, nicht mal im Krankenhaus, und alles in mir sträubte sich gegen die Vorstellung, dass sich das nun ändern sollte.

»Da sind wir«, sagte Ruby schließlich und schaltete den Motor ihres Wagens ab. Wir duckten uns beide ein wenig, um unter der Oberkante der Windschutzscheibe hinaufzuspähen und das Haus in Augenschein zu nehmen.

Ich weiß nicht mehr genau, was ich damals erwartet hatte, aber ich erinnere mich noch deutlich an meine Verwunderung, über der Eingangstür nicht das Wort *Kinderheim* oder etwas Ähnliches zu lesen. Eigentlich sah das Gebäude aus wie ein ganz normales gepflegtes Wohnhaus. Zögerlich stieg ich aus und sah mich weiter um.

Eine breite Außentreppe führte zu der überdachten Veranda empor, die komplett um das Haus herumzulaufen schien. Die cremefarbenen holzvertäfelten Wände wiesen zwei größere Erker und im Obergeschoss einige Gauben sowie einen kleinen Turm auf. Auch das Dach wirkte ziemlich beeindruckend auf mich mit seinen vielen kleinen Giebeln, Schrägen und Vorsprüngen. An einer Ecke des Hauses rankten Rosen empor, und im Vorgarten stand eine weiß lackierte Holzbank inmitten von Büschen und prächtig blühenden Blumen in großen Kübeln.

Alles in allem war es ein wunderschönes Anwesen, das unter anderen Umständen vielleicht sogar das Bedürfnis in mir geweckt hätte, es zu malen. Doch bei dem Gedanken, dass dieses fremde Haus von jetzt an mein neues Zuhause sein sollte, verkrampfte sich mein Magen.

Kaum hatte ich die große Sporttasche aus dem Kofferraum gehievt, öffnete sich auch schon die Eingangstür, und ein großer, schlanker Mann, den ich spontan auf Ende dreißig schätzte, kam uns entgegen.

»Hey, da ist ja unser Neuankömmling!«, rief er freudig und strich sich die dunkelblonden, halblangen Haarsträhnen aus der Stirn, die ihm mit dem nächsten warmen Windstoß prompt wieder zurück über die Augen fielen. »Jonah Tanner, richtig?« Widerstrebend schüttelte ich seine Hand und nickte dabei. Seine graugrünen Augen musterten mich offen und freundlich. »Ich bin Julius Connor, der Leiter dieses Heims.«

Ich war überrascht, denn den Leiter eines Kinderheims hatte ich mir irgendwie ... *seriöser* vorgestellt. Wie einen Schuldirektor vielleicht, mit Hemd und Weste, wahrscheinlich als Brillenträger und ganz sicher mit Geheimratsecken oder zumindest angegrauten Koteletten.

Julius Connor hatte nichts von alledem. Er sah eigentlich eher wie ein Surflehrer aus, mit diesem marineblau-weiß gestreiften Poloshirt, dessen Kragen komplett offen stand und den Ansatz seiner üppigen Brustbehaarung preisgab. Die muskulösen Beine steckten in beigefarbenen Bermudashorts und die Füße, von deren Oberseiten sich stellenweise die sonnengegerbte Haut löste, in ausgelatschten Ledersandalen.

»Du kannst mich gerne Julius nennen, wenn du möchtest«, bot er mir an, bevor er sich Ruby zuwandte und sie mit einer herzlichen Umarmung begrüßte. »Big Mamma, es ist so schön, dich endlich einmal wiederzusehen!«, freute er sich, wobei unzählige kleine Lachfältchen seine Augen umrahmten.

»Ruby und ich kennen uns schon seit etwa fünfzehn Jahren«, erklärte Julius mir freiheraus. Offenbar war ihm mein irritierter Blick nicht entgangen. »Damals habe ich meine erste Anstellung im Jugendamt unter ihrer Leitung bekommen, und, na ja, sagen wir einfach, sie hat es mir nicht immer leicht gemacht.«

»Es war auch nicht mein Job, es dir leicht zu machen, mein Lieber«, verteidigte sich Ruby lachend. »Am Anfang warst du nämlich genauso unausstehlich wie jeder andere Frischling. Kamst gerade vom College und trugst die Nase gefühlte zwanzig Zentimeter zu hoch, weil du der festen Überzeugung warst, ohnehin alles besser zu wissen. Da blieb mir gar nichts anderes übrig, als dich erst mal auf den Boden der Tatsachen zu holen.«

Julius legte seinen Arm um Rubys breite Schulter und nickte ihr gutmütig zu. »Du hattest ja ganz recht.«

»Natürlich hatte ich recht«, rief Ruby und stemmte energisch die Hände in die Hüften. »Sieh doch nur, wie gut du geraten bist. Hätten wir dich damals nicht von deinem hohen Ross heruntergeholt, wärst du jetzt vielleicht einer dieser arroganten Sesselpupser, die meilenweit von der Praxis entfernt sitzen, nie wissen, was an der Front wirklich vor sich geht, dafür aber ständig vermeintliche Verbesserungsvorschläge ausbrüten. Pah!« Verächtlich schüttelte sie den Kopf, während Julius nur herzlich lachte.

»Na, dann kommt mal mit rein, ihr zwei! Jonah, die anderen sind schon ganz gespannt auf dich. Besonders Milow, dein Zimmergenosse.«

Oh Mist, ein Zimmergenosse! Wusste ich es doch!

Wir betraten den Hausflur, und ich atmete tief durch die Nase ein. Der Geruch war – wie der jedes Hauses, das man zum ersten Mal betritt – fremd, aber nicht unangenehm. Zuerst blieb mein Blick an der langen Kastenbank hängen, die vor der linken Wand stand. Darüber hingen Jacken an Kleiderhaken. Ich zählte vierzehn belegte Haken; zwischen dem vierten und fünften gab es noch einen freien.

Meiner!

Ich schluckte hart. Julius beobachtete mich anscheinend, denn er legte eine Hand auf meine Schulter und zeigte mir, dass die Sitzbank keine gewöhnliche war, sondern eigentlich eine riesige Truhe, deren Sitzfläche sich hochklappen ließ. »Praktisch, hm?«, fragte er, ohne erkennbaren Anspruch auf Reaktion. »Hier kommen deine Schuhe und Hauspantoffeln hinein. Deine Jacke hängst du an den Haken. Alles andere kommt in deinen Kleiderschrank im Zimmer, damit der Flur immer schön ordentlich ist. Anders geht das nicht bei fünfzehn Kids.«

Ich nickte, doch weil es an diesem Tag so warm war, dass ich keine Jacke trug, und meine Hausschuhe irgendwo tief in der neuen Reisetasche vergraben waren, machte ich keine weiteren Anstalten, Julius' Erklärungen zu beherzigen.

»Eigentlich kann er übrigens sprechen«, sagte Ruby. Erst in diesem Moment fiel mir auf, dass ich seit unserer Ankunft noch keinen Laut von mir gegeben hatte. Julius' Hand ruhte weiterhin auf meiner Schulter. Nun drückte er behutsam zu. »Schon in Ordnung«, versicherte er mir. »Alles braucht seine Zeit, nicht wahr? Und die bekommt hier jeder … Hier ist übrigens die Küche.« Julius drückte die erste Tür hinter der Treppe auf. Sofort strömte uns der Duft von frischen Waffeln entgegen.

»Hmmm«, machte Ruby, und auch mein Magen gab wie auf Kommando ein freudiges Brummen von sich.

»Mrs Whitacker macht die besten Waffeln in ganz Kalifornien, das schwöre ich, so wahr ich hier stehe«, behauptete Julius in feierlichem Ton.

Die besagte Mrs Whitacker stand mit dem Rücken zu uns am Waffeleisen, eine riesige Schüssel Teig auf der einen Seite neben sich und auf der anderen einen ebenso riesigen Stapel dampfender Waffeln. Ihre Haltung war die einer alten Frau mit leicht rundlichem Rücken und eingesunkenen Schultern. Sie trug ein blau geblümtes Hängekleid mit einer vorgebundenen Schürze. Die grauen Haare waren zu einem dicken Haarknoten im Nacken gedreht, der mich spontan an das Vogelnest erinnerte, das ich als kleiner Junge unter einem knorrigen Haselnussbaum gefunden und monatelang heimlich in meinem Wandschrank aufbewahrt hatte.

»Mrs Whitacker ist unsere Köchin und so etwas wie die gute Seele dieses Hauses«, erklärte Julius. »Nur leider sind ihre Ohren nicht mehr die besten, und ihr Hörgerät kann sie auf den Tod nicht ausstehen. Also wundere dich nicht, wenn wir die Gute etwas lauter ansprechen, in Ordnung?«

Gerade wollte ich nicken, da erhob Julius tatsächlich seine Stimme: »Mrs Whitacker, unser neuer Junge ist da, Jonah Tanner!«

Wir verharrten ein, zwei Sekunden, doch Mrs Whitacker drehte sich nicht zu uns herum und zeigte auch sonst keine Reaktion. In aller Seelenruhe löste sie die fertig gebackene Waffel aus dem Eisen, legte sie auf den Stapel zu den anderen und bestäubte sie mit Puderzucker. Julius warf mir einen *Verstehst du, was ich meine*-Blick zu, während Ruby sich offenbar nur mit Mühe ein Lachen verkniff. Zumindest schloss ich das aus dem seltsamen Glucksen, das hinter mir ertönte. Julius durchquerte die geräumige Küche, legte der alten Dame die Hand auf die Schulter und holte tief Luft. »Mrs Whitacker, der neue Junge ist angekommen!«, rief er.

Dieses Mal nickte sie und krächzte: »Jonah Tanner, ja, ja. Kein Grund, so zu schreien, Julius, um Himmels willen.« Sie führte mit leicht zittriger Hand die Kelle mit dem Teig zum Waffeleisen und verteilte ihn langsam darauf. Erst als sie das Eisen sorgsam geschlossen hatte, wandte sie sich Ruby und mir zu.

Ich weiß noch, wie groß meine Verwunderung war. Denn bei Julius' Beschreibung hatte ich mir ein Großmütterchen mit herzlichen Gesichtszügen und gütigem Lächeln vorgestellt. Mrs Whitacker sah jedoch irgendwie ziemlich ... ja, *vergrämt* aus. Ihre Lippen waren schmal, und sie presste sie fest zusammen, fast so, als täte ihr etwas weh. Sie taperte langsam auf mich zu und betrachtete mich aus schmalen, rot geränderten Augen. »Hoffentlich weißt du dich gut zu benehmen, Junge«, war das Erste, was sie zu mir sagte. Und dann: »Kirschen oder Preiselbeeren?«

»Wie ... w-wie bitte?«, stammelte ich und ärgerte mich im selben Moment darüber, dass der Schreck mein altes Problem zutage beförderte und mich wieder stottern ließ.

»Na, auf deine Waffeln?«

»Kirschen ... bitte.«

Sie nickte und wandte sich wieder ab. »Dann koche ich noch ein Glas Kirschen für dich auf. Bisher habe ich nur Preiselbeeren, aber heute ist ja schließlich dein großer Tag, nicht wahr?«

»Preiselbeeren sind auch toll!«, rief ich schnell, obwohl ich Preiselbeeren wirklich hasste. Aber Mrs Whitacker schien mich nicht mehr zu hören, jedenfalls ließ sie sich nicht weiter von ihrer Arbeit abhalten. Und so verließen wir die Küche wieder, ohne dass die alte Dame Ruby auch nur eines Blickes gewürdigt hätte.

»Du wirst sie lieben lernen, auch wenn sie ein wenig eigen ist«, versicherte mir Julius und zwinkerte aufmunternd. »Mrs Whitacker arbeitet schon so lange für das Heim, dass ich es mir ohne sie gar nicht vorstellen kann. Und für sie ist es umgekehrt scheinbar ebenso undenkbar, denn sie weigert sich Jahr für Jahr, endlich in den wohlverdienten Ruhestand zu gehen. So, jetzt ist es aber wirklich an der Zeit, dass du die anderen Kinder kennenlernst. Sie machen gerade ein paar Schulübungen, nur deshalb ist es hier so ruhig.«

»In den Ferien?«, fragte ich mit plötzlich sehr belegter Stimme.

»Nun, wie Ruby dir bestimmt schon erklärt hat, werdet ihr hier im Haus unterrichtet, von meiner Kollegin Tammy und mir. Und da wir innerhalb der Schuljahre nicht so streng an den Lehrplänen festhalten, wie es an staatlichen Schulen üblich ist, haben wir in den Ferien unsere Freitagsregelung. Jeden Freitag lernen wir Betreuer ganz individuell mit den Kindern in den Fächern, die noch Probleme bereiten.«

»Werde ich also nie wieder … auf eine richtige Schule gehen?« Mir wurde ganz schlecht bei der Vorstellung, und plötzlich fühlte ich mich wie ein Gefangener. Die alten Bodendielen ächzten unter unseren Schritten, und die Geräusche hinter der dunklen Eichentür wirkten immer bedrohlicher, je näher wir kamen.

»Keine Bange, Jonah«, versuchte Julius mich zu beruhigen. »Es wird vielleicht ein bisschen dauern, aber gemeinsam kriegen wir schon raus, welcher Weg der beste für dich ist. Und den werden wir dich gehen lassen, versprochen. Wir wissen von deiner künstlerischen Begabung und überdurchschnittlichen Intelligenz und freuen uns darauf, dich und deine Talente zu fördern.«

»Genau deshalb wollte ich auch kein anderes Heim für dich«, warf Ruby schnell ein.

Julius nickte. »Ja, aber sollte uns das nicht wie geplant gelingen, dann … Nun, es gab natürlich auch schon Kinder in diesem Haus, die eine öffentliche Schule besucht haben. Und auch jetzt, in den Ferien, nehmen wieder einige Kids an Freizeitprogrammen teil und fahren für ein paar Wochen in verschiedene Camps. Aber zunächst einmal müssen wir uns richtig kennenlernen, dann findet sich alles andere schon, du wirst sehen.«

Julius' Worte spendeten ein wenig Trost, also versuchte ich mich an einem Lächeln, das sich allerdings eher nach einer Grimasse anfühlte, so viel Mühe kostete es mich.

»Eine Sache solltest du aber noch wissen, bevor wir diesen Raum betreten«, wisperte er, und das klang beinahe verschwörerisch. »Keiner hier, außer uns Betreuern natürlich, kennt deine Geschichte. Und wir werden den anderen Kindern genauso wenig davon erzählen, wie du etwas über ihre Vergangenheit von uns erfahren wirst. Es liegt nämlich allein bei euch, wem ihr euch anvertrauen wollt und wem nicht. In Ordnung?«

»Ja.«

»Okay. Mit allem anderen, unseren Sozialregeln und der Hausordnung, mache ich dich später vertraut. Jetzt darfst du die anderen erst einmal von ihrem heutigen Unterricht erlösen.« Julius grinste und drehte mich wieder der dunklen Holztür zu. »Allein dafür werden sie dich schon lieben, glaub mir!« Mit sanftem Druck schob er mich über die Schwelle zum Gemeinschaftsraum.

Vierzehn Kinder unterschiedlichen Alters hielten abrupt in ihren Bewegungen inne und starrten mich an. Ich spürte, wie mein Herz immer kräftiger und schneller pochte. Das Blut schoss mir in die Wangen und machte auch vor meinen Ohren nicht halt. Schlagartig wurde mir so heiß, dass die Narbe an meinem Oberschenkel wieder brannte und ich mit schweißfeuchten Händen über die Seiten meiner Shorts rieb.

»Kinder, das ist Jonah Tanner«, stellte Julius mich vor. »Ihm habt ihr es zu verdanken, dass eure Lernzeit heute eine knappe Stunde eher als gewohnt endet.«

Bücher und Hefte klappten zu, und zugleich ging ein freudiges Raunen durch die Gruppe der Kinder, die nicht etwa geordnet an Tischen saßen, wie in einem Klassenraum, sondern kreuz und quer verteilt. Zwei Jungen, die etwa in meinem Alter sein mussten, fläzten gemütlich nebeneinander auf einem der drei Sofas. »Ich dachte, der wäre schon dreizehn«, bemerkte der eine (ein Rothaariger mit ziemlich großen abstehenden Ohren), und auch der andere Junge zog irritiert die Nase kraus. Es war nur ein geflüsterter Kommentar, der vermutlich allen anderen entging, mich aber prompt noch stärker erröten ließ.

Ich war mir meiner Körpergröße – oder eher meiner *fehlenden* Körpergröße – ohnehin ständig bewusst. Als ich noch meine alte Schule besucht hatte, war mein kindliches Aussehen der Aufhänger für die immer wiederkehrenden Hänseleien meiner Mitschüler gewesen. Die wenig rühmliche Bezeichnung *kleinwüchsiger Klugscheißer* hatte sich schließlich durchgesetzt, und es war mir weiß Gott nicht leichtgefallen, Freunde zu finden. Ach, was sage ich, es war so gut wie unmöglich gewesen. Umso mehr schmerzten die geflüsterte Bemerkung des Rothaarigen und das verständnislose Schulterzucken des anderen Jungen.

Schnell ließ ich meinen Blick weiterschweifen. Das eindeutig jüngste Kind war ein Mädchen von sieben oder vielleicht acht Jahren, das auf einem Sitzkissen vor dem Couchtisch Platz genommen hatte und mir ein süßes, wenn auch zahnlückiges Lächeln schenkte.

»Wollt ihr Jonah nicht begrüßen?«, tadelte Julius.

»Hallo Jonah!«, kam es auf sein Kommando hin von allen Seiten.

»Hi«, entgegnete ich so heiser, dass ich mich direkt im Anschluss räusperte. Eine junge Frau mit kurzen schwarzen Haaren und beinahe ebenso dunklen Augen kam auf mich zu und stellte sich mir freundlich als Tammy vor. Sie war neben Julius die zweite von insgesamt drei Betreuern. Der dritte, Greg, sprang nur aushilfsweise ein.

»Milow, kümmerst du dich ein wenig um Jonah?«, bat Tammy. Ich sah, dass sie eine dieser Zahnfehlstellungen hatte, bei denen der Unterkiefer zu weit vorstand und das Kinn dadurch etwas länger wirkte als bei anderen Menschen. Aber der Ausdruck ihrer Augen war unvergleichlich sanft, und obwohl man unsere Heimbetreuerin wirklich nicht als Schönheit bezeichnen konnte, machte sie sofort einen sympathischen Eindruck auf mich. Mit angehaltenem Atem verfolgte ich ihren Blick quer durch den großen Raum. Milow, das war mein Zimmernachbar.

In einer Ecke neben dem Kaminsims saß ein etwa gleichaltriger (wenn auch wesentlich größerer) Junge in einem gewaltigen grünen Ohrensessel und nickte eifrig. Als er sein Buch zur Seite legte, sich erhob und auf mich zusteuerte, erkannte ich eine lange Narbe, die sich auf Höhe seines linken Wangenknochens bis fast zu seinem Ohr und von dort aus über die Unterkieferlinie bis genau zur Mitte seines Kinns zog. *Wie eine Sieben,* dachte ich, und mein Blick heftete sich förmlich an diese blassrote Linie in Milows Gesicht, die mir so schonungslos ins Bewusstsein rief, dass nicht nur ich, sondern jedes hier anwesende Kind mit seiner eigenen tragischen Geschichte zu kämpfen hatte. Für einige Sekunden überrollte mich diese Erkenntnis, und der permanente Schmerz in meiner Brust loderte dermaßen heftig auf, dass ich nur mit Mühe dem heftigen Drang beikommen konnte, mir die Faust gegen die Rippen zu pressen.

Milows lustige hellgrüne Augen, das wirre orangebraune Haar und die unzähligen Sommersprossen, die um seine breite, blasse Nase förmlich zu tanzen schienen, bemerkte ich erst, als er schon unmittelbar vor mir stand und mich ansprach. »Hi Jonah. Soll ich dir gleich unser Zimmer zeigen?«

»Das ist eine tolle Idee«, antwortete Tammy an meiner Stelle.

Milow straffte das T-Shirt über seinem rundlichen Bauch und nickte in Richtung Tür. »Dann komm! Ich habe deine

Hälfte des Schranks schon freigeräumt. Sei bloß froh, dass du da noch nicht dabei warst. War ganz schön eklig, das kann ich dir sagen. Oh! Wir haben übrigens ein Hochbett. Wenn du magst, kannst du ruhig oben schlafen, davon hab ich eh die Nase voll. Ich treffe die Stufen der Leiter oft nicht richtig, wenn ich nachts mal zum Pinkeln rausmuss.«

Milow plapperte einfach munter drauflos. Und die anderen schienen das von ihm gewohnt zu sein, zumal niemand lachte, verhalten kicherte oder auch nur den Kopf schüttelte.

Damals ahnte ich noch nicht, dass sich an Milows Gebrabbel in den kommenden neunzehn Jahren kaum etwas ändern und er tatsächlich mein allerbester Freund werden würde. Genauso, wie Ruby es mir vorhergesagt und dabei auf ihre jahrelange Jugendamts-Praxis vertraut hatte. Mir hingegen fehlten sowohl Vertrauen als auch Zuversicht. Bereits im Hinausgehen begriffen, warf ich Ruby einen Hilfe suchenden Blick zu und versuchte ihr mittels eindeutig nicht vorhandener mentaler Fähigkeiten ein klägliches *»Lass mich hier bloß nicht allein zurück!«* zu übermitteln.

Doch dann, als ich mich auf der Schwelle zum Flur noch einmal nach Ruby umdrehen wollte, sah ich plötzlich *sie*. Katie.

Natürlich kannte ich an jenem Tag ihren Namen noch nicht. Für mich war sie einfach ein fremdes Mädchen, das ganz allein auf einer Fensterbank saß und mit sehnsüchtigem Blick, so schien es mir, in den Garten hinabschaute. Sie war vielleicht zehn oder elf Jahre alt, und ich sah ihr Gesicht nur im Profil. Daher konnte ich nicht einmal sagen, ob sie wirklich so hübsch war, wie sie von der Seite betrachtet auf mich wirkte. Dennoch faszinierte sie mich auf Anhieb. Denn sie war die Einzige im Raum, die mich nicht ansah, ja, sie schien meine Anwesenheit nicht einmal bemerkt zu haben. Die Hände unter die Oberschenkel geklemmt, saß sie einfach nur da und starrte regungslos und stumm aus dem Fenster.

Unglaubliche Trübsal ging von ihrer Erscheinung aus – und plötzlich bekam ich schreckliche Angst. Ich fürchtete mich mit einem Mal so sehr vor all den Geschichten, die sich hinter diesen neuen Gesichtern verbargen. Ich erahnte Tragödien, Kummer und Leid. Unsagbares, abgrundtiefes Leid, von dem ich nicht wusste, wie ich auch das noch stemmen und mittragen sollte, wenn mein eigenes Schicksalsbündel schon viel zu schwer wog.

Für ein, zwei Sekunden betrachtete ich das stille Mädchen, das wie eine lebendige Statue auf der Fensterbank saß und dabei nicht einmal zu blinzeln schien. Und ich fragte mich, wie ich im Kreise dieser Kinder jemals wieder zurück zu einer Art Normalität finden sollte.

Ja, ich erinnere mich gut an meine erste Begegnung mit Katelyn Christina Williams. Denn genau in diesem Moment beschloss ich, nicht zu den seelischen Krüppeln gehören zu wollen, die hier lebten, niemals einer von ihnen zu werden. Ich wünschte mich zurück.

Zurück in ein Leben, das es nicht länger gab.

III.
~ Jonah ~

»Kein Vorsatz ist so gut, als dass man ihn nicht jederzeit wieder umschmeißen könnte«, hatte meine Granny immer gesagt. Und meine Großmutter war eine wirklich kluge Frau gewesen, denn auch in dieser Situation behielt ihr Spruch seine Richtigkeit. Weder mein Groll noch meine Rebellionsvorsätze ließen sich lange aufrechterhalten. Erbaut auf einem wackligen Fundament aus Furcht, Vorurteilen sowie kindlicher Dummheit und viel zu hastig hochgezogen, überstanden meine Abwehrmauern nicht einmal die ersten Stunden unter Milows Einwirkung. Im Grunde hatte ich ja auch gar keine Alternative, als mich diesem neuen Leben zu öffnen. Aber vielleicht war gerade diese Ausweglosigkeit der Grund dafür, dass ich mich in meiner ersten Nacht im Heim so schrecklich gefangen und verloren fühlte.

Ich habe keine Ahnung, wie spät es war, als Milow mich wachrüttelte und aus einem schrecklichen Traum riss, von dem ich nur noch wusste, dass schlichtweg alles um mich herum in Flammen gestanden hatte. Mit einem Schrei schnellte ich hoch und sah mich orientierungslos und zu meiner Schande auch ein wenig panisch um, bis ich im schwachen Licht der Wandleuchte endlich begriff, wo ich war.

Milow stand auf der Leiter des Hochbettes und hielt meinen Arm fest. »Hey, schon gut! Ist doch gut!«, flüsterte er immer wieder.

»Ich ... Ein T-traum ... F-feuer ...«, stammelte ich benommen. Er nickte nur verständig und ließ dann von mir ab.

Meine Narbe brannte. Vielleicht hatte Milow an meinem Oberschenkel gerüttelt, um mich zu wecken, ich wusste es nicht. Allerdings fiel mir durch den lodernden Schmerz ein, dass ich in der Aufregung meines ersten Heimabends ganz vergessen hatte, die Salbe aufzutragen, die mir der Arzt extra mitgegeben hatte. Die Tube, die ich vor dem Zubettgehen hätte anbrechen sollen, lag noch immer unangetastet in dem Seitenfach meiner neuen Reisetasche.

»Scheiße! Lass mich mal kurz hier runter, ja?« Ich rieb mir über die Augen und versuchte so, die frische Schmach, mit der ich anders nicht umzugehen wusste, zu überspielen. Es war mir unglaublich peinlich, vor Milow wie ein Kleinkind geschrien zu haben.

Mit der Grazie eines Elefantenbabys sprang er von der Leiter und beobachtete stumm, wie ich meine Tasche aus dem Wandschrank zog und die Salbe hervorkramte. Vielleicht hatte die Narbe auch durch mein Versäumnis zu schmerzen begonnen und den dummen Albtraum damit überhaupt erst heraufbeschworen. Zumindest bestand die Möglichkeit, und ich wollte nicht riskieren, dass sich das noch einmal wiederholte.

Als ich den Saum meines Schlafshirts anhob und Milow zum ersten Mal einen Teil meiner Verletzung zu Gesicht bekam, zog er scharf die Luft zwischen den Zähnen ein.

»Oh Mann!«, stieß er aus, und ich beließ es dabei, unwillig, ihm die Geschichte hinter meiner Narbe zu offenbaren. Im Krankenhaus, bei meinen *flüchtigen Bekanntschaften,* wie

Ruby sie so geringschätzig genannt hatte, war ich mit der vorgeschobenen Story des umgekippten Suppentopfes immer schnell fertig gewesen. Einmal hatte Schwester Laura diese Lüge sogar mitbekommen, mich aber weder verraten noch später getadelt, sondern nur mitleidig meinen Kopf getätschelt.

Nun, hier würde ich nicht so leicht davonkommen, das war mir schon klar. Aber keinesfalls war ich am Tag meiner Ankunft bereit, meine wahre Geschichte zu teilen.

Als ich die Salbe behutsam in die dünne Haut einmassiert hatte und der Spannungsschmerz langsam erträglicher wurde, bückte ich mich, um die Tube zurück in die Tasche zu stecken und den Reißverschluss zu schließen. »Warte!«, rief Milow und deutete auf das noch offene Fach. »Ist das … Karamellpudding?« In seine Augen trat ein seltsamer Glanz.

Ich grinste und zog die vergessene Packung hervor. »Stimmt! Der gehört in den Kühlschrank.«

»Ne, nee! Der gehört gegessen. Und zwar möglichst pronto!«, befand Milow. Dass er extrem gerne aß, hatte ich schon beim gemeinsamen Waffelessen kurz nach meiner Ankunft festgestellt. Fünf Waffeln mit Preiselbeeren und einer Unmenge Sahne hatte er in Rekordzeit verdrückt, ohne auch nur mit der Wimper zu zucken. Julius musste ihn schließlich ermahnen, an die anderen zu denken, sonst hätte sich Milow auch noch eine sechste einverleibt.

Zuvor hatte mir vor dem gemeinsamen Zusammensitzen der ersten Heim-Mahlzeit gegraut, das jedoch rückblickend ganz okay verlaufen war. Zu Beginn hatten wir uns alle an den Händen gefasst und Tammys andächtigem Tischgebet gelauscht. Das war mir zwar etwas albern vorgekommen, weil ich so etwas das letzte Mal im Kindergarten gemacht hatte, aber immerhin war ich viel weniger beäugt worden als erwartet. Und dass die anderen Kinder heimlich über mich getuschelt hätten, war mir auch nicht aufgefallen. Im Gegenteil. Viele reichten mir freundlich den Teller mit den Waffeln, die Kirschen, die Sahne und verwickelten mich dabei in erste kleine, durch und durch unverfängliche Gespräche, wofür ich ihnen wirklich dankbar war. Das zahnlückige Mädchen, von dem ich mittlerweile wusste, dass es Sally hieß, hatte sich als regelrechter Sonnenschein entpuppt. Die Kleine lachte immerzu über jede nur denkbare Kleinigkeit – und zwar so ansteckend, dass es fast unmöglich war, nicht mit einzustimmen.

Andere Kinder waren stiller und wirkten wesentlich betrübter, sodass ich mich während des Essens unwillkürlich fragte, warum sie in diesem Heim gelandet waren, wie lange sie schon hier lebten und vor allem, wie sehr ich ihnen wohl ähnelte.

Ein hagerer dunkelhaariger Junge, den ich auf elf oder zwölf Jahre schätzte, machte einen durch und durch frustrierten Eindruck. Er hieß Roger, und sein Name fiel während des Essens mit Abstand am häufigsten – meist in einem tadelnden Tonfall und ausschließlich aus Tammys oder Julius' Mund. Roger hatte von sich aus nichts zu der insgesamt recht munteren Stimmung am Tisch beigetragen, außer ständig abfällige Bemerkungen von sich zu geben. Alles an ihm, angefangen bei seiner Mimik über die Körperhaltung bis hin zu der abgehackten Art, sich zu bewegen, wirkte extrem angespannt auf mich. Auch die Tatsache, dass seine Tischnachbarn so weit von ihm abgerückt saßen, wie es die Ellbogen der nächsten zuließen, war mir nicht entgangen.

Ja, und dann gab es natürlich noch *sie,* Katie. Dieses eigenbrötlerische und ziemlich hübsche Mädchen mit den tieftraurigen blauen Augen, dessen Stimme ich noch kein einziges Mal gehört hatte. Stumm aß sie ihre Waffel – ohne jeden Belag – und lehnte sich dann abwartend in ihrem Stuhl zurück, den Blick starr auf den leeren Teller gerichtet, bis Julius das gemeinsame Essen für beendet erklärte und die Kinder, die für den Küchendienst eingeteilt waren, mit dem Abräumen des Geschirrs begannen. Erst da war sie aus ihrer gedanklichen Versenkung aufgetaucht, hatte sich leise erhoben und war aus dem Zimmer gehuscht.

Milow gab ein schmatzendes Geräusch von sich und holte mich damit aus meinen Gedanken. Er sah so aus, als würde er gleich losabbern, so, wie er auf die Puddingpackung in meinen Händen stierte. Bereitwillig stellte ich sie auf meinen Schreibtisch. »Wir haben aber keine Löffel«, gab ich zu bedenken.

»Das ist das, was *du* denkst, Kumpel.« Mit einem triumphierenden Grinsen öffnete er die Schublade seines Schreibtisches, der direkt neben meinem stand, hantierte an einem kleinen Kästchen herum, das wie eine Miniaturschatzkiste aussah, und holte daraus so stolz einen Tee- und einen Esslöffel hervor, als wären es hart erkämpfte Trophäen – und wahrscheinlich waren sie auch genau das.

»Na, dann los!«, sagte ich zu Milow. Kaum hatten die Worte meine Lippen passiert, knickte er den Sechserpack schon in der Mitte durch und händigte mir mit größter Selbstverständlichkeit drei meiner Puddings aus. Gemeinsam machten wir es uns auf seinem Bett bequem und futterten stumm vor uns hin. Zumindest *sprachen* wir vorerst nicht. Milow mampfte munter drauflos und unterbrach sein Schmatzen von Zeit zu Zeit mit einem genüsslichen »Hmmm«. Natürlich war er lange vor mir fertig, und so bot ich ihm – eigentlich nur aus Höflichkeit – noch einen meiner Puddings an, den er mir förmlich aus der Hand riss. Für den Moment blieb mir nichts anderes übrig, als mir eine mentale Memo abzuspeichern, Milow künftig nur dann ein Angebot zu unterbreiten, wenn ich es auch wirklich so meinte. Schon steckte er den leeren Becher in seine drei anderen.

»Habe ich lange geschrien?«, fragte ich und wunderte mich im selben Moment, woher diese Worte kamen.

Milow zuckte träge mit den Schultern. »Muss dir nicht peinlich sein, echt nicht.«

War es aber. Und die Tatsache, dass er meine Frage nicht beantwortete, machte es auch nicht besser.

»Weißt du, Chris, der Junge, mit dem ich vor dir dieses Zimmer geteilt habe, hatte regelmäßig Albträume, bis zum Schluss«, sagte Milow gutmütig. »Kam mir richtig seltsam vor, in den letzten Wochen von niemandem mehr wachgebrüllt zu werden.«

Ich lächelte matt. »Bis zum ... Schluss?«

»Ja. Er ist siebzehn geworden und lebt jetzt in einer betreuten Wohngemeinschaft. So endet es eigentlich für alle von uns. Oder beginnt, ganz wie du willst. Um adoptiert zu werden, sind die meisten von uns schon zu alt. Oder zu kaputt, wie auch immer.« Ich schluckte, als er das so nüchtern sagte.

»Und wie lange bist du schon hier?«

»Zwei Jahre. Ich kam im Sommer 1993 ins Heim, kurz nach meinem zwölften Geburtstag.«

Also war Milow schon vierzehn. Ich betrachtete die lange Narbe auf seiner linken Wange, die das Meer aus Sommersprossen in einer 7-förmigen Linie durchschnitt, und wunderte mich, dass ich mich nun schon ganz bewusst auf diesen Makel konzentrieren musste, um ihn überhaupt noch wahrzunehmen. Wie schnell es doch ging, dass man eine äußere Irritation an einem sympathischen Menschen ausblenden konnte. »Ja, das ist mein Andenken, hurra!«, sagte Milow, der meinen intensiven Blick bemerkte. »Nicht, dass ich nicht auch ohne das verdammte Freddy-Krüger-Ding ständig daran denken würde, was damals geschah.«

Ich wagte nicht, seine Worte zu hinterfragen, weil ich fürchtete, aus Milows Offenheit könnte sich eine Art verpflichtende Bringschuld für mich ableiten. Aber er wäre nicht der gutmütige Junge gewesen, als den ich ihn in den kommenden Monaten noch viel besser kennenlernen sollte, hätte er unsere Freundschaft jemals an Bedingungen geknüpft.

Unaufgefordert begann er zu erzählen: »Wir waren mal wieder in Europa unterwegs, meine Eltern und ich. Grottenlangweilig, sage ich dir, aber mein Dad stand halt ziemlich auf Kultur und den ganzen Mist. Er geriet immer vollkommen aus dem Häuschen, wenn er uralte Burgruinen besichtigen konnte. Ich habe keinen Schimmer, wie man so sehr auf gigantische Steinhaufen stehen kann, aber egal. Jedenfalls waren wir in Südfrankreich, und ich war eigentlich ganz gut drauf, weil meine Eltern nach einer Woche Kultururlaub endlich mal einen vollen Tag am Strand eingeplant hatten. Wir fuhren in so einem klapprigen Touribus direkt an der Küste entlang, bis …« Er zog die Augenbrauen zusammen, schien plötzlich zu grübeln. »Ich erinnere mich noch, dass uns ein Pkw mit Wohnwagen entgegenkam und wir ins Schleudern gerieten. Wir stürzten die Klippe hinab, doch Gott sei Dank nur bis zum nächsten Felsvorsprung. Und der Bus explodierte auch nicht, wie man es immer in Actionfilmen sieht, wenn sich die Autos überschlagen. Aber er landete auf dem Dach, und es dauerte fast drei Stunden, bis sie uns befreien konnten.«

Milows Blick wurde etwas glasiger, und er rieb sich gedankenverloren über die Oberarme, als würde ihn die Erinnerung an den Unfall erschaudern lassen. »Doch das weiß ich nur von Erzählungen. Ab dem Zeitpunkt, als der Bus dem

Wohnwagengespann entgegenschlingerte, fehlt mir jede Erinnerung. Kompletter Filmriss!«
»Aber deine Eltern ...?«
Nun schluckte er hart. »Ja«, lautete Milows knappe Antwort.
»Scheiße.«
»Kannst du laut sagen. Ich war einer von drei Insassen, die den verdammten Sturz überlebten.«
Ein paar Minuten schwiegen wir miteinander, bis ich erstaunt bemerkte, dass diese Ruhe nichts Erzwungenes hatte, nichts Bedrückendes, außer der Schwere von Milows Worten und seinen Erinnerungen, die in uns nachhallten und deren Wirkung wir in ebendieser einvernehmlichen Stille ausklingen ließen. Ich glaube, damals schöpfte ich zum ersten Mal die Hoffnung, in Milow tatsächlich einen Freund gefunden zu haben.
»Und, was hältst du so von den anderen Kids?«, fragte er plötzlich.
»Weiß noch nicht so genau. Bisher sind mir irgendwie nur Sally und Roger aufgefallen. Und dieser eine Junge. Der Rothaarige mit den abstehenden Ohren. Etwa in unserem Alter, vielleicht ein bisschen jünger. Cody?« Ich ließ den Namen wie eine Frage klingen, obwohl ich spätestens beim Abendessen fast alle Namen der anderen Kinder gehört und mir eingeprägt hatte. Aber das sollte Milow besser nicht erfahren. Schließlich wollte ich nicht sofort wieder als Freak abgestempelt werden wie früher in der Schule.
»Jepp, Cody McAllistaire«, bestätigte Milow. »Er ist ganz okay, nur manchmal ein bisschen begriffsstutzig. Ich habe ihm in der letzten Saison eine Unmenge Yankees-Sammelkarten im Tausch gegen die goldene von Tino Martinez abgeluchst. Dabei war der doch verletzt und hat überhaupt nicht

mitgespielt. Die Karte war also völlig wertlos.« Milow gluckste vergnügt, und ich bemerkte, dass ich ihn zum ersten Mal anlächelte, ohne es bewusst versucht zu haben.

»Und diese Kleine? Das ruhige Mädchen mit den hellbraunen Haaren? Kann es sein, dass sie nicht spricht?« Sie war die Einzige, deren Namen ich noch nicht kannte, weil er bisher nicht ein einziges Mal gefallen war.

Milow setzte sich auf und musterte mich mit zusammengekniffenen Augen. »Ach, du meinst Katie.«

Katie, durchzuckte mich ihr Name, während Milow bedauernd den Kopf schief legte. »Ja, sie spricht nicht, kein Wort. Als ich ins Heim kam, war Katie schon ein halbes Jahr hier. Davor war sie wohl in einer geschlossenen Anstalt, aber mehr weiß ich auch nicht. Keiner von uns hat sie je reden gehört.«

Ich ließ mir das einige Sekunden durch den Kopf gehen. »Das heißt, sie ist eigentlich nicht stumm oder taub? Also, von Geburt an?«

»Nein«, sagte Milow bestimmt. »Sie hört prima. Aber sie erzählt halt niemandem, was sie denkt, und so weiß keiner von uns, wie es ihr geht und was Katie passiert ist. Nur, dass es etwas verdammt Schlimmes gewesen sein muss, ist wohl jedem hier klar.« Er rückte näher, und plötzlich war seine Stimme nicht mehr als ein verschwörerisches Flüstern. »Sieh mal, ich habe zwar keine Ahnung, was es bei dir war, aber bei mir war es dieser verfluchte Unfall. Bei Chris zum Beispiel war es viel schlimmer – und das erzähle ich dir nur, weil er nicht mehr da ist und du ihm bestimmt nie begegnen wirst, also halt mich bloß nicht für ein Plappermaul. Seine Eltern starben bei einem Autounfall, als er gerade mal fünf Jahre alt war. Da hat man ihn zu seiner Tante gegeben. Aber die hatte selbst vier Kinder und war mit einem echten Bastard verheiratet, der Chris aufs Übelste verprügelt hat. Als sie ihn endlich da rausgeholt haben, war er schon elf und hat sich strikt geweigert, zu einer neuen Pflegefamilie zu gehen. Also, was ich meine, ist: Es ist kein Geheimnis, dass wir alle hier sind, weil unsere Eltern oder Familien nicht mehr da sind oder sich nicht um uns kümmern konnten, Schrägstrich *wollten*. Aber während manche von uns, so wie ich, nur damit klarkommen müssen, dass das Schicksal in ihrem Fall echt mal einen richtig beschissenen Tag hatte, fragen sich andere vermutlich, warum sie der liebe Gott überhaupt auf die Welt hat kommen lassen, so ungerecht muss ihnen das Leben vorkommen.« Milow machte eine kurze Pause. »Nimm mal Roger zum Beispiel! Er ist so voller Wut und aufgestautem Zorn, dass er regelmäßig komplett ausflippt. Dann brüllt er herum, tritt und schlägt um sich. Und würdest du seine Geschichte kennen, könntest du ihn garantiert verstehen. Nur so viel: Seine Eltern sind nicht tot, aber meiner Meinung nach wären sie es besser. Tja, und Katie scheint in einer ganz eigenen Welt zu leben. Vielleicht ist das ihre Art, irgendwie weiterzumachen.«

Ein dicker Kloß hatte sich während Milows Monolog in meiner Kehle gebildet.

»Ich habe mit eigenen Ohren gehört, dass der Arzt zu Julius gesagt hat, sie könnte sprechen, wenn sie es nur zulassen würde«, vertraute er mir an. »Er hat von einer Art psy… psy… na, halt von einer seelischen Blockade geredet.« Milow nickte mir noch einmal wichtig zu, dann gähnte er laut, ohne sich auch nur die Mühe zu machen, die Hand vor den Mund zu schlagen.

»Okay, lass uns schlafen«, beschloss ich und ließ die verräterischen Überreste unserer Schlemmerei unter den zerknüllten Papieren im Mülleimer verschwinden, während Milow die Löffel (ja, beide, auch meinen!) sorgfältig ableckte und wieder in seiner geheimen Kiste verstaute.

Als er schon längst tief und fest schlief und dabei leise vor sich hin schnarchte, lag ich noch immer wach in meinem neuen, fremd riechenden Bett, starrte an die hohe Zimmerdecke und grübelte über die Ereignisse des vergangenen Tages nach. Mein Abschied vom Krankenhaus und von Ruby, meine Ankunft hier im Heim, die Begegnungen mit Julius, Tammy, Mrs Whitacker und natürlich mein Gespräch mit Milow – das alles ließ ich noch einmal Revue passieren.

Am längsten dachte ich jedoch an das traurige Mädchen namens Katie, das seine Stimme ohne jeden Zweifel auf tragische Art und Weise verloren hatte.

Nur auf welche?

Das war die Frage, über der ich schließlich einschlief.

IV.
~ Jonah ~

Die kommenden Wochen war ich damit beschäftigt, mich im Heimalltag einzugewöhnen. Julius hielt sein Wort und machte mich schon am zweiten Tag mit der Hausordnung und den Sozialregeln vertraut. Ich lernte, dass wir Älteren in der Ferienzeit bis halb zehn wach bleiben durften, wobei wir die letzte halbe Stunde schon in unseren Zimmern verbringen mussten. Dann kam Julius noch einmal in jedes Zimmer und wünschte uns eine gute Nacht. Danach sollte es mucksmäuschenstill sein, was natürlich nur bedingt klappte, aber gegen zehn, spätestens halb elf schliefen wir doch alle.

Wir Jungen waren zu acht und hatten unsere Zimmer im ersten Obergeschoss, die Zimmer der Mädchen befanden sich im Stockwerk über uns, direkt unter dem Dach. Sie waren zwar nur zu siebt, hatten dafür aber zwei Bäder zur Verfügung. Jeder, der das ungerecht fand, bekam es unwillkürlich mit Tammy zu tun, die den ersten Raum der Mädelsetage bewohnte und eine eigentlich durch und durch sanftmütige Person war. Außer die Badezimmerdiskussion kam auf, dann konnte sie fuchsteufelswild werden. Julius schlief im ersten Zimmer unserer Etage. Milow bezeichnete Tammys und Julius' private Räume gerne als *Wächterzimmer*, was zwar etwas geschwollen klang, aber durchaus passte. Denn hatte ich anfangs noch die Vermutung gehegt, es könnte im Heim bei Nacht so ähnlich zugehen wie in einer Jugendherberge, in der die Jungen ständig versuchten, sich zu den Schlafräumen der Mädchen zu schleichen, so wurde ich schnell eines Besseren belehrt. Hier hielt sich jeder an die räumliche Trennung. Nur Tammy und Julius schienen es damit nicht immer so genau zu nehmen. Oft hörte ich ihr unterdrücktes Lachen aus einem ihrer beiden Räume, und so kapierte ich schnell, wofür einige der anderen blind zu sein schienen: Unsere beiden Hauptbetreuer waren viel mehr als nur Kollegen und gute Freunde.

Ich bemerkte es an den Blicken, die sich die zwei immer wieder zuwarfen. Und ich beobachtete, dass Julius während eines Mittagessens über den Tisch langte und Tammy ein wenig Soße vom Kinn wischte. Es gab Spaghetti bolognese, und Milow schmatzte so laut neben mir, dass ich gegen den Drang ankämpfte, ihm den Teller auf der Stelle wegzunehmen. Tammy bedankte sich mit einem verschämten Schmunzeln bei Julius, und ihr Augenaufschlag verwandelte meine Vermutung endgültig in Gewissheit.

Unsere Ferientage waren immer mit Programmen gefüllt, bei denen sich Pflichten und Vergnügungen in fairem Verhältnis abwechselten (auch wenn Roger das anders sah und ständig herummoserte). Aufgestanden wurde pünktlich um acht, außer samstags, da durften wir bis neun Uhr schlafen. Das gelang aber nur den wenigsten, so turbulent ging es schon in der Früh in den Wohngängen zu. Da liefen die Wasserhähne, die Toilettenspülungen wurden betätigt und Klodeckel viel zu laut zugeschlagen. Besonders die Jungen pflegten die Treppenstufen mit der Leichtfüßigkeit aufgescheuchter Bisons herunterzupoltern, während die Mädchen sich oft lautstark und keifend um die Reihenfolge zankten, in der sie duschen wollten.

Sonntagmorgens stand dann immer (zu Milows Leidwesen sogar noch vor dem Frühstück) der obligatorische Kirchgang an, bei dem man nur mit Fieber oder ansteckendem Ausschlag fehlen durfte. Und so lernte ich in meinen ersten drei Wochen im Heim sieben Kirchenlieder, so viele wie in meinem ganzen Leben davor nicht.

Julius und Tammy gaben sich große Mühe, uns tagsüber sinnvoll zu beschäftigen und besonders uns Jungen ordentlich auszupowern. Für alle im Haushalt und Garten anfallenden Arbeiten gab es strikt eingeteilte Dienste. Müll rausbringen, Pflanzen gießen, Gemüse ernten, Unkraut jäten, Wäsche waschen, Tische eindecken, Geschirr abspülen und so weiter. Als kurz nach meiner Ankunft der Essbereich des Heims umgestaltet wurde, mussten wir ebenfalls alle mit anpacken, und ich beneidete die wenigen Kinder, die mittlerweile in ein Feriencamp abgereist waren. Nach getaner Arbeit bestellte Julius zur Feier des Tages Pizza für alle. Wir schauten gemeinsam einen Film und durften viel länger aufbleiben als sonst. Überhaupt wurden wir für unsere Anstrengungen und die Bereitschaft, im Sinne der Gruppe mit anzupacken, stets belohnt. Meistens mit viel Freizeit und schönen Unternehmungen. Am Abend wurden wir dann von Mrs Whitackers köstlichem Essen empfangen.

Ach ja, und schließlich lernte ich natürlich auch noch Greg kennen, den dritten Betreuer, der immer dann einsprang, wenn Julius oder Tammy ihre freien Tage hatten. Greg war klein und dicklich. Als geborener Neuseeländer war er freundlich, bodenständig und sprach mit deutlichem Akzent.

Alles in allem war das Heimleben längst nicht so furchtbar, wie ich es mir im Vorfeld ausgemalt hatte. Allerdings änderte das natürlich nichts an der Tatsache, dass ich mein altes Leben schmerzlich vermisste. Nicht einmal Rubys Besuche oder

Milows unerschütterlich fröhliche Art konnten mich lange aufheitern. Der Verlust von geliebten Menschen ist ein Fass ohne Boden, das erfasste ich langsam, aber sicher, und die Erkenntnis, meine Mom und Granny wirklich nie mehr wiedersehen zu können, nagte von Tag zu Tag heftiger an mir.

Ständig fiel ich zurück in dieses große düstere Loch, in dem mich die eisige Hand der Trauer bereits erwartete, erbarmungslos nach meinem Herzen griff und fest zudrückte. Bis zum Hals in meiner Verzweiflung versunken, ging ich anfangs ständig davon aus, Julius oder Tammy würden mir schon bald einen dieser überambitionierten Psychologen auf den Hals hetzen (Rubys »*hervorragende Betreuung*« surrte mir nach wie vor in den Ohren), bis ich endlich begriff, dass die beiden selbst über eine psychologische Ausbildung verfügten und es keinen weiteren Experten geben würde.

In der dritten Woche nach meiner Ankunft führte uns Tammy geschlossen in einen großen Kellerraum, den ich bis dahin noch nie betreten hatte. Hier bildeten Einzeltische mit kippbaren Tischplatten ein großes U, fast wie in unserem Klassenraum in der Grundschule damals. Auf jedem Tisch standen ein Farbkasten, ein großer Zeichenblock, ein Becher mit Wasser und etliche Pinsel in unterschiedlichen Größen. Bei dem Anblick dieser Utensilien klopfte mein Herz ein wenig heftiger als zuvor, und in meinen Fingerspitzen kribbelte es unwillkürlich. Viel zu lange hatte ich nicht mehr gemalt.

Alle Kinder nahmen zielstrebig an bestimmten Tischen Platz, woraus ich schloss, dass es bereits eine Sitzordnung gab. Also wartete ich ab und wunderte mich in der Zwischenzeit ein wenig über Milow. Er saß ganz hinten in der Mitte, wackelte mit seinen Augenbrauen und warf mir Blicke zu, mit denen er mir offensichtlich irgendetwas mitzuteilen versuchte, was ich jedoch erst verstand, als Tammy ihre Hand auf

meine Schulter legte und auf den einzigen noch freien Platz deutete. »Setz dich doch zwischen Katie und Sally, Jonah.«
Alles klar, daher kommen seine Zuckungen.
Milow war seit unserer Karamellpudding-Nacht nämlich fest davon überzeugt, dass ich mich in Katie verguckt hatte. Und egal, wie sehr ich es leugnete, er war nicht mehr davon abzubringen. Ständig zog er mich damit auf, wobei ich ihm zugutehalten musste, dass er mir seine Sprüche nur aufdrückte, wenn wir auch wirklich unter uns waren.

Ich nickte hastig und setzte mich mit roten Ohren an den freien Tisch. Sally strahlte mich an, und als ich ihr zuzwinkerte, rümpfte sie ihre Stupsnase so stark, dass ihre Zahnlücken noch viel stärker auffielen als ohnehin schon. Katie zu meiner Rechten hingegen rührte sich kaum. Sie lugte nur einmal kurz zu mir herüber und schaute dann, als sich unsere Blicke trafen, schnell wieder zurück auf ihre Hände. Mir fiel noch auf, wie nervös sie ihre Finger knetete, da klatschte Tammy vor uns schon in die Hände.

»Okay!«, rief sie laut, um unsere Aufmerksamkeit auf sich zu lenken. »Da es heute wie aus Eimern schüttet, dachte ich, wir könnten uns die Zeit hier drinnen mit ein wenig Kreativität vertreiben. Dazu habe ich mir ein kleines Spiel überlegt.«

Ich mochte Tammy. Sie lächelte viel mit den Augen – so auch jetzt. Dennoch spürte ich den prompten Widerstand in mir aufsteigen, als sie ihre Idee näher erläuterte. »Vor euch stehen Farbkästen. Bitte sucht euch eine Farbe aus und malt ausschließlich mit ihr. Was, das hängt ganz von euch ab, denn ihr malt bitte das Allererste, das euch zu dieser Aufgabe einfällt. In Ordnung?«

Als Antwort erhielt sie ein kollektives Nicken. Außer von Roger, der mir gegenübersaß, die Beine unter seinem Tisch weit von sich streckte und mit vor der Brust verschränkten

Armen tief in seinen Stuhl sank. »Mache ich nicht«, brummte er missmutig.

Tammy hörte ihn zweifellos – wie wir alle –, ging aber nicht auf seinen Protest ein. »Wenn ihr fertig seid, hängen wir die Bilder hier vorne zu einer großen Collage auf, und dann darf jeder von euch etwas zu seinem Werk erzählen, okay?«

»Nö«, knurrte Roger, und ausnahmsweise war ich mal seiner Meinung.

So eine Scheiße!

Um ein Haar hätte ich mit den Augen gerollt, dermaßen offensichtlich erschien mir, was Tammy mit ihrer kleinen Pseudokunststunde bezweckte. Die anderen Kinder hingegen machten einen recht euphorischen Eindruck und taten ihre Zustimmung mit Gesten und Geräuschen kund, die den Raum vibrieren ließen.

»Na, dann los!«, rief Tammy freudig. Dann erst wandte sie sich Roger zu, ging neben ihm in die Hocke und redete so leise auf ihn ein, dass es vermutlich nicht einmal Cody, der direkt neben Roger saß, mitkriegte.

Ich ließ meinen Blick zu Milow schweifen und musste plötzlich grinsen. Was dabei rauskäme, wenn er wirklich das Erstbeste malte, was ihm durch den Kopf ging, konnte ich mir deutlich vorstellen. Wahrscheinlich machte ihm dabei nur der Punkt mit der einzigen Farbe zu schaffen, denn seine Lieblingsdonuts waren von bunten Streuseln übersät. Ich beobachtete amüsiert, wie unschlüssig er den bereits getränkten Pinsel über seinem Farbkasten schweben ließ, hin und her, vor und zurück, bis er schließlich die Zungenspitze zwischen die Zahnreihen einklemmte und beherzt drauflostuschte.

Erst als sich Katie rechts neben mir regte, schreckte ich aus meiner Gedankenverlorenheit und sah zu ihr hinüber. Scheinbar wahllos senkte sie ihren Pinsel auf die hellblaue Farbe und kreiste kurz darin herum. Dann drehte sie ihre linke Hand mit der Innenfläche nach oben und begann, sie sorgfältig anzumalen.

»Ich male eine Sonne«, verkündete Sally gleichzeitig zu meiner Linken. Sie lag quasi über ihrem Block; zwischen dem Papier und ihrem niedlichen Gesicht waren nicht einmal mehr zehn Zentimeter. »Die ist nämlich nur gelb, und gerade heute vermisse ich sie sehr.«

Ich schenkte ihr ein Lächeln, das sie jedoch nicht bemerkte, und wandte mich dann meinem eigenen Blatt zu. Eine Weile schob ich den ersten Gedanken, der mich bei Tammys Aufgabenstellung durchzuckt hatte, in meinem Kopf hin und her, doch dann beschloss ich, mich auf ihr kleines Spiel einzulassen. Sie wollte es ja schließlich nicht anders. Also tunkte ich meinen Pinsel in das Wasserglas und rührte ihn anschließend durch die Farbe. Gott, es tat so gut, das endlich wieder zu machen. Durch die sich überschlagenden Ereignisse der vergangenen Wochen war mir nicht aufgefallen, wie sehr ich das Malen vermisst hatte. Aber jetzt lachten mich die Farben fröhlich an. Das Klatschmohnrot, das leuchtende Sonnengelb und dieses wunderschöne Marineblau. Es tat fast ein wenig weh, sich stattdessen für das dunkle Erdbraun zu entscheiden. Konzentriert zog ich die Konturen und malte sie anschließend aus. Innerhalb weniger Minuten war ich damit fertig und beschloss, einfach, weil es mir plötzlich so sehr in den Fingern kribbelte, das Ganze noch durch Schattierungen und Lichtreflexe aufzuhübschen (insofern man bei diesem Motiv überhaupt davon sprechen konnte). Natürlich musste ich mein Braun dafür abändern, aber ich fand, dass das durchaus legitim war. Schließlich blieb ich ja bei der Vorgabe, ein und dieselbe Farbe zu verwenden. Von Nuancen und Farb*tönen* hatte Tammy nichts gesagt.

Als ich fertig war, legte ich den Pinsel schweren Herzens zur Seite und lugte wieder verstohlen zu Katie. Sie hatte ihre angetuschte Hand fest auf das Papier gedrückt, um einen Abdruck zu machen. Doch anstatt sie wieder wegzuziehen, lag ihre Linke noch immer auf dem Zeichenblock. Den Pinsel fest in ihrer Rechten, malte Katie gerade das Weiß an, das ihre gespreizten Finger umgab – und zwar mit exakt demselben Hellblau, mit dem sie zuvor ihre Hand angemalt hatte. Stück für Stück pinselte sie das komplette Blatt in diesem Farbton an. Ich legte die Stirn in Falten und fragte mich zum ersten Mal, ob Katie vielleicht ein bisschen dumm war. Ob sie nicht verstand, dass sie so keinen anständigen Handabdruck zustande brachte? War ihr wirklich nicht klar, dass sie auf diese Weise ein ziemlich nichtssagendes Ergebnis erzielen würde, ein durch und durch blaues Stück Papier? Um ein Haar hätte ich sie gefragt, was zum Teufel sie da eigentlich machte, aber es gelang mir gerade noch rechtzeitig, mir ihre spezielle Situation ins Gedächtnis zu rufen und die Worte zurückzuhalten. Stattdessen sah ich zu Roger, der – *Oh Wunder!* – tatsächlich malte. Von ihm ließ ich meinen Blick zu Milow schweifen, der sich weit in seinem Stuhl zurückgelehnt hatte, die Hände über dem kleinen Bauch zusammengefaltet, und ganz versunken auf sein Blatt starrte. Wahrscheinlich knurrte sein Magen wie verrückt, und der Speichel lief ihm bereits im Mund zusammen.

»Gut, seid ihr alle fertig? Wer von euch möchte denn anfangen?«, fragte Tammy nach einer Weile, als alle ihre Pinsel beiseitegelegt hatten.

»Ich, ich!«, rief Sally neben mir und sprang dabei auch gleich auf. Tammy ließ ihr das mit einem Lächeln durchgehen. Vermutlich dachte sie sich, dass wir ja nicht im Unterricht waren und das Ganze zumindest so zwanglos wie ein Spiel herüberkommen sollte.

Die Kleine trat vor und pinnte ihr Blatt mit Tammys Hilfe an die große Magnettafel, die beinahe die komplette Wand vereinnahmte. »Also, ich habe eine Sonne gemalt«, sagte Sally stolz.

»Und die ist ganz wunderschön geworden«, lobte Tammy. »Warum hast du dich denn für das Gelb entschieden und warum für die Sonne als Motiv?«

Für einen Moment schaute Sally ein wenig verständnislos. Dann fasste sie sich und sagte mit einem Schulterzucken: »Na ja, ich mag die Sonne halt, und ich konnte sie ja schlecht grün malen, oder?« Damit hatte sie sämtliche Lacher auf ihrer Seite, und es gab nichts, was Tammy dieser Logik hätte entgegensetzen können.

Nach Sally kam Cody nach vorne. Er hatte einen Baseball gemalt, so rostrot wie sein Haar, und erklärte das damit, dass er nichts in der Welt so sehr liebte wie Baseball. Weitere Kinder traten vor, die alle ähnlich einfallsarme Dinge gemalt hatten und auch ähnlich banale Erläuterungen dazu hervorbrachten. Schließlich konnte sich Tammy ein wehmütiges Seufzen nicht verkneifen. Nein, diese Übung lief eindeutig nicht so ab, wie sie sich das gewünscht hatte.

Schließlich war Milow an der Reihe. Zu meiner Überraschung hatte er keinen Donut, sondern einen goldbraunen (wenn auch perspektivisch vollkommen missratenen) gedeckten Obstkuchen zu Papier gebracht. Seine Erklärung fiel unerwartet tiefgehend aus. »Niemand hat bessere Pies gebacken als meine Mom«, erinnerte er sich, und es wurde ganz ruhig im Raum. »Manchmal, wenn Mrs Whitacker gebacken hat, duftet das ganze Haus so, wie es früher am Sonntagmorgen immer bei uns gerochen hat. Ich glaube, ich habe mich nie wohler gefühlt als damals, wenn ich von diesem Duft wach wurde. Und dieses Gefühl … fehlt mir. Manchmal denke ich, dass ich Süßes deswegen so gerne esse, weil ich ihm dann ein bisschen näherkomme.«

Einige Kinder nickten stumm vor sich hin, und Tammy sah aus, als würde sie Milow am liebsten in die Arme schließen. Ausgerechnet Katie stieß neben mir ein leises Seufzen aus. Ein wenig schuldbewusst betrachtete ich mein eigenes Bild, während Tammy sich bei Milow bedankte und dann Roger aufrief, der sich jedoch weigerte, nach vorne zu kommen.

»Das ist schade. Aber vielleicht hast du ja später noch Lust, uns dein Bild zu zeigen, nachdem du dir nun schon solche Mühe damit gegeben hast«, sagte Tammy und sprach dann übergangslos weiter, vermutlich um Roger nicht die Möglichkeit zu geben, ihr erneut zu widersprechen. »Katie«, sagte sie. Neben mir zuckte es. Als ich Katie ansah, blinzelte sie und wirkte schlagartig sehr nervös. »Liebes, magst du dein Bild anbringen, hier, an der Magnetwand?«, half Tammy ihr. Katie erhob sich und ging langsam nach vorne.

Mit einem Mal war es sehr still im Raum. Alle Blicke hafteten auf ihr, und sie schien das beinahe schmerzhaft zu spüren, denn ihre Schultern sackten mit jedem Schritt weiter ein. Sie duckte den Kopf und errötete bis zu den Haarwurzeln. Als sie an der Magnetwand ankam, war ihr Gesicht von hektischen Flecken übersät, und ihre Finger bebten.

Katie war elf Jahre alt, das wusste ich mittlerweile, denn wir hatten in der Woche nach meiner Ankunft im Heim ihren Geburtstag gefeiert. In meinen Augen sah sie ein wenig älter aus, denn im Gegensatz zu mir war sie ziemlich groß. Doch abgesehen davon, wirkte sie beinahe … ja, *zerbrechlich*. So feingliedrig ihre Statur war, so eben waren auch ihre Gesichtszüge und so geschmeidig ihre Bewegungen. Für gewöhnlich war Katies Haltung kerzengerade, der hübsche Kopf saß würdevoll auf dem langen Hals, und wenn sie sich setzte, legte sie die zierlichen Hände gefaltet in ihren Schoß oder klemmte sie unter ihre Oberschenkel. Doch jetzt war all dieses Grazile und Anmutige kurzfristig passé. Mit heftig zitternden Fingern hantierte sie mit ihrem großen Blatt und den Magnetpins herum, bis Tammy ihr zu Hilfe eilte und sie erlöste: »Geh ruhig zurück zu deinem Platz, Süße«, raunte sie ihr zu. Prompt drehte sich Katie auf dem Absatz um und setzte sich wieder neben mich. »Gut. Magst du uns vielleicht etwas zu deinem Bild aufschreiben, Katie?« Ein Kopfschütteln. »Gar nichts? Nicht, warum du dieses schöne helle Blau gewählt hast, mit dem du das ganze Blatt bemalt hast? Oder vielleicht schreibst du uns auf, was es darstellen soll? ... Wasser vielleicht?« Katie schüttelte erneut den Kopf, was Tammy ein Seufzen entlockte. Und wieder biss ich mir auf die Unterlippe, um nicht unbedacht etwas herauszuposaunen. Denn schließlich hatte Katie ihr Blatt nicht einfach nur blau bemalt. Auch wenn man ihren Handabdruck kaum noch als solchen erkannte, so war er dennoch da. Und vielleicht, nur vielleicht, so dachte ich in diesem Augenblick, hatte er ja doch etwas zu bedeuten, auch wenn sich mir nach wie vor nicht erschloss, was es sein konnte.

»Jonah, was ist mit dir? Zeigst du uns dein Bild?«

Mit einem Schulterzucken erhob ich mich, ging unter den Blicken aller anderen nach vorne und pinnte mein Bild an. Direkt neben Katies. Ein, zwei Sekunden blieb es vollkommen still, dann brach ein verhaltenes Gemurmel und Gekicher los und steigerte sich schnell zu offenem Gelächter. Wobei ich ehrlich gesagt nicht wusste, ob wirklich mein Bild oder doch eher Tammys Miene der Auslöser hierfür war. Ihre Augen waren weit aufgerissen. »Ist das ...?«

»Na klar, ein Scheißhaufen!«, grölte Milow lauthals und prustete erneut los. Ich rieb mir verlegen über den Nacken, doch dann regte sich ein winziger Funke fast schon vergessener Rebellion in mir.

»Ich habe genau das getan, was du verlangt hast«, rief ich und hasste dabei, wie trotzig und hoch meine Stimme klang.

»Ja, also ... Na ja, du ... hast dich für eine Farbe entschieden. Braun. Und auch ... für ein Motiv«, stammelte Tammy, nach wie vor ziemlich konsterniert. Doch dann, endlich, grinste auch sie mich breit an. »Nur warum ausgerechnet für dieses, frage ich mich?«

»Weil ...«

»Du dich wie ein Stück Scheiße fühlst?«, bot Roger an. Nun lachte selbst er.

Ich schüttelte den Kopf, auch wenn die Idee gar nicht mal so abwegig war. »Na ja, doch. Manchmal schon, ja«, gestand ich leise. »Aber das war nicht der Grund.«

»Sondern?«, hakte Tammy nach.

Ich rang noch kurz mit mir, bevor ich mir einen letzten Ruck gab. »Weil ich diese Übung einfach nur Kacke finde und es nun mal das Erste war, was mir dazu einfiel.«

Schlagartig verstummten die freudigen Laute im Raum. Tammy zog die schmalen Augenbrauen zusammen und sah mich ernst an. Für einen Moment war ich der festen Überzeugung, sie verärgert zu haben, doch dann erkannte ich, dass sie nur ratlos war. »Was stört dich so an diesem Spiel, Jonah?«

»Na, zuerst mal, dass es keines ist. Es ist eine Psychoübung, und zwar eine ziemlich mies getarnte, wenn du mich fragst. Wir malen ganz unbefangen drauflos, und du sitzt da, machst dir Notizen und führst vermutlich jeden Pinselstrich auf seinen vermeintlichen seelischen Ursprung zurück. Das alles ist so eindeutig zu durchschauen, dass ich mich fast schon dafür schäme, wie blauäugig hier alle mitgemacht haben.«

Jetzt war es endgültig totenstill.

»Also, nur damit ich dich auch richtig verstehe: Du fühlst dich durch diese Übung *hintergangen?*«, fragte Tammy nach einer Weile.

»Ich finde es scheiße, die Dinge nicht beim Namen zu nennen und uns hier etwas vorzugaukeln«, beharrte ich. »Ich habe das schon einmal erlebt, in meinem ersten Jahr auf der Junior Highschool. Da hat mir so eine Psychotante auch Papier und Stifte hingelegt und mich aufgefordert, eine typische Szene aus meinem Schulalltag zu malen. Ich habe mich geweigert. Ich meine, was hätte ich auch malen sollen? Die Idioten etwa, die mich damals regelmäßig in meinen Spind eingesperrt haben? Warum redet ihr nicht einfach mit uns, wenn ihr wissen wollt, was los ist?«

Wieder blieb es eine Weile still. Dann, während mir langsam bewusst wurde, wie viel ich durch meinen kleinen Ausbruch preisgegeben hatte, kam Tammy auf mich zu und legte eine Hand auf meinen Arm. »Wenn du willst, kannst du dich gerne wieder hinsetzen, Jonah.«

Mit steifem Gang stolzierte ich zurück zu meinem Platz. Sämtliche Blicke verfolgten mich, aber keiner brannte sich stärker in meine ohnehin schon erhitzte Haut ein als Katies. Meine komplette rechte Wange kribbelte, so sehr war ich mir ihres verblüfften Blickes bewusst.

»Vielleicht hast du ja recht, Jonah. Vielleicht kommt es euch wirklich so vor, als würden Greg, Julius und ich euch hintergehen«, sagte Tammy und zog die Schultern hoch. »Es stimmt. Diese Übung war keine reine Kunstaufgabe. Wir versuchen uns täglich einen Einblick in euer Seelenleben zu verschaffen, was gar nicht so einfach ist. Aber ich kann euch versichern, dass wir hier nichts tun, um euch zu verärgern, und ganz sicher wollen wir euch nicht ausspionieren. Denn eines steht doch wohl fest.« Ihr Blick ließ mich nicht mehr los.

»Wir wollen euch helfen, Jonah, und wir versuchen wirklich unser Bestes, euch das verlorene Vertrauen in das Leben zurückzugeben.«

Ich senkte den Kopf. Tammys Reaktion traf mich völlig unerwartet, und ich schämte mich in diesem Augenblick mehr, als wenn sie mich vor allen anderen getadelt hätte. Doch sie war gnädig genug, mich schnellstmöglich aus meiner Schmach zu erlösen. »Und im Übrigen ...« Ihr schelmischer Tonfall ließ mich sofort wieder aufblicken. Sie schmunzelte. »... ist das der gelungenste und wirklich gigantischste Mega-Scheißhaufen, der mir jemals untergekommen ist!«

Alle prusteten los. Und nach einem kurzen Schockmoment stimmte auch ich mit in das Gelächter ein.

Kurz danach beendete Tammy die Übung. Wir räumten noch gemeinsam auf, doch dann zerstreute sich die Truppe, und ehe ich michs versah, waren nur noch Milow und ich mit Tammy im Raum.

»Du bist echt verrückt! ... Scheißhaufen, tss!« Milow schüttelte grinsend den Kopf, während er die gestapelten Zeichenblöcke mit den restlichen Malutensilien im Materialschrank verstaute. Ich zuckte nur mit den Schultern.

Als wir gerade im Begriff waren, den Raum zu verlassen, rief Tammy mich noch einmal zu sich. Natürlich befürchtete ich, nun doch noch einen Rüffel zu kassieren, und so mitfühlend, wie Milow mich ansah und mir die Schulter tätschelte, schien er das auch zu vermuten. Umso mehr verwunderte mich das Angebot, das Tammy mir ohne weitere Umschweife machte.

»Hör zu, Jonah, wir wussten, schon bevor du zu uns kamst, dass du künstlerisch begabt bist. Wir sind bislang nicht sonderlich auf deine Talente eingegangen, das tut mir leid.«

Ich verstand die Welt nicht mehr. *Sie* entschuldigte sich bei *mir?*

»Du hast schon lange nicht mehr gemalt, oder?«

»Na ja, beim Umbau durfte ich die große Wand im Esszimmer anstreichen.«

Tammys Lächeln wirkte fast beschämt. »Ja. Aber das war nicht gerade sehr befriedigend, oder?«

Ich brummte nur undefinierbar und versuchte mich an einem gleichgültigen Schulterzucken, das jedoch spürbar misslang.

»Auf jeden Fall wollte ich dir anbieten, dass du jederzeit hierherkommen und malen kannst, wenn dir danach ist. Julius und ich haben beide einen Schlüssel zu diesem Raum, und wenn er frei ist, kannst du ihn gerne nutzen. Okay?«

»Ähm … Ja. Danke.«

»Gerne.« Tammys Augen bekamen einen nachgiebigen, beinahe liebevollen Ausdruck. »Wenn ich Julius nachher erzähle, was du heute gebracht hast, wird er sich vor Lachen nicht mehr einkriegen. Dabei hätte ich es wirklich besser wissen müssen.«

»Warum das?«

»Na, weil Ruby uns schon vorgewarnt hat, dass du dich nicht an der Nase herumführen lässt. Und wirklich, es war bestimmt nicht das, was ich beabsichtigte«, versicherte sie mir noch einmal. »Aber bei manchen von euch ist es so unglaublich schwierig, einen Blick hinter die Fassade zu erhaschen. Und das wäre so wichtig, um sich nicht ewig auf derselben Stelle zu drehen. Manchmal fühle ich mich vollkommen ratlos.« Bekümmert sah sie mich an, und ich fragte mich, warum sie ausgerechnet mir das gestand. Gerade wollte ich den Kopf senken und ihrer Offenheit ausweichen, da deutete sie auf die Magnetwand. »Da, nimm Katie als Beispiel. Ihr Bild ist einfach nur hellblau. Der Himmel, ein Meer, eine Laune ohne großartige Bedeutung? Ich weiß nicht, was es darstellen soll.

Sie kann es mir nicht sagen, und es aufzuschreiben traut sie sich nicht. Und ich prophezeie dir jetzt schon, was heute noch passiert. Ich werde mich am Abend an ihr Bett setzen und ihr noch einmal sagen, wie schön ich den Tag mit ihr fand. Und dann werde ich sie bitten, mir ganz vertraulich aufzuschreiben, was sie da gemalt hat und warum. Sie wird mich mit ihren großen blauen Augen ansehen und vielleicht sogar nicken, aber meiner Bitte wird sie trotz alledem nicht nachkommen. Weißt du, Jonah, Katie ist jetzt schon seit zweieinhalb Jahren bei uns, und ich habe bis heute nicht die leiseste Ahnung, wie ich jemals zu ihr durchdringen soll.« Sie lachte bitter auf.

»Na ja ...« Ich betrachtete Katies Bild. »Weißt du, eigentlich ist es nicht einfach nur blau.« Ich legte meine linke Hand genau über Katies kaum sichtbaren Handabdruck. Die Erniedrigung, dass die Länge meiner Finger fast exakt mit der eines elfjährigen Mädchens übereinstimmte, versuchte ich dabei auszublenden. »Sieh mal genau hin«, forderte ich und zog meine Hand langsam wieder weg.

Tammy kniff die Augen zusammen; jetzt sah sie es auch. »Ein Handabdruck«, stieß sie erstaunt aus.

»Ja. Du warst mit Roger beschäftigt und hast es deshalb nicht bemerkt, aber Katie hat sich zuerst die Finger bepinselt und dann die komplette Fläche drum herum. Fast so, als wollte sie abtauchen oder unsichtbar werden. In ... ja, vielleicht wirklich in einem Himmel.« Kaum ausgesprochen, kamen mir meine eigenen Worte doch ziemlich albern und einfältig vor, deshalb wandte ich mich schnell ab und fuhr mir durch das ohnehin schon wirre Haar. »Keine Ahnung! Ich meine nur, dieses Bild ist nicht einfach nur blau.«

»Ja«, sagte Tammy und blickte verwundert auf Katies Bild. »Ja, Jonah, du hast vollkommen recht. Es steckt so viel mehr dahinter, als ich bisher erkannt habe.«

Und da waren wir wieder, zurück auf der von mir so verabscheuten Psychoschiene. Nun kam ich mir fast ein wenig schäbig vor. Wie ein Verräter, der die hilflose Katie bei der erstbesten Gelegenheit hinterrücks ausgeliefert hatte. Also versuchte ich mir ins Gedächtnis zu rufen, was Tammy zuvor gesagt hatte – dass Greg, Julius und sie nur das Beste für uns wollten. Und ich glaubte ihr. Aber das löste den inneren Zwiespalt, in den ich mich manövriert hatte, auch nicht auf. Schließlich hatte Katie selbst nichts über ihr Bild und die Idee dahinter preisgeben wollen. Und war es nicht eine unserer obersten Regeln, den Willen und die Grenzen der anderen zu respektieren?

»Ich gehe besser wieder hoch«, beschloss ich hastig. »Milow und ich haben Küchendienst, und wenn wir nicht rechtzeitig den Tisch eindecken, landen wir womöglich selbst in Mrs Whitackers Suppentopf. Ernsthaft, das Ding ist so riesig, dass jeder Kannibale neidisch werden würde.«

Tammy schmunzelte pflichtbewusst über meinen lahmen Scherz, aber dieses Lächeln erreichte ihre dunklen Augen ausnahmsweise einmal nicht. »Ja … Ja, geh nur«, sagte sie und sah dann grübelnd zurück zu Katies Bild.

Verflixt, was habe ich da nur gesagt?

V.
~ Katie ~

»Du denkst schon wieder an ihn, oder?«, fragte Hope. Ich sah von meinem Buch auf und runzelte die Stirn. Wir hatten es uns im Halbschatten des größten Rosenbusches ganz hinten im Garten bequem gemacht. Eigentlich, um zu lesen. Zum x-ten Mal hatte ich mir *Die unendliche Geschichte* aus dem riesigen Bücherregal im Gemeinschaftsraum mitgenommen; es war mein absolutes Lieblingsbuch. Doch noch schien Hope nicht bereit zu sein, mich in diese zauberhafte Welt abtauchen zu lassen, in der es von Drachen und anderen eigentümlichen Wesen nur so wimmelte.

Sie verdrehte ihre großen hellblauen Augen und seufzte theatralisch. »Na, du denkst doch schon wieder an den Scheißhaufen-Jungen.«

Ein Schmunzeln zupfte an meinen Mundwinkeln, aber ich brachte es schnell wieder unter Kontrolle und schaute sie stattdessen missbilligend an.

Tammys eigenwillige Malstunde lag nun schon eine Woche zurück, doch seitdem war kein Tag vergangen, an dem Hope mich nicht mindestens einmal mit diesem Thema aufgezogen hatte. Und auch jetzt wurde ihr Grinsen so breit, dass ich mir Sorgen machte, es könnte ihr stets leicht gerötetes Gesicht in zwei Hälften spalten. »Was denn? Ich weiß ja, dass er einen

Namen hat, aber *Scheißhaufen-Junge* klingt viel lustiger, das musst du schon zugeben.« Sie gluckste vergnügt.

Sehr witzig, ja. Und so einfallsreich!

Hope war damals meine einzige Freundin im Heim. Wir verstanden uns blind und – in meinem Fall – sogar stumm. Sie war die Einzige, für die mein Schweigen keine Barriere darstellte. Vielleicht hörte sie sich selbst auch nur gerne reden und war froh, an meiner Seite immer zu Wort zu kommen. So oder so, wir hatten uns von Anfang an gemocht, seitdem sie vor etwa anderthalb Jahren zu mir ins Zimmer gezogen war.

Hope war schon dreizehn Jahre alt und ziemlich schlau, wie ich fand. Ich bewunderte vieles an ihr und beneidete sie teilweise sogar. Um ihre kurzen hellblonden Korkenzieherlocken zum Beispiel, die kess in alle Himmelsrichtungen von ihrem Kopf abstanden, wie eine optische Vorwarnung auf ihr lebhaftes und stets so unternehmungslustiges Wesen. Wenn wir sonntags nebeneinander in der Kirche saßen, Hope ihre wilde Mähne mit dem von ihr gehassten Haarreifen gezügelt hatte und mit glockenklarer Stimme die andächtigen Lieder mitsang, lächelte ich oft in mich hinein. Denn meine Freundin war eigentlich ein echter Wildfang, intuitiv und schwer zu bändigen, wie ihre sprungfederartigen Locken. Sie war wie mein Gegenstück: Während ich schnell nervös wurde und mich grundsätzlich vor allem Unbekannten fürchtete, schien Hope weder Kummer noch Angst zu kennen. Ich fragte mich oft, was sie eigentlich dazu bewog, immer wieder meine Nähe zu suchen, und ob unsere Freundschaft vielleicht auf Hopes Ahnung basierte, dass ich ihr einmal sehr ähnlich gewesen war. Damals, in meinem früheren Leben, das mir so weit entfernt schien wie die Sterne in einer klaren Nacht.

»Okay, die Idee mit dem Scheißhaufen war echt lustig und ziemlich mutig«, lenkte sie anerkennend ein. »Aber ansonsten verstehe ich nicht so wirklich, warum du andauernd an diesen Neuling denkst.« Ich gab mir keine Mühe, Hopes Feststellung zu leugnen. Denn sie lag ja richtig, wie eigentlich immer. In den letzten Tagen drehten sich viele meiner Gedanken um den neuen Jungen im Heim, Jonah Tanner. Auch wenn ich selbst nicht so genau verstand, warum.

Hope rümpfte die Nase. »Er hat ein süßes Gesicht, ja, mit der schmalen Nase und dem scheuen Blick. Aber dass er so winzig ist für einen Dreizehnjährigen? Kaum größer als du, wenn überhaupt. Und dabei ist er sooo altklug. *Ich schäme mich fast dafür, wie blauäugig hier alle sind*«, äffte sie Jonah nach. »Ernsthaft? Wenn er glaubt, dass er sich auf diese Art hier Freunde macht, ist er um einiges dümmer, als er selbst meint.«

Ich zuckte nur mit den Schultern und verdeutlichte, dass ich gerne das Thema wechseln würde, indem ich meinen Blick betont gelangweilt über die weite Rasenfläche in Richtung der Jungen schweifen ließ, die in einiger Entfernung mal wieder mit Baseball und Schlägern zugange waren und ihre Würfe, das Fangen sowie leichte Abschläge übten. Jonah war wie immer nicht bei ihnen. Für Baseball schien er sich nicht sonderlich zu interessieren. Oder generell für Sport? Ich wusste es nicht, aber das würde sich schon bald zeigen, denn in der kommenden Woche ging der Unterricht wieder los.

Ich seufzte wehmütig bei dem Gedanken, denn für mich bedeutete das auch, dass sich die erholsamen Wochen ohne Logopädie ihrem Ende zuneigten. Mit Grauen dachte ich an Mrs Sheppard, meine Sprachtherapeutin, die mich vermutlich schon nächsten Dienstag vorwurfsvoll und voller Ungeduld anschauen würde, die schmalen Lippen gespitzt und die Stirn gerunzelt. Als würde ich mich einfach nur weigern, mit ihr zu reden. Als läge es tatsächlich, wie es auch die Ärzte immer wieder behaupteten, in meiner Macht, zu sprechen. Tammy, Greg und Julius sahen das Gott sei Dank anders. Das wusste ich, weil ich wenige Monate nach meinem Einzug ein Gespräch zwischen ihnen belauscht hatte.

»Manchmal glaube ich, sie würde schon gerne sprechen, aber ... es gibt wahrscheinlich einfach keine Worte für das Grauen, das sie durchlebt hat«, sagte Tammy, und ihre Stimme klang dabei, als drückte ihr jemand die Kehle zu. »Das kann schon sein, ja«, befand Julius nachdenklich. »Uns bleibt nichts anderes übrig, als ihr immer wieder zu zeigen, dass sie uns vertrauen kann. Wir werden Geduld brauchen. Vielleicht kommt sie ja dann irgendwann aus sich heraus, und diese Blockade lockert sich.«

Ich war mir sicher, dass Julius zumindest teilweise recht hatte. Es musste eine Blockade sein, die verhinderte, dass ich so sein konnte, wie ich früher einmal gewesen war. Frei, unbefangen und, ja, *offen*. Diese Blockade hatte mein Vater verursacht, indem er in nur wenigen Minuten meine komplette Welt ausgelöscht hatte.

Nichts machte mir mehr Angst als die Momente, in denen ich gezwungen war, bewusst an jene verheerende Nacht zurückzudenken und mir dadurch ins Gedächtnis zu rufen, dass es nichts gab, auf das man sich verlassen konnte. Nie kam ich mir haltloser vor, nie verlorener, als wenn mich die schrecklichen Erinnerungen packten und für eine unbestimmbare Weile mit sich rissen.

»Pfff«, machte Hope und holte mich damit aus meinen finsteren Gedanken. Ich blinzelte einige Male und atmete erleichtert durch.

Die Jungs riefen sich letzte Kommandos zu, während Cody zum Wurf ausholte. Milow hielt den Schläger mit beiden

Händen fest umklammert und beugte sich, bereit für den Abschlag, leicht nach vorne.

»Fünf Minuten«, sagte Hope platt.

Ich schmunzelte und streckte Daumen, Zeige- und Mittelfinger meiner rechten Hand.

»Was denn, heute nur drei, glaubst du echt? Na, wir werden sehen!«

Gespannt warteten wir ab, wie lange es diesmal dauerte, bis der Ball zum ersten Mal in der Regenrinne landete und Julius seine Leiter wieder bemühen musste. Wer würde heute richtigliegen – Hope oder ich?

»Duck dich!«, rief sie schon bei Milows zweitem Schlag, als der Ball knapp über unsere Köpfe hinwegschoss und mit voller Wucht in den Rosenbusch preschte, dessen Blätter empört raschelten.

»Scheiße, Mann! Den holst du da aber raus!«, schimpfte Cody an Milow gewandt. Der warf den Schläger ins Gras und trabte missmutig und ziemlich schwerfällig in Richtung Gebüsch.

Hope kicherte vergnügt. »Das war zwar nicht die Regenrinne, aber der Ball ist erst mal weg. Du hast wohl gewonnen, schätze ich.«

Die Jungen suchten auf allen vieren nach ihrem Ball. Uns beachteten sie dabei nicht, was auch nicht weiter verwunderlich war. Ich hatte sehr schnell gelernt, dass man als stummer Mensch nahezu unsichtbar war. Ob es mir nichts ausmachte, dass sie mich wie Luft behandelten? Nun, das eine oder andere Mal versetzte es mir schon einen kleinen Stich, ja. Aber im Großen und Ganzen war es mir nur recht, nicht im Mittelpunkt zu stehen. Das war etwas, was ich seit jener Nacht vor drei Jahren so gut es ging vermied.

Es dauerte nicht lange, bis Milow den ersten Schmerzensschrei ausstieß, weil er sich an den Dornen des Rosenbusches gestochen hatte. »Gib mir wenigstens deinen Handschuh!«, forderte er von Cody.

Hope beugte sich grinsend zu mir herüber und flüsterte mir ins Ohr: »Wann wohl einer von denen darauf kommt, dass wir diese langen Greifzangen im Keller haben, mit denen Julius im Herbst immer das Laub aus den Schächten hinterm Haus klaubt?«

Ich sah sie bittend an und nickte dabei in Richtung der Jungen. Doch Hope verschränkte die Arme vor der Brust. »Nö, ich denke nicht im Traum daran! Geh du doch die blöden Dinger holen.«

Wenn sie so schaute, mit geschürzten Lippen, ihren weißblonden Haaren und den großen hellblauen Augen, erinnerte sie mich irgendwie an meinen kleinen Bruder. Ich schluckte hart, schüttelte Theos Bild aus meinem Kopf, erhob mich aus dem Gras und ging entschlossen in Richtung Keller.

Dort unten roch es wie immer ein wenig seltsam, irgendwie nach abgestandenem Putzwasser und eingelegten Gurken. Ich ging an dem Sportraum vorbei, von dessen Zimmerdecke der Sandsack herabbaumelte, den besonders die älteren Jungen oft nutzten, um Frust und Verzweiflung abzubauen. Ich fand das beneidenswert, denn ich selbst kannte kein derartiges Ventil. Mein erlebtes Grauen war unwiderruflich in mir eingeschlossen, und ich hatte häufig das Gefühl, daran zu ersticken.

Natürlich hätte ich das damals noch nicht in Worte fassen können. Nicht mit meinen elf Jahren. Selbst dann nicht, wenn ich in der Lage gewesen wäre zu sprechen. Wobei ich wohl auch schrie, zumindest behauptete Tammy das, wenn sie nachts an mein Bett kam und mich aus einem meiner Albträume in ihre Arme zog. Aber diese Schreie hatten nichts Befreiendes an sich. Vielleicht, weil ich sie nie bewusst ausstieß und mich anschließend nicht einmal daran erinnerte.

Ein leises Klackern ließ mich aufhorchen, als ich gerade den Abstellraum erreicht hatte, in dem Julius die Leitern, Eimer und die langen Greifzangen aufbewahrte. Ich drehte mich um und sah, dass die Tür zum Werkraum einen Spaltbreit offen stand. Warum auch immer, aber in diesem Moment spürte ich, dass es nur Jonah sein konnte, der sich dort aufhielt. Die Neugierde packte mich so unverhofft und heftig, dass ich es erst bemerkte, als ich schon an der Tür stand und sie behutsam ein Stückchen weiter aufschob, um durch den Spalt in den Raum zu spähen.

Und richtig. An dem Tisch, den Tammy ihm in der vergangenen Woche zugewiesen hatte, saß Jonah und malte in Seelenruhe und scheinbar tiefster Versunkenheit. Den Kopf ein wenig zur Seite geneigt, fiel ihm das stets so strubbelige dunkelblonde Haar tief in die Stirn, und ich wusste, ohne es zu sehen, dass er wohl wieder auf seiner Unterlippe kaute. Es war angenehm still in dem großen Raum. Nur das leise Klackern von Jonahs Pinsel war zu hören, wenn er ihn am Rand seines Wasserbechers abstreifte. Was er wohl malte?

Plötzlich sah Jonah auf – und mir mitten ins Gesicht. »Katie?«
Oh Mist!
Ich errötete augenblicklich und wog hektisch das Für und Wider einer verspäteten Flucht ab. Unsicher blinzelte ich Jonah an. Obwohl ich nichts Verbotenes getan hatte, kam ich mir auf unangenehme Art und Weise ertappt vor – und so unverhofft allein mit ihm zu sein, machte mich schlagartig nervös.

Jonah stand auf und kam auf mich zu. Normalerweise tat ich mich unglaublich schwer, den Blickkontakt zu meinem Gegenüber zu halten, doch irgendwie gelang es mir – uns – in diesem Moment. Dabei fiel mir zum ersten Mal auf, dass sich die Farbe seiner Augen unmöglich bestimmen ließ. Der äußere Rand war von einem klaren, tiefen Blau, das zur Mitte hin in ein Grau-Blau-Grün-Gemisch überging, und um die Pupillen schloss sich ein beinahe gelblicher Strahlenkreis. Für einen Moment verlor ich mich in dem Anblick seiner auffallend schönen Augen und vergaß darüber beinahe mein Unbehagen. Dann erst sah ich den hellbraunen Fleck, der mitten auf seiner rechten Wange prangte.

Nanu, er wird doch nicht schon wieder einen Scheißhaufen malen?

Der Gedanke trieb mir wohl den Anflug eines Schmunzelns über das Gesicht, denn plötzlich erhellte sich auch Jonahs Miene, und ein Teil meiner Angst verpuffte in seinem Lächeln. Noch etwas zögerlich fuhr ich mir mit dem Zeigefinger über die Wange. Jonah begriff sofort.

»Oh, habe ich da Farbe?«, fragte er und wischte sich hastig über die falsche Wange. Ich deutete auf die andere Seite, und er reagierte, indem er die braune Farbe großzügig mit dem Handrücken über die gesamte restliche Gesichtshälfte verteilte. »So besser?«

Ich rümpfte die Nase.

»Ist auch egal, ich mache das später«, beschloss Jonah und hakte seine Daumen verlegen in den Fronttaschen seiner Jeans ein. »Was ... ähm ... machst du hier?«

Schlagartig ließ ich den Blick auf seine Schuhspitzen fallen. Meine Wangen röteten sich erneut, und Jonah beeilte sich, seine Frage zu entschärfen. Dass er dabei einen weiteren Schritt auf mich zumachte, erschreckte mich ein wenig.

»I-ich meine, möchtest du auch etwas malen? Ich habe Tammys Schlüssel zu dem Schrank mit den Farbkästen. Also, w-wenn du willst, dann hole ich ...«

Aus heutiger Sicht war sein Gestammel wirklich süß. Doch damals war ich mit der Situation überfordert und verspürte automatisch den Impuls, mich zurückzuziehen. Also schüttelte ich den Kopf und wich einen Schritt zurück. Im selben Moment ertönte Codys Stimme über einem der Kellerfenster. »Aber diesmal schlägst du den Ball wirklich nur leicht, Milow, kapiert?! Ich krieche bestimmt nicht noch mal in diesen scheiß Busch.«

Jonah horchte auf. »Da hat der Grobmotoriker wohl mal wieder den Ball verschlagen«, schlussfolgerte er leise, vermutlich eher zu sich selbst als zu mir. Ich nickte trotzdem.

Aber jetzt hatten sie ihren hochheiligen Baseball ja offenbar zurück, womit es eigentlich keinen Grund mehr für mich gab, weiterhin hier im Keller herumzulungern. Und dennoch, ich rührte mich nicht vom Fleck.

Wir standen uns weiterhin gegenüber, und da ich Jonahs eindringlichem Blick nicht mehr standhalten konnte, wanderten meine Augen zu seinem Bild. Als ich begriff, was ich sah, starrte ich fassungslos zwischen ihm und seinem Gemälde hin und her. Jonah war mein Erstaunen sichtlich peinlich. »Das ... E-es ist noch lange nicht fertig«, stammelte er befangen. Doch für mich machte es keinen Unterschied, ob das Bild bereits fertig war oder nicht. Auf Jonahs Zeichenblock prangte ganz unverkennbar und in Übergröße Milows sommersprossiges Gesicht. Die lustigen Augen, der breite Mund, die lange Narbe auf der linken Wange ... Ich war hin und weg, denn ich hatte es nicht für möglich gehalten, dass ein dreizehnjähriger Junge ein solch detailgetreues Bild malen konnte. Und mehr noch: Beim Anblick von Milows hellgrünen Augen hatte ich zum ersten Mal das Gefühl, dass er mich wirklich bemerken und ohne jede Zurückhaltung ansehen würde. Die Offenheit seines Blickes ging mir durch und durch und ließ mich in ihrer Intensität erschaudern.

Meine Beine verselbstständigten sich ebenso wie meine Hände, und ehe ich michs versah, war ich an Jonah vorbeimarschiert und betrachtete sein Werk aus nächster Nähe.

»Gefällt es dir?«, fragte er nach einer Weile dicht hinter mir.

Ich wirbelte zu ihm herum. Doch anstatt ihm mit einem simplen Nicken zu antworten, standen wohl hundert Fragen in meinen Augen, denn ich sah, wie er versuchte, sie aus meinem Blick abzulesen.

»Hier«, wisperte er schließlich, langte kurz entschlossen an meiner Seite vorbei zum Tisch und schlug das Deckblatt des kleinen Notizblocks auf, der direkt neben seinem Bild lag und ihm offenbar zum Vorskizzieren diente. Er drehte ihn mir zu und legte seinen Bleistift darauf. »Schreib es auf!«, forderte er ohne Umschweife.

Ich zögerte noch einen Moment, doch in Jonahs Augen lag etwas so Forderndes und Direktes, dass ich den Bleistift tatsächlich ergriff und einfach zu schreiben begann:

Hattest du ein Foto von Milow?

Er neigte den Kopf zur Seite, um das Geschriebene lesen zu können. »Du meinst als Vorlage?« Ich nickte schwach. »Nein, ich habe das im Kopf, weißt du? Ich kann mir Gesehenes halt ziemlich gut merken. Man nennt das ein fotografisches Gedächtnis, weil ich viele kleine Bilder in meinem Kopf abspeichere, immerzu.«

Keine Vorlage?, hakte ich ungläubig nach, wobei nur das schabende Geräusch der Bleimine auf dem Papier die Stille im Raum zerschnitt.

Erneut schüttelte Jonah den Kopf. »Nein, keine Vorlage. Ich kann die Augen schließen und sehe alles ganz klar vor mir.«

Bewundernd ließ ich das auf mich wirken, überwand mich erneut und schrieb: *Das ist so toll geworden!!!*

Jonah lächelte, nun sichtlich verlegen, und fuhr sich mit gespreizten Fingern durch das verstrubbelte Haar. »Danke.«

Wieder kehrte Stille ein und dehnte sich zwischen uns aus. Doch ehe sie erneut unangenehm werden konnte, fasste ich all meinen Mut zusammen und bemühte noch einmal Jonahs Bleistift.

Hast du noch mehr Bilder hier?

Für einen Moment, in dem sich seine Stirn in tiefe Falten legte, haderte Jonah mit sich und schien regelrecht abzuwägen, was er mir sagen sollte. Als er endlich nickte, überkam mich ein zarter Anflug von Freude, und ich konnte es kaum erwarten, noch mehr seiner Kunstwerke zu sehen. Schon bückte Jonah sich, zog unter der Arbeitsplatte seines Tisches eine Mappe hervor und reichte sie mir zögerlich. »I-ich … male erst seit ein paar Tagen wieder. Viel ist es noch nicht.«

Das klang beinahe entschuldigend. Angetrieben von meiner Neugier, öffnete ich das schmale Schleifenband, das die Mappe zusammenhielt, und schlug den Deckel zurück. Sechs Bilder fand ich darin vor. Vier Bleistiftzeichnungen und zwei mit Wasserfarben gemalte Porträts, ähnlich dem von Milow.

»Das ist eigentlich nicht das richtige Papier für solche Aquarelle. Es ist zu dünn und wellt sich leicht. Aber … das ist mir egal. Die Bilder sollen ja nur für mich sein«, brabbelte Jonah hinter mir. Er wirkte ziemlich nervös, wobei das eigentlich Seltsame war, dass sich meine eigene Nervosität in seiner Anwesenheit zunehmend legte.

Behutsam breitete ich die Bilder nebeneinander aus, um sie alle auf einmal zu betrachten. Jonahs Talent verschlug mir erneut den Atem. Ein Porträt zeigte eine stämmige, ziemlich gut gelaunte farbige Frau in kräftigen Farbtönen. Nach einer Weile dämmerte mir, dass dies die Frau sein musste, die Jonah zu uns gebracht und ihn seitdem auch zwei- oder dreimal besucht hatte. Ich ließ meine Fingerspitzen über die unzähligen, mit feinsten Pinselstrichen zu Papier gebrachten Zöpfchen gleiten, die lustig von ihrem Kopf baumelten. »Das ist Ruby«, erklärte Jonah leise. »Sie hat sich in der ersten Zeit um mich gekümmert, als ...« Er ließ den Satz fallen und atmete tief durch. »Sie ist vom Jugendamt.«

Ich nickte kurz und widmete mich dann schnell einem weiteren Bild, das Tammy auf ihrem Lieblingsplatz zeigte, dem alten Ohrensessel vor dem großen Bücherregal. Jonah hatte ihre typische Lesehaltung – mit geradem Rücken, geneigtem Kopf und dem linken Bein unter dem Po – festgehalten. Es faszinierte mich sehr, dass ich Tammy sofort erkannte, obwohl ihr Gesicht eigentlich nur in wenigen ebenso präzisen wie sanften Strichen skizziert worden war. »Ist es nicht komisch, wie sie stundenlang so sitzen und lesen kann? In dieser Position?«, bemerkte Jonah kopfschüttelnd. Erstaunt sah ich zu ihm auf und schenkte ihm ein vorsichtiges Lächeln, denn genau diese Frage hatte ich mir schon häufig gestellt. Jonah erwiderte mein Lächeln. Das heißt, eigentlich lächelten zunächst seine Augen, und dann erst, mit einer deutlichen Verzögerung, hoben sich auch seine Mundwinkel. Ich hatte so etwas noch bei niemand anderem beobachtet, aber es gefiel mir.

Die nächsten zwei Bilder zeigten den Innenhof eines großen Gebäudes, das ich sofort als ein Krankenhaus erkannte, und den weitläufigen Garten des Heims. Jeder Busch, jeder Baum und jedes Spielgerät standen exakt an ihrem Platz und fügten sich in Proportion und Detailgenauigkeit in ein durch und durch stimmiges Bild ein.

Aus dem letzten von Jonahs Bildern blickte mir Julius entgegen. Die blonden Haare fielen ihm tief in die vor Konzentration gerunzelte Stirn, während seine Augen von den für ihn so bezeichnenden Fältchen umrahmt waren. Ein Nagel hing locker zwischen den schmalen Lippen in seinem rechten Mundwinkel. Vielleicht hatte Jonah ihn während der Renovierung so gesehen. Auf jeden Fall war es eine Momentaufnahme, ein mentaler Schnappschuss, auf dem sein Gemälde beruhte.

Jonahs Erklärung bezüglich seines fotografischen Gedächtnisses konnte ich damals noch nicht vollständig begreifen. Aber ich verstand sehr wohl, dass sein künstlerisches Talent nicht alleine seinen Händen geschuldet war, sondern dass er vor allem die Gabe besaß, die Dinge und Menschen vollkommen bewusst wahrzunehmen. Gedankenverloren streichelte ich über Julius' Mund auf dem leicht gewellten Papier.

»Du magst Tammy und Julius, oder?«, fragte Jonah.

Ich dachte kurz nach, dann nickte ich zaghaft. Er lächelte, und wieder bekamen seine dicht bewimperten Augen diesen milden Ausdruck, bevor sich seine Mundwinkel verzogen. Jonah lächelte tatsächlich zuerst mit den Augen.

»Dachte ich mir«, sagte er nun. »Ihre Porträts hast du nämlich am längsten angeschaut.« Schnell wurde mir sein Blick wieder zu intensiv, darum wandte ich mich ab und ergriff erneut den Bleistift auf dem kleinen Block.

Deine Bilder sind wirklich wunderschön!

»Danke.« Jonah wirkte inzwischen ruhig, wenn auch ein wenig verlegen auf mich. Nun kannte ich also sein Ventil und wusste, warum er sich so alleine in den Keller verzogen hatte. Jonah brauchte keinen Boxsack, er verfügte über sanftere Methoden.

In diesem Moment läutete Mrs Whitacker die Glocke zum Abendessen und forderte uns damit auf, in spätestens fünf Minuten mit sauberen Gesichtern und gewaschenen Händen am großen Tisch im Esszimmer zu sitzen. Ich half Jonah noch beim Verstauen seiner Bilder, doch als er seine Pinsel säuberte, stellte ich mir plötzlich vor, wie wir gemeinsam die Kellertreppe hochkommen würden. Ich sah die neugierigen Blicke der anderen Kinder vor mir, hörte ihr Getuschel ... und schlüpfte klammheimlich aus dem Raum. Mein schlechtes Gewissen Jonah gegenüber ignorierend, lief ich, so schnell mich meine Füße trugen, in mein Zimmer hinauf, wo ich bereits von Hope erwartet wurde.

VI.
~ Jonah ~

»Wie geht es dir, Jonah?« Ruby saß neben mir auf der Bank im Vorgarten und sah mich besorgt an.

Ich hatte keine Ahnung, was ich ihr antworten sollte. Seit Ruby vor einer guten Stunde zu Besuch gekommen war, hatten wir kaum ein paar Sätze miteinander gewechselt – und auch die waren vollkommen belanglos gewesen. Als ich nichts erwiderte, legte sie den Kopf zur Seite und sah mich noch eindringlicher an. »Tammy hat gesagt, dass du wieder malst?«

»Ja.«

»Das ist schön. Sie hat mir aber auch erzählt, dass du ihre Kunstübung infrage gestellt hast.«

Ich zuckte nur mit den Schultern.

»Weißt du, Jonah, wenn du Offenheit verlangst, dann solltest du uns gegenüber auch ein wenig offener sein. Also: Wie geht es dir?«

»I-ich …« Weiter brachte ich nichts hervor. Beschämt durch mein aussichtsloses Gestammel, ließ ich den Kopf in meine Hände sinken und schloss die Augen. Was sollte ich auch sagen? Alles, was der Wahrheit entsprochen hätte, klang so unsagbar kläglich, dass ich es einfach nicht aussprechen konnte.

Ich vermisse meine Mom so schrecklich! Ihren Gutenachtkuss und die Art, wie sie mir immer durch das Haar gewu-

schelt hat. Obwohl ich eigentlich dachte, ich würde es hassen, sehne ich mich jetzt danach. Und meine Granny fehlt mir auch. Sie hat jeden Tag mit einem Sprichwort begrüßt. Sie war so klug, kannte auf jede Frage eine Antwort. Manchmal habe ich wahnsinnige Angst davor, das wenige, an das ich mich noch erinnere, zu vergessen. Dass mir im Endeffekt nur die Bilder bleiben, während die Laute und Gerüche mit der Zeit immer leiser werden und verblassen ... bis sie eines Tages ganz verschwunden sind.

Wem wäre geholfen gewesen, hätte ich diese Sorgen ausgesprochen? Mir zumindest nicht, davon war ich überzeugt.

»Du sehnst dich nach zu Hause, richtig?«, schlussfolgerte Ruby aus meinem Schweigen. Die verdammten Tränen stiegen mir so schnell in die Augen und liefen über, dass ich froh war, mich bereits hinter meinen Händen verschanzt zu haben.

»Gehen wir ein Stück?«, krächzte ich anstelle einer Antwort – wollte ich doch auf jeden Fall vermeiden, dass mich eines der anderen Heimkinder so sah. Die meisten hielten mich ohnehin schon für einen wachstumsgestörten Besserwisser. Ich wusste, dass ich für viele altklug, uncool und wahrscheinlich auch grottenlangweilig wirkte. Schließlich begeisterte ich mich weder für Baseball noch für Computerspiele. Von daher war es nicht weiter verwunderlich, dass ich (mal wieder) Schwierigkeiten hatte, mich einzugliedern. Aber zumindest wollte ich mir einen Funken Würde bewahren und nicht auch noch als Heulsuse abgestempelt werden.

Ruby erhob sich schwerfällig und folgte mir stumm. Ohne darüber nachzudenken, schlug ich den Weg zu einer Kapelle ein, die abgelegen inmitten weiter Felder lag und die ich erst wenige Tage zuvor auf einem unserer Ausflüge entdeckt hatte. Weil Ruby nach wie vor schwieg und die Stille zwischen uns mit jedem Schritt drückender wurde, pflückte ich einen langen Grashalm vom Wegesrand, klemmte ihn mir zwischen die Daumen und führte ihn zu meinem Mund. Wie oft hatte mich meine Mom mit dem lauten Pfeifton, der sich durch das Blasen gegen die Schneide eines solch breiten Grashalms erzeugen ließ, zum Essen gerufen, wenn ich im Spiel mal wieder die Zeit vergessen hatte ... Als diese Erinnerung in mein Bewusstsein sickerte, hielt ich inne und schnippte den abgerissenen Halm zurück ins Gras, ohne ihm auch nur den leisesten Ton entlockt zu haben. Nein, diese Stille war nicht nur drückend, sie war auch wohltuend. Ich wollte sie nicht durchdringen. Schon gar nicht mit einem Pfeifen, hinter dem sich so viele Erinnerungen verbargen. Also ließ ich mir vom lauen Abendwind die Tränen trocknen und setzte mich schließlich auf die Stufen vor der Kapelle, die ich mit einem großen Vorsprung zu Ruby erreichte. Während ich beobachtete, wie sie schwer atmend auf mich zusteuerte, ließ ich die Ruhe ganz bewusst auf mich wirken ... und erinnerte mich dabei an mein Zusammentreffen mit Katie, das nun schon zwei Tage zurücklag.

Nachdem Katie so Hals über Kopf davongestürmt war, hatte sie sich nicht mehr bei mir blicken lassen. Dabei hatte ich den gestrigen Nachmittag und den heutigen Vormittag im Werkraum verbracht. Auch, um ihr die Chance zu geben, mich aufzusuchen, wenn ihr danach war. Und ja, irgendwie hatte es mich enttäuscht, dass Katie nicht gekommen war.

»Ruby?«, flüsterte ich, nachdem wir schon eine Weile nebeneinander auf den Stufen gesessen hatten und ihr Atem wieder ruhiger geworden war.

»Ja?«

»Kennst du dich mit Kindern aus, die nicht sprechen?«

Sie wandte mir den Kopf zu. Wie so oft heftete sich mein Blick zunächst auf ihre knubbelige Nase, bevor ich es schaffte, ihn in Rubys dunkle Knopfaugen zu lenken.

»Mit mutistischen Kindern, meinst du? So wie Katie?«

Für einen Moment davon überrumpelt, dass ihr die Situation bekannt war und sie Katie sogar beim Namen nennen konnte, wich ich aus.

»Ist das der Fachausdruck dafür? Mutis… Äh, was?«

»Mutismus, ja. Meist ist das Veranlagung. Diese Kinder haben dann schon sehr früh Probleme damit, sich mit Fremden zu unterhalten. Aber das wird fast immer als übermäßige Schüchternheit abgetan und besonders von den Eltern heruntergespielt, weil die Kinder zu Hause fröhlich vor sich hin plappern und dort oft alles andere als still sind.«

»Aber bei Katie ist das doch erst so, seitdem sie im Heim lebt? Milow glaubt zumindest, dass sie früher ganz normal gesprochen hat. Bevor was auch immer passiert ist und sie so… verstört hat.«

Ruby nickte. »Ja, traumatische Erfahrungen können eine andere Ursache dieser Störung sein. Aber auch hierbei ist es gut möglich, dass Katie schon früher Probleme mit dem Sprechen hatte. Wahrscheinlich nicht zu Hause, aber vielleicht im Kindergarten oder in der Schule… Spricht sie im Heim denn wirklich nie?«

»Nein, nie. Zumindest hat sie noch keiner reden gehört.«

Ruby streckte ihre stämmigen Beine, die heute in knallig engen türkis-pink gestreiften Leggings steckten, vor sich aus und grübelte.

»Und, hattest du trotzdem schon mit ihr zu tun?«, fragte sie schließlich. Ich schüttelte den Kopf. Vielleicht etwas zu heftig und hastig, denn Rubys linke Braue schoss förmlich in die Höhe. »Na ja, einmal, ganz kurz«, räumte ich ein. »Aber da hat sie auch nicht gesprochen.« Ich riss mir einen neuen Grashalm ab und begann, ihn in kleine Stücke zu rupfen.

»Ich hatte zwar schon oft mit Kindern zu tun, die so lange schwiegen, bis sie mir vertrauten, aber mit Kindern wie Katie fehlt mir die praktische Erfahrung«, gestand Ruby. »Da beschränkt sich mein gesamtes Wissen auf das bisschen hängen gebliebene Theorie vom Studium. Und ich habe da einmal ein sehr gutes Buch gelesen.« Nun winkelte sie die Beine wieder an, und weil sie das so abrupt tat, erahnte ich, dass ein Geistesblitz hinter der Bewegung steckte.

»Was war das für ein Buch?«

»Von einer Therapeutin. Sie hatte gute Erfahrungen damit gemacht, Kinder, die unter einer bestimmten Form von Mutismus litten, direkt von Beginn an sehr fordernd anzusprechen. Oft gelang es ihr, die Blockade so zu durchstoßen. Da fällt mir ein, ich habe mit Tammy einmal darüber gesprochen, aber das liegt schon einige Zeit zurück. Sie kannte das Buch auch und wusste, dass sie für einen Versuch dieser Art mit Katie den entscheidenden Zeitpunkt versäumt hatte. Als die Kleine damals ins Heim kam, waren alle ziemlich überfordert. Und bis sich Julius und Tammy in Katies Akte und die Fachberichte rund um den Mutismus eingelesen hatten, war schon zu viel Zeit verstrichen. Diese Störung ist sehr komplex, weißt du? Und es gibt bis heute keine generell erfolgversprechende Therapie.«

Ich verstand nur die Hälfte von dem, was sie mir da erzählte. »Du sagst, es wäre zu viel Zeit verstrichen? Wofür denn?«

»Also, es ist so: Die Therapeutin, die das Buch geschrieben hat, ist der Auffassung, dass sich das Schweigen zwischen dem mutistischen Kind und der Kontaktperson erst einmal *bilden* muss. Ist es dann da, steht es wie eine Barrikade zwischen ihnen und lässt sich nicht mehr so leicht überwinden.

Dann gehört es zu der Beziehung der beiden dazu und blockiert diese gleichzeitig. Die Hemmschwelle des Kindes wird mit jeder ungenutzt verstrichenen Chance zu sprechen immer größer.« Prüfend sah sie mich an. »Kannst du mir folgen?«

»Ich denke schon, ja. Das bedeutet also, dass man, wenn überhaupt, nur ganz am Anfang einer solchen *Beziehung* die Chance hat, das Schweigen des Kindes zu durchbrechen? Ehe es sich ... festsetzt?«

»Ja, genau.«

»Dann ist diese Störung im Prinzip nur eine Art übersteuerter Schutzmechanismus?«

Ruby lächelte beinahe stolz. »Du bist ein schlaues Kerlchen, Jonah Tanner, ich sag's ja immer wieder.«

Ich zog eine Grimasse, die sie daran erinnern sollte, dass ich ein ganz normaler Dreizehnjähriger war, und Ruby lachte kurz darüber, bevor der Hall ihrer wuchtigen Stimme vom Wind davongetragen wurde und uns ganz plötzlich wieder Stille umfing.

»Worüber denkst du nach?«, erkundigte sie sich schließlich.

Es war mir ein wenig peinlich, das zu sagen. Dennoch gab ich mir einen Ruck. »Also, ich habe schon versucht, mit Katie zu sprechen, aber eben nur kurz. Und sie hat mir geantwortet, indem sie auf meinen Notizblock schrieb.« Rubys Augen weiteten sich. »Was, wirklich?« Ich nickte.

»Wart ihr da allein?«

»Ja.«

»Tja, vielleicht hat sich das seit meinem Gespräch mit Tammy ja geändert, aber damals sagte sie mir, dass Katie sich generell nur sehr selten mitteilte. Auch die Möglichkeit, ihre Gedanken aufzuschreiben, nutzte sie kaum«, erklärte Ruby.

»Wirklich?« Ich erinnerte mich sofort an mein Gespräch mit Tammy im Werkraum. Als sie mir erzählte, dass sie Katie am Abend bitten würde, ihr aufzuschreiben, was es mit dem blauen Bild auf sich hatte, dass sie aber nicht davon ausging, auch wirklich eine schriftliche Antwort von Katie zu bekommen. Dann sah ich Katie vor mir, wie aufgeregt und unschlüssig sie geblinzelt hatte, ehe sie meinen Bleistift ergriffen und ihre Worte tatsächlich aufgeschrieben hatte. Mir war diese Art der Unterhaltung durchaus ein wenig seltsam vorgekommen, doch erst in diesem Moment fragte ich mich, ob es für Katie eine Überwindung gewesen war, sich so mit mir auszutauschen.

»Hier!«, hatte ich gesagt und den Bleistift zu ihr rübergeschoben. »Schreib es auf!« Das war keine Bitte gewesen, sondern …

Eine Forderung. Oh!

Mit einem Schulterzucken entledigte ich mich meiner kurzfristigen Verblüffung. »Aber ist es denn bei mir … ähm …« Nun musste ich mich räuspern und hasste das Gefühl, dabei so unmittelbar vor Rubys Augen zu erröten. Sie grinste zwar kurz, besaß dann aber die Güte, mich aus meiner Misere zu befreien.

»Du fragst dich, ob es für dich auch schon zu spät ist, einen Versuch bei Katie zu wagen? Mit dieser fordernden Ansprache?«

»Ich bin immerhin der Neueste im Heim«, verteidigte ich mich.

»Das ist eine richtig gute Idee, Jonah«, befand Ruby. »Und es ist sehr lieb von dir, dass du dir solche Gedanken um Katie machst.«

Verschämt knetete ich meine Hände. »Gibt es denn irgendetwas, das ich beachten sollte? Und was bedeutet das überhaupt konkret, eine *fordernde Ansprache?* Ich kann sie ja wohl schlecht zwingen, mit mir zu reden, oder?«

»Nein, das kannst du nicht, ganz recht. Die Methode hat auch gar nichts mit Zwang zu tun. Es geht eher darum, eine ruhige Bestimmtheit zu vermitteln. Deinem Tonfall sollte also nichts Einschüchterndes oder gar Bedrohliches anhaften, und auf keinen Fall darfst du ungeduldig mit Katie werden, das wäre kontraproduktiv. Aber sie sollte schon spüren, dass dir ihre Antwort wichtig ist, dass dir etwas daran liegt, mit ihr zu sprechen. Und dass du sie deshalb auch nicht so leicht vom Haken lassen wirst. Fordere sie auf, mit dir zu reden, und das – wenn nötig – mit Nachdruck.«

Nicht einschüchtern, viel Geduld, fordernd, mit Nachdruck...

Ich gebe zu, mir surrte der Schädel, zumal sich Rubys Erklärungen meinem Verständnis nach teilweise gegenseitig widersprachen.

Ächzend stemmte sich Ruby in den Stand hoch und bot mir ihre Hand an, um mich hochzuziehen. Der Ruck, mit dem sie an meinem Arm zog, war so heftig, dass ich um ein Haar gegen ihren gewaltigen Busen prallte. »Vielleicht übst du dein Auftreten einfach ein paarmal vor dem Spiegel, so albern sich das auch anhört«, schlug sie vor. »Der Grat, auf den du dich mit dieser fordernden Ansprache begeben willst, ist verdammt schmal, da kann ein bisschen Übung gewiss nicht schaden. Und ich besorge dir dieses Buch, von dem ich dir erzählt habe. Darin ist die Methode genau beschrieben. Wenn Tammy es hat, stecke ich es dir vor meiner Abfahrt noch zu.«

* * *

Milows Schnarchen, an das ich mich inzwischen gewöhnt hatte, erfüllte den Raum. Ich lag auf dem Bauch im Bett und richtete den mittlerweile kraftlosen Schein meiner Taschenlampe auf das Buch, das ich auf dem Kopfkissen vor mir platziert hatte. Das Licht wurde von Minute zu Minute schwächer; mir blieb nur noch wenig Zeit, bis es endgültig versagen würde.

Aber ich hatte sie gefunden, die entscheidende Stelle. Die Therapeutin beschrieb darin, wie sie sich auf Augenhöhe des ihr noch recht fremden mutistischen Mädchens begab, ihm direkt ins Gesicht sah und es sehr bestimmt etwas fragte. Die eigentliche Aufforderung lag dabei nur in ihrem Tonfall. Sie sagte also nicht etwa: »Antworte mir, ich weiß, dass du es kannst!« (so hatte ich es mir zuvor eigentlich ausgemalt), sondern wiederholte immer und immer wieder ihre Frage, mit zunehmender Intensität.

In ihrer Beharrlichkeit zu schweigen war das achtjährige Mädchen im Buch durchaus mit Katie vergleichbar. Gebannt blätterte ich die Seite um und las gerade, wie die Kleine erstmalig zum Sprechen ansetzte, als das Licht der Taschenlampe kurz aussetzte und danach nur noch flackernd leuchtete. Ich stöhnte leise. Aber nicht leise genug.

»Was'n los da oben?«

Klang Milows Stimme in diesem Moment noch schlaftrunken, bewies er in den nächsten Sekunden bereits ungeahnte sportliche Fähigkeiten. Blitzschnell wälzte er sich aus seinem Bett und zog sich mit einem Klimmzug zu mir hoch, wobei das Bettgestell empört aufquietschte. Dermaßen überrumpelt, pferchte ich das Buch reflexartig zurück unter mein Kopfkissen.

»Was zum …?«, fragte Milow und sah mich perplex an. Sein rotes Haar stand in alle Richtungen von dem breiten Kopf ab, und das sommersprossige Gesicht war nur wenige Zentimeter von meinem entfernt. Schon blitzte es schelmisch in seinen grünen Augen auf, von Verschlafenheit keine Spur mehr.

»Du kleiner Mistkerl!«, zischte er und boxte mir dabei gegen den Oberarm. Erschrocken rieb ich über die Stelle. »Au! ... Was soll das? Bist du verrückt, oder was?«

»Na los, rück's schon raus!«

»Raus? ... Wovon redest du, Mann?«

»Na, von dem Schmuddelheft, das du hier heimlich ohne mich anschaust.«

»Schmuddel-heft?«, wiederholte ich begriffsstutzig. Dann endlich fiel der Groschen. Ich möchte nicht wissen, wie bescheuert ich Milow in diesem Moment anschaute. Allemal bescheuert genug, um ihn unterdrückt auflachen zu lassen. Ehe ich meiner Empörung Luft machen konnte, boxte er mir wieder gegen dieselbe Stelle meines Oberarms, noch härter dieses Mal. Dann machte er sich an meinem Kopfkissen zu schaffen, das ich sofort umklammerte und krampfhaft festhielt, wodurch Milow sich in seiner Vermutung natürlich nur bestätigt sah.

»Mann, ich hab dich doch stöhnen gehört. Also gib's schon her! Stell dich doch nicht so an! Geteilte Freude, doppelte Freude, kennst du den Spruch nicht?«

»Doch, aber ...«

»Es gibt eine Art Ehrenkodex unter besten Freunden, so etwas zu teilen.«

Das war der Moment, in dem ich einbrach und mein Kopfkissen, an dem Milow nach wie vor zerrte, einfach losließ. Seine Brauen zogen sich tief zusammen, und er streckte fordernd die Hand aus. »Na los, her damit!«

Nach wie vor widerwillig, nahm ich das Buch zur Hand und überlegte. Was sprach eigentlich dagegen, Milow einzuweihen? Hatte er sich nicht eben selbst als meinen besten Freund bezeichnet? Obwohl ich nie zuvor darüber nachgedacht hatte, begann ich in diesem Moment, darüber zu grübeln, ob er das vielleicht sogar tatsächlich war.

»Du spinnst ech total, wenn du denkst, dass ich ... *das* mache«, zeterte ich trotzdem. Er grinste nur breit und zuckte mit den Schultern, als würde er nichts Verwerfliches an der Vorstellung finden. Kopfschüttelnd richtete ich mich auf und knipste die flackernde Taschenlampe aus, weil Milow inzwischen die Wandleuchte über seinem Bett angeschaltet hatte, deren matter Schein unser Zimmer in gelbliches Licht tauchte. Dann rutschte ich an die Kante meines Bettes vor und ließ die Beine über das niedrige Geländer baumeln, das meine Matratze wie eine Reling umgab.

»Also, wenn es keine nackten Tussis sind, die du dir da anschaust, was hast du dann gemacht?«, forderte Milow zu wissen. Er wirkte ein wenig enttäuscht, scheinbar glaubte er mir also.

»Ein Buch gelesen.«

»Ein Buch?«

»Hm-hm. So ein kastenförmiges Teil mit vielen beschrifteten Seiten, schon mal davon gehört?«

»Du bist schon ein bisschen komisch, das weißt du, oder?«

»Jepp!«

»Und welches Buch ist so spannend – ohne die Bilder von nackten Weibern, wohlgemerkt –, dass du es unbedingt mitten in der Nacht lesen musst?«

Ich reichte es ihm zögerlich.

Interessiert betrachtete Milow das Cover. Seine Lippen bewegten sich, während er Titel und Untertitel lautlos las. Dann hielt er kurz inne und kratzte grübelnd an seiner Narbe. »Ein Mädchen, das nicht sprechen will? Wie unsere Katie?«

Unsere Katie ...
»Ja, genau.«

Milow sah zu mir auf. Prompt kehrte das für ihn so typische schiefe Lächeln in sein Gesicht zurück. »Ha! Ich wusste von Anfang an, dass du in die Kleine verschossen bist.«

Ich versetzte ihm mit dem Fuß einen Stoß gegen die Schulter. »Ach, halt doch die Klappe! Ich bin nicht in sie verschossen!«

»Und warum liest du dann ein Buch über Kinder, die so sind wie sie?«

»Weil ... weil sie eine von uns ist und doch von fast allen hier wie Luft behandelt wird. Das nervt mich, okay?«, platzte es aus mir heraus. Für einen Moment sah Milow ein wenig betreten aus, was nicht meine Absicht gewesen war. Also gab ich mir einen Ruck und erzählte ihm ausgiebig von Katies und meiner Begegnung im Keller und von meinem Gespräch mit Ruby. Ich zeigte ihm sogar Katies aufgeschriebene Sätze. Das Blatt hatte ich aus meinem Notizblock gerissen und in der Schublade meines Schreibtisches aufbewahrt.

»Krass! Und jetzt willst du ernsthaft versuchen, ob das bei Katie funktioniert, was in diesem Buch steht?« Milows sich im Umbruch befindende Stimme fiepte am Ende seiner Frage ein wenig, weil er sie so ungläubig aussprach. Ich nickte zögerlich.

Er ließ sich das Ganze noch eine Weile still durch den Kopf gehen. Schließlich holte er Luft und sah mir direkt in die Augen. »Weißt du was? Das ist total ...« Als er kurz stockte, ging ich innerlich bereits in Deckung, doch dann befand Milow im Brustton der Überzeugung: »So richtig cool ist das von dir, Jonah!«

Erstaunt sah ich ihn an. Meinen besten Freund.

VII.
~ Jonah ~

Ich malte sehr unkonzentriert, was man meinem Bild auch deutlich ansah. Kein Wunder eigentlich, lag mein Fokus doch ganz woanders. Schon seit einer gefühlten Ewigkeit lauschte ich auf jedes noch so kleine Geräusch. Immer wieder hatte ich innegehalten und war auf die Kante meines Stuhles vorgerutscht – zum Absprung bereit, falls die angrenzende Tür des Vorratsraums geöffnet werden würde. Doch Katie kam nicht.

Milow und ich hatten uns noch in der Nacht eine kleine List einfallen lassen, um sie ein weiteres Mal in den Keller zu locken. Nichts Konkretes, eigentlich. Irgendwie sollte er nur unauffällig dafür sorgen, dass sie hier unten auftauchte. Indem er sie bat, frischen Saft heraufzuholen, vielleicht.

Geduld, Jonah!, gebot ich mir in Gedanken. *Geduld!*

Ich ließ den Pinsel ins Wasser gleiten und besah mir mein zweifelhaftes Kunstwerk. Die Farben der Landschaft waren zu grell, der Sonnenuntergang wirkte zu kitschig und damit unrealistisch. Die Kapelle stand leicht windschief am Rande des Maisfeldes, und die Pappeln waren zu klobig und kurz geraten. Nichts stimmte.

Wie denn auch?

Mit einem Seufzer riss ich das Bild vom Block. Ein halb ersticktes Japsen erklang hinter mir und ließ mich erschrocken aufschauen. Und da stand sie. Im Rahmen der halb geöffneten Tür, die Hand vor den Mund geschlagen, die blauen Augen geweitet. Ich wusste im selben Moment, dass mir nicht viel Zeit für eine Reaktion blieb. Mein Herz begann zu rasen, sosehr ich mir zuvor auch vorgenommen hatte, ruhig zu bleiben.

»Hey!«, brachte ich ein wenig gepresst hervor und schenkte ihr ein vorsichtiges Lächeln. Bis heute erinnere ich mich noch ganz genau daran, wie hübsch und zerbrechlich sie aussah in ihrem cremefarbenen Sommerkleid, die langen hellbraunen Haare zu einem lockeren Zopf geflochten, aus dem sich über den Tag eine Strähne gelöst hatte und ihr in sanften Wellen ins Gesicht fiel.

Auf meinen Gruß hin blinzelte Katie einige Male schnell hintereinander und ließ ihren Blick dann auf den abgerissenen Papierbogen fallen, den ich nach wie vor in den Händen hielt. Sie schüttelte heftig den Kopf und machte mir damit klar, dass sich ihr Entsetzen auf meine Intuition bezog, dieses misslungene Bild endgültig zu zerreißen und wegzuwerfen.

In meiner Nervosität erhob ich mich zu schnell, brachte meinen Stuhl damit zum Kippen, hielt ihn in letzter Sekunde noch an der Lehne fest und ging dann endlich ein paar Schritte auf Katie zu. Sofort versteifte sich ihre ohnehin schon angespannte Haltung, und sie wich einen Schritt zurück.

»Warte«, bat ich unbeholfen.

Wieder blinzelte sie einige Male, offensichtlich verdutzt, verharrte dabei aber tatsächlich in ihrer Bewegung.

»Warum möchtest du nicht, dass ich das Bild wegwerfe, Katie?«

Sie sah mich eine Weile regungslos an, bevor sie zu meinem Tisch spähte. Ich wusste, dass sie den Notizblock ins Visier nahm, den ich genau an derselben Stelle platziert hatte wie bei unserem ersten Treffen. Auch der Bleistift lag griffbereit obenauf, fast so, als würde er nur auf Katie warten. Und so war es ja auch. Allerdings fungierten Bleistift und Block heute nur als Köder. Ich wollte Katie weiter in den Raum hineinlocken, um ihr eine eventuelle Flucht nicht gar so leicht zu machen. Fast schändlich hinterhältig kam ich mir vor, als ich nun den Atem anhielt und förmlich darauf lauerte, dass sie entsprechend reagieren würde.

Und tatsächlich! Endlich streifte Katie die Innenflächen ihrer schmalen Hände an den Seiten ihres Kleides ab und tapste langsam, mit unsicheren Schritten über die Schwelle in den großen Raum. Ich bewegte mich ein wenig zur Seite. Ließ ihr mehr Raum, um sie weiter zu ermutigen, und wartete ab, bis sie endlich dicht vor meinem Tisch stand. Dann erst trat ich hinter sie und nahm nun *meinen* gesamten Mut zusammen. Mit meiner Rechten umfasste ich ihren Unterarm. Nicht zu fest, aber doch bestimmt schlossen sich meine Finger um ihr schmales Handgelenk.

Sofort verkrampften sich Katies Finger um den Bleistift, den sie bereits ergriffen hatte. Ihr Kopf wirbelte so heftig zu mir herum, dass der Zopf nach vorne über ihre Schulter flog. Wir waren fast gleich groß, und in dieser Position schwebte Katies Gesicht nur wenige Zentimeter vor meinem. Ich spürte die Wärme, die ihr zierlicher Körper abstrahlte, und fühlte mich schlagartig sehr unbehaglich. Noch nie war ich einem anderen Kind so nahe gekommen, von Milow mal abgesehen.

Katie wirkte ziemlich erschrocken. Sie sog die Luft zwischen ihren Zähnen ein und starrte mich mit weit aufgerissenen Augen an. Ängstlich.

Jetzt!, schrie eine Stimme in mir. *Mach schon!*

»Schreib es heute nicht auf«, flüsterte ich sanft und sah Katie dabei weiter an. Ohne den Blick von ihren Augen zu lösen, zog ich den Bleistift aus ihrer verkrampften Hand und legte ihn wieder auf den Notizblock. »Sprich mit mir.«

Katie blinzelte verwirrt und zog dann die Brauen zusammen, als wollte sie mich fragen, ob ich in den vergangenen Wochen vielleicht etwas Entscheidendes verpasst hatte. *Was soll das? Ich kann nicht sprechen, das weißt du doch!*, sagte ihre Miene. Nur einen Moment später bildeten sich erste Tränen in ihren Augen und ließen das klare Blau darin schwimmen.

Mein Herz pochte noch heftiger als zuvor, weil Katie mir mit dieser Reaktion so überdeutlich bewusst machte, wie dünn das Eis war, auf das ich mich vorgewagt hatte.

»Sag mir, warum du nicht möchtest, dass ich das Bild wegwerfe«, forderte ich erneut und versuchte mir dabei meine innere Unsicherheit nicht anmerken zu lassen. »Warum möchtest du es nicht, Katie?«, wiederholte ich keine fünf Sekunden später noch einmal.

Sie schwieg, doch der Ausdruck ihrer schönen Augen spiegelte innerhalb weniger Herzschläge abwechselnd Angst, Wut, Trauer, Verzweiflung und sogar eine Spur von Trotz wider. Schließlich legte sich Katie auf einen herzerweichenden Blick purer Hilflosigkeit fest. Ihre Unterlippe zuckte, und der Stich, den sie mir damit versetzte, reichte ungeahnt tief.

Ein Einknicken meinerseits wäre in diesem Moment nicht nur für Katie eine kurzfristige Erlösung gewesen, sondern auch für mich. Dennoch zwang ich mich, ihrem unausgesprochenen Flehen nicht nachzugeben, schließlich wollte ich ihr ja auf lange Sicht helfen. Also kniff ich den Mund zu einer schmalen Linie zusammen und hielt ihrem Blick einfach stand, bis ich mir sicher war, nichts Kontraproduktives zu sagen oder zu tun.

»Sag mir, warum du nicht möchtest, dass ich mein Bild wegwerfe«, forderte ich stattdessen noch einmal und erschrak dabei beinahe selbst vor meinem fast schon kommandierenden Tonfall. Ich wusste, ich durfte den Bogen nicht überspannen, also lockerte ich im selben Augenblick – wie zum Zeichen meines guten Willens – den Griff um ihr Handgelenk. Schnell und heftig pulsierte es unter der Kuppe meines Daumens. »Warum, Katie?«, fragte ich ein wenig sanfter, aber dennoch fordernd. »Warum soll ich das Bild nicht einfach zerreißen und wegwerfen?«

Sie schluckte hart und zog meine Aufmerksamkeit damit kurz auf ihre sanft geschwungenen Lippen, die sich in diesem Moment leicht teilten. Schnell heftete ich meinen Blick wieder auf ihre Augen. Mit dem nächsten Blinzeln kullerte eine einzelne Träne über ihre linke Wange.

»Sag es mir! Warum nicht?«

Ich fühlte mich grausam, sie so zu bedrängen. Mit klopfendem Herzen hielt ich den Atem an. Und dann endlich geschah es. Katie schöpfte Luft und bewegte die Lippen. Zunächst noch lautlos, doch dann hörte ich es:

»Es ist ... so schön.«

Vier kleine Worte, eher gehaucht als gesprochen. Nicht mehr. Und doch so unendlich viel.

Rückblickend betrachtet, würde ich uns gerne noch einmal beobachten, wie wir einander so unbeholfen gegenüberstanden – einer erstaunter als der andere über diesen Moment, der uns plötzlich so nah werden ließ. Für eine unbestimmbare Weile blieben wir reglos stehen, und ich glaube, vor lauter Fassungslosigkeit quetschte ich sogar ihr Handgelenk.

Doch mit einem Mal schlug Katie sich die freie Hand vor den Mund. Ich sah ihr an, dass sie selbst kaum glauben konnte, gesprochen zu haben.

Schlagartig fiel sämtliche Anspannung von mir ab. Es hatte funktioniert. Es hatte tatsächlich funktioniert!

Dieses verflixte, geniale Buch!
Alles in mir wollte aufjubeln und in Feierstimmung ausbrechen, doch äußerlich blieb ich vollkommen ruhig. Erstaunlich gelassen ließ ich von Katies armem Handgelenk ab und versuchte mir die weiteren Ratschläge aus dem Buch zu vergegenwärtigen.

Ich erinnerte mich daran, dass man kein großes Brimborium um das Sprechen veranstalten sollte, wenn der Mutismus erstmalig durchbrochen war und sich das Kind tatsächlich verbal geäußert hatte.

Katie wirkte immer noch vollkommen neben sich, doch genau in dieser Verwirrung witterte ich meine Chance. Wir mussten an den Erfolg anknüpfen. Also räusperte ich mich, um meiner Stimme zu einem möglichst festen Klang zu verhelfen, und unterdrückte den Anflug des triumphierenden Gefühls, das sich in meiner Brust breitmachte und sie anschwellen ließ. Ich stopfte die Hände in meine Hosentaschen und neigte den Kopf zur Seite.

»Aber was sollen wir sonst damit machen? Hast du irgendeine Idee?«, fragte ich mit aufgesetzter Leichtigkeit. Denn kaum hatte ich meine Frage ausgesprochen, war die Anspannung zurück, noch massiver als zuvor. Würde es noch einmal klappen?

»Hm ...«, brummelte Katie nach einer kleinen Pause – beinahe so, als wollte sie ihre Stimme vorsichtig austesten – und blinzelte unsicher.

Ich lächelte ihr aufmunternd zu und kämpfte innerlich gegen den Drang an, meine Hand nach ihrer auszustrecken. »Sag schon, was möchtest du damit machen?«

Erneut verstrich eine Weile in Stille, und ich verlor schon beinahe den Mut, weil sich die Sekunden meinem Gefühl nach zu einer halben Ewigkeit dehnten.

»Vielleicht ... gibst du es mir?«, fragte Katie endlich. Wieder war ihre Stimme kaum mehr als ein Flüstern. Dennoch erahnte ich bereits, wie hell und klar sie würde klingen können.

»Du willst es haben?«, platzte es aus mir heraus, bevor ich ein deutlich ruhigeres »Was findest du denn schön daran?« folgen ließ.

Ich konnte nicht fassen, dass Katie und ich uns ausgerechnet über mein seit langer Zeit schlechtestes Gemälde unterhielten.

»Die Farben«, sagte sie leise, nun aber schon etwas gefestigter. Oder bildete ich mir das nur ein?

So oder so, an ihrem Kunstverständnis würden wir noch feilen müssen, stellte ich insgeheim fest und schmunzelte in mich hinein.

»Du kannst es gerne haben, wenn du möchtest«, antwortete ich dennoch widerspruchslos und reichte ihr das Bild. »Es ist nur hier oben an der Kante ein bisschen eingerissen. Aber man könnte es kleben. Hast du eine Idee, wie?«

Ha, wieder eine offene Frage!

Wieder eine, auf die sie nicht einfach mit einem Nicken oder Kopfschütteln antworten konnte, genau wie im Buch empfohlen. Langsam bekam ich Übung darin, auch wenn sich diese Art der Unterhaltung ziemlich unnatürlich und aufgesetzt anfühlte und Katie mich in diesem Moment auch entsprechend befremdet ansah. Dennoch antwortete sie erneut: »Mit ... Klebeband.«

Ein paar Sekunden sah sie mich noch an, dann wandte sie sich plötzlich und vollkommen unvorhergesehen ab und steuerte mit meinem Bild in der Hand auf die offene Tür zu. Nicht so überhastet wie beim letzten Mal – aber dennoch entschlossen.

Enttäuscht blickte ich ihr nach. Wenn sie wegwollte, dann hieß das wohl, dass sie sich noch zu unwohl in meiner Gegenwart fühlte. Die Erkenntnis weckte einen seltsamen, bislang unbekannten Ehrgeiz in mir. Ich verspürte plötzlich den tiefen Wunsch, dass Katie mir vertraute.

»Katie, warte!«, rief ich, schloss zu ihr auf und umfasste nun doch noch einmal ihren Arm. Wieder sah sie mich mit großen Augen an. »Ich möchte dir noch etwas zeigen, ja?« Ihr Blick flackerte unentschlossen. Ich ließ sie los, nahm all meinen Mut zusammen und ging zu dem Schrank mit den Malutensilien, in dem auch meine Sammelmappe lag. Mit bebenden Fingern öffnete ich das Band und zog mein neuestes Porträt hervor, das ich erst wenige Tage zuvor – unmittelbar nach unserem ersten Treffen hier unten – gezeichnet hatte.

Katie starrte ungläubig auf die Bleistiftzeichnung, die ich ihr hinhielt. »Es ist noch nicht fertig, aber ... Wie findest du es?«

Diesmal ging der Plan mit der offenen Frage nicht auf, zumindest nicht sofort. Katie kam nur zögerlich auf mich zu und ließ die Fingerspitzen immer wieder zaghaft über das Gesicht auf dem Papier gleiten. Ihr Gesicht.

Bestimmt eine Minute lang blieb es mucksmäuschenstill im Raum, und auch dieses Mal ließ ich die Sekunden nahezu reglos verstreichen, obwohl mich eine leise Stimme in meinem Kopf warnte, der sich ausdehnenden Stille nicht wieder ihre alte Macht über Katie zu verleihen.

Endlich öffnete sie noch einmal ihren Mund und blinzelte unter niedergeschlagenen Wimpern zu mir auf. »Du ... siehst mich«, wisperte sie so leise, dass ich die Worte erst im Nachhinein, mit einigen Sekunden Verzögerung, verstand. Doch so fasziniert ich auch davon war, dass Katie wirklich, ganz real und tatsächlich mit mir sprach – diese letzte Feststellung begriff ich nicht.

»Natürlich sehe ich dich, Katie. Wie denn auch nicht?«

Langsam drehte sie das Gesicht in Richtung der Magnetwand, an der immer noch die Collage unserer einfarbigen Motive hing, mein Scheißhaufen neben ihrem Himmelblau. Katies Blick folgend, heftete ich den meinen auf den nur schemenhaft erkennbaren Abdruck ihrer zierlichen Hand – und begriff nun doch.

»Ich sehe dich, Katie«, versicherte ich ihr mit plötzlich sehr trockener Kehle. »Für mich bist du nicht unsichtbar.« Ihr Kopf wirbelte zurück; erschrocken sah sie mich an. Bis heute frage ich mich, ob man mir wohl anmerkte, wie nervös ich in diesem Moment war.

»Oder was wolltest du sonst mit diesem Bild ausdrücken?«

Angestrengt bestaunte sie ihre Schuhspitzen, knetete an ihren Fingern herum und wich meiner Frage auf diese Weise aus.

»Was wolltest du mit diesem Bild sagen, Katie?«
Keine Antwort.
»Du kannst es mir sagen«, beharrte ich.
Stille.
»Katie!«
»Ich ...«
»Ja?«
»Ich wünschte, sie hätten mich ... mitgenommen.«
»Mitgenommen? Wer hätte dich mitnehmen sollen?«

Als sie endlich wieder zu mir aufsah, hatte sich das Blau ihrer Augen in Tränen verflüssigt, die sie sich nicht zu weinen erlaubte. Aus ihrem Blick sprachen solch tiefer Kummer, Zerrissenheit und Verzweiflung, dass ich sofort hart schlucken musste.

Und auf einmal teilte sie die Bürde, die sie so lange alleine mit sich herumgetragen hatte. Dabei sprach sie sehr langsam, mit einer Betonung auf jedem Wort. »Meine Geschwister ... Meine Mom ...« Sie schüttelte kaum wahrnehmbar den Kopf. »Ich weiß nicht, warum er mich zurückgelassen hat. Ich ... verstehe das einfach nicht.«

»Wen meinst du?«, fragte ich mit einem sehr beklemmenden Gefühl in der Brust. Es fühlte sich fast so an, als läge ein metallenes Band um mein Herz. Zum ersten Mal fühlte ich mich regelrecht überfordert in Katies Nähe.

Wieder folgte eine Weile in Stille, und ich befürchtete schon, Katie könnte zurück in ihr Schweigen verfallen sein. Erst als meine Lungen zu stechen begannen, bemerkte ich, dass ich den Atem angehalten hatte.

»Mein Dad«, wisperte sie schließlich. Und plötzlich waren ihre feuchten Augen seltsam leer. »Alle anderen hat er mitgenommen, nur mich nicht ... Warum?«

»Wohin mitgenommen?« Meine Stimme klang ganz rau vor Angst.

Katie blinzelte. Es war nur dieser eine Wimpernschlag, der ihre Entrücktheit beendete; schon sah sie mich erneut aus klaren Augen an. »Na, in den Himmel.«

»Oh!«

Verdammt, warum musstest du auch fragen, Blödmann?!

»Katie?«, sagte ich hastig, dem drängenden Bedürfnis folgend, das Thema schnell zu wechseln. »Ich ... möchte dir dieses Porträt schenken.«

Erstaunt sah sie auf das Bild. »Ja?«

»Ja. Aber ... dein Mund ist noch nicht fertig schattiert. Ich hatte Probleme mit deinem Lächeln.«

Das klang schlüssig und hätte daran liegen können, dass Katie so gut wie nie lächelte. Dennoch war es nur ein Vorwand. Ich hatte ihr Lächeln bis jetzt ganz bewusst nur skizziert, denn die Idee, die dahintersteckte, war sozusagen mein Ass im Ärmel. »Würdest du dich neben mich setzen, damit ich ... ähm ... es direkt von dir abzeichnen kann?«

Katie sagte gar nichts. Sie zog lediglich den Stuhl hinter ihrem Tisch zurück und glitt nahezu lautlos auf den Sitz. Ich setzte mich ebenfalls.

»Wie soll ich dich denn zeichnen?«, fragte ich.

Sie legte die Stirn in Falten und schüttelte verständnislos den Kopf, doch ich sah sie einfach weiter an und zeigte keinerlei Regung. »Was meinst du ... *wie?*« Wieder bekam ich nur ein Flüstern, aber immerhin.

»Na, soll ich dich lächelnd zeichnen oder ... so ernst?«, entgegnete ich und zog eine übertrieben missmutige Miene. Katie duckte den Kopf, weil sie nun doch schmunzeln musste.

»Oh, bleib genau so!«, kommandierte ich sofort, streckte meine Hand nach ihr aus und hob ihr Kinn vorsichtig an. »Nur ansehen musst du mich jetzt noch.«

Für einen kurzen Moment, in dem Katies Lächeln wieder zu bröckeln drohte, begegneten sich unsere Augen. »Gut so«, sagte ich schnell und ergriff meinen Bleistift. Mit wenigen Strichen zog ich die Konturen ihres schön geschwungenen Mundes auf das Papier und begann dann in aller Sorgfalt mit dem Schattieren.

»Ich dachte, du malst das einfach so, aus dem Kopf?«, warf Katie ein und versetzte mich damit in Erstaunen, war es doch das erste Mal, dass sie nicht nur antwortete, sondern mich von sich aus ansprach.

»Ja. Aber es ist schwierig, etwas zu zeichnen, das man so selten sieht wie dein Lächeln.«

Das war gelogen. Schon der vage Ansatz ihres schüchternen Schmunzelns, das sie mir bei unserem ersten Zusammentreffen hier im Keller geschenkt hatte, hatte sich unwiderruflich in mein Gedächtnis eingebrannt. Und ich ahnte bereits, dass ich wohl auch Katies damaliges Lächeln für immer würde abrufen können, selbst wenn es noch ein wenig steif und aufgesetzt wirkte und ich es deutlich aufgelockerter zu Papier brachte. Aber davon musste sie ja nichts erfahren – weder von meinem kleinen künstlerischen Trick noch von der seltsamen Faszination, die sie in mir auslöste.

Konzentriert arbeitete ich weiter, und als die Stille dabei drohte überhandzunehmen, durchbrach ich sie kurzerhand mit einem Geständnis, das ich unter anderen Umständen niemals so leichtfertig preisgegeben hätte. »Weißt du, früher hatte ich auch große Probleme mit dem Sprechen.« Ich sah kurz zu Katie auf. »Genau genommen hatte ich viel größere Schwierigkeiten als du. Du sprichst ja ganz normal, aber ich habe damals furchtbar gestottert.«

»Wirklich?« Ihre blauen Augen wurden so groß, dass ich mir nur mit Mühe ein Schmunzeln verkneifen konnte.

»Ja, bis ich sieben war. Es war so schlimm, dass ich mich kaum noch getraut habe, vor Fremden den Mund aufzumachen.« Erst als ich es aussprach, wurde mir bewusst, dass die Wurzeln meines Mitleids für Katie wohl durchaus in dieser Erfahrung lagen. Verdutzt widmete ich mich wieder dem gemalten Mund.

»Und wie ... hast du es geschafft, nicht mehr zu stottern?«

Ich grinste triumphierend in mich hinein. Neugierig war sie jedenfalls. »Durch Gesang.«

Katie blickte mich erstaunt an. »Ja, wirklich!«, beteuerte ich. »Wenn ich sang, war das Stottern nicht mehr da. Meine Granny brachte mir Lieder bei, und wir versuchten andere, frei erfundene Texte zu den Melodien zu singen. Ich brachte auch meine eigenen Worte ohne Gestotter heraus, solange ich sie nur sang. Mit der Zeit wurden die Lieder eher zu einer Art

Singsang und daraus dann das normale Auf und Ab unserer Sprache. Ich glaube, bei mir ist diese Intonation auch immer noch ein bisschen extremer als bei anderen, oder?«

Katie sagte nichts. Vermutlich verstand sie nicht einmal, was um alles in der Welt ich da überhaupt faselte. »Wie ist das bei dir mit dem Singen?«, fragte ich schnell. Nun schüttelte sie den Kopf. »Ich singe nicht.«

»Nicht mal, wenn du ganz alleine bist?« Erneut verneinte sie.

»Und früher?«

Ihre Augen bekamen einen seltsamen Schimmer. »Ja, da schon.« Das Thema schien sie zu beschäftigen, denn es verstrichen nur wenige Sekunden bis zu ihrer nächsten Frage. »Welche Lieder hast du denn gesungen?«

»Damals, wegen des Stotterns meinst du?« Sie nickte, und ich überlegte kurz. »Hauptsächlich Kinderlieder«, sagte ich schließlich schulterzuckend – unwillig, zu tief in meine Erinnerungen einzutauchen. Doch diesmal lag etwas Forderndes in Katies Miene, dem *ich* mich nicht entziehen konnte, und so strengte ich mich an, mir zumindest ein Lied zurück ins Gedächtnis zu rufen. Ausgerechnet das albernste kam mir dabei in den Sinn. »Zum Beispiel den *Cuppy Cake Song*«, gestand ich mit glühenden Ohren.

»Sing ihn!« Ich glaubte, mich verhört zu haben, doch Katies eindringliche Miene bewies mir das Gegenteil.

»Auf gar keinen Fall, nein!«

Nun sah sie mich tatsächlich schmollend an. Ich konnte es kaum fassen und beschloss, die Situation stattdessen für eine neue Idee zu nutzen. Kurz dachte ich an Rubys Worte zurück, dass sich Mutisten nicht erpressen ließen, doch dann warf ich alle Zurückhaltung über Bord. »Na gut! Aber nur, wenn du mir dafür etwas versprichst.«

Katie blinzelte unsicher. »Und … was?« Prompt war das schüchterne Flüstern zurück.

»Mrs Whitacker ruft uns bestimmt bald zum Abendessen, aber dein Bild ist noch lange nicht fertig. Wenn du morgen noch einmal kommst, kann ich es fertigstellen.«

Über Katies Nasenwurzel tauchte ein steiles V auf, bevor sie nickte. »Okay! Aber nur, wenn du mir auch etwas versprichst.«

»Aber ich soll doch schon singen«, protestierte ich, halb amüsiert, halb schockiert. Vielleicht schwante mir in diesem Moment erstmalig und zumindest im Ansatz, wie Katie wirklich tickte. Denn nein, sie war eigentlich kein schüchternes Mäuschen. Katie mochte so verzweifelt und tieftraurig sein wie viele andere Kinder im Heim, aber sie wusste auch ganz genau, was sie wollte, und scheute sich nicht, das zu äußern. Zumindest nicht mir gegenüber. Ich schluckte hart. Ihre Forderung einmal ausgesprochen, sah Katie mich einfach weiter an, bis ich ein ergebenes Seufzen ausstieß. »Schieß los!«

»Sag niemandem, dass ich mit dir spreche«, forderte sie postwendend.

»Niemandem? Aber warum denn nicht?«

»Weil …« Sie knetete die Hände in ihrem Schoß so fest, dass die Fingerknöchel weiß hervortraten, während sich die Kuppen tiefrot verfärbten. »Weil sie dann denken, dass ich sie angelogen habe. Aber … mit den anderen kann ich wirklich nicht sprechen. Ehrlich nicht, das ist keine Lüge!«

Es war schwer für mich, ihr das abzunehmen. Überhaupt zu glauben, dass sie jemals wirklich versucht hatte, mit jemandem außer mir zu sprechen. Dennoch gab ich ihr mein Wort.

Dann begann ich leise und ziemlich verschämt den *Cuppy Cake Song* zu singen. Allerdings hatte ich die Macht der Erinnerungen unterschätzt, die dieses kleine Liedchen zutage beförderte.

Völlig unverhofft hörte ich die Stimmen meiner Mom und meiner Granny wieder, wie sie den Song früher zusammen mit mir gesungen hatten, und der Raum um mich herum verschwamm hinter all den unzähligen Erinnerungsbildern und -szenen aus meiner Kindheit, die mich heimsuchten. Mein Gesang wurde immer zittriger und leiser. Doch gerade in dem Moment, als meine Stimme endgültig zu versagen drohte, hörte ich auch Katies. Ganz sanft und leise, aber dennoch glockenklar. Sie sang tatsächlich mit mir, wenn auch nur die letzte Zeile. Dann verstummten wir beide, und sie sah mich mit großen Augen an.

»Ich kann's! Ich kann wirklich singen, Jonah!«

Jonah.

Es war das erste von unzähligen Malen, dass ich meinen Namen aus ihrem Mund hörte – und es machte mich unglaublich stolz. Denn ich war es, der Katie geholfen hatte, Worte wieder auszusprechen und sogar zu singen.

»Klar kannst du das«, bestätigte ich euphorisch. Im selben Moment entfaltete sich ein lange entbehrtes und doch altbekanntes Gefühl in meiner Brust. Früher hatte ich es oft gefühlt, ihm jedoch meist keine große Beachtung geschenkt. Einfach deshalb, weil es zum Leben und zur alltäglichen Normalität dazugehörte. Nun aber, in diesem großen Kellerraum, während Katie mich mit ihren erstaunten Augen ansah, die mir nie zuvor schöner und blauer erschienen waren als in diesem Moment, erfüllte mich dieses Gefühl vollkommen und ließ mich so tief durchatmen wie schon lange nicht mehr. Ja, ich fühlte es. Zufriedenheit.

Du kannst alles machen, was du willst, Katie, dachte ich.

Und mein Lächeln spiegelte sich in ihren Pupillen wider.

VIII.
~ Jonah ~

»Jonah?«

Ich schmunzelte in mich hinein. Es war immer wieder ein kleines Wunder, Katie sprechen zu hören. Besonders, wenn sie von sich aus damit begann. Und ganz besonders, wenn ihre Sätze mit meinem Namen anfingen.

Es war der vierte Tag in Folge und der letzte Sonntag unserer Sommerferien, an dem wir gemeinsam im Werkraum saßen. »Hm?«, brummte ich, legte den Pinsel zur Seite und sah sie an. Das Licht der sinkenden Sonne flutete den Raum, tauchte die Wände in warme Farbtöne und brachte alles, was künstlich beleuchtet oft so trist und leblos wirkte, förmlich zum Glühen – ebenso wie Katies Wangen und Augen. Selbst durch ihr hellbraunes Haar tanzten vereinzelte Lichtreflexe. Kupferfarbene Funken, die sie neckisch zum Spielen aufzufordern schienen.

Nun, zwar tollte Katie nicht herum, aber immerhin malte sie selbst an einem Bild – wenn auch nur beiläufig und gedankenverloren, wie es mir vorkam. Bisher hatte sie einen Baum zu Papier gebracht, an dem eine Schaukel befestigt war. Darauf schwang ein hellblond gelocktes Mädchen. Die Arme des Mädchens waren allerdings zu lang geraten und der Kopf im Verhältnis zum Körper zu groß, doch ich hätte mir wohl eher die Zunge abgebissen, als sie darauf hinzuweisen. Viel zu sehr freute es mich, dass Katie ihre Zeit inzwischen aus freien Stücken mit mir verbrachte, mit mir malte und ab und an sprach.

Und weil wir beide während der vergangenen Tage Gefallen an dieser Art Geselligkeit gefunden hatten, war aus der anfänglichen Bleistiftzeichnung, mit der ich sie porträtiert hatte, mittlerweile ein detailgetreues Acrylgemälde geworden. Die gemalte Katie lächelte mir dermaßen realistisch daraus zu, dass ich manchmal schlucken musste, wenn ich mich zu tief im Blau ihrer Augen verlor.

Still und heimlich, im Abstand von nur wenigen Minuten, war mir die echte Katie auch an diesem Nachmittag wieder in den Keller gefolgt. Nach einem ersten vorsichtigen Schmunzeln und einer eher gehauchten als gesprochenen Begrüßung war sie schnurstracks auf ihren Stuhl zugesteuert und hatte beinahe selbstverständlich neben mir Platz genommen.

Ein wenig bang fragte ich mich nun, was wohl morgen sein würde, wenn ich ihr das Bild übergeben hatte. Würden wir uns trotzdem weiterhin treffen? Ich hoffte es, weil Katies Gesellschaft irgendwie ... ja, einfach *schön* war. Ich genoss ihre Nähe, ohne dass ich es hätte erklären können. Denn, ganz ehrlich, die meiste Zeit schwiegen wir uns an. Oder besser gesagt, wir schwiegen miteinander. Ich, weil es einfach in meiner Natur lag, nicht allzu viel zu reden, und sie ... na ja, weil sie halt Katie war, das Mädchen, das schon seit Jahren nicht mehr sprach.

In den letzten beiden Tagen hatte sie das Wort allerdings schon mehrmals ganz von selbst an mich gerichtet und mir dadurch bewiesen, dass sie inzwischen Vertrauen zu mir gefasst hatte. So, wie auch jetzt wieder: »Warum kann ich eigentlich nur mit dir reden?«, fragte sie, den offenen Blick in meine Augen gerichtet.

»Ich weiß es nicht, Katie«, gestand ich nach einer Weile. »Ich weiß nur, dass das so nicht stimmt.«

»Was stimmt nicht?«

»Na, du kannst doch sprechen. Und das ganz sicher nicht nur mit mir, sondern auch mit allen anderen. Aber irgendetwas scheint dich dabei zu blockieren.«

Grübelnd biss sie sich auf die Unterlippe. »Meinst du wirklich?«

»Ja.«

Plötzlich kam mir eine Idee.

»Magst du Milow eigentlich, Katie?«

Nun blinzelte sie ein paarmal schnell hintereinander und blickte auf ihre Hände hinab. Vermutlich aus reiner Verlegenheit zog sie zunächst ein paar weitere, vollkommen überflüssige Pinselstriche in den Stamm ihres Baums, bevor sie schließlich mit den Schultern zuckte. »Er ist ganz okay.«

»Ist er«, bestätigte ich und ließ dann ganz bewusst ein paar Sekunden verstreichen. Ich brauchte diese Zeit, um meinen Mut zusammenzunehmen.

»K-könntest du dir vorstellen, auch dann mit mir zu sprechen, wenn Milow dabei wäre?«, stammelte ich. »Also, ich meine, wenn er im Gegenzug dafür schwören würde, keinem etwas davon zu erzählen?«

Katie nickte nicht, sie sagte auch für lange Zeit nichts. Sie sah mich einfach nur an und zog die feinen Augenbrauen skeptisch zusammen.

»Würdest du es zumindest versuchen?«, drängte ich weiter.

»Weiß nicht!«

»Was hält dich davon ab? Ich habe eigentlich das Gefühl, dass du gerne wieder normal sprechen würdest. Nicht nur mit mir.«

Katie seufzte. Dann, endlich, nickte sie. Und auch wenn das wohl nur als Bestätigung meiner Mutmaßung gedacht war, fühlte ich mich durch diese winzige positive Reaktion sofort ermutigt, fortzufahren.

»Deine Sätze werden mit jedem Tag fließender. Am Anfang waren sie noch sehr kurz und kamen ziemlich holprig heraus, aber jetzt … Ich finde, du machst das ganz großartig, Katie. Milow ist ein feiner Kerl, und du müsstest zu Beginn ja gar nicht mit ihm sprechen, sondern nur weiterhin mit mir. Alles andere würde sich von selbst ergeben, so wie …«, ich errötete spürbar und wedelte hektisch mit der Hand zwischen uns hin und her, »wie das hier.« Ich räusperte mich und strich mir die Haare aus dem Gesicht, um mich von meiner albernen Verlegenheit zu befreien. »Außerdem müssen wir uns einen anderen Ort für unsere Treffen überlegen. Wenn der Unterricht morgen wieder losgeht, ist dieser Raum auch nachmittags besetzt, oder?«

Katie nickte bedächtig und seufzte dann lang gezogen.

»Was ist? Graut dir vor dem Unterricht?«, hakte ich intuitiv nach, denn dass sich ihre Augen getrübt hatten, war mir nicht verborgen geblieben.

»Nein. Nicht davor.«

»Was ist es dann?«

Sie legte den Pinsel beiseite und knetete ihre Finger, bevor sie sich plötzlich auf ihre Hände setzte. »Immer dienstags … kommt eine Frau. Sie soll mit mir üben.«

»Das Sprechen, meinst du? Eine Therapeutin?«

»Hm-hm.« In deutlicher Ablehnung verzog Katie ihren Mund. Ich stutzte. »Und hast du jemals mit ihr gesprochen?«

Ihr Kopfschütteln wirkte fast beschämt.

»Bei ihr blockiert deine Stimme, nicht wahr?«, fragte ich. Sie nickte sofort. »Ja. Und dann wird sie oft … ungeduldig.«

»Das stresst dich natürlich zusätzlich«, stellte ich fest. »Besonders, weil sie dir fremd ist … Siehst du, und genau das meine ich. Glaubst du denn nicht, dass es mit Milow und mir anders wäre?« Im selben Moment durchzuckte mich eine Idee für einen weiteren Deal. »Was hältst du davon: Ich lasse mir etwas zu dieser Logopädin einfallen, sodass du die Übungsstunden mit ihr künftig umgehen kannst. Und dafür gibst du meiner Überlegung eine Chance und triffst dich ab jetzt mit Milow und mir. Ich spreche mit Tammy und bitte sie, uns nachmittags für ein, zwei Stunden aus dem Haus zu lassen. Nur uns drei.«

Katie sah mich lange reglos an.

»Denkst du nicht, dass es zumindest einen Versuch wert ist?«, fragte ich, als sich die Stille zwischen uns immer länger zog. »Komm schon, vielleicht hilft es dir, Katie.« Wie von selbst streckte sich mein Arm über den Tisch, und ich umschloss ihr schmales Handgelenk mit meinen Fingern.

Katie blinzelte einige Male schnell hintereinander; meine Berührung schien sie endgültig zu verwirren. Und nicht nur sie, um ehrlich zu sein. Schnell löste ich meinen Griff wieder und zog meine Hand mit glühenden Ohren zurück. Es war schon ziemlich verdreht, denn war es Katie einige Tage zuvor nicht einmal gelungen, mir länger als ein paar Sekunden in die Augen zu sehen, so wandte *ich* nun meinen Kopf ab, während *sie* mich weiterhin offen betrachtete und mich unter der Intensität ihres Blickes förmlich schmoren ließ.

»Na gut«, wisperte sie endlich und überraschte mich mit einem fast schon beiläufig klingenden »Ab morgen?«.

»Ich rede jetzt gleich mit Tammy und danach mit Milow. Dann können wir vielleicht wirklich schon morgen starten.«

Katie antwortete nicht mehr. Ich beschloss, das als Zustimmung zu werten. Erleichtert riss ich das fertige Bild von meinem Block. Vorsichtig darauf bedacht, unsere Hände nicht noch einmal in Kontakt zu bringen, überreichte ich es ihr. Ein vorerst letztes Mal ließ ich meine Augen dabei über die Linien, Schattierungen und Lichtreflexionen gleiten, mit denen ich Katies Gesicht zu Papier gebracht hatte. Ich bemerkte, dass ich nicht das traurige, verstörte und viel zu ernste Mädchen gemalt hatte. In meinem Bild hatte ich die Katie festgehalten, die ich hinter diesen tieftraurigen, schwimmend blauen Augen witterte.

In den von mir gemalten Augen funkelte deutlich mehr Lebensfreude und Energie. Und auch ihr Lächeln wirkte auf meinem Gemälde so viel glücklicher und befreiter als in der Realität. Plötzlich wurde mir bewusst, dass ich ein Wunschbild gemalt hatte. Ja, so wollte ich Katie eines Tages sehen, *erleben*.

Ich hatte mir schon oft ausgemalt, allein durch meine Malerei tatsächlich etwas erschaffen zu können, Dinge quasi per Pinselstrich einfach herbeizuzaubern. Doch nie zuvor war diese ziemlich alberne Vorstellung einem Wunsch nähergekommen als in diesem Moment, in dem ich der schüchtern lächelnden Katie ihr strahlendes Abbild überreichte.

»Jetzt kannst du immer an mich denken«, hörte ich mich sagen und erschrak im selben Moment über meine eigenen Worte. Auch Katies Augen weiteten sich.

Was zur Hölle, Jonah Tanner?

Ich wandte mich ruckartig ab und begab mich verräterisch hastig ans Aufräumen. Katie half mir stumm dabei. Sie wusch ihren Pinsel gründlich aus und wischte unsere Tische ab. Nur ihr eigenes Bild legte sie nicht, wie erwartet, in ihre Sammelmappe im Schrank. Ich nahm es zur Hand, betrachtete es, und schon hüpften mir die nächsten unbedachten Worte über die Lippen. »Deins für meins?«

Katie sah mich erstaunt an, und auch ich selbst wunderte mich über meinen Vorschlag. Zumal ich eigentlich keine Ahnung hatte, was ich überhaupt mit ihrem Bild anfangen wollte. Trotzdem verspürte ich den Wunsch, es zu behalten.

»Es wäre nur fair«, beharrte ich und entlockte ihr damit ein Nicken. Zufrieden bedankte ich mich, rollte den Papierbogen ein und wartete dann, dass Katie sich abwandte und den Raum verließ, was sie zu meiner Verwunderung jedoch nicht tat.

»Sollen wir ... heute mal zusammen nach oben gehen?«, fragte ich unsicher. Katie schien über den Vorschlag nachdenken zu müssen, denn sie schürzte die Lippen und zog ihre Stupsnase kraus. Wieder wartete ich stumm.

»Okay«, sagte sie dann.

Niemand hielt sich im Flur des Erdgeschosses auf. Und auch im Treppenhaus begegneten wir keinem der anderen. Vor der Tür, die zu den Schlafräumen im ersten Obergeschoss führte, drehte ich mich noch einmal zu Katie um und lächelte sie verschwörerisch an. »Also dann, bis gleich!«

»Ja, bis gleich«, flüsterte sie. Es war das erste Mal, dass sie außerhalb des Kellerraums mit mir sprach, und der Stolz über diesen Fortschritt entlockte auch Katie ein Lächeln.

In meinem Zimmer entrollte ich ihr Bild noch einmal und betrachtete es genau. Dennoch dauerte es einige Minuten, bis ich bemerkte, dass das helle und das dunkle Grün in der Krone des Baums ganz offensichtlich nicht so zufällig angeordnet waren, wie es zunächst gewirkt hatte. Ich kniff die Augen ein wenig enger zusammen und erkannte plötzlich das kleine Wort, das Katie in Tarnschrift in dieser Baumkrone versteckt hatte: *HOPE*.

Ich sah das blonde Mädchen auf der Schaukel an, dann wieder auf die Blätterschrift im Baum, der mir mit einem Mal nicht mehr halb so kindlich erschien wie noch Sekunden zuvor.

Hatte Katie das Mädchen *Hope* gemalt? Oder ein Szenario, mit dem sie tatsächlich Hoffnung verband?

Ich seufzte. Wenn es um Katie ging, kannte ich auf so viele Fragen noch keine Antworten, sodass ich mir in ihrer Gegenwart oft regelrecht dumm vorkam. Das war ein neues, bislang vollkommen unbekanntes und nicht gerade gutes Gefühl für mich. Aber es musste ja nicht so bleiben.

»Ich werde schon noch schlau aus dir werden, Katelyn Williams«, murmelte ich, verstaute ihr Bild vorsichtig in meiner Schreibtischschublade und beeilte mich dann, als Mrs Whitackers Glocke erklang, um bloß rechtzeitig zum Abendessen zu erscheinen.

IX.
~ Katie ~

Ich glaube, sie streiten«, wisperte Hope mit weit aufgerissenen Augen. Sie lag neben mir in meinem Bett, das Ohr fest gegen ihren Zahnputzbecher gedrückt und diesen wiederum an die Wand zu Tammys Zimmer. Vereinzelte Satzfetzen der Diskussion, die sich im benachbarten Raum abspielte, drangen sogar bis zu mir durch, ganz ohne Hilfsmittel.

Julius sagte immer wieder etwas von *pubertierenden Jungen* und *Aufsichtspflicht,* während ich nicht verstand, was Tammy erwiderte, an ihrem Tonfall aber wohl erkannte, dass sie anderer Meinung war.

»Uiuiui!«, flüsterte Hope, als die Stimmen unserer Betreuer immer aufgebrachter wurden und Tammy schließlich ein energisches »Hör endlich auf damit, Jules!« ausstieß, das auch ich deutlich verstand. Als ich die beiden so miteinander reden hörte – auf der Schwelle zu einem ernsthaften Streit –, verkrampfte sich mein Magen. Ich kehrte der Wand den Rücken, rollte mich zusammen und hielt mir die Ohren zu. Mein Herz raste wie verrückt, und ich begann in Gedanken leise vor mich hin zu summen.

Dann hatte Jonah also wirklich gefragt, ob ich mit Milow und ihm das Heimgelände verlassen dürfte. Und nun diskutierten Julius und Tammy darüber.

Hope drehte sich zu mir um und streichelte meinen Arm und Rücken. Fast so, wie meine Mom es früher getan hatte, wenn ich krank gewesen war. Unter ihren sanften Berührungen gab ich meine Ohren langsam wieder frei. »Schon gut, sie sind ja nicht wirklich böse aufeinander«, beruhigte sie mich. Das war meine Hope, meine Freundin! Sie wusste immer, was ich brauchte. »Ich hoffe, Tammy kann Julius überreden und sie erlauben es euch«, sagte sie leise. »Ich möchte allzu gerne, dass du wieder richtig sprichst, Katie.«

Schuldbewusst wandte ich mich ihr zu. Hope hatte ich als Einziger anvertraut, dass ich mit Jonah sprach. Das heißt, eigentlich hatte sie es schon vor ein paar Tagen, nach Jonahs und meiner ersten Begegnung im Keller, irgendwie aus mir herausgekitzelt. Seitdem war sie vollkommen aus dem Häuschen und brachte das Thema Jonah – oder *Scheißhaufen-Junge*, wie sie ihn nach wie vor nannte – immer wieder auf den Tisch.

In diesem Moment konnte sie es allerdings nicht weiter vertiefen, denn zu unserem Schrecken wurde Tammys Zimmertür geöffnet, und kurz darauf klopfte es leise an unserer.

Hope sprang aus meinem Bett und hangelte sich hastig über die Leiter in ihr eigenes. Und als Tammy die Türklinke herabdrückte und vorsichtig zu uns hereinlugte, lag Hope bereits über mir und tat so, als wäre sie schon im Land der Träume.

»Katie?«, flüsterte Tammy. Ich setzte mich auf und gab im Gegensatz zu Hope gar nicht erst vor zu schlafen.

»Hey, kann ich kurz mit dir reden?« Ich nickte. Die Dämmerung war bereits fortgeschritten, aber das schwache Licht reichte noch aus, um Tammy zu erkennen. Langsam kam sie auf mich zu.

»Du hast uns gehört, Julius und mich, nicht wahr?« Ich hielt ihrem Blick reglos stand, was ihr wohl Antwort genug war. Seufzend setzte sie sich auf meine Bettkante.

»Ich habe dich heute gesucht«, gestand Tammy nach einer Weile und sah mich dabei eindringlich an. »Alle waren draußen, außer Jonah und dir. Und dann sah ich durch das Fenster im Flur, dass ihr zusammen aus dem Keller kamt. Habt ihr euch angefreundet, ihr zwei?«

Zunächst wollte ich meinem ersten Impuls folgen und nur ausweichend mit den Schultern zucken. Doch dann dachte ich an Jonahs Lächeln, als er mir mein Porträt gereicht hatte. *»Jetzt kannst du immer an mich denken«*, hallte seine Stimme in meinen Ohren wider, und in mir wurde es ganz warm bei der Erinnerung.

Also nickte ich zögerlich.

Tammys Augen weiteten sich. Sie sah aus, als wollte sie »Oh, wirklich?« sagen. Umso dankbarer war ich, als sie es nicht tat und sich stattdessen schnell auf die Unterlippe biss.

»Katie, Jonah war heute bei mir und hat mich gebeten, morgen alleine mit dir und Milow in Richtung Wald gehen zu dürfen. Weißt du davon?«

Wieder nickte ich. Tammy blinzelte einige Male schnell hintereinander. »Gut«, sagte sie dann und räusperte sich kurz, aber ich merkte ihr die Verwirrung dennoch deutlich an. Und so beschloss ich, für ein wenig mehr Klarheit zu sorgen – auf meine Art.

Ich hob die Hand und bedeutete ihr zu warten. Vorsichtig schälte ich mich aus dem Bett und tapste zu meinem Schreibtisch, aus dessen Schublade ich Jonahs zusammengerolltes Gemälde zog. Dann wandte ich mich Tammy wieder zu und sah in ihr liebes, geduldiges Gesicht.

Wenn ich doch jetzt nur sprechen könnte, so wie mit Jonah. Es wäre so leicht. Mit ein, zwei Sätzen könnte ich alles erklären.

Ich öffnete den Mund, holte Luft ... und da war sie. Es war das erste Mal, dass ich diese Blockade, die Jonah zu Recht in mir vermutet hatte, ganz bewusst spürte. Es fühlte sich an wie eine Klappe, ein nach innen gekehrtes Ventil, direkt in meiner Kehle. Ich konnte zwar ein-, aber nicht wieder ausatmen. Zumindest nicht, solange ich es durch den Mund versuchte. Der Weg durch die Nase blieb frei, aber so trat natürlich kein einziger Laut über meine Lippen. Nichts.

Tammy beobachtete mich aufmerksam, während ich mich ihr so hochkonzentriert näherte und schließlich wieder Platz nahm. Ich mochte sie, mit ihrem liebevollen Wesen, den wachsamen Augen und der sanftmütigen Art zu lächeln, bei der sich ihr Kinn noch weiter nach vorne schob als sonst. Tammy war vielleicht keine Schönheit, aber sie strahlte von innen heraus. Und – was noch viel entscheidender war – sie gab mir zu jeder Zeit das Gefühl, dass sie mich ernst nahm. Vermutlich verstand sie mich nicht immer, aber sie ließ mich nie daran zweifeln, dass sie ihr Möglichstes versuchte.

An manchen Tagen vermisse ich sie sogar heute noch, auch wenn diese Zeit im Heim nun schon zwanzig Jahre zurückliegt.

Noch ehe mich der Mut dazu verlassen konnte, reichte ich Tammy Jonahs Porträt von mir und beobachtete ihre Reaktion mit angehaltenem Atem. Zunächst stieß sie ein seltsames Japsen aus. Dann verstrichen einige stille Sekunden, in denen ich einzig und allein Hopes vorgetäuschtes Schnarchen hörte.

»Oh Katie, das ist so wunderschön«, hauchte Tammy schließlich mit Tränen der Rührung in Augen und Stimme.

»Hat Jonah das gemalt? Und es dir dann geschenkt?« Wieder nickte ich. Ein seltsames Gefühl machte sich dabei in mir breit, und es dauerte ein wenig, bis ich es als einen Anflug von Stolz erkannte. Nach einer gefühlten Ewigkeit, in der Tammy weiterhin unentwegt auf Jonahs Gemälde geblickt hatte, reichte sie es an mich zurück und beobachtete, wie ich es auf meinem Schoß zusammenrollte. »Vorsichtig!«, mahnte sie leise. »Morgen Nachmittag fahre ich in die Stadt. Dann besorge ich dir dafür einen Bilderrahmen, was hältst du davon?« Dankbar für diese Idee, quittierte ich sie mit einem scheuen Lächeln, bevor ich mich erhob und das Bild behutsam wieder in der Schublade verstaute. Als ich sie schloss, fiel mein Blick auf meinen Schreibblock, den ich mir für den morgigen Unterricht schon bereitgelegt hatte. Und plötzlich dachte ich an all die vielen Male zurück, die Tammy mich schon gebeten hatte, ihr meine Gedanken aufzuschreiben und mich ihr zumindest auf diese Art zu öffnen. Kurz entschlossen ergriff ich meinen Kugelschreiber und den Block und tat endlich, was ich ihr schon so oft versprochen, aber noch nie gehalten hatte.

»Jonah will mir helfen«, las Tammy vor, als ich ihr den aufgeschlagenen Notizblock reichte. Ein wenig verdutzt sah sie zu mir auf. »Zu sprechen, meinst du? Aber das wollen wir doch alle, Katie.«

Ich erkannte, dass meine Worte sie verletzt hatten, und beeilte mich, den Kopf zu schütteln. Schnell nahm ich ihr den Block erneut aus der Hand.

»Er weiß, wie«, las Tammy, während ich das letzte Wort noch ausschrieb. »Und deshalb wollt ihr euch treffen? Außerhalb des Heims, damit ihr die Ruhe dazu findet?«, schlussfolgerte sie korrekt. »Aber warum dann mit Milow? Gehört er irgendwie zum Plan?«

Ich nickte eifrig. Tammy sah mir lange in die Augen. Es kostete mich eine Menge Überwindung, ihr meinen Blick nicht zu entziehen, aber irgendwie schaffte ich es dennoch, bis sie endlich die Lippen schürzte und den Kopf zur Seite neigte.

»Du glaubst an Jonahs Vorhaben, oder? Zumindest möchtest du es versuchen. Deshalb hast du mir sein Bild gezeigt und mir diese Infos aufgeschrieben. Weil du mich bitten willst, euch zu vertrauen.« Mittlerweile wippte mein Kopf so schnell und heftig vor und zurück, dass Tammys Gesicht bereits vor meinen Augen verschwamm.

»Na schön.« Sie beugte sich zu mir vor und drückte mir einen leichten Kuss auf den Haaransatz. »Das war sehr mutig von dir, Liebes, und ich werde sehen, was sich machen lässt. Aber jetzt schlüpf schnell zurück in dein Bett, damit ich noch ein wenig Überzeugungsarbeit bei diesem Grummelkopf nebenan leisten kann, in Ordnung?« Ich nickte ein letztes Mal und hüllte mich bereitwillig in meine Bettdecke.

Kaum hatte Tammy unser Zimmer verlassen und die Tür leise hinter sich zugezogen, baumelte Hope von ihrem Bett zu mir herab und hielt mir ihre Hand zum Abklatschen hin. »Klasse gemacht!«, beglückwünschte sie mich, den Zahnputzbecher nach wie vor in der anderen Hand.

»Bereit zum nächsten Lauschangriff?«, wisperte sie verschwörerisch und kletterte auf mein Lächeln hin wieder zurück in mein Bett.

Wir verhielten uns so still wie irgend möglich. Doch bis auf ein undefinierbares Gemurmel und Tammys leises Gekicher vernahmen wir nichts mehr aus dem Nebenraum.

»Sie sind sich einig geworden«, wisperte Hope schließlich, und die Zufriedenheit, die ihren Worten dabei anhaftete, war das Letzte, was ich wahrnahm, ehe ich erschöpft einschlief.

X.
~ Jonah ~

Überraschend problemlos erhielten Milow und ich schon am folgenden Tag die Erlaubnis, das Heimgelände am Nachmittag gemeinsam mit Katie zu verlassen. Allerdings knöpfte sich Julius Milow und mich nach dem Unterricht vor, hielt uns einen ausführlichen Vortrag zum Thema Verantwortungsbewusstsein und betonte dabei das Vertrauen, das er uns mit seinem Zugeständnis entgegenbrachte. Milow verstand ganz offensichtlich nicht so recht, was das Problem war, nickte aber alle Verhaltensregeln brav ab, die Julius uns auferlegte. Ich tat dasselbe – einfach, weil es so am schnellsten ging.

Sobald wir unsere Hausaufgaben erledigt hatten, stürmten wir die Treppe hinunter in das Büro unserer Betreuer, um uns zu verabschieden. Tammy schob sich vor Julius, schirmte uns vor seinem durchdringenden Blick ab und legte Milow und mir die Hände auf die Schultern. »Katie wartet schon draußen auf euch, Jungs. Ich glaube, sie ist sehr aufgeregt. Also, habt einen schönen Nachmittag, ja? Oh, und hier!« Damit langte sie in die Gesäßtasche ihrer Jeans und steckte mir eine Zehn-Dollar-Note zu. »Kauft euch ein Eis, okay?« Verblüfft sah ich sie an, doch da hatte sie uns bereits auf den Korridor hinausgeschoben und schloss mit einem Zwinkern die Bürotür vor unseren Nasen.

Katie saß auf der Bank im Vorgarten und wartete nahezu regungslos. Sie trug wieder einmal das cremefarbene Sommerkleid und hatte – wie so oft – die Hände unter ihre Oberschenkel geschoben. Bis heute sehe ich sie vor mir, mit ihrem langen, locker geflochtenen Zopf, den sie sich über die Schulter nach vorne gelegt hatte. Die obligatorische Strähne, die sich im Laufe eines jeden Tages zuverlässig daraus löste, diente dem lauen Nachmittagswind zum Spiel. Diese Bewegung ihres Haares sowie das leise Rascheln der Rosenblätter waren alles, was sich für die Dauer einiger nervöser Herzschläge in meinem Sichtfeld regte.

»Ich bin echt gespannt, was das hier geben soll, du Geheimniskrämer«, wisperte Milow. Ich zuckte nur mit den Schultern und schlenderte dann betont langsam die Treppenstufen der Veranda hinunter, auf Katie zu.

»Hey!«, begrüßte ich sie. Abrupt wandte sie sich uns zu und ließ ihren Blick von mir zu Milow flackern. Immer wieder passierte es, dass Katie wie ein aufgeschrecktes Reh auf mich wirkte – so auch jetzt.

»Sollen wir?«, fragte Milow etwas unbeholfen, pfropfte seine Hände in die Fronttaschen seiner Jeans und nickte in Richtung Gartentor. Mit langen Schritten marschierte er los. Dass Katie sich sofort erhob und zusammen mit mir hinter ihm herging, ließ mich aufatmen.

Als mich ihr kleiner Finger berührte, hakte ich meinen kurzerhand darunter und drückte sanft zu. Anders als am Tag zuvor im Werkraum verkrampfte ihre Hand nur kurz unter meiner Berührung. Dann sah sie mich an ... und lächelte zaghaft.

»Alles klar?«, wisperte ich, ermutigt durch ihre Reaktion. Sie nickte.

»Wie war dein Unterricht?« Auf meine Frage hin schweifte ihr Blick kurz zu Milow, der – entgegen seiner natürlichen

Art – stur und stumm geradeaus lief, genauso, wie ich es ihm im Vorfeld eingeschärft hatte. Mittlerweile hatte sich der Abstand zwischen uns und ihm um einige Meter vergrößert. Erst bei der Kapelle hatte er die Erlaubnis, sich wieder zu uns umzudrehen und mit mir zu sprechen. Obwohl er nicht die geringste Ahnung hatte, was ich mit diesen seltsamen Vorgaben bezweckte, wusste ich, dass er sich dennoch daran halten würde.

»Sieh mich an, Katie!«, forderte ich. »Rede mit mir, wie immer. Milow hört uns nicht«, versicherte ich ihr. »Also, wie war dein Unterricht?«

Sie atmete einige Male tief durch, fast so, als würde sie sich bewusst darauf vorbereiten, ihr Schweigen zu durchbrechen.

»Ganz okay. Tammy hat gesagt, dass wir in diesem Jahr ein Weihnachtsmusical einstudieren.«

»Oh, wirklich?«

Katie nickte erneut. Einige Sekunden blieb es beklemmend still zwischen uns. Der typische Duft des Spätsommers lag in der Luft; es roch nach trockenem Gras, heißem Asphalt und drohendem Gewitter.

»Welches ist dein Lieblingsmusical?«, fragte ich.

Katie schüttelte leicht den Kopf. »Ich kenne nicht viele. Meine Mom ...« Sie schluckte hart und sah auf ihre Schuhe hinab. Als ich ihrem Blick folgte, bemerkte ich, dass wir in absolutem Einklang liefen. Erneut drückte ich ihren kleinen Finger, und als Katie ihre Hand ein wenig drehte, zögerte ich nicht und ergriff sie. »Was ist mit deiner Mom?«

»Sie ... hatte diese CD vom *Zauberer von Oz*.«

»Ah, Dorothy und ihre hochheiligen roten Schuhe.«

Katie nickte zwar, doch man sah ihr deutlich an, wie traurig sie die Erinnerung stimmte.

»Meine Mom hat dieses eine Lied oft für uns gesungen, *Somewhere Over the Rainbow* ... Immer wenn ich krank war, musste sie es singen, weil ich nur dann einschlafen konnte«, gestand Katie plötzlich.

»Hm«, brummte ich. Zu mehr war ich mit dem dicken Kloß, der sich in meinem Hals gebildet hatte, nicht fähig. Denn was Katie nicht wissen konnte: Ihre Worte hatten auch meine Erinnerungen geweckt. Ich dachte an die Fürsorge meiner eigenen Mom und daran, wie sie mir immer über Stirn und Wangen gestreichelt hatte. Wie oft hatte ich ihre liebevolle Hand genervt abgeschüttelt? Und wie oft sehnte ich sie jetzt herbei. Ich versuchte mich wieder auf das Hier und Jetzt zu konzentrieren und verbannte die Erinnerung in die mentale Schublade, die ich mir nur selten anzurühren gestattete.

»Hatte deine Mom denn auch so eine klare Stimme wie du?«, hörte ich mich fragen und wunderte mich im selben Moment, woher die Worte kamen. Katie wirkte nicht weniger verdutzt als ich. Mit gerümpfter Nase sah sie mich an. »Ja«, flüsterte sie.

Milow schlug bereits den Feldweg in Richtung Kapelle ein. Wie auch beim letzten Mal hier draußen, mit Ruby, atmete ich irgendwie freier, sobald wir uns im Sichtschutz der hohen Mais- und Sonnenblumenfelder bewegten. Ich erinnerte mich an den Zehn-Dollar-Schein in meiner Hosentasche und blickte ratlos über das Meer an Feldern, das sich vor uns erstreckte.

»Sag mal, gibt es hier irgendwo einen Kiosk?«

Katie nickte. »Im nächsten Ort.«

»Und haben die dort Eis?«

»In der Packung, glaube ich.«

Erfreut über die verhältnismäßig zügigen Antworten aus ihrem Mund, grinste ich sie an. »Eis ist Eis, oder?«

Sie lächelte vorsichtig zurück. »Ja, stimmt.«

Wir unterhielten uns leise weiter, und für ein paar Minuten hegte ich kaum noch Zweifel daran, dass mein Vorhaben tatsächlich funktionieren würde. Doch dann erreichte Milow die Kapelle und ließ sich, wie verabredet, auf den Treppenstufen nieder. Mit jedem unserer Schritte verringerte sich nun die Distanz zu ihm. Sofort versteiften sich Katies Finger spürbar in meiner Hand, und ich bekam das Gefühl, dass es ihr lieber wäre, ich würde sie loslassen. Also tat ich es.

»Es ist nur Milow, Katie«, wisperte ich. »Hab keine Angst.« Sie nickte, doch es wirkte hölzern. Mit einem Mal stieg auch in mir die Nervosität. Und als wollte mich mein Verstand verhöhnen, fiel mir schlagartig keine einzige Frage mehr ein, mit der ich Katies erneutes Abdriften in die Stummheit hätte aufhalten können.

Milow erwartete uns mit neugieriger Miene. »Und, was machen wir jetzt?«, fragte er. Na, das war doch zumindest schon mal eine offene Frage. Ich atmete tief durch, wandte mich Katie zu und sah sie eindringlich an. »Was sollen wir machen, Katie? Wozu hast du Lust?«

Katie sah mich beinahe flehend an. Als wollte sie mich fragen, warum um alles in der Welt ich ihr das antat. Ihr Anblick brachte mich immer mehr zum Schwanken, während sich Milows verständnisloser Blick förmlich in meinen Nacken einbrannte. Hatte ich übereilt gehandelt? Unklug? Ich wusste es nicht.

»Was möchtest du tun, Katie?«, wiederholte ich. Leise, aber eindringlich. Immer wieder flackerte ihr Blick aus diesen panischen hellblauen Augen an meinem Gesicht vorbei zu Milow, während Katie ihren Mund mehrmals öffnete und schloss, ohne dabei ein einziges Wort herauszubringen. Nicht einmal ihr Atem streifte mich. Es war, als blieben ihr die Worte einfach in der Kehle stecken.

Schließlich knickte ich ein und fragte: »Sollen wir zuerst ein Eis essen gehen?« Ihr Nicken kam so schnell und erleichtert, dass ich ihr ein aufmunterndes Lächeln schenkte. »*Das wird schon!*«, versuchte ich sie mit meinem Blick zu ermutigen, doch sie wich mir aus. Beschämt, enttäuscht oder gedemütigt – ich konnte es nicht deuten.

Dieser erste Versuch, vor Milow mit ihr zu sprechen, war jämmerlich gescheitert, und wir mussten beide erst einmal frischen Mut tanken, um einen neuen Anlauf zu starten. Also suchten wir den Kiosk im Nachbardorf auf, und ich bezahlte unser Eis und eine Flasche Wasser. Danach schlenderten wir schleckend zurück in Richtung Kapelle, wobei Milow und ich uns immer wieder einen Stein zukickten und ich so tat, als wäre ich voll und ganz in unser Spiel vertieft.

In Wirklichkeit jedoch war ich mir Katies Anwesenheit zu jedem Augenblick bewusst und grübelte die ganze Zeit, ob ich das Richtige tat, indem ich es so langsam angehen ließ. Zwar stellte ich ihr zwischendurch kleine Fragen wie »Schmeckt's?« oder »Magst du auch was trinken?«, aber diese beantwortete sie erwartungsgemäß nur mit einem Nicken beziehungsweise Kopfschütteln. Kurzum: Als wir endlich an der Kapelle ankamen, war die Stimmung am Tiefpunkt angelangt.

»Wisst ihr was?«, fragte Milow und zerschnitt damit die Stille, die mittlerweile noch drückender war als die schwüle Luft, die das Versprechen eines Abendgewitters in sich trug.

»Was?«, hakte ich nach. Milow hatte die Augen zu schmalen Schlitzen zusammengekniffen und spähte in Richtung Waldrand. »Früher war ich oft mit Chris hier. Dort hinten gibt es einen Bach, und die Bäume stehen schräg am Hang. Es ist perfekt zum … Ach, kommt einfach mit!« Schon stiefelte er los. Katie und ich warfen uns einen ratlosen Blick zu, folgten ihm aber sogleich durch das trockene Gras der weiten Wiese.

»Ha!«, rief Milow, der das Dickicht vor uns erreichte. »Es ist echt noch da!«

Neugierig beschleunigte ich meinen Schritt, während er ungelenk an einem der aus dem Abhang zum Bach wachsenden Baumstämme hinaufkletterte. »Das hier!« Im nächsten Moment fiel ein aufgewickeltes Seil von der dicksten Astgabel und versprühte dabei unzählige kleine Schmutz- und Staubpartikel.

»Chris hat es damals heimlich aus dem Keller mitgehen lassen«, erklärte Milow. »Cool, dass es noch da ist.« Ehe ich realisierte, was er im Begriff war zu tun, hatte er das Seil schon ergriffen, war damit einige Schritte zurückgelaufen und rannte mit Anlauf auf die circa drei Meter tiefe Schlucht des Bachlaufes zu. Johlend schwang er sich auf die andere Seite. Das Seil knirschte, ebenso wie der Ast, an dem es hing und der sich unter Milows Gewicht bedrohlich neigte.

»Wooah, du hast den scheiß Baum fast entwurzelt!«, entfuhr es mir vor lauter Erleichterung, als er unversehrt ankam.

»Bla, bla, bla!«, rief Milow sorglos und verdrehte dabei wie ein Fünfjähriger die Augen.

Katies Kichern ertönte hinter mir, leise, aber glockenklar. Milows Miene entgleiste schlagartig, noch ehe ich zu Katie herumwirbelte und sie sich in einer Art Reflex die Hand vor den Mund schlug. »Ah-ah! Vergiss es, Fräulein! Ich habe es genau gehört!«, schrie Milow übermütig. »War es das, was du mir zeigen wolltest, Jonah? Dass unsere Kleine lachen kann? Laut lachen, meine ich?« Seine Freude über Katies Gekicher war wie alles an ihm: derb, aufrichtig und mitreißend.

Katie wirkte verlegen – und ein wenig überfordert.

»Wirf mir mal das Seil zu! Ich komme rüber!«, rief ich schnell. Es funktionierte. Sofort verstummte Milow und sah mich ungläubig an. »Was, echt jetzt?«

»Klar, gib schon her!«, forderte ich und zuckte dabei betont gelassen mit den Schultern.

Ich war noch nie ein Draufgänger gewesen. Meine Großmutter hatte immer behauptet, das läge an meiner Intelligenz. Ich hingegen schob es auf meine Gene. Besonders auf die, die ich nicht zurückverfolgen konnte, weil ich meinen Vater nie kennengelernt hatte. Aber so oder so, der Begriff *Angsthase,* den die anderen Kinder schon im Vorschulalter gerne für mich verwendet hatten, passte leider ziemlich gut. Es gab nun einmal Risiken im Leben, die ich nicht bereit war einzugehen. Viele Risiken.

So hatte ich mich beispielsweise immer davor gefürchtet, mit dem Fahrrad in einem falschen Winkel den Bordstein anzufahren und auf diese Art zu stürzen. Und da ich mich nicht in eine Gefahr begeben wollte, die man durch Hilfsmittel eindämmen konnte, durfte meine Mom die Stützräder erst abmontieren, als ich bereits sieben Jahre alt war.

Die Wahrscheinlichkeit eines Blitzeinschlags in ein Haus, das von deutlich höheren Bäumen umsäumt wurde, erschien mir hingegen verschwindend gering. Es war einfach nicht logisch, dass so etwas geschah. Es gab physikalische Gesetze, die sehr weise Menschen entschlüsselt hatten und die deutlich dagegensprachen.

Genauso unwahrscheinlich kam es mir vor, dass ein witterungszermürbtes Seil die Last eines großen und verhältnismäßig schweren Vierzehnjährigen sehr wohl trug, unter dem Gewicht eines deutlich leichteren, fast schon mickrigen Jungen hingegen reißen könnte.

Doch genau diese Risiken sind die heimtückischsten im Leben. Sie lassen sich nicht kalkulieren, und man kann ihnen auch nicht durch Vorsicht ausweichen. Sie schlagen einfach zu – eiskalt und, ja, entgegen jeder Logik.

Plötzlich lässt dich mitten in der Nacht ein markerschütternder Knall aus dem Bett fallen, und du denkst, du bist tot.

Dann realisierst du, dass du dich geirrt hast, denn sobald du dich einigermaßen gefasst hast, steigt dir der Geruch von brennendem Holz in die Nase. Und wenn du dann einige Male vergeblich den Lichtschalter umgelegt hast – hin und her – und in deiner aufsteigenden Panik endlich begreifst, dass der Strom ausgefallen ist, stolperst du mit rasendem Herzen auf deine Zimmertür zu, reißt sie auf und siehst nur noch hilflos mit an, wie deine ganze Welt unmittelbar vor deinen Augen in Flammen aufgeht.

»Jonah!«

Ich hörte Katies erschrockene Stimme beinahe gleichzeitig mit dem endgültigen Ächzen über mir. Im selben Moment sah ich den Schock in Milows Augen. Ich fragte mich noch, ob ihn das Reißen des Seils so aus der Fassung brachte oder doch eher Katies unverhoffter Ausruf, über den ich mich für den Bruchteil einer Sekunde sogar noch freute.

Aber dann ... wurde alles schwarz.

XI.
~ Jonah ~

Ich glaubte, aus tiefem Schlaf gerissen zu werden, so weit entfernt klang Milows Stimme.

»Jonah! – *Jonah!* – *JONAH!*«

Ein erstes vorsichtiges Blinzeln konfrontierte mich mit diffusem, flackerndem Licht. Doch es dauerte nicht sehr lange, bis ich mich erinnerte und wieder wusste, wo ich mich befand. Vermutlich half auch die nasse Kälte, die mich fest umhüllte, meinen Gedanken auf die Sprünge. Meine Kleidung war von Wasser durchtränkt, klebte unangenehm an meiner Haut. Und als ich meine Sinne darauf fokussierte, hörte ich den sanften Strom des Baches überdeutlich.

Jemand hatte mich von hinten unter den Achseln gepackt. Die Mischung aus Kraft und tapsiger Vorsicht ließ mich auf Milow schließen. Er zerrte an mir, drehte mich, und als er von mir abließ, sackte ich mit einem schmatzenden Geräusch auf weichen, knisternden Untergrund.

Ich war also wirklich in den Bach gestürzt. Langsam kam ich wieder zu mir. Es pochte in meinem Hinterkopf, und ich spürte den dumpfen Schmerz in meinem Oberschenkel.

Oh Mist, die Narbe!

Ich blinzelte von Milow zu Katie. Wie ferngesteuert streckte ich meine Hand nach ihnen aus und bemerkte dabei, wie eine einzelne Träne an Katies Wange hinabkullerte. »Warum weinst du?«, fragte ich und wunderte mich darüber, wie schwer sich meine Zunge anfühlte. Ich lallte regelrecht.

Katie antwortete nicht. Sie umklammerte nur meine Finger mit beiden Händen und ließ mich dabei spüren, wie sehr sie zitterte.

»Scheiße, Mann!«, rief Milow. »Beweg dich nicht, Jonah, hörst du? Du bist volle Möhre auf den einzigen großen Stein im Bach geknallt. Ich hole Julius.« Er erhob sich und sah Katie an, die nervös meine Finger knetete. »Katie, du bleibst so lange bei ihm, in Ordnung?«

Ich erwartete ihr Nicken, doch stattdessen hauchte sie tatsächlich ein leises, fast schon geistesabwesend klingendes »Ja«, das Milows Miene für einen Moment erstarren ließ. »Ich fasse es nicht! Du kannst ja wirklich sprechen!« Er schüttelte den Kopf, rief sich zur Besinnung und kletterte den Hang hoch.

Es vergingen einige stille Minuten, in denen ich endgültig wieder zu mir kam, meinen Körper in Gedanken von Kopf bis Fuß abtastete und seine Funktionsfähigkeit vorsichtig überprüfte. Inzwischen war mir zwar ein wenig übel, aber ich konnte alle Gliedmaßen bewegen, auch wenn es teilweise schmerzte. Entgegen Milows Befehl versuchte ich, den Kopf zumindest ein wenig anzuheben und mich zur Seite zu drehen, denn momentan lag ich genau auf der Stelle, die mir mit Abstand am meisten wehtat.

»Nicht!«, rief Katie sofort und ließ entsetzt meine Hand los.

»Aber ...«

»Nein, leg dich sofort wieder hin!«

Verwundert gehorchte ich. Nie zuvor hatte ich Katies Stimme so bestimmend gehört, nie zuvor waren die Worte so flüssig aus ihr hervorgesprudelt. Als mein Hinterkopf in Kontakt mit dem Boden kam, durchfuhr mich erneut ein Stich, und ich stöhnte leise. »Was ist da?«

»Wo?«

»An meinem Kopf. Hinten.«

Katie beugte sich dichter über mich und ließ ihre Fingerspitzen ganz behutsam unter meinen Hals gleiten. Sehr, sehr vorsichtig tastete sie sich an meinem Nacken empor bis zu der brennenden Stelle. Schon an ihrem Japsen hörte ich, was sie dort entdeckte. »Ich blute, oder?« Sie hatte ihre Finger wieder hervorgezogen und starrte nun auf ihre Hand, die sich außerhalb meines Sichtfeldes bewegte.

»Katie?«

Von einer Sekunde auf die andere war sie erstarrt. Wie eine lebendige Statue kniete sie neben mir, mit entsetztem Blick und leicht geteilten Lippen. Ihr Anblick jagte mir eine Höllenangst ein.

»Schon gut«, beruhigte ich sie schnell, denn ich begriff intuitiv, dass sie nicht nur das sah, was sich in diesem Moment vor ihren Augen abspielte, sondern dass ihr Schock viel, viel tiefer reichte. Unerwartet tief.

Ich drehte mich vorsichtig auf die Seite. Jetzt sah ich es auch, mein Blut an ihrer Hand, und ergriff kurz entschlossen Katies Finger. Ich wischte das alarmierende Rot weg, legte meine Hand über die verwischten Spuren und schirmte Katie so von dem Anblick ab, der ganz offensichtlich schlimme Erinnerungen in ihr wachrief. »Es geht mir gut, es ist nur Blut. Ich bin okay. Hörst du, Katie?«

Sie zuckte aus ihrer Starre, blinzelte zu mir herab – und dann, ehe ich den Wandel begriff, der sich in ihr vollzog, sackte sie plötzlich auf meine Brust, rollte sich wie ein Welpe zusammen, umklammerte mich mit ihren zierlichen Armen und weinte hemmungslos los.

Ich wusste nicht, wie mir geschah. Dennoch schlossen sich meine Arme reflexartig und ohne das geringste Zögern um ihren Rücken. Minutenlang hielt ich das bebende Mädchen fest an mich gedrückt und versicherte ihm immer wieder, dass es mir gut ging und alles wieder in Ordnung kommen würde, während Katie in ihrem Weinen ganz weggetreten wirkte und mich kaum noch zu hören schien.

Vor lauter Aufregung raste mein Herz. Das plötzlich wie wild durch meinen Körper strömende Blut ließ mich die Kälte vergessen und die beklemmende Nässe ausblenden. Ich spürte nur noch Katie. Wie leicht sie war, wie ihr schmächtiger Körper immer wieder von tiefen Schluchzern durchgeschüttelt wurde und wie warm sich ihre Haut auf meiner anfühlte. Sie so zu halten rührte etwas tief in mir. Und so streichelte ich ihren Rücken, begann intuitiv zu summen und sie sanft hin und her zu wiegen. Bis ihr Schluchzen verebbte und sie schließlich sogar leise in das Lied mit einstimmte. Es war *Greensleeves,* das irische Volkslied, das mir meine Mom oft vorgesungen hatte, als ich noch klein war.

Wie lange wir so eng verschlungen dalagen, weiß ich beim besten Willen nicht mehr. Wir summten die Melodie in einer Endlosschleife vor uns hin und vergaßen darüber die Zeit. Obwohl ich verletzt war, ausgekühlt und ziemliche Schmerzen hatte, empfand ich diese Minuten mit Katie als die seligsten und friedlichsten seit langer Zeit.

Irgendwann jedoch ertönten Milows und Julius' aufgeregte Stimmen. Katie versteifte sich in meinen Armen, ihr Summen brach ab. Behutsam darauf bedacht, sich nicht auf mir abzustützen, wich sie zurück und sah mich an. Ich versuchte mich an einem Lächeln und hoffte, dass es nicht ganz so verschämt ausfiel, wie es sich anfühlte.

»Er hat ihnen bestimmt alles erzählt, oder?«, wisperte Katie.

»Dass du sprichst, meinst du? Könnte sein«, gab ich zu.

Sie nickte bedacht und grübelte eine Weile stumm vor sich hin. »Gut«, befand sie dann.

»Gut?« Wenn ich mit allem gerechnet hatte, aber damit nicht.

»Ja. Ich möchte mich gerne ... weiter mit euch treffen, Jonah. Du hattest recht, Milow ist wirklich nett. Genau wie du.« Zum ersten Mal seitdem wir uns kannten, traf mich ihr Blick offen und hoffnungsvoll. Dass ihre Augen nach wie vor gerötet und vom Weinen leicht geschwollen waren, tat dem Gefühl, das sich dabei in mir entfaltete, keinen Abbruch.

»Katie –« Mehr als ihren Namen brachte ich nicht mehr hervor, bevor Julius und Milow den Waldrand erreichten und den Hang zu uns herabrutschten. Aber es brauchte auch nicht mehr als das. Ich wette, Katie sah mir auch so an, wie viel mir ihre Worte bedeuteten, denn sie hielt meinen Blick, bis sich Julius zwischen uns schob und seine besorgte Miene den kurzen Anflug von Freude in meiner Brust trübte.

* * *

»Das wird schon wieder«, tröstete mich der Arzt, den Tammy gerufen hatte. Mit einem milden Lächeln wandte er sich Julius zu. »Der Junge hat eine ordentliche Beule und eine kleine Platzwunde, die ich leicht kleben konnte. Es liegen aber zum Glück nur äußere Verletzungen vor, keine inneren. Der linke Knöchel ist leicht geprellt. Den Verband könnt ihr selbst wechseln und die Stelle nach Bedarf mit der Salbe einreiben, die ich euch dalasse. Bis morgen solltest du aber auf jeden Fall im Bett bleiben, Jonah.«

»Was ist damit?«, hakte Julius nach und zeigte auf die aufgescheuerte Narbe an meinem Oberschenkel.

»Das sieht schlimmer aus, als es ist. Im Prinzip nur eine breite Schürfwunde und ein größeres Hämatom. Allerdings vermutlich recht schmerzhaft, nicht wahr, mein Junge?«

Ich versuchte, tapfer zu sein, und zuckte mit den Schultern. »Geht schon.«

Der Arzt nickte wissend und deckte mich wieder zu. »Ich habe die Wunde gereinigt und desinfiziert. Eine Fettcreme kann bei dem Heilungsprozess nicht schaden, besonders weil es sich um vernarbtes Gewebe handelt. Die aber erst ab morgen auftragen, noch ist die Verletzung zu frisch.«

Damit stand er auf und packte seine Utensilien zusammen. Es war sehr still in unserem Zimmer. Milow saß betreten vor dem Schreibtisch und sah mich an. Weder er noch ich wagten zu sprechen, bis Julius den Arzt verabschiedete und ihn zur Tür brachte. »So, und nun zu euch«, sagte Julius und sah uns streng an. »Was für eine selten dumme Idee! Eigentlich müsstet ihr eine Strafe für diese Dummheit bekommen, alle beide.« Nun setzte er sich auf meine Bettkante. »Ihr seid älter als Katie und hättet ihr gute Vorbilder sein müssen. Stellt euch mal vor, das Seil wäre bei ihr gerissen. Katie hat ohnehin schon ein enormes Vertrauensproblem, und wenn sie so gestürzt wäre wie du, Jonah ... Glaubt ihr nicht, dass das alles zwischen euch sofort wieder kaputt gemacht hätte?«

Beschämt betrachtete ich die aufgeschürften Fingerknöchel meiner linken Hand. Sie leuchteten knallrot von dem Desinfektionsmittel, mit dem der Arzt die Wunden gereinigt hatte. Ich dachte an Katie und an ihre entsetzte Miene, als sie mein Blut auf ihren Fingern gesehen hatte.

»Du hast recht, es tut mir leid«, wisperte ich kleinlaut. »Wo ist Katie jetzt?«

»In ihrem Zimmer. Tammy ist bei ihr.«

»Bekommt sie auch Ärger?«, hakte Milow vorsichtig nach. Julius schüttelte den Kopf. »Nein, natürlich nicht. Aber jetzt erzählt mir erst einmal genau, was das mit Katie auf sich hat. Sie *spricht* mit euch?«

Ich überlegte noch, ob ich Julius wirklich die Wahrheit sagen sollte, da nahm Milow mir die Entscheidung schon ab.

»Also, eigentlich spricht sie nur mit Jonah. Mich ignoriert sie.« Er klang fast ein wenig beleidigt.

»Hey, das stimmt nicht«, protestierte ich. »Sie hat dir geantwortet, als du gesagt hast, sie solle bei mir bleiben.«

Er legte die Stirn in Falten. Ich konnte kaum glauben, dass er sich diesen alles entscheidenden Moment wirklich bewusst zurück ins Gedächtnis rufen musste. »*Ja,* hat sie gesagt«, half ich ihm genervt auf die Sprünge.

»Toll, ein einziges Wort!« Jepp, das klang tatsächlich schmollend.

»Ein entscheidendes Wort!«, beharrte ich. »Es geht doch erst einmal nur darum, dass sie ihr Schweigen bricht. Alles andere kommt dann schon. Außerdem vergisst du, dass Katie und ich einen Vorsprung von etlichen Tagen haben.«

»Bitte was?« Julius' Augen waren so groß, wie ich sie noch nie zuvor gesehen hatte. Ich biss mir auf die Unterlippe, doch sein Blick ließ keinen Zweifel in mir zu, dass ich aus dieser Nummer nicht mehr so leicht herauskommen würde. Also erzählte ich ihm alles: von Katies und meiner ersten, eher zufälligen Begegnung, von unseren regelmäßigen Treffen im Keller, unserem gemeinsamen Malen und davon, dass sie schließlich eingewilligt hatte, Milow zu treffen – für einen ersten Versuch, sich auch anderen Menschen zu öffnen.

Julius sah mich aufmerksam an und unterbrach mich kein einziges Mal. Seitdem er am Waldrand aufgetaucht war, hatte

Katie keinen Mucks mehr von sich gegeben, und so ahnte ich, wie unglaublich sich meine Schilderungen für ihn anhören mussten. Doch Julius zweifelte meine Worte nicht an.

»Ach, und noch etwas«, sagte ich am Schluss, meine Chance witternd, das Versprechen, das ich Katie gegeben hatte, einzulösen. »Katie hasst ihre Logopädin, diese Mrs Sheppard.«

Wieder weiteten sich Julius' Augen. »Wirklich? Und warum das?«

»Sie sagte, diese Frau wäre zu ungeduldig und dass sie sich von ihr unter Druck gesetzt fühlt. Dieser Sprachunterricht bringt nichts. Was will Mrs Sheppard auch therapieren, wenn Katie nicht mit ihr redet? Überhaupt hat Katie doch keinen Sprachfehler; sie spricht eigentlich einwandfrei. Aber dafür braucht sie keine Logopädie, sondern ... ja, Vertrauen.«

Als Milow hinter Julius' Rücken eine Augenbraue hochzog und mich belustigt ansah, hielt ich mich von weiteren Ereiferungen ab. Denn, verdammt, das klang ja wirklich so, als wäre ich in Katie verschossen.

Auch Julius musterte mich eingehend. »Dir liegt tatsächlich etwas an Katie, oder? Ihr seid Freunde geworden«, stellte er fest.

Ich brauchte eine Weile – besonders mit diesem Kindskopf im Hintergrund, der nun mit den Wimpern klimperte und einen albernen Kussmund zog –, doch dann nickte ich. »Ich denke schon, ja«, gestand ich mit heißen Ohren.

»Na schön!«, sagte Julius und schlug sich auf beide Oberschenkel, bevor er sich erhob. »Das sind eine ganze Menge Neuigkeiten, die ich jetzt erst einmal verarbeiten muss. Ich werde mit Tammy besprechen, wie wir weiter vorgehen.« Damit warf er mir einen aufrichtig dankbaren Blick zu. »Aber jetzt rufe ich erst einmal bei Mrs Sheppard an und sage ihr, dass wir ihre Dienste vorerst nicht mehr benötigen.« Er zwinkerte verschwörerisch, befahl mir dann, im Bett liegen zu bleiben, und brummte Milow zur Strafe auf, nicht am Abendessen teilnehmen zu dürfen. Als sich die Augen meines armen, dauerhungrigen Freundes voller Entsetzen weiteten, lachte Julius jedoch schon wieder und tätschelte Milows Schulter. »Ruhig, Junge! Ich habe nicht gesagt, dass du nichts zu essen bekommst. Aber für den Rest des Abends bleibst du hier oben und denkst gemeinsam mit Jonah über den Schwachsinn nach, den ihr heute angestellt habt. Ich bringe euch das Essen dann aufs Zimmer. Und denkt dran, dass Jonah sich schonen muss. Keine akrobatischen Experimente mehr für heute, kapiert?«

Als sich die Tür hinter unserem Betreuer schloss, Milow und ich allein zurückblieben und wir uns gegenseitig anstarrten, dauerte es nicht lange, bis sich ein breites, zufriedenes Grinsen auf unseren Gesichtern entfaltete. Denn egal, wie schmerzhaft und schockierend die Ereignisse dieses Tages auch gewesen sein mochten, sie waren auch ebenso bahnbrechend.

※ ※ ※

Schon am kommenden Tag klopfte Katie an unsere Zimmertür.

Ich sehe sie noch heute vor mir, wie verlegen sie damals wirkte, als Milow sie in seiner typisch derben Art *hereinbat*.

»Heilige Scheiße! Da brat mir doch einer 'nen Storch!«, stieß er freudig überrascht ob ihrer Eigeninitiative aus. Katie strich sich die lose Haarsträhne hinter ihr Ohr zurück und quetschte sich an Milow vorbei, ohne zu ihm aufzuschauen. Unaufgefordert steuerte sie auf mich zu und ließ sich auf der Bettkante an meiner Seite nieder.

Ja, wenn ich nur die Augen schließe und die Erinnerungen an damals zulasse, spüre ich sogar noch, wie es sich anfühlte, als sie kurz darauf zum ersten Mal eine von Milows Fragen beantwortete.

»Magst du was trinken, Katie?«
»Nein danke.«

Zwei kleine Worte, die fast unmittelbar über ihre Lippen huschten, ohne erkennbare Mühe.

Ich glaube, danach hielten wir alle drei für einen Moment die Luft an, und die Welt um uns herum blieb für wenige Sekunden stehen. Sie hörte einfach auf, sich zu drehen. Allerdings nur genau so lange, bis Milow mit der Faust in die Luft boxte und ein triumphierendes »Yeah!« von sich gab. »Gestern nur ein Wort, heute schon zwei. Das ist eine Steigerung um zweihundert Prozent.«

»Rechne noch mal nach«, lachte ich, während mir durch den Kopf schoss, gegen wie viele Ratschläge des Buches Milow mit dieser einen Geste und seinem Jubelruf soeben verstoßen hatte.

Kein großes Brimborium, laute Geräusche und übertriebene Emotionalität vermeiden ...

Wie viel Mühe hatte es mich gekostet, all diese Regeln zu befolgen. Umso erstaunter war ich, als Katie sich nun die Hand vor den Mund schlug und noch einmal – wie schon am Tag zuvor, kurz vor meinem Unfall – ihr helles Kichern ausstieß.

Milow grinste von einem Ohr zum anderen. »Mann, Katie, an diesen Klang könnte ich mich echt gewöhnen«, sagte er in gewohnter Offenheit und trieb ihr damit sogar die Röte in die Wangen.

Auch dieser Moment wird wohl auf ewig in meinem Gedächtnis abgespeichert bleiben. Zumindest hoffe ich das.

Denn, ganz ehrlich: Was ist mir denn sonst noch geblieben, außer den Erinnerungen?

Im späteren Verlauf jenes Nachmittags bekamen Katie und ich recht unverhofft ein wenig Zeit für uns alleine, als Cody hartnäckig gegen unsere Zimmertür hämmerte, bis Milow auf den Korridor schlüpfte und sich zu einem gemeinsamen Baseballspiel überreden ließ.

Katie, die nach wie vor auf meinem Bett saß, nahm meine verletzte Hand in ihre und betrachtete eingehend die Abschürfungen.

»Danke«, sagte sie plötzlich.

»Wofür?«

»Wegen Mrs Sheppard. Wie hast du das geschafft?«

»Na ja, ich habe Julius einfach erklärt, dass dir diese Logopädiestunden überhaupt nichts bringen.« Verlegen erwiderte ich Katies erleichtertes Lächeln. Dann, ganz unverhofft, teilten sich ihre Lippen, und sie begann leise *Somewhere Over the Rainbow* zu singen. So zaghaft, glockenklar und herzergreifend schön, dass ich die Luft anhielt und mich nicht mehr zu rühren wagte.

Auch damals wusste ich schon, dass sie mir mit diesem spontanen Ständchen eine weitere, sehr entscheidende Erinnerung geschenkt hatte. Niemals könnte ich die Wärme vergessen, die mein Herz erfasste, als ich sie so für mich singen hörte.

Die kommenden Tage und Wochen wurden von kleinen Ereignissen geprägt, von beständigen Fortschritten, die Katie in Milows und meiner Gegenwart machte und die mir in ihrer Summe wie ein einziger enormer Befreiungsschlag vorkamen.

Ich fühlte mich so privilegiert durch das Vertrauen, das mir Katie entgegenbrachte, dass ich schon bald richtig stolz war, mit ihr befreundet zu sein. Und ich weiß, dass es Milow ähnlich ging, weil er in vollster Selbstverständlichkeit jeden Nachmittag mit uns verbrachte und dafür sogar manchmal auf sein geliebtes Baseballspiel mit Cody und Roger verzichtete.

Zwar sprach Katie nach wie vor nur dann, wenn wir alleine mit ihr waren. Doch auch in Gesellschaft der anderen Heimkinder zeigte sie Verhaltensänderungen, die nicht nur mir, sondern auch Julius und Tammy auffielen. Allem voran lachte sie. Gut, zunächst war es nicht mehr als ein Lächeln, maximal ein leises Glucksen. Ich sehe bis jetzt deutlich vor mir, wie ungläubig Tammy schaute, als es mitten im Gruppenraum zum ersten Mal geschah (Milow hatte sich versehentlich seinen Milchshake über die Hose gegossen und quietschte wie ein Mädchen, was Katie offenbar urkomisch fand).

Trotz unseres Fehlstarts beschlossen Julius und Tammy, uns weiterhin zu vertrauen, und ließen Katie, Milow und mich erneut das Heimgelände verlassen, um an den Nachmittagen ungestört Zeit miteinander zu verbringen. Sobald meine Verletzungen einigermaßen kuriert waren, durften wir wieder losziehen. Wir liefen ziellos durch die Felder, mopsten Äpfel von den Plantagen und legten uns im Schatten der alten Trauerweide auf die Wiese hinter der Kapelle, um stundenlang in den Himmel zu starren und die vorüberziehenden Wolken zu beobachten.

Dabei sprachen wir über alles und nichts. Und wenn ich *wir* sage, dann meine ich wirklich uns drei, denn nun, da Katie ihr Schweigen einmal gebrochen hatte, war sie alles andere als still. Sobald wir im Schatten der hochbewachsenen Felder abtauchten, erwachte sie zu neuem Leben und beteiligte sich von jetzt auf gleich an unseren Gesprächen. Kehrten wir am späten Nachmittag zurück, verstummte sie, sobald wir von dem schmalen Weg auf den Bürgersteig entlang der Hauptstraße abbogen.

Milows Erstaunen über Katies plötzliche Redseligkeit und besonders die vorsichtige Zurückhaltung, die dieses Erstaunen zunächst mit sich gebracht hatte, hielten nicht lange an. Schnell kehrte sich seine Verwunderung in ausgelassene Freude, und, wie hätte es bei ihm anders sein können, schließlich in Übermut. Manchmal, wenn er es übertrieb und Katie zum Beispiel immer wieder trotz anhaltenden Protests mit einem langen Grashalm im Ohr kitzelte, wurde es ihr zu viel. Dann schimpfte sie ihn regelrecht aus, klang dabei wie ein zeternder kleiner Rohrspatz, und er kriegte sich kaum noch ein vor Lachen. Und ich? Ich musste mich hüten, nicht mit ihm zu lachen, weil Katie sonst ernsthaft eingeschnappt war.

Bereits während dieser ersten Tage entwickelten wir drei eine ganz eigene, sehr harmonische Dynamik, die sich schnell so vertraut anfühlte, als wären wir schon immer miteinander befreundet gewesen. Unsere Treffen hatten etwas Geheimnisvolles an sich, etwas Wunderbares, das ich nicht so recht einzuordnen wusste.

XII.
~ Jonah ~

Die folgende Zeit war irgendwie seltsam und schön zugleich.

Natürlich vermisste ich meine Mom und Granny nach wie vor. Bisweilen wurde die Sehnsucht so stark, dass ich den Tränen in der Nacht freien Lauf ließ. Aber es gab auch Rubys regelmäßige Besuche, die immer ein kleines Highlight für mich darstellten, und vor allem die ungestörten Nachmittage mit Milow und Katie, an denen ich manchmal sogar alle Sorgen vergaß und aus vollem Herzen lachte. Es fühlte sich einfach nur gut und befreiend an, das endlich wieder tun zu können.

Katie machte in der Gruppe weiterhin Fortschritte. Nach der ersten Zeit, in der sich Milow noch Mühe gegeben hatte, Katies Entschluss zu respektieren und ihr Sprechen vor den anderen Kindern geheim zu halten, wurde er immer unruhiger.

»Lass die anderen doch glauben, was sie wollen. Was kümmert es dich?«, quengelte er, doch Katie schüttelte heftig den Kopf und sah ihn ernsthaft an. »Nein, das möchte ich nicht. Wenn ich jetzt plötzlich reden würde, würden sie bestimmt glauben, dass ich sie die ganze Zeit angelogen habe. Außerdem ... *kann* ich nicht mit ihnen sprechen. Wirklich! Irgendetwas in meinem Hals geht zu, wenn die anderen Kinder oder Tammy und Julius mit mir sprechen. Das ist immer noch so.«

»Hm«, machte Milow, dem ich deutlich anmerkte, dass er Katies Erklärung nicht nachvollziehen konnte. Ich spürte, dass seine Geduld langsam, aber sicher erschöpft war. Wäre es nach ihm gegangen, hätte er am liebsten in die ganze Welt hinausposaunt, dass *unsere Kleine,* wie er Katie fast schon liebevoll nannte, wirklich sprechen konnte und dass er einer der Ersten war, vor dem sie es gewagt hatte.

Da er jedoch versprochen hatte, ihr Geheimnis zu wahren, bis sie selbst so weit war, es zu teilen, suchte er zunehmend nach Möglichkeiten, ihre Grenzen auszuweiten und sich zumindest auf diese Art ein wenig Luft zu machen. Ich konnte es ihm nicht verübeln, denn so war er einfach – und so ist er auch bis heute noch.

Es begann damit, dass er Katie in die Seite pikste, wann immer er ihr begegnete. Egal, ob beim gemeinsamen Küchendienst oder während des Lernens im Gemeinschaftsraum – Katies Rippen waren nicht mehr sicher vor Milows Zeigefingern, seitdem er an einem unserer gemeinsamen Nachmittage festgestellt hatte, wie kitzelig sie war. Für Katie war es sicherlich schwer, nicht einfach losquietschen zu können, wann immer er sie erwischte. Trotzdem gab sie keinen Mucks von sich. Sie zuckte nur zusammen und warf ihm wütende Blicke zu, wie giftgetränkte Pfeile. Aber wenn Milow eine ausgeprägte Eigenschaft besaß, dann war es seine Beharrlichkeit. Und so hatte er sie schon bald so weit, dass sie unter seiner Attacke nicht nur zusammenschreckte, sondern auch einen kleinen fiependen Laut von sich gab. Alle drehten sich zu ihr um – und vielleicht ermutigten Katie die vielen eindeutig positiv überraschten Augenpaare, die ihr dabei entgegenblickten.

Nur wenige Tage später, an Thanksgiving, als wir gemeinsam von der Messe zurück zum Heim marschierten, quietschte sie richtig laut auf, und als sie damit wieder die Aufmerksamkeit der anderen erhaschte, schlug sie kurzerhand auf Milows nach wie vor ausgestreckten Zeigefinger. Es vergingen ein, zwei stumme Sekunden, dann lachten wir alle gemeinsam los.

An diesem Abend saßen wir um den festlich gedeckten Tisch vor dem herrlich duftenden Truthahn von Mrs Whitacker, die zur Feier des Tages mit uns aß. Nicht nur ich fühlte mich trotz der festlichen Stimmung sehr traurig. Auch viele der anderen Kinder wirkten stiller als sonst, melancholischer. Andere machten einen eher gereizten, angespannten Eindruck, was ich ebenfalls nachvollziehen konnte. An Feiertagen wie diesem war unser Schmerz noch spürbarer als sonst, denn nie wurde uns das Fehlen unserer Familien bewusster.

Milow rutschte schon voller Ungeduld auf seinem Stuhl herum. Er saß unmittelbar vor einem der beiden Truthähne, und es kostete ihn vermutlich eine enorme Überwindung, seine Gabel, die er bereits fest umklammert hielt, nicht einfach in den dampfenden Vogel zu spießen. Nun musste er sein Besteck sogar noch einmal ablegen, denn Julius forderte uns auf, uns gegenseitig die Hände zu reichen und reihum unseren Dank und unsere guten Wünsche auszusprechen, so, wie es der Brauch verlangt.

»Ich danke dir, lieber Gott, für meine Freunde hier im Heim und für Tammy, Julius und Gregory, die immer gut auf uns aufpassen«, begann Sally andächtig. »Ich wünsche mir, dass es meiner Mommy und meinem Daddy gut geht, weil sie ja jetzt deine Engel sind. Und ich wünsche mir auch, dass ich bald eine neue Familie bekomme, die mich wieder sehr lieb hat.«

An diesem Punkt sah ich auf und bemerkte somit gerade noch, dass sich auch Tammy und Julius einen Blick und ein trauriges Lächeln quer über den Tisch zuwarfen. Verstohlen wischte sich Tammy eine Träne aus den Augen. Ich neigte den Kopf wieder und tat so, als hätte ich nichts bemerkt, doch im nächsten Moment berührte mich schon Katies Fuß unter dem Tisch, und so wusste ich, dass auch sie die Reaktion unserer Betreuer beobachtet hatte.

»Und außerdem …« Sally hatte eine Weile gezögert, ihr Gebet jedoch noch nicht beendet. »Außerdem wünsche ich mir, dass Katie endlich mit mir spricht. Amen.«

»Amen«, ertönte es im Chor, und für einen kurzen Moment starrten alle auf Katie. Ich spürte, wie sich ihr Fuß versteifte, und schon im nächsten Augenblick zog sie ihn zurück. Ohne jeden Zweifel war sie schockiert.

Doch bevor Tammy etwas sagen konnte, um die Situation zu überspielen, öffnete sich Katies Mund, und sie gab einen kleinen, gequält klingenden Laut von sich. Es war, als würde sämtliche Luft im Raum wie durch ein Vakuum plötzlich abgesogen werden. Schlagartig hielten wir alle den Atem an.

Katie versuchte tatsächlich zu sprechen. Sallys Gebet musste sie sehr berührt haben, denn ihr Blick flatterte zunehmend verzweifelt zwischen der Kleinen und mir hin und her. Irgendwie wollte ich ihr Halt geben, eine Stütze sein und tastete deshalb erneut mit meinem Fuß nach ihrem, fand ihn jedoch nicht mehr. Also versuchte ich sämtliche Zuversicht in meinen Blick zu legen und hielt den ihren ganz fest.

Sprich zu mir!, versuchte ich ihr lautlos zu sagen. *Tu so, als wären die anderen gar nicht da!*

Das Herz schlug mir bis zum Hals. Doch aus Katies Mund kam kein Laut. Bis Tammy tat, was ihr Betreuerinstinkt verlangte. Sie legte Katie ihre eigenen Worte in den Mund. »Möchtest du auch *danke* sagen, Liebes?«

Das war der Moment, in dem unser Blickkontakt abbrach und Katie den Kopf senkte. Nach einem matten Nicken ließ sie ihn einfach hängen.

»Das ist sehr schön von dir«, befand Tammy in liebevollem Ton, bevor sie das Tischgebet an Cody übergab.

Die Runde endete bei Milow, der sich zwar artig bedankte, erwartungsgemäß jedoch nur einen Wunsch hatte und sich auch nicht genierte, diesen freiheraus auszusprechen: »Ich wünsche mir jetzt endlich dieses Viech in meinen Magen. Amen.«

Und so begann das Festessen mit einem herzhaften Lachen. Katies misslungener Versuch zu sprechen war für die meisten im Raum schon vergessen. Nicht aber für sie selbst.

Noch am selben Abend erwachte der Ehrgeiz in Katie. Sie beschloss, nicht länger davonzulaufen, zog nicht mehr den Kopf zwischen die Schultern und wurde so zum ersten Mal wirklich sichtbar. Sie kicherte und gluckste nun regelmäßig und zunehmend vergnügt, wenn Milow sie in die Seiten pikste – was er natürlich als Signal verstand, die Grenzen noch weiter auszutesten. So wurde es schon bald zu seinem Lieblingsspiel, aus heiterem Himmel und laut grölend auf Katie zuzustürmen, sie zu Boden zu ringen und dann durchzukitzeln. Viel zu grob und nahezu erbarmungslos, wie es mir vorkam. Nicht nur einmal hielt ich erschreckt die Luft an, wenn er das machte.

Aber vielleicht war Katie es ja auch leid, mit Samthandschuhen angefasst zu werden, und Milow tat intuitiv genau das Richtige. Zumindest entlockte er ihr mit seinen Kitzelattacken schon recht bald ein offenes Lachen, das nicht nur mich mit Freude erfüllte, sondern auch Tammy und Julius, die den Grobian erschreckend frei agieren ließen.

Die anwesenden Kinder hielten in ihren Tätigkeiten inne und starrten auf die am Boden liegende Katie, die sich lachend unter Milow wand. Andere stürmten in den großen Raum, um nach der plötzlichen Lärmquelle Ausschau zu halten, denn beide – und besonders Katie – wurden in ihrer Ausgelassenheit richtig laut.

Nach kurzer Verwunderung stimmten wir alle in Katies überraschend ansteckendes Gelächter mit ein, sodass ihr gar keine Gelegenheit blieb, verlegen zu werden, als Tammy Milow schließlich doch Einhalt gebot und er von ihr ablassen musste.

Ich wusste nicht, ob Milows Plan restlos aufgehen und er Katie auf diese Weise wirklich zum Sprechen bringen würde, doch ich hoffte es. Zwar überkam mich jedes Mal ein seltsam beklemmendes Gefühl, wenn ich ihn so ausgelassen mit Katie sah, doch dann hörte ich meine Granny in Gedanken *»Kein Gefühl ist egoistischer als die Eifersucht«* sagen und schämte mich heimlich.

Eines Tages Anfang Dezember konnte Milow nicht bei unserem täglichen Ausflug dabei sein. Julius hatte ihn aufgrund einer miserablen Mathenote zu Nachhilfeunterricht verdonnert, und so machten Katie und ich uns alleine auf den Weg.

»Nimm doch deinen Zeichenblock und Bleistift mit!«, schlug Katie vor, die in unser Zimmer gekommen war, um mich abzuholen.

»Warum das denn?«

Sie zuckte mit den Schultern und strich sich die lose Haarsträhne hinter das Ohr. »Warum nicht? Du hast schon so lange nicht mehr gemalt. Das fehlt dir doch bestimmt.«

Ich warf ihr einen prüfenden Blick zu. »Was, hast du etwa Angst, dich mit mir alleine unterhalten zu müssen, heute, wo Milow nicht mitkommt?« Zunächst weiteten sich ihre Augen. Dann griff sie kurzerhand nach meinem Kopfkissen und schleuderte es mir gegen den Kopf. »Blödmann!«

Ich lachte auf. »Oh, wenn die anderen nur wüssten, *wie* du eigentlich sprichst, Katelyn Williams!«

»Ach, sei still!«, empörte sie sich weiter. »Ich meinte es nur nett. Und nein, ich habe bestimmt keine Angst davor, alleine mit dir zu sein. Bis gerade eben habe ich mich sogar noch darauf gefreut.« Schmollend schürzte sie die Lippen.

»So?« Ich ging einen Schritt auf sie zu. Doch als wären Fäden zwischen uns gespannt, die auf keinen Fall durchhängen durften, wich sie um die gleiche Strecke zurück. »Ich mich doch auch«, sagte ich ruhig, nicht länger in der Stimmung, sie zu necken. »Deswegen wäre es mir überhaupt nicht in den Sinn gekommen, ausgerechnet heute zu malen. Aber du hast schon recht: Es ist eine gefühlte Ewigkeit her, dass ich außerhalb des Kunstunterrichts gezeichnet habe.« Als ich Katie so betrachtete und sie meinem nachdenklichen Blick sekundenlang reglos standhielt, durchzuckte mich plötzlich eine Idee. Eine Weile rollte ich sie noch stumm in meinem Kopf hin und her und testete dabei aus, ob es irgendwie lächerlich klingen würde, sie auszusprechen. Dann wagte ich es einfach:

»Möchtest *du* denn, dass ich wieder zeichne, Katie?«

Sofort biss sie sich auf die Unterlippe. *Aha, ertappt!*

Ich stieß ein wenig Luft aus und ging nun doch noch einen Schritt auf sie zu. Inzwischen war sie mir wohl nicht mehr böse, denn sie wich nicht zurück. Und so nahm ich ihre linke Hand in meine rechte und grinste, weil sich ihre Wangen verräterisch gerötet hatten. »Okay! Und warum genau möchtest du, dass ich wieder zeichne?«

»Weil du nie damit aufhören solltest!«, platzte es beinahe trotzig aus ihr hervor, bevor sie sich um einen deutlich ruhigeren Ton bemühte. »Du ... kannst das so gut. Du solltest immer malen oder zeichnen. Immer.«

Ich lächelte. »Na schön. Und warum singst du dann nicht ständig, hm?«

Verdutzt blinzelte sie gegen das Sonnenlicht an, das durch das Zimmerfenster in meinem Rücken fiel. »Wie meinst du das?«

»Na, ich kenne kein anderes Mädchen, das so eine schöne Stimme hat wie du«, erklärte ich, nun selbst ein wenig verlegen.

»Meinst du das ernst?« Katie tat nicht nur erstaunt, sie war es wirklich.

»Absolut, ja«, versicherte ich ihr. »Also, wenn du mir versprichst, weiter zu singen, jeden Tag zumindest ein bisschen, dann verspreche ich dir auch, weiter zu zeichnen. Okay?«

Sie grübelte kurz. »Muss ich denn vor dir singen? Und vor Milow?«

Hastig schüttelte ich den Kopf. »Himmel, nein! Sonst kommt der noch auf die Idee, mitzusingen. Und das ist bei den Proben schon kaum auszuhalten.«

Katie kicherte. Die Proben zu unserem Wintermusical liefen inzwischen auf Hochtouren. In wenigen Tagen wollten wir eine kleine Aufführung im örtlichen Seniorenheim abhalten. Natürlich sang Katie nicht mit. Sie würde die Bühne als Schneeflocke betreten und spielte das Xylofon – immer fehlerfrei und rhythmisch so exakt wie ein Uhrwerk.

»Es ist so schade, dass du nie mit uns singst«, sagte ich bei dem Gedanken, der mich jedes Mal wieder betrübte. Keiner außer mir wusste, wie wunderschön Katie singen konnte.

»Aber ich habe doch schon einmal für dich gesungen«, erinnerte sie mich, wie zum Trost.

»Ja.« Ich spürte, ohne dass ich etwas dagegen hätte unternehmen können, wie sich ein breites, vor offensichtlichem Stolz nur so strotzendes Lächeln auf meinem Gesicht entfaltete. »Und deshalb werde ich jetzt auch für dich zeichnen«, beschloss ich schnell, zu meiner eigenen Rettung, und kramte den erstbesten Zeichenblock und Bleistift aus meiner Schublade hervor.

Nur wenig später lagen wir auf einer dicken Decke auf der Wiese hinter der kleinen Kapelle, am Stamm der Trauerweide. Das milchige Winterlicht ließ alles blasser erscheinen als im Sommer, obwohl die Temperaturen noch recht angenehm waren.

Wie so oft hing mein Blick an Katies hübschem Gesicht. Sie lag auf dem Rücken, wirkte für ihre Verhältnisse seltsam entspannt und kaute auf einem langen Grashalm herum. Warum auch immer, aber das tat sie häufig. Auf meine besorgte Frage, ob der Saft eines solchen Halms nicht giftig sein könnte, hatten beide, Milow und Katie, mich erst vor Kurzem noch schallend ausgelacht. Also verkniff ich mir heute jeden Kommentar und genoss ihren Anblick einfach schweigend. Irgendwann, inmitten dieser entspannten Ruhe, fiel mir mein Zeichenblock wieder ein. Kurz entschlossen richtete ich mich auf, nahm ihn zur Hand, schlug das Deckblatt zurück und setzte den Bleistift an.

»Was tust du?«, fragte Katie, die meine Bewegungen beobachtet hatte.

»Na, zeichnen.«

»Mich?«

»Hm-hm.«

»Warum?«

»Warum nicht? Halt still!« Und das tat sie. Eine Weile zumindest.

»Jonah?«

»Hm?«

»Denkst du oft an früher zurück? Als alles noch ganz anders war?«

Ich ließ den Block sinken und sah sie über den Rand hinweg an. Mir war sofort klar, worauf sie anspielte. »Ja«, gestand ich.

Sie sah mir direkt in die Augen. »Erzählst du mir davon? Was passiert ist? Ich meine, ich weiß von deiner Granny und deiner Mom, aber was ist mit deinem Dad? Und hattest du Geschwister?«

Ich schluckte hart. Aber der Kloß, der sich von einer Sekunde auf die andere in meiner Kehle gebildet hatte, ließ sich nicht so leicht wegspülen.

Ich hatte den Gedanken immer verdrängt, mit Katie nicht ewig so weitermachen zu können, ohne die wirklich großen Themen anzugehen, die in ihrer Konsequenz überhaupt erst zu unserem Zusammentreffen geführt hatten. Vielleicht war ich deshalb so überfordert, als der Moment auf einmal da war.

»Kein Vater«, presste ich zunächst nur hervor. Einfach, weil es der leichteste Part war. Der, mit dem ich mich schon vor langer Zeit abgefunden hatte, auch wenn ich noch immer die hämische Stimme einer ehemaligen Grundschulkameradin abrufen konnte: *»Der Jonah hat doch keinen Vater. Vielleicht ist er schon tot oder im Gefängnis«*, hatte das kleine blonde Biest gemutmaßt. In leierndem Hänsel-Singsang und natürlich so laut, dass es auch alle umstehenden Kinder mitkriegten.

»Ist er nicht!«, hatte ich mich damals, gerade einmal sechs Jahre alt, verteidigt. *»Dann hat er dich nicht lieb gehabt«*, befand sie knallhart. *»Deshalb ist er nicht bei dir geblieben.«*

Der Riss, den diese kleine Kröte meinem Herzen damals verpasst hatte, klaffte für einen Moment wieder auf, als ich

Katies bedauerndes Gesicht sah. »Schon gut. Ich hab ihn nie gekannt«, fügte ich so knapp wie möglich hinzu. »Und Geschwister habe ich auch keine.«

Katie sah mich lange an, bis ich schließlich seufzte und resigniert den Block zur Seite legte. »Es war ein Hausbrand. Der Blitz hat in unser Dach eingeschlagen, direkt über dem Bett meiner Mom. Sie war vermutlich sofort tot. Oder zumindest ohnmächtig.«

»Oh Gott!«, wisperte Katie. »Und …«

»Meine Granny?«

»Ja?«

»Ihr Zimmer lag daneben. Der Blitzeinschlag hat den Dachstuhl in Brand gesetzt, es ging alles furchtbar schnell. Zuerst war es noch ganz still, dann hörte ich sie rufen. Aber … ich schaffte es nicht mehr zu ihr.« Unbemerkt raufte ich mir die Haare, als mich ihre Rufe einholten und der Geruch von brennendem Holz plötzlich meine Sinne flutete. Erst als Katie sich aufsetzte und meine Handgelenke umschloss, bemerkte ich, wie stark ich an meinen Haaren gerissen hatte.

»Nicht!«, flüsterte sie nur. Und dann, nach einer Weile, in der sich mein Pulsschlag wieder beruhigte und das Rauschen des Blutes in meinen Ohren verebbte, legte sie ihre Hand behutsam auf meinen linken Oberschenkel. Sehr, sehr vorsichtig ließ sie ihren Daumen über den dicken Stoff meiner Jeans kreisen. »Von da stammt diese Narbe. Von dem Brand, nicht wahr?«

»Ja. Ich wollte die Treppe hochlaufen, zu meiner Grandma, aber da krachte schon ein brennender Balken herunter, direkt auf mein Bein und begrub mich unter sich. Nur ein paar Sekunden später war der Nachbar da und zog mich heraus. Ich schrie nach meiner Mom und nach meiner Großmutter, aber … er schleifte mich einfach raus. Weg von ihnen.«

»Weil er wusste, dass es zu spät war, oder?«, hakte Katie vorsichtig nach. Ich nickte nur und starrte auf ihre Hand hinab, die nach wie vor auf meinem Oberschenkel lag.

»Katie?«

»Ja?«

»Erzählst du mir auch, was bei dir passiert ist?« Sie machte Anstalten, ihre Hand wegzuziehen, doch ich war schneller. Hielt ihre Finger fest auf meinem Oberschenkel und blickte ihr dabei tief in die schwimmend blauen Augen. »Bitte.«

Wir sahen uns lange an. Ihre Augen füllten sich mit Tränen. »Mein Dad«, wisperte sie endlich, »er hat sie alle erschossen. Meine Schwester Alice, sie war älter als ich. ... Theo, unseren kleinen Bruder. Und meine Mom. Am Schluss hat er sich selbst erschossen. ... Nur mich nicht. Mich ... hat er einfach übrig gelassen.«

Wie erstarrt saß ich da und ließ die bittere Wahrheit um Katies Vergangenheit zu mir durchdringen. Zuletzt war ich mir in der Nacht des Blitzeinschlags so hilflos vorgekommen, denn es gab nichts, absolut nichts, was ich ihr zum Trost hätte sagen können. Im Gegenteil, ich hatte das Gefühl, dass auch ein Teil von mir verkümmerte, während sie diese wenigen Sätze aussprach und damit die Szenen des furchtbaren Amoklaufs in meinem Kopf freisetzte.

Es gibt Dinge auf dieser Welt, für die findet man keine passenden Worte, geschweige denn Erklärungen. Und in diesen Minuten verstand ich plötzlich, warum Katie verstummt war. Reglos, nahezu gelähmt vor Schock und unfähig, mit diesem neuen Wissen umzugehen, saß ich neben ihr und starrte sie an.

»Du bist ... der Erste«, stammelte sie nach einer Weile und senkte ihren Blick dabei auf ihre Hand, die ich nach wie vor auf meinem Oberschenkel hielt. Gedankenverloren knetete sie den Jeansstoff über meiner Narbe. Obwohl es hätte wehtun müssen, spürte ich ihre Berührung nur sehr hintergründig, so betäubt war ich.

»Ja«, keuchte ich endlich, mit verräterisch eingeschnürter Stimme. »Du bist auch die Erste, der ich davon erzählt habe.« Eine Zeit lang blieb es vollkommen still zwischen uns. Nicht einmal die Zweige der Trauerweide raschelten.

»Jonah?«, wisperte Katie schließlich.

»Hm?«

»Ich will sie nicht vergessen. Niemals. Aber ... ich möchte auch wieder ohne dieses Gefühl aufwachen.«

»Welches Gefühl meinst du?«

Sie schluckte schwer, bevor sie es fertigbrachte, sich näher zu erklären. »Das Gefühl, bei allem, was ich tue, ein schlechtes Gewissen haben zu müssen.«

»Aber das musst du doch nicht.«

Sie fegte meinen Protest gemeinsam mit ihrer losen Haarsträhne davon und sah mich eindringlich an. »Glaubst du denn nicht, dass ich eigentlich tot sein sollte, wie alle anderen?«

Es dauerte einen Moment, bis mir wieder einfiel, wie man den Kopf schüttelte. Als ich endlich damit begann, tat ich es in aller Vehemenz und hörte so lange nicht auf, bis meine plötzlich aufgestiegene Panik ungefiltert aus mir herausgeflossen war. »Nein! Ich finde keine Worte für das, was dein Dad getan hat, Katie. Aber du lebst, du bist hier, und das ist das einzig Richtige.« Ich umfasste ihre Hand stärker als zuvor und drückte sie, als könnte ich ihr dadurch vermitteln, dass nicht alles so sinnlos war, wie es ihr erschien. Nur stimmte das auch wirklich?

Ich zweifelte selbst oft genug am Leben. Und gerade jetzt, in meiner maßlosen Überforderung, hätten meine Zweifel noch heftiger in mir toben müssen. Den Blick auf unsere verschränkten Finger gerichtet, bemerkte ich jedoch verwundert, dass dies nicht der Fall war. Im Gegenteil, ich spürte zum ersten Mal so etwas wie *Hoffnung* in mir.

»Ich bin so froh, dass du hier bist«, gestand ich wenige Herzschläge später. Meine Stimme war zittrig und so leise, dass der sanfte Wind helfen musste, meine gehauchten Worte zu Katie zu tragen.

Noch sah sie, genau wie ich, auf unsere Hände hinab. Doch dann, wie auf ein stummes Kommando hin, beugte sie sich plötzlich vornüber und lehnte ihren Kopf an meine Schulter. Halt suchend, vertrauend.

Ich nahm sie in meine Arme und hielt sie für eine unmessbare kleine Ewigkeit fest. Es dauerte ziemlich lange, bis wir uns beide wieder einigermaßen gefasst hatten. Erst dann, meinem Verständnis nach immer noch viel zu früh, wich Katie zurück.

»Malst du weiter?«

Oh, hätte ich doch nur die magische Fähigkeit besessen, ihre Welt mit einem Pinsel gestalten zu können – wie schnell wäre ich ihrer Aufforderung nachgekommen.

Ich hätte die Sonne gemalt, breit und strahlend, um Katies Seele an jedem einzelnen Tag ihres Lebens zu wärmen. Eine Hand – vielleicht sogar meine eigene –, die ihr die heimlich im Schlaf geweinten Tränen hätte wegwischen, sie festhalten und ihr Haar streicheln können, still und unaufgefordert. Einen versichernden Blick, der tief genug gereicht hätte, um ihr die Angst zu nehmen und all das Misstrauen, das sie so oft zu beherrschen schien. Und dabei hätte ich alle Farben verwendet, jedoch ganz bewusst auf die Kontraste verzichtet, um Katie immer wieder vor Augen zu führen, dass das Leben nicht nur schwarz und weiß war, sondern unendlich bunt und facettenreich.

»Katie, ich weiß nicht, ob ich jetzt malen kann«, gestand ich ihr wahrheitsgemäß. »Nicht nach dem, was du mir ...«

»Bitte!«, fiel sie mir flüsternd ins Wort und sah mich dabei flehend an. Ergeben griff ich zu Block und Bleistift, auch wenn meine Finger ein wenig zitterten. Katie legte sich zurück und nahm die Position von zuvor wieder ein.

Wir schwiegen lange miteinander. Sehr lange. Es war die Zeit, die ich benötigte, um wieder klar denken zu können. Und Katies Zeit, sich mit dem neuen Zustand vertraut zu machen, dass sie nun jemanden hatte, der ihre volle Geschichte kannte.

Als ich nach etlichen Minuten des Zeichnens den Rücken durchbog und meine Sitzposition verlagerte, sah Katie neugierig zu mir auf. Ich erkannte sofort, dass sie die schrecklichen Erinnerungen und ihre Traurigkeit vorerst beiseitegeschoben hatte.

»Zeig mal!«, forderte sie.

»Nein.«

»Nein? Warum nicht?«

»Weil es noch nicht fertig ist.«

»Aber ...« Sie machte Anstalten, sich aufzusetzen, doch ich legte eine Hand auf ihre Schulter und hielt sie davon ab. »Nichts aber! Weißt du denn nicht, dass Bilder, die noch nicht zu Ende gezeichnet wurden, zum Scheitern verurteilt sind, sobald irgend so eine Vorwitznase zu neugierig wird und vorschnell einen Blick darauf wirft?«

Katie kniff die Augen zusammen und sah sekundenlang so aus, als wollte sie fragen, ob ich den Verstand verloren hätte. »Das ist doch Blödsinn«, befand sie dann.

»Ist es nicht«, beharrte ich, obwohl sie natürlich recht hatte. Erleichtert darüber, dass wir unser Gespräch in deutlich seichtere Gewässer zurückgelenkt hatten, ereiferte ich mich dennoch weiter: »Diese Regel ist mindestens so alt wie ...«

»Mrs Whitacker?«, schlug Katie vor und zog ihre feinen Augenbrauen dabei so bezaubernd schief nach oben, dass ich mir nur mit viel Mühe ein Lächeln verkniff und stattdessen in aufgesetztem Ernst den Kopf schüttelte.

»Nichts ist *so* alt, Katie! Damals, beim Urknall, als das Universum im Begriff war zu entstehen, hat Mrs Whitacker schon nach oben geschaut, wild mit ihren dürren Armen gefuchtelt und ›*Ruhe da oben!*‹ gebrüllt.«

Katies Kichern war wie Musik in meinen Ohren. Niemand kann die Erleichterung beschreiben, die ich empfand, als ich sie in diesem Moment lachen hörte. Überhaupt kehrte sich alles, was in unser beider Leben so schrecklich entrückt und falsch geworden war, für die Dauer ihres süßen Kicherns zurück ins Gute.

Es war wie immer. Egal, ob die Sonne über uns schien oder kühler Regen auf uns herabfiel – sobald Katie lachte, wurde alles in mir warm und hell, und die Welt um ihr süßes Gesicht verschwamm zu unbedeutendem Hintergrund, als hätte man einen wassergetränkten Pinsel nicht lange genug durch Farbe gerührt.

Ob ich mich in sie verliebt hatte?

Ganz sicher, ja. Nur war ich mir dessen damals noch nicht bewusst. Es war eine eher kindliche, brüderliche Liebe, unschuldig und rein. Die vielleicht aufrichtigste ihrer Art.

»Bleib so!«, befahl ich und legte eine Hand an Katies Wange. »Genau so!« Und dann umfasste ich entschlossen meinen Bleistift und zeichnete ihr Lachen. Ich brachte es zu Papier und hielt es somit fest, damit es mir nie wieder verloren ginge.

XIII.
~ Katie ~

An Thanksgiving 1995 äußerte die kleine Sally Olsen zwei besondere Wünsche in ihrem Tischgebet. Sie sehnte sich nach einer neuen Familie und hoffte, dass ich endlich mit ihr sprechen würde.

Zwei Tage vor Weihnachten lief Sally noch fröhlicher als sonst durch die Räume des Heims und entlockte jedem, der ihr entgegenkam, mit ihrem heiteren Geplapper ein amüsiertes Kopfschütteln.

Beim Abendessen dann, als Milow wie immer als Erster nach dem Korb mit den weichen Brötchen greifen wollte, ertönte plötzlich Julius' Stimme: »Wartet bitte noch kurz! Bevor wir anfangen zu essen, gibt es Neuigkeiten, die wir euch verkünden möchten.«

Da er wie immer direkt neben Sally saß, legte er seine große sonnengebräunte Hand auf ihre kleine blasse. Bei dieser Geste wusste ich bereits genau, was das für eine Neuigkeit war, von der Julius sprach. Und obwohl auch Sally zweifelsfrei eingeweiht war, sah sie mit erwartungsvoll aufgerissenen Augen zu ihm empor und rutschte dabei so ungeduldig auf ihrem Stuhl herum, als müsste sie dringend zur Toilette.

»Ihr habt ja mitgekriegt, dass Mrs Bellano vom Jugendamt in den letzten Wochen bei uns zu Besuch war. In der Zeit hat sie dem Unterricht beigewohnt, mit jedem von euch gesprochen und sich im Anschluss mit Tammy, Greg und mir beratschlagt. Wie in fast jedem Halbjahr sind wir dabei zu der Überzeugung gekommen, dass es für einige von euch besser wäre, von nun an bei Pflegefamilien zu leben.« Er sah in die Runde. »Die entsprechenden Kinder durften ihre zukünftigen Pflegeeltern heute Nachmittag kennenlernen. Steht doch bitte einmal auf.« Stuhlbeine schabten geräuschvoll über den Dielenboden, als sich insgesamt drei Kinder erhoben. Cody, Brooke und Sally.

»Dann hast du mich also angelogen, Tammy? Ihr seid gar nicht zum Schuhekaufen in die Stadt gefahren!«, rief Roger empört, während sich Erleichterung in mir breitmachte. Doch als ich gerade aufatmen wollte, weil Julius' Ankündigung weder Jonah noch Milow betraf, wurde ein weiterer Stuhl zurückgeschoben. Unmittelbar neben mir.

In meinen drei Jahren in diesem Heim hatte ich schon viele Kinder kommen und gehen gesehen. Nicht immer hatte ich dabei ein seltsames Gemisch aus Wehmut und Freude empfunden, so wie in Sallys Fall. Ich gebe zu, dass es manchmal auch pure Erleichterung gewesen war. Doch nun beobachtete ich zum ersten Mal voller Entsetzen und so hilflos wie ein Kind, dem man seine ältere Schwester entriss, wie Hope sich von ihrem Platz erhob. Mit unsicherem Gesichtsausdruck blickte sie auf mich herab.

Julius sagte noch etwas vorerst Abschließendes, bevor alle anderen auf die Tischplatte klopften, wie wir es bei dieser Art Verkündung immer taten. Unter dem plötzlichen Rauschen meines eigenen Blutes nahm ich das rhythmische Geräusch kaum mehr wahr.

Sally strahlte von einem Ohr zum anderen, während Cody eher unentschlossen wirkte und die schüchterne Brooke offenbar darauf bedacht war, niemandem versehentlich in die Augen zu schauen. Mit einem kurzen Blick erfasste ich die Grundstimmung jedes Einzelnen von ihnen. Nur ausgerechnet Hopes Miene konnte ich nicht deuten, solange wir uns auch ansahen. Zu viele Emotionen spiegelten sich in ihren hellblauen Augen wider. Sie schwankten von Sekunde zu Sekunde und ließen mich in ihrer Summe erst den Sinn von Julius' Worten begreifen. Meine Unterarme überzogen sich mit einer Gänsehaut, sobald die Erkenntnis durchgesickert war.

Sie wird weggehen und mich alleine zurücklassen, nach all der Zeit. Einfach so.

Als hätte sie meine Gedanken lesen und das in meiner Brust wild hämmernde Herz tatsächlich hören können, legte Hope ihre Hand beruhigend auf meine, sobald Julius seine kleine Ansprache beendet hatte und sich alle wieder hinsetzten, um in aufgeregte Gespräche zu verfallen.

Außer Hope betrachtete mich auch Jonah. Sein Blick traf mich prüfend, vielleicht sogar besorgt. Ich spürte es deutlich, doch für den Moment hatte ich nur Augen für meine Freundin und war nicht gewillt, mich ihm zuzuwenden.

Warum hast du mir nichts gesagt, Hope?, fragte ich sie stumm. Natürlich verstand sie mich trotzdem und beugte sich näher zu mir herüber. »Du warst in den letzten Wochen so viel mit den Jungs unterwegs«, wisperte sie mit nun eindeutig entschuldigender Miene und so leise, dass wirklich nur ich sie in dem entstandenen Trubel hören konnte. »Und das war auch absolut in Ordnung. Ich habe mich so für dich gefreut, dass du in Milow und dem Scheißhaufen-Jungen neue Freunde gefunden hast.« Sie grinste, wie immer, wenn sie ihren wenig schmeichelhaften Spitznamen für Jonah gebrauchte.

»Aber wir sind in dieser Zeit auch nicht mehr so richtig dazu gekommen, uns auszutauschen. Nicht darüber zumindest.«

Eine Welle aus Scham und Verzweiflung brach über mir zusammen, als sie das sagte. Denn natürlich hatten wir uns an den Abenden in unserem Zimmer ausgetauscht – aber ja, sie hatte recht, eben immer nur einseitig. Hope wusste bestens über mich Bescheid, während das, was in ihrem Leben vor sich ging und was sie gerade bewegte, kein Thema zwischen uns gewesen war. Ich hatte mich nie danach erkundigt, was Hope an den Nachmittagen unternommen hatte, die ich so selbstverständlich mit den Jungen verbrachte. Es war mir ja nicht einmal in den Sinn gekommen, sie zu fragen, ob sie uns begleiten wollte.

So schrecklich egoistisch und ignorant, wie ich mich mit einem Mal fühlte, stieg mir die Hitze ins Gesicht, und ich wünschte mir, ich könnte die Zeit zurückdrehen. Doch es war bereits zu spät, das fühlte ich. Meine Zeit mit Hope neigte sich tatsächlich ihrem Ende zu.

Wieder einmal blieb ihr meine Verzweiflung nicht verborgen. Sie drückte meine Hand und wisperte wie zum Trost: »Und außerdem war das Ganze lange ungewiss, Katie. In meinem Fall ist die endgültige Entscheidung wirklich erst heute gefallen.«

An diesem Abend fiel es mir unheimlich schwer, überhaupt ein paar Bissen zu essen. *Herunterwürgen* traf das, was ich tat, eigentlich eher. Mit einem Kloß in der Größe eines Hühnereis im Hals schluckte es sich nun mal extrem schlecht, und ich versuchte es überhaupt nur, um bei Tammy und Julius kein Aufsehen zu erregen.

Als Julius das Abendessen für beendet erklärte und die anderen in ihre Zimmer entließ, hätte ich nichts lieber getan, als

Hope zu folgen und mich in aller Ruhe mit ihr auszusprechen. Doch Cody, Sally, Milow und ich hatten an jenem Tag dummerweise Küchendienst und mussten die Tische abräumen. Sally war nach der Bekanntgabe der großen Neuigkeiten so aufgedreht, dass sie ohne Punkt und Komma vor sich hin plapperte.

Cody wirkte schon leicht genervt, ließ die Kleine aber gewähren. Und Milow war, na ja, Milow eben. So etwas wie Stimmungsschwankungen schien er nicht zu kennen, und die Hoffnung auf eine eigene Pflegefamilie, sollte er sie überhaupt jemals gehegt haben, hatte er wohl schon vor einiger Zeit aufgegeben. Er gehörte zu den Ältesten und würde voraussichtlich vom Heim direkt in eine betreute Wohngemeinschaft umziehen, wenn er siebzehn Jahre alt wurde.

Gut gelaunt wie immer, wischte Milow den Esstisch ab, während ich noch die letzten Gedecke abräumte – wohl darauf bedacht, mich ihm und seinem angriffslustigen Zeigefinger auf maximal anderthalb Armlängen zu nähern. Nein, momentan stand mir der Sinn wirklich nicht nach seinen Neckereien. Der anstehende Abschied von Hope ging mir schon jetzt sehr nah. Ihrem leise gewisperten »*Jetzt, wo du mit Jonah und Milow sprichst, brauchst du mich doch eigentlich gar nicht mehr*« war ich mit heftigem Kopfschütteln begegnet. Doch sie hatte mich nur unter schelmisch hochgezogenen Augenbrauen angesehen und dann lachend mit ihrer Schulter gegen meine gestupst. »*Du kommst schon klar, das weiß ich genau.*« Ich war fast ein wenig beleidigt, weil ihr der Abschied von mir nicht halb so viel auszumachen schien wie umgekehrt. Aber gut, die Freude auf ihre neue Familie überwog wohl.

Ich hatte nie eine neue Familie haben wollen. Und in diesem Moment – ganz plötzlich – fragte ich mich zum ersten

Mal, ob ich unterbewusst vielleicht auch deswegen so lange geschwiegen hatte, um das Heim nie verlassen zu müssen?

Plötzlich machte es laut »Buh!« hinter mir. Ich zuckte zusammen und quiekte laut auf, denn diesmal wurde ich gleich beidseitig gepikst. Scheppernd landeten die Gedecke, die ich in der Hand trug, auf dem Tresen; Gott sei Dank ging nichts zu Bruch. Schon schnellte ich zu Milow herum und zischte ihn an. »Bist du verrückt? Fast wären mir die Tassen heruntergefallen!«

Ich realisierte zunächst nicht, was geschehen war, doch Milows Augen wurden größer als sonst, und er blinzelte kein einziges Mal.

Erst als sein Blick an meinem Gesicht vorbeiging, irgendwo hinter mir hängen blieb und ein seltsames Prickeln meinen Nacken emporkroch, schnappte ich aus meiner sekundenlangen Verwunderung und wirbelte herum. Cody und Sally spähten hinter der weit geöffneten Kühlschranktür hervor und sahen dabei aus, als würden sie ihren Ohren nicht trauen. Es war so ruhig, dass man wohl die berühmte Nadel hätte fallen hören können.

Jetzt ist es passiert. Nun halten sie dich alle für eine Lügnerin, dachte ich noch – und dann durchbrachen Sally und Milow die Stille im exakt selben Moment.

»Ich wusste es, Katie, du kannst wirklich sprechen!«, rief Sally, rannte auf mich zu und hüpfte mir freudig und ausgelassen in die Arme.

»Na bitte!«, jubelte Milow hinter mir. Vermutlich boxte er dabei sogar in die Luft – wie er es immer tat, wenn ihm etwas besonders gut gelungen war. Cody hingegen stand weiterhin mit offenem Mund da und gaffte mich nur an.

»Tammy, Julius! Katie spricht! Ehrlich, sie hat wirklich richtig gesprochen!«, rief Sally aufgeregt, und ehe ich realisieren konnte, dass sie im Begriff war, aus der Küche zu stürmen, war sie auch schon auf und davon.

Niemand von uns hatte geahnt, dass sich ihre Thanksgiving-Wünsche so schnell erfüllen würden. Ich zuallerletzt.

※ ※ ※

Noch bevor das neue Jahr anbrach, wurden heimlich Banner mit der Aufschrift »Wir wünschen euch alles Gute« und »Vergesst unsere gemeinsame Zeit nicht« gebastelt. Und dann brach er auch schon an, der große Tag des Abschieds.

Ich glaube, an diesem Morgen waren meine Augen deutlich schmaler als sonst, weil Hope und ich unsere letzte gemeinsame Nacht voll ausgekostet und kaum geschlafen hatten. Weinend hatte ich mich in unserem Zimmer von ihr verabschiedet, während sie mich wie immer zu trösten versuchte. »Ich bin doch nicht aus der Welt. Wann immer du mich brauchst, werde ich für dich da sein«, versprach sie mir. Und ich nickte, obwohl alles in mir verzweifelt aufschrie: *Wie denn, wenn du einfach gehst?*«

Nein, ich wollte nicht länger selbstsüchtig sein. Ich wollte Hope ja ziehen und sie ihr eigenes Glück finden lassen. Und doch fiel es mir so schwer.

Im großen Eingangsbereich des Heims wurden Versprechen und gute Wünsche ausgetauscht. Es wurde gelacht, und gleichzeitig flossen bittere Abschiedstränen.

Als die kleine Sally am Fuß der Treppe vor der Frontveranda stand und sich noch einmal zu uns umdrehte, verspürte ich plötzlich einen sehr tiefgehenden Impuls. Kurz entschlossen drückte ich Jonah meinen Stab des Banners in die Hand, eilte auf Sally zu und presste ihren zierlichen Körper fest an mich. »Pass gut auf dich auf!«, flüsterte ich ihr ins Ohr. Es kostete mich nicht einmal Überwindung, das zu tun. Als ich meinen Blick von ihren großen erstaunten Augen löste, traf er direkt auf Hope. Sie stand bereits am Wagen und lächelte mich so stolz an, dass mir ganz warm ums Herz wurde. *»Siehst du? Alles wird gut. Gib nur die Hoffnung nie auf!«,* hörte ich sie in meinen Gedanken sagen und fragte mich unwillkürlich, ob sie mich in all den Monaten, die ich äußerlich stumm geblieben war, auf dieselbe Weise gehört hatte. So oder so – auf gesprochene Worte waren wir nie angewiesen gewesen. Das war nichts Selbstverständliches, sondern außergewöhnlich, und ich würde meine beste Freundin schmerzlich vermissen.

XIV.
~ Jonah ~

Glücklicherweise blieb Milow eine Niete in Mathe, denn sein Nachhilfeunterricht bedeutete für mich, dass ich nahezu jeden Donnerstagnachmittag alleine mit Katie verbringen konnte. Natürlich war es an den anderen Tagen auch toll, wenn wir zu dritt durch die Felder streiften – schließlich hatte Milow immer die besten Ideen für lustige Unternehmungen und sorgte mit seiner fröhlichen Art und dem derben Humor oft für die ausgelassene Stimmung, die gerade Katie und ich so bitter nötig hatten. Aber so gut wir drei auch miteinander harmonierten, es gab einfach Themen, mit denen Milow nichts anfangen konnte. Darum nutzten Katie und ich unsere Zeit auch ganz bewusst für alles, was mit Kunst und Musik zu tun hatte, wann immer Milow büffeln musste und wir alleine auf der Wiese hinter unserer Kapelle lagen.

Ich hatte all mein Taschengeld gespart und einen Discman gekauft. Danach reichte das Geld kaum noch für eine CD. Zu meinem Glück stieß ich in dem Regal mit den besonderen Schnäppchen auf ein Album von Celine Dion, dessen Cover fast über die gesamte Breite gesprungen und das deshalb auf den halben Preis herabgesetzt worden war. Ich zögerte keine Sekunde, kaufte Katie die CD und landete damit einen wahren Volltreffer.

Seitdem lag sie an jedem Donnerstag neben mir im Gras und trällerte verträumt vor sich hin, während ich zeichnete. Wenn ich nicht malte und Katie nicht sang, spielten wir Spiele, die wir uns meist selbst ausdachten, oder wir sprachen einfach nur miteinander. Über den Alltag im Heim, den Unterricht, unsere Erinnerungen an früher und vieles mehr. Seitdem wir uns gegenseitig anvertraut hatten, was mit unseren Familien geschehen war, gab es nichts, worüber wir nicht sprachen.

So kam es gelegentlich sogar vor, dass Katie auch von Hope erzählte, die das Heim – und damit auch Katies Welt – erst vor Kurzem verlassen hatte. Wenn es um Hope ging, hörte ich Katie noch aufmerksamer zu als sonst, denn die Freundschaft zu diesem Mädchen, das Katie schon zu Beginn unseres Kennenlernens gemalt hatte, war offenbar etwas ganz Besonderes für sie. Katie schwärmte regelrecht von Hope. Erst nach und nach schien sie sich mit dem Abschied von ihrer besten Freundin abzufinden. Und ich hoffte insgeheim, dass es mir gelingen würde, in Hopes Fußstapfen zu treten.

※ ※ ※

Beinahe unbemerkt brach der Frühling 1996 an, ein ganz besonderer für mich. Es war der erste Frühling ohne meine Familie, der erste mit Katie und Milow und der, in dem sich einige entscheidende körperliche Veränderungen in mir vollzogen.

Alles begann mit einem ziemlich erniedrigenden Quietschen, das ich zu meinem Entsetzen mitten während des Sportunterrichts von mir gab, als Milow mich anrempelte. »Pass doch auf, Mann!«, rief, nein, *quietschte* ich und erntete damit ein kollektives Lachen der anderen. »Der Stimmbruch lässt grüßen, lieber Jonah«, kommentierte Julius nur und grinste.

Kurz darauf entdeckte ich die ersten Haare an Körperstellen, die zuvor noch unbehaart gewesen waren. Fortan prüfte ich an jedem Morgen hoffnungsvoll den Sitz meiner Jeans im Spiegel, doch die Hosenbeine verdeckten unverändert meine Fußknöchel, es war wie verhext. Roger versuchte mir in dieser Zeit einzureden, ich müsste Backpulver essen, was ich vor lauter Verzweiflung auch um ein Haar probiert hätte.

»Das mit dem Wachsen wird schon noch«, versicherte Milow mir, der bisweilen erstaunlich einfühlsam sein konnte. »Kannst ja schließlich nicht von heute auf morgen so groß werden wie wir anderen.«

Na ja, wie gesagt. Bisweilen.

Aber nicht nur ich durchlief diverse Veränderungen. Allesamt – die Kinder, Betreuer und sogar die alte Mrs Whitacker – begegneten Katies ersten Sprechversuchen freudig und offen. Als sie endlich realisierte, dass ihr niemand böse war und auch nie sein würde, fielen die letzten Blockaden von ihr ab. Und dann ging alles sehr schnell. Binnen eines Wochenendes im April, dem Osterwochenende, sprach Katie plötzlich mit nahezu jedem, der das Wort an sie richtete, und mit vielen sogar aus freien Stücken.

Es war wie ein Wunder. Zu meiner anfänglichen Freude mischte sich jedoch schnell ein Gefühl, das ich zunächst nur schlecht deuten konnte. Schließlich erkannte ich es als *Wehmut*. Denn tatsächlich fühlte sich Katies freies Sprechen auch wie ein kleiner Abschied von der besonderen Zeit an, in der nur Milow und ich das Privileg genossen hatten, in ihre Gedanken eingeweiht zu werden.

Es dauerte, bis ich begriff, dass Katie sich natürlich trotzdem nicht jedem anvertraute und dass unsere Verbindung durch das Brechen ihres Schweigens nicht weniger besonders geworden war. Im Gegenteil. Gerade *dass* sie nun sprach, sich aber nur mir so voll und ganz öffnete, ließ mein Herz vor Stolz anschwellen.

Es ist vielleicht schwer nachvollziehbar, wie eng wir – eigentlich noch Kinder und doch in unseren kurzen Leben schon mit so viel Kummer und Verlust konfrontiert – in diesen Monaten zusammenwuchsen. Milow und Katie wurden nicht nur meine besten Freunde, sondern auch zu meiner Familie. Dieser Prozess ereignete sich langsam, regelrecht schleichend und beinahe unbemerkt. Was vermutlich gut war, sonst hätte ich mich wohl dagegen gesträubt.

Mit der Zeit verwandelte Katie sich vor unseren Augen in ein sehr aufgeschlossenes Mädchen. Beim Toben konnte sie locker mit Milow mithalten. Sie war natürlich nicht so stark wie er, dafür aber wesentlich schneller und beim Klettern gewandter als wir beide zusammen. Außerdem verfügte Katie über eine ordentliche Portion Fantasie. Mit dem Erkennen der Figuren, die sie in den vorüberziehenden Wolken ausmachte, hatte ich teilweise meine Schwierigkeiten. Milow blieben sie vollkommen schleierhaft. Katie wurde regelmäßig ungeduldig mit ihm, wenn er einfach nicht sah, was sie sah, sosehr sie sich auch bemühte, es ihm zu verdeutlichen. Wenn der Wind die himmlischen Formationen schneller verwischte, als Milow sie hatte erfassen können, seufzte Katie zunächst resigniert, bevor sie ihrem Unmut Luft machte. »Du siehst auch gar nichts, Milow!«, schimpfte sie dann und fegte sich ungehalten ihre Haarsträhne hinters Ohr.

Und Milow, der *unsere Kleine* einfach nur putzig fand, wenn sie wütend wurde (und daraus auch keinen Hehl machte), lachte so lange über Katies Schmollmiene, bis zunächst ich und dann auch sie mit ihm einstimmten und wir uns prustend zurück ins Gras warfen.

* * *

Als der Sommer 1996 nahte und die langen Ferien anstanden, planten Tammy und Julius die Ferienprogramme. Während Milow sich freute (wer hätte es anders erwartet?), waren Katie und ich regelrecht erschüttert, als verkündet wurde, dass wir Jungs unsere Ferien in einem anderen Camp als die Mädchen verbringen sollten. Julius nahm Milow und mich später zur Seite und versuchte uns seine und Tammys Entscheidung zu erklären.

»Katie ist einfach zu sehr auf euch fixiert, Jungs. Rebecca und Clara mögen Katie sehr, und wir hoffen, dass die drei im Camp zu richtigen Freundinnen werden.«

Ich verstand, was Julius meinte, und ich spürte sogar, dass sich die räumliche Distanz zu Milow und mir tatsächlich positiv auf Katies Selbstbewusstsein auswirken könnte. Doch der egoistische Teil in mir wehrte sich gegen diese Einsicht und wollte sich schlichtweg nicht damit abfinden, dass ich ihre Nähe schon bald für einige Wochen entbehren sollte. »Es ist trotzdem ätzend!«, blaffte ich im Endeffekt und klang dabei ausnahmsweise mal wie der Vierzehnjährige, der ich seit einem guten Monat auch war.

Als der Moment des Abschieds da war, widerstrebte es mir massiv, mich von Katie zu trennen. Nur mit Mühe verkniffen wir uns beide die Tränen. Ich gab ihr meinen Discman für die Celine-Dion-CD mit und wisperte ihr bei einer ziemlich ungelenken Umarmung ins Ohr, dass ich sie vermissen würde.

Und damit sollte ich recht behalten.

Der Sommer zog sich so zäh wie Kaugummi. Nicht dass ich es anders erwartet hatte, aber die Zeit verging trotz all der Spiele, Wanderungen, Turniere und sonstigen Unternehmungen tatsächlich noch schleppender als gedacht.

Wenn ich nachts in meinem Bett lag und in aller Ruhe vor mich hin grübelte, schmerzte es regelrecht in meiner Brust – so sehr fehlte Katie mir. Manchmal wurde der Druck auf meinem Herzen dermaßen intensiv, dass ich mir die Fäuste auf die Rippen pressen musste, um mir Linderung zu verschaffen.

In einer dieser Nächte schaffte Milow es wieder einmal, mich zu überraschen. Wir schliefen mit vier weiteren Jungen im Zimmer des Thunderbird-Camps, und ein leises Schnarchen erfüllte das Zimmer. Ich war mir sicher, als Einziger noch wach zu sein, bis …

»Jonah?« Milow flüsterte meinen Namen. Trotzdem zuckte ich zusammen. »Du seufzt alle zehn Sekunden, ist dir das eigentlich klar?«, beschwerte er sich leise.

»Nein, 'tschuldige!«

»Es ist wegen Katie, oder? Dabei solltest du die Zeit hier genießen, dann würden die restlichen Wochen auch viel schneller vorübergehen. Versuch doch wenigstens mal Spaß zu haben, so wie ich.«

»Alter, du hast Spaß an deinen eigenen Fürzen«, entgegnete ich abfällig, doch er stieß nur ein unbeschwertes kleines Grunzen aus.

»Stimmt! Im Gegensatz zu dir. Du stöhnst und seufzt nämlich nur vor dich hin, seitdem wir hier sind. Komm schon, verschaff dir doch endlich Erleichterung!«

»Erleichterung? Was zum Teufel soll das nun wieder heißen?«

»Also, wenn du selbst *das* nicht weißt, dann kann ich dir auch nicht mehr helfen«, befand Milow und wälzte sich gähnend in seinem Bett herum. Ich erstarrte in der Dunkelheit, als ich begriff, worauf er anspielte.

»Gott, Milow, Katie wird übermorgen *zwölf!*«, flüsterte ich so vehement, dass die Botschaft auch schreiend nicht deutlicher hätte sein können.

»Hey! Ich sage ja nicht, dass du an *ihr* herumspielen sollst, okay?«, verteidigte er sich. »Aber es ist ziemlich offensichtlich, dass du bis über beide Ohren in die Kleine verknallt bist, und, na ja, die Gedanken sind doch frei.«

Mit diesem unglaublichen Statement war das Thema für ihn beendet, und so hörte ich schon kurz darauf sein vertrautes Schnarchen.

Später, sehr viel später in dieser Nacht erlebte ich meinen ersten bewussten Orgasmus. Als es geschah, erschrak ich zunächst ob der unerwarteten Heftigkeit und blieb danach bis zum Sonnenaufgang wach, um mich zu vergewissern, dass ich die Spuren in der Dunkelheit ausreichend beseitigt hatte. Ich schämte mich einerseits dafür, wirklich an Katie gedacht zu haben, während ich mich auf so intime Weise berührte. Andererseits gestand ich mir in dieser langen Nacht endlich ein, mich tatsächlich in sie verliebt zu haben. Und nach dem anfänglichen Schock, den die Erkenntnis heraufbeschwor, fand ich zunehmend Gefallen an der Idee und begann dieses neue, unglaublich intensive Gefühl zu genießen. Meinem Verständnis nach« waren diese Empfindungen Katie gegenüber schon wahnsinnig erwachsen. Endlich frei und nicht länger blockiert, brachte der bloße Gedanke an sie mein Herz nun zum Rasen und meine Hände zum Schwitzen – und genau davon handelten sie doch, all diese unzähligen Liebeslieder, nicht wahr?

Rückblickend kann ich nur noch träge lächeln, wenn ich an diese Zeit meiner Pubertät denke. Es kommt mir fast so vor, als wäre jene Nacht vor beinahe neunzehn Jahren ein Vorbote für den weiteren Verlauf des Sommers gewesen, in dem Katie und ich beide einen großen Schritt in Richtung Erwachsensein machten – meinem dümmlichen Dauergrinsen dieser nächtlichen Stunden zum Trotz.

* * *

Schon wenige Wochen später stellte ich bei unserer lange ersehnten Rückkehr ins Heim fest, dass auch Katie sich deutlich verändert hatte. Sie war bereits einen Tag vor uns zurückgekommen und stürmte, kaum dass der Bus vor dem Heim hielt, in vollem Tempo auf uns zu. Strahlend raste sie die Stufen der Verandatreppe hinab.

Sofort fiel mir auf, dass auch sie um einige Zentimeter gewachsen war. Ihre Haut schimmerte honigbraun, und ihr Haar wirkte heller als zu Beginn der Ferien. Sie trug es nun ein wenig kürzer, wodurch es sich stärker wellte. Unglaubliche Anspannung, die ich zuvor nicht einmal bewusst gespürt hatte, fiel von mir ab und machte tiefer Erleichterung Platz, sobald Katie mir ungebremst in die Arme flog.

Für einige Sekunden stand ich mit geschlossenen Augen da. Fühlte ihre Nähe, ihre schnelle, flache Atmung – ja, ich glaubte sogar, ihren rasenden Herzschlag zu spüren. Vielleicht war es aber auch nur mein eigener.

Irgendwann wich ich zurück und betrachtete ihr Gesicht ebenso wie sie meines. »Du hast dich verändert«, wisperte sie.
»So?«
Du auch!, dachte ich, kam aber nicht dazu, es auszusprechen, weil sie schon nickte. Ihr Gesicht war etwas ovaler ge-

worden, und ihre Nase schien ein wenig länger. Dann, als Katie mich schief und vermutlich ein bisschen verschämt anlächelte, fiel mein Blick auf ihren Mund. Katie hatte sehr schöne, strahlend weiße Zähne. Ich schluckte hart, als sich ihre Lippen darüber schlossen.

»Merkst du denn gar nicht, dass du von *oben* auf mich herabschaust?«, sagte sie leise.

Oh!

Nein, das war mir bislang entgangen. Wie hypnotisiert löste ich meinen Blick von der glänzenden Stelle ihrer Unterlippe. Es stimmte, Katie war zwar auch gewachsen, doch ich überragte sie um mindestens fünf Zentimeter. Noch hatte ich die wohltuende Erkenntnis nicht verarbeitet, da legte Milow, der bisher geduldig hinter mir gewartet hatte, schon seine Hand auf meine Schulter.

»Milow!«, rief Katie, löste sich von mir und ließ sich geradewegs in seine Arme fallen.

Zurück im Heim, erwartete uns eine große Veränderung.

Julius stellte uns Shannon Manson vor, ein knabenhaft wirkendes vierzehnjähriges Mädchen mit schwarzem, kurzem Haar und beinahe ebenso dunklen Augen, das während unserer Abwesenheit eingezogen war und nun mit Katie das Zimmer teilte.

In den folgenden Wochen stellten wir fest, dass Shannon ihre ganz eigene Art der Traumabewältigung hatte. Natürlich wussten wir nicht, welche Wege sie zu uns ins Heim geführt hatten, aber man konnte sich nicht auf ihr Wort verlassen, so viel kriegten wir alle schnell spitz. Shannon bog sich ihre Welt mit Lügen zurecht. Nach nur zwei Wochen kursierten im Heim bereits vier unterschiedliche Geschichten über ihren Schicksalsschlag. Natürlich sorgte sie damit für Verwirrung und Empörung, was sie selbst jedoch kaltzulassen schien.

Anfangs gelang es Shannon sogar, Tammy und Julius gegeneinander auszuspielen. Ihre Methode war ebenso simpel wie effektiv: Sie behauptete einfach, der eine hätte etwas erlaubt, was der andere gerade verbieten wollte. Bis die Situation unter den Betreuern geklärt war, hatte sie die Zeit genutzt und gemacht, wonach ihr der Sinn stand.

Doch alles Reden, das wiederholte Verdeutlichen der Regeln und schließlich sogar die Strafen brachten bei Shannon nichts. Sie fand immer Mittel und Wege, ihren Willen durch- und sich über Verbote hinwegzusetzen. Sie war nicht sehr gesellig, dafür aber ziemlich gewieft. Das machte die Angelegenheit schwierig und mischte den sonst meist friedlichen Heimalltag ordentlich auf.

Milow, Katie und ich nutzten die Chance, die sich uns bot, solange der Fokus unserer Betreuer gebündelt auf Shannon lag. Als wäre unsere alte Routine durch unsere Camp-Aufenthalte nie unterbrochen gewesen, verließen wir das Heimgelände des Öfteren für ein paar Stunden ungestörter Dreisamkeit.

Wohl hatte ich Julius' skeptischen Blick bemerkt, als Katie mich und anschließend auch Milow so stürmisch begrüßt hatte. Der Plan unserer Betreuer, Katie während der Ferien stärker an Rebecca und Clara zu binden, war gescheitert, denn kaum waren wir wieder vereint, fielen wir in alte Muster zurück. Auch waren Julius unsere entwicklungstechnischen Veränderungen nicht entgangen, weshalb er Milow und mich fortwährend mit Argusaugen beobachtete. Allerdings bestand kein Grund für sein Misstrauen, und darum hoffte ich, dass er uns die Freiheit dieser Nachmittage nicht absprechen würde – seine Fürsorge Katie gegenüber in allen Ehren.

Katie selbst betrachtete unsere Freundschaft nach wie vor auf dieselbe kindliche, fast schon geschwisterliche Weise wie ich nur wenige Monate zuvor. Ich spürte das deutlich und zwang mich deshalb immer wieder, ihr nicht zu sehr zu zeigen, wie sehr ich sie mittlerweile mochte, und vor allem, auf welche Weise.

Außerdem achtete ich sorgsam darauf, dass wir uns nie etwas zuschulden kommen ließen. So gingen wir ausschließlich aus dem Haus, wenn wir unsere Hausaufgaben erledigt hatten, und kehrten stets zehn Minuten vor der vereinbarten Zeit zurück. Kurzum: Wir gaben Julius nicht den geringsten Anlass, seine Entscheidung neu zu überdenken.

* * *

Die Tage wurden zu Wochen und schließlich zu Monaten; das Leben nahm einfach seinen Lauf. Kaum dass wirs uns versahen, standen wir schon inmitten der anderen Kids, laut die letzten Sekunden bis zum Anbruch des neuen Jahres 1997 herunterzählend. Und als wir uns dann johlend mit unseren Plastikbechern zuprosteten und uns gegenseitig umarmten, fühlten selbst Katie und ich uns schon fast wie normale Teenager.

Katie gehörte nun auch zu den älteren Heimkindern und wurde gemeinsam mit Milow und mir unterrichtet. Eine Tatsache, der ich im Vorfeld entgegengefiebert hatte, die sich nun jedoch als Herausforderung entpuppte.

Es begann mit Katies Blicken, die sich immer öfter auf mich hefteten und sich dann minutenlang förmlich in meine Wange einbrannten. Bis ich es nicht länger aushielt und nur den nächstbesten Moment abpasste, um sie selbst (meist ziemlich fragend) anzusehen. Jedes Mal zuckte Katie dann zusammen und erwiderte mein scheues Lächeln mit roten Wangen und auf so bezaubernd ertappte Weise, dass mein Herz für einige Schläge aussetzte und ich mich zwingen musste, nicht im Schutz unserer Tischplatten nach ihrer Hand zu greifen.

Weder Katie noch ich konnten es uns leisten, im Unterricht abgelenkt zu sein, zumal Julius sich ja unter keinen Umständen über uns ärgern sollte. Aber ihre intensiven Blicke und vor allem die verschämte Art, in der sie auf ihrer Unterlippe herumnagte, wenn sie sich wieder ihren Büchern zuwandte, erschwerten mir die Konzentration erheblich.

Momente wie diese ließen die Hoffnung in mir wachsen, dass sich Katies Gefühle vielleicht auch intensiviert hatten und sie mich inzwischen nicht mehr nur als eine Art großen Bruder betrachtete.

Und doch: Es dauerte noch bis zum Herbst 1997, bis ich endlich die erlösende Gewissheit erlangte und es – wenn auch nur insgeheim, denn wie so oft war Milow unser einziger Verbündeter – zu unserem ersten Kuss kam.

Diese Zeit – Katie und ich waren damals gerade mal dreizehn und fünfzehn Jahre alt – empfinde ich bis heute als die wundervollste meines Lebens. Aber wie hatte meine Großmutter immer gesagt? »*Wer es hoch hinauf geschafft hat, kann von dort aus auch sehr tief fallen.*« Ich behaupte nicht umsonst, dass meine Granny eine verdammt kluge Frau war, denn schon mit dem Anbruch des Jahres 1998 wurde die Wende unseres kleinen Glücks eingeleitet.

Plötzlich schien uns die Vergangenheit einzuholen, denn all das Wundervolle, für das wir so lange gekämpft hatten und das wir nun in vollen Zügen genossen, kehrte sich erneut ins abgrundtief Schlechte. Und wenn ich von *abgrundtief* spreche, dann meine ich das wörtlich.

Auch heute noch, siebzehn Jahre später, habe ich oft das Gefühl, den Boden des Loches, in das wir damals stürzten, nach wie vor nicht erreicht zu haben.

Denn seit dem 15. September 1998 – einem Tag, den ich selbst zuvor geplant und festgelegt hatte – gilt Katelyn Christina Williams, meine Katie, als polizeilich vermisst.

Teil II

~ *Januar bis Mai 2015* ~

So, wie die Hoffnung lebt, so leben auch wir.
Verborgen, wie der Vogel,
der hinter tosenden Wasserfällen brütet.
Ausdauernd, wie ein Kaktus
in scheinbar endloser Trockenheit.
Sehnsüchtig, wie die vom Tau benetzte Blume,
die ihre Blüte den ersten Sonnenstrahlen entgegenreckt.
Ergeben, wie ein Tier, das in tiefen Winterschlaf sinkt.
Tür an Tür mit der Verzweiflung, nach wie vor.
Aber wir leben nicht länger nur vor uns hin.
Nein, wir vertrauen auch wieder
und umarmen die Chancen,
die das Leben uns gewährt.
Wir tragen die Hoffnung in uns, und sie trägt uns, immerzu.
Und so verschmelzen wir endlich zu einer Einheit.
Die Hoffnung und wir.

XV.
~ Jonah ~

»Hier, probier das!«

Milow poltert durch die hölzerne Schwingtür, welche seine Küche von dem Bereich hinter der Theke abgrenzt. Davor sitze ich auf einem Barhocker und schaue auf den Dessertteller, den mein Freund dermaßen schwungvoll auf dem Tresen vor mir platziert, dass das Küchlein fast herunterschlittert. Nur gut, dass Milow bei seiner Caféeröffnung des *Pie Paradise* übermorgen nicht selbst für das Servieren seiner Köstlichkeiten zuständig sein wird.

Was hingegen das Backen betrifft …

»Hmmm«, brumme ich genüsslich, als mir der Duft des Kuchens in die Nase steigt. Überhaupt duftet das gesamte Café einfach wunderbar – nach einer Mischung aus Kuchenteig, eingekochtem Obst, diversen Gewürzen, heißer Schokolade und Kaffee. Durch die unmittelbar angrenzende Backstube ist es ziemlich warm hier drinnen, was bei den eisigen Außentemperaturen durchaus angenehm ist.

Gerade haben wir die sechs großflächigen Fotografien eingerahmt und aufgehängt, die ich Milow als Geschenk mitgebracht habe. Allesamt in Sepiatönen gehalten und natürlich mit Motiven, die zu seiner Geschäftsidee passen, runden sie das Erscheinungsbild des kleinen Eckcafés wunderbar ab.

Denn auch sonst hat Milow bei der Einrichtung eher auf nostalgische Gemütlichkeit als auf moderne Eleganz gesetzt. Den Boden zieren grasgrüne und mokkabraune Fliesen, und die Wände haben wir erst vorgestern in einem dezenten Sandton gestrichen. Dieselben Farben finden sich auch in den kunstlederbezogenen Sitzbanknischen sowie den runden Tischen und Bistrostühlen wieder, und aus der original Fünfziger-Jahre-Jukebox in der Ecke schallt eine Uraltversion von *Winter Wonderland*.

»Das riecht … himmlisch, Miles!«, lobe ich ihn.

Sichtlich erfreut grinst Milow über das ganze Gesicht.

»Birne?«, frage ich und schiebe mir das erste Stück Kuchen in den Mund, das meine Geschmacksknospen vor Freude tanzen lässt. Milow nickt.

»*Pears in heaven*, so will ich ihn auf der Karte nennen. In Anspielung an den Clapton-Song, weißt du? Oder findest du das blöd?«

Wenn er mich so anschaut wie jetzt, mit der zweifelnd gekräuselten Nase voller Sommersprossen, gleicht er dem Jungen von damals noch so sehr. Dann fällt es mir schwer zu glauben, dass wir beide längst erwachsen sind – sogar schon jenseits der dreißig, wenn auch nur knapp – und Milow gerade kurz vor der Erfüllung seines größten Lebenstraums steht.

»Der Name ist super, übernimm ihn genau so. Oh, und gib mir das Rezept!«

»Tss«, macht Milow nur und klopft sich gegen die Schläfe. »Meine Rezepte sind alle hier oben abgespeichert, ich schreibe nichts auf. So kann sie mir zumindest keiner mopsen.«

Wohl wissend, dass ich ihn so kriege, setze ich eine enttäuschte Miene auf. »Schade. Ich hätte gerne mal versucht, ihn für Ruby zu backen.«

Sofort regt sich Milows gutmütiges Herz, wie erwartet. »Oh, na gut. Aber nur, weil du es bist. Wie geht es eigentlich Ruby?«

»Hm, so lala. Durch die Rehabilitation hat sie ihre Sprachfähigkeit weitestgehend zurückgewonnen. Aber sie ist motorisch noch sehr eingeschränkt. Die meiste Zeit sitzt sie im Rollstuhl, weil sie das Laufen mit den Krücken nicht so gut hinkriegt.«

»Scheiß Schlaganfall.«

»Kannst du laut sagen.«

»Sie kann echt froh sein, dass sie dich hat«, befindet Milow.

»Tja, nur dass sie das vollkommen anders sieht«, entfährt es mir unbedacht. Ich könnte mir nachträglich auf die Zunge beißen, denn Milow zeigt mir mit seiner verständnislosen Miene und seinem gebrummten »Hm?«, dass er auf eine Erklärung wartet. Und natürlich weiß ich, dass er sich nur um mich sorgt, aber ich habe wirklich keine Lust, schon wieder eine dieser Grundsatzdiskussionen zu führen. Also zucke ich nur lässig mit den Schultern und versuche, meine Erklärung möglichst beiläufig klingen zu lassen. »Ach, Ruby schimpft jedes Mal wie ein Rohrspatz, wenn ich zu Besuch komme. Sie meint, ich sollte endlich verschwinden und was aus meinem Leben machen, ehe es zu spät ist.«

Kaum habe ich den letzten Satz beendet, platzt es aus Milow heraus: »Na, so ganz unrecht hat sie damit ja nicht.«

Genervt lasse ich die Kuchengabel auf den kleinen Teller fallen. Unter ihrem Klirren zerbirst die bislang friedliche Stimmung zwischen Milow und mir. Es ist keine Empörung, die mich so unwirsch reagieren lässt. Ich bin es einfach leid, mich ständig rechtfertigen zu müssen. Und besonders der Kerl, den ich nun schon seit beinahe zwei Jahrzehnten als meinen besten Freund bezeichne, sollte langsam, aber sicher akzeptieren, wie ich mein Leben bestreite.

»Miles, ich bin selbstständig, habe einen Hund und reise viel. Was zum Teufel ist euer Problem? Ist es, weil ich Single bin? Ernsthaft, es geht mir doch ...«

»Wage es nicht, diesen Satz mit einem *gut* zu beenden!«

Für einen Moment ringe ich nach Worten, doch seine Bestimmtheit wirft mich zu lange aus der Bahn.

»Du. Bist. Nicht. Glücklich«, stellt Milow mit zu Schlitzen verengten Augen klar, nimmt die Gabel von meinem Teller und drückt sie mir energisch zurück in die Hand. »Ich habe dich glücklich erlebt, aber seitdem Katie –« Er ist weise genug, seinen Satz ebenso wenig zu beenden wie ich den meinen zuvor. »Das ist doch alles nur Fassade, nicht mehr. Hinter deiner *Selbstständigkeit* verbergen sich ein hingeschmissenes Kunststudium und die Tatsache, dass du dein gesamtes Erbe auf den Kopf gehauen hast, um dir eine Fotoausrüstung zu kaufen. Aber das macht noch keinen professionellen Fotografen aus dir, Jonah. Eigentlich hältst du dich mit deinen Gelegenheitsjobs gerade mal so über Wasser. Also, wem versuchst du hier etwas vorzumachen, dir oder mir?«

Milow gestikuliert so wild mit den kräftigen Armen herum, dass Mehl von seiner Schürze rieselt. »Und Nash? Den hast du doch nur, weil er kein Mensch ist. Weil du es niemals mit einem Menschen und, Gott bewahre, schon gar nicht mit einer Frau so lange in einer engen Bindung aushalten würdest. Von den wenigen Beziehungen, die du bisher hattest, hielt keine mehr als wenige Wochen. Ich verstehe, dass die Sache mit Katie damals anders war, ja. Aber seitdem –«

Resigniert stochere ich in seinem Birnenkuchen herum und stopfe mir die letzten Bissen davon in den Mund – bloß, um nichts erwidern zu müssen.

»Das Tragische daran ist, dass du der mit Abstand klügste Mensch bist, den ich kenne, Jonah. Aber du hast absolut nichts aus deinen Chancen gemacht, damit hat Ruby schon recht. Du lebst vollkommen motivationslos in den Tag hinein. Noch immer, nach all den Jahren.«

»Das ist nicht wahr, und das weißt du«, halte ich mit schwacher Stimme dagegen. In einem humorlosen Lachen stößt Milow die Luft aus seinen Lungen. »Stimmt, da hätten wir ja noch deine vielen Reisen, nicht wahr? Jonah, du tingelst planlos durch die Staaten, kreuz und quer, ohne einen festen Wohnsitz, und willst dabei einfach nicht wahrhaben, dass die Chance, Katie auf einem dieser Trips wiederzufinden, verschwindend gering ist. Selbst wenn sie noch –«

»Sie lebt!«, brülle ich.

»Woher willst du das wissen?«, entgegnet er scharf, offenbar nicht gewillt, mich länger zu verschonen.

»Ich spüre es.«

»Du *hoffst* es, das ist alles!«

Ich wische mir die halblangen Haare aus der Stirn und rutsche von dem Barhocker, um mich zu Nash hinabzubeugen. Mein Boxer sitzt leise winselnd zu meinen Füßen und blickt verunsichert zu mir auf. Ich kraule ihn hinter den Ohren und lasse mich dabei von seinen tiefbraunen Augen beruhigen.

»Vielleicht hoffe ich es auch nur«, gebe ich nach einer Weile kleinlaut zu. »Aber wenn wirklich herauskäme, dass ihr etwas zugestoßen ist, Miles …«

»Was dann, Jonah? Dann müsste dein Leben trotzdem weitergehen. Das meine ich doch. Mir fehlt Katie ja auch. Manchmal träume ich sogar davon, dass wir uns irgendwann begegnen, ganz zufällig. Aber wir können doch nicht unser Leben damit verbringen, der gemeinsamen Zeit mit ihr nachzutrauern. Du solltest endlich akzeptieren …«

»Stopp! Erzähl mir nicht, dass ich *akzeptieren* soll, was damals geschehen ist. Vielleicht kannst du das, weil du absolut nichts mit dieser Scheißidee zu tun hattest. Aber *ich* hatte das alles geplant, und dann ist es komplett schiefgegangen. Es ist ganz allein meine Schuld, dass Katie verschwunden ist. Und ich werde einen Teufel tun, das einfach so zu akzeptieren.«

Vollkommen entsetzt sieht er mich an. »Du glaubst diesen Schwachsinn wirklich, oder? Dass du es dir nicht gestatten darfst, etwas aus deinem Leben zu machen, solange du nicht weißt, was aus ihr geworden ist?«

»Ach, lass mich doch in Ruhe!«, rufe ich ungehalten. Manchmal hasse ich es, wie gut Milow mich kennt. »Als ob bei dir alles so viel besser wäre«, halte ich ihm vor. »Denn, nur zur Erinnerung: Eine Frau gibt es in deinem Leben auch nicht mehr.«

Es ist gnadenlos unfair von mir, ausgerechnet diese Karte auszuspielen, doch ich kann und will einfach nicht länger über Katie reden. Miriam, die Frau, die Milow mir vor ein paar Jahren als die Liebe seines Lebens vorgestellt hat, hat ihn erst vor Kurzem verlassen. Und das für einen Mann, den Milow bis zu jenem Tag als einen guten Kumpel angesehen hatte.

Mit Miriam hatte ich meinen besten Freund zum ersten Mal so richtig verliebt erlebt. Ohne auch nur mit der Wimper zu zucken, war er für sie von Kalifornien nach Idaho gezogen und hatte fünf Jahre mit ihr zusammengelebt. Glücklich, wie es schien. Beneidenswert glücklich, bis zu ihrer Trennung vor zwei Monaten.

An Milows geschockter Miene erkenne ich, dass ich mit meinen unbedachten Worten eine Grenze übertreten habe. »Miles, es ... tut mir leid«, stammele ich beschämt.

»Schon gut«, erwidert er mit einer abwehrenden Geste. »Ich habe dich wohl zu sehr provoziert.«

»Trotzdem –« Ich raufe mir die Haare und suche nach den richtigen Worten. Doch egal, was ich jetzt auch sagen würde, es könnte das zuvor Ausgesprochene nicht zurücknehmen.

»Ich muss mal an die frische Luft«, erkläre ich darum nur matt, schnappe mir die Hundeleine und verlasse das Café beinahe fluchtartig.

»Warte!«, ruft Milow hinter mir her, doch ich laufe einfach weiter.

Noch immer wütend auf mich selbst, lasse ich mich von Nash durch das Schneegestöber Idahos zerren. Die wirbelnden Gedanken in meinem Kopf gleichen in ihrer Anzahl und Unordnung den Schneeflocken, die alles bedecken. Aber auch ohne die weiße Kälte, unter der warmen Sonne Kaliforniens, fühle ich mich oft ganz genauso. Als befände ich mich unter einer dicken eisigen Schicht. Eingefroren in meiner Hilflosigkeit und erstarrt in der Unwiderruflichkeit einer Vergangenheit, für die ich mich so abgrundtief schäme, dass ich seither kaum mehr mein Spiegelbild betrachten kann. Immer wieder drohen mich meine Gedanken zu jener schicksalsträchtigen Nacht zurückzuschleifen, doch ich wehre mich mit aller Macht dagegen, die Erinnerungen erneut aufleben zu lassen.

»Nash, zerr nicht so, verdammt!«, blaffe ich so laut, dass der arme Kerl zusammenschreckt.

Wo sind wir überhaupt?

Ich kenne mich nicht gut in dieser Gegend aus, zumal ich Milow zum ersten Mal hier besuche. Er ist erst nach der Trennung von Miriam nach Papen City gezogen. Die Witterung erschwert mir die Orientierung zusätzlich. Mit halbsteif gefrorener Hand schirme ich meine Augen gegen den Schneefall ab, der seit meinem Aufbruch stark zugenommen hat.

Inmitten der einsetzenden Dunkelheit laufen wir auf einer schmalen, unbeleuchteten Straße. Nash hat mich bestimmt zwei Meilen weit aus der kleinen Stadt herausgeführt. Neben uns erstrecken sich brachliegende Felder unter einer etwa dreißig Zentimeter dicken Schneedecke, deren oberste Schicht immer wieder von dem starken Wind aufgewirbelt wird und so fein wie Puderzucker zwischen den deutlich dickeren Flocken hindurchzischt.

Für einen Moment bereue ich es, meine Kamera nicht bei mir zu haben, denn Nash und ich sind wirklich in ein perfektes, wenn auch ziemlich stürmisches Winterszenario geraten, das förmlich danach schreit, als Kalendermotiv festgehalten zu werden. Ich stocke.

Januar 2015.

Auf den Monat genau siebzehn Jahre ist es nun her, dass wir von Shannons Schwangerschaft erfuhren – und sich unser Leben im Heim binnen kürzester Zeit auf links drehte.

Siebzehn Jahre.

Nash zerrt ungeduldig an seiner Leine. Erst als ich den Griff um die Schlaufe festige, spüre ich schmerzhaft, wie erfroren meine Finger bereits sind. Weit hinter uns und durch die Witterung nur noch sehr schemenhaft zu erkennen, leuchten die Straßenlaternen und Lichter der Häuser von Papen City. Hier gibt es keinen Highway oder Skyscraper – kein Vergleich zu den Bauten der Großstädte. Auf meiner Suche nach Katie habe ich sie so gut wie alle bereist, New York, Boston, Chicago oder Miami, ja, in manchen habe ich sogar kurzzeitig gelebt. Siebzehn Jahre, siebzehn Großstädte – so lautet meine Bilanz.

Und, worauf blickst du zurück?

Traurig senke ich den Blick auf die schneebedeckten Spitzen meiner Schuhe. Die Wut ist so schnell verpufft, wie sie aufgekocht war, und nun gestatte ich zumindest einigen der wild durch meinen Kopf flackernden Bilder und Erinnerungen ein ganz bewusstes Aufleuchten.

Wie so oft, wenn ich das zulasse, schießt prompt unser erster Kuss an die Oberfläche. Ganz automatisch hebt sich meine linke Hand zum Mund, und ich berühre zaghaft meine Lippen. Wie kann es sein, dass sie nach all den Jahren immer noch kribbeln, sobald ich die Erinnerung zulasse?

Ach Katie! ... Sofort kommt mir ihr Geruch in den Sinn und die Art, wie sie atmete, so stockend und ein wenig zittrig. Sie war noch so jung – nicht einmal vierzehn Jahre alt.

Für einen winzigen Moment sehe ich ihr bezauberndes Lachen vor mir, ja, höre es sogar und erinnere mich dabei viel zu genau daran, wie es sich anfühlte, wenn sich ihre zierlichen Finger in meinem T-Shirt verkrallten. Das hatte Katie oft getan, mich einfach nur festgehalten, während ich meine Nase auf ihren Kopf drückte und mit geschlossenen Augen den Duft ihrer Haare inhalierte. So, als wollte sie mich nie mehr gehen lassen. Und Himmel, ich wollte sie doch auch nicht loslassen. Nie im Leben wollte ich sie verlieren.

Ich schlucke hart und schüttele die bitteren Gedanken aus meinem Kopf. Blicke zurück zu der kleinen Stadt und denke dabei noch einmal an all die großen Städte, in die ich hoffnungsvoll gereist war und die ich enttäuscht wieder verlassen hatte. Dieser eine Satz, den Ruby vor nunmehr sechzehn Jahren ausprach und mit dem ich mich einfach nicht abfinden wollte, lastet noch immer wie ein Fluch auf mir: *»Die Polizei hat die Suche nach Katie eingestellt, Jonah.«*

Vom Tag dieser schrecklichen Verkündung an musste ich noch über ein Jahr lang ausharren, bis ich endlich achtzehn wurde und das kleine Erbe meiner Mom und Granny ausbezahlt bekam. Seitdem habe ich den Großteil meiner Zeit damit verbracht, durch die Straßen Nordamerikas zu ziehen. Denn *ich* werde die Suche nach Katie bestimmt nicht aufgeben. Niemals.

Immer wieder zeige ich wildfremden Menschen meine gemalten Bilder von ihr und erkundige mich, ob sie diese Frau vielleicht schon einmal gesehen haben. Doch bis jetzt habe ich nirgendwo auch nur den geringsten Hinweis auf Katies Aufenthaltsort bekommen.

Dennoch: Wenn ich meine Bilder von ihr betrachte, wirkt die Idee, sie könnte schon seit langer Zeit tot sein, schlichtweg absurd. Auf ihnen ist Katie zu einer bildhübschen, nunmehr dreißigjährigen Frau herangereift. Es würde wohl kaum Sinn machen, noch immer ihre Teenagerfotos herumzuzeigen, also male ich sie so, wie ich sie mir heute vorstelle.

»Wo willst du denn nur hin?«, schimpfe ich, als Nash wieder so kräftig an seiner Leine zieht. »Komm schon, lass uns lieber umkehren! Der Schneefall wird immer stärker, genau wie der Wind.« Doch meine Einwände interessieren ihn überhaupt nicht, er reißt nur noch stärker an der Leine. »Also gut. Aber nur noch um die nächste Kurve, dann drehen wir um«, rufe ich gegen eine besonders kräftige Windböe an, der ich mich mit meinem Gewicht entgegenstemmen muss.

Noch ehe wir die Kurve erreichen, strahlen uns plötzlich Scheinwerfer von hinten an. Ich höre das tiefe, ratternde Surren eines Dieselmotors, und wenige Sekunden später hält ein Transportwagen neben uns. Die junge Frau auf dem Beifahrersitz kurbelt das Fenster herunter, und der Fahrer beugt sich so weit vor, dass er mich an ihrer dunklen Mähne vorbei anschauen kann.

»Hallo! Brauchen Sie Hilfe? Sind Sie mit dem Wagen liegengeblieben?«, erkundigt sich die Frau freundlich. Ich schüttele den Kopf. »Nein, vielen Dank. Wir gehen nur spazieren.«

Die Kinnladen der beiden Wageninsassen klappen herab. »Sie sind nicht von hier, richtig?«, fragt die junge Frau und entlockt dem Mann neben ihr damit ein Lachen. »Haben Sie denn nichts von den Unwetterwarnungen mitgekriegt?«, erkundigt er sich.

Oh, deswegen hat Miles mir wohl hinterhergerufen …
Die Hitze meiner Scham und Wut hatte mich die zunehmende Kälte bis jetzt ignorieren lassen, aber inzwischen kann ich meine Finger kaum noch bewegen. Den wachsamen Augen der jungen Frau entgehen meine Versuche nicht. Mitfühlend sieht sie mich an. »Wissen Sie, man unterschätzt so eine Blizzard-Warnung leicht. Eigentlich ist es ja nicht weit bis zur Stadt, aber Sie entfernen sich immer mehr, und der Sturm braut sich gerade erst zusammen. Haben Sie es denn noch weit? Denn in der Richtung, in die Sie gehen, kommt eigentlich sehr lange nichts.« Der Fahrer nickt. »Ja, der nächste kleine Ort liegt acht Meilen entfernt.«

»Oh, dann … kehre ich wohl besser um«, stammele ich ein wenig verlegen ob meiner Gedankenlosigkeit. »Zurück in die Stadt? Aber …« Der Mann wirkt regelrecht entsetzt. »Kommen Sie, wir nehmen Sie mit, ich wohne ganz in der Nähe. Und sobald sich das Unwetter legt, fahre ich Sie zurück nach Papen City.«

Für einen Moment erwäge ich, das Angebot abzulehnen, doch als mir der Wind mit seiner nächsten heftigen Böe den Schnee um die Ohren peitscht und mich die beiden zugleich so freundlich anlächeln, bedanke ich mich und steige eilig zu ihnen in den Wagen.

XVI.
~ Jonah ~

Im Transporter gibt es nur eine Sitzbank hinter den Frontsitzen, da die hintere Bank ausgebaut wurde, um den Laderaum zu vergrößern. Dort befinden sich viele schmale Pakete unterschiedlicher Größen. Bei einigen erkennt man deutlich, dass es sich um bespannte Keilrahmen handelt. Dummerweise wurden sie so in Packpapier eingeschlagen und zusammengebunden, dass ich kein einziges Motiv erkennen kann. Trotzdem ist meine Neugier sofort geweckt.

»Du bist ja ein Süßer!«, freut sich die Frau über Nash, der zwischen den vorderen Sitzen hindurchlugt und sich hechelnd und schwanzwedelnd von ihr streicheln lässt. »Da werden sich die Kids aber freuen, dass du mit uns kommst.« Jetzt erst dreht sie sich zu mir um und streckt mir ihre Hand entgegen. »Amy, hallo!«

»Jonah, freut mich sehr. Und das ist Nash. Vielen Dank für Ihre Hilfe«, erwidere ich mit klappernden Zähnen. Meine Finger sind so taub, dass ich den Druck von Amys schmaler Hand kaum noch spüre. »Oh Gott, schalt die Heizung höher, der Mann ist schon halb erfroren!«, ruft sie dem Fahrer erschrocken zu.

»Hi, ich bin Jerry!«, stellt der sich vor und winkt mir über den Rückspiegel zu. »Na, dann war es ja doppeltes Glück, dass wir deine Bilder doch noch heute Abend geholt haben, was?« Er sieht Amy an, und sie erwidert seinen Blick mit einem dankbaren Lächeln. Auch wenn es mich nichts angeht, frage ich mich, ob die beiden wohl ein Paar oder nur gute Freunde sind. Bibbernd tätschle ich Nashs Rücken.

Jerry hat nicht gelogen, als er sagte, dass er ganz in der Nähe wohne. Nur circa anderthalb Meilen weiter steuert er den Transporter auf eine leicht abschüssige Zufahrt und lässt ihn auf ein großes Holzhaus zurollen, das mit seinem rauchenden Kamin und der breiten, warm hinterleuchteten Glasfront bereits von außen Gemütlichkeit ausstrahlt. Nur die vielen Einrichtungsgegenstände, die ich schon aus dem Transporter heraus sehen kann, erscheinen mir irgendwie seltsam angeordnet. Als Amy mir die Schiebetür öffnet und dabei meinen verdutzten Gesichtsausdruck einfängt, deutet sie auf das unbeleuchtete Schild über dem Eingang.

»Ah, ein Möbelgeschäft«, erkenne ich.

»Ja. Jerrys, um genau zu sein. Seine Wohnung liegt direkt darüber.«

»Hallo zusammen, wir sind wieder da!«, ruft Jerry, kaum dass wir die Schwelle zu seinem Ladenlokal passiert haben.

»Das wurde aber auch Zeit. Ich habe schon angefangen, mir Sorgen zu machen!«, ertönt eine erleichterte Stimme, unmittelbar bevor der dazugehörige junge Mann den Raum durch eine Schwingtür betritt. Diese Tür erinnert mich schlagartig an die in Milows Café.

Mist, Miles macht sich bestimmt schon Sorgen.

Noch während Jerry mich mit dem jungen Kerl namens Tim bekannt macht und ihm erklärt, was geschehen ist, zücke ich mein Handy und versuche eine Nachricht an Milow einzutippen – was sich mit meinen halb erfrorenen Fingern als

Ding der Unmöglichkeit herausstellt. Amy hört mich schließlich leise fluchen. »Wenn du mir sagst, was du schreiben willst, mache ich das gerne für dich.«

»Oh – danke. Ich wollte gerade meinem Kumpel schreiben, bei dem ich hier zu Besuch bin.« Damit lege ich mein Smartphone in ihre Hand. »Schreib bitte: *Bin in den Sturm geraten und bei ein paar Leuten untergekommen. Melde mich später.*«

»Männer!«, stößt Amy amüsiert aus. »Bloß kein Wort zu viel.«

Sie kann nicht wissen, dass Milow weitaus Schlimmeres von mir gewohnt ist. Wenn ich unterwegs bin, hört er manchmal wochenlang nichts von mir. Während Amy meine Nachricht tippt, wandert mein Blick über ihr Gesicht. Sie ist ein wenig blass, aber eigentlich ganz süß. Ihre Züge sind symmetrisch, die Wangenknochen ausgeprägt, die Lippen voll und die Augen von einem funkelnden Grün, das erahnen lässt, wie viel Temperament in ihr steckt.

Plötzlich fliegt eine seitliche Zimmertür auf, und ein Mädchen von etwa vier oder fünf Jahren stürmt in den Raum. »Mommy!«, ruft die Kleine mit dem wirren Lockenkopf und läuft Amy ungebremst in die Arme.

»Hey, ist ja gut, Julie! Hattest du Angst bei dem Unwetter?«

»Ja.«

»Schon okay, meine Süße. Jetzt sind wir ja wieder da.«

»Und wir schlafen hier, bei Onkel Jerry und Tante Mary, oder?«

»Genau. Ich habe dir auch Benny mitgebracht. Hier!«

»Benny!«, ruft Julie und presst ihren Plüschhasen sofort fest an sich.

»Sieh mal, wen wir außerdem noch mitgebracht haben.« Amy tritt zur Seite und deutet auf Nash und mich. Na ja, eigentlich hauptsächlich auf Nash.

Mein Hund liebt Kinder. Schon seit Julie hereingeplatzt ist, wedelt er so stark mit dem Schwanz, dass seine komplette hintere Körperhälfte hin und her klappt, als hätte er extra dafür Scharniere im Leib. Für einen kleinen Augenblick umspielt ein Lächeln Julies Mundwinkel, doch dann löst sie ihren Blick von Nash und sieht mich unter skeptisch herabgezogenen Augenbrauen an. »Wer ist das?« Ihre mandelförmigen Augen sind dunkler als die ihrer Mutter und – entgegen ihrem kritischen Tonfall – von einem sanften Braun, das mich unwillkürlich an heiße Maronen erinnert.

Ein wenig befangen gehe ich einen Schritt auf die Kleine zu. »Hey Julie, ich bin Jonah. Ein ziemlich dummer Mann, der ausgerechnet bei diesem Wetter spazieren gegangen ist und freundlicherweise von deiner Mommy und deinem Onkel aufgenommen wurde.«

»Wärst du sonst erfroren?«, fragt sie nüchtern. Wir anderen lachen. »Wahrscheinlich, ja«, befindet Amy mit einem Zwinkern zu mir. Es ist seltsam, aber Amy scheint tatsächlich eine dieser seltenen Personen zu sein, die man kennenlernt und mit denen man sich sofort auf gewisse Weise verbunden fühlt.

»Und das ist dein Hund?«, hakt Julie nach.

»Ja. Das ist Nash«, sage ich und beschließe in diesem Moment, ihn loszumachen. Ausgelassen springt er auf Julie zu und begrüßt sie, indem er freudig ihre Hand abschleckt. »Der ist so süß, Mommy!«, quietscht die Kleine entzückt.

»Wie gut, dass ihr zurück seid! Das Essen ist gerade fertig geworden, und draußen scheint es jetzt erst so richtig loszugehen.«

Die kleine blonde Frau, die mit diesen Worten den Raum betritt, sieht gar nicht so aus, wie ich mir *Tante Mary* vorgestellt hatte. Sie ist ungefähr so jung wie Amy und wäre vermutlich sogar noch ein wenig zierlicher als sie, würde sich der Bauch unter ihrer Bluse nicht so deutlich wölben. Im selben Moment, in dem sie hereinkommt, wird klar, dass sie die Frau an Jerrys Seite ist. Ein eindeutiges Lächeln zupft an seinen Mundwinkeln, und noch ehe er mir Mary offiziell vorstellt, legt er sichtlich stolz einen Arm um seine Frau und drückt ihr einen Kuss auf den Haaransatz.

»Wir konnten die beiden schlecht im Sturm herumirren lassen«, beschließt Jerry seine kleine Erklärung. Mary sieht mit offenem Blick zu mir empor. »Nein, das habt ihr ganz richtig gemacht. Diese Blizzards sind heimtückisch. Sie kommen ganz plötzlich, und wie lange sie dann anhalten, ist nur schwer abzuschätzen«, erklärt sie an mich gewandt. »Du hast sicherlich auch Hunger. Lasst uns essen! Ich habe genug für alle gekocht.«

»Darf Nash denn auch mit hochkommen?«, fragt Julie.

»Natürlich«, bestimmt Mary. Die Kleine jubelt, und alle machen sich auf den Weg. Nur ich bleibe grübelnd zurück. Und wieder scheint Amy, die sich noch einmal zu mir umdreht, die Fragen in meinem flackernden Blick zu lesen. »Du versuchst zu verstehen, wer hier wie zu wem gehört, nicht wahr? Aber noch kennst du gar nicht alle«, sagt sie und fordert mich mit einem Augenzwinkern auf, ihr zu folgen.

Im überaus gemütlichen Obergeschoss des Hauses erwartet uns ein großzügiger Wohnbereich mit offener Küche und einem ungewöhnlich langen Esstisch aus massivem Eichenholz.

»Julie, ruf Spencer und Luke zum Essen, ja?«, bittet Mary, die bereits die ersten Teller füllt und an Amy weiterreicht. »Es riecht klasse!«, lobt Jerry. Er steht neben seiner Frau und späht neugierig in den großen Topf. »Es ist nur ein simpler Eintopf«, bemerkt Mary, doch ihr Mann sieht in ungeminderter Begeisterung auf sie hinab und drückt ihr, kaum dass sie

Amy den nächsten Teller angereicht hat, einen schnellen Kuss auf die Lippen.

Während Amy die eingedeckten sieben Plätze auf acht erweitert und die kleine Julie meinem Hund eine Schale mit Wasser hinstellt, steuert Tim unaufgefordert auf den Kamin zu und legt ein paar Holzscheite nach.

Irgendetwas an der hier herrschenden Stimmung kommt mir unsagbar vertraut vor, doch noch kriege ich nicht zu fassen, was es ist. Erst einen Moment später, als Spencer und Luke zum Essen erscheinen und Jerry den beiden Halbwüchsigen, die unterschiedlicher kaum aussehen könnten, je eine Hand auf die Schulter legt, um mich mit ihnen bekannt zu machen, fällt es mir wie Schuppen von den Augen. Den Blick abwechselnd auf den circa vierzehnjährigen, leicht untersetzten Spencer und den etwa gleichaltrigen, aber eher schlaksigen Luke gerichtet, wird mir klar, was Amy mit ihren folgenden Worten nur noch bestätigt. »Jerry und Mary sind die Pflegeeltern der Jungs. Spencer und Luke sind die ersten, die hier eingezogen sind. In diesem Haus können sie nicht nur aufwachsen, hier haben sie auch die Möglichkeiten einer Ausbildung, wenn es für sie passt«, erklärt sie mir leise, während die Jungen ihre vollen Teller bei Mary abholen.

Beim Essen erfahre ich noch mehr erstaunliche Dinge. Zum Beispiel, dass Tim ebenfalls ein Waisenjunge ist. Gemeinsam mit Jerry betreibt er die Schreinerei im Erdgeschoss, wo er auch seine eigene Wohnung hat. Mithilfe der Jungen, die beide handwerklich sehr interessiert und begabt sind, bauen sie Möbelstücke und verkaufen sie in dem großen Raum, durch den wir das Haus betreten haben. »Jerry und ich sind wie Brüder«, erklärt der rothaarige Tim stolz. Mit seinen Sommersprossen und den leicht abstehenden Ohren erinnert er mich plötzlich an Cody.

Während Tim voller Euphorie von ihrem Arbeitsalltag erzählt, sitzt Jerry recht still neben seiner Frau und wirft ihr ab und zu ebenso verlegene wie eindeutig verliebte Blicke zu. Die beiden sind glücklich miteinander, das sieht man. Und sie erinnern mich irgendwie an Tammy und Julius, auch wenn sie meinen ehemaligen Betreuern äußerlich nicht im Geringsten ähneln.

Wie es ihnen wohl geht?

Es ist fast drei Jahre her, dass ich sie das letzte Mal sah. Schnell schüttele ich den Gedanken ab. »Darf ich noch ein bisschen neugieriger sein?«, hake ich stattdessen nach.

»Klar!« Mary und Amy antworten wie aus einem Mund.

»Okay. Also, ihr fünf lebt hier«, fasse ich zusammen und lasse meine Hand dabei so kreisen, dass ich Tim, die beiden Jungs und das Ehepaar mit der Bewegung einfange. »Aber ihr beide nicht?« Fragend sehe ich Amy und ihre kleine Tochter an. »Nein, wir sind nur heute über Nacht hier«, erklärt Amy. »Wegen des Wetters?«, mutmaße ich. »Auch, aber nicht nur«, entgegnet Jerry. »Amy ist die beste Freundin meiner Frau und …«

»Tante Mary ist meine Patentante«, fällt Julie ihm ins Wort und tätschelt dabei Nashs Kopf. Der sitzt in größter Selbstverständlichkeit neben der Kleinen und ignoriert meinen strengen Blick geflissentlich, obwohl ich ihm ansehe, dass er genau weiß, wie nah sich seine kurze Nase an der Tischkante befindet und dass mir das während des Essens keinesfalls recht ist.

»Genau, meine Süße«, bestätigt Mary.

»Jedenfalls ist Amy hier in der Gegend ziemlich bekannt für ihre Kunstwerke und hatte die tolle Idee, unser Haus mit einer Benefizversteigerung zu unterstützen«, erklärt Jerry. »Die findet morgen Nachmittag statt. Bis dahin müssen wir den Verkaufsraum herrichten, alle Bilder gebührend ausstellen, und die Frauen wollen ein kleines Büfett vorbereiten. Neben Amys Gemälden geben Tim und ich auch einige Möbelstücke zur Versteigerung.«

»Klingt toll!«, lobe ich, unmittelbar bevor Tim etwas einfällt und er Jerry über einen nächsten Auftrag informiert. Ich blende die Worte des jungen Mannes aus und wende mich Amy zu, die zu meiner Rechten sitzt. »Diese Bilder im Transporter sind also von dir. Welche Motive malst du denn?«, hake ich neugierig nach.

»Eigentlich alles. Landschaften, Menschen, Tiere. Nur Stillleben begeistern mich nicht so wirklich. Die sind mir einfach zu …«

»Still?«, schlage ich vor. Nun lächelt sie. »Ja, das muss es wohl sein.«

»Und welche Farben verwendest du?«

»Auch so ziemlich alles. Aquarell- und Ölfarbe, Acryl natürlich und manchmal auch Kreide oder Kohle.« Ihr Blick wandelt sich, wird plötzlich eingehender. »Interessierst du dich für Kunst, Jonah?«

Warum auch immer, aber genau in diesem Moment beenden Tim und Jerry ihren Dialog, und am Tisch kehrt eine Stille ein, in der Amys Frage förmlich nachzuhallen scheint. »Hm, schon, ja. Zumindest habe ich früher viel gemalt.«

»Und jetzt nicht mehr?«

»Nein.«

»Dann hast du einfach damit aufgehört? Aber wie –?«

Ich glaube, in diesem Moment versetzt Mary Amy einen Tritt unter dem Tisch, denn sie zuckt neben mir zusammen, verstummt abrupt und wendet sich stattdessen ihrer Tochter zu. Gleichzeitig erkundigt sich Jerry nach dem Schultag der beiden Jungen und lenkt somit recht geschickt von dem kleinen Intermezzo zwischen Amy und mir ab.

Eine geschlagene Stunde später wütet der Sturm immer noch; jetzt sogar noch stärker als bei unserer Ankunft. Zusammen mit Jerry und Tim lade ich Amys Bilder aus dem Transporter. Allein schon die paar Meter zwischen dem Wagen und der Haustür gestalten sich als Problem. Spencer muss die Haustür blockieren, damit sie nicht unkontrolliert hin und her schlägt, während Luke die Türen des Transporters unter Kontrolle hält. Der Wind bläst eine Menge des neu gefallenen Pulverschnees über die Schwelle in den Verkaufsraum. Tim, Jerry und ich bilden eine Kette, in der wir uns Amys Bilder reichen, damit wir nicht alle noch zusätzliche Schneepampe ins Haus tragen.

Amy, die Julie in der Zwischenzeit zu Bett gebracht hat, hilft mir, den Holzboden des Verkaufsraums zu säubern, während die anderen ihre letzten Gemälde hereinholen. »Okay, danke, Jungs! Aber jetzt geht ruhig wieder zu Mary. Jonah und ich schaffen den Rest schon alleine«, beschließt Amy.

Jerry ist bereits im Rausgehen begriffen, als er sich noch einmal umdreht und mich bedauernd ansieht. »Also, ehrlich gesagt glaube ich nicht, dass Mary mich heute Abend noch fahren lässt. Für die Nacht bist du wohl hier gefangen.«

»Oh nein, ich kann unmöglich hier übernachten! Das kann ich nicht annehmen«, wehre ich ab, doch er schmunzelt nur milde. »Ach was, Blödsinn! Aber klär das mit meiner Frau, wenn du unser Angebot ausschlagen willst. Viel Spaß dabei!« Damit dreht er sich um, steigt die Treppe empor und lässt Amy und mich alleine zurück.

»Tut mir leid, wenn ich dich erneut überfalle, aber um ehrlich zu sein, bin ich verdammt neugierig.« Amy lächelt entschuldigend.

Ich brauche einen Moment, bevor ich begreife, worauf sie hinauswill. »Ach, du möchtest unser Gespräch von vorhin fortführen?« Obwohl mir die Aussicht darauf nicht sonderlich verheißungsvoll erscheint, ist Amys promptes Nicken so herzerfrischend aufrichtig, dass ich schmunzeln muss.

»Ich bin auch gespannt«, gebe ich zu und erkläre auf ihren überraschten Blick hin: »Jerry hat so von deinen Bildern geschwärmt, dass ich es kaum erwarten kann, sie endlich selbst zu sehen.«

»Oh Gott! Na, dann schauen wir mal, ob ich deinen hohen Erwartungen überhaupt standhalten kann.« Amy ergreift wahllos den erstbesten in Packpapier eingeschlagenen Keilrahmen, öffnet die Klebestreifen und zieht die Verpackung ab.

»Wow!«, entfährt es mir, als sie mir die mit Leinwand bespannte Seite zudreht. Nein, Jerry hat den Mund definitiv nicht zu voll genommen.

Amys Ölgemälde zeigt einen zugefrorenen See während des Sonnenuntergangs. Die schneegekrönten Spitzen der Berge hinter dem See kosten von dem leuchtenden Orange des Himmels, das in krassem, aber sehr realistischem Kontrast zu dem friedlichen Winterszenario steht. »Kein Wunder, dass du dir einen Namen gemacht hast.«

»Ach, Jerry übertreibt gerne«, winkt Amy bescheiden ab.

»Nein, tut er nicht. Also, wie stellst du dir das mit dieser Auktion vor? Werden die Bilder einzeln präsentiert, oder sollen wir sie hier im Raum aufstellen und mit Nummern versehen, damit die potenziellen Käufer sie im Vorfeld betrachten können?«

»Ja, vorab. So dachte ich mir das. Ich muss gestehen, dass ich mit Auktionen noch keinerlei Erfahrung habe. Aber die Bilder stapelten sich bei uns zu Hause, und ich dachte, so könnten sie zumindest noch einem guten Zweck dienen.«

»Ein super Gedanke! Häuser wie dieses hier brauchen immer Geld.«

»Stimmt genau. Und da die beiden gerne noch mehr Kinder aufnehmen würden und bald auch eigenen Nachwuchs erwarten ...« Ein liebevolles Lächeln breitet sich auf Amys Gesicht aus und bringt ihre Augen zum Strahlen. »Lass uns erst einmal alle auspacken«, beschließt sie dann und beginnt sofort mit dem nächstbesten Bild. Ich schnappe mir selbst auch eines und entferne vorsichtig die Klebestreifen vom Packpapier.

»Was hast du früher denn gemalt?«, erkundigt Amy sich ohne weitere Umschweife. Sofort blitzen unzählige Bilder durch meinen Kopf, alle mit demselben Hauptmotiv. Katie als dreizehnjähriges Mädchen mit geschlossenen Augen und offenen Haaren, rücklings auf unserer Wiese hinter der Kapelle liegend. Katie lesend, mit einem so sanften Lächeln auf den Lippen, dass ich sechs Versuche brauchte, um es einigermaßen zu treffen. Katie, wie sie ihre Hände auf meine Oberschenkel stützte und mein Gesicht dermaßen intensiv betrachtete, als wollte sie es sich für alle Zeiten einprägen.

Ich spüre Amys neugierigen Blick und räuspere mich. »Hauptsächlich Porträts.«

»Oh, die Königsklasse der Malerei«, befindet sie anerkennend.

»Nein, das sind Aquarelle für mich, ganz allgemein«, entgegne ich. Mit schief geneigtem Kopf und geschürzten Lippen wägt sie meine Worte ab. »Ja, das stimmt schon irgendwie«, sagt sie schließlich. »Aquarelle dulden keine Fehler, nicht mal die kleinsten.«

»Richtig. Und was noch wichtiger ist: Sie leben vom Weglassen. Eine Kunst, die nur die wenigsten beherrschen«, ergänze ich um den in meinen Augen entscheidenden Faktor. Im selben Moment enthülle ich das nächste Bild.

Wie immer, wenn mein Blick auf wirklich gute Malerei trifft, ist es mir, als würden warme Hände mein Herz umschließen und es zärtlich drücken. »Aber du hast es drauf, keine Frage. Wow, Amy, das ist –« Ich finde nicht die richtigen Worte.

Amys Aquarell zeigt ein weites Sonnenblumenfeld mit zwei Kindern, die es rennend durchkreuzen. Als ich zu ihr aufblicke, ist ihr Blick wie verschleiert, und ich beobachte, wie schwer sie schluckt, bevor sie sich ein Lächeln abringt. Schlagartig wird mir klar, dass dieses Motiv ein sehr persönliches sein muss. Im selben Moment frage ich mich zum ersten Mal, wo Julies Dad eigentlich ist. Mit diesem Gedanken stelle ich das Bild behutsam zur Seite und wende mich übergangslos dem nächsten zu, ohne mir etwas anmerken zu lassen.

»Warum hast du aufgehört zu malen, Jonah?«, fragt Amy nach einer Weile in Stille. »Du musst das nicht beantworten, wenn es zu persönlich ist. Es ist nur … Ich merke dir an, dass du wirklich etwas von Kunst verstehst. Und vor allem, dass sie dich berührt. Warum gibt man freiwillig etwas auf, das man im Grunde liebt?«

Ich ringe eine Weile mit mir, denn eigentlich habe ich mich schon lange nach jemandem gesehnt, der meine Leidenschaft für die Malerei teilt und mit dem ich mich auf diese Weise austauschen kann. Seit Katies Verschwinden gibt es keine solche Person mehr in meinem Leben. Mit ihr hatte ich immer über die Kunst sprechen können, obwohl sie selbst in diesem Bereich nur sehr bedingt begabt war. Musikalisch hingegen hatte ich ihr das Wasser nie reichen können, und ich vermisse ihren Gesang bis heute so sehr.

Vielleicht sind es gerade die Gedanken an Katie, die es mir unmöglich machen, über sie zu sprechen. Denn obwohl ich Amy gegenüber diese seltsame Vertrautheit empfinde, ist mir die junge, energiegeladene Frau dennoch zu fremd, als dass ich ihr von Katie erzählen könnte. Ich bringe es einfach nicht fertig, den kostbaren Schatz der sorgsam in meinem Herzen verschlossenen Erinnerungen zu öffnen und zu teilen.

Und so schüttele ich nur beschämt den Kopf. Amy lässt es dabei bewenden. Stumm packen wir weiter ihre Bilder aus, von denen eines schöner ist als das andere.

»So, das ist das letzte.« Amy seufzt, den Blick auf das mittelgroße Gemälde in ihren Händen gerichtet. »Vierundvierzig Bilder. Ich schlage vor, wir platzieren sie einfach zwischen den ausgestellten Möbeln und versehen sie dann mit Nummern, oder?«

»Klingt sinnvoll, ja.«

»Irgendwo muss Jerry noch diese selbstklebenden Etiketten haben«, überlegt Amy, stellt das letzte Bild auf einem Stuhl ab und steuert auf den antik anmutenden Sekretär in der hinteren Ecke des Verkaufsraums zu. Ich beuge mich derweil über die Stuhllehne, drehe mir auch dieses Gemälde zu – und erstarre unwillkürlich.

Zu sehen ist eine Szene auf einem Steg an einem See oder einem Hafen. Ich weiß es nicht genau, denn mein Fokus liegt weder auf dem dunklen Blau des Wassers noch auf den Booten im Hintergrund. Wie versteinert sehe ich auf die junge Frau davor, die auf einer weißen Box auf diesem Steg sitzt und mit starrem Blick scheinbar ins Leere hinausschaut. Ihr Gesicht ist nur schräg von hinten sichtbar, im verkürzten Profil, und natürlich ist es nicht mehr als ein Gefühl, das mich jedoch wie ein Stromschlag durchfährt. Denn diese Figur, diese Haltung!

Die Frau auf dem Bild sitzt auf ihren Händen. Ihre Gesichtszüge, soweit ich sie erkennen kann, sind eben und gradlinig. Alles an ihr ist schmal, zierlich und wirkt ... ja, einfach anmutig. Eine einzelne braune Strähne hat sich von den schulterlangen, leicht gewellten Haaren abgespalten und weht im sanften Wind. Überhaupt scheint diese Haarsträhne das Einzige zu sein, was sich im Vordergrund des sonst so stillen Motives regt.

Katie!

Ihr Name durchfährt mich mit einer Gewissheit, als hätte Amy ihn als Titel mit aufgeführt. Ich weiß nicht, was dieses Gefühl in mir so plötzlich ausgelöst hat, denn trotz aller Stimmigkeit auf dem Bild bleibt es ein Aquarell, mit allem, was ein gutes Aquarell ausmacht.

»Amy?« Meine Stimme ist kaum mehr als ein heiseres Krächzen. Selbst in meinen eigenen Ohren klingt sie fremd. »Ich ... W-wo ist dieses Bild entstanden?«, stottere ich, versuche, mich dabei zu ihr umzudrehen, und scheitere, weil es mir schlichtweg nicht gelingen will, den Blick von der Frau auf ihrem Gemälde zu lösen.

Sie lebt! Sie lebt! Sie lebt!

Wie ein Mantra durchfahren mich diese Worte, immer wieder. Wie die schönste Erkenntnis von allen durchströmen sie mich und lassen eine ungeahnte Euphorie in mir auflodern.

XVII.
~ Jonah ~

Amy tritt an meine Seite.

»Das war in Seattle. Ich bin im Herbst vor einem Jahr mit Mary dort gewesen.« Sie kichert, als ihr der Grund für diese Reise wieder einfällt. »Damals war Mary noch Single, und ich habe sie zu einem Blind Date entführt. Als wir in Seattle ankamen, spazierten wir am Hafen entlang und aßen in einem sehr gemütlichen Restaurant zu Mittag.« Wie gebannt lausche ich ihr, ohne meinen Blick dabei auch nur für eine Sekunde von dem Bild zu nehmen.

»Wir warteten auf unser Essen, und Mary hat geschmollt, weil sie nichts von meiner Idee mit dem anstehenden Blind Date hielt. Also sah ich mich ein bisschen um, und da entdeckte ich diese Frau. Sie ging über den Steg, nahm auf einer Truhenbank Platz und starrte einfach vor sich hin. Irgendwie regte sich bei ihrem Anblick sofort etwas in mir. Denn während um sie herum das Leben tobte, wirkte sie irgendwie … abgeschottet, regelrecht entrückt.« Amy zuckt mit den Schultern. »Ich weiß nicht, ob es mir gelungen ist, diese tragische Aura, die sie umgab, zu übertragen.«

»Am Hafen von Seattle hast du sie gesehen, sagst du? Weißt du noch, wie dieses Restaurant hieß, in dem ihr gegessen habt?« Amy sieht mich sekundenlang schweigend und sehr eingehend an. Als müsste sie abwägen, ob sie an dieser Stelle überhaupt noch weitersprechen soll oder nicht. Kein Wunder, verhalte ich mich doch mehr als nur merkwürdig, ihr all diese Fragen zu stellen. »Nein, ich erinnere mich leider nicht mehr an den Namen«, sagt sie schließlich. »Aber es war kreisförmig angelegt und hatte eine große Terrasse, von der aus man den Hafen wunderbar überblicken konnte.«

»Amy, darf ich ein Foto von diesem Gemälde machen? … Hätte ich genügend Geld bei mir, ich würde es dir auch sofort abkaufen«, stammele ich verlegen.

Wieder sieht sie mich eingehend an. »Nur wenn du mir zuvor eine Frage beantwortest«, fordert sie dann. »Wen glaubst du auf diesem Bild zu erkennen?«

Ich atme noch einmal tief durch und gebe mir dann einen Ruck. »Es gab einmal ein Mädchen, das ich … sehr mochte. Sie hieß Katie und ist genau wie ich Waise. W-wir lebten zusammen in einem Haus, ähnlich wie diesem hier.« Mit diesem recht zaghaften Gestammel beginne ich meine Schilderung.

In den kommenden Minuten hängt Amy förmlich an meinen Lippen. Sie setzt sich auf eine hölzerne Bank und sieht mit großen Augen zu mir auf. Und ich erzähle ihr alles. Unglaublich, aber wahr: Diese junge Frau, die erst vor wenigen Stunden meinen Weg kreuzte, ist tatsächlich die Erste, der ich Katies und meine Geschichte in vollem Umfang anvertraue. Natürlich kennt Milow sie ebenfalls, und auch Ruby, Tammy und Julius sind weitestgehend eingeweiht, aber während Milow sein Wissen aus erster Hand bezog, weil er einfach Teil unserer Story ist, habe ich den anderen niemals in einer derartigen Detailgenauigkeit von Katie berichtet.

Und plötzlich, inmitten meines minutenlangen Monologs, den Blick fest in Amys jadegrüne Augen gerichtet, bin ich mir sicher, dass unsere Begegnung kein Zufall gewesen sein kann.

Ja, so albern das auch klingen mag, mit einem Mal bin ich davon überzeugt, dass mich das Schicksal mit Amy zusammengeführt hat.

Als ich verstumme, wirft sie einen langen Blick auf ihr Bild und sagt schließlich: »Es gehört dir, Jonah.«
»Was? Nein, ich –«
»Nimm es bitte, es gehört zu dir«, beharrt sie, und der Ausdruck ihrer Augen ist so energisch, dass ich keinen weiteren Protest wage. »Danke«, wispere ich nur und versuche mich mit vibrierender Unterlippe an einem Lächeln, weil mir zur selben Zeit auch Tränen in die Augen steigen. Amy erahnt wohl nicht, wie sehr mich ihr Geschenk rührt. Oder doch?

Sie erhebt sich und streicht mir mit einem halb ermutigenden, halb mitfühlenden Schmunzeln über den Oberarm. »Komm, nimm es mit nach oben. Schauen wir mal, ob unsere zwei Turteltauben noch wach sind. Wir waren damals nicht zufällig in Seattle unterwegs, weißt du? Jerry und Mary kommen beide ursprünglich von dort. Entweder sie erinnern sich, wie dieses Restaurant heißt, oder wir recherchieren den Namen im Internet.«

* * *

»Bell Harbor Marina in Seattle, dort willst du jetzt hin?«, wiederholt Milow am darauffolgenden Morgen und sieht mich mit großen Augen an. Ich nicke einmal, in voller Entschlossenheit.
»Und das nur wegen dieses Bildes, verstehe ich dich richtig?«
»Sieh es dir doch an, Miles!«
»Ja, ja! Das tue ich. Und ich sehe eine junge Frau, die zugegebenermaßen durchaus in Katies Alter sein könnte. Aber –«

Und nun schaut er mich ganz offen so an, als hätte ich endgültig meinen Verstand verloren. »Jonah, man erkennt sie kaum. Und selbst wenn die Feinheiten kristallklar erkennbar wären, könnte es trotzdem noch jede x-beliebige Frau um die dreißig sein. Warum verrennst du dich immer tiefer in diese Vorstellung, Katie um alles in der Welt finden zu müssen?«

Kopfschüttelnd rauft er sich das Haar. Ich sehe ihn nur weiterhin an, wohl wissend, dass er trotz seiner Verständnislosigkeit und der Sorgen, die er sich um mich macht, nachgeben wird. Wieder einmal.

»Wie viel brauchst du?«, fragt er schon, nach nur einem tiefen Seufzer. »Zweihundertfünfzig müssten reichen. So viel kosten die Hinreise und ein Tag Unterkunft. Ich fange dort sofort an zu malen und zu fotografieren. Du weißt, dass ich dir das Geld zurückzahle.«

»Ja, ich weiß, dass du es dir bitter vom Mund absparen wirst, wie immer.« Milow wirkt nach wie vor alles andere als begeistert, als er mit sorgenvoller Miene an mir herabblickt. So mager, wie ich bin, und mit meinen zerschlissenen Klamotten, biete ich ihm bestimmt keinen Anblick, der seiner Skepsis entgegenwirkt. Trotzdem halte ich seiner Musterung stand und rühre mich keinen Millimeter.

»Miles, ich spüre einfach, dass sie es ist«, erkläre ich beschwörend. »Diese Frau auf dem Bild sieht genauso aus, wie ich mir Katie heute vorstelle. Und Amy sprach von einer *tragischen Aura*, die diese Frau umgeben hätte. Klingt das nicht exakt nach unserer Kleinen?« Ganz gezielt und, ja, zugegebenermaßen auch ein wenig berechnend verwende ich Milows altes Kosewort für Katie.

»Ich gebe dir das Geld«, verkündet er resigniert. »Aber nur unter der Bedingung, dass du es behältst. Du hast mit mir den kompletten Laden renoviert und die Fotografien besorgt.«

»Sie sind ein Geschenk!«, protestiere ich.
»Was denn? Willst du es jetzt oder nicht?«
»Nicht so, nein!«
»Sturschädel!«
»Sagt der Richtige!«

Unser kindischer Schlagabtausch entlockt ihm ein lange überfälliges Lachen. Es tut gut, Milow wieder fröhlich zu sehen. Sofort atme ich auf und schmunzle mit ihm, denn nichts fühlt sich verkehrter an, als meinen von Natur aus so unbeschwerten besten Freund verstimmt zu erleben.

»Also schön, machen wir einen Deal«, schlägt er schließlich vor. »Du hilfst mir bei der Eröffnung morgen und auch die beiden Tage danach, mit allem, was eben so anfällt. Dafür – und nicht für die Bilder oder deine bisherige Hilfe – bekommst du das Geld.«

»Aber du hast doch schon eine Bedienung angestellt, diese Kim. Brauchst du mich da überhaupt noch?«, frage ich, nach wie vor skeptisch.

Milow grinst selbstgefällig. »Na, das will ich doch hoffen! Wenn es so läuft, wie ich es mir wünsche, dann haben wir alle drei in den nächsten Tagen die Hucke voll zu tun. Also?« Über die Theke streckt er mir die Hand zum Einschlagen entgegen. »So oder gar nicht«, erklärt er dabei mit einer Miene, die eindeutig zeigt, dass er keinen weiteren Widerspruch zulassen wird. Und so beeile ich mich, den Deal zu besiegeln, ehe er sich in die Hand spuckt, wie er es früher immer getan hat, wenn wir eine Vereinbarung schlossen. Zuzutrauen wäre ihm das auch heute noch.

Aber gut, so ist Milow einfach. Und jetzt ist er für die kommenden drei Tage mein Chef.

Urgh!

XVIII.
~ Jonah ~

Knapp vier Wochen später sitze ich mal wieder auf dem Balkon des besagten Hafenlokals in Seattle. Der kühle, salzgetränkte Februarwind bläst mir zwischen den Stäben des Geländers entgegen. Ein perfekter Vollmond ziert die Nacht, umgeben von blaugrauen Wolken, die stetig auf ihn zuströmen und ihn umwogen, jedoch – wie durch Ehrfurcht – nie an ihn heranreichen oder ihn gar verdecken. Sein gelblicher Schein bleibt ungetrübt. Mit halb sorgenvoller, halb empörter Miene starrt er vor sich hin. Wie können einige Menschen nur nicht erkennen, dass der Mond, wenn er so rund ist wie heute, sehr wohl ein Gesicht hat?

※ ※ ※

»Siehst du es auch, Katie?«
»Was meinst du?«
»Na, sein Gesicht?«
Ihr leises Kichern durchfuhr mich so warm, dass mir die Kühle der fortgeschrittenen Oktobernacht nichts mehr ausmachte. Der Herbst 1997 war ohnehin recht mild. Die Blätter raschelten im Schutz der Dunkelheit und schienen sich gegenseitig Geheimnisse des gemeinsam erlebten Sommers zuzu-

flüstern. Veränderung lag in der klaren Luft, die wir mit jedem Atemzug einsogen.

»Ja, ich sehe es auch. Er sieht aus, als hätte er zu viel Süßes genascht und ...«

»... kämpft jetzt mit Blähungen?«, beendete ich ihren Satz.

Katie unterdrückte die Lautstärke ihres Lachens, indem sie es in mein Pyjamashirt prustete. »Du spinnst ja!«

Ich grinste. »So, so. Dafür, dass du bis vor zwei Jahren noch gar nicht gesprochen hast, bist du inzwischen verdammt frech, weißt du das?«

Katie stieß sich von mir ab und sah mich empört an. Vermutlich tanzte ihr schon eine kesse Antwort auf der Zungenspitze, doch in diesem Moment übermannte sie ein Niesen, und zwar so plötzlich, dass ich ihr meine Hand vor Mund und Nase hielt, ehe sie es selbst tun konnte.

»Psst!«, zischte ich. »Sonst hören sie uns noch. Ist dir denn kalt? Nicht, dass du dich erkältest.«

Ohne ihre Antwort abzuwarten, schloss ich meine Arme um ihren schmalen Oberkörper und zog sie so dicht an meine Seite, dass sich ihre Brüste gegen meine Rippen pressten und sich eines ihrer Beine wie von selbst über die meinen legte. Katie trug lediglich ihr knielanges Nachthemd und ich meinen kurzen Pyjama. Ihr nackter Fuß streifte die Innenseite meines Unterschenkels. Die Berührung durchzuckte mich wie ein kleiner wohliger Stromschlag.

Ich schluckte hart und so laut, dass sie es in der perfekten Stille, die uns in diesem Moment umgab, hören musste. Und plötzlich, mit nur einem zittrigen Atemzug, vibrierte die Luft zwischen uns, der nächtlichen Kühle zum Trotz, und unsere Blicke reichten viel, viel tiefer als zuvor. Katies Hand lag über meinem rasenden Herzen. Zaghaft ließ sie ihren Daumen über die Stelle kreisen, während wir uns weiterhin ansahen.

»Als ob du es nicht mögen würdest«, *wisperte sie schließlich.*

»Was?«

»Na, dass ich wieder frech bin. Ein bisschen so wie früher, wenn auch nur mit dir und Milow.«

Ein unbeschreibliches Glücksgefühl durchströmte mich bei ihren Worten. Es umschloss mein Herz und ließ mich ergeben nicken. Ehe ich mir der Wahl meiner Worte überhaupt bewusst werden konnte, waren sie mir bereits über die Lippen geschlüpft. »Und ob ich das mag. Ich liebe es sogar.«

Nie werde ich Katies verblüfftes Blinzeln vergessen. Und erst recht nicht den eindeutig hoffnungsvollen Glanz ihrer im Mondlicht so ungewöhnlich dunkel schimmernden Augen. »Du ... liebst es, Jonah?«

Selbst erschrocken über mein Geständnis, hatte ich die Luft angehalten und ihre Reaktion genau beobachtet. Nun, da die Hoffnung auch in mir wieder aufkeimte, kratzte ich all meinen Mut zusammen und entschied, nach gut einem Jahr eiserner Zurückhaltung alles auf eine Karte zu setzen. »Ja«, flüsterte ich. »Weil ich mich in dich verliebt habe, Katie. Spürst du das denn nicht?«

Ihre Augen weiteten sich für einen kurzen Moment. Dann – und ich habe wirklich keine Ahnung mehr, wer von uns beiden die Initiative ergriff und ob wir uns einander schnell oder langsam näherten – trafen ihre weichen Lippen zum ersten Mal auf meine.

In diesem Augenblick, der als Erinnerung für immer in mir verankert bleiben wird, wünschte ich mir nichts mehr, als dass wir ewig so eng umschlungen auf dem Veranda-Dach der alten Villa liegen könnten. Doch wie alle schönen Dinge endete auch diese neue Art des Zusammenseins, von der wir gerade einmal vorsichtig gekostet hatten, viel zu früh für uns.

Nur wenige Minuten nach Katies und meinem ersten Kuss erklang bereits Milows leiser Pfiff aus dem Fenster über unseren Köpfen. Das eigentlich als Warnsignal vereinbarte Zeichen klang latent genervt, und ich erkannte sofort, dass keine Gefahr durch einen unserer Betreuer drohte. Milow war einfach nur müde und wollte endlich schlafen, anstatt weiterhin für uns Schmiere zu stehen.

Also rappelten wir uns schweren Herzens auf und kletterten über die Rankhilfen der bereits gekappten Rosen wieder an der Hauswand empor. Ich stieg als Erster durch unser geöffnetes Fenster und lehnte mich dann Katie entgegen, die ja noch ein Stockwerk höher klettern musste. Ich wollte ihr meine Hand reichen, um sie zu entlasten und mich möglichst ausgiebig von ihr zu verabschieden. Doch sie starrte an mir vorbei, hinauf in den Nachthimmel, und bestaunte noch einmal den riesigen Vollmond. Dann erst strahlte sie mich mit einem schelmischen Funkeln in den Augen an und schloss ihre zierlichen Finger dankbar um meine Handgelenke.

»Hätte der Mond nicht nur ein Gesicht, sondern auch Hände, hätte er sie sich wohl gerade vor Schreck über den Mund geschlagen«, gluckste sie in Anspielung auf unseren Kuss so vergnügt, dass mein Herz bei ihrem Anblick einen Sprung tat. Die vollkommen verstörte und eingeschüchterte Katie war schon lange passé, aber zu keiner Zeit war ich mir dessen so bewusst geworden wie in dieser Nacht.

»Nein, die hätte er sich wohl eher über die Augen geschlagen«, erwiderte ich und zog sie über die Fensterbank zu mir heran. Ehe mich der Mut dazu verlassen konnte, küsste ich sie ein zweites Mal.

Erst als Katie das Fenster zu ihrem und Shannons Zimmer erreicht und es hinter sich geschlossen hatte, zog ich auch unseres zu. Das Seufzen, das sich meiner Kehle dabei entrang, war nicht nur beschämend unmännlich, sondern auch so eindeutig wie der Abschiedskuss selbst, den Katie und ich vor Milows erstaunten Augen geteilt hatten.

»Himmel, Arsch und Zwirn, das wurde aber auch Zeit mit euch beiden«, knurrte der nur und wälzte sich schon im nächsten Moment so schwungvoll in seinem Bett herum, dass das Gestell ächzte. »Und abgesehen davon, habt ihr echt 'nen Knall. Der Mond hat doch kein Gesicht! Das ist ein gottverdammter Stern, Herrgott noch mal!«

»Ein Mond ist kein Stern. Er ist nicht mal ein richtiger Planet«, verbesserte ich ihn mit dem dümmlichsten Lächeln im Gesicht. »Ein Mond ist ein Mond.«

»Klappe jetzt, Wunderknabe, ich will endlich schlafen!«, kommandierte Milow, dessen gute Laune grundsätzlich nur unter Hunger, Schlafmangel oder Algebra litt.

Innerlich vollkommen aufgewühlt, legte ich mich in mein Bett, lauschte schon bald dem vertrauten Schnarchen meines Freundes und später dem zunächst noch recht zaghaften und dann immer lebhafteren Gezwitscher der Vögel. Und während vor unserem Fenster die Welt zu neuem Leben erwachte, beobachtete ich das Gesicht des Mondes, das am äußersten Rand meines Sichtfeldes immer weiter verblasste und schließlich vollkommen im milchigen Blau des Morgenhimmels abtauchte.

In diesen Stunden war ich, was ich mir Monate zuvor noch nicht hätte träumen lassen: der glücklichste Junge der Welt.

* * *

»Sir, darf ich Ihnen noch etwas bringen? Wir schließen gleich.«

Die Stimme der jungen Kellnerin reißt mich aus meinen bittersüßen Erinnerungen. »Nein danke, nur die Rechnung, bitte.«

Sie nickt und steuert kurze Zeit später mit der Rechnung erneut auf mich zu. Wortlos begleiche ich den kläglichen Betrag für die zwei stillen Wasser, mit denen ich mich über den Abend gebracht habe, und schäme mich dabei dafür, ihr nicht mal ein kleines Trinkgeld geben zu können. An diesem Tag sind meine Geschäfte wirklich miserabel gelaufen. Erst gegen Abend konnte ich eine einzige Karikatur verkaufen. Zehn Dollar, mit denen ich mir einen Hotdog, die heute viel zu späte Fahrt zum Hafen und ebendiese zwei Wasser gegönnt habe.

Als mich die Kellnerin so erwartungsvoll ansieht, überwinde ich mich und reiße die oberste Bleistiftskizze von meinem Block. Es ist nur eine kleine, unbedeutende Zeichnung, welche die junge Frau bei ihrer Arbeit zeigt. Dennoch erhellt sich ihr Gesichtsausdruck augenblicklich.

»Oh, haben Sie das gezeichnet, Sir? Das ist ja wunderschön!«

»Es gehört Ihnen, wenn es Ihnen gefällt.«

Mit großen Augen schaut sie zu mir herab. »Wirklich?«, fragt sie freudig, doch schon im nächsten Moment zeichnet sich Skepsis in ihrer Miene ab. »Das gefällt bestimmt auch meinem Freund.«

Ich muss schmunzeln. Wie geschickt von ihr, die potenzielle Anmache eines Fremden auf diese Weise auszuhebeln.

»Schön, das ist gut«, erwidere ich betont gelassen und beobachte das Lächeln, das sich langsam zurück in ihr Gesicht stiehlt, ehe ich zu meiner nächsten Frage ansetze. »Wie kommt es, dass ich Sie noch nie hier gesehen habe, obwohl ich öfter hier bin?«

Sie zuckt nur mit den Schultern. »Nun, weil Sie heute später dran sind, Sir. Ich übernehme meist die Spätschicht, weil ich tagsüber studiere.«

Erstaunt hebe ich die Brauen, und als ihr dadurch bewusst wird, was sie gesagt hat, erklärt sie: »Entschuldigen Sie, aber beim Schichtwechsel hat mir mein Kollege erzählt, dass Sie seit ein paar Wochen täglich hierherkommen, wenn auch sonst gegen Mittag.«

»Ja, das stimmt.« Schließlich war die Frau, die ich für Katie hielt, zur Mittagszeit auf dem Steg erschienen und hatte Amy dort unbewusst als Motiv für deren Gemälde gedient.

Die junge Kellnerin zögert kurz, doch dann gibt sie sich einen beinahe sichtlichen Ruck. »Und waren Sie inzwischen erfolgreich?«

»Erfolgreich?« Intuitiv stecke ich meine rechte Hand in die Jackentasche und taste nach dem Foto darin. »Was hat Ihr Kollege noch erzählt, Lisa?«, hake ich nach, den Blick auf das Namensschild an ihrem Kragen geheftet. Sie lächelt ein wenig ertappt, doch ihre Antwort kommt prompt.

»Er sagte, Sie suchen nach jemandem. Nach einer Frau.«

Das ist mein Stichwort. Langsam ziehe ich die Fotografie von Amys Kunstwerk hervor, die ich stets bei mir trage, und reiche sie der jungen Kellnerin.

Tagsüber habe ich dieses Bild schon oft herumgezeigt, leider immer ohne Erfolg. Allerdings konnte ich mich auch nie sehr lange am Hafen aufhalten. Denn um dort zu malen und die Bilder verkaufen zu können, fehlt mir die entsprechende Genehmigung. Da ich aber mein Pensionszimmer bezahlen und zumindest ab und zu auch etwas essen muss, habe ich mich in den vergangenen Wochen eher im Zentrum aufgehalten und bin nur zur Mittagszeit zum Hafen gefahren. Es gibt Städte, die es einem freischaffenden Künstler wie mir deutlich leichter machen als Seattle, so viel steht fest.

Lisa blickt auf das Foto in ihren Händen hinab. »Das ist Mrs Sturridge«, sagt sie schon im nächsten Moment. Vollkommen nüchtern, einfach so. »Und da konnte Ihnen bisher wirklich niemand weiterhelfen?«, wundert sie sich dann.

Ich traue meinen Ohren kaum und schnappe nach Luft, während Lisa nahtlos beginnt, vor sich hin zu grübeln. »Vielleicht liegt es an dem unvorteilhaften Bild – sehr hübsch übrigens –, oder Sie sind überwiegend an Touristen geraten ... Ich bin mir jedenfalls ziemlich sicher, dass diese Frau hier Mrs Sturridge ist«, beharrt die junge Kellnerin. »Sie wissen schon, Mason Sturridges Ehefrau. Dazu würde auch der Steg passen, denn dort legt im Sommer seine Jacht an.« Lisa sagt das alles recht schnell, fast schon beiläufig, und ist sich dabei absolut nicht gewahr, was diese Informationen für mich bedeuten.

»Mason Sturridge? Und ... seine Ehefrau, sagen Sie? S-sind Sie sich sicher?«, stammele ich mit rasendem Herzen.

»Ziemlich, ja«, bestätigt sie und reicht mir das Bild zurück.

Noch immer unfähig, diese Neuigkeiten zu verarbeiten, gaffe ich Lisa einfach nur an.

»Ihnen sagt der Name Sturridge nichts, oder? Sie kommen nicht von hier?« Ich schüttele hastig den Kopf. Lisa beugt sich näher zu mir heran. »Nun, Mason Sturridge ist der *König der Nacht* hier in Seattle. Klingt nicht schlecht, ist aber nicht wirklich glamourös gemeint, wenn Sie verstehen, worauf ich anspiele.« Sie zwinkert mir vielsagend zu.

»Er ist ein, äh, Nachtclub-Besitzer?«, rate ich.

»Ganz genau, ja. Eigentlich gehören ihm mehrere Clubs, von billig-schäbig bis superteuer und edel.« Sie zuckt mit den Schultern und wird plötzlich noch redseliger. »Na ja, wer's mag! Aber wie so oft bei solchen Typen sagt man auch Sturridge nach, dass er ein zwielichtiger, ziemlich aggressiver Typ sein soll. Warum suchen Sie denn nach seiner Frau, wenn ich fragen darf?«

»Lisa!«, ruft eine Männerstimme von drinnen dermaßen energisch (und genau zum rechten Zeitpunkt), dass sie sofort zusammenzuckt. »Ich komme, ich komme!« Entschuldigend sieht sie mich an. »Verzeihung, aber ich muss jetzt weitermachen. Die Kasse muss noch aufgenommen werden, und den Tresen muss ich auch noch in Ordnung bringen.«

»Nur einen Moment noch, bitte! Kennen Sie ihren Vornamen? Mrs Sturridges, meine ich.«

»Nein«, sagt Lisa postwendend. »Mason Sturridge ist bekannt wie ein bunter Hund, aber seine Frau taucht eigentlich nie in der Presse auf, zumindest nicht, dass ich es wüsste. Überhaupt konnte ich sie nur zuordnen, weil ich die beiden im vergangenen Sommer einmal zusammen auf ihrer Jacht gesehen habe. Damals habe ich noch bei meinem Onkel am Dock gejobbt und Mrs Sturridge öfter in aller Herrgottsfrühe an der Anlegestelle spazieren gehen gesehen. Sie blieb dort, bis die letzten Fischerboote zurückkehrten.«

In aller Herrgottsfrühe. Habe ich zur falschen Tageszeit nach Katie Ausschau gehalten? Kann es so simpel sein? Hätte ich bei den Fischern am frühen Morgen mehr Erfolg gehabt?

Wie benommen schüttele ich den Kopf. Lisa sieht mich beinahe mitfühlend an. »Diese Frau auf Ihrem Bild, das muss sie sein, Sir«, sagt sie noch einmal voller Nachdruck. Doch schon im nächsten Moment ergreift sie mein leeres Wasserglas, als hätten wir nur einen kurzen Plausch über das Wetter gehalten, und wendet sich zum Gehen.

Ich selbst brauche noch eine gefühlte Ewigkeit, bis ich es schaffe, mich von meinem Stuhl aufzurappeln.

»Also dann, bis morgen!«, ruft Lisa, als ich an dem Tresen vorbeikomme. Ich nicke zwar, bezweifle aber stark, dass ich sie wirklich noch einmal wiedersehen werde. Denn soeben hat sich mein Plan für Seattle geändert.

* * *

»Sie ist verheiratet, Miles.« Ich presse das Handy gegen mein Ohr, kneife mir in die Nasenwurzel und hasse es dabei, wie ein kleiner Junge zu klingen, dem man sein Lieblingsspielzeug weggenommen hat.

Milow hingegen zeigt sich gänzlich unbeeindruckt von meinen Neuigkeiten. »Pfff«, rauscht es in der Leitung, »nicht Katie ist verheiratet. Die Frau auf Amys Bild ist es.«

»Das ist doch dasselbe.«

»Und davon bist du nach wie vor überzeugt?«

»Ja.«

»Na schön! Dann fahr morgen früh zurück zum Hafen und warte ab, ob sie kommt. Du musst herausfinden, ob es tatsächlich Katie ist. Und sollte sie es wirklich sein, dann musst du ihr endlich erklären, was damals passiert ist.«

Einen Moment bin ich verdutzt, jedoch nicht lange. »Aber du glaubst nicht daran, dass es wirklich Katie sein könnte, nicht wahr?«

Es entsteht eine kurze Pause. »Nein, das glaube ich nicht«, beharrt Milow beinahe entschuldigend.

»Tja! Und weißt du was?«

»Was?«

»Zum ersten Mal wünsche ich mir, dass du recht damit hast und ich derjenige bin, der sich irrt.«

Ein tiefer Seufzer dringt an mein Ohr. »Gute Nacht, Jonah!«

»Nacht, Miles, pass gut auf Nash auf!«

Mit einem Kloß im Hals lege ich auf. Noch mit den Gedanken bei meinem Hund und Milow, erhebe ich mich von der weißen Truhenbank, die Amy auf ihrem Gemälde festgehalten hat. Wie in jedem Hafen schmeckt die Luft leicht salzig, und vom Wasser aus steigen mir die typischen Maschinenöl- und Fischnuancen in die Nase.

Milow hat recht. Natürlich muss ich mich davon überzeugen, dass die Frau auf dem Bild wirklich Katie ist. Der Gedanke, dass sie mit einem Bordellbesitzer verheiratet sein könnte, jagt mir allerdings einen Schauder über den Körper. Nur mit Mühe und einer nicht zu leugnenden Portion Trotz schüttele ich das eisige Kribbeln wieder ab und bereite mich mental darauf vor, Katie als die Ehefrau eines anderen wiederzutreffen.

Da ich mir kein U-Bahn-Ticket leisten kann, laufe ich gut zwei Meilen bis zu der schäbigen Pension, in der ich untergekommen bin. Nur noch morgen, dann ist auch meine dritte Woche in Seattle vorbei, und ich muss für die nächste wieder im Voraus bezahlen. Noch habe ich keine Ahnung, wie ich das schaffen soll. In meinem Kopf überschlägt sich alles. Innerlich aufgewühlt und unfähig, zur Ruhe zu finden, wälze ich die unzähligen Gedanken in meinem Kopf so lange hin und her, bis der Himmel seine tiefste Schwärze verliert.

Als ich einen Blick auf den alten Radiowecker neben meinem Bett werfe, zeigt die neongrüne Anzeige bereits 05:14 Uhr. Ich beschließe, dass die Nacht für mich zu Ende ist, erhebe mich und steige unter die Dusche, deren Leitungen wie immer ewig brauchen, bis sie zumindest lauwarmes Wasser führen. Einen Vorteil hat das Ganze dennoch: Als ich kurz darauf wieder aus der Dusche steige, bin ich hellwach.

Erschreckend detailgenau reibt mir der Spiegel über dem Waschbecken die Spuren meiner permanenten Schlaflosigkeit unter die Nase – dunkle, tiefliegende Ringe unter den matten Augen. Mein Haar ist zu lang, und obwohl ich mich erst am vergangenen Morgen rasiert habe, liegt meine Kinnlinie schon wieder unter einem stoppeligen Schatten. Kurzum: Ich sehe wirklich aus wie der Landstreicher, zu dem ich verkommen bin. Ein wenig verwahrlost und am Ende meiner Kräfte.

Noch nicht komplett hoffnungslos, aber auch nicht mehr weit davon entfernt.

»Beten wir, dass sie heute zu diesem Steg kommt«, sage ich zu mir selbst, nur um schon im nächsten Moment eine missbilligende Grimasse zu ziehen. »Na super, jetzt führe ich sogar schon Selbstgespräche. Es wird wirklich höchste Zeit, dass ich dich endlich wiederfinde, Katie.«

XIX.
~ Katie ~

»Soll ich Sie begleiten, Mrs Sturridge?«
»Nein, Boris, danke. Ich bin in etwa einer Stunde wieder zurück.«

Was auf Außenstehende wie ein ganz normales Gespräch zwischen einer wohlbetuchten Frau und ihrem Angestellten wirkt, ist in Wahrheit nichts als reine Fassade. Der bullige Mann mit dem russischen Akzent nickt mir zwar zu, doch ich weiß, dass er sich keinen Zentimeter von dem Fahrersitz des Bentleys wegbewegen und mich so lange fest im Auge behalten wird, wie es ihm irgend möglich ist. Und sollte ich nicht pünktlich wieder da sein, wird er aussteigen und mich holen.

Doch mittlerweile habe ich mich daran gewöhnt. Und so bedrohlich Boris auch wirken mag, mir flößt er keine Angst ein. Alle Männer rund um Mason sind schließlich nichts weiter als Marionetten, im wahrsten Sinne des Wortes. Puppen, die schlagartig nicht mehr funktionieren würden, würde man die Fäden zu ihrem Spieler durchtrennen. Und dieser Spieler ist niemand Geringerer als mein Mann.

Wann immer ich die Limousine mit ihren getönten Scheiben verlasse und ein paar Schritte im Freien gehe, ist es, als beträte ich eine vollkommen andere Welt. Eine Welt, die einst auch für mich existierte, bevor sie mir irgendwie entglitt. Oder ich ihr, wie auch immer.

Die Möwen kreisen kreischend über dem Hafen. Nur wenige Menschen sind um diese frühe Uhrzeit schon tätig, doch die, die es sind, agieren umso geschäftiger. Sie bringen die Kisten mit dem frischen, auf Packeis liegenden Fisch von Bord und verladen sie in die Transporter, die sich mit ihrer Fracht vermutlich auf den direkten Weg zum *Pike Place Market* machen werden. Sie sind ohnehin schon spät dran, es ist kurz vor halb sieben.

Ich schlendere die Hafenpromenade entlang und inhaliere ganz bewusst die kühle, salzgetränkte Luft. Obwohl es an diesem Morgen seltsam windstill ist, trägt sie einige markante Düfte mit sich – und durch sie auch so viele Erinnerungen. Wie immer schüttele ich sie alle ab, ehe ich mich wieder so fühle wie das völlig verängstigte Mädchen, als das ich vor über fünfzehn Jahren in diese Stadt kam. Zurück bleibt nur ein bleischweres, trübes Gefühl, das mir nach wie vor deutlich vor Augen führt, dass ich mich auf der permanenten Flucht vor meiner eigenen Vergangenheit befinde.

Erst als ich um das Fischrestaurant biege und mich damit außerhalb von Boris' Wahrnehmungsfeld bringe, fällt der Trübsinn wieder von mir. Sobald ich den Steg sehe, geht mir das Herz auf, denn ...

Ja, sie ist da!

Mit wippenden Beinen sitzt sie auf der weißen Truhe und wartet auf mich. Ihre blonden Locken wehen im Wind.

Leise trete ich hinter sie und lege ihr die Hände auf die Schultern. Sofort greift sie danach und schmunzelt.

»Na, das wurde aber auch Zeit«, sagt sie lediglich.

»Wie recht du hast.« Ich lasse mich neben ihr nieder und ergreife erneut ihre Hand.

»Wie geht es dir, Süße?«, fragt sie ohne Umschweife – so direkt wie eh und je.

»Ich lebe«, erwidere ich und ärgere mich im selben Moment über meinen zerknirschten Tonfall.

»Das sehe ich, ja. Nur … Ist er gut zu dir?«

»Hope …«

»Sag es mir!«, fordert sie in einem unumstößlichen, fast schon strengen Tonfall.

»Ja, eigentlich schon.«

»So? Und …« Fragend deutet sie mit der Nasenspitze auf meinen Bauch. Beinahe reflexartig ziehe ich meine Finger aus ihrem sanften Griff und fahre über den Bereich, an dem der Bund meines Rocks nach wie vor ein wenig drückt. *Das lässt in ein paar Tagen nach*, hatte der Arzt nach der Ausschabung gesagt.

»Lass uns nicht darüber sprechen. Bitte.« Ein Wispern, mehr bringe ich nicht zustande. Der Abschiedsschmerz ist noch zu frisch.

»In Ordnung«, willigt Hope ein und streichelt beschwichtigend über meinen Oberschenkel.

Unser letztes Treffen liegt nun schon eine ganze Weile zurück. Für einige Minuten einvernehmlicher Stille genieße ich die natürliche Ungezwungenheit, die unserer Freundschaft schon immer anhaftete.

Hope ist die Einzige, die mich in Seattle gefunden hat. Die einzige Schnittstelle zwischen diesem Leben und dem, das ich damals hinter mir ließ. *Hope ist es. Nicht er.*

Der Gedanke an Jonah, der mich gegen meinen Willen durchzuckt, hinterlässt den bitteren Nachgeschmack der Enttäuschung in mir.

Hope erfasst sofort, wohin mich meine Überlegungen geführt haben. Sie weiß ohnehin immer genau, wo meine Gedanken hängen bleiben – und sei es nur für den Bruchteil einer Sekunde, so wie jetzt.

»Warum hast du die Suche nach ihm aufgegeben?«

Ich schüttele nur den Kopf und schaue der kleinen Metallschraube hinterher, die ich voller Missmut quer über den Steg kicke.

Hope sieht mich unverwandt von der Seite aus an. Ihr Blick wird immer intensiver, bis ich es nicht mehr aushalte und die Augen verdrehe. »Ich weiß, dass du jetzt nicht darüber reden willst«, seufzt sie, noch bevor ich es aussprechen kann. »Das willst du ja nie.«

Ich atme noch einmal tief durch und sehe sie dann an. »Du weißt auch, wie schwer es am Anfang war, Hope. Wie hätte ich ihn denn finden können, ohne jegliche Kontaktdaten und ständig unter strengster Beobachtung? Bis ich mit Mason nach Seattle kam, war mein Leben eine einzige Katastrophe. So etwas wie Privatsphäre gab es für mich nicht.« Ihre großen hellblauen Augen mustern mich mitfühlend. »Trotzdem habe ich in den ersten Jahren jede nur denkbare Möglichkeit genutzt, um heimlich nach ihm zu suchen, Hope.«

Ich schlucke hart, denn die Emotionen dieser Zeit sind noch immer so präsent. Hilflos und auf mich alleine gestellt, halb taub vor Sorge, abgrundtief traurig und auch ein wenig verraten, so habe ich mich damals gefühlt.

»Weißt du, als ich schon einige Jahre mit Mason verheiratet war, habe ich eines Nachts von Jonah geträumt«, gestehe ich Hope leise. »Ich träumte oft von ihm, doch in dieser Nacht war es besonders schlimm. Wir trieben in zwei Booten auf offener See. Es herrschte starker Wellengang, und wir paddelten panisch, um zueinander zu gelangen. Doch sosehr wir uns auch anstrengten, wir wurden doch immer weiter auseinandergetrieben. Schließlich weckte mich Mason. Er war wütend und wollte wissen, wer zum Teufel dieser Jonah sei, nach dem ich im Schlaf geschrien hatte. Ich redete mich heraus, erzählte etwas von einem ehemaligen Freund, der in meiner Kindheit bei einem Unfall ums Leben gekommen sei. Aber im Grunde meines Herzens wusste ich, dass sich etwas ändern musste. So konnte es unmöglich weitergehen.«

Hope lässt meine Schilderung ungewöhnlich lange auf sich wirken. »Und dann hast du dir verboten, weiter über Jonah und das, was zwischen euch geschehen ist, nachzudenken?« Ich spare mir das Nicken; sie weiß ohnehin, dass es so war.

Erneut sitzen wir stumm nebeneinander und lauschen dem zunehmenden Tumult des Hafens, der um uns herum zu munterem Leben erwacht. »Weißt du, manchmal habe ich Angst davor, dass du mich eines Tages ebenso unverhofft aus deinem Leben verbannst wie ihn«, sagt Hope plötzlich und durchbricht damit unser minutenlanges Schweigen. Ich traue meinen Ohren kaum.

»Wie meinst du das? Ich habe ihn doch nicht verbannt!«

»Doch, sicher hast du das. Und jetzt frage ich mich, wie viele Albträume wohl nötig wären, damit du auch mich endgültig aus deinem Leben streichen würdest.«

Damit erhebt sich Hope. Wie vor den Kopf gestoßen sitze ich da, während sie mir noch ein trauriges Lächeln über die Schulter zuwirft und sich dann Schritt für Schritt weiter von mir entfernt.

Nein, du verstehst das ganz falsch! Du vergleichst hier Äpfel mit Birnen! Und außerdem habe nicht ich ihn, sondern er hat mich sitzen lassen. Einfach im Stich gelassen hat er mich, ohne jede Vorwarnung!

All das möchte ich ihr nachrufen und sie anflehen, stehen zu bleiben. Doch wie so oft im Schock gewinnt die alte Blockade ihre Macht über mich und zwingt mir ihren imaginären

Maulkorb über, unter dem ich keinen Mucks mehr hervorbringe. Und im selben Moment, in dem meine Freundin im Schatten des Restaurants abtaucht, erlischt auch meine Hoffnung, ihr jemals verständlich machen zu können, warum ich mir die Gedanken an Jonah bis heute so bewusst verbiete.

Erst nach einer ganzen Weile wende ich mich wieder dem Wasser zu und bleibe für unbestimmbare Zeit reglos sitzen. Ohne etwas zu sehen, zu hören oder zu fühlen. Doch auf einmal streift mich etwas am Kopf und landet einige Meter vor meinen Füßen auf dem hölzernen Steg. Es dauert ein wenig, bis ich realisiere, um was es sich bei diesem Etwas handelt.
Ein Papierflieger?
Ich drehe den Kopf in Richtung Restaurant, von wo er hergekommen sein müsste. Aber dort ist niemand. Als ich den kleinen Flieger aufhebe, sehe ich, dass seine Unterseiten irgendwie grau meliert sind, ohne erkennbare Regelmäßigkeit. Ich beginne zögerlich das Papier zu entfalten, glätte die weiße Seite behutsam über meinen Oberschenkeln und wende den Bogen dann in meinem Schoß. Sofort entschlüpft mir ein erschreckter Laut, und ich schlage mir in einer Art Reflex die Hand vor den Mund.
Wie kann das sein?
Es handelt sich um eine Bleistiftskizze, die in Hast und mit nur wenigen Strichen angefertigt wurde. Dennoch sind die beiden Jugendlichen, die aneinandergekuschelt am Rande eines schmalen Bachlaufes sitzen, so eindeutig getroffen, dass es keinen Zweifel gibt. Das Mädchen trägt ein schlichtes Sommerkleid und hält einen Arm des Jungen mit beiden Händen fest umklammert. Und dieser Junge ist ganz unverkennbar ... *Jonah!*
Dieses süße Gesicht, genau im Stadium zwischen Junge und Mann befindlich, mit den klugen Augen, deren Farbe ich

zwar nie definieren konnte, die es jedoch stets vermochten, mich anzulächeln, noch ehe sich seine Mundwinkel verzogen.

In diesem Moment hagelt es für mich Erinnerungen, im wahrsten Sinne des Wortes. Tausend auf ewig verschollen geglaubte Bilder blitzen in mir auf und ritzen die tiefe Trostlosigkeit in meinem Innersten an. Mit einem furchtbaren Schwindelgefühl im Kopf und mit Beinen, die sich anfühlen, als wären sie nie Teil meines Körpers gewesen, erhebe ich mich schließlich und schwanke in Richtung Restaurant zurück.

Das ist unmöglich.

Wieder und wieder wiederhole ich den Satz in meinen Gedanken. Doch da springt schon ein Mann von der Feuertreppe des Gebäudes, kommt mit wenigen Schritten auf mich zu, und als sich unsere Blicke treffen, setzt mein Herzschlag aus.

Sein inzwischen hellbraunes Haar ist viel länger, als ich es mir jemals vorgestellt habe. Die schönen Augen liegen zu tief in ihren Höhlen und haben einen entscheidenden Teil ihres einstigen Glanzes verloren. Er ist unrasiert und wirkt durch seine zerschlissene Kleidung fast ein wenig verwahrlost, aber ... *Er ist es!*

»Schhh!« Sein sanftes Zischen vibriert durch meinen Körper, als er noch näher kommt. Seine zuvor so unsicher flackernden Augen bekommen einen festeren, sorgenvollen Ausdruck. »Katie«, wispert er, beinahe entschuldigend. Und dann berührt er mich. Legt seine Hand auf meine Schulter, einfach so, als wäre es die größte Selbstverständlichkeit dieser Welt.

Sein Gesicht verschwimmt auf beunruhigende Art und Weise vor meinen Augen, seine Bewegungen ziehen Schlieren nach sich ... und plötzlich verdunkelt sich mein Sichtfeld. Jonah, der meine drohende Ohnmacht vermutlich genauso eindeutig kommen fühlt wie ich selbst, zögert nicht, auch seine zweite Hand zu Hilfe zu nehmen, um mir den nötigen Halt zu verschaffen. »Komm, wir setzen uns!«, sagt er mit dieser samtweichen, tiefen Stimme, die ich viel zu lange und, Gott, so schmerzlich vermisst habe.

»Nein«, flüstere ich zurück, während das Karussell in meinem Kopf langsam wieder zum Stillstand kommt.

»Atme, Katie!«, befiehlt er sanft. Mein Name kommt flehend über seine Lippen, wie ein kleines Stoßgebet. Der Klang versetzt meinem armen überforderten Herzen einen tiefen Stich.

Dennoch – ich weiß, was jetzt zu tun ist. Nun, da ich endlich weiß, dass er noch lebt, gibt es nur eine Sache, die von größter Bedeutung ist:

Jonah muss hier so schnell wie möglich wieder verschwinden.

XX.
~ Jonah ~

Ich kann nicht fassen, dass sie wirklich vor mir steht. Dass ich sie endlich gefunden habe. Dass sie genauso aussieht, wie ich es mir immer vorgestellt habe. Dass ich sie berühre und mit ihr spreche, nach all dieser Zeit. Katie lebt!

Inzwischen wankt sie nicht mehr, doch sie schaut mir auch nicht länger in die Augen, weicht mit flatternden Lidern immer wieder aus und zerknittert dabei unbewusst die Skizze, die ich so eilig für sie gezeichnet habe.

Ich verstehe nur allzu gut, wie sie sich gerade fühlt. Mir geht es genauso. Bei ihrem Anblick verstolperte sich mein Herz, und ich wollte nichts mehr, als sofort auf sie zuzustürmen und sie in meine Arme zu ziehen. Aber dann schlugen plötzlich die gesamten siebzehn Jahre erfolgloser Suche wie eine brechende Welle über mir zusammen und zwangen mich in die Knie.

Ich glitt an der kühlen Betonwand des Restaurants herab und brauchte erst einmal einen Moment für mich, in dem ich Katies Präsenz erfasste. In dem ich sie weiterhin heimlich beobachtete und mich zumindest so weit beruhigte, dass ich ihr endlich gegenübertreten konnte.

* * *

»Wer zum Teufel ist diese Katie, von der Sie sprechen?«, fragt sie plötzlich und reißt mich damit aus der Faszination, die ihre jähe Nähe in mir ausgelöst hatte.

Geschockt weiche ich zurück, schaffe es aber nicht, mich schnell genug zu fassen, um meine Verwirrung zu äußern. Schon empört sie sich weiter. »Mein Name ist Rosalie Sturridge, und ich kann mich nicht daran erinnern, Ihnen schon jemals begegnet zu sein.« Dabei stößt sie mich von sich und macht schon im nächsten Augenblick Anstalten, sich an mir vorbeizuschieben.

Mein Hirn läuft auf Hochtouren, sucht ebenso fieberhaft wie vergeblich nach Erklärungen für ihr unerwartet ablehnendes Verhalten. »Warte!«, rufe ich und ergreife kurz entschlossen ihre zierliche Hand. Die Berührung durchfährt mich genauso intensiv wie unsere erste, damals im Keller des Heims. Und auch Katie schrickt zusammen und blinzelt offensichtlich irritiert. »Warum machst du das?«, frage ich leise.

Unsere Blicke finden zueinander, nur für einen winzigen Moment, bevor Katie mit einer ruckartigen Bewegung versucht, sich aus meinem Griff zu befreien. Aber ich gebe ihre Hand nicht frei. Ich kann es einfach nicht.

»Was fällt Ihnen ein? Lassen Sie mich sofort los, oder ich rufe nach meinem Leibwächter!«, raunt sie mir zu und schaut mich dabei so eindringlich an, dass ich endlich begreife.

Nicht, was hier gerade geschieht, nein, das nicht. Es gibt wohl nichts, was mich mehr verwirren könnte als ihre Reaktion, ihre Worte. Aber ich verstehe zumindest, dass ich Katie tatsächlich wieder loslassen muss. Ehe mich die Erkenntnis innerlich in Stücke reißen kann, löse ich meine Hand von ihrer. Selten im Leben ist mir etwas schwerer gefallen.

Für ein, zwei Sekunden sieht Katie mir direkt in die Augen. Dann drückt sie mir die Zeichnung, auf die sie anfangs so eindeutig reagierte, gegen die Brust, sodass ich reflexartig danach greife.

Und das Nächste, was ich von Katie sehe, sind ihre wehenden Haare, als sie fluchtartig aus meinem Sichtfeld verschwindet.

* * *

Während ich Milow aufgeregt von meiner Begegnung mit Katie berichte, begreife ich viel zu spät, was ich in meinem inneren Aufruhr zunächst nicht bedacht habe: Alles, was ich ihm schildere, bestärkt ihn in seiner Meinung, dass ich mich hoffnungslos in eine Wunschvorstellung verrannt habe. Und so spricht das Schweigen meines besten Freundes viel schmerzhafter zu mir, als es tausend Worte vermocht hätten.

»Komm zurück, Jonah!«, seufzt er am Ende unseres Telefonats lediglich. Und ich verspreche ihm, darüber nachzudenken.

»Milow hat dir also nicht geglaubt, dass es wirklich Katie war?«, hakt Amy nach, die ich in meiner Verzweiflung nur wenig später anrufe.

»Nein, hat er nicht«, gebe ich niedergeschlagen zu, klemme mir das Handy zwischen Schulter und Ohr und schnippe einen Kieselstein von der untersten Stufe der Feuertreppe, auf der ich nach Katies fluchtartigem Aufbruch wieder Platz genommen habe.

»Nun ja, du hast ihm erzählt, dass sie sich vor dir verleugnet hat.«

Ich seufze resigniert. »Tja, und was mache ich jetzt? Sie will mich ganz offensichtlich nicht wiedersehen.«

»Na, dann komm doch zurück«, schlägt Amy vor.

»Amy, wie kann ich jetzt zurückkommen, wo ich sie endlich wiedergefunden habe? Ich weiß doch immer noch nicht, wie es ihr ergangen ist und ob sie glücklich ist. Diese Kellnerin, von der ich dir erzählt habe, sagte, Katie wäre mit einem aggressiven Mann verheiratet.«

»Und du bist dir vollkommen sicher, dass sie es war. Richtig? Obwohl sie es geleugnet hat?«

»Absolut. Da gibt es nicht den geringsten Zweifel. Amy, ich habe mir das Kennzeichen der Limousine gemerkt, in die sie gestiegen ist. Es war ein brandneuer Bentley Mulsanne, und sie hatte sogar einen Chauffeur. Oder nein, wohl eher einen Leibwächter. Zumindest hat sie diesen Koloss so genannt.«

»Gib mir mal das Kennzeichen durch.«

Nach kurzem Zögern nenne ich es ihr. Plötzlich hat Amy es sehr eilig, unser Gespräch zu beenden, verspricht mir aber, so schnell wie möglich wieder zurückzurufen.

Nur eine halbe Stunde später klingelt mein Handy, und Amy nennt mir eine Adresse. Ich schließe schnell die Augen, um mir die Worte aufgeschrieben vorzustellen. So bildlich kann ich sie mir mühelos einprägen, ohne sie de facto notieren zu müssen.

»Das ist die Anschrift, auf die der Bentley mit dem Kennzeichen gemeldet ist«, erklärt Amy.

»Woher –?«

»Jerry. Er war Anwalt, als er noch in Seattle gelebt hat. Und er hat bis heute seine Verbindungen.«

»Jerry ist Anwalt? Ich dachte, er baut Möbel.«

»Jetzt schon, ja.« Amy seufzt. »Ach, das ist zwar eine sehr schöne, aber auch eine lange Geschichte. Und vor allem eine ganz andere. Bleiben wir lieber bei deiner und Katies. Jetzt hast du zumindest einen weiteren Anhaltspunkt. Aber pass auf dich auf, hörst du? Dieser Mason Sturridge besitzt etliche Nachtclubs und saß wohl schon einige Male wegen schwerer Körperverletzung ein, hat Rob uns erzählt.«

»Rob? Wer ist das nun schon wieder?«

»Jerrys ehemaliger Kanzleikollege aus Seattle. Jerry hat ihn angerufen, um vielleicht Näheres zu erfahren, aber mehr als das konnte Rob uns leider auch nicht sagen.«

»Tausend Dank, Amy! Auch an Jerry!«

Nach wie vor ein wenig benommen stehe ich da und tippe mit zittrigen Fingern die Adresse in das Navigationssystem meines Handys ein. Nun weiß ich endlich, wo Katie wohnt. Das Herz schlägt mir bis zum Hals und verwandelt meine kurzfristige Resignation in hoffnungsvolle Zuversicht. Binnen Sekunden weiß ich, dass ich nur sechs Meilen von Katies Haus entfernt bin und dass es sich am östlichen Rand der Stadt befindet.

Ich kratze meine letzten Münzen für die Busfahrt zusammen, esse auf dem Weg einen grünen Apfel – und stehe nur eine Dreiviertelstunde später vor einem Tor mit zwei massiven Metallflügeln. Mehr sehe ich nicht von dem Anwesen, denn das Gelände ist von einer bestimmt drei Meter hohen, blickdichten Mauer umgeben, die wiederum auf der Innenseite etwa einen Meter hoch von einer gewaltigen Lorbeerhecke überragt wird. So von außen betrachtet wirkt das Grundstück fast wie eine moderne Festung oder – noch schlimmer – wie ein Gefängnisareal.

Den ganzen Nachmittag verbringe ich auf dem Bürgersteig gegenüber dem Tor und vertreibe mir mit recht halbherzigem Zeichnen die Zeit. Nicht ein einziges Mal öffnen sich die eisernen Schwingen, und ehe ich michs versehe, bricht die Dämmerung über mich herein. Da ich kein Geld mehr habe, um mir die Fahrt zurück zum Hafen, geschweige denn zur

Pension zu bezahlen, versuche ich es mit Trampen. Nach knapp zwei Stunden und bestimmt schon vier Meilen, die ich laufend hinter mich gebracht habe, werde ich von dem Fahrer eines Kleinlasters aufgegabelt.

Kaum an der Pension angekommen, steuert Mrs Lutz, die Pensionsleiterin, schnurstracks auf mich zu. »Die Miete, Mr Tanner!«, erinnert sie mich grußlos, und ihr Ton verdeutlicht, was sie von Aufschüben dieser Art hält.

»Morgen, ich verspreche es«, beteuere ich.

»Sie ist aber heute fällig. Und bezahlt wird bei mir immer pünktlich, ohne Ausnahmen.«

»Ich verspreche, dass ich morgen Abend zahle. Sehen Sie ...« Ich schlage meinen Block mit den neuen Bildern auf und wedele damit vor ihrer Nase herum. »Ich habe heute den ganzen Tag gezeichnet. Jetzt werde ich noch ein Ölbild malen, vielleicht sogar noch ein Aquarell, und dann zahle ich die Miete direkt morgen Abend.«

»Hmm ...«, brummt sie nur missmutig, verschwindet dann jedoch vor sich hin murrend in ihrem Empfangskabuff. Ich deute ihr Verhalten als Einwilligung und eile in mein Zimmer im zweiten Stock.

Und ich male tatsächlich noch, so erschöpft ich auch bin. Zunächst ein simples Landschaftsmotiv in Öl, das nur einen Bruchteil meiner Konzentration einfordert und mir genug Freiraum lässt, die überwältigenden Ereignisse des Tages Revue passieren zu lassen.

Danach widme ich mich einem Motiv, das förmlich nach Aquarellfarben ruft. Es gleicht dem, das ich für Katie am Morgen gezeichnet habe, und zeigt uns beide als verliebte Teenager am Ufer des Baches. Doch diesmal ist es mehr als nur eine eilig dahingeworfene Skizze. Während ich mir die Zeit für jedes kleinste Detail nehme, fällt mein Blick hin und wieder auf den knittrigen Papierbogen, den ich beim Hereinkommen auf mein Bett gelegt habe. Dass ich ihn Katie am Morgen zum Flieger gefaltet und zugeworfen habe, geschah aus einer Art Intuition heraus. Vielleicht, um ihr die Chance zu geben, sich mit meiner Gegenwart auseinanderzusetzen, ohne mir dabei sofort gegenübertreten zu müssen. Vielleicht aber auch, um ihre erste Reaktion auf meine Anwesenheit heimlich beobachten zu können.

Bis halb vier Uhr morgens sitze ich an dem schmalen Tisch und male in einer Haltung, die mir mein Rücken im Nachhinein äußerst übel nehmen wird. Doch für die Dauer dieser langen Nacht bleibe ich ohne Schmerzen, körperlich wie seelisch. Denn auch wenn das Wiedersehen mit Katie nicht mal im Geringsten so verlaufen ist, wie ich es mir gewünscht und ausgemalt habe, weiß ich nun zumindest, dass sie lebt. Und wo.

Als die Morgendämmerung Einzug hält und die Nacht ihre trostloseste Dunkelheit einbüßt, blicke ich auf ein fertiges Bild hinab, das zu meiner eigenen Verwunderung nicht so ausschaut, als hätte ich es unter größter Anstrengung und ohne jeglichen inneren Antrieb gemalt. Die Farben sind authentisch, die Übergänge fließend, aber sauber. Die räumliche Tiefe und sämtliche Proportionen passen ebenso wie die Perspektiven; alles ist rund und in sich stimmig. Aber vor allem hat dieses Gemälde Seele. Etwas, das ich von seinen Vorgängern nur selten behaupten konnte.

* * *

An den darauffolgenden Tagen laufe ich frühmorgens zum Hafen und warte dort ein, zwei Stunden vergeblich auf Katie. Dann versuche ich – mal mehr, mal weniger erfolgreich –, in der Innenstadt meine Bilder an den Mann zu bringen, und am späteren Nachmittag nehme ich den Bus zu Katies Haus, wo ich bis zum Sonnenuntergang zeichnend verharre, ohne dass sich das Geringste tut.

Die Euphorie, die mich nach Katies und meiner ersten Begegnung durch die Nacht trug, erlischt zunehmend, und als sich meine vierte Woche in Seattle dem Ende zuneigt, ohne dass ich es geschafft habe, noch einmal mit ihr in Kontakt zu treten, droht meine Enttäuschung darüber in Verzweiflung umzuschlagen.

Es ist der 12. Februar – ein Donnerstag, ganz so wie früher –, der die Wendung bringt.

Kurz nachdem ich vor Katies Haus eingetroffen bin, blinkt die gelbe Lampe auf dem linken Außenpfosten des Tores, und die Flügel öffnen sich langsam. Eine schwarze Limousine rollt in gemächlichem Tempo auf die Straße und biegt ab.

Am frühen Abend ist es schließlich so weit und der edle Wagen kehrt zurück. Obwohl seine Fenster verdunkelt sind, spüre ich, dass Katie im Innenraum sitzt. Und sie sieht mich, dessen bin ich mir ganz sicher.

Als sich das Tor erneut öffnet, erhasche ich endlich einen Blick auf das Anwesen. Auf die lange, mit Buchsbäumen gesäumte Einfahrt, die Laternen und parkähnlich angelegten Grünflächen, den Bungalow auf halber Strecke und natürlich auf die enorme Villa, die mit ihrer sandsteinfarbenen Fassade und den zahlreichen ins Mauerwerk eingearbeiteten Verzierungen sogar noch protziger wirkt, als ich sie mir vorgestellt hatte.

Seltsam, denn die Katie aus meiner Erinnerung möchte so gar nicht in dieses riesige Haus passen. Mit einem eigenartigen Stechen im Brustkorb bleibe ich zurück, als sich die wuchtigen Tore wieder schließen. Obwohl die Dämmerung schon fortgeschritten ist, möchte ich den Rückweg zur Pension nicht antreten. Ich möchte bleiben. Genau hier, bei Katie. Meine Intuition mag erbärmlich und mitleiderregend sein, aber sie ist auch aufrichtig. Und so folge ich ihr.

* * *

Die Nacht liegt bereits schwer und kalt über mir, als ich durch ein metallenes Klackern aufschrecke. Meine Augen brauchen lange, um die Umrisse der pummeligen Frau in dem dunklen Kapuzenmantel zu erkennen, die sich durch die schmale Tür im rechten Flügel des Tores zwängt. Sie schiebt die Tür wirklich nur so weit auf wie unbedingt nötig und huscht dann über die Straße, direkt auf mich zu.

»Hier«, sagt sie ohne jeden Gruß und hält mir ein zusammengefaltetes Blatt Papier hin.

»Was ist das?«, frage ich.

»Eine Botschaft. Mrs Sturridge sagte, ich solle sie Ihnen geben und warten, bis Sie darauf antworten. Also, bitte!«

In aller Hast entfalte ich Katies Brief. Ich kann ihn kaum lesen, so schwach erreicht uns das Licht der nächsten Straßenlaterne. Doch nach ein paar Sekunden schärft sich mein Blick, und die zuvor nur verschwommen erkennbaren Buchstaben ergeben ein klares Bild.

Sturkopf!,

lautet ihr erstes Wort. Entgegen der wenig schmeichelhaften Anrede muss ich sofort schmunzeln.

Ich kann nicht fassen, wie dumm du bist. Ich weiß zwar nicht, wie du mich gefunden hast, aber nachdem ich dich heute hier wiedersah, wurde mir klar, dass du wohl schon

*seit ein paar Tagen vor dem Tor herumlungerst. Wenn
das stimmt, dann bist du so leichtsinnig, dass ich es nicht
einmal in Worte fassen kann. Du hast wirklich nicht die
leiseste Ahnung, in welcher Gefahr du dich hier bewegst.
Bitte, hör ein einziges Mal auf einen gut gemeinten Rat
und GEH! Verschwinde aus meinem Leben!*

Immer wieder überfliege ich die wenigen Zeilen.

Stammen sie wirklich von der Katie, die nach wie vor den Großteil meiner Gedanken bestimmt? Von dem einst so sanftmütigen Mädchen, dessen Kuss ich bis heute als zartes Kribbeln auf meinen Lippen spüre, sobald ich meine Augen schließe und die Erinnerung daran zulasse?

Einige Sekunden, in denen ich mich emotional irgendwo zwischen verletzt, wütend und bodenlos enttäuscht bewege, erwäge ich, den kleinen Brief einfach wieder zusammenzufalten, ihn Katies Angestellter zurückzureichen und Seattle zu verlassen. Schließlich ist es das, was Katie will.

Doch dann besinne ich mich. Denn ich sehe noch einmal ihren Blick vor mir, so, wie sie mich am Hafen angesehen hatte, unmittelbar bevor sie davonstürmte. Dieser heimliche Schimmer im Blau ihrer Augen forderte keinesfalls von mir, ihr nie mehr zu begegnen. Meine Entscheidung fällt binnen eines tiefen Atemzugs: *Ich muss ihr zumindest noch einmal in die Augen sehen.*

Also zücke ich meinen Bleistift.

*Ein Treffen, Katie! Um mehr bitte ich dich nicht.
Gib mir ein Treffen und überzeug mich davon, dass du all
das meinst, was du gerade geschrieben hast. Ich schwöre
zu verschwinden, wenn es wirklich das ist, was du willst,
aber vorher gebe ich nicht auf. Bestimme du die Zeit und
den Ort. Diesmal werde ich da sein, ich verspreche es.*

Ich schlucke hart, als ich realisiere, was ich zum Abschluss geschrieben habe. Wieder und wieder überfliege ich den letzten Satz, als könnte ich ihn mit meinem Blick ausradieren. Doch es ist zu spät, er steht da und hat ja auch irgendwie seine Berechtigung. Schließlich lässt sich die Vergangenheit weder ändern noch leugnen.

»Danke.« Damit stecke ich der kleinen rundlichen Frau den Brief wieder zu. Sie nickt nur, eilt zurück über die Straße und verschwindet durch die angelehnte Tür, die sie so leise wie möglich ins Schloss drückt.

Jetzt erst finde ich Zeit, um zu überlegen, wovor sich diese Frau und Katie so fürchten. Vor Mason?

Eine gefühlte Ewigkeit vergeht, in der die Fremde nicht zurückkommt. Währenddessen umweht mich der kalte Nachtwind und scheint mich mit der Art, wie er mein Haar zerzaust und mir um die Ohren pfeift, regelrecht zu verspotten. Erst als mich die Hoffnung endgültig zu verlassen droht, öffnet sich die Tür ein weiteres Mal. Ich will der Frau entgegenlaufen, doch sie schüttelt so energisch den Kopf und gestikuliert dermaßen wild und eindeutig, dass ich sofort stehen bleibe.

»Sie bewegen sich außerhalb des Radius«, erklärt sie verschwörerisch und deutet auf die Kameras, von denen man nicht mehr sieht als vereinzelte rote Lichter oberhalb der Hecke. »In der Nacht reichen sie nur bis knapp vor die Mauern.«

Ehe ich ihre Äußerung auf mich wirken lassen, geschweige denn hinterfragen kann, hat sie mir auch schon Katies Antwort überreicht und ist wieder verschwunden.

Morgen früh, am Hafen.

Mehr ist es nicht, nur diese vier kleinen Worte. Und doch bedeuten sie die ganze Welt für mich. Sie bedeuten die Aussicht auf eine erholsame Nacht und vielleicht sogar auf eine warme Mahlzeit, weil ich mir – so wie es nun aussieht – den morgigen Weg zu Katies Haus sparen kann.

Vor allem jedoch bedeuten sie, dass wir uns endlich wiedersehen und hoffentlich miteinander reden. Denn Gott weiß, es gibt genug zwischen uns zu klären.

XXI.
~ Jonah ~

Es ist kurz vor halb sieben, und ich sitze schon seit einer knappen Stunde auf der Feuertreppe des Restaurants, als Katie endlich um die Kurve biegt und bei meinem Anblick wie angewurzelt stehen bleibt. Ich kann ihre Zurückhaltung gut verstehen. Der Himmel weiß, wie aufgeregt ich bin und wie irreal sich das Ganze anfühlt. Wir grüßen uns sehr verhalten.

»Setzen wir uns?«, presse ich hervor und nicke in Richtung der weißen Bank auf dem Steg. »Nein, nicht dort.« Damit dreht sie sich um, schaut in die Richtung, aus der sie kam, steuert schließlich zögerlich auf mich zu und setzt sich neben mich. »Ich habe nur eine Stunde«, sagt sie leise und schaut dabei auf ihre Hände hinab, die sie nervös in ihrem Schoß knetet. Obwohl sie sich nach wie vor sehr abweisend verhält, schimmert die Katie aus meiner Kindheit und Jugend nun doch deutlich durch. Erleichtert atme ich aus und versuche mich auf das vorerst Wichtigste zu fokussieren.

»Okay. Katie, ich bin so unglaublich froh, dich endlich wiedergefunden zu haben. Ich habe nie aufgehört, nach dir zu suchen.« Ihr Blick trifft mich viel schmerzhafter als erwartet. Sie schaut mich nur an – aus diesen blauen, tieftraurigen Augen –, sagt aber kein Wort. Und diese Tatsache allein bricht mir fast das Herz. »Du fragst dich bis heute, was damals passiert ist, oder?«, wispere ich. Wie automatisch legen sich meine Hände über ihre.

Sofort hält sie in ihren Knetbewegungen inne, schließt die Augen und atmet zittrig ein. »Hör mal, Jonah. Du kannst nach all den Jahren nicht einfach wieder auftauchen und so tun, als wäre nichts gewesen. Es ist so viel passiert. Ich bin schon lange nicht mehr das stumme Mädchen aus dem Heim. Schon mein halbes Leben lang bin ich nicht mehr diese Katie. Man kennt mich jetzt unter einem anderen Namen und ...«

»Rosalie Sturridge«, falle ich ihr ins Wort. »Richtig?«

Sie stößt die restliche Luft in einem Seufzer aus und nickt, ohne mich dabei anzusehen. Nur ihre Hände zieht sie wieder unter meinen hervor. »Ich bin seit vielen Jahren verheiratet.«

»Ja, ich weiß.« Meine Stimme verlässt mich, und so bleibt von meinem Geständnis nicht mehr als ein gepresstes Flüstern übrig.

»Wie hast du mich gefunden?«, fragt Katie ohne weitere Umschweife und sieht mich nun doch kurz an. Ich erzähle ihr von meiner Arbeit als Fotograf, von den vielen Städten, die ich auf der Suche nach ihr bereist habe, und schließlich von der schicksalhaften Begegnung mit Amy.

»Du hast mich auf einem Aquarell erkannt?«, fasst Katie erstaunt zusammen. Anstelle einer Antwort ziehe ich das geknickte Foto aus meiner Jackentasche und zeige es ihr. Sie betrachtet es lange. »Hattest du das auch mit, als du vor unserem Haus standst?«

Ich nicke. Sie schüttelt den Kopf. Dann schließt sie die Augen, wirkt dabei regelrecht ermattet ... und reicht mir das Bild zurück. »Was ist?«, frage ich. Doch sie schweigt.

»Komm schon, sprich mit mir! Du weißt jetzt zumindest grob, was ich in all den Jahren gemacht habe. Nun bist du dran.« Ich stupse mit meiner Schulter gegen ihre und versuche meine folgenden Worte möglichst locker klingen zu lassen. »Ich muss Miles doch berichten, was du so treibst. Oh Katie, er wird ausrasten, wenn ich ihm von heute erzähle. Miles hat nicht daran geglaubt, dass ich dich wirklich wiederfinden könnte.«

»Miles?«, hakt sie mit fragender Miene nach.

»Ja, so ... nenne ich ihn schon seit Jahren. Hat sich irgendwie eingeschlichen«, stammele ich, während mir schmerzlich bewusst wird, wie viel Katie und ich im Leben des jeweils anderen verpasst haben. Nach all den entscheidenden Ereignissen, von denen ich ihr soeben berichtet habe, ist es tatsächlich diese Belanglosigkeit – Milows Spitzname –, die uns beide stocken lässt.

Katie fasst sich mit beiden Händen an die Schläfen und kneift die Augen zu. Die Geste ist so eindeutig, dass ich sofort erschrecke. Sie ist hoffnungslos überfordert. Wie schon früher bewege ich mich zu schnell, zu unbedacht und ungeduldig mit ihr. Doch die Zeit drängt. »Weißt du, Katie, ich ...«

»Rosalie!«, unterbricht sie mich gereizt. Dann, als ich zusammenfahre, fügt sie ein wenig sanfter hinzu: »Du *musst* mich Rosalie nennen, das ist wichtig.«

»Selbst wenn uns hier draußen niemand hört?«

»Ja, selbst dann.«

Ich schlucke hart, weil sie das so emotionslos sagt, so abgeklärt und nüchtern. »Ich versuche es. Aber willst du mir nicht auch etwas von dir erzählen? Von deinem Leben, seit ... wir uns damals aus den Augen verloren haben?«

Katie scheint ihre Antwort abzuwägen. Sie neigt den Kopf zur Seite und grübelt schweigend vor sich hin. Ich nutze die Zeit, um sie ausgiebig zu betrachten. Das schöne, zarte Gesicht, den sanft geschwungenen Mund, die schmalen Augenbrauen und hohen Wangenknochen, die langen schwarzen Wimpern. Ich hatte recht, all die Jahre lang: Sie ist eine bildhübsche Frau geworden.

Als sich ihre Lippen endlich wieder öffnen, tun sie es nicht, um mir zu antworten. Im Gegenteil. »Wünschst du dir auch manchmal, du könntest die Zeit zurückdrehen?«

Ich atme tief durch. »Jeden Tag, ja.«

»Wohin würdest du gehen?«

»Na, zurück zu unserer gemeinsamen Zeit im Heim. Damals, als die Welt noch in Ordnung war.«

Katie sieht mich lange an. »Die Welt war auch damals nicht in Ordnung. Mein Vater hat in einem Eifersuchtsanfall meine Familie umgebracht, deine Mom und Granny starben bei einem Hausbrand. Unsere Welt war alles andere als in Ordnung, findest du nicht?«

»Eine Zeit lang war ich glücklich, trotz alledem. Mit dir und mit Miles ... Ich vermisse diese Zeit, Katie.«

Sie erwidert nichts. Aber an der Art, wie sie an ihrer Unterlippe nagt und sich dabei auf ihre Hände setzt, erkenne ich dennoch, dass diese Erinnerungen auch an ihr nicht spurlos vorbeigehen. »Wäre das mit Shannon nur nie passiert«, höre ich sie schließlich leise wispern.

»Die Schwangerschaft, meinst du?«

Sie nickt. »Ja, sie hat sich ausgerechnet Marc rausgepickt, den schüchternsten Jungen von allen. Ihm hat sie so lange geschmeichelt und ihn um ihren Finger gewickelt, bis sie bekam, worauf sie es angelegt hatte. Sie hat es doch ganz bewusst darauf ankommen lassen, schwanger zu werden.«

»Meinst du wirklich?«

»Sicher, das gehörte zu ihrer Art von Protest. Was auch immer Shannon widerfahren ist, bevor sie zu uns ins Heim kam, sie versuchte es mit ihrer Auflehnung zu verarbeiten.«

»Ja. Nur leider auf unsere Kosten«, erinnere ich mich.

Katie rümpft ihre nach wie vor schmale Stupsnase. »Trotzdem hätte ich nie damit gerechnet, dass wir die Konsequenzen damals so schnell zu spüren bekämen.«

»Es war das einzige Mal, dass die Ämter wirklich blitzschnell reagierten«, stimme ich ihr zu. Für eine Weile hängen wir beide den Erinnerungen an jene unheilvolle Zeit nach, die Shannon mit ihrer Schwangerschaft einläutete.

Unmittelbar nachdem Julius und Tammy die entsprechende Meldung gemacht hatten, brach das Chaos aus. Zunächst wurde uns ein zusätzlicher Vollzeitbetreuer zugeteilt. Wir Kinder gingen davon aus, dass es bei dieser einen Veränderung bleiben würde, und vielleicht wäre es auch so gekommen, hätte sich nicht eine der Lokalzeitungen auf Shannons Fall gestürzt. Der Skandal um die Schwangerschaft der Fünfzehnjährigen im ortsansässigen Kinderheim wurde in aller Ausführlichkeit beleuchtet und breitgetreten.

Bei dem öffentlichen Druck, der aus diesem Artikel resultierte, waren selbst Ruby die Hände gebunden, und sie stimmte, genau wie die anderen Verantwortlichen, dafür, als es um eine grundlegende Neueinteilung des Heims ging. So wurde beschlossen, dass Tammy und Julius von nun an eine Gruppe von maximal zwölf Kindern eines Geschlechts in der alten Villa betreuen durften. Weiterhin wurde der Beschluss gefällt, dass sie sich auf Jungen spezialisieren sollten. Die Mädchen wurden binnen drei Wochen nach dieser Entscheidung in anderen Heimen überall in Kalifornien untergebracht.

Keiner kann sich vorstellen, wie schwer Katie und mir der Abschied voneinander fiel. Während ich mich zunächst auflehnte und dann – als aller Protest nichts brachte – in eine Art lethargische Starre fiel, weinte sie schon Tage vor ihrer Abreise unentwegt.

Sie lebte fortan in einem reinen Mädchenheim in einem Vorort von San Francisco. Kaum dort angekommen, berichtete sie Milow und mir in verzweifelten E-Mails, wie unwohl sie sich dort fühlte und wie gemein die anderen Mädchen zu ihr wären.

Zwei Monate nach ihrem Auszug bekam ich das Angebot, gemeinsam mit Milow in eine betreute WG zu ziehen. Obwohl ich damals noch keine sechzehn und damit über ein Jahr jünger war als die anderen Jungen, die diesen Schritt gehen durften, konnten Julius, Tammy und Ruby ihre Entscheidung mit meiner überdurchschnittlichen Reife begründen und schließlich auch durchsetzen.

Milow und ich bezogen mit zwei weiteren Jungen eine eigene Wohnung und besuchten nun eine öffentliche Schule. Ich stand unmittelbar vor meinem Highschool-Abschluss und wurde bei jedem von Rubys Besuchen angehalten, mich endlich für ein College-Stipendium zu bewerben.

Jeden Tag schrieben Katie und ich uns E-Mails oder telefonierten miteinander. Und während ich es eigentlich sehr gut getroffen hatte, strotzten ihre Nachrichten weiterhin vor Verzweiflung. Sie schrieb sogar von tätlichen Übergriffen zwischen den Mädchen und davon, dass sich die Betreuer so gut wie gar nicht um diese Art Konflikte scherten. Ich wusste weder, wie ich Katie trösten sollte, noch, wie ich ihr aus der Ferne helfen konnte. Außerdem fehlte sie mir so unsagbar, dass ich es schon nach kurzer Zeit nicht mehr aushielt.

Bis heute erinnere ich mich gut an die entscheidende E-Mail von damals, mit der ich alles einleitete. Ich schrieb sie an meinem sechzehnten Geburtstag und las sie mir bestimmt dreißig Mal durch, bevor ich sie endlich abschickte.

Von: Jonah Tanner
An: Katelyn Christina Williams
Gesendet am: 30. Mai 1998, 05:27 p.m.

Katie,
danke für deine lieben Glückwünsche. Glaub mir, ich wünschte mir auch nichts mehr, als dass du heute bei mir gewesen wärst. Heute und jeden Tag davor und danach.
Ich vermisse dich so sehr und ertrage es nicht länger, zu wissen, dass du in dem neuen Heim unglücklich bist. Wenn du beschreibst, wie gemein die anderen zu dir sind, sehe ich dich in Gedanken vor mir. In meiner Vorstellung wagst du es kaum noch, diese Mädchen anzusehen, und du redest von Tag zu Tag weniger. Stimmt das, Katie? Sprichst du nicht mehr oder nur noch das Nötigste?
Gott, wie konnten sie uns voneinander trennen und damit alles kaputt machen? Ich fühle mich so ohnmächtig, nicht mehr bei dir zu sein und auf dich aufpassen zu können.
Deshalb habe ich einen Entschluss gefasst: Lass uns durchbrennen!
Was meinst du, Katie? Nur ein Wort der Zustimmung von dir und ich entwerfe einen Plan, der für uns funktionieren wird. Alles ist besser, als weiterhin ohne dich zu sein. Alles!

Ich liebe dich!
Dein Jonah
PS: Wenn du diese Zeilen gelesen hast, antworte nicht darauf, sondern lösche sie und mach eine neue Nachricht auf. Und wenn du die dann abgeschickt hast, lösche auch diese.

Katie hatte schneller geantwortet als je zuvor, hellauf begeistert von meiner Idee. Wie ein enormer Befreiungsschlag wirkte ihre Nachricht auf mich. Plötzlich schrieb Katie in einer

Euphorie, die mich einerseits freudig stimmte und mich antrieb, und mir andererseits klarmachte, wie schlecht es in dem neuen Heim wirklich um sie bestellt war.

Also zermarterte ich mir das Hirn und klügelte einen heimlichen Fluchtplan aus. Einen Plan, der, entgegen meinem Versprechen, jämmerlich scheitern sollte.

XXII.
~ Katie ~

Mit leerem, ausdruckslosem Blick starrt er vor sich hin.

So entrückt, wie er nun neben mir sitzt, wage ich es endlich, ihn ein wenig ausgiebiger zu betrachten. Seine Wangen sind rau und durch die herrschende Kälte von fein verästelten roten Äderchen durchzogen. Sein Bartwuchs ist stark, und die dichten dunklen Stoppeln sind viel länger als bei unserer ersten Begegnung hier. Schon bei unserer Begrüßung habe ich bemerkt, dass sich die Farbe seiner Augen nach wie vor nicht eindeutig bestimmen lässt. Graublaugrün mit einem beinahe goldgelben Strahlenkreis um die Pupille. Seine Augen waren schon immer geheimnisvoll.

Am stärksten reizt mich jedoch sein Haar. Nicht nur einmal haben meine Finger schon in dem Bedürfnis gezuckt, durch dieses halblange Wuschelhaar zu streichen und zu testen, ob es noch immer so weich ist wie damals, als wir noch Teenager waren.

Es ist absolut unwirklich, Jonah nach all dieser Zeit wieder an meiner Seite zu spüren. Trotzdem führt mich seine unverhoffte Nähe zu der Frage, ob ich die Hoffnung auf das Wiedersehen mit ihm jemals hätte aufgeben dürfen.

»Ich weiß genau, wo du gerade mit deinen Gedanken bist«, sage ich und beobachte, wie er blinzelnd auftaucht. »Aber, ganz ehrlich: Du solltest aufhören, diesen Erinnerungen nachzuhängen.«

Er sieht mich eingehend an. »So?«

»Ja. Alles hat sich doch irgendwie gefügt«, behaupte ich, schaffe es dabei jedoch nicht, ihn länger anzusehen. Mir ist klar, dass ich überzeugender sein muss, wenn das hier klappen soll.

»Ist es für dich so?«, hakt er nach, und seine Stimme trieft nur so von Skepsis. Ich beschränke mich auf ein Nicken, ohne seinem Blick zu begegnen. »Du Glückliche«, sagt er nur. Und dann, nach ein paar Sekunden, stößt er leicht mit seinem Knie gegen meines. »Also, erzählst du mir, wie es dir erging? Als ... unser Treffen scheiterte?«

»Sag mir zuerst, warum du nicht gekommen bist«, platzt es aus mir heraus, ohne dass ich zuvor auch nur ansatzweise geplant hätte, ihm diese vorwurfsvollen Worte so ungeschminkt entgegenzuschleudern.

»Katie, ich hatte einen Unfall«, erklärt er mir nach einem tiefen Atemzug.

»Einen Unfall?«, höre ich mich wispern. Um ehrlich zu sein, war diese Erklärung für mich immer die einzig denkbare gewesen. Ich hatte sie gefürchtet, weil ich niemals wollte, dass ihm etwas Schlimmes zustieß. Trotzdem sind Jonahs Worte auch eine Erleichterung. Denn nun sitzt er ja neben mir – unversehrt – und versichert mir, dass er mich damals nicht leichthin hat warten lassen.

»Ja. Ich ...« Jonah rauft sich das Haar und zieht so stark daran, dass ich schon befürchte, es könnte ausreißen. »Ich hatte mich mit einem falschen Namen bei der Mitfahrzentrale angemeldet, wie geplant. Der Typ wollte nicht mal meinen

Ausweis sehen. Aber in der Nacht nickte er immer wieder kurz weg. Mehr als nur einmal geriet das Auto dadurch ins Schlingern. Ich bekam es mit der Angst zu tun und ... da kam mir die Idee.«

»Die Idee?«

»Er dachte doch, ich wäre schon achtzehn. Und Milow hatte mich schon ein-, zweimal heimlich ans Steuer gelassen. Also fragte ich den Kerl kurzerhand, ob ich für ein paar Stunden weiterfahren solle. Er erkundigte sich nicht einmal nach meinem Führerschein.«

Mir fehlen die Worte. Warum ging Jonah manchmal so unüberlegte Risiken für mich ein? So wie damals, am Wald, als er sich das brüchige Seil schnappte und in den Bach stürzte, nur um von mir und meinem Gekicher abzulenken und mich somit vor Milows euphorischer Aufmerksamkeit zu schützen.

Jonah windet sich unter meinem fassungslosen Blick. »Ich hatte Angst, dass wir es sonst nicht rechtzeitig zu dir geschafft hätten.«

»Das habt ihr so erst recht nicht«, erinnere ich ihn.

Beschämt senkt er den Blick auf unsere Schuhspitzen. »Ich weiß. Und glaub mir, ich habe mich im Nachhinein so oft dafür verflucht.«

»Was ist passiert?«

»Ich habe zu einem Überholmanöver angesetzt, und plötzlich sah ich direkt in diese Scheinwerfer. Ich bremste und wollte den Wagen wieder hinter dem Lkw auf unserer Spur einfädeln, doch irgendwas muss schiefgegangen sein. Ich habe keine Erinnerung an die letzten Sekunden vor dem Unfall. Aber Ruby hat erzählt, dass wir eine Böschung hinuntergebrettert sind und sich der Wagen mehrmals überschlagen hat, bevor er gegen einen Baum knallte.«

»Oh Gott!«, entfährt es mir.

»Ja.«

»Ist euch etwas passiert?«

»Nichts, dem Himmel sei Dank! Der eigentliche Fahrer ist mit einem aufgeschürften Handrücken und einem Schleudertrauma davongekommen.«

»Und du?« Ich frage mich, ob ich ihn ähnlich konsterniert ansehe, wie ich mich fühle.

»Ich hatte nur zwei gebrochene Rippen, eine Prellung am rechten Knie und musste mich ein paarmal übergeben, weil ich eine ziemlich üble Gehirnerschütterung hatte. Das mit Abstand Schlimmste war jedoch das Wissen, dich im Stich gelassen zu haben«, versichert er mir. »Ich wollte nur raus aus dem Krankenhaus und schnellstmöglich zu dir, aber der Typ und ich, wir kamen beide in die Notaufnahme. Dort checkte man meine Papiere. Jake, so hieß der Fahrer, kriegte mit, dass ich ihm vollkommen falsche Daten genannt hatte, und sprach daraufhin mit den Ärzten, die sofort die Polizei verständigten. Nur zehn Stunden nach dem Unfall stürmte Ruby in mein Zimmer und zog mir die Ohren lang.«

»Sprichwörtlich«, murmele ich vor mich hin.

»Nein, buchstäblich«, widerspricht Jonah. Er schmunzelt verlegen und reibt dabei sein rechtes Ohr. »Ich glaube, das Ohrläppchen hier ist bis heute noch ein bisschen länger als das andere.« Sein Statement entlockt mir den vagen Ansatz eines Lächelns. »Es tut mir wirklich leid, Katie. Ich wollte nie, dass so etwas passiert. Aber jetzt erzähl du!«, fordert er, offensichtlich ermutigt durch meine Reaktion.

»Da gibt es nicht viel zu erzählen«, stelle ich kopfschüttelnd klar, denn Gott weiß, ich habe nicht vor, ihm zu erzählen, was wirklich mit mir geschah. »Ich kam mit dem Zug an, wie verabredet. Aber du warst nicht da. Ich wartete drei volle

Stunden, bis es hell wurde, und dann wusste ich nicht mehr, was ich machen sollte.«

Gegen meinen Willen schleicht sich ein Zittern in meine Stimme und schwächt sie, während schreckliche Szenen durch meinen Kopf blitzen und mir eisige Schauder über den Körper jagen.

XXIII.
~ Jonah ~

Geistesabwesend beginnt sie über ihre Schienbeine zu reiben und erweckt dadurch Szenen in mir zum Leben, in denen die deutlich jüngere Katie von damals die tragische Hauptrolle spielt. Ich sehe sie vor mir, wie sie mutterseelenallein und zusammengekauert am Bahnhof in Salem saß und in dem Versuch, sich zu wärmen, wohl ebenso über ihre Beine rieb wie in diesem Moment. »Und was geschah dann?«

»Irgendwann sprach mich ein Mann in Uniform an, ein Bahnwärter oder so. Er fragte immer wieder nach meinem Namen und wollte wissen, wo ich herkäme. Aber ich hatte zu große Angst, etwas zu sagen.«

»Also hast du ihm nicht geantwortet?«

Sie schüttelt den Kopf. »Ich konnte nicht. Es ging einfach nicht. Ich wollte nicht zurück in dieses Heim. Ich wollte zu dir, wollte endlich wieder bei dir sein.«

»Katie, es tut mir so leid!« Ihre Schilderung reißt mich innerlich in Stücke, und meine Augen füllen sich mit Tränen.

Den seltsam leeren Blick auf die unabänderlichen Bilder ihrer Vergangenheit geheftet, fährt sie fort: »Also rannte ich weg. Er ließ mich laufen. Aber ich traute mich nicht mehr zurück zum Bahnsteig. Darum wartete ich ein wenig entfernt, in einem Maisfeld. Dort verbrachte ich meine erste Nacht.«

Es gibt so vieles, was ich sie in diesem Moment fragen möchte: wem sie sich schließlich anvertraute, wer sich um sie kümmerte, warum sie sich nie wieder bei mir meldete, wie sie im Endeffekt hier in Seattle landete und warum sie sich diesen neuen Vornamen angeeignet hat. Dennoch bekomme ich in diesen Sekunden keinen Mucks über meine Lippen, geschweige denn eine zusammenhängende Frage. Zu groß ist meine Scham, Katie ausgerechnet zu der Zeit im Stich gelassen zu haben, als sie mich am meisten brauchte.

»Du hast gesagt, du möchtest ein Treffen mit mir, um dich zu vergewissern, dass es mir wirklich gut geht«, sagt sie nun. »Also, es geht mir gut. Ich bin verheiratet, rundum versorgt und stehe mitten im Leben.«

Und plötzlich verwandelt sie sich unmittelbar neben mir wieder zurück – in diese kühle junge Frau, die durch mich hindurchschaut und der ich ihre nüchterne Abgeklärtheit nicht einmal abkaufen würde, wäre ich mit ihrer eigentlichen Art – mit ihrer Güte und Sanftheit – nicht bestens vertraut.

»Und bist du auch *glücklich?*«, frage ich und wundere mich im selben Moment über meinen herausfordernden Tonfall.

»Sicher«, presst sie mit so viel Luft hervor, dass es beinahe überheblich klingt.

»Wirklich? Mit nur einer Stunde Ausgang am Tag? Oder ist es eine Stunde in der Woche – oder gar im Monat, Katie? Und dieses Treffen hier ist so etwas wie eine Sonderregelung?«

Der Schock lässt die Fassade bröckeln. Ein, zwei Sekunden vergehen, dann erhebt sie sich ruckartig, in offensichtlicher Empörung. Doch ich bin ebenso schnell wie sie. Springe mit ihr auf, umklammere ihre Handgelenke. »Was fällt dir ein? Lass mich sofort los!«, zischt sie.

»Nein! Sag mir zuerst, warum er dich wie eine Gefangene behandelt und nicht wie seine Ehefrau! Ich habe euer

Grundstück gesehen, ich war dort. Die Mauer, die Hecke, das Tor ...«

»Das ist nur zu unserem Schutz. Mason ist ... sehr reich.«

»Reich ist die Queen von England auch, aber sogar die kann sich freier bewegen als du! Außerdem habe ich die Frau beobachtet, die du mir als Botin geschickt hast. Dieser gehetzte Blick, wie der eines gejagten Tieres! Warum bist du nicht selbst zu mir gekommen? Was hat das alles auf sich, Katie?«

»Rosalie!«, ruft sie in mühsam unterdrückter Lautstärke und ballt ihre zierlichen Hände zu Fäusten. »Du hast ja keine Ahnung, mit wem du dich anlegst«, blafft sie voller Zorn und entreißt mir ihre Arme.

»Dann sag es mir!« Das ist halb Forderung, halb Flehen. »Zu wem hat er dich gemacht? Und wer ist er überhaupt, dass er so viel Macht über dich hat?«

»Mein Ehemann!«

»Das sagst du immer wieder. Nur erkenne ich nicht die leiseste Spur von Zuneigung in deinem Blick, wenn du von ihm sprichst.«

Katie lässt ihre Schultern sacken und schüttelt den Kopf. Plötzlich wirkt sie bis auf die Knochen erschöpft, gebrochen, und von ihrer Stimme bleibt nicht mehr als ein kraftloses Hauchen übrig. So, als hätte ihr dieser Ausbruch zu viel Kraft abverlangt. »Warum tust du das?«

»Weil ich dir gesagt habe, du sollst mich davon überzeugen, dass du wirklich glücklich bist. Und ich bin alles andere als überzeugt.«

»Was geht dich das überhaupt an?« Ich gehe einen Schritt auf sie zu und erfasse erneut ihren Unterarm. Wie durch ein Wunder wehrt sie sich nicht. »Damals, als wir zusammen durchbrennen wollten, hatte ich mir fest vorgenommen, dich zum glücklichsten Mädchen der Welt zu machen. Du hast bereits so viel mitgemacht. Du hast es verdient, glücklich zu sein. Vielleicht haben sich die Dinge für dich ja wirklich so drastisch verändert. Vielleicht hast du mit alledem, was damals zwischen uns war, einfach abgeschlossen und es hinter dir gelassen. Aber ich habe das niemals, Katie.«

Während mein Geständnis tröpfchenweise zu ihr durchsickert, werden ihre Augen immer größer. Doch dann, plötzlich, schüttelt sie den Kopf und zieht ihren Arm aus meinem Griff, als könnte sie meine Berührung keinen Moment länger ertragen. »Nur ist das alleine dein Problem, Jonah«, sagt sie leise, ohne mich erneut anzusehen, und wirkt dabei viel schwächer, als es ihr lieb sein dürfte. Dennoch schmerzen ihre Worte und die Kühle, mit der sie sie ausspricht.

»Richtig, das ist alleine mein Problem. Und deshalb solltest du dich auch nicht darum kümmern, wenn ich noch weiter in deiner Nähe herumlungere, bis ich ebenfalls mit der ganzen Sache abgeschlossen habe.« Woher diese Worte kommen, kann ich nicht sagen. Fest steht, dass ich pokere, und zwar hoch.

Katies Gesichtszüge entgleisen; von der einen auf die andere Sekunde wirkt sie nicht länger erschöpft, sondern nur noch zornig. Und als wäre der Himmel auf ihrer Seite, verfinstert er sich gemeinsam mit ihrer Miene, während erste schwere Regentropfen auf uns herabfallen.

»Du Mistkerl!« Sie versetzt mir einen Stoß gegen die Brust. »Du hattest versprochen, dass du gehst, wenn ich mich nur dieses eine Mal mit dir treffe!«

»Du hast mich aber nicht überzeugt. Ich sehe doch, dass es dir nicht gut geht«, erinnere ich sie und versuche dabei vergeblich, den Stich zu ignorieren, den sie mir mit ihrer heftigen Ablehnung versetzt hat.

»Ich bin glücklich!«, beharrt sie fast schon schreiend.

»Dann beweise es! Beweise mir, dass dieser Mann, mit dem du verheiratet bist, wirklich gut zu dir ist.«

»Gott, du klingst genau wie Hope!«, ruft sie, nun vollends entnervt, und wirft die Hände in die Luft.

»Hope?« Meine Ohren klingeln sofort, als ich diesen Namen höre. Es dauert noch einen Augenblick, doch dann blinken die entsprechenden Synapsen auf und die Erinnerung ist wieder da. »Moment mal, *die* Hope? Deine Freundin von damals, aus dem Heim?« Ich zähle eins und eins zusammen, bilde mir meinen Reim und festige meinen Entschluss zu bleiben binnen weniger verstörter Wimpernschläge. »War sie es, mit der du beim letzten Mal dort auf dem Steg gesprochen hast?« Ich deute mit der Nasenspitze auf die weiße Sitzbank.

»Die blonde Frau?«, fragt Katie. Ich halte den Atem an, während sie nickt. »Ja, das war Hope.«

Ich sehe sie an. Sehe das Mädchen von damals und die bildschöne Frau, die sie heute ist, zu gleichen Teilen. Es mag sich vieles verändert und manches sogar neu gefügt haben, so, wie sie es behauptet. Doch einige entscheidende Dinge sind gleich geblieben. Ihr flackernder Blick gehört ebenso dazu wie ihre stetige Unsicherheit, selbst wenn sie noch so sehr versucht, unnahbar und selbstsicher aufzutreten. Allem voraus jedoch hat sich an der Art, wie ich für sie empfinde, nichts, aber auch gar nichts bewegt. Nach wie vor liebe ich Katie. Bedingungslos und mit allem, was ich bin, war oder an ihrer Seite jemals sein könnte. So sehr, dass mir in diesen Sekunden des intensiven Schweigens regelrecht schwummrig wird.

»Jonah, ich kann dir Mason nicht einfach so vorstellen.« Flehend blinzelt sie mich an. »Du musst dich an dein Versprechen halten und jetzt gehen. Bitte!«

»Nein, das kann ich nicht. Dafür bist du mir zu wichtig.«

Tränen bilden sich in ihren schönen Augen und bringen das helle Blau zum Schwimmen. Sie beißt sich auf die Unterlippe, gleichermaßen verzweifelt wie zornig. Vielleicht sogar ein wenig gerührt?

Als ich auf sie zutrete, blinzelt Katie einige Male schnell hintereinander. Doch sie bleibt stehen, ganz still, und beobachtet nur, wie ich im Zeitlupentempo meine Hand nach ihrer Haarsträhne ausstrecke und sie hinter ihr Ohr zurückstreiche. Regentropfen perlen ungehindert über ihr Gesicht.

»Du bist schrecklich!«, schimpft sie schwach.

»Ich weiß.« Als ich meine Hand zurückziehe, wage ich es, meinen Daumen federleicht über ihre feuchte Wange streichen zu lassen.

Sie blinzelt irritiert und schreckt reflexartig zurück. »Ich muss jetzt wirklich gehen.«

»Okay.« Resigniert pfropfe ich die Hände in meine Hosentaschen.

»Ich kann dich nicht zwingen, Jonah. Aber fahr bitte nach Hause, wo auch immer das inzwischen ist. Grüß Milow lieb von mir und … leb dein Leben!«

»Und das soll jetzt alles gewesen sein? Das kannst du doch unmöglich so meinen, ich bitte dich!« Flehend stehe ich vor ihr, doch das erbärmliche Bild, das ich zweifellos abgebe, ist mir egal.

»Es gibt keine Möglichkeit mehr für uns, verstehst du das denn nicht?«, schluchzt Katie und stürzt davon.

* * *

Ein fieser Hustenanfall schüttelt mich durch. Meine Lungen ziehen sich so schmerzhaft zusammen, dass ich beide Hände zu Fäusten balle und sie in einer Art verzweifeltem Reflex auf mein Brustbein presse. Stöhnend rolle ich mich auf die Seite. Wenn nur dieser gottverdammte Regen endlich nachlassen würde. Schon seit vier Tagen – seit meinem Treffen mit Katie am Hafen – regnet es mal mehr, mal weniger dicke Bindfäden aus einer Wolkendecke, die grau und zäh wie eine Schicht feuchter Asche über der Stadt liegt.

Es ist meine dritte Nacht vor ihrem Haus. Außer einem Apfel und zwei Sandwiches habe ich in der Zwischenzeit nichts gegessen. Nicht, dass ich wahnsinnigen Hunger hätte. Dieser verdammte Husten hat mir die Kraft schon so weit geraubt, dass ich das flaue Gefühl in meinem Magen kaum noch spüre. Schon zweimal war die Polizei hier. Deshalb weiß ich, dass jemand in der Villa Notiz von mir genommen hat. Jedes Mal räumte ich meinen Krempel zusammen und zog zwei Straßenecken weiter, nur um eine Stunde später wieder zurückzuziehen.

Als ich von unserem Treffen am Hafen zurück zur Pension kam, war mein Zimmer geräumt und meine wenigen Klamotten lehnten in eine Tüte gepackt an der Tür des Empfangskabuffs. Von außen.

Die Zeichen waren eindeutig, Mrs Lutz hatte die Nase endgültig voll und mich vor die Tür gesetzt. Eine kurze Durchsuchung meiner Habseligkeiten ergab allerdings, dass sie nicht nur sämtliche meiner Bilder einbehalten hatte, sondern auch mein schon seit Tagen guthabenloses Handy und meine Fotokamera mit sämtlichen Objektiven.

»Sie kriegen alles zurück, sobald ich mein Geld habe«, versprach Mrs Lutz. »Bis dahin behalte ich den Krempel als Pfand ein. Also liegt es allein bei Ihnen, wie schnell Sie Ihr Zeug wiederkriegen.« Damit war das Gespräch beendet, und sie schloss mir die Tür vor der Nase zu, egal, wie sehr ich auch zeterte.

Natürlich trauere ich meiner guten Kamera nach, aber noch schmerzlicher vermisse ich die Bilder von Katie, die ich über die Jahre gemalt habe und die sich nun unter meinen einbehaltenen Werken befinden. Nicht einmal das Foto von Amys Gemälde trage ich noch bei mir. Nach Katies seltsamer Reaktion am Hafen war es mir klüger erschienen, keine Hinweise auf unsere Bekanntschaft bei mir zu führen, wenn ich mich in der Nähe ihres Hauses aufhielt. Also habe ich es auf meinem Weg hierher entsorgt.

Ein metallenes Geräusch ertönt; ich erkenne es sofort. Es ist die schmale Tür des rechten Torflügels, die sich öffnet. Sogleich streift mich ein vager Hoffnungsschimmer. Doch diesmal ist es nicht die pummelige kleine Frau, die auf Zehenspitzen über die Straße huscht. Es sind feste Schritte, die eindeutig zu einem Mann gehören. Oder zu mehreren Männern? Ehe ich es geschafft habe, mich ihnen zuzuwenden, sind sie schon da. Es sind zwei stämmige Kerle. Der eine geht hinter mich und reißt mich hoch. Der andere versetzt mir ohne jedes Zögern einen heftigen Fausthieb in die Magengrube und raubt mir damit die Luft zum Atmen.

»Mr Sturridges Geduld ist am Ende, du Penner! Was hast du hier zu suchen?« Der Mann spricht mit einem russischen Akzent und pustet mir zusammen mit seinen Worten den Geruch von hartem Alkohol und Nikotin ins Gesicht. Noch immer nicht in der Lage einzuatmen, geschweige denn zu antworten, trifft mich ein zweiter Schlag, direkt auf das linke Jochbein. Und prompt werde ich eines Besseren belehrt, denn der Schock in Kombination mit dem gellenden Schmerz löst wohl einen Adrenalinschub aus, der mich endlich reagieren lässt.

So gut es mir in dem festen Griff des zweiten Mannes gelingt, hebe ich die Hände in einer beschwichtigenden Geste. Und tatsächlich! Obwohl der Schläger seine Faust bereits ein drittes Mal gehoben hat, wartet er meinen einsetzenden Hustenanfall ab. Keuchend würge ich ein »Mrs Sturridge!« hervor, das ihn zumindest lang genug verwundert, um seine Faust wieder sinken zu lassen.

»Was ist mit Mrs Sturridge?«

»Wir sind uns am Hafen begegnet. Ich ... habe gemalt«, erkläre ich und erschrecke, als ich mich reden höre.

Dem Schläger, der mich um einen halben Kopf überragt und dessen Schultern so breit sind wie die eines Gewichthebers, passt mein Gestotter ganz und gar nicht. Er schließt die Distanz zwischen uns mit nur einem Schritt und packt mich am Kragen meiner durchnässten Jacke. Das schwache Licht der entfernten Straßenlaterne spiegelt sich in den Regentropfen wider, die ihm von der Glatze über das vierschrötige Gesicht perlen. Aus tiefliegenden, zusammengekniffenen Augen sieht er mich an. »Entweder du redest jetzt endlich Klartext, oder ich schlag dich zu Brei.«

Das Herz klopft mir bis zum Hals. Doch plötzlich, wie aus dem Nichts, kommt mir eine Idee: »Mrs Sturridge war ziemlich begeistert von meinen Werken. Sie sagte, es gäbe hier vielleicht einen Job für mich.«

Die Brauen des riesigen Mannes ziehen sich tief zusammen. »Was, hier?«, fragt er voller Skepsis. Doch gerade als ich denke, dass ich mit dieser Erklärung niemals durchkommen werde, lässt er von mir ab und wendet sich seinem Kollegen zu. »Kann das stimmen?«

Der andere zuckt mit den Schultern. »Was weiß ich, Boris! Mrs Sturridge ist doch krank. Schon möglich, dass sie bis jetzt nicht weiß, dass dieser Penner tatsächlich hier aufgekreuzt ist. Fragen wir sie!«

»Rucksack her!«, kommandiert Boris in meine Richtung. Ich bücke mich und werde dabei von einem weiteren Hustenanfall durchgeschüttelt. Ungeduldig entreißt der Russe mir den Rucksack und kippt den gesamten Inhalt auf den nassen Bürgersteig. Nun bin ich erleichtert, dass Mrs Lutz sämtliche meiner Bilder behalten hat. Ich habe keine Ahnung, wie um alles in der Welt ich Katies Gesicht auf den meisten hätte erklären sollen. Denn intuitiv ist mir klar, dass die Wahrheit keine Option wäre.

»Armselig«, befindet der Schlägertyp das Offensichtliche und stopft meine wenigen Habseligkeiten zurück in den Rucksack. »Gut, gehen wir! Wir werden ja sehen, ob du dir den ganzen Mist nur aus den Fingern gesogen hast.«

»Oh, und wenn es so ist, dann gnade dir Gott!«, fügt der andere hinzu und wiegt seinen bulligen Schädel in einer Bewegung, die auf Vorfreude schließen lässt. Ja, ich möchte nicht wissen, was passiert, wenn herauskommt, dass ich wirklich nur alles erfunden habe. Aber dafür müsste mich Katie verraten. Was sie zweifellos könnte. Zumindest, wenn ich ihr so egal bin, wie sie bei unserem Treffen immer wieder bemüht war, mir weiszumachen. Das wäre ihre Chance, mich endgültig loszuwerden.

Und mit einem Mal ist mir klar, woher die Idee zu dieser Lüge kam und was ich damit eigentlich bezwecke: Ich stelle Katie auf die Probe. Fair oder nicht, das ist der Plan!

XXIV.
~ Jonah ~

Boris bugsiert mich vor sich her.

Durch die geöffnete Tür des kleinen Bungalows, der sich auf halber Strecke der Einfahrt befindet, erhasche ich einen kurzen Blick auf mehrere Überwachungsmonitore. *Wer ist dieser Sturridge? Der Vizepräsident?* Ich meine, ernsthaft, wie einflussreich kann ein Nachtclub-Besitzer schon sein?

Die Villa selbst betreten Boris und ich durch einen unscheinbaren Kellereingang und gelangen so in eine hell erleuchtete Küche. Ein etwa sechzehnjähriges Mädchen bearbeitet einen Topf mit einem Stahlschwamm und schaut zu uns auf.

»Wo ist der Boss?«, fragt Boris, ohne sie zu grüßen.

»Ich weiß nicht«, antwortet sie gerade so laut, dass wir es hören.

»Und Selma?« Das Mädchen deutet mit nassem Zeigefinger auf eine Tür. Schon stößt Boris mich in die Richtung. Die Tür führt zu einem Kühlraum, in dem die besagte Selma gerade kopfüber in einer riesigen Kühltruhe steckt. Als sie hochschreckt und zu uns herumwirbelt, erkenne ich sie sofort wieder. Sie ist die Botin, die Katie in der Nacht vor unserem Treffen zu mir geschickt hat. Selmas Gesichtszüge erstarren, als auch sie mich wiedererkennt.

»Was denn, kennst du den Burschen?«, fährt Boris sie an.

Sofort schüttelt sie den Kopf. »Nein. Aber ... hast du ihn so zugerichtet? Um Himmels willen, Boris!«

»Wo ist der Boss?«

»Im Kasino, denke ich. Da war er jedenfalls noch vor zehn Minuten, als ich ihm seinen Gin gemacht habe. Was ist denn nur los?«

Boris hält es auch diesmal nicht für nötig, ihr zu antworten. Wieder stößt er mich vor sich her. Wir verlassen die Küche, gehen durch einen langen Korridor und steigen an dessen Ende eine Treppe empor.

»Hier wartest du!« Boris schubst mich über die Schwelle eines unbeleuchteten Raums. Ehe ich michs versehe, wirft er die Tür hinter mir zu und verriegelt sie von außen.

In der Dunkelheit taste ich mein Jochbein ab und führe die benetzten Finger zum Mund. Der leicht rostige Geschmack bestätigt meine Vermutung, ich habe eine Platzwunde. Aber das Brennen in meinem Gesicht und die dumpferen Schmerzen in Bauch, Brust und Kopf werden von der Angst überschattet, die mich fest im Griff hat und mein Herz rasen lässt.

Dennoch rückt all das in den Hintergrund, sobald mir bewusst wird, dass ich mich gerade zum ersten Mal seit siebzehn Jahren unter einem Dach mit Katie befinde. Und dass sie irgendwo in diesem riesigen Haus krank in ihrem Bett liegt. *Was fehlt ihr nur?*

Minuten verstreichen. Ich taste mich an Schränken und Kommoden entlang, auf der Suche nach einem Heizkörper, bis ich verstehe, dass die Wärme von einer Fußbodenheizung kommt, und ich mich auf den Fliesen niederlasse. Reglos warte ich darauf, Boris' schwere Schritte wieder zu hören, und ärgere mich dabei über jeden Hustenanfall, mit dem ich die Stille im Raum unterbreche. Dann, plötzlich, klopft es sehr leise an der Tür. »Sir?«

»Selma?«

»Warum sind Sie hier?«, zischt sie von der anderen Seite der Tür.

»Ich habe diesem Boris erzählt, dass ich Mrs Sturridge am Hafen getroffen habe und sie mir einen Job angeboten hat.«

»Sie haben *was*?« Augenblicklich fühle ich mich wie ein Vollidiot, und jegliche Hoffnung schwindet in mir, mit dieser Story durchzukommen. Schon höre ich Selmas Schritte, die sich eilig von der Tür entfernen.

Wieder vergeht eine gefühlte Ewigkeit, bis ich die Stimme eines näher kommenden Mannes vernehme. Schnell springe ich auf. Nur wenige Augenblicke später wird die Tür entriegelt, und jemand betätigt den Lichtschalter. Für einige Sekunden blendet mich die Helligkeit so sehr, dass ich Mason Sturridge erst klar sehe, als er schon dicht vor mir steht.

Zuallererst fällt mir auf, wie alt er ist. Hatte ich einen Mann um die vierzig erwartet, so ist Mason bestimmt schon Mitte fünfzig. Seine einst wohl dunklen Haare sind beinahe komplett ergraut und die schmalen Lippen von vielen kleinen Fältchen umgeben, die ihn irgendwie streng aussehen lassen. Graue Augen unterstreichen die kühle Erscheinung ebenso wie die verblasste Narbe am Kinn. Alles in allem macht Mason einen sehr gepflegten, fast schon aristokratischen Eindruck.

»Wer sind Sie?«, fragt er mich ohne weitere Umschweife, während Boris, der den Raum mit ihm betreten und die Tür hinter sich geschlossen hat, Stellung hinter Mason bezieht und dort reglos stehen bleibt.

»Mein Name ist Jonah Tanner«, stelle ich mich vor und spiele kurz mit dem Gedanken, ihm meine Hand zur Begrüßung hinzustrecken. Doch angesichts der Tatsache, dass Boris mich auf seine Anweisung hin zusammengeschlagen und danach hier eingesperrt hat, erscheint mir eine solche Begrüßung fehlplatziert.

»Jonah Tanner«, wiederholt Mason so langsam und scheinbar grübelnd, als würde er überlegen, wo er meinen Namen schon einmal gehört hat. »Und Sie behaupten, meine Frau zu kennen?«, fragt er schließlich. Ein Mann ausschweifender Worte ist Katies Ehemann jedenfalls nicht.

»Nur flüchtig«, lüge ich, meiner Intuition folgend, dass er die Wahrheit besser nicht erfahren sollte. »Wir sind uns vor vier Tagen am Hafen begegnet. Ich habe dort gemalt, und Mrs Sturridge war … recht angetan von meiner Kunst.«

»So?« Er sieht mich an, als wollte er mich mit seinem Blick durchleuchten. »Und da hat sie Ihnen kurz entschlossen ihren Namen und diese Adresse genannt? Weil sie Ihnen einen Job anbieten wollte?«

Für einen Moment fühle ich mich ertappt, als mir bewusst wird, wie unrealistisch das klingt. Doch nur wenige nervöse Herzschläge später fällt mir plötzlich Lisa ein, die junge Kellnerin des Hafenlokals. Schon schüttele ich den Kopf. »Ich wusste doch, wer sie ist. Viele Leute in Seattle kennen Sie und Ihre Frau, Mr Sturridge.«

»Hm«, brummt er nur ebenso lang gezogen wie undurchsichtig und lässt mich dabei für keinen Moment aus den Augen. »Und warum haben Sie sich dann in den vergangenen Tagen nicht am Tor gemeldet und nach meiner Frau verlangt, wenn Sie doch angeblich von ihr hierherbestellt wurden?«

Mir stockt der Atem, denn ich habe beim besten Willen nicht die leiseste Ahnung, wie ich ihm das begreiflich machen könnte. Doch ehe ich auch nur zu einem jämmerlichen Versuch ansetzen kann, meinen Kopf wieder aus der Schlinge zu ziehen, die er mir mit dieser Frage sinnbildlich um den Hals gelegt hat, horcht Mason plötzlich auf.

Eine gedämpfte Frauenstimme ist zu hören, gefolgt von der Tür, die in meinem Rücken aufgerissen wird. Ich weiß, es ist Katie, doch ich wage es nicht, mich zu ihr umzudrehen. »Stimmt es, was Selma mir eben so beiläufig erzählt hat?«, fragt sie im Hereinkommen. Mit nur wenigen Schritten tritt sie an die Seite ihres Ehemannes und damit auch in mein Sichtfeld.

»Nun, das kommt wohl ganz darauf an, *was* Selma dir erzählt hat, Liebes«, sagt Mason, dem die Verwunderung ins Gesicht geschrieben steht. Katie schiebt sich zwischen ihn und mich und lehnt den Hinterkopf gegen die Brust ihres Mannes, der seine Arme von hinten um ihre Mitte schlingt. In dieser Position kann Mason nicht sehen, wie sie mich anschaut. Blass und leicht außer Atem, die Haare ein wenig wirr, bebend vor Erregung.

»Selma sagte, Boris hätte einen Mann angeschleppt, der schon seit Tagen vor unserem Haus herumlungert.«

Mason stößt amüsiert ein wenig Luft aus, direkt in Katies Haar. Mein Kinn zuckt bei diesem Anblick, ich spüre es genau. »Ja!«, lacht er humorlos. »Und jetzt stell dir vor, was dieser Mann hier behauptet, Rose.«

»Dass er mir am Hafen begegnet ist und ich ihm einen Job in Aussicht gestellt habe, vielleicht?«, antwortet Katie prompt, den strafenden Blick unentwegt auf mich gerichtet, obwohl ich ihm längst ausgewichen bin.

Mason blinzelt kurz, offensichtlich irritiert, und reißt Katie dann so schnell zu sich herum, dass sie ins Straucheln gerät und sich Halt suchend an seine Seiten klammert. »Ist das etwa wahr?«, fragt er scharf.

»Ja«, erwidert sie leise, aber fest.

Mason kämpft sichtlich um Contenance, lächelt dann aber. »Schön, ich werde mit Mr Tanner klären, ob ich tatsächlich

Verwendung für seine Dienste bei uns sehe. Aber nun möchte ich, dass du zurück ins Bett gehst, Rose.«

»Sicher«, willigt Katie schnell ein, doch anstatt sich abzuwenden, legt sie Mason die Hand an die Wange. »Lass mich dir nur noch kurz erzählen, was ich mir überlegt habe. Ich wollte es schon vorher mit dir besprechen, aber dann haben mich das Fieber und diese verflixte Erkältung aus der Bahn geworfen.«

Mason atmet tief durch. Dann ringt er sich ein weiteres, fast schon verzerrt wirkendes Lächeln ab. »Also gut.«

Katie stockt. Zerbrechlich und schwach wirkt sie im kalten Licht des großen Raums. Jetzt, da sie sich dagegen entschieden hat, mich den Löwen zum Fraß vorzuwerfen, hasse ich mich dafür, sie in eine dermaßen verzwickte Situation gebracht zu haben, denn offensichtlich hat sie keine Ahnung, was sie Mason nun eigentlich erzählen soll.

Ohne auch nur darüber nachzudenken, beginne ich zu husten. Absichtlich initiiert, um Zeit zu schinden, entwickelt der Anfall schnell eine fiese Eigendynamik, die mich nicht nur schwächt, sondern auch verdammt wehtut.

»Rose, was für ein Job?«, hakt Mason erneut nach, vollkommen unbeeindruckt von meinem schrecklichen Husten, der in diesem geschlossenen Raum durchaus besorgniserregend klingt.

»Das Entree«, presst sie hervor und blinzelt dann einige Male, während sich ihr Gedankenblitz zu einer Idee festigt. »Mason, als ich am Hafen war und seine Bilder sah, da … Er hat eine unglaubliche Gabe. Glaub mir, ich habe ein gutes Gespür für so etwas. Erinnerst du dich an das Bild, das ich ganz am Anfang mit dir ersteigert habe? Das große, im Blauen Raum, von diesem damals noch unbekannten Künstler, der sich mittlerweile einen Namen gemacht hat?«

Masons Mundwinkel zucken kurz. »Du meinst Jacques Bernôt.«

»Richtig. Du wolltest es nicht kaufen, aber ich sah seine Gabe, stimmt es nicht?«, ereifert Katie sich und erinnert mich dabei so sehr an das Mädchen von damals, dass ich hart schlucken muss.

»Ja, das stimmt«, lenkt Mason ein. Mit einem Mal ist sein Blick nachgiebiger, beinahe liebevoll. »Trotzdem begreife ich nicht, worauf du hinauswillst, Rose.«

Katie ergreift seine Hände und drückt sie. »Dieser Mann hier ist viel, viel besser als dieser Bernôt«, wispert sie ihm beinahe verschwörerisch zu.

»So?« Mason klingt belustigt, doch diese seltsame Anspannung von zuvor ist – vielleicht durch Katies Berührung – inzwischen restlos von ihm gefallen.

»Ja.« Sie nickt nachdrücklich. »Mir sind nie Gemälde untergekommen, die mich stärker fasziniert haben, Mason.«

»Und?«, hakt er nach.

»Ich dachte an deine Immobilien und an Wandmalerei«, erwidert Katie leise.

»Aber das ist eine schon lange überholte Art der Kunst, Liebes«, gibt Mason erstaunt zu bedenken.

»Richtig«, nickt Katie. »So lange schon, dass sie durchaus wieder zu einem neuen Trend werden und den Wert unserer Immobilien erheblich steigern könnte. Angefangen bei unserem Haus.«

»Bei unserem Haus?«, wiederholt Mason, noch immer verdutzt.

»Ja. Hast du nicht immer gesagt, dass dir der Eingangsbereich nicht gefällt? Ich denke an eine richtige Szenenmalerei im Entree, mit nostalgischem Charme. Seattle zur Gründerzeit, beispielsweise. Ich bin mir sicher, Mr Tanner hat da bestimmt ein paar wunderbare Ideen. Vielleicht kann er sogar die Decke bemalen, wenn dir gefällt, was er macht.«

»Wie in dieser einen Kirche in Rom?«, fragt Mason, der von der Idee seiner Frau tatsächlich angetan zu sein scheint.

»Sie meinen die Sixtinische Kapelle in der Vatikanstadt«, verbessere ich ihn, ohne nachzudenken. Sofort trifft mich nicht nur sein harter Blick, sondern auch Katies. Ohne auf meinen Kommentar einzugehen, legt sie ihre zierliche Hand wieder an Masons Wange und dreht sein Gesicht zu sich.

»Was meinst du?«, flüstert sie.

Er lächelt. »Deine Idee ist nicht schlecht, nur würde ich zuvor gerne sehen, was er wirklich kann.«

Prompt wendet Katie sich wieder zu mir um und sieht mich mit strengem Blick an. »Zeigen Sie meinem Mann Ihre Bilder!«

Oh Mist!

Ich kratze mir den Kopf. »Die wurden ... einbehalten«, erkläre ich wahrheitsgemäß.

»Einbehalten? Von wem?«, hakt sie verwirrt nach.

»Von der Besitzerin der Pension, in der ich bis vor Kurzem lebte.«

Mason nutzt die Chance, sich an dem Offenkundigen festzubeißen und dafür zu sorgen, dass ich mich vor Katie noch schäbiger fühle. »Das heißt, Sie haben nicht gezahlt. Und jetzt sind Sie obdachlos?«

»Nun ja, das erklärt zumindest, warum er die vergangenen Nächte vor unserem Haus verbracht hat«, sagt Katie nüchtern, sobald sie den ersten Schock verwunden hat.

Mason schüttelt den Kopf, als könne er nicht fassen, was er im Begriff ist zu sagen: »Also schön, kommen Sie morgen früh wieder und stellen Sie Ihr Können unter Beweis, Mr Tanner.« Dann streicht er Katie über die Wange. »Und du gehst jetzt sofort wieder nach oben, Rose.«

»Aber Mason! Du kannst ihn unmöglich zurück auf die Straße schicken, nicht mal für ein paar Stunden!« Katies Stimme ist zwar nur ein Wispern, doch da sie sich kaum eine Armlänge von mir entfernt befindet, verstehe ich natürlich jedes Wort. »Boris hat ihn übel zugerichtet, und seine Klamotten sind vollkommen durchnässt«, ereifert sie sich. »Es regnet schon seit Tagen, und sein Husten klingt schlimm.«

Für wenige Sekunden, in denen ich erneut die Luft anhalte, verfinstert sich Masons Gesicht. Tausend unausgesprochene Fragen stehen in seinen grauen Augen. Doch dann, als Katie sich in seine Arme schmiegt und ihn fest an sich drückt, fällt die Anspannung erneut von ihm.

»Boris, sag Selma, sie soll unseren Gast ins Grüne Zimmer bringen. Und morgen früh lassen wir Doktor Brenner kommen, um nach Mr Tanner zu sehen. In Ordnung, Schatz?«

Das Kosewort hallt in meinen Ohren wider, und während Boris eilig den Raum verlässt, kämpfe ich gegen einen spontanen Würgereiz an. Katie hingegen nickt erleichtert.

»Du bist zu gut für diese Welt«, flüstert Mason ihr zu.

»Nein, ich weiß nur noch genau, wie hart das Leben auf der Straße sein kann«, sagt sie und bedenkt mich dabei mit einem kurzen Blick, der so finster ausfällt, dass sich mein Herz zusammenzieht.

Mason drückt ihr noch einen Kuss auf die Schläfe und sieht dann zu, wie Katie sich abwendet und den Raum verlässt.

»Danke, Mrs Sturridge!«, keuche ich, aber sie reagiert nicht. Überhaupt hat sie kein einziges Wort mit mir gewechselt. Und diese Erkenntnis lässt mich erahnen, wie wütend sie wohl auf mich ist.

Kaum hat sie die Tür hinter sich geschlossen, bemerke ich, dass Mason mich kritisch mustert. Es ist das erste Mal, dass wir alleine miteinander sind. Ich mag das Gefühl nicht. Kein bisschen mag ich es.

»Also gut, Mr Tanner. In meinem Haus gibt es Regeln. Sollte ich mich wirklich dazu entschließen, Sie hier zu beschäftigen, werde ich Sie gut bezahlen. Dafür erwarte ich, dass Sie hart und sorgfältig arbeiten. Überlegen Sie sich, in welcher Zeit Sie Ihre Aufgabe bewältigen können, und machen Sie realistische Angaben, weil ich nämlich darauf bestehen werde, dass Sie sich daran halten. Klar so weit?«

»Kristallklar!«

Er nickt. »Aber die oberste Regel lautet –« Und damit schließt er die Lücke zwischen uns mit nur einem Schritt, packt mich am Kragen meiner klitschnassen Jacke und zieht mich so dicht wie möglich zu sich heran. »Fassen Sie nichts in diesem Haus an, was mir gehört!« Im nächsten Augenblick lässt er schon wieder von mir ab. »Sind wir uns einig?«

»Absolut!«, sage ich und erschrecke im selben Moment über meinen eindeutig kämpferisch gefärbten Tonfall, der meiner Zustimmung regelrecht zu widersprechen scheint.

»Dann wünsche ich eine gute Nacht!« Mit geradem Rücken und steifem Gang stolziert Mason hinaus und lässt mich allein zurück.

»Gute Nacht!«, erwidere ich, unmittelbar bevor ich Selma im Türrahmen sehe, die mich hektisch heranwinkt. Hitzeflecken bedecken ihre fleischigen Wangen, und ihr Blick flackert nervös durch den Raum. »Kommen Sie, Mr Tanner, ich bringe Sie hinauf in Ihr Zimmer.«

Mein Zimmer, hallt es durch meinen Kopf.

Mein Zimmer in Katies Haus ... Na bitte!

XXV.
~ Jonah ~

In dieser Nacht finde ich nicht in den Schlaf, obwohl ich endlich wieder ausgiebig duschen und damit die eisige Kälte aus meinem Körper vertreiben konnte. Auch ist das Bett, in dem ich liege, viel größer und bequemer als alle anderen Betten, auf denen ich jemals zuvor lag.

Das *Grüne Zimmer* befindet sich im Dachgeschoss der Villa und macht seinem Namen alle Ehre. Die Tapeten, Vorhänge, das Bettzeug, die beiden Teppichläufer, sogar die Handtücher im angrenzenden Bad – alles ist in frischen Grüntönen gehalten und farblich aufeinander abgestimmt.

Bis zur Nasenspitze in mehrere Decken gehüllt, lasse ich die äußerst verwirrenden Ereignisse der Nacht Revue passieren und warte vergeblich auf die erlösende Wirkung der Schmerztablette, die Selma mir gegeben hat. Meine Wange pocht nach wie vor, und bei jedem Atemzug schmerzt meine rechte Lungenhälfte, ganz zu schweigen von den Hustenanfällen, die mich immer wieder durchschütteln.

Plötzlich wird die Klinke meiner Zimmertür herabdrückt. Seltsamerweise denke ich bei dem Geräusch zuerst an Boris, dann an Mason und schließlich sogar an Selma. Und doch ist es tatsächlich Katie, die sich vom unbeleuchteten Korridor zu mir ins Zimmer schiebt und die Tür lautlos in ihrem Rücken schließt.

Mit großen Augen setze ich mich auf. Ungläubig, sie so, in einen schwarzen Mantel gehüllt, fast wie einen nächtlichen Geist, vor mir stehen zu sehen. »Keinen Mucks!«, gebietet sie mir flüsternd und kommt auf mich zu. »Was zum Teufel glaubst du, was du hier tust? Bist du vollkommen verrückt?« Ich zucke nur hilflos mit den Schultern. Katie seufzt leise und lässt sich auf der äußersten Kante des Bettes nieder.

»Du hättest mich auffliegen lassen können«, entgegne ich flüsternd und halte mit aller Kraft einen Hustenanfall zurück.

»Ja, klar«, lacht sie bitter. »Als ob das eine Option gewesen wäre.«

»Wäre es«, beharre ich. »Ich hatte das Risiko durchaus einkalkuliert.«

»Aber nur, weil du nicht weißt, was sie dann mit dir gemacht hätten.« Katie schüttelt den Kopf und reibt sich über die geschlossenen Augenlider. Sie wirkt schrecklich matt. Ich verspüre den Drang, ihre Handgelenke zu umfassen, damit sie ihre Augen wieder freigibt und mich ansieht. Meine Finger zucken bereits, als ich mich eines Besseren besinne und sie wieder zurückziehe. »Danke.«

Katie bleibt reglos sitzen. Sie weigert sich, mich anzusehen.

»Wird sich dein Mann nicht wundern, wenn du dich wegschleichst?«, wage ich zu fragen.

»Wir schlafen momentan in getrennten Räumen, damit ich ihn nicht anstecke«, erklärt sie mit monotoner Stimme. »Ich habe mich wohl bei unserem letzten Treffen am Hafen erkältet. Genau wie du.« Sie wartet kurz. »Trotzdem sollte ich jetzt wieder gehen«, befindet sie dann.

»Warum bist du überhaupt gekommen?« Die Frage klingt viel harscher als beabsichtigt, aber nun sieht sie zumindest endlich zu mir auf.

Ihre Augen sind so hell, so schön, aber zugleich ratlos. Binnen Sekunden bekennt Katies Miene unzählige, teils widersprüchliche Gefühlsregungen. »Ich weiß es nicht«, gesteht sie schließlich. »Ich war so wütend auf dich und wollte dich eigentlich bitten, morgen unter einem Vorwand zu gehen und nicht mehr zurückzukommen.« Ihre Worte versetzen mir einen Stich.

»Warum tust du es dann nicht?«

Sie zuckt mit den Schultern und blickt auf ihre Hände hinab, die sie wieder einmal in ihrem Schoß knetet. »Vermutlich, weil du es sowieso nicht tun würdest«, flüstert sie schließlich.

»Richtig. Würde ich nicht.«

»Und –« Beinahe schüchtern, unter niedergeschlagenen Wimpern, sieht sie zu mir auf. »Vielleicht auch, weil ich so unsagbar froh bin, dass du hier bist, Jonah.«

»Katie!« Intuitiv ergreife ich ihre Hand, doch sie macht sich los und steht wieder auf.

»Nenn mich nicht so, hörst du?« Ihr Wispern ist nun weniger wütend als flehend – und dabei sehr eindringlich. »Dieser Name darf dir nicht ein einziges Mal über die Lippen schlüpfen.«

»Okay, ich verspreche es«, beschwichtige ich sie. »Aber ... versprich du, mir dafür im Gegenzug zu erzählen, was damals mit dir passiert ist. Sonst habe ich keine ruhige Nacht mehr.«

Katie sieht mich an und lässt sich meine Worte dabei durch den Kopf gehen. Sie nagt an ihrer Unterlippe und wirkt lange Zeit unentschlossen. »Wir müssen so vorsichtig sein, Jonah. Das hier –« Sie wedelt mit der Hand zwischen uns hin und her, »ist eigentlich schon eine unverzeihliche Dummheit. Solche Treffen sind viel zu riskant.«

»Ich werde den Eindruck nicht los, dass du eher zu dir selbst sprichst als zu mir.« Mit einem Zwinkern erinnere ich sie daran, dass *sie* schließlich *mich* aufgesucht hat. Doch Katie lächelt nicht, dazu ist sie viel zu nervös.

»Hey, hab keine Angst. Ich werde vorsichtig sein, versprochen«, sage ich eindringlich. »Mason hat mich ohnehin schon auf sehr eindeutige Art und Weise ermahnt, die Finger von dir zu lassen.«

»Das heißt, er hat etwas bemerkt?« Katie strauchelt rückwärts der Tür entgegen und zieht zugleich den dunklen Mantel, den sie über ihrem weißen Nachthemd trägt, wieder eng um ihren Körper.

»Nein, das glaube ich nicht«, versuche ich sie zu beruhigen. »Er ist nur offensichtlich sehr eifersüchtig. Krankhaft eifersüchtig, könnte man meinen.«

Es ist lediglich ihr verdutztes Blinzeln, nicht mehr, das meine Vermutung in Gewissheit verwandelt. »Wir sehen uns morgen«, wispert Katie dann und entzieht mir schnell ihren Blick. »Und ruh dich bitte aus, du bist ziemlich krank.«

»Das wird schon wieder«, versichere ich ihr. »Träum süß, … Rose.« Der fremde Name geht mir so bitter von der Zunge wie eine dreiste Lüge. Auch Katies Augen weiten sich kurz, bevor sie hastig nickt und den Raum dann ebenso lautlos verlässt, wie sie ihn nur wenige Minuten zuvor betreten hat. Wieder bleibt das Licht im Korridor ausgeschaltet.

Ungreifbar, fast wie ein Fiebertraum endet unsere nächtliche Begegnung. Als ich nur wenige Stunden später mit heftigen Schmerzen in Kopf und Brust erwache, am ganzen Körper schlotternd und zugleich in meinem eigenen Schweiß badend, bin ich mir nicht mal mehr sicher, ob Katies Erscheinung nicht wirklich nur ein Trugbild war.

Ich probiere aufzustehen, doch der Versuch scheitert, weil mich sofort ein übles Schwindelgefühl packt und zurück auf die Matratze drückt. Eine seltsame Gleichgültigkeit beherrscht mich und schleift mich durch den Morgen, bis Selma plötzlich neben mir steht und ihre kalte, raue Handinnenfläche gegen meine Stirn presst. Ich weiß, dass ich sie ansehe, ich weiß, ich will etwas sagen, doch das Nächste, was ich wahrnehme, ist, dass mich ein fremder Mann über seine schmale Brille hinweg ansieht, mir dabei eine Spritze in den Oberarm sticht und etwas davon faselt, dass er mich lieber in ein Krankenhaus einweisen würde. Wie durch einen milchigen Vorhang hindurch nehme ich Katie wahr, die neben ihm steht und entschlossen den Kopf schüttelt. Ich bin so froh, sie zu sehen, dass ich ihren Namen rufen und ihre Hand nehmen möchte, aber irgendetwas tief in mir warnt mich, das unter keinen Umständen zu tun. Also schließe ich abermals die Augen und überlasse mich diesem wunderbaren Sog des Schlafes, der mich gnädig packt und mit sich reißt.

Als ich wieder erwache, bin ich zunächst orientierungslos. Es dauert eine ganze Weile, bis sich meine Sicht ausreichend geschärft hat und mein Bewusstsein so weit zu mir aufgeschlossen ist, dass ich mich daran erinnere, wo ich bin und wie es dazu kam.

Und dann fühle ich es: Katie sitzt in dem grünen Korbsessel unmittelbar neben meinem Bett und schläft. Dabei hält sie meine Hand in ihrem Schoß. Zunächst traue ich meinen Augen kaum, doch dann, als ich sicher bin, mich nicht zu irren, ziehe ich meine Finger ruckartig zurück. Sofort schreckt sie auf. »Jonah, du bist ja wach!«

Für einen kurzen Moment denke ich, dass sie meine Wange berühren möchte. Doch sie nimmt nur einen Lappen von meiner Stirn, den ich bis zu diesem Zeitpunkt nicht einmal bemerkt habe. Ein kühler Luftzug trifft auf die feuchte Stelle, bevor sich Katies Hand prüfend darüberlegt. »Wie geht es dir?«

»Besser, glaube ich.« Auch wenn das heisere Krächzen, das ich von mir gebe, eine andere Geschichte erzählt. Ich räuspere mich. »Entschuldige, dass ich meine Hand weggezogen und dich so erschreckt habe. Ich dachte nur, wenn dein Mann –«

Katie schüttelt den Kopf. »Mason ist in Portland. Er kommt erst gegen Abend zurück.«

»Oh.«

Nun lächelt sie träge. »Ja, oh.«

»Und die beiden Schlägertypen?«

»Zach ist bei Mason, und Boris im Garten. In der letzten Nacht hat ein heftiger Sturm getobt. Etliche Äste der Laubbäume sind abgebrochen und müssen beschnitten werden. Da soll Boris einen Blick auf die Arbeiter haben.«

»So, soll er, hm? Damit sie dir ja nicht zu nahe kommen?«

Katie sieht mich tadelnd an. Trotzdem wirkt sie irgendwie gelöst. Nur ein paar Sekunden, dann kann sie das Zucken ihrer Mundwinkel nicht länger unterdrücken. »Du solltest nicht so viel reden. Und schon gar nicht so viel dummes Zeug!«

»Warum bin ich überhaupt noch hier?«, krähe ich.

Katies Nähe ist so wunderbar, dass ich mich vor dem unausweichlichen Moment fürchte, in dem sie sich erneut zurückzieht. Doch noch ist sie ganz nah. Ihr Atem streift mich, und ihre Finger liegen locker und zwanglos auf meinem Brustbein. »Glaubst du wirklich, ich setze dich mit einer ausgereiften Lungenentzündung vor die Tür, Jonah Tanner?«

Ich stutze kurz und lasse die bislang unbekannte Diagnose auf mich wirken. »Du vielleicht nicht. Aber Mason?«

»Auch nicht, wie du siehst.«

»Wie lange habe ich denn geschlafen?«

»Nun, durch die starken Medikamente, die Doktor Brenner dir verabreicht hat, und ohne die kurzen Wachphasen, in denen du laut Selma kaum ansprechbar warst, dreieinhalb Tage.«

Ich muss husten, ihre Antwort schockiert mich. Erleichtert stelle ich fest, dass die Schmerzen in meiner Brust deutlich nachgelassen haben. »Dreieinhalb ... aber ...«

»Ja?«, fragt Katie und hebt ihre linke Augenbraue dabei auf so bezaubernde Weise, dass ich gegen den Impuls ankämpfen muss, sie wieder herunterzustreichen. Stattdessen greife ich an mein Kinn, fasse in einen Busch aus drahtigem Haar, und entlocke Katie mit meiner entsetzten Miene ein kleines Lachen. »Oh ja, du siehst aus wie ein Yeti«, stellt sie fest, während mir die Schamesröte in die Wangen schießt. Nie im Leben wollte ich ihr so unter die Augen treten. Mittellos, ungepflegt und eklig krank.

»Stört er dich?«, fragt sie.

»Der Bart? Ja, der auch«, seufze ich und weiche ihrem Blick verschämt aus.

Ein paar Sekunden schweigen wir noch miteinander. Ich weiß, dass es trotzdem keine vergeudete Zeit ist, weil Katie und ich noch nie auf Worte angewiesen waren. Unsere gesamte Freundschaft entstand im Schweigen.

Plötzlich erhebt sie sich und verschwindet im angrenzenden Badezimmer. Ich höre ein Scheppern und den laufenden Wasserhahn, bis Katie endlich zurückkehrt und sich erneut neben mich setzt, diesmal direkt auf die Bettkante. Wortlos stellt sie einen mit Wasser gefüllten Behälter auf den Nachttisch, platziert einige Utensilien davor und breitet zuletzt ein Handtuch über meiner Brust aus. Ungläubig beobachte ich ihre Bewegungen und genieße die sanften Berührungen ihrer Fingerspitzen dabei ebenso insgeheim wie die zarte Röte, die sich zunehmend auf ihre Wangen stiehlt.

»Meinst du, du kannst dich ein wenig aufsetzen?«, fragt sie schließlich und reicht mir ihre Hand. Ich nehme all meine Kraft zusammen und raffe mich auf. Die geschwächten Muskeln in meinen Armen und Beinen zittern. Keuchend sinke ich zurück in das Kissen, das Katie mir in den Rücken schiebt. Es ist erschreckend, wie erschöpft ich mich fühle.

»Geht es?«, fragt sie besorgt. Ich schaue in ihre schönen hellen Augen und bringe es nicht fertig, den Kopf zu schütteln. Also nicke ich. Schon im nächsten Moment gleitet sie mit den Rückseiten ihrer Finger über meinen Bart. Sie beobachtet die Spur, die sie mit ihrer Berührung zieht, während ich ihr Gesicht aus nächster Nähe betrachte. Und mit einem Mal vibriert die Luft zwischen uns wieder, genauso wie damals. Mein Herz schlägt dermaßen heftig, dass ich mich frage, ob Katie es hören kann. Es mag sein, dass ich mich irre, doch es ist mir, als würde sie erst in diesen Sekunden vollumfänglich begreifen – und zwar im wahrsten Sinne des Wortes –, dass ich wieder in ihrem Leben bin.

Irgendwann zuckt sie sichtbar aus ihrer Versunkenheit und zieht ihre streichelnde Hand zurück. Ich beobachte, wie sie erneut errötet, viel stärker als zuvor. Weder versucht sie ihre Verlegenheit vor mir zu verbergen, noch wagt sie es, mich direkt anzusehen. Sie ergreift nur den elektrischen Rasierer, den sie aus dem Badezimmer mitgebracht hat, steckt ihn ein, setzt ihn vorsichtig über meinem Adamsapfel an und beginnt, meinen Bart auf wenige Millimeter zu trimmen.

Ich lege den Kopf zurück und lasse sie gewähren. Nehme jedes Detail ihrer konzentrierten Miene in mir auf. Doch dann, als sich unsere Blicke für einen kurzen Moment begegnen und ich mir dabei so ertappt vorkomme, dass mein Schmunzeln wohl ziemlich befangen ausfällt, fährt Katie mit Daumen und Mittelfinger über meine Lider und schließt sie. Kurz darauf stellt sie das kleine Gerät ab, verteilt Schaum auf meinem Gesicht und meinem Hals und beginnt, die verbliebenen Stoppeln mithilfe eines Handrasierers zu kappen. Immer wieder tunkt sie das Kopfstück in lauwarmes Wasser und führt die Klingen anschließend geschickt und systematisch über meine Haut.

Während der gesamten Zeit bleibt es vollkommen still zwischen uns. Lediglich das weit entfernte Geräusch der Motorsäge, das durch das gekippte Fenster aus dem Garten zu uns hereindringt, ist zu hören. Und natürlich unsere Atmung – meine ein wenig lauter als Katies und noch immer seltsam rasselnd. Doch auch sie atmet auffallend flach und schnell, ganz ähnlich wie ich selbst.

Ich spüre ihren Blick auf mir, viel bewusster als den sanften Druck der scharfen Klingen, die sie über meine Kehle gleiten lässt. Katie betrachtet mich eingehend. Meinen Mund, meine Nase, die verheilende kleine Platzwunde über meinem Wangenknochen, um die sie den Rasierer behutsam herumführt, und schließlich ... meine geschlossenen Augen. Wie von selbst öffnen sich meine Lider unter ihrem Blick. Im selben Moment spüre ich ein kleines Brennen unterhalb meines rechten Mundwinkels und ziehe die Luft scharf ein.

»Oh, verflucht!« Schon tupft Katie den hervorquellenden Tropfen von der winzigen Schnittwunde, und ehe einer von uns erfasst, was sie im Begriff ist zu tun, steckt sie den blutbenetzten Finger in ihren Mund.

Unsägliche Schwäche hin oder her – nie im Leben war ich erregter als in diesem Moment. Diese kleine Geste und besonders die Selbstverständlichkeit, mit der Katie sie ausführt, spricht von so viel Vertrauen und ist so unglaublich intim, dass es mir die Luft zum Atmen verschlägt.

Während bei Katie der Schock über das soeben Getane einsetzt, packt mich eine bislang unbekannte Leidenschaft und verhilft mir zu einem unverhofften Kraftschub. Zumindest reicht der Impuls aus, um nach ihrer Hand zu greifen, den

Zeigefinger zwischen ihren Lippen hervorzuziehen und ihn stattdessen zu meinem Mund zu führen. Ohne weiter nachzudenken, sauge ich daran und lasse Katie dabei nicht aus den Augen. Woher ich den Mut zu dieser Aktion nehme, ist mir ein Rätsel.

Sie zuckt leicht zusammen, als ich meine Zunge in Kontakt mit ihrer Fingerkuppe bringe und sanft darüberlecke. Ihr Atem kommt holprig, und die Lider zucken unkontrolliert. Überhaupt sind die Signale ihres Körpers so herrlich eindeutig, dass ich mein Glück kaum fassen kann: Katies Blick hängt sekundenlang an meinem Mund, bis sich ihrer leicht öffnet und sie einen unterdrückten Seufzer ausstößt. Dieses winzige Geräusch setzt etwas in mir frei; es wirkt wie mein persönlicher Startschuss. Doch als ich Katie gerade näher zu mir heranziehen will, klopft es dreimal an der Tür.

Der Moment – und mit ihm all seine Magie – zerbirst in Millionen Scherben. Wie ertappte Teenager schrecken wir zusammen. Ich lasse reflexartig von ihrem Finger ab, und Katie springt eher von meiner Bettkante, als dass sie sich davon erhebt. Sie wirft mir noch einen letzten verwirrten Blick zu, streicht sich über die Haare und eilt dann zur Tür.

Ohne ein Wort des Abschieds schlüpft sie aus dem Raum und lässt mich vollkommen irritiert zurück. Kaum ist sie fort, betritt Selma den Raum, erfasst das Chaos, das Katie mit meiner Rasur hinterlassen hat, und beseitigt es nach einem kurzen Moment mit nur wenigen routinierten Handgriffen.

»Unter all den Haaren steckte also wirklich dieser Mann?«, lacht sie dabei so leichthin, als wüsste sie nicht genau, was sich hier gerade zugetragen hat.

»Sie haben die Tür bewacht?«, frage ich ungläubig zurück. Sie antwortet nicht, sondern verhilft mir nur unaufgefordert zurück in eine waagerechtere Position.

»Jetzt, nachdem *ich* Sie rasiert habe, wasche ich noch schnell die restlichen Bartstoppeln von Ihrem Gesicht«, sagt sie unter einem eindringlichen Blick, den ich mit einem Nicken erwidere. Stumm und reglos liege ich da, während Selma mich wäscht und danach mit einer Lotion eincremt. Seitdem ich ein Kind war, hat das niemand mehr für mich getan, und nun, da es nicht länger Katies Hände sind, die mich so fürsorglich berühren, fühlt es sich eher seltsam als angenehm an.

»Sie sollten jetzt wieder schlafen, Mr Tanner. Mit einer Lungenentzündung ist nicht zu scherzen.«

Ich will gerade nicken, als mir noch etwas auffällt. »Wie kommt es eigentlich, dass ich in den vergangenen drei Tagen nicht ein einziges Mal zur Toilette musste?«

Lächelnd hält Selma einen Beutel empor, der wohl an der Seite meines Bettes befestigt hing. Gelbe Flüssigkeit schwappt darin herum. »Ein Katheder?«, entfährt es mir voller Entsetzen. Wie um alles in der Welt konnte mir das entgehen? So hat Katie mich also gesehen?

Erdboden, verschlucke mich!

»Der Schlauch kann sicher bald raus«, tröstet Selma mich und zupft dabei die Bettdecke über mir auf eine Art zurecht, die mich unwillkürlich an Ruby denken lässt. Mit dem Gedanken, wie weit entfernt mir mein bisheriges Leben erscheint, sacke ich in das weiche Kissen zurück und schlafe umgehend ein.

XXVI.
~ Jonah ~

In den kommenden zwei Tagen erhole ich mich erstaunlich schnell, und das hat mehrere Gründe. Zum einen wirken die Medikamente, die Doktor Brenner mir verabreicht hat, wahre Wunder. Er kommt jeden Morgen, misst Fieber, überprüft meinen Blutdruck und horcht Brust und Rücken ab. Ich fühle mich in seinen Händen gut aufgehoben. Selma bringt mir das Essen und kontrolliert mit sporadischen Stippvisiten, ob ich die strikte Bettruhe einhalte, die mir verordnet wurde.

Doch in erster Linie treibt Katies Abwesenheit meine Genesung voran. Denn seit der Rasur habe ich sie nicht mehr zu Gesicht bekommen. Ein Zustand, den ich kaum aushalte, jetzt, wo wir unter einem Dach leben.

»Wie lange kennen Sie Mrs Sturridge schon?«

Erstaunt blicke ich zu Selma auf, die gerade dabei ist, das Fenster zu öffnen. Unwillig, sie anzulügen, lasse ich stumm die Zeit verstreichen. Zu viel Zeit, wie es scheint.

»Kennen Sie denn ihren anderen Namen?«, fragt sie weiter.

»Ja.« Das ist nur ein Hauchen, nicht mehr. Trotzdem fühlt es sich wie ein kleiner Verrat an. Und zugleich wie eine enorme Chance. »Sie heißt Katelyn. Katelyn Christina Williams.«

Selma sieht mich lange an, bevor sich ein sanftes, fast schon liebevolles Lächeln über ihr Gesicht zieht. »Ja, der Name passt zu ihr«, befindet sie mit verklärtem Blick. Doch schon im nächsten Moment wandeln sich ihre Gesichtszüge, und sie sieht mich scharf an. »Passen Sie bloß auf, Mr Tanner! Das Eis, auf dem Sie sich hier bewegen, ist extrem dünn und rissig.«

»Sie sprechen von Mason?«

Sie nickt. »Er ist ...«

»Gefährlich?« Wieder ein Nicken, verhaltener diesmal. Ich setze mich im Bett auf. »Ist er gewalttätig, Selma? Katie gegenüber?« Gott, es tut so unsagbar gut, sie nicht länger *Rose* oder *Mrs Sturridge* nennen zu müssen. Wann immer ich ihren echten Namen oder eben ihren Spitznamen ausspreche, fühlt es sich so an, als hätte ich sie noch nicht vollständig verloren. Selma blinzelt. Sie scheint sich nicht sicher zu sein, ob sie mir vertrauen kann.

»Seine ... Persönlichkeit ist keine einfache, Mr Tanner«, beginnt sie schließlich zögerlich. »Mr Sturridge hat eine Krankheit, eine psychische Störung. Er ist manisch-depressiv. Seine Stimmung wandelt sich ohne jede Vorwarnung, von einem Moment zum nächsten. Eine Zeit lang war es besser, aber seit einigen Jahren ... Manchmal kann er sehr fürsorglich sein, und im nächsten Moment flippt er plötzlich wegen irgendwelcher Kleinigkeiten aus.«

»Selma.«

Sie weiß, worauf ich dränge – und sie windet sich spürbar unter meiner Hartnäckigkeit. »Es geschieht nicht oft, aber ...«

»Aber er hat ihr schon wehgetan, richtig?« Sie nickt nur leicht und wirkt dabei so geknickt, dass es meinem Herzen einen zusätzlichen Stich versetzt.

Dieser gottverdammte Mistkerl!

»Deswegen müssen Sie vorsichtig sein, versprechen Sie mir das!«, platzt es aus Selma hervor. »Nicht nur, um sich selbst zu schützen, sondern auch Mrs Sturridge. Erledigen Sie Ihre Aufgabe hier und dann kehren Sie in Ihr altes Leben zurück. Machen Sie es ihr nicht unnötig schwer. Ich weiß nicht, was sich in diesem Zimmer genau abgespielt hat, aber vor zwei Tagen, als Sie erwachten und Mrs Sturridge alleine bei Ihnen war ... Danach hat sie den ganzen Nachmittag geweint, Mr Tanner.«

Fassungslos sehe ich sie an. Erfreut durch ihre plötzliche Offenheit und zugleich maßlos geschockt von den neuen Erkenntnissen. »Selma, glauben Sie denn wirklich, dass ich Katie damit helfe? Indem ich einfach wieder gehe und sie hier zurücklasse?«

»Um Himmels willen, nennen Sie sie nicht immer so!« Selma sieht mich missbilligend an, aber ich halte ihrem Blick kämpferisch stand.

»Es war ganz bestimmt nicht ihr eigener Wille, ihren Namen aufzugeben«, stelle ich klar.

»Als ob ihr Wille je eine Rolle gespielt hätte«, entfährt es Selma. »Mr Sturridge hat sich doch nie wirklich für ihre Wünsche interessiert. Und trotzdem war die Ehe mit ihm ihre einzige Chance, dem Ganzen zu entfliehen. Sie war einfach clever genug, diesen Strohhalm zu ergreifen, als sich ihr die Chance dazu bot.«

»Zu entfliehen?«, wiederhole ich verständnislos. »Wovor denn?«

Selma fällt es sichtlich schwer, mir zu antworten. »Prostitution, Drogen ... vielleicht sogar Verschleppung«, flüstert sie schließlich.

»Sie sprechen doch nicht ... von Menschenhandel?«

Selma hebt beide Hände. »Ich glaube, die Auswahl, die ich Ihnen gerade genannt habe, umreißt die Aussichten wohl ganz gut, die ihr sonst geblüht hätten. Fest steht, dass sie großes Glück hatte, zur rechten Zeit auf Mr Sturridge zu treffen. Da war es ein relativ kleines Opfer, ihren Namen aufzugeben, sich die Haare schneiden und färben zu lassen und das Haus für die ersten paar Jahre nur an seiner Seite und mit Sonnenbrille zu verlassen.«

»Nein!«, hauche ich fassungslos. Es fühlt sich so an, als hätte man mir einen derben Schlag in die Magengrube versetzt. Ich fühle mich verzweifelt, hilflos und wütend. Mein Zorn richtet sich gegen mich selbst, gegen meinen vermaledeiten gescheiterten Fluchtplan, gegen Mason Sturridge und vor allem gegen die nach wie vor fremden Schatten in Katies Vergangenheit, die Selma dazu bewegen, Mason – ausgerechnet *ihn* – als Katies Retter zu betrachten.

Inmitten meines Gefühlschaos fällt mir plötzlich etwas ein. »Sagen Sie, Selma, wie lange sind die beiden eigentlich schon verheiratet?«

»Im April werden es fünfzehn Jahre«, erwidert sie ohne langes Grübeln. »Mr Sturridge plant eine große Feier.«

»Dann war sie bei ihrer Hochzeit noch nicht einmal sechzehn Jahre alt«, entfährt es mir voller Entsetzen. Ich schließe die Augen. »Er hat sie alles aufgeben lassen. Ihre gesamte Vergangenheit, ihr ganzes Leben. Er hat es einfach ausgelöscht.«

»Mr Tanner!« Selmas Stimme ist ruhig, aber eindringlich. »Sie müssen Mrs Sturridge loslassen. Sie hat sich mit ihrem Leben hier arrangiert.«

»Ich sehe genau, wie sie sich arrangiert hat«, blaffe ich. »Sie vegetiert hier vor sich hin – nur noch ein Schatten des Mädchens, in das ich mich damals verliebt habe.« Selma schluckt sichtlich, als ich das so deutlich ausspreche. »Aber wissen Sie was, Selma? Katie soll sich nicht mit irgendetwas arrangieren, schon gar nicht mit ihrem eigenen Leben. Das Leben sollte sich mit ihr arrangieren und nicht umgekehrt. Also schlagen Sie sich die Möglichkeit, dass ich dieses Haus wieder verlasse, ohne den Versuch zu unternehmen, sie hier herauszuholen, am besten sofort aus dem Kopf!«

Die kleine pummelige Frau ringt sichtlich nach Luft. »Mr Tanner, machen Sie keine Dummheiten. Dieser Versuch, von dem Sie da sprechen, ist zum Scheitern verurteilt.«

»Und was ist mit Ihnen, Selma? Fühlen Sie sich denn wohl hier? Denn nach allem, was ich bisher beobachten konnte, sind Sie genauso gefangen wie Katie.«

Selma presst die Lippen zusammen, schüttelt dann aber erneut den Kopf. »Nein«, sagt sie fest. »Ich bin hier genauso *zu Hause* wie Mrs Sturridge. Und das sollten Sie einfach akzeptieren, Mr Tanner!«

»Wie denn, mit diesem Hintergrundwissen?« Meine Verzweiflung ist mir deutlich anzumerken.

»Jetzt hören Sie mal zu!« Selma wischt sich ein paar lose Löckchen aus dem geröteten Gesicht. »Hätte mir jemand erzählt, dass Mr Sturridge einen vollkommen Fremden in seinem Haus aufnehmen würde, nur weil seine Frau ihn darum bittet – nie im Leben hätte ich das für möglich gehalten. Aber Mrs Sturridge hat über die Jahre hinweg einen Weg gefunden, mit ihm umzugehen.«

Sie wendet sich ab, doch ich bin noch lange nicht bereit, sie auch gehen zu lassen. »Selma!«, rufe ich.

»Nein, Schluss jetzt! Ruhen Sie sich aus und kommen Sie wieder zu Kräften! Und vor allem zur Besinnung. Gute Nacht!«, sagt sie scharf und lässt die Tür hinter sich ins Schloss fallen.

* * *

Am vierten Tag darf ich endlich aufstehen. Schon am Morgen bringt Selma mir zwei große Tüten mit allerhand Unterwäsche und Socken, drei unterschiedlich gemusterten Hemden, einem dicken grauen Schal, einem grob gestrickten Pullover und zwei Paar dunkelblauen Jeans, die am Bund wohl ein wenig zu weit wären, läge dem Kleiderpaket nicht auch ein brandneuer Ledergürtel bei. »Wer hat das alles ausgesucht?«, frage ich verblüfft, erhalte jedoch keine Antwort. Selma stellt noch einen Schuhkarton auf meinen Nachttisch, dann verlässt sie mein Zimmer.

Als ich zögerlich den Deckel des Kartons lifte, breitet sich sofort ein warmes Gefühl in meiner Brust aus und lässt mich schmunzeln. Meine Fingerspitzen gleiten über die braunen Chucks, bevor ich sie dem Karton entnehme und genauer betrachte. Nur Katie weiß, wie sehr ich diese Schuhe mag. Damals, zu unserer gemeinsamen Zeit im Heim, trug ich nie andere, und Milow scherzte oft, dass ich sie sogar nachts nicht ausziehen würde. Was bis gerade noch den bitteren Beigeschmack von Almosen hatte, fühlt sich nun eher wie ein Geschenk an.

Da ich die widrigen Umstände unserer letzten Begegnung noch beinahe schmerzhaft deutlich vor Augen habe, nehme ich mir heute extra viel Zeit im Bad. Als ich endlich fertig gekleidet, rasiert und frisiert bin, erkenne ich mich selbst kaum wieder. Zwar habe ich durch meine Krankheit und die vorangegangenen Wochen deutlich abgenommen und das verlorene Gewicht bisher auch noch nicht wieder zugelegt, aber mein Gesicht sieht viel weniger ausgemergelt aus, als ich es erwartet hätte, und von der kleinen Platzwunde, die Boris mir verpasst hat, ist kaum noch etwas zu sehen. Selbst der anfangs ziemlich starke Bluterguss auf meinem Jochbein ist inzwischen zu einem gelblichen Fleck verblasst. Und meine Augen ... Ich nähere mich meinem Spiegelbild und betrachte sie ungläubig aus nächster Nähe. Ja, meine Augen haben ihren alten, längst verloren geglaubten Glanz wieder. Ich nicke mir zu, gleichermaßen entschlossen wie zufrieden.

Als ich mein Zimmer verlasse, steht Selma im Korridor und putzt eines der zahlreichen Fenster. Unser Zusammentreffen wirkt zufällig, doch so plötzlich, wie sie nun zu sprechen beginnt, kann es das wohl nicht sein: »Hier, in diesem Stockwerk unter dem Dach, und im Garten dürfen Sie sich frei bewegen. Im Erdgeschoss und im ersten Obergeschoss hingegen befinden sich die privaten Räume von Mr und Mrs Sturridge. Dort haben Sie nichts verloren!«

»In Ordnung«, willige ich ein, überlege mir aber im selben Moment, ob ich es wagen kann, diese Regel zu brechen, wenn sich mir eine Gelegenheit dazu bietet.

»Denken Sie nicht einmal daran, sich über dieses Verbot hinwegzusetzen«, mahnt Selma, deren Gespür mich nicht zum ersten Mal verblüfft. »Warten Sie! Ich bin hier sowieso fertig. Wir können zusammen runtergehen.« Damit wischt sie noch einmal über den Fenstersims und ergreift dann ihren Putzeimer. Wir gehen nebeneinander über den breiten Korridor, dessen Boden aus grau melierten, hochglänzenden Marmorplatten besteht. Der Gang wirkt edel, aber eher so, als würde er zu einem öffentlichen Gebäude gehören und nicht zu einem Privathaus.

»Sehen Sie das rot blinkende Licht dort hinten, über der Tür?«, fragt Selma und deutet mit einem kaum wahrnehmbaren Nicken in die entsprechende Richtung.

»Ja.«

»Das ist eine Überwachungskamera. Genauso wie dort –« Sie nickt zu einer anderen Tür, die seitlich vom Korridor abgeht und über deren Rahmen ebenfalls eine kleine schwarze Kugel von der Decke hängt, aus der es rot hervorblinkt, »und am entgegengesetzten Ende des Gangs.« Selma zupft an meinem Hemdärmel, bevor ich mich danach umdrehen kann. »Nicht! Keiner muss wissen, dass ich sie Ihnen gezeigt habe. Aber verstehen Sie jetzt, dass Sie sich nicht einfach frei bewegen dürfen? Mr Sturridge wird kontrollieren, was Sie während seiner Abwesenheit in seinem Haus gemacht haben, glauben Sie mir.«

»Okay«, sage ich leise, mit einem plötzlich sehr beklemmenden Gefühl in der Brustgegend, das nichts mit meiner Erkrankung zu tun hat. Jetzt weiß ich, warum Katie sich in meiner ersten Nacht im Dunkeln und in einen schwarzen Mantel gehüllt zu mir geschlichen hat.

Ich muss einen Weg finden, Masons Vertrauen zu gewinnen. Er ist schließlich auch nur ein Mensch. »Gibt es denn Bereiche ohne Kameras?«, wage ich zu fragen, während ich hinter Selma die Treppe heruntertapse. Dabei merke ich deutlich, wie schwach ich noch bin. Meine Knie fühlen sich regelrecht wackelig an, doch ich versuche mir nichts anmerken zu lassen und erfasse den Handlauf in ihrem Rücken so unauffällig wie möglich.

»In Mr Sturridges privaten Schlafräumen kann man die Kameras per Knopfdruck aus- oder anmachen, je nachdem, ob Privatsphäre gewünscht ist oder nicht. Und die Gästezimmer haben keine Kameras, denn, wenn überhaupt, bleiben nur enge Familienmitglieder oder sehr gute Freunde über Nacht. Ihr Raum ist also nicht videoüberwacht, sonst hätte sich Mrs Sturridge wohl kaum um Sie kümmern können.«

»Was das angeht, bin ich wirklich sehr dankbar für Ihre Diskretion, Selma.« Noch während mir die letzten Worte von den Lippen schlüpfen, kommt mir plötzlich ein Gedanke. »Oder ist das etwa gar nicht Ihr richtiger Name?«

Sie stockt in ihren Bewegungen – allerdings nur so kurz, dass es selbst mir kaum auffällt. »Es ist der einzige Name, auf den ich heute noch höre«, raunt sie mir über die Schulter zu. »Und jetzt seien Sie endlich still!«

Ohne auch nur einen kleinen Stopp auf der mittleren Etage oder im Erdgeschoss einzulegen, gehen wir direkt hinunter bis in den Keller. Ich folge Selma in die große Küche, in der wir auf die junge Küchenhilfe stoßen. »Was möchten Sie essen? Sind Pfannkuchen und Rührei mit Speck okay?«

»Bestens, danke.«

»Jill.« Selma nickt dem Mädchen zu, das sich sofort erhebt und mit ihr zusammen mein Frühstück vorbereitet. Obwohl mir Selma einen Stuhl von dem kleinen Esstisch abgerückt hat, setze ich mich nicht dorthin, sondern trete neben sie an den Herd.

»Kann ich Ihnen irgendwie helfen?«, frage ich, doch Selma schüttelt nur den Kopf, während Jill einen Teller aus dem Küchenschrank holt und mir dabei einen schüchternen Blick aus den Augenwinkeln zuwirft. Die Kleine kann unmöglich älter als siebzehn Jahre sein, und ich frage mich, was wohl ihre Geschichte ist. Gibt es auch bei ihr Menschen, die sie ebenso verzweifelt vermissen und nach ihr suchen wie ich bis vor Kurzem noch nach Katie?

Entschlossen strecke ich ihr meine Hand hin. »Ich heiße Jonah Tanner, hallo!« Sie blinzelt meine Finger an, wirkt beinahe erschrocken und errötet sogar leicht. Vorsichtig ergreift sie meine Hand und schüttelt sie mit kaum vorhandenem Druck, ohne mir dabei erneut in die Augen zu sehen. Ihre Lippen teilen sich, doch sie bringt keinen Laut hervor. Stattdessen ergreift Selma das Wort.

»Das ist Jill Murray. Sie ist noch recht neu.«

»Schon gut«, sage ich. »Aller Anfang ist schwer.« Nun sieht das Mädchen namens Jill doch noch einmal zu mir auf, und als ich ihr zulächele, zucken ihre Mundwinkel kurz, bevor sie den

Blick schnell wieder senkt. Mit einem Mal verschwimmt ihr Gesicht vor mir, und ich sehe stattdessen eine deutlich jüngere Version von Katie vor meinem geistigen Auge. Sie muss ähnlich schüchtern gewesen sein, als sie damals zu Mason kam. Unwillkürlich frage ich mich, wie es wohl dazu kam, dass sich der wesentlich ältere und sehr vermögende Mason unter sämtlichen Frauen, mit denen er doch sicherlich zu tun hatte, ausgerechnet ein knapp sechzehnjähriges Waisenmädchen herausgepickt hat?

Ich erinnere mich beinahe greifbar genau daran, wie unschuldig Katie früher war. Noch einmal sehe ich ihren scheuen Augenaufschlag vor mir, als ich einmal all meinen Mut zusammennahm und meine Hand behutsam unter den Bund ihres T-Shirts gleiten ließ. Meine Finger streichelten sanft über die warme, weiche Haut ihres Bauches. Mehr war es nicht. Und doch hatte es ausgereicht, sie bis zu den Haarwurzeln erröten zu lassen. Einerseits war ich damals unsagbar erregt und wollte selbst nichts mehr, als ihr noch näher zu kommen. Andererseits spürte ich genau, dass Katie längst nicht so weit war. Also zog ich meine Hand wieder zurück und legte sie stattdessen an ihre glühende Wange. Unter einem lang gezogenen »Schhh« küsste ich sie sanft und kitzelte sie direkt im Anschluss ordentlich durch, um die seltsame Spannung zwischen uns auf harmlose, aber effektive Art zu lösen.

Die Vorstellung, dass ein beinahe vierzigjähriger, gewalttätiger Kontrollfreak meine scheue Katie kaum zwei Jahre nach diesem Erlebnis sexuell missbraucht haben könnte, lässt nicht nur Wut, sondern auch Ekel in mir aufsteigen.

»Hier, essen Sie!«, sagt Selma, reißt mich damit aus meinen Gedanken und reicht mir einen Teller mit so viel Rührei und Speck, dass davon locker zwei Männer satt werden könnten.

* * *

Zurück in meinem Zimmer, fühle ich mich seltsam befangen und fremdbestimmt. Missmutig begebe ich mich daran, das Chaos zu beseitigen, das ich bei meinem Aufbruch zurückgelassen habe. Die Etiketten der einzelnen Kleidungsstücke liegen noch auf meinem ungemachten Bett, ebenso wie das Packpapier, das ich aus meinen neuen Chucks gezogen hatte, und der Schuhkarton. Ich bin gerade im Begriff, alles in den Mülleimer unter dem Schreibtisch zu stopfen, als mir plötzlich eine neongrüne Stelle auf einem der zusammengeknüllten Papiere ins Auge sticht. Intuitiv ziehe ich es noch einmal hervor und entfalte es behutsam. Sobald ersichtlich wird, was ich kaum zu hoffen gewagt habe, beginnt mein Herz wie verrückt zu pochen.

Mit bebenden Fingern öffne ich das Papier, und meine Augen fliegen wieder und wieder über die wenigen, hastig geschriebenen Worte:

Verlass das Haus um 11:35 Uhr und triff mich an der
Bank unter der großen Birke, rechts hinter dem Teich.
Verhalte dich unauffällig und warte dort auf mich.
Vernichte diese Botschaft!

XXVII.
~ Katie ~

Ausgerechnet an diesem Vormittag, an dem ich vorhabe, mich mit Jonah zu treffen, ist Mason spät dran. Ich muss aufpassen, mir meine Ungeduld nicht anmerken zu lassen.

Mason beugt sich über die hohe Lehne des Sessels, in dem ich sitze und vorgebe zu lesen. »Was hast du heute vor?«, fragt er lächelnd und streichelt mir über die Wange. Ich schmiege mich gegen seine Hand. »Dieser Roman hier ist sehr spannend, also werde ich wohl noch eine Weile lesen ... Oh!« Damit lege ich das aufgeklappte Buch in meinen Schoß und tue so, als wäre mir der Gedanke gerade erst gekommen. »Und laut Doktor Brenner darf Mr Tanner heute das Bett verlassen. Vielleicht bringe ich in Erfahrung, was er benötigt, um mit dem Malen zu beginnen. Schließlich schuldet er dir noch eine Kostprobe seiner Künste.«

Obwohl meine Worte und mein Tonfall erfreulich nüchtern klingen, achte ich angespannt auf Masons Reaktion. Zunächst stellen seine Finger auf meiner Wange ihre kleinen Bewegungen ein, also ergreife ich sie und drücke sanft zu.

»Boris wird dich begleiten. Wir kennen diesen Tanner nicht. Rose, vergiss das nicht«, ermahnt er mich.

»Sicher«, willige ich mit einem lässigen Schulterzucken ein. »Aber er ist nur ein Künstler, Mason, nichts weiter.«

»Ja, ein vollkommen mittelloser Künstler in unserem Haus. Ich fasse bis jetzt nicht, wie ich dem zustimmen konnte.«

»Hast du Angst, dass er dich bestiehlt?«

Kaum sind die Worte ausgesprochen, bemerke ich meinen Fehler. Ich hätte *uns* sagen sollen, nicht *dich*. Diesmal sind es nicht nur seine Finger, die sich versteifen; seine Atmung stockt, und seine Anspannung reicht gewiss viel tiefer.

Da eine Berührung allein nun bestimmt nicht ausreichend wäre, wende ich mich ihm zu und lächele ihn liebevoll – und hoffentlich besänftigend – an. »Es gibt nichts, was du befürchten musst, mein Schatz«, versichere ich ihm und küsse seine Handinnenfläche. »Der Mann wird für uns arbeiten und uns anschließend wieder verlassen. Unser Entree wird so einzigartig und beeindruckend werden, wie du es dir kaum vorstellen kannst. Dein Vergleich mit der Sixtinischen Kapelle trifft es sehr gut, weißt du?« Ich schenke ihm ein fast schon kindlich euphorisches Strahlen, das ihn sofort sichtlich einnimmt. Dennoch beeile ich mich, ihn weiter von seinen Zweifeln abzulenken.

»Vielleicht können wir das Gemälde sogar schon bei der Feier unseres Hochzeitstages enthüllen. Was meinst du?« Masons rechtes Augenlid zuckt. Für einen Moment fürchte ich, es mit meiner Begeisterung übertrieben zu haben. Doch schon mit dem nächsten Blinzeln lächelt er mich an. Entwarnung.

»Ich meine, dass das wunderbar klingt«, befindet er. »Vor allem aber freue ich mich, dass du etwas gefunden hast, für das du dich wieder vollen Herzens begeistern kannst. Nach der Ausschabung ...« Sein Blick trübt sich, und einen Moment lang tut er mir fast ein wenig leid – ich weiß schließlich, wie sehr er sich ein Kind mit mir wünscht. »Ich habe mir große Sorgen um dich gemacht, Rose. Darüber, dass du die Enttäuschung nicht verkraftest. Ich meine, nach all der Zeit des vergeblichen Hoffens ...«

Stumm schaue ich auf das Buch in meinem Schoß. Mason muss denken, dass es mir nach wie vor schwerfällt, über die Fehlgeburt zu sprechen, und damit liegt er auch nicht falsch. Hauptsächlich weiche ich ihm jedoch aus, weil die Begebenheiten, von denen er ausgeht, *so* schlichtweg nicht zutreffen – und weil er unter keinen Umständen hinter dieses Geheimnis kommen darf.

»Wir kriegen das schon hin«, versichert er mir tröstend. »Du hast Doktor Brenner doch gehört. Er glaubt, der Knoten ist jetzt endlich geplatzt. Und dass die erste Schwangerschaft bereits in einem so frühen Stadium endet, ist zwar sehr traurig, aber leider keine Seltenheit. Das nächste Mal wird alles gut gehen, du wirst schon sehen, Rose. Die Frist, die wir nach dem Eingriff einhalten sollten, ist bald verstrichen. Und dann ...« Noch einmal beugt er sich über die Lehne des Sessels zu mir herab, hebt mein Kinn an und küsst mich zum Abschied besonders lange und bedeutungsvoll auf den Mund.

* * *

Um 11:38 Uhr schließt sich endlich das große Tor hinter dem Mercedes-Benz. Ich atme tief durch und zupfe den Vorhang vor dem bodentiefen Fenster zurecht, durch das ich gespäht und ihm wie ein kleines Mädchen nachgewinkt habe.

Sollte Jonah meine Botschaft gefunden haben, ist er vielleicht schon im Garten. Aber ich darf mir meine Nervosität nicht anmerken lassen; alles muss ganz zufällig wirken. Außerdem habe ich ja einen Auftrag von Mason erhalten: *»Richte diesem Künstlerfreak aus, dass ich später mit ihm reden will. Selma soll ihn heute Abend um acht Uhr ins Kasino führen, dann bespreche ich alles Weitere mit ihm.«*

Zunächst rufe ich nach Selma und bitte sie, Jonah aus seinem Zimmer zu holen. Als sie wenige Minuten später vermeldet, ihn dort nicht angetroffen zu haben, nicke ich nur nachdenklich. »Dann wird er wohl im Garten sein, oder? Du hast ihm doch gesagt, dass er sich nirgendwo anders aufhalten darf?«, grübele ich laut und verlange auf ihre Bestätigung hin nach Boris.

Um 11:47 Uhr zieht mein Leibwächter endlich die Verandatür hinter uns zu. Schweigend schlendern wir durch den Garten und halten Ausschau nach Jonah. Ich nur vorgetäuscht, Boris wirklich. Ich überlasse es ihm, Jonah zu entdecken und mit seinem klobigen Zeigefinger triumphierend auf die alte Birke zu zeigen, unter der Jonah sitzt und über den Teich blickt. Ich nicke ohne erkennbare Emotionen und steuere festen Schrittes auf ihn zu, obwohl sich meine Knie eher so anfühlen, als seien sie aus Wackelpudding gemacht.

Boris und ich gehen über die hölzerne Brücke, die über den Teich führt. Dort bleibe ich stehen. »Warte hier, Boris. Ich will nicht, dass er sich unwohl fühlt. Um künstlerisch tätig zu werden, muss er unbefangen sein. Und du warst derjenige, der ihn verprügelt hat.«

»Aber Mrs Sturridge …«

»Kein Aber. Du bist ja mit höchstens zwanzig Schritten da, sollte er plötzlich auf mich losgehen«, sage ich mit unverhohlenem Sarkasmus und lasse es mir dabei nicht nehmen, die Augen zu verdrehen. Boris sieht mich ein wenig perplex an, bleibt aber, als ich mit straffem Schritt weiterstiefle, wirklich auf der Brücke zurück.

»Hallo«, begrüßt Jonah mich mit einem unsicheren Lächeln. Er erhebt sich sogar von der Bank und nickt mir so höflich und reserviert zu, als würde unsere Begegnung ein gutes Jahrhundert vor unserer Zeit stattfinden.

Erinnerungen, die im krassen Gegensatz zu der gegenwärtigen Szene stehen, blitzen durch meinen Kopf: der Geschmack seines Blutes, das Gefühl seiner warmen Zunge an meinem Zeigefinger, sein stechender Blick aus diesen wunderbaren Augen mit ihrer undefinierbaren Farbe und den großen schwarzen Polen, in denen ich mich ein ums andere Mal zu verlieren drohe.

»Hallo«, erwidere ich und deute mit einem kurzen Nicken zurück auf die Bank. Wie auf Kommando nimmt er wieder Platz und wartet, bis ich mich neben ihn setze. Ganz bewusst drehe ich Boris den Rücken zu und versuche, meine Bewegungen möglichst nebensächlich wirken zu lassen. »Geht es dir besser?«, frage ich tonlos.

»Sehr viel besser«, bestätigt Jonah. »Der Husten ist nur noch am Morgen und vor dem Einschlafen wirklich lästig. Und die Schmerzen sind so gut wie weg.« Ich nicke erleichtert über diese guten Nachrichten, schaffe es aber kaum, ihm in die Augen zu schauen.

Was ist das nur zwischen uns? Und wie kann es nach wie vor so stark sein?

»Danke für alles«, sagt er und schaut dabei kurz an sich und seiner neuen Garderobe hinab. So frisch und stilvoll eingekleidet sieht er fast schon unverschämt gut aus, aber was hatte ich auch anderes erwartet?

Jonah tappt ein paarmal mit den Sohlen auf und zieht meinen Blick damit auf seine Chucks. »Besonders die hier finde ich toll.« Seine Worte sind zweideutig, denn ich weiß, dass er nicht nur von den Schuhen spricht, sondern auch von der Botschaft, die sich in ihnen verbarg und überhaupt erst zu diesem Treffen führte.

»Warum bist du nicht über Selma gegangen wie bisher?«, fragt er – clever und wissbegierig wie eh und je.

»Sie soll so wenig wissen wie möglich«, erkläre ich knapp.

»Damit sie durch uns nicht in Schwierigkeiten gerät«, schlussfolgert er.

Ich sage es ja. Clever.

»Was brauchst du zum Malen?«, entfährt es mir nach einer kurzen Pause.

»Das kommt ganz darauf an. Kreide, Ölfarben, Wasserfarben.« Er versucht sich an einem vorsichtigen Lächeln, dem ich jedoch ausweiche, bevor ich mich nicht mehr loseisen kann.

»Ich meinte eher, was du an Leinwänden und Blöcken benötigst.«

»Nichts Spezielles. Ein einfacher Skizzenblock reicht vollkommen. Und wenn es eine Leinwand sein soll, dann nimm einfach eine im mittleren Preissegment. Teurere konnte ich mir eh nie leisten.«

»Und an Pinseln?«

»Nichts. Die hat Mrs Lutz mir gelassen. Das Etui steckt in meinem Rucksack.«

»Gut.«

Obwohl wir in einem Abstand von bestimmt dreißig Zentimetern nebeneinandersitzen – ich auf meinen Händen und er mit zwischen den Knien eingeklemmten Fingern –, prickelt meine Haut, als würde Jonah mich berühren. So intensiv schaut er mich an.

»Nicht –«, höre ich mich sagen. Hilflos, wie das schüchterne Mädchen, das ich einst war, schießt mir die Röte in die Wangen und lässt mich innerlich glühen.

»Ich kann nicht aufhören, an das zu denken, was das letzte Mal zwischen uns passiert ist«, gesteht er ohne weitere Umschweife.

»Es ist vollkommen egal, was beim letzten Mal geschah. Ich habe mich hinreißen lassen, weil ich so erleichtert war, als du aufgewacht bist und es dir besser ging. Aber ich bin eine verheiratete Frau, und so etwas ... darf nie wieder vorkommen.«

»Und das willst du wirklich?«, hakt er nach, scheinbar unbeeindruckt von den harten Worten, die ich gewählt habe und die mir nach wie vor in der Kehle brennen, als wären sie in Gift getränkt gewesen. Mit meinem Blick flehe ich ihn an, endlich aufzuhören.

»Ich kann nicht«, erwidert er leise, aber bestimmt. »Dich aufzugeben wäre, als würde ich mein ganzes Leben aufgeben.«

Ihn das sagen zu hören trifft mich tief. Nicht zuletzt, weil ich genau weiß, wie hart es ist, den einen kleinen Hoffnungsschimmer, an den man sich jahrelang geklammert hat, verglimmen zu sehen. Ich widerstehe nur knapp der Versuchung, meine Hand nach seiner auszustrecken. »Wir waren damals doch fast noch Kinder. Ich war gerade vierzehn Jahre alt und du sechzehn. Nur jetzt ... solltest du mich endgültig loslassen.«

Er lässt mir keine Zeit, unter der Last meiner eigenen Forderung schwach zu werden. »Und damit aufgeben, was wir einmal hatten?«, fragt er ungläubig, fast schon entsetzt. »Oder eher, immer noch haben?«

»Nein, hatten!«, beharre ich, obwohl ich weiß, dass er recht hat. Wären die Umstände anders und gäbe es eine Möglichkeit ... Oh, ich weiß genau, wie gut wir miteinander sein könnten. Alles in mir sehnt sich nach Jonahs Nähe. Aber weil er das nie erfahren darf, wähle ich meine Worte vorsichtig und schlucke zunächst noch einmal, um mich mental zu festigen. »Damals ... Für uns beide war es das erste Mal überhaupt, dass wir uns verliebt hatten. Das bleibt. Es heißt bestimmt nicht umsonst *Die erste Liebe vergisst man nie*, oder? Und so ist es auch. Ich habe dich nie vergessen, Jonah. Trotzdem ist das inzwischen längst ... vorbei.«

Ich halte seinem durchdringenden Blick stand. Obwohl es mich innerlich fast zerreißt, begegne ich seinen Augen offen und fest. Als würde ich – zwar ein wenig bedauernd, aber durchaus aufrichtig – tatsächlich meinen, was ich ihm soeben gesagt habe.

In diesen Sekunden hasse ich Mason für das, was er aus mir gemacht hat: eine Lügnerin. Und eine überzeugende noch dazu. Denn ich sehe, dass sich Jonahs Gesichtszüge wandeln, dass das Hoffnungsvolle weicht und durch etwas Bitteres ersetzt wird, das ich nicht so recht einzuordnen weiß. Seine Augen bekennen ... ja, was? Verletzung, Wut, Verzweiflung? Vielleicht ein Gemisch aus alledem. Fest steht, dass mir diese Wandlung – sosehr ich sie auch angestrebt haben mag – durch und durch zuwider ist.

»Vielleicht war es für dich das *erste* Mal, dass du dich verliebt hast«, resümiert er schließlich und stößt dabei ein ebenso kraft- wie humorloses kleines Lachen aus.

Irritiert schüttele ich den Kopf. »Wie meinst du das? War es das für dich denn nicht?«

»Das habe ich nicht gesagt«, entgegnet er sofort. Das Zucken seines Kinns entgeht mir nicht. Schließlich findet er in einen deutlich milderen Ton zurück. »Natürlich war es auch für mich das erste Mal. Nur für mich ... war es auch das letzte Mal.«

Mit diesen Worten, die mich so mühelos einknicken lassen wie einen Strohhalm im Sturm, erhebt er sich und nickt mir noch einmal steif zu wie schon zu Beginn dieser Unterhaltung. »Mrs Sturridge.«

Sein Gruß ist eine eisige Schlinge, die sich um mein Herz legt und ruckartig zuzieht. Aber es ist allein Jonahs vorangegangenem Geständnis zuzuschreiben, dass ich so lange benötige, um aus meiner Schockstarre zu finden. »Warten Sie!«, rufe ich, als er sich schon einige Meter entfernt hat.

Jonah dreht sich noch einmal um, und sein Blick trifft mich aus so leeren, trüben Augen, dass ich mich räuspern muss, um überhaupt weitersprechen zu können. »Mein Mann möchte Sie heute Abend sehen. Selma wird Sie gegen acht Uhr abholen.«

Er hebt die Augenbrauen, als wollte er fragen, ob das nun endlich alles war. Sobald ich ihm zunicke, deutet er einen militärischen Gruß an und stolziert mit geradem Rücken und erhobenem Kopf an Boris vorbei, ohne ihn auch nur eines einzigen Blickes zu würdigen.

XXVIII.
~ Jonah ~

»Mr Tanner, treten Sie ein!«

Sobald ich den riesigen Raum betreten habe, zieht Selma die Tür hinter mir zu. Nun bin ich allein mit dem Hausherrn. Na ja, wenn man mal von Zach absieht, der so reglos wie eine Statue vor einem der schweren Fenstervorhänge steht.

»Sie sehen besser aus«, stellt Mason fest. Sein Blick gleitet in gespielter Anerkennung an meiner neuen Kleidung hinab. Würde er mir wirklich ein Kompliment machen wollen, würde er sich wohl stärker bemühen, seine Geringschätzung zu verbergen. So jedoch sind seine Worte und Gesten nicht mehr als eine Phrase, und es kostet mich Überwindung, überhaupt darauf zu reagieren.

»Vielen Dank, dass Sie mich bei sich aufgenommen haben. Auch für die medizinische Versorgung und die Kleidung. Das alles ist sehr großzügig von Ihnen.«

»Oh nein, bedanken Sie sich nicht bei mir, sondern bei meiner Frau«, stellt er klar und deutet auf den großen Billardtisch in der Mitte des Raums. »Spielen Sie?« Ich ringe mir ein unsicheres Nicken ab und steuere auf Mason zu, der mir bereits einen Queue entgegenstreckt. Zach tritt aus seiner Ecke hervor, doch Mason hebt die Hand, und sein Leibwächter geht sofort auf seinen Platz zurück.

Wie ein Kettenhund, denke ich grollend.

Während Mason die Kugeln im Dreieck anordnet, bleibt es vollkommen still zwischen uns, wodurch mir erst auffällt, dass eine leise Hintergrundmusik läuft. Auf der Suche nach den Lautsprechern lasse ich meinen Blick quer durch den Raum schweifen. Sie nennen ihn nicht umsonst das Kasino. Der bordeauxrote Teppich ist in groben Karos gemustert und unterstreicht den typischen Charakter eines Spiellokals. Neben dem Billardtisch gibt es eine Bar, einen Roulette- und einen Pokertisch, mehrere Spielautomaten, und in einer Ecke hängt eine elektronische Dartscheibe. Dort, wo Zach steht, dicht bei der Bar, befindet sich eine Art Lounge mit einer ausladenden Couchlandschaft, zwei sehr bequem aussehenden Sesseln und einem enormen Flachbildfernseher. Sein tonloses Bild flackert über einem modernen Gaskamin.

Zwischen den drei Säulen, die den Raum in seine verschiedenen Spielbereiche einteilen, hängen riesige Kronleuchter von der Zimmerdecke herab. Plötzlich bin ich mir sehr sicher, dass Mason sich mit diesem Kasino einen Traum erfüllt hat, den er vermutlich schon als Junge hatte.

»Bitte«, sagt er und deutet mit einem Lächeln, das meilenweit davon entfernt ist, seine grauen Augen zu erreichen und damit wirklich gönnerhaft zu wirken, auf den Billardtisch. »Sie beginnen!«

Ich ergreife den Kreidewürfel, reibe ihn über die Spitze des Queues und setze zu meinem ersten Stoß an. Dabei fühle ich mich so unsicher und angespannt wie damals, bei meiner Ankunft im Heim, als sämtliche Augenpaare auf mich gerichtet waren. Nein, nicht sämtliche. Noch einmal sehe ich Katie vor mir, wie sie in dem breiten Fenstersims saß und mit leerem Blick in den Garten hinausstarrte. Könnte ich mit dem Wissen von heute doch nur noch einmal an diesem Tag ansetzen.

Gedankenverloren schaue ich zu, wie die bunten Kugeln klackernd in alle Richtungen auseinanderstieben. »Die Vollen«, sagt Mason, als die grüne Sechs in eines der hinteren Löcher fällt. Ich setze den Queue noch einmal an und versenke zu meinem Erstaunen die blaue Zwei. Der anschließende Versuch, die lilafarbene Vier folgen zu lassen, scheitert jedoch.

Mason setzt zu seinem ersten Stoß an und versenkt direkt zwei seiner Halben. Ohne auch nur mit der Wimper zu zucken, richtet er sich auf und nimmt die nächste Kugel ins Visier. Er versenkt auch sie zielgenau, mit einem harten Stoß, und legt dann eine kurze Pause ein, um zur Kreide zu greifen. »Sind Sie so weit wieder bei Kräften, dass Sie bald mit dem Malen beginnen können?«

»Ich denke schon, ja. Es geht mir schon wesentlich besser.«

Mason nickt. »Meine Frau hat Ihnen heute die gewünschten Utensilien besorgen lassen.« Er wirft Zach einen kurzen Blick zu. Der reagiert sofort, nimmt eine große Papptüte von der Theke und gibt sie mir. Ich finde Blöcke, einen kompletten Kreidekasten, Acrylfarben und mehrere Kohlestifte darin.

»Wir haben auch noch zwei Leinwände besorgt«, sagt Zach und deutet hinter die Theke.

»Ist es das, was Sie benötigen?«, fragt Mason.

»Ja, das ist perfekt.« Als ich mich wieder zu ihm umdrehe, ist er gerade dabei, die schwarze Acht ins Visier zu nehmen und sie mit demselben Geschick zu versenken wie seine anderen sieben Kugeln zuvor. Danach hängt er unsere Queues zurück in die entsprechenden Vorrichtungen und bedeutet mir mit einer kurzen Kopfbewegung, ihm an die Bar zu folgen. Sein Statement hat er klargemacht: Er beherrscht dieses Spiel bedeutend besser als ich. Und er wird ebenso kurzen Prozess mit mir machen wie mit seinen Kugeln, sollte ich nicht nach seinen Regeln spielen – auch diese Botschaft erahne ich.

»Was trinken Sie?«

»Ein Wasser, bitte. Ich stehe noch unter Antibiotika.« Er lächelt amüsiert. Zach reicht mir das Wasser und mischt Mason einen Gin Tonic.

»Warum habe ich nur das Gefühl, mir mit Ihnen den Feind ins Haus geholt zu haben, Mr Tanner?«, fragt Mason schließlich unumwunden und umkreist den Rand seines Glases dabei mit Zeige- und Mittelfinger, als wollte er ihm einen Ton entlocken.

Für einen Moment setzt mein Herzschlag aus, doch dann zucke ich nur mit den Schultern. *»Nimm deine Furcht und wandle sie in Stärke«*, hallt mir die Stimme meiner Granny durch den Kopf. Fast muss ich lachen. Es ist doch verrückt, dass sie mir bis heute ihre Ratschläge erteilt, obwohl sie schon seit zwei Jahrzehnten tot ist.

»Ich weiß nicht, warum Sie mir so misstrauen, Mr Sturridge. Wüsste ich es nicht besser, würde ich –« Ich stocke und lasse meinen Satz bewusst in einem fast schon ängstlich wirkenden Kopfschütteln enden, denn ich will, dass er mich auffordert, es auszusprechen.

»Nur keine Scheu! Was würden Sie, Mr Tanner?«

»Ich würde denken, Sie machten sich Sorgen um Ihre Frau. Dass ich ihr ... zu nahekommen könnte oder so.«

Masons Lippen pressen sich fest aufeinander, und als Zach hörbar scharf die Luft einzieht und sich zugleich etwas breiter hinter der Theke aufbaut, bin ich für einen Moment davon überzeugt, den Bogen überspannt zu haben. Innerlich bereite ich mich schon auf weitere Faustschläge vor, da lockern sich Masons Gesichtszüge plötzlich wieder, und er lacht los. »Können Sie mir mein Misstrauen verübeln, Mr Tanner? Ich meine, sehen Sie sich Rose doch an. Ist sie nicht eine durch und durch begehrenswerte Frau?«

Diese Reaktion verwirrt mich unglaublich. Hat er mich wirklich gerade gefragt, ob ich seine Ehefrau attraktiv finde?

»Mr Sturridge, Ihre Frau ist wirklich wunderschön«, erwidere ich und wage mich bewusst noch einen Schritt weiter vor, indem ich hinzufüge: »Um ehrlich zu sein, wollte ich sie schon von der ersten Sekunde an malen.« Und das ist nicht einmal gelogen.

Das leichte Beben seiner Nasenflügel bleibt mir nicht verborgen. Masons Finger liegen dermaßen fest um das Gin-Tonic-Glas, dass die Knöchel weiß hervortreten. Die Atmosphäre vibriert, so geladen und angespannt ist sie. Ich lasse ihn noch einen Moment zappeln und verspüre dabei einen Hauch von Genugtuung.

»Aber ich begehre Ihre Frau nicht«, stelle ich dann in einem so emotionslosen Ton klar, als wäre es die Wahrheit. »Ich bin homosexuell«, füge ich mit einem Schulterzucken hinzu, gerade, als sich seine Stirn in Falten legen will. Sofort hebt er die zusammengezogenen Augenbrauen wieder. »Sie sind …«

»Homosexuell, ja. Ein schwuler Künstler. So etwas soll es geben.« Ich versuche mich an einem Lächeln, von dem ich erst weiß, dass es überzeugend genug ausgefallen ist, als sich Masons Miene erhellt und er sein erleichtertes Grinsen nicht länger unterdrücken kann.

»Ich bin nicht unbedingt ein Fan der Homosexualität«, lacht er und schlägt mir fast schon kameradschaftlich auf die Schulter. »Aber in Ihrem Fall mache ich da gerne eine Ausnahme.«

Ich lache mit ihm. »Gut! Ich hatte das Bedürfnis, das Thema Ihnen gegenüber anzusprechen. Auch wenn ich nicht wusste, wie Sie reagieren würden.«

Mason nickt schmunzelnd. »Haben Sie denn einen festen Partner?«

»Ja«, sage ich ohne das geringste Zögern und zücke zugleich meine Geldbörse. Ich reiche ihm das Foto des schlafenden Milow mit Nash im Arm, das ich kurz nach der erfolgreichen Eröffnung des *Pie Paradise* geschossen hatte. »Das sind meine beiden Männer.« Um ein Haar muss ich kichern, als ich das sage. Aber meine Lüge scheint Wunder zu wirken, denn nicht nur ich bin nun viel lockerer, auch Mason agiert spürbar gelöst.

»Sagen Sie, könnte ich meinen Freund morgen vielleicht einmal von einem Ihrer Telefone anrufen?«, bitte ich, als er mir das Bild zurückgibt. Ich bin mir sicher, dass ich mit dieser Frage auch Masons letzte Zweifel endgültig auslösche. »Es ist jetzt gut eine Woche her, dass wir miteinander telefoniert haben. Seitdem liegt mein Handy als Pfandleihe in der Pension, und obwohl er es gewohnt ist, dass ich oft lange unterwegs bin, macht er sich bestimmt schon Sorgen.«

Mason sieht mich irritiert an. »Sie haben doch ein Telefon auf Ihrem Zimmer. Nutzen Sie es einfach!«, sagt er und klingt dabei zur Abwechslung wirklich gastfreundlich. Dann klopft er mir noch einmal auf die Schulter. »Gut! Jetzt, wo wir das geklärt haben, kommen wir zum geschäftlichen Teil. Was gedenken Sie zu malen, um mich von Ihrem Können zu überzeugen, Mr Tanner?«

»Nun, wenn ich Ihre Frau richtig verstanden habe, wünscht sie ein recht ausladendes Werk, das an die guten alten Zeiten Seattles erinnert.«

»Ja, sie sprach von einer szenischen Momentaufnahme, wie sie um die Gründerzeit oder kurz darauf stattgefunden haben könnte.«

»Hm, also ab 1850. Man könnte da sicher ein paar schöne Dinge machen. 1889 wütete doch auch der große Brand, der das gesamte Geschäftsviertel zerstörte, nicht wahr?«

Mason nickt. »Ja, genau.«

»Dann sollten wir vielleicht danach ansetzen«, ereifere ich mich, mit einem Mal von einer Idee gefesselt, die sehr lebendige Bilder in meinem Kopf wachruft. Plötzlich scheint sich mir eine Möglichkeit aufzutun, Mason endgültig für dieses Gemälde zu begeistern und zugleich meine Rolle als ortskundiger Künstler noch glaubwürdiger zu gestalten.

»In dieser Zeit wurde doch die Bestimmung erlassen, die Hauseingänge um mehrere Meter über dem damaligen Straßenniveau anzusetzen.«

»Mag sein«, sagt Mason, der offensichtlich keine Ahnung hat, wovon ich spreche.

»Ja, ich meine mich dunkel daran zu erinnern«, grübele ich laut, in Wahrheit erinnere ich mich an jedes Detail der einst von Julius geschilderten Stadtgeschichte Seattles. Niemand hatte es besser verstanden als er, historische Ereignisse dermaßen lebendig zu erzählen.

»Als das Stadtzentrum Ende des 19. Jahrhunderts in Schutt und Asche lag, beschloss man, beim Wiederaufbau einige Verbesserungen vorzunehmen. In der ursprünglich vollständig aus Holz erbauten Stadt hatte man nämlich weder die starken Gezeiten bedacht noch die Launen des Meeres, das die Straßen regelmäßig überschwemmte. Selbst die Toilettenspülungen durften nur bei Ebbe bedient werden; bei Flut spülten sie rückwärts.«

»Widerlich«, befindet Mason.

»Ja ziemlich. Deshalb sollte das komplette Zentrum rund um den *Pioneer Square* mit mehreren Metern Erde und Geröll aufgeschüttet werden, was den Geschäftsinhabern jedoch viel zu lange gedauert hätte. Also einigte man sich darauf, die neuen Steingebäude sofort hochzuziehen, die Erdgeschosse jedoch auf ein mehrere Meter über dem damaligen Straßenlevel liegendes Niveau anzuheben. Auch die Straßen wurden dieser neuen Höhe angeglichen, doch zunächst klafften zwischen den Straßendämmen und Hauseingängen noch die Schluchten der Gehwege, die erst nach und nach fertiggestellt wurden.« Ich lache auf. »Bestimmt ist diese eigenwillige Architektur nicht nur einem betrunkenen Saloonbesucher zum nächtlichen Verhängnis geworden. Und stellen Sie sich nur mal die feinen Damen mit ihren edlen Samt- und Seidenkleidern vor, wie sie über provisorische Bretterbrücken balancierten.« Mason schmunzelt träge.

»Für ein bestimmtes Geschäft kristallisierte sich der große Brand aber als wahrer Segen heraus«, fahre ich fort, denn hier liegt der eigentliche Ursprung meiner plötzlichen Begeisterung. »Nämlich für das Bordell.«

Schlagartig wird Mason hellhörig. »Das Bordell?« Er scheint die Geschichte der Stadt, in der er seit mindestens zwei Jahrzehnten lebt, tatsächlich nicht besonders gut zu kennen.

»Ja. Beinahe alle Geschäftsleute hatten ihren Besitz verloren und mussten sich erst nach und nach mühsam erholen. Außer der einzigen Bordellbesitzerin der Stadt, die ihr Geschäft sehr schnell wieder aufnehmen konnte. Durch die Nähe zum Meer und die stetig aufschlagenden Seemänner florierte ihr Business regelrecht. Und so konnte sie schon bald großzügige Kredite an einige Unternehmer der Stadt vergeben. Zwar nahm sie dafür höhere Zinsen, verlangte aber weit weniger Sicherheiten als die Banken.«

»Ohne das Bordell hätte Seattle also nicht so schnell neu erbaut werden können?«, fragt Mason nun sehr interessiert.

»Nicht so schnell und nicht so prächtig, ja. Selbst nach ihrem Tod floss ihr gesamtes Vermögen der Stadt zu, die einige Schulen davon baute. Allerdings wurde kein einziges dieser Institute nach ihr benannt, und auch in den Geschichtsbüchern findet sie kaum Erwähnung.«

Wehmütig denke ich an Julius zurück, dessen Unterricht nie etwas mit trockenem Jahreszahlenbüffeln und Bücherwälzen zu tun hatte. Und dabei wird mir plötzlich bewusst, was ich mir nie zuvor so deutlich vor Augen gehalten habe: Julius war die einzige Vaterfigur in meinem gesamten verkorksten Leben.

Mason schüttelt den Kopf. »Nun, an dieser heuchlerischen Einstellung der breiten Öffentlichkeit hat sich bis heute nichts geändert. Von dem Geld, das dieses Business bringt, profitieren alle nur allzu gerne. Und trotzdem zerreißen sie sich hinterrücks ihre Mäuler.«

Ich schnappe seine durchblitzende Verbitterung auf und beschließe, sie für meinen Plan, Sympathie in ihm zu wecken, zu nutzen. »Ich werde diese Doppelmoral nie verstehen. Immerhin ist die Prostitution das älteste Gewerbe der Welt, nicht wahr?«

»Natürlich ist sie das.« Mason nickt mir mit Nachdruck zu. Als er sein Glas erhebt, tue ich es ihm gleich, und wir prosten einander zu.

»Auf jeden Fall könnte ich diese Epoche des Wiederaufbaus der Stadt zum Thema des Werks machen«, fahre ich nach wenigen Schlucken fort. »Teils romantische, teils ulkige Straßenszenen, den Handel am Hafen und das turbulente Nachtleben. Meinen Sie, das würde Ihnen und Ihrer Frau gefallen?«

Mason nickt bedächtig. »Ich bin mir ziemlich sicher, dass Rose begeistert sein wird. Und bei der Feier unseres fünfzehnten Hochzeitstages, auf der wir Ihre Malerei enthüllen wollen, würde ein solches Motiv sicher für Erheiterung sorgen. Aber, zurück zu meiner eigentlichen Frage: Was gedenken Sie zu malen, um mich von Ihrem Können zu überzeugen?«

»Was immer Sie wollen, Mr Sturridge.«

Er grübelt eine Weile. »Wie lange benötigen Sie für ein Porträt?«

»Das kommt ganz darauf an, ob ich es nur schnell mit Kohle skizziere oder ob es ein aufwendigeres Gemälde werden soll, in Öl oder Acryl beispielsweise.«

»Und wenn Sie es nur skizzieren und anschließend aufwendiger fertigstellen?«

»Auch das wäre möglich.«

»Nun gut! Dann malen Sie ein Bild von mir und meiner Frau. Zach, hol Rose!« Kaum dass sein Leibwächter das Kasino verlassen hat, tritt Mason hinter den Bartresen, um sich sein Glas erneut zu füllen. Aus einer milchig weißen Flasche lässt er eine Flüssigkeit laufen, die zwar wie Wasser aussieht, wohl aber Wodka sein muss. Nur so lässt sich die Grimasse erklären, die er zieht, nachdem er das gesamte Glas geleert hat, ohne es ein einziges Mal abzusetzen.

XXIX.
~ Jonah ~

»Was denn, ein Porträt, hier und jetzt?«, fragt Katie und blinzelt einige Male schnell hintereinander, lässt sich dann jedoch von mir zur Couch führen, auf der ich sie und Mason skizzieren will.

»Zieh dieses Ding aus!«, fordert Mason.

»Meinen Morgenmantel?« Entsetzt blickt Katie an dem grau schimmernden Stoff hinab. »Aber Mason –« Er hebt die Hand, bringt sie damit zum Schweigen und wendet sich dann seinem Leibwächter zu. »Ich brauche dich für heute nicht mehr«, lässt er den sichtlich verdutzten Zach wissen, der natürlich postwendend den Raum verlässt – Verwunderung hin oder her.

»Zieh den Mantel aus, Rose!« Masons Zunge mag vom Alkohol bereits ein wenig schwer sein, doch sein Tonfall duldet keinen weiteren Protest. Beinahe bewundere ich Katie dafür, dass sie es trotzdem wagt, dagegenzusprechen, wenn auch nur flüsternd.

»Aber ich trage nur mein weißes Nachthemd darunter«, sagt sie tonlos und errötet dabei auf so bezaubernde Weise, dass ich meinen Blick bewusst abwende und geschäftig mit meinen neuen Farben herumhantiere. Als ich mich schließlich wieder zu ihnen umdrehe, steht Mason vor seiner Frau, öffnet ihren Mantel und betrachtet sie eingehend. »Du bist so wunderschön«, wispert er. In seinen Worten schwingen Bewunderung und Erregung mit; er wirkt seltsam emotional. Man merkt ihm an, dass er getrunken hat, und Katie ist die Situation spürbar unangenehm. Sie windet sich unter seinem Blick.

»Bitte«, fleht sie schließlich leise und macht vorsichtige Anstalten, den Gürtel wieder zu verknoten. Doch Mason streift ihr den Mantel von den Schultern und überlässt ihn achtlos der Erdanziehungskraft. Katie, im besagten weißen Satinnachthemd, widersteht offensichtlich nur mit viel Mühe dem Drang, die Arme vor ihrem Oberkörper zu verschränken. Die hellbraunen Spitzen ihrer Brüste schimmern durch den hauchdünnen Stoff hindurch, ebenso wie das schmale dunkle Dreieck in Höhe ihres Venushügels.

Mason zieht mich aus meiner Faszination: »Hab keine Sorge. Mr Tanner ist homosexuell. Wusstest du das nicht, Rose?«

Katies Augen weiten sich. »Er ist ... So?«

»Ja«, lacht Mason. »Du siehst, es gibt keinen Grund für deine Scheu, auch wenn ich sie wertschätze. Also, wie wollen Sie uns in Szene setzen, Mr Tanner?« Ich räuspere mich und gehe auf die beiden zu. Als ich näher komme, bedeckt Katie die intimen Stellen ihres Körpers nun doch mit Armen und Händen.

»Mrs Sturridge, nehmen Sie doch bitte hier Platz«, fordere ich sie auf, deute auf die Ecke der Couch und achte dabei sorgsam darauf, ihr ausschließlich in die Augen zu schauen. Sie sieht mich verschämt und ungläubig zugleich an, vermutlich hin- und hergerissen zwischen der mehr als grotesken Situation und meiner dreisten Notlüge.

»*Homosexuell? Du?*«, scheint ihr Blick zu sagen, in dem ich neben der Scham und Fassungslosigkeit auch einen Hauch von Amüsement und, ja, auch Erleichterung zu erkennen glaube. Doch plötzlich wandelt sich ihre Miene. Katie dreht sich um, zieht meinen – und vor allem Masons – Blick damit unweigerlich auf ihren Po, dessen Rundungen dieser Hauch von Stoff nicht einmal ansatzweise zu verhüllen vermag, und nimmt schließlich sehr langsam und bedacht in der Ecke der Couch Platz. »So?«, fragt sie und zieht während eines eingehenden Blickes ihre angewinkelten Beine auf die Sitzfläche hoch. In dieser Position verdeckt das verdammte Nachthemd kaum noch ihren Schoß.

Ich verschlucke mich an meiner eigenen Spucke und beginne zu husten, was Mason hoffentlich meiner ausklingenden Krankheit zuschreibt. Zumindest wirkt er nicht sonderlich irritiert. »Ja, perfekt«, presse ich hervor und winke Mason dann hastig heran. »Jetzt Sie.«

»Daneben?«

Wir probieren es, doch die Position wirkt seltsam hölzern, nahezu künstlich und aufgesetzt. Was wir auch versuchen, Mason sieht wie ein Fremdkörper neben Katie aus. Immer wieder sage ich mir, dass das nicht an meiner generellen Abneigung ihm gegenüber liegt, bis mir plötzlich eine Idee kommt: »Nein, setzen Sie sich lieber seitlich auf die Rücklehne, hinter Ihre Frau.« Schon ein wenig genervt erhebt er sich. Doch sobald Mason hinter Katie Platz genommen hat, erhält die tief in ihm verankerte Dominanz den Raum, sich zu entfalten, und lässt ihn nicht länger fehlplatziert wirken. Den Blick fest auf mich gerichtet, erfassen seine Hände ganz von selbst Katies Gesicht, und während er mit seinen Fingern ihr Kinn anhebt, streicheln seine Daumen über ihre nach wie vor geröteten Wangen.

»Besser so?«, frage ich.

Mason nickt. »Ja, viel besser! Sie scheinen sich wirklich auf Ihre Kunst zu verstehen.«

Zu erkennen, dass du dich bedeutend wohler fühlst, wenn du von oben auf sie herabblicken kannst, ist wohl kaum eine Kunst, denke ich verbittert und ziehe die Schutzkappe des mittleren Kohlestiftes schnell mit den Zähnen ab, bevor ich noch etwas Dummes sage.

Ich beginne damit, Katie zu zeichnen, und ziehe die Konturen ihres hübschen Gesichts, ihrer Augen, Lippen und Nase auf das Papier. Sie ist mir ein bekanntes Motiv, und auch wenn ich eigentlich stundenlang dasitzen und sie malen könnte, weiß ich doch, wie unangenehm ihr diese Situation sein muss, und versuche, sie schnellstmöglich wieder zu erlösen.

Mason fällt es sichtlich schwer, in seiner Pose zu verharren. Schließlich wankt er zur Bar und gönnt sich ein weiteres Glas Wodka.

Katie sieht mich währenddessen beinahe Hilfe suchend an, doch diesmal schaffe ich es nicht, ihrem Blick standzuhalten, sondern wende mich meiner Zeichnung zu und tue geschäftig. Zu tief haben mich ihre Worte an diesem Vormittag getroffen. Es ist wirklich das erste Mal seit unserer Anfangszeit damals im Heim, dass ich nicht so recht weiß, wie ich Katie begegnen soll. Ob sie meint, was sie sagte? Hat sie tatsächlich mit allem abgeschlossen, was jemals zwischen uns war?

Mason kehrt zurück. Aber so exakt er seine Position auch wieder einnimmt – seine innere Haltung hat sich spürbar verändert. Ich fühle seinen Blick auf mir, in mir, und ich weiß nicht, was er zu erkennen versucht oder glaubt, doch als ich die Augen vom Block hebe, schiebt sich seine rechte Hand mit einem Mal über Katies Hals und ihr Dekolleté hinab, in den tiefen Ausschnitt ihres Nachthemdes.

Ich schlucke hart, als dieser Bastard vor meinen Augen damit beginnt, Katies Brüste zu massieren.

Während Katie offenbar nur mit äußerster Konzentration ihre Fassung bewahrt, sich jedoch keinen Millimeter rührt, kocht unsägliche Wut in mir empor. Ich spüre, wie sich meine Kinnpartie verkrampft, und weiß im gleichen Moment, dass ich dem rasenden Impuls, der mich durchfährt, unter keinen Umständen nachgeben darf. Mason testet mich, das spüre ich genau. Also atme ich leise und lang gezogen durch und verhelfe mir so zurück zu der nötigen Ruhe. Dann trifft mein Blick in seine stechend grauen Augen.

»Möchten Sie lieber ein erotisches Motiv, Mr Sturridge?«, frage ich, als wäre das die unverfänglichste Frage aller Zeiten.

»Hm, ich habe mit dem Gedanken gespielt«, erwidert er und zupft dabei leicht an Katies Brustwarze, was sie kaum wahrnehmbar zusammenzucken lässt. Ich fange ihren beschämten Blick ein und halte ihn sanft, aber bestimmt fest.

Gib ihm nicht diese Macht über dich!, sage ich immer wieder stumm zu ihr. Schon nach kurzer Zeit erkenne ich, dass sich ihre Atmung beruhigt und die roten Flecken auf ihrer Wange, ihrem Hals und dem Dekolleté zunehmend verblassen.

Jetzt, da sie sich gefasst hat, lege ich den Block zur Seite. »Nun, ich male Sie, wie immer Sie es wünschen. Vielleicht möchten Sie das kurz mit Ihrer Frau besprechen? Ich hole in der Zwischenzeit einen härteren Kohlestift.« Damit erhebe ich mich und verlasse den Raum.

Puh! Wie gerne würde ich die Stufen bis ins Dachgeschoss hochrennen, um meinen Frust in eines dieser bescheuerten grünen Kopfkissen aus meinem Schlafraum zu brüllen. Aber ich bin noch immer ziemlich schwach, und so dauert es eine halbe Ewigkeit, bis ich meine Zimmertür erreiche. Zum ersten Mal seitdem ich Katie hier in Seattle gefunden habe, zweifele ich daran, das Richtige zu tun. Es bringt mich fast um, sie so hilflos zu sehen, so ausgeliefert. Und Mason, der sich ihrer bemächtigt, als wäre sie seine Hure und nicht seine Ehefrau.

Als mir meine Granny wieder in den Sinn kommt, besinne ich mich darauf, einen kühlen Kopf zu bewahren. Ja, jetzt gilt es, Stärke zu beweisen und einen Ausweg zu suchen.

Den Kohlestift, der als Objekt meiner Ausrede herhalten musste, fest in der Hand, begebe ich mich auf den Rückweg. Entschlossener als je zuvor, Katie hier rauszubekommen.

* * *

»Also doch kein erotisches Motiv?«, frage ich ein wenig erstaunt und zugleich unglaublich erleichtert, als ich das Kasino erneut betrete und Katie zwar in unveränderter Position, jedoch eng in ihren Morgenmantel gehüllt vorfinde.

»Nein, ein ganz normales Porträt«, bestätigt Mason knapp und legt seine Hände zaghaft an Katies Kinn. Beinahe so, als würde er sie stumm um Erlaubnis bitten. »Und die Kleidung meiner Frau sollten Sie auf dem Gemälde auch ein wenig dezenter gestalten.«

Katies Gesichtsausdruck ist hart, und ihre Körperhaltung lässt wohl nicht nur mich erkennen, dass sie die Berührung ihres Mannes lediglich duldet. Widerwillig duldet. Sie gibt sich keinerlei Mühe, das zu verbergen. Masons Finger beben leicht, und wenn mich nicht alles täuscht, wirkt er sogar ein wenig beschämt.

Selma hatte wohl recht damit, als sie sagte, Katie habe in den vergangenen Jahren Wege gefunden, mit dem seltsamen Verhalten ihres Ehemannes umzugehen.

»In Ordnung«, sage ich und nicke beiläufig. Als würde mir nicht ein riesengroßer Stein vom Herzen fallen, dessen Aufprall man eigentlich hören müsste.

XXX.
~ Jonah ~

Die Sonne steht bereits hoch am Himmel, als ich aufwache. Ein ungläubiges Blinzeln in Richtung Uhr bestätigt, dass es schon fast Mittag ist. Erschrocken rolle ich mich aus dem Bett. Ich fühle mich gut, so erholt und ausgeschlafen wie schon lange nicht mehr.

Mein Blick schweift wie von selbst zu meinem nächtlichen Werk. Das Bild wird mit Abstand das beste, das ich seit einer gefühlten Ewigkeit gemalt habe.

Auf meinem Nachttisch stehen ein Glas Wasser und meine morgendlichen Medikamente zur Einnahme bereit. Ein Zettel lehnt daran:

Trinken, direkt nach dem Aufstehen!
Danach die 15 wählen und Frühstück bestellen.
Selma
PS: Ihr Gemälde ist jetzt schon atemberaubend schön!

Widerstrebend nehme ich meine Medizin ein. Hunger verspüre ich noch keinen, deswegen mache ich mich erneut an die Arbeit und greife zur Acrylfarbe. Dabei bleibt mein Blick wieder an Katies Abbild hängen. Ja, sie ist perfekt getroffen. Die Frau auf meinem Gemälde ist meine Katie, so, wie ich sie mir wünsche: mit sanften Augen und einem milden Lächeln auf den Lippen. Durch und durch zufrieden. Ich habe ihren eigentlichen Gesichtsausdruck vom Vorabend ebenso deutlich verändert wie ihre Körperhaltung, doch Mason wird das nicht bemerken. Im Gegenteil, er wird es lieben, seine Frau so zu sehen.

Mein Blick gleitet über die dünnen Kohlestiftlinien, mit denen ich Masons Konturen umrissen habe. Jetzt, nachdem meine Wut von gestern wieder etwas abgeklungen ist, fühle ich mich bereit dazu, auch ihn in Acryl zu malen. Noch im Pyjama, ungewaschen und mit hoffnungslos zerzaustem Haar begebe mich an die Arbeit.

Es fällt mir unheimlich schwer, Mason zu sehen. Wirklich zu sehen. Doch wenn sein Porträt nicht zu einer seelenlosen Abbildung geraten soll, muss ich mich ihm öffnen und viel tiefer blicken als bisher.

Schließlich sind es auch nicht die sanft geschwungenen Lippen Mona Lisas, die ihr Lächeln so wertvoll machen. Es ist der einzigartige Schimmer in ihren Augen, der unsere Fantasie anregt und bei dessen Betrachtung wir uns, wenn auch nur unterbewusst, unwillkürlich fragen, welche Geschichte sich wohl hinter diesem Lächeln verbirgt.

Offenkundig erzählen Masons Gesichtszüge von dem Leben eines reichen Mannes. Ich war mir auch zuvor schon sicher, dass er sich chirurgischen Schönheitseingriffen unterzogen hat, denn seine Stirn ist zu glatt, und auch um die äußeren Winkel seiner Augen liegen nur sehr wenige, flache Fältchen, wie die vagen Schatten einer natürlichen Alterserscheinung. Doch erst jetzt, als ich diese Partien male, erahne ich, dass Mason – für den es essenziell zu sein scheint, die Kontrolle über alles und jeden zu besitzen – sich wohl neben einer so jungen Frau wirklich schwer mit seinem Alterungsprozess tut. Vielleicht ist er im Grunde seines Herzens gar nicht so selbstbewusst, wie er immer auftritt? Auch dieses nervöse Zucken seines rechten Augenlids könnte auf eine unterschwellige Unsicherheit hindeuten.

Entspringt Masons ausgeprägte Eifersucht diesem geheimen Ort in seinem Inneren?

Und gestern Abend ...

Ich weiß nicht, was sich in meiner Abwesenheit zwischen Katie und ihm abgespielt hat, aber bei meiner Rückkehr erweckte Mason mit seinen vorsichtigen Berührungen und dem unsicheren Blick den Anschein, er würde seine Frau um Verzeihung für sein unmögliches Verhalten bitten. Dieser plötzliche Stimmungswandel verwirrte mich am meisten, passte die fast demütige Haltung doch so gar nicht zu dem Mann, den ich bis dahin kennengelernt hatte.

Aber jetzt, die Leinwand vor mir und den Pinsel sowie die Augen dicht an seinem gemalten Gesicht, erkenne ich die Zwiespältigkeit in ihm. Mächtige emotionale Gegensätze spiegeln sich im Grau seiner Augen wider, das mir bislang nur kalt erschienen war. Ich kann nicht sagen, wo seine Probleme verankert sind, aber nach der Fertigstellung des Porträts bin ich mir sicher, dass ich es mit einem sehr gefährlichen Mann zu tun habe und dass ihn diese psychische Instabilität in Kombination mit seinem Einfluss zu einer schier unberechenbaren Gefahrenquelle macht. *Manisch-depressiv*, hat Selma gesagt. Ich nehme mir fest vor, bei nächster Gelegenheit mehr über diese Störung in Erfahrung zu bringen.

Vorerst lehne ich mich jedoch zurück und betrachte Masons Bildnis. Es ist mir gut gelungen. Das merke ich an der Gänsehaut, die sich über meine Unterarme spannt, als ich ihn so offen betrachte, wie ich es bei dem echten Mason nie wagen würde.

Jetzt, nachdem ich mich so intensiv mit ihm befasst habe, weiß ich genau, was zu tun ist. Ich beuge mich noch einmal über das Gemälde und beginne die Kontraste in Masons Gesicht etwas aufzuweichen und seine Hautfarbe unauffällig, aber effektiv aufzuhellen. Ja, ich lege einen Weichzeichner über sein Gesicht und verjünge seine Erscheinung damit. Niemandem wird das bewusst auffallen. Dennoch werden meine Bemühungen ihre Wirkung nicht verfehlen, dessen bin ich mir sicher.

Nach und nach arbeite ich mich zum Rand der Leinwand vor, indem ich zunächst den Hintergrund male und dann Katies und Masons Haare darüberlege. Zufrieden mit meinem Werk, streiche ich noch einmal über Katies Wange und mache mich dann daran, die Pinsel zu säubern und mich endlich anzuziehen.

* * *

»Bevor dieser Teller nicht blitzeblank ist, beantworte ich keine einzige Frage«, stellt Selma unmissverständlich klar. Also esse ich in aller Hast, spüle den letzten Bissen Hackbraten mit einem Schluck Wasser hinunter und fordere sie dabei mit einem eindringlichen Blick auf, mir endlich zu sagen, wo Katie und Mason sind.

»Mr Sturridge ist im Bett, und Mrs Sturridge liest vermutlich im Pavillon im Garten«, lässt sie mich nun wissen.

»Ist Mr Sturridge krank?«

»Es ist gut möglich, dass er wieder eine depressive Phase hat.«

»Und das bedeutet?«, hake ich nach.

Selma blickt zu Jill, die an den Kühlschrank gelehnt dasteht und uns stumm beobachtet. »Schön«, seufzt sie und winkt das Mädchen näher zu uns heran. »Ihr werdet es ja sowieso erleben, also ist es vielleicht sogar ganz sinnvoll, wenn ich euch schon einmal darauf vorbereite. In erster Linie bedeuten diese depressiven Phasen, dass er vollkommen antriebslos ist, nicht aus dem Bett kommt, kaum etwas isst. Dabei hat er oft das Gefühl, man wolle ihm ernsthaft etwas antun. Manchmal ist er so paranoid, dass er Mrs Sturridge sogar sein Essen probieren lässt, um sicherzugehen, dass wir ihm nicht heimlich etwas untergemischt haben. In diesen Phasen stellt er häufig sein gesamtes Leben infrage und hadert mit sich selbst.« Sie schüttelt kurz den Kopf. Doch dann wirft sie Jill einen aufmunternden Blick zu, beugt sich noch weiter über den schmalen Tisch zu mir heran und flüstert: »Trotzdem geht es hier in diesen Wochen meist deutlich entspannter zu als sonst. Was hauptsächlich daran liegt, dass Mr Sturridge oft Tage und Nächte lang durchschläft und Mrs Sturridge die Anweisungen gibt ... Danach wird es allerdings schlimm. Und jedes Mal schlimmer, wenn Sie mich fragen.«

»In den manischen Phasen?«

Sie nickt, seufzt ... und deutet dann mit der Nasenspitze in Richtung Kellerfenster. »Halten Sie sich immer am rechten Rand des Grundstücks, dann kommen Sie geradewegs auf den Pavillon zu. Mrs Sturridge wollte Sie sehen.«

»Und das sagen Sie mir jetzt erst?«, entfährt es mir, während ich mich ruckartig erhebe.

Selma bedenkt mich mit einem strengen Blick. »Ich hatte den Auftrag, darauf zu achten, dass Sie gut essen. Und Sie sollten besser Ihr Gemälde holen, bevor Sie zu Mrs Sturridge gehen.« Damit ich im Falle des Falles einen handfesten Grund für unser Treffen vorweisen kann, ja. Ich lächele Selma dankbar zu, schenke Jill im Vorbeigehen ein Zwinkern und eile aus der Küche.

* * *

Nach Katies heimlichen Besuchen in meinem Zimmer ist es das erste Mal, dass ich weder Zach noch den für sie zuständigen Boris in ihrer Nähe erblicke, als ich im Pavillon auf sie treffe.

Dieser befindet sich im hintersten Winkel des parkähnlich angelegten Gartens, hinter dem Teich und unmittelbar vor der hohen Hecke, die das Grundstück begrenzt. Halb verhangen von den Zweigen einer großen Trauerweide, rührt sein Anblick mein hoffnungslos romantisches Herz und weckt sofort das Bedürfnis nach Leinwand, Pinsel und Farben in mir.

Über eine hölzerne, weiß lackierte Brücke gelange ich zu Katie. Als sie mich bemerkt, legt sie ihr Buch zur Seite. In einer beinahe schüchtern wirkenden Geste, die mich unheimlich an die Katie meiner Teenagerjahre erinnert, streicht sie sich ihre lose Haarsträhne hinter das Ohr zurück.

»Hallo!«, begrüße ich sie.

»Guten Morgen, Langschläfer«, erwidert sie schmunzelnd.

Zögerlich nehme ich neben ihr Platz und achte dabei sorgsam darauf, einen Abstand von etwa einem halben Meter zu wahren. Die vergangenen Tage in diesem Haus haben mich geprägt. Ich misstraue dem Fünkchen Freiheit, das mich so unverhohlen lockt, meine Vorsicht abzustreifen und einfach zu handeln. Möglichst unauffällig versuche ich meinen Blick über die hohe Hecke schweifen zu lassen, aber Katie entgeht er trotzdem nicht. »Hier hinten gibt es keine Kameras. Diese Ecke ist einer der wenigen Bereiche, an denen das Grundstück nur von außen bewacht wird«, lässt sie mich leise wissen. Dabei schiebt sie ihre Hände so tief wie möglich unter die Oberschenkel und schaut mir nur kurz in die Augen. Ich nicke und überreiche ihr dann mein Gemälde.

»Wie du siehst, habe ich gearbeitet und nicht nur geschlafen«, erkläre ich knapp. »Schließlich bin ich dafür hier.« Katie muss meiner Stimme anhören, wie verletzt ich noch immer bin, doch sie geht nicht darauf ein.

»Es ist wunderschön. Wie immer«, haucht sie. Die schmale Stupsnase mit den wenigen, längst verblassten Sommersprossen kräuselt sich – wie so oft, wenn Katie über etwas nachdenkt. »Bring das Bild später ins Kasino, ja? Mason ist zwar krank, aber sollte er heute doch noch aufstehen, wird er sicher zuerst dorthin gehen.« Ich nicke. Eine Weile sitzen wir schweigend nebeneinander und beobachten eine wild schnatternde Entenmutter, die mit ihren fünf Jungen über den Teich vor dem Pavillon schwimmt.

»Sie hat im Garten genistet. Direkt am Stamm der Trauerweide«, sagt Katie und nickt in Richtung des alten Baums am anderen Ende der hölzernen Brücke. Dann legt sie den Kopf in den Nacken und lässt ihren Blick zwischen den Streben des Pavillondaches gen Himmel schweifen, als würde sie die Entenmutter um ihre Freiheit beneiden, die das Fliegen ihr bietet. Schlagartig spüre ich Katies Melancholie, und mein Herz fühlt sich an, als läge es in strammen eisernen Schellen.

»Und du?«, fragt sie im nächsten Moment und sieht mich direkt an. Ich ahne, welcher Gedanke sie durchzuckt hat, als sich ihre linke Braue hebt und ihrer Miene einen halb belustigten, halb herausfordernden Ausdruck verleiht. »Du fühlst dich jetzt also zu Männern hingezogen, hm?«

Ich wackele mit den Augenbrauen. »Und nicht nur das. Sogar zu männlichen Tieren.«

Katie schüttelt gleichermaßen angewidert wie amüsiert den Kopf. »Ist ja eklig«, befindet sie mit gerümpfter Nase und entlockt mir damit ein Lachen. Ich ziehe meine Geldbörse hervor und reiche ihr das Foto von Milow und Nash.

Katies nächster Atemzug ist nicht mehr als ein Japser. »Milow«, haucht sie und streicht behutsam mit Zeige- und

Mittelfinger ihrer linken Hand über sein schlafendes Gesicht. »Er hat sich überhaupt nicht verändert.«

»Nein, wirklich nicht. Er isst immer noch für drei!«, erwidere ich und freue mich, als Katie kichert. »Und stell dir vor, was er beruflich macht.«

Ihre blauen Augen, in deren Winkeln sich spontan Tränen gesammelt haben, blicken zu mir auf. »Was?«

»Er hat ein eigenes Café eröffnet und backt den ganzen Tag Kuchen.«

»Nach den alten Rezepten seiner Mom?«

»Ganz genau, ja.«

»Wow, das ist toll!«

»Ja. Sein *Pie Paradise* gibt es zwar erst seit Januar, aber bisher scheint es super zu laufen.«

»Und wo ist es?«

»Im Norden von Idaho!«

»Brrr«, macht Katie, zieht eine Grimasse und reibt sich dabei über die Oberarme, als würde ihr allein der Gedanke an den Staat eisige Schauder über den Körper jagen. Und plötzlich ist es, als würden alle Hemmungen der vergangenen Tage, die sie daran gehindert hatten, ihre Erinnerungen an unsere gemeinsame Vergangenheit aufblühen zu lassen, von ihr fallen. »Und wer ist dieser süße Fratz?« Sie tippt auf Nashs kurze Nase.

»Das ist Nash.«

»Sein Hund?«

»Nein, meiner.«

Verständnislosigkeit flackert über Katies Gesicht. »Oh. Ist er –?«

»Tot? Nein, Nash ist quietschfidel. Das Foto habe ich unmittelbar vor meiner Abreise geschossen. Miles passt auf ihn auf, solange ich in Seattle bin. Auch wenn das vermutlich bedeutet, dass ich Nash nach meiner Rückkehr auf Diät setzen muss, hat er es so viel besser, als wenn er mich begleiten würde. Nachher rufe ich Miles an und erkundige mich, wie es den beiden so geht.«

»Wie willst du das machen?«, fragt Katie alarmiert.

»Mason hat mir gestern angeboten, das Telefon in meinem Zimmer zu nutzen.«

»Tu das nicht! Er wird das Gespräch aufzeichnen und dann Milows Nummer kennen. Warte lieber, ob sich die Möglichkeit ergibt, ihn von einem öffentlichen Apparat anzurufen.«

Ich nicke und versuche mir meinen Schock nicht anmerken zu lassen, um die gelockerte Stimmung von zuvor nicht zu gefährden. Aber Himmel, sie hat nicht einmal ein eigenes Handy, von dem aus wir Milow gemeinsam anrufen könnten?

»Hast du noch Kontakt zu den anderen? Zu Julius, Tammy und Ruby?«, fragt Katie schließlich und reicht mir das Foto zurück.

Ich erzähle ihr, dass Tammy und Julius seit gut zehn Jahren verheiratet sind und zwei Kinder haben, was Katie ein gedankenverlorenes Lächeln ins Gesicht zaubert. Dann berichte ich von Rubys Schlaganfall und davon, dass die Folgen weder ihrem lauten Organ noch ihrer Lebensfreude einen Abbruch tun. »Sie lässt keine Gelegenheit aus, mich zu schelten. Wann immer ich komme und ihr die Wäsche mache oder für sie koche, sagt sie, ich soll endlich verschwinden und mich um mein eigenes Leben kümmern.«

Katie schmunzelt zunächst noch vor sich hin, doch dann sagen sich ihre Brauen Hallo, und ihre Augen werden zu schmalen, blau schimmernden Schlitzen. »Wann immer du ihr die Wäsche machst?«, wiederholt sie kopfschüttelnd. »Hast du nicht gesagt, sie lebt noch in Kalifornien? Wie oft kommst du denn aus Idaho?«

Ich lache, als ich ihre Verwirrung begreife. »Nein, ich wohne nicht mit Miles zusammen. Ich habe ihn nur besucht, um ihm bei der Eröffnung seines Cafés unter die Arme zu greifen. Und dort traf ich dann auf Amy, die dieses Bild von dir gemalt hatte.«

Katie nickt langsam. »Also lebst du immer noch in Kalifornien?«

»Nun ja ...« Ich kratze verlegen meinen Hinterkopf. »Meine Post kommt zu Ruby, aber ich wohne nicht wirklich bei ihr.«

»Sondern?« Katies Blick trifft mich herausfordernd, beinahe scharf.

»So richtig wohne ich eigentlich nirgendwo.«

»Also bist du wirklich obdachlos?«, stößt sie voller Entsetzen aus.

»Nein, so würde ich das nicht ausdrücken.« Beschämt senke ich den Blick auf meine Hände, die noch immer das Foto von Miles und Nash halten.

»Wie dann?«, hakt Katie nach.

Ja, wie dann?

XXXI.
~ Katie ~

»Ich war ständig unterwegs«, gesteht er leise.

»Meinetwegen«, wispere ich.

»Ja.« Als Jonah es endlich wagt, wieder zu mir aufzusehen, erkennt er wohl, wie ergriffen ich bin.

»All die Jahre?« Meine Stimme ist kaum mehr als ein wehmütiges Hauchen. Sanfter als der kleine Windstoß, der Jonahs halblanges Haar in diesem Moment erfasst und es verwirbelt.

»Jeden einzelnen Tag«, ergänzt er, den Blick fest in meine Augen gerichtet. Seine Stimme klingt belegt, aber er räuspert sich nicht. Er verbirgt nichts vor mir, versucht es nicht einmal. Stattdessen schüttelt er nur den Kopf. »Aber jetzt schau mich bitte nicht weiter so an, als wäre das ein großes Opfer gewesen«, fordert er mit einem leicht verschämten Lächeln. »Denn es war das Gegenteil, weißt du? Reiner Egoismus!«

Ich schlucke. »Wie meinst du das?«

Er zuckt mit den Schultern. »Es war die einzige Möglichkeit für mich, diese Zeit ohne dich überhaupt zu überstehen«, erwidert er verlegen, aber mit fester Stimme.

»Jonah.« Flehend winde ich mich unter seinem Geständnis und beginne dabei, meine Hände zu kneten. Vermutlich wirkt meine Beklemmung alarmierend auf ihn.

»Hey«, sagt er leise, beinahe entschuldigend. »Ich will dir nichts vormachen, Katie. Also nimm es einfach hin, okay? Meine Offenbarungen dir gegenüber sind nicht an Bedingungen geknüpft. Das waren sie noch nie.«

Der Wind um uns ebbt ebenso abrupt ab, wie er aufkam. Sofort legen sich Jonahs Haare wieder um seinen Kopf. Dem Zucken seines linken Mundwinkels entnehme ich, dass es um mein eigenes Haar nicht ganz so bestellt ist, noch bevor er diese ewig widerspenstige Strähne über meinem rechten Ohr erfasst und sie behutsam um seinen Zeigefinger dreht. Genauso wie früher.

Doch plötzlich besinne ich mich wieder auf das Hier und Jetzt. »Lass das!«, kommandiere ich scharf, aber er tut so, als hätte ich gar nichts gesagt. Als wüsste er genau, wie fadenscheinig und halbherzig mein Protest ist.

»Diese Haarsträhne war auch ganz am Anfang unserer Freundschaft das Einzige an dir, das nicht zahm und fügsam wirkte. Damals hast du dich in die Isolation ergeben, heute in ein Leben, das dir aufgezwungen wurde. Aber glaub mir, Katie, ich werde noch einmal alles dafür tun, dass du dich wieder daran erinnerst, wer du eigentlich bist.« Jonahs Blick trifft mich mit einer solchen Intensität, dass ich prompt zusammenfahre – unfähig, mich ihm zu entziehen. »Und zu wem du gehörst«, wispert er in einer verschwörerischen Entschlossenheit, die mich bis auf den Grund meiner Seele erschaudern lässt.

Seine Worte sind Verheißung und Drohung zugleich. Segen und Fluch, Himmel und Hölle, alles in einem.

Früher, schon lange vor meiner ersten Begegnung mit Jonah, glaubte ich genau zu wissen, zu wem ich gehörte. Acht Jahre lang war ich Teil einer wunderbaren Familie, die ich von ganzem Herzen liebte. Ich hatte Geschwister, mit denen ich lachen und streiten konnte, eine Mutter, die mich hingebungsvoll umsorgte, und einen Vater, der mir an jedem Abend einen Gutenachtkuss auf die Stirn drückte und dabei nie bemerkte, dass ich eigentlich noch gar nicht schlief. Bis von dem einen auf den anderen Tag nichts mehr von alledem da war.

Später, als ich Jonah kennenlernte, war es ähnlich. Auch ihm vertraute ich schließlich bedingungslos. Vor allem aber liebte ich ihn – und zwar ohne Zurückhaltung, weil ich niemals damit gerechnet hätte, dass mir das Leben noch einmal so übel mitspielen und auch ihn von mir wegreißen würde.

Also, was bringt einem dieses Vertrauen, für das man sich – bewusst oder unbewusst – entscheiden muss, um zu lieben? Was bringt einem die Liebe überhaupt?

Mason liebe ich nicht. Ich vertraue ihm nicht einmal, wie könnte ich auch? Ich weiß ja, dass er zu jedem Zeitpunkt etwas Unvorhersehbares tun kann, und kalkuliere das Risiko stets ein. Diese Art zu leben – so skurril das auch erscheinen mag – ist die einzig sichere, die ich bislang kennengelernt habe. Mit Wachsamkeit, Skepsis und einer guten Portion Fingerspitzengefühl lebe und *überlebe* ich nun schon seit siebzehn Jahren – fünfzehn davon an Masons Seite, so lange wie mit niemand anderem zuvor – und fühle mich dabei zumindest eines, nämlich gewandt.

Aber jetzt ist Jonah plötzlich wieder da. Und mit ihm auch das Licht einer kleinen Flamme, die ich weder zu benennen noch zu kategorisieren weiß. Ich sehne mich nach Helligkeit, wünsche mir Wärme ... und fürchte mich doch so sehr davor, geblendet zu werden und hoffnungslos zu verbrennen.

»Hör zu«, setze ich langsam an. »Hast du nicht gesehen, was Mason gestern getan hat, als du uns gezeichnet hast?«

Er blinzelt irritiert. »Dass er dich so angefasst hat, meinst du?« Ich nicke nur, zu mehr bin ich nicht imstande. Jonahs Kinnpartie verkrampft sich. »Doch. Doch, natürlich«, sagt er leise.

»Ich weiß, dass Selma dir von Masons Krankheit erzählt hat«, fahre ich fort. »Aber es ist nicht seine bipolare Störung allein, mit der wir zu kämpfen haben. Er trinkt auch zu viel, und der Alkohol verträgt sich nicht mit den Medikamenten. Weißt du, er ist sehr fleißig und arbeitet viel. Da er in seiner depressiven Phase kaum das Haus verlässt, nutzt er die manische, um so viel wie möglich zu schaffen. Dazwischen liegen die sogenannten Mischphasen, in denen er extremen Stimmungsschwankungen und Wahnvorstellungen ausgesetzt ist.«

»Sag mal, versuchst du gerade, sein Verhalten dir gegenüber zu entschuldigen?«, wispert Jonah mit skeptisch zusammengekniffenen Augen. Ich hebe die Hand und bedeute ihm zu warten.

»Verstehst du nicht? Mason ist hilflos, wenn er in die Depression verfällt. Seine Medikamente müssen ständig angepasst werden. In den Wochen, in denen er kaum aus dem Bett kommt und fast an seinen Selbstzweifeln ertrinkt, wäre es schon oft ein Leichtes für mich gewesen, die Polizei einzuschalten und alles aufzudecken. Ich hätte ihnen meine Geschichte schildern können. Oder Selmas und die all der anderen jungen Mädchen, die über die Jahre hinweg in dieses Haus kamen und dann ebenso plötzlich wieder verschwanden, wie sie aufgetaucht waren.«

»Mädchen wie Jill?«

Ich seufze und spare mir die Antwort, weil er es ohnehin schon verstanden hat.

Jonah rauft sich das Haar. »Warum hast du es dann nie getan?«, fragt er und sieht mich mit großen Augen an. »Warum tut ihr euch nicht zusammen und setzt euch gegen ihn zur Wehr?«

»Weil es keinen Ausweg gibt.« Für den Moment ist Jonahs Geduld überstrapaziert.

»Was zum Teufel bedeutet das, Katie?«

Ich lasse ihm auch dieses *Katie* durchgehen. »Das bedeutet, dass es mal jemanden gab, der genau das versucht hat.«

»Die Polizei einzuschalten?«

»Ja. Und zu entkommen.« Ich schließe noch einmal die Augen und atme tief durch, dann breche ich endlich mein Schweigen.

»Ich war gerade erst ein halbes Jahr hier, als es geschah. Damals gab es einen älteren farbigen Mann namens Ray in der Villa. Er arbeitete hier als eine Art Hausmeister und war schon seit mehreren Jahren für Mason tätig. Selma hingegen war noch recht neu, genau wie ich. Sie tat sich schwer damit, du weißt schon, ihren Namen aufzugeben und, na ja, auch ihren freien Willen.« Ich schlucke schwer. Es ist so hart, all das auszusprechen, denn es lässt uns so erbärmlich wirken. »Selma lehnte sich anfangs oft auf und weigerte sich, Mason zu gehorchen. Das machte ihn rasend.«

»So rasend, dass er gewalttätig wurde?«, hakt Jonah mit seinem untrüglichen Gespür nach.

»Ja. Oft und ... sehr brutal. Er musste ihren Willen regelrecht brechen.«

»*Musste*«, zischt Jonah sarkastisch. Er ballt seine Hände zu Fäusten und schüttelt den Kopf.

»Ray setzten diese ... Misshandlungen schwer zu«, fahre ich fort. »Er war durch und durch sanftmütig und hätte nicht mal einer Fliege etwas zuleide tun können, geschweige denn einer jungen Frau. Über welche Wege er überhaupt zu Mason kam, weiß ich nicht, aber irgendwie beschloss er damals, auszusteigen. Obwohl er vielleicht sogar wusste, wie einflussreich Mason wirklich war, erzählte er dem Polizisten schon am Telefon, dass ein Mädchen illegal, unter falschem Namen, im Haus arbeiten würde und dass ich als Masons Ehefrau ebenfalls einen falschen Pass hätte und eigentlich sogar noch minderjährig wäre.«

Ich sehe Jonah an, der angespannt darauf wartet, dass ich fortfahre. »Die Polizei kam. Aber anstatt das Anwesen zu umzingeln und Mason zu stellen, betätigten sie die Klingel am Tor. Und Mason öffnete ihnen ohne die geringsten Anzeichen von Nervosität. Die beiden Beamten verschwanden mit ihm im Kasino. Kurz darauf wurde Ray dazugerufen. Was hinter geschlossenen Türen geschah, weiß niemand. Doch im Endeffekt verließ nicht Mason das Haus in Handschellen, sondern Ray. Er sah übel zugerichtet aus. Die Cops mussten ihn stützen, und es war das letzte Mal, dass ihn irgendjemand lebend sah.«

»Was?« Jonah erhebt sich mit einem Ruck und schaut entsetzt auf mich herab. »Das kann unmöglich dein Ernst sein! Sie haben ihn umgebracht?«, fragt er leise und rauft sich erneut die Haare, als ich hilflos mit den Schultern zucke.

»Ich kann mir nicht vorstellen, wie es anders gewesen sein soll. Man fand seine Leiche nur wenige Tage später in einem Fischcontainer am Hafen und verdächtigte einen Obdachlosen, der später zu mehreren Jahren Knast wegen Totschlags verdonnert wurde. Mason ließ die Tageszeitung mit dem Bericht damals offen auf dem Esstisch liegen. Selma und ich wussten, dass das seine Art war, uns zu warnen.«

Jonah ist leichenblass und sieht aus, als müsste er sich jeden Moment übergeben. Es bringt mich fast um, ihn so zu sehen.

Ich zupfe an seinem Ärmel und fordere ihn damit auf, sich wieder neben mich zu setzen – was er schließlich auch tut. »Verstehst du jetzt, warum ich wollte, dass du dich fernhältst? Ich habe keine Ahnung, in welche Geschäfte Mason genau verstrickt ist. Aber es ist ein tiefschwarzes Netz, dessen bin ich mir sicher.«

»Und er ist die Spinne in diesem Netz?«

»Ja, er ist auf jeden Fall ein Drahtzieher. Ich weiß, dass die beiden Frauen, die mich damals in Salem aufgabelten und mich mit der Aussicht auf eine Dusche und dem Angebot, eine E-Mail versenden zu dürfen, in ihr Appartement lockten, für einen Zuhälter und Drogendealer arbeiteten, der wiederum mit Mason Geschäfte machte. Die beiden lernten sich während Masons Zeit im Gefängnis vor über zwanzig Jahren kennen. Damals war Mason nicht mehr als ein Kleinverbrecher. Doch dort knüpfte er viele Kontakte, und so begann seine kriminelle Karriere eigentlich erst mit der Entlassung.«

Jonah scheint endlich zu begreifen. Seine Augen bekennen Verzweiflung und Fassungslosigkeit. »Du sprichst hier von Menschenhandel, Korruption, Zwangsprostitution und Mord, Katie. Ist dir das klar?«

»Ja, das ist mir durchaus bewusst«, zische ich gereizt zurück. »Und das alles im Zuge von organisierter Kriminalität. Hör zu! Mason tarnt das Ganze unter dem Deckmantel einiger sauberer Immobiliengeschäfte, die er nebenbei tätigt«, erkläre ich vage, denn besser weiß ich es auch nicht. Allerdings kann ich mir an dieser Stelle ein verbittertes Lachen nicht länger verkneifen. »Wie gut, dass sich die manischen Phasen häufen, nicht wahr? Sonst würde er das niemals alles unter einen Hut kriegen.«

»Du musst hier raus!«, platzt es aus Jonah hervor. Ich werfe die Hände in die Luft. Es ist, als würde ausgerechnet er, der doch sonst immer so klar denkend und gerissen ist, rein gar nichts von dem verstehen, was ich ihm so verzweifelt zu vermitteln versuche. »Hast du mir denn überhaupt nicht zugehört?«, fahre ich ihn tonlos an.

»Doch, natürlich! Und mir ist klar, dass es so einiges an List und Tücke bedarf und dass wir das nicht einfach übers Knie brechen können, aber dieses Mal wird es funktionieren. Wir fliehen gemeinsam, Katie.«

»Dann wird es uns wie Ray ergehen«, rufe ich ihm ins Gedächtnis, doch Jonah schüttelt nur den Kopf. »Überleg doch mal«, sagt er, »Mason hat Ray umbringen lassen, weil er Angst hatte aufzufliegen. Die hätte er aber nicht haben müssen, wenn er die komplette Polizei und Justiz dort draußen unter Kontrolle hätte. Im Umkehrschluss heißt das doch, dass nicht alle korrupt sind. Wir müssen nur dahinterkommen, wem man trauen kann.«

»*Nur*, richtig«, sage ich sarkastisch. »Abgesehen davon, denkst du viel zu … sauber. Mason hat Ray töten lassen, weil der den Versuch unternommen hatte, ihn auffliegen zu lassen. Mason wollte ein Exempel statuieren.«

Jonah überlegt kurz. Dann nickt er, wenn auch sichtlich widerwillig. »Ja, wahrscheinlich.«

»Oh, ganz sicher!«, beharre ich auf meiner Theorie. »Seit diesem Morgen, an dem die Zeitung offen auf dem Tisch lag, war Selma wie ausgewechselt. Und ich habe nie auch nur mit dem Gedanken gespielt, irgendjemandem gegenüber zu reden.«

Jonah sieht mich mürrisch an. »Trotzdem muss es doch noch saubere Cops in Seattle geben.«

»Vielleicht. Aber unsere Chancen, die zu finden, sind viel zu gering, als dass ich darauf bauen und dein Leben riskieren würde«, entfährt es mir.

»*Mein* Leben?«

Ich verdrehe die Augen. »Na sicher, deins! Oder was glaubst du, warum ich will, dass du hier schnellstmöglich wieder verschwindest?«

Für einen Moment fällt sämtlicher Horror der vergangenen Minuten von ihm ab. Anstelle dessen tritt ein beinahe kindlicher Ausdruck purer Erleichterung in seine Augen. »Also wolltest du mich von Anfang an nur schützen?«

»Natürlich, du Dummkopf! Wer hat eigentlich jemals behauptet, dass du besonders intelligent bist«, schimpfe ich wütend und ein wenig beschämt drauflos. Nun lächelt er sogar, wenn auch nur für einen winzigen Moment.

»Du kannst mich nicht davor schützen, das einzig Richtige zu tun«, stellt er dann klar. »Ich gehe bestimmt nirgendwo mehr hin ohne dich. Also hilf mir lieber, das hier durchzuziehen, sonst gehe ich stattdessen nur vor die Hunde.«

Unfähig, ihn auf diese Weise reden zu hören, seufze ich und presse mir beide Handballen gegen die Schläfen, weil sich mein Kopf plötzlich so anfühlt, als würde er jeden Moment explodieren. »Du bist schrecklich!«

»Ich weiß!«, sagt er mit seiner sanften, tiefen Stimme und umfasst meine Handgelenke, bis ich die Arme wieder sinken lasse und zu ihm aufschaue. Meine Hände entgleiten seinen leicht rauen Fingern und landen in meinem Schoß. Lächelnd sieht er mich an.

Jonah ist genau zu dem Mann geworden, den ich immer vor mir sah, sobald ich die Augen schloss. Und in diesem Moment, in dem er seine gesamte Zuversicht in seinen eingehenden Blick legt, möchte ich ihm einfach glauben, dass alles wieder gut werden kann. Vielleicht reicht es deshalb plötzlich nicht mehr aus, ihn nur anzusehen. Ich brauche dringend etwas, das noch länger und tiefer in mir nachhallt, als es der Ausdruck seiner schönen Augen vermag.

Ehe ich zu viel darüber nachdenken kann, verselbstständigt sich meine Hand und greift nach Jonahs. Beinahe erschrocken zuckt er zusammen, bevor er den Druck meiner Finger sanft erwidert und dabei einen Schwall gepresster Luft zwischen seinen leicht geöffneten Lippen hervorstößt. Ansonsten nahezu reglos, streicheln wir einander die Hände und betrachten uns dabei so innig, dass wir schon bald Zeugen der Tränen werden, die sich in den Augenwinkeln des jeweils anderen bilden.

»Ich liebe dich, Katie«, formen seine Lippen, doch er wagt es nicht, die Worte auszusprechen.

»Sei kein Dummkopf!«, stoße ich schluchzend hervor, ziehe meine Finger aus seinem Griff und stütze mein Gesicht in beide Hände. Wieder umfasst er meine Unterarme und wartet geduldig, bis ich meine verheulten Augen nicht länger vor ihm verberge.

»Weißt du, ein *Ich dich auch* hätte es genauso getan«, wispert er dann mit seinem bezaubernd schiefen Schmunzeln.

»Ich dich auch«, forme ich stumm mit den Lippen. So ein kleiner Satz, so ein großes Geständnis. Mein Herz schlägt wie verrückt, während sich pure, unbändige Freude in Jonahs Augen stiehlt und seine Tränen überlaufen lässt.

In diesen Sekunden weiß ich, dass er glücklich ist. Und ich bin es auch. Allen widrigen Umständen zum Trotz.

XXXII.
~ Jonah ~

Masons depressive Phase hält bereits den neunten Tag an, und die Welt im Hause Sturridge steht nach wie vor kopf. In der vergangenen Woche hat Mason sich nur wenige Male außerhalb seines Schlafzimmers blicken lassen, und auch da sprach er laut Katie kaum. Doch immerhin erhielt ich den Auftrag für die Wandmalerei im Entree seiner Villa, nachdem er mein Probegemälde sah.

Zwei Tage später – Boris und Zach hatten an diesem Morgen gerade das Gerüst aufgebaut – kam Mason im Pyjama die Treppe herunter, beobachtete mich kurz beim Vorskizzieren und murmelte auf meinen Gruß hin lediglich ein »Gut, gut«, bevor er die Stufen weiter hinabstieg und hinter der Tür zum Kasino verschwand.

Selma und Katie berichten mir unabhängig voneinander, dass es noch nie so schlimm war wie jetzt, besonders mit Masons Verfolgungswahn. Denn dieses Mal richtet sich sein gesamtes Misstrauen ausgerechnet gegen Zach und Boris. Immer wieder erzählt er Katie, Zach hätte ihm während unseres gemeinsamen Abends im Kasino eine trübe Substanz in den Drink gemischt, die ihm die Sinne vernebelt hätte. Vermutlich erklärt er sich selbst auf diese Weise den Rausch, den er sich an jenem Abend angetrunken hatte und der geradewegs in den ersten Schub seiner momentanen Depression ausuferte. Seither will er weder Zach noch Boris in seiner Nähe wissen.

»Und deshalb müssen die beiden jetzt bis auf Weiteres in ihrem Wachhaus bleiben?«, hake ich bei Katie nach, die auf einer der breiten Treppenstufen sitzt und mir beim Malen zusieht. Sie blinzelt mit einem Blick, den man fast schon als schelmisch bezeichnen könnte, zu mir auf. »Anordnung vom Chef persönlich, was soll ich tun?«

Mit einem Lächeln auf den Lippen und dem Mischbrett fest in der Hand, tusche ich mir ein dunkles Braun zurecht und setze damit die Schatten unter der feinen Lady, die mit leicht angehobenem Kleid und aufgespanntem Sonnenschirm über eine provisorische Bretterbrücke auf die Straße balanciert.

Sosehr ich die neuen Freiheiten, die sich durch Masons Entschluss für Katie und mich auftun könnten, auch begrüße – einige Zweifel bleiben mir dennoch. »Und wenn er später wieder bei Sinnen ist? Dreht er euch dann keinen Strick daraus, dass ihr seine Bodyguards des Hauses verwiesen habt?«

»Na ja, dort haben sie ja auch alles im Blick und könnten jederzeit eingreifen. Außerdem haben wir Masons Anweisungen auf Video aufgezeichnet, wie immer.«

Verwundert drehe ich mich zu Katie um, lege das Mischbrett ab und lehne mich gegen das Geländer des Gerüsts. »Auf Video? Wie das?«

Katie lächelt. Sie sieht so hübsch aus, wie sie dasitzt, in ihrer Jeans, mit dem Pferdeschwanz und dem schlichten blauen Sweatshirt. Überhaupt nicht wie die feine Dame, die sie in Masons Gegenwart vorgibt zu sein. Viel eher wie das Mädchen aus unserer gemeinsamen Jugendzeit.

»Das war Doktor Brenners Idee«, erklärt sie. »Er hat schon vor einiger Zeit vorgeschlagen, die Überwachungskameras in unserem Schlafzimmer bei Masons depressiven Phasen zu nutzen, um ihm später, wenn er wieder klarer sieht, sein Verhalten vor Augen zu führen und damit zu verdeutlichen, dass er sich in diesen Wochen selbst die größte Gefahr ist. Doktor Brenner würde ihn während der Depressionen lieber in ein Krankenhaus einweisen lassen, aber dagegen hat Mason ausdrücklich protestiert und sogar eine Verfügung erlassen, die uns verbietet, ihn auf eigene Faust einzuweisen.«

»Und warum möchte Doktor Brenner, dass er in ein Krankenhaus geht?«

»Na, weil er dort unter intensiverer Betreuung stünde als hier. Und weil sich seine Selbstmordgedanken häufen.«

»Oh ja?«

Katie erfasst den beinahe hoffnungsvollen Unterton in meiner Stimme, für den ich mich im selben Moment auch schon schäme. »Man wünscht niemandem den Tod, Jonah Tanner.«

»Nein, du hast recht«, lenke ich ein. »Aber noch mal zurück zu den Kameras. So ganz klar ist mir das noch nicht. Die dort unten, über der Eingangstür, zum Beispiel. Ist sie an?«, frage ich, ohne meinen Blick in die entsprechende Richtung zu lenken.

Katie nickt, wirkt dabei aber weiterhin gelassen. »Sie filmt den unteren Korridor. Und diese dort oben –« Es wundert mich, dass sie sich danach umdreht und mit ausgestrecktem Zeigefinger auf den blinkenden roten Punkt oberhalb der Treppe zeigt. »Die ist für den oberen Flur zuständig.«

»Und das Treppenhaus?«, hake ich nach. Katie sieht mich schmunzelnd an. »Toter Winkel.«

»Ein verdammt großer«, staune ich, während mir eine bislang unbemerkte Last vom Herzen fällt.

»Ja, aber weder bei einem Einbruch noch bei einem potenziellen Fluchtversuch wäre das Treppenhaus von Bedeutung.« Mit geschürzten Lippen sieht Katie an der glatt verputzten Wand entlang, die mir als Untergrund für mein Gemälde dient. Und sie hat recht, die Fläche ist nicht einmal durch ein kleines Fenster unterbrochen. »Im Haus gibt es mehrere solcher Stellen«, sagt sie gedankenverloren.

»Winkel, in denen man unbeobachtet ist?«, frage ich hoffnungsvoll. Katie zieht die Augenbrauen hoch. »Und vermutlich hört uns auch keiner, oder?«, tippe ich, »sonst würdest du wohl kaum so frei sprechen.«

»Ja, Sherlock, genau.« Sie lächelt. »Diese Frau da oben –«, sagt Katie plötzlich, streckt den Zeigefinger aus und zeigt auf mein Wandbild zu der jungen Dame mit dem champagnerfarbenen Kleid und dem sanften, wenn auch ein wenig unvorteilhaften Lächeln. »Sie erinnert mich an Tammy.«

»Gut erkannt«, lobe ich, erleichtert über ihren Themenwechsel.

»Das soll sie also wirklich sein?« Ich lache, weil Katie in ihrem Erstaunen so süß ist. »Nun, ich dachte mir, wenn ich schon euer Entree bemale, dann sollten die Szenen auch irgendwie eine persönliche Bedeutung für dich haben.«

»Aber das haben sie doch schon alleine, weil du ...«

»Schau lieber noch ein wenig genauer hin. Oder erkennst du die Figuren, die ich bisher nur mit Bleistift skizziert habe, von dort unten nicht?«

Sie kneift die Augen zusammen und schüttelt den Kopf. »Nur die fertigen. Das Mädchen mit den Rosen, den Zeitungsjungen, die Kutsche ...«

»Komm her!« Ich winke sie heran, aber sie schaut nur skeptisch zu mir auf.

»Da hoch, meinst du? Zu dir?«

»Himmel, was für ein abwegiger Gedanke!«, necke ich sie, woraufhin sie mir die Zunge herausstreckt. Ich liebe diesen Anflug von Leichtigkeit zwischen uns, so zerbrechlich er auch sein mag. Viel zu lange habe ich Katies spielerische Art vermisst.

»Du musst mir helfen. Wo soll ich hintreten?«, fragt sie nach kurzem Zögern.

»Warte, ich komme runter.« Ich hangele mich an dem Gerüst, das gerade einmal drei Meter hoch ist, herab. »Okay, komm vor mich! So kann ich dich halten, solltest du fallen.« Sie schaut mich an, eine Augenbraue höher als die andere. Ich hebe beschwichtigend die Hände. »Was denn? So steht es in dem *Knigge,* den Julius mir zum fünfzehnten Geburtstag geschenkt hat.« Nun verdreht Katie die Augen, streicht sich ihre Haarsträhne hinters Ohr zurück und zieht die Ärmel ihres Sweatshirts hoch, als könnte sie sonst keinen einzigen Schritt tun.

»Zuerst hier drauf.« Ich klopfe auf die Querstreben des ersten Metallkreuzes. Katie hält sich links und rechts an den vertikalen Stangen fest und setzt ihren rechten Fuß auf die Stelle. Ich rücke dicht hinter sie und platziere meine Hände unmittelbar über ihren. Ihr Pferdeschwanz wippt vor meiner Nase, wirbelt ihren unverwechselbaren Duft auf und bewirkt ein wildes Flattern meiner Lider. »Jetzt hierhin.«

Sie gehorcht und stellt ihren linken Fuß genau auf den gezeigten Punkt. »Sehr gut!«, flüstere ich. In dieser Position, so erhöht, wie sie nun steht, ist Katie genauso groß wie ich. Sie spürt meinen Blick, hört mein hartes Schlucken … und dreht den Kopf noch ein wenig stärker in meine Richtung. Ich lehne mich näher zu ihr heran. So nah, dass meine Nasenspitze gegen ihre Schläfe tippt und meine Lippen um ein Haar gerade nicht ihre Ohrmuschel streifen. »Weiter.« Sie nickt hastig und wendet sich wieder dem Gerüst zu. Gemeinsam steigen wir empor, ich unmittelbar hinter ihr – und somit genau da, wo ich mein Leben lang bleiben möchte.

Oben angekommen, würde sich nichts natürlicher anfühlen, als ihre Hand zu nehmen. Doch weil ich mich trotz meiner neuen Erkenntnisse bezüglich der Kameras in diesem Haus nicht sicher genug fühle, bleibt es bei einer kurzen Berührung unserer kleinen Finger.

Ich zeige auf die Frau mit Tammys Gesicht und mache eine nach rechts ausladende Handbewegung über den Bereich des Treppenhauses. »Von hier ab dort rüber kannst du mal Ausschau halten.« Katie kneift die Augen zusammen, als würde sie eine winzige Maus in einem übergroßen Wimmelbild suchen. Und so ähnlich ist es ja auch. Es dauert eine Weile, bis sie den Jungen mit Milows Gesicht entdeckt, der dem Süßwarenhändler an der Straßenecke klammheimlich eine Zuckerstange stibitzt. Katie strahlt und schenkt mir ihr mädchenhaftes Kichern. Klar, dass es mal wieder Milows Einsatz bedurfte, es ihr zu entlocken.

»Wenn der arme Kerl wüsste, für was du ihn hier alles herhalten lässt«, wispert Katie verschwörerisch. »Zuerst ist er homosexuell, dann steckst du ihn in ein Outfit mit knielangen Pumphosen, Hosenträgern und Schirmkappe und lässt ihn auch noch Süßigkeiten klauen.«

»Komm schon, so weit hergeholt ist Letzteres doch nicht einmal.«

»Jonah!« Ihr Schmunzeln entschärft die vorwurfsvolle Art, in der sie meinen Namen ausspricht, auf bezaubernde Weise.

»Was denn? Die alte Mrs Whitacker hat er nicht nur einmal abgelenkt, um an die Schale mit der Schokolade oder einen Extra-Pudding zu kommen.«

»Hm, stimmt«, erinnert sich Katie mit gekräuselter Nase.

»Na los, such weiter!«, trage ich ihr auf, ehe ich mich nicht mehr beherrschen kann und sie womöglich doch noch küsse. Nichts fiel mir je schwerer, als Katie während der letzten Tage, in denen wir immer wieder vermeintlich unbeobachtete Momente teilten, nicht zu küssen.

Sie findet auch Julius, der in meiner Szene die Rolle eines Pferdekutschers übernommen hat, Mrs Whitacker, die ein junges Mädchen als Gouvernante begleitet, sowie einige der Heimkinder, die im Schatten einer schmalen Nebengasse in ein Hüpfspiel vertieft sind. Unter ihnen sind der rothaarige Cody, die kleine Sally und ein missmutig schmollender Roger. Katies Hand gleitet über Sallys Haar. »Es ist unglaublich, dass du ihre Gesichter bis heute so verinnerlicht hast und sie aus dem Gedächtnis heraus malen kannst.«

»Du weißt ja, ich bin nicht so ganz normal.« Ich lache, fast ein wenig verlegen, und hoffe insgeheim darauf, dass sie sich zu mir umdreht und mit mir lacht.

Doch Katie bleibt abgewandt stehen und streichelt weiterhin über Sallys Wange. »Du bist außergewöhnlich. Im positivsten Sinne, Jonah. Dein fotografisches Gedächtnis ist eine Gabe, genauso wie dein Talent zur Malerei.«

Ich lasse ihr die Zeit, die sie in der Szene verweilen möchte, und beobachte stumm, zufrieden und auch ein wenig stolz die vielen Emotionen, die sich dabei in ihrem Gesicht abzeichnen und in ihrer Summe vor allem Rührung bekennen.

»Hope hast du aber nicht gemalt«, resümiert Katie schließlich. Einen Moment lang weiß ich nicht, was ich darauf antworten soll, doch dann fällt mir ihre Darstellung von Hope wieder ein.

»Nein, das stimmt. Ich hatte ja nie so den Draht zu ihr. Aber du hast sie gemalt. Und mir das Bild dann geschenkt, weißt du noch? Ich habe es bis heute.«

»Wirklich?«

»Ja. Ich habe eine ganze Mappe mit Erinnerungen an unsere gemeinsame Zeit im Heim. Sie liegt in Rubys Wohnung.«

Nun lächelt Katie, doch nur für einen Moment. Dann legt sich ein Schatten über ihr Gesicht. »Dein Bild, das du damals im Keller von mir gemalt hast und für das Tammy einen Rahmen gekauft hat, wurde mir von Larry weggenommen.«

»Larry?« Diesen Namen kenne ich bis jetzt nicht. Katie blinzelt verwirrt. »Ach nichts«, sagt sie und lässt ihren Blick dann weiter durch die Straßen von Seattle gleiten. Selma hat in Masons Bibliothek ein Buch über die Stadtgeschichte gefunden, das Katie und ich gemeinsam durchwälzten und an dem ich mich beim Malen orientiere. Das Internet konnten wir für unsere Recherchen nicht nutzen. Der Zugang ist mit einem Kennwort gesperrt, das weder das Personal noch Katie kennt. Kein Internet, keine Mobiltelefone. Masons Misstrauen muss nach wie vor immens sein.

»Und wo hast du dich selbst versteckt?«, fragt Katie und fährt zu mir herum. Ich zucke nur mit den Achseln. Prompt weiten sich ihre Augen. »Das heißt, du bist auch da!« Schon schießt ihr Kopf wieder zurück, und sie sucht noch eifriger als zuvor. Als sie mein Abbild endlich entdeckt, stößt Katie einen kleinen Laut aus. Ihre Finger berühren das junge Paar, das auf dem Dach des Ladenlokals eines Fotografen liegt. Im schützenden Schatten einer großen Spitzgaube halten sich die beiden eng umschlungen fest.

»Das wird eine Nachtszene«, wispere ich, wohl wissend, dass Katie sich sehr genau an unsere Nacht erinnert, die diesem Teil meiner Zeichnung zugrunde liegt. Dennoch unterstreiche ich meine Worte, indem ich auf den großen runden Mond deute, der über dem verliebten Pärchen am Himmel prangt und den etliche Wolken umwogen, ohne ihn jemals zu berühren. Der Schein des Mondes wird nur ein blasses, schwaches Licht auf das Gesicht des hübschen Mädchens werfen, das man ansonsten viel zu leicht erkennen könnte.

Katie atmet stoßartig aus. »Ich werde Mason etwas in seine Medizin mischen. Ein starkes Schlafmittel, das er eigentlich nur in den manischen Phasen nehmen darf«, bricht es aus ihr heraus.

»Nein«, entgegne ich erschrocken. »Doch nicht so, Katie!«

Sie dreht sich zu mir um, sieht zu mir auf und schmunzelt. »Was glaubst du, was ich vorhabe? Ich will nur sichergehen, dass er heute Nacht auf jeden Fall tief schläft.«

»Oh!«, entfährt es mir erleichtert. Und dann, als ihre letzten Worte in mir nachhallen und die eigentliche Bedeutung mit einer fast schon peinlichen Verspätung zu mir durchsickert, noch einmal: »Ohh!«

»Ich gehe jetzt. Komm heute Abend zum Pavillon, so gegen zehn.« Ich nicke nur, wie in Trance, und sehe Katie dann reglos zu, wie sie – so flink und gewandt wie ein Eichhörnchen – das Gerüst wieder hinabklettert. Doch erst, als sie mir von unten zuzwinkert und ich das Zucken ihrer Mundwinkel aus der Vogelperspektive einfange, fällt mir wieder ein, dass sie früher, als wir noch Kinder waren und ständig durch den Wald streunten, nie Probleme mit dem Klettern hatte.

* * *

Mit weichen Knien und pochendem Herzen steuere ich auf den Pavillon zu, in dem Katie und ich uns zuletzt vor acht Tagen getroffen haben. Nervös fahre ich mir durch das Haar und werde, als es mir schneller zurück in die Stirn fällt als gewohnt, wieder daran erinnert, dass Selma es mir am Nachmittag geschnitten hat.

Es ist schon lange dunkel. Beleuchtet wird dieser abgelegene Teil des Gartens nur durch das warme Licht der Lampen, die in regelmäßigen Abständen in die Natursteinbegrenzungen der Wege eingelassen sind. Auch am Rande des Teiches leuchten einige Lichter und werfen ihre Reflexionen wie Glimmer über die winzigen Wogen, die der Abendwind ins Wasser bläst. Im Pavillon selbst brennt ein sehr schwaches, flackerndes Licht, das nur von Kerzen kommen kann. Ich sehe es wie das Leuchten, das aus einem Zelt dringt, denn der Pavillon hat in der Zwischenzeit einen textilen Überwurf erhalten und ist nun komplett verhüllt.

Ein Lächeln huscht über mein Gesicht, und im selben Moment erhöht sich die Frequenz meines Herzschlags. So leise wie möglich schleiche ich über die Brücke und gurre dann, unmittelbar vor dem verhüllten Eingang des Pavillons stehend, wie eine Taube. Es ist der Laut, den wir als Jugendliche nutzten, um in der Nacht heimlich nach dem anderen zu rufen. Sofort schiebt Katie den dicken Stoff beiseite und zieht mich an der Hand zu sich herein. »Woher kennst du das geheime Erkennungssignal?«, fragt sie kess. Ich lache.

»Deine Haare«, flüstert sie mit großen Augen.

»Sind ab, ja. Schlimm?«

»Nein, gar nicht.« Einen Moment lang sieht sie mich noch so an, als würde sie mein Haar am liebsten betasten, nur um dann doch wieder zurückzuweichen. Im nächsten Augenblick überkommt sie eine große Schüchternheit. Plötzlich scheint sie nicht mehr zu wissen, wohin mit sich. Während sie den langen Reißverschluss zuzieht und den Kokon des Pavillons komplett verschließt, nutze ich die Gelegenheit, meinen Blick von ihren leicht bebenden Fingern zu lösen und mich umzusehen.

Unter der umlaufenden Sitzbank entdecke ich zwei kleine Ölradiatoren, die für Wärme sorgen. Auf der Sitzbank selbst liegen mehrere Stapel Kissen und Decken; zu beiden Seiten des Eingangs stehen große Windgläser mit Kerzen. Ich schlucke hart, denn spätestens jetzt ist sehr eindeutig, was Katie vorhat. Schnell streife ich meine Jacke ab und werfe sie zu den aufgetürmten Decken.

»Hey«, flüstere ich und trete dicht hinter Katie, wie schon am Nachmittag, bevor wir das Gerüst bestiegen. Doch diesmal lege ich meine Hände an ihre Seiten und lasse meine Lippen ihre Ohrmuschel berühren, sobald sie den Kopf in meine Richtung dreht. Ich inhaliere den Duft ihrer Haut, vergrabe meine Nasenspitze in ihrem offenen Haar und schlinge meine Arme von hinten um ihre Taille.

Das. Genau das. Ich habe nie etwas anderes gewollt.

Katies Atem kommt stockend; sie zittert. Und als sie mit ihren Händen über meine Unterarme streicht, sind ihre Finger trotz der herrschenden Wärme eiskalt.

»Es ist wunderschön hier«, wispere ich. »*Du* bist wunderschön.«

Ich spüre, dass sich ihr Mund öffnet und sie etwas sagen will. Doch es kommt kein einziger Laut über ihre Lippen, also weiche ich wieder ein wenig zurück, um sie aus nächster Nähe zu betrachten. Ich lege meine Fingerspitzen an ihre Wange und dirigiere ihr Gesicht behutsam weiter in meine Richtung. So groß Katies Nervosität auch sein mag, sie wendet sich mir sofort bereitwillig zu.

»Du siehst aus wie ein kleiner ans Ufer gespülter Fisch«, flachse ich, in der Hoffnung, dass sie einen Teil ihrer Aufregung verliert, wenn ich ihr auf diese vertraute, scherzhafte Weise begegne. Sie räuspert sich und umklammert meinen rechten Unterarm dabei noch fester als zuvor.

»Deine Nähe ... tut meiner Stimme nicht gut.«

»Ach nein? Na, das war aber schon mal ganz anders«, erinnere ich sie und lasse meinen Atem dabei auf ihre leicht geteilten Lippen treffen. Katies Lider flattern wie die Flügel eines Kolibris.

»Die Zeiten ändern sich«, haucht sie. Als ich sie noch dichter zu mir heranziehe, gleiten ihre Finger zaghaft über meinen Bauch, meine Brust und bleiben dort liegen, wo es am heftigsten pocht. Die Kälte ihrer Hand dringt mühelos durch den dünnen Stoff meines Hemdes – fast so, als wäre er gar nicht vorhanden.

»Siebzehn Jahre seit unserem letzten Kuss«, flüstere ich, wobei meine Oberlippe bereits ihren linken Mundwinkel streift. Allein diese winzige Berührung schickt schon einen so starken Impuls durch meinen Körper, dass Muskeln an den verschiedensten Stellen unkontrolliert zucken. Katie scheint es nicht anders zu gehen. »Und du zitterst genauso wie damals«, necke ich sie, denn der Moment ist zu kostbar und so unsagbar intensiv, dass ich nicht bereit bin, ihn aufzugeben.

Doch schon im nächsten Augenblick findet Katie ihre Stimme wieder. »Halt den Mund!«, befiehlt sie, befreit ihre Arme zwischen uns und zieht mich so ruckartig zu sich heran, dass unsere Lippen fast schon unsanft aufeinanderprallen.

Das Gefühl, sie zu küssen, überfordert mich. Überwältigt mich. Hilflos stöhne ich in ihren Mund. Alle Anspannung weicht so abrupt aus meinem Körper, dass ich ein wenig in mich zusammensacke. Katie nimmt das als Zeichen, ihre Finger noch tiefer in meinen Haaren zu vergraben und ihren Kopf zur Seite zu neigen, um unseren Kuss zu vertiefen.

Ich dachte, ich wüsste noch genau, wie es war, Katie zu küssen. Aber meine Erinnerung war nicht mehr als ein klägliches Kerzenlicht gegen diesen Feuersturm, der nun in mir tobt.

Nicht, dass unsere vergangenen Küsse auch nur einen Hauch der Leidenschaft von diesem hier gehabt hätten; immerhin waren wir damals erst Teenager. Aber auch früher schon war dieses besondere Prickeln zwischen uns spürbar gewesen. Wie einzigartig es war, hatte ich jedoch erst später begriffen, als ich es von Zeit zu Zeit ebenso verzweifelt wie vergeblich in den Armen anderer Frauen suchte. Nicht oft, aber doch.

»Katie«, hauche ich und fasse mit einer Hand unter ihren Po, um sie anzuheben. Sie schlingt ihre Beine um meine Mitte und zieht dabei schon beinahe zu fest an meinen Haaren. Aber der Schmerz könnte mich nicht weniger kümmern. Im Gegenteil, er steigert mein Verlangen nur und macht real, was ich sonst wohl für einen sehr lebendigen Traum halten würde.

Als Katie sich an der Seite meines Halses herabküsst, umfasse ich ihren Kopf mit meiner freien Hand und halte ihn an Ort und Stelle, während ich mich über die beiden Windgläser beuge und die Kerzen ausblase. Vollkommen dunkel ist es durch die schwache Gartenbeleuchtung trotzdem nicht, aber so kann ich mir zumindest sicher sein, dass wir keine Schatten auf die Pavillonwände werfen. Mit aller Kraft ringe ich mir ein gepresstes »Warte kurz« ab und scharre, Katie nach wie vor auf den Hüften, die Decken und Kissen auf den hölzernen Boden, wo ich alles grob mit den Füßen verteile.

Endlich gehe ich mit ihr in die Knie und lege sie behutsam auf unserem etwas chaotischen Lager ab. Sie hält mein Gesicht in beiden Händen und schaut mit ihren großen Augen, die selbst in diesen miserablen Lichtverhältnissen noch nachtblau schimmern und so viel Vertrauen bekennen, zu mir auf.

In diesem Moment, in dem ich sie ganz bewusst betrachte, frage ich mich plötzlich, wie sie mich wohl sieht. Bemerkt sie, wie sehr ich um Fassung ringe? Spürt sie auch nur annähernd die Intensität, mit der ich sie liebe und, ja, auch begehre? Weiß sie, dass ich innerlich genau auf dieser magischen, strohhalmdünnen Schwelle zwischen Lachen und Weinen balanciere, weil einfach zu viele Erinnerungen und Gefühle auf mich einprasseln und mich schlichtweg übermannen, wenn sie mich so offen ansieht?

Ihr sanftes, beinahe nachsichtiges Lächeln scheint ein »*Ja, ich weiß es*« auf alle meine Fragen zu enthalten. Sie streichelt meine Wangen mit ihren Daumen, die inzwischen keineswegs mehr kühl sind. Ich drehe den Kopf und küsse die Innenfläche ihrer linken Hand. »Bist du dir ganz sicher?«, flüstere ich. »Wir müssen das nicht tun, das weißt du, oder?«

Mit sanftem Nachdruck lenkt sie meinen Blick zurück in ihre Augen. »Ja. Aber ich möchte es.«

Ich knie mich hin, eines ihrer Beine zwischen meinen, und beginne, mein Hemd aufzuknöpfen. Katie beobachtet mich eine Weile, bis auch sie sich aufsetzt und meine Hände beiseiteschiebt. »Lass mich das machen«, bittet sie und küsst im nächsten Moment schon meine Brust, direkt über meinem Herzen. Ich schließe die Augen. Spüre ihre weichen Lippen auf meiner Haut, ihren warmen Atem, das Kitzeln ihrer Haare und die geschickten Bewegungen ihrer Finger. »Stell dich hin!«, fordert sie, kaum dass mein Hemd am Boden bei den Decken und Kissen liegt. Ich folge ihr noch genauso ergeben wie früher; es ist fast beängstigend. Während sich Katie an meiner Jeans zu schaffen macht, sehe ich zu ihr hinab und spiele in meiner Unbeholfenheit mit ihrem Haar. Doch sie erwidert meinen Blick nicht einmal, arbeitet nur konzentriert an dem Gürtel, dem Knopf, dem Reißverschluss. Und ich … kann kaum noch atmen.

Erst als sie mir die Jeans bis unter die Knie herabstreift, schaut sie endlich zu mir auf. Ihre Fingerspitzen gleiten über meine Oberschenkel, von unten nach oben, während sie sich langsam erhebt. Der Druck, den sie dabei auf meiner Brandnarbe ausübt, ist ungleich sanfter als der elektrisierende, mit dem ihre Fingernägel über mein rechtes Bein schaben. »Du weißt es noch«, wispere ich.

»Ja«, versichert sie mir, »ich erinnere mich noch sehr gut an uns.«

»Ich verspreche dir, dass alles wieder gut wird, Katie.«

Sie legt einen Finger über meine Lippen. »Jetzt gerade ist doch alles gut. Dir gelingt es nicht nur, dass ich mich erinnere, Jonah. Du lässt mich auch vergessen.«

Es stimmt; mir geht es genauso mit ihr. Seitdem ich Katie wiedergefunden habe, ist es fast so, als hätte es die siebzehn Jahre ohne sie nie gegeben.

»Lass uns alle Probleme vergessen, nur für diese eine Nacht«, flüstert sie.

»Nun, das wird schwierig für mich«, gestehe ich.

Ein fragender Ausdruck legt sich über ihr hübsches Gesicht und lässt sie verwirrt blinzeln. »Vertrau mir, es kann nichts passieren. Mason liegt quasi im Koma, und Boris und Zach ...«

Ich lege meinen Finger über ihre Lippen und schaue sie betont verständnislos an. »Wovon zum Teufel sprichst du? Natürlich vertraue ich dir! Trotzdem wird es nicht leicht für mich, meine Probleme zu vergessen, solange ich mit dir zusammen bin.«

»Und weshalb?«

»Na, weil ich, seitdem wir uns kennen, ungefähr eine Million Probleme habe. Und du ... bist jedes einzelne davon.« Damit küsse ich sie wieder und streife ihr in einer fließenden

Bewegung dieses lächerliche Stück roten Stoff vom Leib, das wohl ein Kleid darstellen soll, ihr jedoch kaum bis zur Mitte der Oberschenkel reicht und mich schon reizt, seitdem ich den Pavillon betreten habe. Achtlos landet es irgendwo zwischen meinem Hemd und meiner Jeans. Schließlich befreie ich Katie von ihren Schuhen und ihrer Strumpfhose und küsse dabei jede einzelne ihrer süßen knubbeligen Zehen. Als ich die Augen schließe, habe ich plötzlich das Bild ihrer schlammigen Mädchenfüße vor Augen, so, wie sie damals aussahen, wenn wir unsere Zehen in den schlickigen Grund des Baches eingruben. Schmunzelnd tauche ich aus der kristallklaren Erinnerung und entlocke Katie ein Glucksen, indem ich sanft in die Wölbung ihres Fußes beiße. Lachend zieht sie ihn zurück und mich zu sich.

Halb neben, halb über ihr liegend, verlagere ich einen Teil meines Gewichts auf ihren Körper, solange ich damit beschäftigt bin, eine der Decken über uns auszubreiten. Danach rücke ich ein wenig ab, um sie wieder zu entlasten, doch Katie zieht mich noch enger als zuvor an sich heran. Die Reibung, die sie damit erzeugt, durchzuckt mich wie ein Stromschlag und löst einen Kurzschluss in mir aus, der sämtliche verbliebene Zurückhaltung spurlos auslöscht.

In diesem Moment fällt auch das letzte Fitzelchen unschuldiger Kindheit von uns. Zurück bleiben nur eine Frau und ein Mann, die sich so verzweifelt lieben und nacheinander sehnen, dass die Dauer einer einzigen Nacht niemals ausreichen kann, dieses Verlangen zu stillen.

XXXIII.
~ Katie ~

Als ich meine Augen wieder öffne, ist Jonah schöner als je zuvor. Schweißfeuchte Haarsträhnen kleben an seiner Stirn, und seine Lippen umspielt das süßeste kleine Schmunzeln. Einen Moment lang sehen wir uns noch ungläubig an, dann rollt er sich auf den Rücken und zieht mich mit sich. Einen Arm über den Kopf gewinkelt, den anderen um meine Mitte geschlungen, liegt er da, mit geschlossenen Augen, und atmet tief und wohlig durch. Was gäbe ich nicht alles, um einen kurzen Blick in seine Gedanken zu erhaschen.

Als er spürt, dass ich mich aufstütze und ihn ansehe, dehnt sich sein Lächeln zu einem entspannten Grinsen. »Hey«, sagt er und schlägt die Augen auf, als würden wir uns das erste Mal sehen.

»Hey«, erwidere ich mit leicht belegter Stimme und zupfe an den dunklen Härchen auf seiner Brust. »Das …« Ich seufze, weil ich nicht die geringste Ahnung habe, was ich ihm eigentlich sagen will. Er versteht mich trotzdem; natürlich tut er das.

»Ich weiß«, brummt er. »Es war, als hätte ich nie zuvor den Himmel gesehen, Katie. Als wäre ich blind gewesen und taub, mein Leben lang«, gesteht er, den Blick fest in meine Augen gerichtet. Wir betrachten einander stumm und staunend, und so werde ich unmittelbare Zeugin des Wandels, der sich plötzlich in Jonah vollzieht.

»Ich werde das hier nie vergessen. Ich werde mich immer glasklar an jeden Augenblick unserer ersten Nacht erinnern können«, wispert er beinahe andächtig und lässt seine Erkenntnis damit auch zu mir durchsickern.

Ja, er hat sie immer noch, diese wunderbare Fähigkeit, in jedem einzelnen Moment zu leben. Und weil er sich so anders, so viel intensiver und detaillierter erinnern kann als andere Menschen, schafft er sie sich ganz bewusst, seine Erinnerungen. Ohne jede Hast und mit einer Wertschätzung, die mich auch vor dieser intimsten aller Erfahrungen schon oft fasziniert hat.

Die Finger tief in seinem hellbraunen Haar vergraben und mir selbst damit den Halt gebend, den seine herzergreifenden Worte erforderlich gemacht haben, spüre ich die Tränen in meinen Augen zu spät. Als sie überlaufen, ist Jonah schon da und küsst sie weg. Er stellt keine Fragen, fordert mich nicht auf zu sprechen – wohl wissend, dass mich die Stimme nach wie vor verlässt, sobald mich meine Emotionen überfordern.

»Ich habe gedacht, ich sehe dich nie wieder«, platzt es dennoch aus mir hervor. Ich presse Jonah an mich heran, als könnte ich allein durch seine Nähe alles rückgängig machen, was in meinem Leben ohne ihn so schrecklich schiefgelaufen ist. »Und dabei hättest du es sein müssen«, keuche ich verzweifelt und schlinge meine Beine um seine Hüften, ohne überhaupt darüber nachzudenken. »Du, und sonst niemand!«

»Hey«, sagt er und küsst meine Lippen. Er streichelt meine Wangen und wischt die frischen Tränen weg. »Sieh mich an, Katie.« Ich öffne die Augen. Er ist unmittelbar über mir.

»Ich bin es. Jetzt bin ich es.«

»Sag mir, dass es nicht zu spät für uns ist«, flehe ich. »Sag mir, dass wir hier rauskommen und dass wir nicht zu kaputt sind für die Welt da draußen. Zu verletzt und vernarbt.«

»Doch, das sind wir«, erwidert er mit fester Stimme, aber seltsamerweise schwingt nicht einmal der leiseste Anflug von Reue in seiner tiefen Stimme mit. »Wir sind gezeichnet vom Leben, stärker als die meisten anderen Menschen. Das ist Fakt und leider unumstößlich. Aber unsere Sichtweisen müssen nicht so starr sein. Denn machen uns die Narben auf unseren Seelen nicht gerade zu den Verbündeten, die wir immer waren?« Ich nicke zaghaft, und Jonah fährt fort. »Wir beide haben das Leben in seinen höchsten, fröhlichsten und auch in seinen disharmonischsten Tönen kennengelernt. In all seinen zahlreichen Farben und Facetten. Und wenn ich etwas daraus gelernt habe, dann, dass es mir auf ewig grau und tonlos erscheinen wird, wenn ich es nicht weiterhin zusammen mit dir bestreiten darf. Also zweifele uns nicht länger an, Katie, ich bitte dich!«

»Das tue ich nicht! Das habe ich nie.«

»Wir kommen hier raus, das verspreche ich dir. Wir müssen nur den richtigen Moment abwarten. Noch ist die Zeit nicht reif. Aber sie wird es sein.« Wieder nicke ich, und prompt drückt Jonah seine Lippen so abrupt auf meine, als wollte er sich für mein Vertrauen bedanken und unseren heimlichen Pakt mit seinem Kuss besiegeln.

Wir lieben uns erneut. Langsam, zärtlich und sehr bewusst. Es ist wie eine Reise durch Jonahs Farbpalette. Kannte ich vor ihm maximal die drei Grundfarben, so zeigt er mir nun sämtliche Nuancen, Kontraste, Abstufungen und alle Möglichkeiten, die sich uns daraus ergeben. Vor allem jedoch lässt er mich in jeder Sekunde spüren, wie sehr er mich liebt und wie viel es ihm bedeutet, gut für mich zu sein.

Als er schließlich leise aufstöhnt, trifft sein Atem auf die empfindliche Stelle zwischen meinem Hals und meinem Schlüsselbein. Kitzelig, wie ich bin, krümmen sich meine Zehen, streifen über Jonahs Waden und rollen dabei die Socken herab, die er noch immer trägt – was uns beiden ein Schmunzeln entlockt.

Ich liebe diesen Mann so sehr, dass ich für den Rest meines Lebens exakt so liegen bleiben und ihn halten könnte. Wirklich, würde genau in diesem Moment ein riesiger Meteorit auf die Erde treffen und sie zerschellen lassen – ich würde glücklich sterben.

»Du bist zu schnell«, wispere ich nach einer unmessbaren kleinen Ewigkeit, in der sich sein Herzschlag an meiner Brust beruhigt hat.

Jonah weicht zurück und sieht ein wenig bestürzt auf mich herab. »Entschuldige! Ich dachte, du …«

»Nein, nicht damit«, erwidere ich grinsend. »Mit deiner Wandmalerei. Sie ist unser einziges Alibi. Zögere es hinaus, so lange du kannst. Damit wir den rechten Zeitpunkt abpassen können.«

Jonah sieht aus, als hätte ich ihm mit diesen Worten das wertvollste Geschenk überhaupt gemacht. Der Ausdruck in seinem Gesicht ist unbezahlbar und schwankt zwischen Fassungslosigkeit, Rührung und Skepsis. Er scheint sich einfach nicht festlegen zu können. Ich streiche ihm die verklebten Haare aus der Stirn und spreche aus, was er offenbar hören muss, um es zu glauben: »Ich gehe mit dir, Jonah. Natürlich gehe ich mit dir.«

* * *

Wenige Tage später sitze ich auf der weißen Bank am Hafen und füttere die Möwen. Hope lässt mich nicht lange warten. Dieses Mal kann ich mir ein wenig mehr Zeit als sonst nehmen, denn an Masons Zustand hat sich bisher nichts geändert. Also erzähle ich Hope in aller Ausführlichkeit von den unerwarteten Ereignissen und genieße es, die vergangenen Tage mit Jonah auch für mich selbst noch einmal Revue passieren zu lassen.

Ich lehne mich zurück, recke mein Gesicht gen Himmel und heiße die Sonnenstrahlen willkommen, die zwischen den Wolken hindurchblitzen.

»So, so. Der Scheißhaufen-Junge ist also wieder zurück«, fasst Hope zusammen und wirft mir einen Luftkuss zu, als ich sie missbilligend ansehe. »Hör auf zu schmollen, Süße, und erzähl mir lieber, wie es weitergehen soll.«

»Wir haben drei der vergangenen fünf Nächte miteinander verbracht. Und wenn alles klappt, haben wir die heutige wieder für uns. Gestern ging es nicht, weil Doktor Brenner Mason immer freitags Blut abnimmt. Deshalb konnte ich es nicht riskieren, ihm Schlafmittel zu verabreichen, denn das wäre heute Vormittag bestimmt noch nicht spurlos aus seinem Blut verschwunden gewesen.«

Hope grinst breit und lässt mit ihrem Kopfschütteln die blonden Locken hüpfen, um die ich sie nach wie vor beneide. »So berechnend! Ich fasse es nicht, dass du das überhaupt getan hast. Aber mit Mr Shitty warst du schon immer wie ausgewechselt.« Ich knuffe sie in die Seite, doch sie weicht geschickt aus. »Und was jetzt? Wagst du den Schritt wirklich, Mason zu verlassen?«

Es gibt nur eine Antwort auf diese Frage: »Eher gehe ich das Risiko einer Flucht mit Jonah ein, als auch nur einen Tag länger als nötig bei Mason zu bleiben.«

»Das ist mein Mädchen!«, ruft Hope und springt begeistert auf. »Ich weiß, ihr schafft das.«

»Bist du sicher?«, entfährt es mir, denn so entschlossen ich auch bin, Angst habe ich doch.

»Nein, sicher nicht«, gibt Hope zu, strahlt mich dabei jedoch ungetrübt an. »Aber voller Zuversicht.«

* * *

Als wir vom Hafen zurückkehren, öffnet Boris die Haustür und lässt mir den Vortritt. Sofort fällt mein Blick auf das leere Gerüst im Hausflur. Nur einen Moment später höre ich Masons gedämpfte Stimme aus dem Kasino. Sofort krampft sich mein Magen zusammen.

»Hier«, sage ich und reiche Boris meinen Mantel. »Momentan brauche ich dich nicht mehr, danke!«

Er hängt den Mantel auf einen Bügel und verlässt die Villa in Richtung Wachhaus. Still und stumm stehe ich im Entree und lausche. Leider ohne Erfolg, denn Mason und Jonah sprechen zu leise, als dass ich sie verstehen könnte. Gerade will ich anklopfen, da biegt Selma um die Ecke.

»Mrs Sturridge? Er ist aufgestanden.«

»Ja, das höre ich.« Selma windet sich, das ist offensichtlich.

»Was ist los?«, frage ich alarmiert.

Nun schaut sie mich fast ein wenig mitleidig an. »Er ist eigentlich recht gut gelaunt.«

Was oberflächlich nach einer positiven Nachricht klingt, versetzt mir einen kleinen Schock. »Oh, wirklich?«

»Ja. Natürlich ist es noch zu früh für eine Prognose, aber ich wollte es Sie nur wissen lassen.«

Ich wollte Sie nur vorwarnen, würde es wohl besser treffen.

»Danke, Selma«, sage ich und klopfe dann an die Tür.

»Ja, bitte!«, ruft Mason. Er lächelt mir erfreut zu, als ich durch den Türspalt luge und mit aller Kraft dem Drang widerstehe, Jonah einen Blick zuzuwerfen. »Geht es dir besser, Liebling?«, höre ich mich stattdessen fragen. Ich eile auf Mason zu und lasse mich in seine Arme ziehen, ohne mir meinen Widerwillen anmerken zu lassen. Jonah fällt das nicht so leicht. Sofort senkt er den Blick auf seine Schuhspitzen und schiebt die Hände tief in die Fronttaschen seiner Jeans.

»Viel besser, ja«, sagt Mason leise. Er mag es nicht, über seine Krankheit zu sprechen. »Mr Tanner hat mich mit dem Fortschritt seiner Malerei überrascht. Ich muss zugeben, dass ich deiner Idee lange kritisch gegenüberstand, Rose. Aber jetzt kann auch ich erkennen, wie wunderbar es aussehen wird.«

»Wir sprachen gerade darüber, wie lange ich bis zur Fertigstellung wohl noch benötige«, ergänzt Jonah – vermutlich, damit ich endlich einen Grund habe, ihn direkt anzusehen und nicht nur verstohlen aus den Augenwinkeln heraus.

»Und, was glauben Sie, wie lange Sie noch benötigen werden, Mr Tanner?« Es fühlt sich so verlogen an, dermaßen förmlich und steif mit ihm zu sprechen. Am meisten jedoch macht mir die Aussicht auf die kommenden Wochen zu schaffen. Denn auch ich kann nicht leugnen – jetzt, wo Mason vor mir steht –, dass es meinem Ehemann sichtlich besser geht. Und das bedeutet nichts anderes, als dass Jonahs und meine gemeinsame Zeit ein viel zu abruptes Ende nimmt.

Jonah räuspert sich. »Nun, Ihr Mann sagte mir, dass Sie Ihren fünfzehnten Hochzeitstag am letzten Samstag im April feiern werden. Ich habe ihm zugesichert, bis dahin mit meinen Arbeiten fertig zu sein.« Unter seinem eindringlichen Blick nicke ich nur.

Okay, uns bleiben also noch anderthalb Monate.

»Wenn Sie mich nicht mehr brauchen, mache ich weiter«, schlägt Jonah vor und verlässt, als Mason nickt, mit geneigtem Blick den Raum.

»Ein ordentlicher Junge«, befindet Mason gönnerhaft, kaum dass sich die Tür hinter Jonah geschlossen hat. »Er arbeitet gut und sehr fleißig, wie es scheint. Dieses Porträt, das er von uns gemalt hat, ist außergewöhnlich. Wir sollten es im Schlafzimmer aufhängen.«

»Ich sagte dir, dass seine Kunst bewegt.«

»Ja, das sagtest du, Rose.« Er streicht über meine Wange, und ich bemerke zu spät, dass ich den Kopf reflexartig in die falsche Richtung drehe. Von ihm weg, anstatt seiner Hand entgegen. »Was ist los?«, fragt er sofort scharf.

Du forderst eine Nähe, die ich dir nicht länger bereit bin zu geben.

Ich beiße die Zähne zusammen und schmiege mich nun doch, wenn auch verspätet, gegen seine Hand. Tränen brennen in meiner Kehle, und plötzlich muss ich nicht mehr nur an Jonah denken und daran, wie viel lieber ich ihn berühren würde, sondern auch an Hope. Da zurzeit niemand von uns weiß, wie schnell Jonah und ich die angestrebte Flucht in die Tat umsetzen können, habe ich heute viel ausgiebiger von Hope Abschied genommen als sonst.

»*Wenn du einmal nicht weiterweißt, dann schließe die Augen und frag dich einfach, was ich tun würde. Du kennst mich so gut, dass ich auch auf diese Art immer bei dir sein kann*«, tröstete sie mich. Doch ihren Worten zum Trotz komme ich mir in diesem Augenblick mutterseelenallein vor.

»Ich kann nicht fassen, dass es dir so schnell wieder so gut geht«, schluchze ich gegen Masons Hand.

Und das ist nichts als die bittere Wahrheit.

XXXIV.
~ Jonah ~

Als Katie zusammen mit Mason das Kasino verlässt, achte ich darauf, meinen Pinsel nicht allzu lange abzusetzen. Nur kurz drehe ich den Kopf in ihre Richtung, nicke ihnen flüchtig zu und fange Katies Lächeln ein, das ebenso unverfänglich ausfällt, aber dennoch die Kraft besitzt, mein Herz zu wärmen.

Kurz darauf steigt sie die Treppe empor, und als sich Mason in Richtung seines Büros abwendet, wirft sie mir einen langen, eindringlichen Blick zu, von dem ich nur hoffen kann, dass ich ihn korrekt deute. Mit Bestimmtheit weiß ich es erst, als ich am späten Abend auf den Pavillon zusteuere und ihn vollkommen verhüllt und schwach beleuchtet vorfinde.

Wie auch in den Tagen davor zieht Katie mich zu sich herein, und wir sinken auf unser Lager aus Decken und Kissen. »Was ist mit Mason?«, frage ich nach einem Begrüßungskuss, der den heutigen Tag ohne ihre Nähe zumindest teilweise wiedergutgemacht hat.

»Schläft wie ein Baby«, versichert Katie mir. »Er war zwar heute den ganzen Tag auf den Beinen, aber die depressiven Stimmungen kamen immer wieder durch, und nach dem Abendessen war er so erschöpft, dass ich ihm sein Schlafmittel vermutlich nicht einmal hätte einflößen müssen.«

»Was du aber getan hast?«

»Natürlich. Sicher ist sicher.«

Ich nicke zufrieden und streiche ihr die Haarsträhne hinter das Ohr. Ob sie wohl merkt, dass ich mal wieder mit dem Gedanken spiele, Mason dieses Schlafmittel ein wenig überdosiert zu verabreichen und unsere geplante Flucht damit endlich einzuleiten?

»Sprich es nicht aus!«, warnt Katie mit strenger Miene. »Ich werde nicht zu einer Verbrecherin, nur weil es alle um mich herum sind.«

»Und dafür liebe ich dich noch mehr als ohnehin schon.«

Eine Weile liegen wir stumm und eng aneinandergekuschelt da. Katie ist diejenige, die das Schweigen schließlich durchbricht. »Jonah, das ist vorerst die letzte Nacht für uns beide. Damit wir gar nicht erst in Versuchung kommen, werde ich dem Gärtner morgen sagen, er soll die Bedachung des Pavillons wieder entfernen. Normalerweise nutzen wir sie nur im Sommer, und ich hatte ihm gesagt, ich müsste sie auf Lagerschäden und Mottenbisse überprüfen, um eventuell eine neue anfertigen zu lassen.«

»Mottenbisse, hm? Na dann ...« Ich beiße vorsichtig in ihre Schulter und entlocke ihr damit ein leises Seufzen. »Katie?«

»Ja?«

»Ich will dich nicht drängen, aber magst du mir erzählen, was damals passiert ist? Wie es für dich weiterging?«

»Als ich mit den beiden Frauen mitging, in Salem, meinst du?«

»Ja. Weißt du, einerseits graut mir vor deinen Erzählungen, weil ich weiß, dass dir Schreckliches widerfahren sein muss. Aber andererseits ...«

»Musst du einfach wissen, was geschah, damit du damit abschließen kannst.«

Ich wiege den Kopf hin und her. »Das wird mir wohl nie gelingen. Aber zumindest ... hätte ich gerne Klarheit.«

Katie überlegt kurz, sammelt ihre Gedanken. »Ich wurde zu Larry gebracht, dem Zuhälter. Er lebte mit seinen Mädchen in einer Art Wohngemeinschaft und sah genauso aus, wie man sich Männer wie ihn vorstellt. Schwarze halblange Haare, zu einem Zopf zusammengebunden. Dunkle Kleidung, ein dicker Gürtel und eine Goldkette um den Hals. Außerdem war er drogenabhängig und hat mit dem Zeug gedealt. Er hat mich oft benutzt, um den Stoff zu schmuggeln. Ich musste Plastiktüten zu abgelegenen Plätzen bringen, wo sie dann abgeholt wurden.«

»Hm«, brumme ich nur und ziehe meinen Arm intuitiv enger um sie, weil sich das Bild der ängstlichen Katie, wie sie mit gehetztem Blick in eine schäbige schmale Gasse einbiegt, sehr lebendig vor mir aufbaut.

Sie schlüpft mit ihrer warmen Hand unter das neue Sweatshirt, das sie mir gekauft hat, und zupft gedankenverloren an den Härchen unterhalb meines Bauchnabels.

»Als ich Larry zum ersten Mal traf, hat er mir alles weggenommen, was ich bei mir trug. Nur meinen Pass, auf den es ihm dabei eigentlich ankam, fand er natürlich nicht. Der liegt wahrscheinlich bis heute in einer Akte des Jugendamts. Oder vielleicht auch bei der Polizei, was weiß ich.«

»Das muss furchtbar gewesen sein.«

Katie nickt betrübt. »Ja. Er hat mir solche Angst eingeflößt, dass sogar der Mutismus wieder eingesetzt hat.«

»Wirklich? Und, war Larry sauer?«

»Anfangs schon, ja. Er hat mich geohrfeigt und wollte die Antworten aus mir herauspressen, aber …«

»Nein, das hat er nicht!«

Katie erfasst meine Hand, schiebt ihre zierlichen Finger in die Faust, die ich unbewusst gebildet habe, und lockert sie wieder. »Doch, Jonah. Aber … das ist alles lange her. Ich habe jedenfalls weiterhin geschwiegen. Und das hat mich in gewisser

Weise gerettet. Ich hatte auch mit den beiden Frauen kein Wort gewechselt, sondern ihre Fragen nur mit scheuem Kopfschütteln oder Nicken beantwortet. Und so kamen sie schließlich zu dem Schluss, ich müsse wohl stumm sein. Larry ließ plötzlich von mir ab, als hätte er sich die Finger an mir verbrannt, und lachte dann lauthals los, wie ein Wahnsinniger.«

Katie verfällt in ein Schweigen, das von Sekunde zu Sekunde drückender wird. Schließlich halte ich es nicht mehr aus. »Und dann?«

»Er hat die Frauen prüfen lassen, ob ich noch Jungfrau bin.«

Ich traue meinen Ohren kaum, als sie das so nüchtern und monoton sagt. »Katie«, entfährt es mir, und ich habe keine Ahnung, welche tröstenden Worte ich ihrem Spitznamen folgen lassen könnte. In meinem Kopf klingen alle Ansätze wie belanglose Floskeln.

Schließlich legt sie ihre Hand flach auf meinen Bauch und bedeutet mir, damit zu warten. »Es hätte viel schlimmer kommen können. Manche der Mädchen hat Larry regelmäßig missbraucht.«

»Um Gottes willen, wie viele wart ihr denn?«

»Nur sieben, ab und zu acht.«

»Ab und zu?« Entsetzen schwingt in meiner Stimme, bevor ich mich erneut besinne. Schließlich soll Katie mir endlich alles erzählen.

»Ja, ab und zu. Die Mädchen haben ständig gewechselt. Jedenfalls entschied sich Larry dagegen, mich zur Prostitution zu zwingen. Vielleicht hat er mich als eine Behinderte angesehen, oder er witterte in mir den perfekten Drogenkurier, weil ich nicht sprach.«

»Und weil du so absolut unschuldig aussahst«, erinnere ich mich mit einem Stechen in der Brust. Katie hingegen zuckt nur mit den Schultern.

»Nach knapp anderthalb Jahren kam der Umbruch. An einem Abend im März 2000 fuhr eine Limousine vor der Wohnung vor, und wir sollten alle einsteigen. In einem Nachtclub mussten wir uns dann in einer Reihe aufstellen. Es war fast wie auf einem Viehmarkt. Und es war das erste Mal, dass ich Mason begegnete. Er nahm uns Mädchen eine nach der anderen unter die Lupe. Das heißt, eigentlich ging er an allen achtlos vorbei, bis …«

»Bis zu dir.«

»Ja. Mir schenkte er ein Lächeln und bat mich, ihn anzusehen, weil ich den Blick sofort senkte. Er war … charmant gegen das, was ich von Larry gewohnt war.«

»Also hast du zu ihm aufgeschaut.«

»Ja. Und er schickte alle anderen weg und sprach nur mit mir, obwohl Larry ihm sagte, dass ich stumm sei.«

»Du hast sein Interesse geweckt«, halte ich das Offenkundige fest. Und sosehr ich Mason auch verabscheue, kann ich ihm doch nicht verübeln, dass er damals ausgerechnet auf Katie aufmerksam wurde.

»Ich war so naiv«, behauptet sie leise. »Er sagte mir, ich müsste ihm ein Zeichen geben, ob ich mit ihm mitkommen wollte. Natürlich spielte er auf eine sexuelle Kostprobe an. Aber ich Dummchen dachte, er würde irgendwie erahnen, dass ich nicht wirklich stumm bin, und mit diesem *Zeichen* meinen, dass ich ihm vertrauen und mit ihm sprechen sollte.«

»Und du hast es versucht?«

»Ja. Ich wollte, dass er mich mitnimmt, weil ich dachte, alles wäre besser, als bei Larry zu bleiben. Ich wollte einfach nur weg, um wieder Kontakt zu dir aufnehmen zu können. Also bemühte ich mich, einen Mucks über die Lippen zu kriegen. Irgendetwas. Und es gelang mir auch.«

»Damit hast du ihn natürlich gebauchpinselt. Mason muss sich unglaublich begnadet vorgekommen sein, als er innerhalb weniger Minuten schaffte, was Larry in anderthalb Jahren nicht gelungen war«, mutmaße ich.

Katie zieht die Nase kraus. »Wahrscheinlich. Und als Larry ihm dann noch steckte, dass ich nach wie vor Jungfrau war, war es endgültig um Mason geschehen, und die beiden zogen sich in einen anderen Raum zurück, um das Geschäftliche zu erledigen.«

»Gott, Katie, er hat dich gekauft?!«

Es ist unmöglich zu sagen, was hinter ihrem starren Blick vor sich geht, und für einen Moment hasse ich mich dafür, sie überhaupt mit diesen Erinnerungen zu quälen. »Mason ließ mich neu ankleiden, und man schnitt und färbte mir das Haar noch im Club. Als ich weinte, streichelte Mason mein Gesicht und erklärte mir, dass das nötig sei, damit ich bei ihm bleiben könnte. Er fragte nach meinem Namen, den ich ihm auch nannte, in der Hoffnung, dass Mason mir irgendwie helfen würde. Aber er nickte nur und sagte, ich müsste diesen Namen von nun an vergessen. Er behauptete, ich wäre so schön wie eine junge Rose, und nur wenige Tage später blickte ich auf genau diesen Vornamen in einem Pass, dessen Daten auch sonst nichts mit mir zu tun hatten. Es war der Ausweis einer völlig fremden, erwachsenen Frau.«

»Aber du hast Mason trotzdem geheiratet«, stelle ich nach einer Weile fest. Und weil das viel vorwurfsvoller klingt, als ich das Recht dazu habe, entschuldige ich mich direkt im nächsten Moment mit einem langen Kuss auf ihre Stirn.

Katie nimmt mir meine Reaktion nicht übel. Sie nickt bedächtig an meiner Brust. »Ich hatte keine Wahl, Jonah. Ich habe mitgekriegt, wie er mit Selma umgegangen ist, wenn sie nicht parierte, und später kam die Sache mit Ray dazu. Mir wurde schnell klar, dass Mason psychisch gestört und sehr gefährlich ist. Und trotzdem wusste ich, dass es mich auch viel schlimmer hätte treffen können, denn dafür hatte ich bei Larry schon genug gesehen.«

Lange bleiben wir stumm liegen, beide auf unsere Weise mit den schlimmen Erlebnissen beschäftigt, die Katie geprägt haben.

»Ich habe anfangs oft mit einer Idee gespielt, weißt du?«, flüstert sie schließlich. »Mason besitzt auch einige sehr edle Nachtclubs, in denen Sängerinnen engagiert sind. Keine Prostituierten, nichts Schmutziges. Ich habe oft darüber nachgedacht, Mason etwas vorzusingen und ihn zu bitten, mich in einem dieser Clubs auftreten zu lassen. Vielleicht hätte ich mir auf diese Weise einen Namen machen und dir eine Spur legen können. Aber …«

»Dass du dich so öffentlich bewegst, hätte Mason nie zugelassen, oder?«

Sekundenlang schweigend mustert sie mich aus nächster Nähe. »Wahrscheinlich nicht. Aber vor allem hätte ich nie für ihn singen können, Jonah. Das hätte sich wie ein Verrat an dir und unserer gemeinsamen Zeit angefühlt.«

Gerührt sehe ich sie an. Ganz bewusst lasse ich die Wärme und Aufrichtigkeit ihres Blickes bis tief in mein Inneres vordringen und mein Herz umhüllen.

»Katie, warum flüchten wir nicht jetzt, noch in dieser Nacht?«

Sie hebt ihre Fingerspitzen an mein Gesicht und streichelt meine Lippen. »Im Wachhaus schlafen Zach und Boris, und der Nachtwächter sitzt vor seinen Monitoren«, erinnert sie mich.

»Und sie alle würden verhindern, dass du das Grundstück verlässt, obwohl du die Hausherrin bist?«

»Nein, das bin ich nicht«, sagt sie mit trauriger Miene, »Mason ist der Hausherr, egal, in welcher Verfassung er sich befindet.

Und ja, sie würden mich aufhalten oder zumindest darauf bestehen, mich zu begleiten, denn das ist Teil ihres Jobs. Das Haus zu bewachen, aber auch aufzupassen, dass ich bei ihm bleibe.«

»Aber du hast ihm doch nie Anlass für sein übertriebenes Misstrauen gegeben, oder?«

»Nein, nie.«

»Weißt du, Mason mag deine Flucht ja unterbewusst befürchten und dementsprechend versuchen, der lauernden Gefahr entgegenzuwirken. Einfach, weil im Grunde seines Herzens Selbstzweifel schwelen, die ihn von Zeit zu Zeit übermannen. Das ist Teil seines Wesens. Aber ihr seid doch schon seit fünfzehn Jahren verheiratet. Boris und Zach befinden sich also mit Sicherheit nicht mehr rund um die Uhr in einer so krankhaften Habtachtstellung. Sogar Selma hat anfangs zu mir gesagt, du hättest dich mit deinem Leben arrangiert.«

Katie lässt sich meine Worte eine Weile durch den Kopf gehen. »Worauf willst du hinaus?«, fragt sie dann.

»Darauf, dass Masons Wächter die eigentlichen Schwachstellen seines Systems sind.« Katie sagt nichts, sie sieht mich nur schweigend an. Und mit jeder Sekunde, die dieser Blick länger anhält, werde ich innerlich unruhiger. »Katie, wenn sich uns ein Zeitfenster bieten und ich mir einen Fluchtplan einfallen lassen würde, kämst du dann wirklich mit mir?«

»Ich habe Angst«, gesteht sie. »Auch wenn dieses Leben nicht das ist, was ich mir gewünscht und ausgemalt habe, so ist es doch das einzige, das mir vertraut ist. Die Welt dort draußen ... flößt mir Angst ein, Jonah.«

»Aber du vertraust mir, oder?« Wieder verstreichen etliche Sekunden, bis sie mir ihre Antwort gibt. Umso herzergreifender wirken ihre Worte auf mich.

»Wem, wenn nicht dir?«

XXXV.
~ Jonah ~

Die kommenden Wochen sind kaum zu ertragen. Katie und ich sehen uns nur selten und so gut wie nie alleine, da sie Mason auf seine Dienstreisen begleitet. Selma hatte recht, sein Zustand nach der depressiven Phase verschlimmert sich mit jedem Tag. Mason wirkt hyperaktiv und reagiert schnell ungehalten. Vor allem jedoch schlägt sein Kontrollzwang jetzt noch viel stärker durch. Katie bekommt das rund um die Uhr zu spüren. Wie ein Schoßhündchen an der kurzen Leine tippelt sie an seiner Seite.

Die Eifersucht zerfrisst mich regelrecht, wann immer ich die beiden zusammen sehe oder auch nur daran denke, dass Katie nachts bei Mason liegt. Ich hingegen verbringe meine Nächte damit, mir verschiedene Fluchtszenarien auszumalen und dabei alle Eventualitäten zu bedenken. Doch es ist gar nicht so leicht, fokussiert zu bleiben. Immer wieder muss ich mich zur Besinnung rufen. Ich versuche mein Bestes, einen kühlen Kopf zu bewahren und einen vordefinierten Moment für unsere Flucht zu bestimmen, für die uns Mason in seinem Wahn nicht einmal das kleinste Zeitfenster lässt.

Unter diesen widrigen Umständen ist es kaum verwunderlich, dass im Endeffekt Katie die erste handfeste Gelegenheit für unsere Flucht organisiert.

Es ist bereits Anfang April, als Mason eines späten Nachmittags ins Entree tritt – Katie wie immer an seiner Seite – und mich auffordert, kurz vom Gerüst zu steigen.

»Derzeit wird in der Stadt eine Führung durch die unterirdischen Gassen Seattles angeboten«, erklärt er ohne weitere Umschweife und zeigt dabei in Richtung meines Gemäldes, zu der Szene mit der feinen Dame, die mit ihrem aufgespannten Sonnenschirm wie eine Seiltänzerin über den noch klaffenden Bereich des späteren Bürgersteigs balanciert.

»Verborgen unter den Gehwegen existieren diese Gänge bis jetzt, und Rose hatte heute Morgen die Idee, Sie für eine solche Führung anzumelden. Sie sagte, es würde Sie sicher interessieren.«

»Ja, unbedingt!«, stimme ich begeistert zu. Mason nickt.

»Ich denke auch, dass es interessant sein könnte. Und meine Frau ...« Er schaut Katie mit einem Seitenblick an, den ich unmöglich beschreiben kann. Im ersten Moment sieht er nahezu verzückt aus, doch dann mischt sich zunehmend an Misstrauen grenzende Skepsis in seine stahlgrauen Augen. »Rose hat den Wunsch geäußert, Sie auf diese Tour zu begleiten.«

Mein Herz tut einen Sprung, denn ich erfasse sofort, was das bedeutet. »Und Sie nicht?«, höre ich mich fragen und bin im selben Moment erleichtert darüber, dass die Freude und plötzliche Aufregung meinen Tonfall unangetastet lassen. Die Frage klingt ausschließlich interessiert.

»Ja, Schatz, komm doch mit uns«, sagt auch Katie, doch ich ahne, dass sie sich nicht so weit aus dem Fenster lehnen würde, wäre sie sich Masons Antwort nicht bereits sicher.

»Nein. Ich kriege schon Beklemmungen, wenn ich nur an dunkle, feuchte und noch dazu unterirdische Gassen denke. Aber natürlich wird Boris mitkommen.«

»Mein Mann war so großzügig, uns eine private Tour zu buchen«, erklärt Katie und schaut mich scheu lächelnd an. »Heute Morgen wirkte er zunächst gar nicht angetan von meiner Idee, doch dann hat er alles organisiert und mich damit überrascht.« Ich verstehe genau, was sie macht. Indirekt erklärt sie mir mit diesen Worten, warum sie mich nicht früher einweihen konnte. Und auch wenn Katies Gesicht momentan keinerlei Gefühlsregung zeigt, spüre ich doch, dass es hinter ihrer mühevoll aufrechterhaltenen Fassade ähnlich stark brodelt wie hinter der meinen. Das ist unsere Chance!

»Eine private Führung? Das ist wirklich sehr großzügig von Ihnen, Mr Sturridge«, erwidere ich, den Blick fest in Katies Augen gerichtet.

»Mit Großzügigkeit hat das nichts zu tun. Eher mit einem generellen Misstrauen Fremden gegenüber«, erklärt Mason nüchtern und sieht mich dabei scharf an.

Ich begegne seiner unverhohlenen Direktheit mit einem Lächeln, von dem ich mir selbst einbilde, dass es vollkommen relaxt wirkt. »Ja, ein bisschen Misstrauen kann nie schaden, das hat schon meine Granny immer gesagt.«

Er schmunzelt, wenn auch nur kurz. »Eine kluge Frau, Ihre Großmutter!«

»Allerdings, ja.«

»Also, dann sollten Sie sich jetzt umziehen. Und du auch, Rose. Die Führung beginnt in einer guten Stunde, und Boris wird sich durch den Rushhour-Verkehr kämpfen müssen«, sagt Mason. Meinen Dank nimmt er mit einem hastigen Nicken entgegen, lässt sich von Katie auf die Wange küssen und verschwindet dann in seinem Büro.

Auf ihrem Weg über die Treppe wirft Katie mir einen vielsagenden Blick zu. Ich nicke nur kurz, doch das Herz schlägt mir dabei bis zum Hals. Und ich wette, dass es ihr genauso geht.

In der kurzen Zeit, die zum Umziehen bleibt, rasseln mir unzählige Fluchtszenarien durch den Kopf. Ich kann kaum begreifen, dass der Moment, auf den wir so lange gelauert haben, nun endlich da sein soll. Die größte Schwierigkeit wird darin bestehen, Boris loszuwerden. Schließlich ist es sein Job, Katie zu bewachen und für ihr Wohlergehen zu sorgen.

Einige Ideen durchzucken mich, bis ich mich schließlich an einer von ihnen festkralle und sie bis zum Ende weiterspinne. Mir bleibt keine Zeit mehr, also schreibe ich den Plan stichpunktartig nieder und begebe mich von meinem Zimmer aus auf direktem Weg in die Küche.

»Hey Selma, haben Sie einen Apfel für mich? Ich habe schrecklichen Hunger«, sage ich beim Eintreten, weil ich nicht weiß, ob Boris gerade anwesend ist. Aber sie ist allein, wirft mir einen Apfel zu und begegnet dabei meinem Blick.

»Was ist los?«, fragt sie sofort.

»Sie müssen mir einen Gefallen tun. Hier!« Ich lege ihr den zusammengefalteten Zettel gemeinsam mit dem Apfel in die Hände und schließe Selmas Finger darum. »Bitte, bringen Sie ihr diese Wegzehrung von mir. Es ist sehr wichtig.«

Sie sieht mich ein paar Sekunden lang an, und ich rechne schon damit, dass sie dem Unmut, der sich deutlich in ihren kleinen Augen widerspiegelt, jeden Moment Luft machen wird. Doch dann pustet sie sich nur die kleinen Löckchen zurück, die sich in ihrer Stirn kräuseln, und verlässt eilig die Küche.

Während der Fahrt herrscht beklemmende Stille, die Katie und ich nur ab und zu mit ein wenig belanglosem Geplänkel unterbrechen. Doch bei unserer Ankunft komme ich Boris zuvor, verlasse den Bentley vor ihm und öffne Katies Tür. Sie ist bereit, das erkenne ich in ihrem Blick, der mich tief durchatmen lässt. *Also gut, dann los!*

Nur zwanzig Minuten später wandern Katie und ich gemeinsam mit unserem Guide Nick und einem spürbar gelangweilten Boris durch die unterirdischen Gassen Seattles.

Für mich wäre es unter anderen Umständen vermutlich wirklich faszinierend, den Storys des jungen Geschichtsstudenten zu lauschen, aber momentan steht mir der Sinn nicht danach, so greifbar er sein Wissen über Seattles Untergrund auch zu vermitteln vermag.

Mit einer weiß leuchtenden Lampe in der Hand führt Nick uns durch die stickigen Gänge, die sich früher, im ursprünglichen Seattle, noch unter freiem Himmel und auf Straßenniveau befanden. Hier unten ist es spürbar feucht, und die Backsteinwände riechen modrig. Katie und ich versuchen beide, unsere Anspannung nicht durchschimmern zu lassen. Wir stellen Fragen, ich mehr als sie, und lachen, wenn Nick lustige Anekdoten der Stadtgeschichte erzählt.

Gerade berichtet er von einem Banktresor, der sich viele Jahre in dem Gang befand, in dem wir nun stehen, und weckt damit sogar Boris' Interesse. Katies Leibwächter schiebt sich an uns vorbei, um den entsprechenden Winkel einzusehen, den Nick ausleuchtet. Katie erfasst meine Hand und drückt sie kurz. Ihre Berührung durchfährt mich wie der zündende Stromschlag, der sie ist. Denn schon im nächsten Augenblick sackt Katie in sich zusammen, und ich fange sie auf. »Um Gottes willen, Mrs Sturridge!«, rufe ich und gehe langsam in die Hocke, die Arme fest um ihren zierlichen Körper geschlungen. »Sie ... ihr Kreislauf. Schnell, wir brauchen etwas zu trinken. Zucker. Am besten etwas mit Zucker ...«, stammele ich. Boris steht wie angewurzelt da. Er wirkt ernsthaft geschockt. *Gut so!*

»Boris! Verdammt noch mal, besorg etwas zu trinken. Und ruf Mr Sturridge an! Frag, was wir tun sollen. Sollen wir einen

Krankenwagen rufen, oder muss Doktor Brenner kommen? Los, beeil dich!« Wahrscheinlich lassen mich meine zu lange unterdrückte Nervosität und das Adrenalin, das sich nun schlagartig dazumischt, so authentisch wirken. Jedenfalls stürmt Boris tatsächlich los. Natürlich in die Richtung, aus der wir gekommen sind, ganz wie erhofft.

Der Hall seiner schweren Schritte wird leiser und leiser, während Nick – den starren Blick unverwandt auf Katie geheftet – nach wie vor neben uns steht und hektisch hin und her blickt. »Was ist denn nur –«, setzt er gerade an, als Katie sich in meinen Armen bewegt und scheinbar zu sich kommt. »Luft«, haucht sie. Und dann noch einmal, ebenso schwach wie eindeutig: »Luft!«

Ich schiebe meine Arme um ihre Schultern und unter ihre Knie und hebe Katie an, die so schlaff wie eine Weichkörperpuppe in meinen Armen liegt. »Wo ... Wo ist hier der nächste Notausgang?«, frage ich, und Nick leuchtet sofort in die entsprechende Richtung. »Da hinten links, um die nächste Ecke. Kommt!«

»Nein!«, sage ich energisch und schüttele den Kopf. »Bleib du hier und schick Boris zu uns, sobald er wiederkommt. Ich bringe sie nach oben an die frische Luft. Dort warten wir auf euch.«

Er nickt, vollkommen arglos, und lässt mich mit Katie an sich vorbeieilen. Sie schlingt ihre Arme um meinen Hals und wartet, bis die Notfalltür hinter uns ins Schloss fällt. Prompt lasse ich sie herab und fange ihren Blick ein. Ob mir nun Fassungslosigkeit oder Panik aus ihren weit aufgerissenen Augen entgegenschlägt, bin ich mir für den Moment nicht so sicher. So oder so, ich umfasse ihr Gesicht mit beiden Händen. »Hör zu, wir rennen jetzt zum Hafen. Wir sind in ein paar Minuten dort, aber wir dürfen nicht anhalten.« Unsicherheit flackert über ihr Gesicht. »Vertrau mir!«, fordere ich, und sie nickt sofort.

Es gibt genau eine Person hier in Seattle, von der ich mit Sicherheit weiß, dass sie nicht mit Mason Sturridge in Verbindung steht. Lisa, die Kellnerin. Ich weiß, sie wird Katie sofort erkennen und uns ohne viele Worte der Erklärung ein Telefonat führen lassen, wenn ich sie darum bitte. Ich werde Amy anrufen, damit sie Jerrys Freund und ehemaligen Kanzleipartner Rob kontaktiert und ihn bittet, uns bei Lisa abzuholen. Schließlich kommt Rob direkt aus Seattle, während sich alle anderen gut 350 Meilen entfernt befinden. Und angesichts der Tatsache, dass wohl weder Katie, geschweige denn ich genug Geld bei uns haben, um ein Taxi zu bestellen, das uns aus dieser verdammten Stadt herausfahren könnte, ist Rob die beste Möglichkeit, die sich uns momentan bietet.

Hand in Hand rennen Katie und ich die schmalen Metallstufen empor. Oben angekommen, entriegele ich den Schacht, stoße den Deckel auf, hieve mich vor den erstaunten Augen eines älteren Paares auf das Kopfsteinpflaster und ziehe Katie zu mir empor. Wir erheben uns, blicken auf der Suche nach einem Orientierungspunkt hektisch herum und … erstarren. Reflexartig stützt sich Katie an meine Seite.

Gerade noch rechtzeitig, denn schon im nächsten Augenblick wendet sich Boris vom gegenüberliegenden Straßenkiosk ab, die Limonade für Katie in der einen, sein Handy in der anderen Hand. Sein Blick fällt prompt auf uns. Im ersten Schock spiele ich tatsächlich noch mit dem Gedanken, trotzdem loszulaufen, doch Katies Finger drücken sich so fest und bestimmt in meine Schulter, dass ich ihre Ermahnung, nur ja nichts Dummes zu machen, auch unausgesprochen verstehe.

Boris beendet das Telefonat mit nur wenigen Worten, die ich nicht verstehe. Dabei ist er schon auf dem Weg zu uns und fixiert mich aus zu Schlitzen zusammengekniffenen Augen.

Ich lasse ihm keine Zeit für weitere Reaktionen. »Boris, gut, dass du da bist! Mrs Sturridge ist kurz zu sich gekommen und hat nach Frischluft verlangt. Vermutlich hat sie in den Gängen Beklemmungen bekommen. Wir sollten sie schnellstmöglich nach Hause bringen, zu ihrem Mann.«

Und obwohl dieser letzte Satz wie Feuer in meiner Kehle brennt, ist es genau diese Bemerkung, die Boris' kurzfristige Skepsis wieder eindämmt. Wir flößen Katie etwas Limonade ein, und ich steige noch einmal in den Schacht hinab, um Nick Bescheid zu geben. An Flucht ist an diesem Abend nicht mehr zu denken.

Auf unserem Weg zurück zum geparkten Auto fühle ich mich schrecklich matt. Und als wollte mich das Leben verhöhnen, erspähe ich genau jetzt in einer Seitenstraße eine öffentliche Telefonzelle. Unter anderen Umständen hätte ich Milow von dort aus anrufen, ihm sämtliche Ereignisse der letzten Wochen schildern und ihn um Hilfe bitten können. Aber so, in der jetzigen Situation, in der ich selbst darauf gedrängt habe, Katie schnellstmöglich zu Mason zurückzubringen, gibt es nicht einmal mehr die Möglichkeit eines solchen Anrufs.

»Du hattest so recht, Schatz«, seufzt Katie, kaum dass Mason die Beifahrertür des Bentleys aufgerissen hat. Der Blick aus seinen nervösen stahlgrauen Augen geht für einen Moment an ihrem Gesicht vorbei und trifft eiskalt auf mich. Doch Katie umfasst seinen Hals und lehnt ihre Stirn an seine Schulter. Schnell steige ich aus. »Diese scheußlichen unterirdischen Gänge. Mir war noch nie zuvor so schlecht«, sprudelt es aus Katie hervor, während sie ihre Arme um Masons Hals schlingt, seine Wange küsst und ihm damit geschickt den Wind aus den Segeln nimmt. Während er sie hochhebt und auf dieselbe Art zurück in ihr Gefängnis trägt, wie ich sie in die Freiheit tragen wollte, wirkt er beinahe untypisch gefasst. In mir hingegen toben tausend Stürme.

※ ※ ※

Nach diesem gescheiterten Fluchtversuch vergeht der Rest des Aprils sehr schleppend, und ich lebe größtenteils in den Szenen, die ich male. Es ist bestimmt kein Zufall, dass das Ladenlokal des Fotografen in meiner Szenerie so detailverliebt gerät, mit seinen Fotografien im Schaufenster und den unnötig präzisen Blumenblüten auf den Fensterbänken. Da das Haus in dunklen Nachttönen gehalten ist und das Gemälde eher als Ganzes, aus einigen Metern Entfernung betrachtet werden soll, hat nichts davon einen wirklichen Effekt. Aber in diesen Tagen klammere ich mich an dem heimlichen Liebespaar auf dem Dach fest und male es in größter Ausführlichkeit. Der Junge und das Mädchen im Schein des Vollmondes werden zu meinen engsten Vertrauten und spornen mich in diesen Wochen, in denen ich Katie kaum noch zu Gesicht bekomme, immer wieder an, den Mut und die Hoffnung nicht zu verlieren. Zuversichtlich zu bleiben und daran zu glauben, dass auch wir eines Tages wieder beieinanderliegen werden. Doch dann nicht länger heimlich, im blassen Mondlicht, sondern am helllichten Tag, unter den wärmenden Strahlen der Sonne.

Und dann ist es schließlich so weit. Beinahe geschockt stehe ich vor dem riesigen Wandbild, dessen Bearbeitung ich unmöglich weiter hinauszögern kann. Es ist fertig, ohne dass sich Katie und mir eine weitere Chance des gemeinsamen Entkommens geboten hat. Schon in drei Tagen wird die große Feier ihres fünfzehnten Hochzeitstages stattfinden.

Nun steht Mason unmittelbar neben mir und legt mir sogar seine Hand auf die Schulter. Hektisch klopft er darauf herum. »Fantastisch, wirklich!«, sagt er immer wieder begeistert und zieht Katie, die zu seiner Linken steht, fest an sich. Auch sie ist seltsam blass und sieht irgendwie aus, als wäre ihr übel. Ihr Lächeln ist aufgesetzt und erreicht nicht mal ihre Wangen, geschweige denn die schönen, schwimmend blauen Augen.

»Ist es so geworden, wie du es wolltest, Rose?«, fragt Mason.

»Viel schöner. Irgendwie so lebendig und bedeutungsvoll«, erwidert Katie mit spürbar trockener Kehle. Als ich es wage, sie an Mason vorbei anzuschauen, haftet ihr Blick auf dem jungen Liebespaar. Vielleicht sollte es mir ein Trost sein, dass ich ihr zumindest diese bildliche Erinnerung an unsere gemeinsame Zeit hinterlassen kann. Doch das ist es nicht.

»Ich muss nur noch das Finish auftragen«, sprudelt es aus mir hervor. »Eine Art Klarlack, der die Farben vor dem Verblassen schützt und dem Ganzen einen schönen, regelmäßigen Glanz verleiht. Wobei ich für eine seidenmatte Optik plädieren würde, aber das ist natürlich Geschmackssache.«

Mason wedelt mit der Hand. »Gut, dann machen Sie das noch.« Hinter seinem Rücken horcht Katie auf und hebt die Augenbrauen. Hoffnung schöpfend.

Ich kratze mich am Hinterkopf. »Nun, dieser Lack ist sehr geruchsintensiv, und die heute verwendeten Farben müssen noch mindestens über Nacht austrocknen. Wenn ich den Lack morgen auftrage, bezweifle ich ehrlich gesagt, dass sich der Geruch bis zu Ihrem Fest verzogen hat.«

Mason nickt kurz vor sich hin und verzieht dann die schmalen Lippen zu einem gönnerhaften Grinsen. »Wissen Sie was, Mr Tanner? Seien Sie bei der Feier doch unser Gast. Unsere anderen Gäste wird es sicher interessieren, welcher

Künstler hinter diesem Werk steckt. Tragen Sie den Lack ruhig erst am Montag nach dem großen Fest auf, denn da reisen meine Frau und ich ohnehin für einige Tage nach Portland. Bis wir zurückkommen, hat sich der Geruch hoffentlich verzogen. Oder was meinst du, Rose?«

Als Mason sich abrupt zu ihr umdreht, fasst Katie sich gerade noch rechtzeitig. »Ich meine, das ist eine großartige Idee, Schatz«, säuselt sie und haucht Mason einen beifälligen Kuss auf die Wange, bei dem sie mir einen erleichterten Blick über seine Schulter zuwirft.

※ ※ ※

Das Entree erstrahlt in einem Glanz jenseits unserer Zeit. Mason hat die Epoche meines Gemäldes zum Anlass genommen, die gesamte Feier im großen Stil der alten Tage aufzuziehen.

Weinroter samtiger Teppichboden fließt über die Stufen der breiten Treppe herab, von der hohen Decke hängt ein gigantischer Kronleuchter, und mehrere unauffällig angebrachte und geschickt kaschierte Strahler beleuchten die Wandmalerei mit ihrem warmen Licht. In jeder Ecke stehen Kerzenständer, und direkt unter dem Lüster wird gerade der schwarze Flügel nachgestimmt, den Mason aus einem der Räume im Erdgeschoss hat holen lassen. Externes Personal, von Selma angeleitet, ist mit den letzten Vorbereitungen beschäftigt. Kerzen werden angezündet, Champagnergläser gefüllt, Häppchen auf silbernen Tabletts angerichtet.

Inmitten des herrschenden Trubels bleibt mein Blick an Jill hängen, die das organisierte Chaos um sich herum tatenlos beobachtet und dabei recht unbeholfen wirkt. Kurz entschlossen gehe ich zu ihr und erwidere ihr scheues Lächeln mit einem anerkennenden Blick. »Hübsch siehst du aus.« Sie trägt die Haare hochgesteckt und ist ein wenig zu stark geschminkt. Trotz des langen dunkelblauen Kleides, in das sie zur Feier des Tages gesteckt wurde, erkennt man deutlich, wie jung sie noch ist. Ich frage mich unwillkürlich, was Mason wohl mit ihr im Schilde führt. Jill selbst sagt nichts.

Dann, endlich, erscheint auch Katie. Plötzlich steht sie am oberen Ende der breiten Treppe, den Saum ihres Kleides leicht angehoben, und blickt auf das geschäftige Treiben im Entree herab. Sofort finden unsere Blicke zueinander, bis meiner von ihrem hübschen, ebenen Gesicht über ihren zierlichen Körper wandert. Der dünne, braun glänzende Stoff der Korsage hat exakt die gleiche Farbe wie ihr hochgestecktes Haar, von dem nur einzelne, in sanfte Locken gedrehte Strähnen herabfallen und ihr Gesicht umrahmen.

Das Kleid schmiegt sich um ihre Rundungen, schmeichelt ihrer schmalen Taille und lässt sie so erbarmungslos weiblich aussehen, dass ich ein leises Seufzen nicht unterdrücken kann. Wohl spüre ich Jills irritierten Blick von der Seite, aber ich selbst habe nur noch Augen für Katie. Unmittelbar unter ihrem Busen verläuft ein schmales, im Licht schimmerndes Perlenband mit einer einzelnen Rose direkt über ihrem Herzen. Ob es unter diesem Band wohl auch nur ansatzweise so stark klopft wie in meiner Brust?

In diesen Sekunden, in denen wir beide dastehen und uns betrachten, während die Welt um uns herum in den Hintergrund rückt, weiß ich, dass ich ohne Katies Nähe nicht mehr leben möchte.

Doch dann wandelt sich ihr Blick plötzlich. Ebenso bedeutungsvoll wie kaum wahrnehmbar nickt sie über meinen Kopf hinweg in Richtung Eingangstür. Aber erst als Katie Anstalten macht, den Sitz ihrer Hochsteckfrisur zu überprüfen und dabei den Zeigefinger in Richtung der Überwachungskamera im ersten Stock abspreizt, verstehe ich, dass es ihr um die Videoaufzeichnungen geht. Als sie dann ihren ersten Schritt auf die Treppe macht und sofort über den Saum ihres Kleides stolpert, bin ich mir schlagartig sicher, dass es ein vorgetäuschtes Manöver ist, das mich aus dem Radius der beiden Kameras lotsen soll.

»Warten Sie, Mrs Sturridge, ich helfe Ihnen!«, rufe ich, nehme zwei Stufen auf einmal und bin mit nur wenigen Schritten bei ihr.

»Oh, ich bin so ungeschickt«, sagt sie kopfschüttelnd und tut dabei ein wenig verschämt.

»Alles okay bei dir?«, flüstere ich, unmittelbar vor ihr stehend und uns somit vor den Blicken der Angestellten abschirmend.

»Hör zu!«, wispert sie mit Lippen, die sich kaum bewegen, »ich hätte Selma sonst noch gesagt, dass sie es dir ausrichten soll, aber so ist es besser. Masons einflussreichste Geschäftspartner sind heute mit von der Partie. Wenn er dich nachher wie geplant bittet, deine Signatur unter das Gemälde zu setzen, solltest du unbedingt einen Künstlernamen verwenden.«

Ich verstehe sofort und spüre, wie sich meine Augen in Ehrfurcht weiten, noch ehe Katie sich weiter erklärt. »Der Gedanke kam mir dummerweise erst vorhin. Mason wird mit den anderen über dich sprechen, und dein Name wird immer wieder fallen. Die Idee, dass alle diese Männer wissen, wie du heißt, gefällt mir nicht. Für heute habe ich ihm gesagt, dass du als Künstler unter dem Pseudonym *Julius Leonardy* arbeitest, und ihn gebeten, dich auch nur unter diesem Namen vorzustellen. Etwas Besseres fiel mir so schnell nicht ein, tut mir leid. Julius wegen Julius, und Leonardo da Vinci ist doch dein Lieblingsmaler und …«

»Hey«, falle ich ihr ins Wort. »Der Name ist super! Und es ist unfassbar, dass du daran gedacht hast.«

»In zwei Tagen musst du gehen«, flüstert sie übergangslos, mit bangem Blick.

»Nicht ohne dich«, verspreche ich, ohne die geringste Ahnung, wie ich dieses Versprechen halten soll. Katie atmet durch und nickt mir kurz zu.

Ich trete an ihre Seite und halte ihr meinen Arm zum Unterhaken hin. »Nur noch ganz kurz: Die einflussreichsten Geschäftspartner, sagst du? Was sind das für Männer?«

Katie schüttelt missbilligend den Kopf. »Die Leiter der Clubs und höhere Mittelsmänner, Drogenbosse. Männer aus der Szene. Aber auch korrupte Anwälte und Politiker.«

»Wirklich?«

»Ja. Nur Polizisten lassen sich hier keine blicken, auch wenn ich weiß, dass viele von ihnen geschmiert sind.«

Katie deutet mit dem Kinn in Richtung Flügel, auf dem der für den Abend engagierte Pianist John Legends *All of Me* anspielt. »Lass uns weitergehen, zumindest langsam.«

»Katie, würdest du heute Abend für mich singen?«, wispere ich, tief ergriffen von diesem unverhofften Moment mit ihr und der wunderschönen, fließenden Klaviermusik, die seine Magie verstärkt.

»Was?«, fragt sie ungläubig und lässt ihre Hand aus meiner Armbeuge gleiten. Mir bleibt nicht die Zeit, meine seltsam anmutende Bitte zu wiederholen. Doch selbst wenn ich sie hätte, wüsste ich nicht, ob ich das plötzlich so drängende Bedürfnis, Katies Singstimme endlich wieder zu hören, überhaupt erklären könnte.

»Alles ist fertig, wie ich sehe!«, ruft Mason hinter uns und lässt uns damit zusammenschrecken. Ruckartig wenden wir uns ihm zu, wobei mein kleiner Finger Katies streift.

Sing für mich!

Die Gäste trudeln ein. Ein edler Wagen nach dem anderen rollt durch das riesige Tor, das sich hinter jedem Fahrzeug schließt und niemals offen stehen bleibt. Ich komme mir deplatziert vor, weil ich niemanden kenne und auch niemanden kennenlernen will. Und so schnappe ich mir lediglich ein Champagnerglas und stelle mich neben Selma, die an der Seite des Korridors steht und dem Personal, das auf seinem Weg zur oder von der Küche zwangsläufig an ihr vorbeikommt, letzte Anordnungen zuraunt.

Eine Weile beobachte ich Katie, die wie ein Accessoire an Masons Seite verweilt und jeden Gast mit einem stoischen Lächeln begrüßt.

»Warum sind Sie nur so nervös, Selma? Ist doch nur ein Empfang«, frage ich schließlich.

Sie schaut empört zu mir auf. »Nur ein Empfang? Haben Sie auch nur die leiseste Vorstellung davon, was hier abgeht, wenn etwas schiefläuft? Ist Ihnen nicht klar, in welcher Phase sich Mr Sturridge derzeit befindet?«

Ich sehe Mason an und erkenne mühelos, was Selma meint: Nichts von dem, was Mason tut, wirkt gemäßigt. Lacht er, lacht er so lauthals und übertrieben, dass sein Gegenüber – ganz gleich, wer es gerade ist – zusammenschrickt. Doch sein Lachen endet ebenso abrupt, wie es aus ihm herausbricht. Von jetzt auf gleich wendet er sich ab, geht zu einem anderen Gast und lässt den vorherigen grußlos stehen, sodass Katie, um das Mindestmaß an Höflichkeit bemüht, oft Schwierigkeiten hat, hinter ihm herzukommen.

»Er agiert wie ein Irrer«, stelle ich flüsternd fest.

»Ja«, bestätigt Selma ebenso leise, »in diesen manischen Phasen ist er nur sehr bedingt zurechnungsfähig. Besonders, wenn er so unter Strom steht wie heute Abend. Und wenn er dazu noch trinkt, was er mit Sicherheit nicht unterlassen wird, möchte *ich* zumindest nicht in seine Schusslinie geraten, wenn ihn die Aggressivität wieder packt.« Entschieden schüttelt Selma den Kopf und fährt im nächsten Moment einen jungen Mann an, dem die Anordnung der frischen Häppchen auf seinem Tablett durcheinandergeraten ist.

»Was passiert mit Jill?«, frage ich, als das Mädchen in seinem dunkelblauen Kleid an der Hand eines Mannes mit beachtlichem Bauchumfang das Entree durchkreuzt. Die Kleine lächelt tapfer, doch ihre Anspannung ist auch über die Distanz mehrerer Meter und durch die inzwischen auf etwa sechzig Gäste angewachsene Menschenmenge hinweg deutlich spürbar. Selma windet sich kurz, rückt auf meinen eindringlichen Blick hin jedoch mit der Sprache heraus.

»Es gibt Räume im Obergeschoss, die den werten Herren heute Abend zur Verfügung stehen. Und es gibt Damen, die sie jederzeit dorthin begleiten, sollte es gewünscht werden. So zum Beispiel die Blonde am Flügel, im rosafarbenen Kleid. Und da hinten, die Rothaarige in dem paillettenbestickten.«

»Und ... auch Jill?« Die Worte schaffen es kaum durch meine zugeschnürte Kehle.

»Auch Jill«, bestätigt Selma und schüttelt dann den Kopf, als müsste sie die Vorstellung schnellstmöglich wieder loswerden. »Der Verschluss deiner Kette ist nach vorne gerutscht!«, zischt sie der nächsten Servicekraft zu, die an ihr vorbeihuscht.

Ich schaffe es für lange Zeit nicht, den Blick von Jill zu nehmen. Dann kippe ich den Rest des scheußlichen Champagners hinunter und stelle mein Glas auf das nächstbeste Tablett, das an uns vorbeifliegt. Es gibt nicht viel, was ich heute Abend für Jill, Selma, Katie und die anderen Frauen machen kann, die womöglich alle gegen ihren Willen hier sind. Aber es gibt doch etwas; ich muss nicht vollkommen untätig bleiben.

Erinnerungen schaffen, so bezeichnet Katie meine Gabe, mir Erlebnisse bewusst bildlich einzuprägen. Und diese Fähigkeit schöpfe ich in den folgenden Stunden so weit aus wie noch nie zuvor in meinem Leben. So weit, dass ich mich irgendwann abwenden und die Augen schließen muss, weil mir schwindelig ist. Sofort rasseln die Gesichter sämtlicher Gäste wie im Schnelldurchlauf durch meinen Kopf. Ich habe jedem von ihnen einen fiktiven Namen gegeben und eine kleine, ebenso frei erdachte Geschichte, die es mir erleichtern wird, mich auch wesentlich später noch an unzählige Details ihrer Erscheinung zu erinnern. Bestimmt zehnmal gehe ich zur Treppe gewandt alle Gesichter durch, bis plötzlich Mason und Katie auf mich zulaufen. Mit festem Griff nimmt er mich bei der Schulter.

»Bereit für den großen Moment?«, fragt er und steuert dann, ohne mein Nicken abzuwarten, auf die breite Treppe zu, die er etwa zur Hälfte emporsteigt. Ich folge ihm unmittelbar hinter Katie.

Mason pocht mit seinem Ehering gegen sein Champagnerglas.

»Wir haben etwas zu feiern!«, verkündet er durch ein Mikrofon. Er begrüßt seine Gäste zur Feier seines fünfzehnten Hochzeitstages und verfällt dann in eine mehr als nur kitschige Rede über die wahre Liebe im Leben, wobei er Katie zwischendurch immer wieder zu sich heranzieht und küsst.

»Nun ist es an der Zeit für das Geschenk an meine Ehefrau«, verkündet Mason abschließend und legt mir dabei die Hand auf die Schulter. »Mr Julius Leonardy hat in den vergangenen Wochen sein außergewöhnliches Talent unter Beweis gestellt. Er ist ein aufstrebender Maler, den meine Rose mit ihrem einmaligen Gespür für Kunst am Hafen von Seattle entdeckte. Sein Werk *Golden Seattle,* das meiner bezaubernden Frau gewidmet ist, steht kurz vor der Vollendung.«

Ich hebe die Augenbrauen und balle die Hände zu Fäusten, denn dieser Mistkerl hat soeben mein Gemälde benannt. *Golden Seattle?* Das ist nicht der Name, den es tragen sollte. *Remembering Old Times,* so sollte es heißen.

»Und so sollen Sie nun alle Zeugen werden, wie Mr Julius Leonardy sein Kunstwerk signiert«, verkündet Mason. Beifall setzt ein. Er zieht einen breiten schwarzen Edding aus der Innentasche seines Jacketts hervor und reicht ihn mir.

Einen Edding. Ich lasse mir meine Empörung nicht anmerken und steige unter dem Applaus der Gäste die Stufen hinunter. Den Platz für meine Signatur wähle ich unterhalb des Ladenlokals des Fotografen. Der Beifall hält weiterhin an, steigert sich sogar kurzzeitig und verleitet mich dazu, eine kleine, ungelenke Verbeugung zu vollführen. Als ich mich wieder Mason zuwende, um zu prüfen, ob ich noch einmal zu ihm kommen soll, scheint er das nicht zu erwarten.

Vielleicht ist er auch nur abgelenkt, denn Katie steht dicht bei ihm, die Hand an seinen Arm gelegt, und flüstert ihm gerade etwas zu. Mason wirkt für einen Moment verwundert, regelrecht verdutzt. Für den Bruchteil einer Sekunde flackert die sonst so gut verborgene Unsicherheit offen über sein Gesicht und wechselt sich mit dem Anflug von … ja, *Freude* ab. Er macht einen hin- und hergerissenen Eindruck, doch Katie lächelt ihn dermaßen liebevoll und gewinnend an, dass sich mein Magen verkrampft, während Mason sich offenbar entspannt. Ich lese ihm das geflüsterte »Na schön, Rose« von den Lippen ab.

Katie nickt Selma zu, welche an die Seite des Pianisten getreten ist und ihm offenbar eine Anweisung gibt. Mein Herz beginnt wie wild zu hämmern. Derweil übergibt Mason das Mikrofon an Katie und steigt dann seitlich die Treppenstufen herab, den Blick unverwandt auf seine Frau gerichtet. Unter der ungeteilten Aufmerksamkeit ihrer Gäste errötet Katie binnen weniger Sekunden bis zu den Haarwurzeln.

Dennoch führt sie das Mikrofon mit bebenden Fingern zu ihrem Mund.

»Ein herzliches Willkommen auch noch einmal von mir«, sagt sie mit schwacher Stimme und lässt sich dann kurz Zeit, ehe sie – deutlich gefasster – fortfährt. Unsere Blicke streifen sich für einen minimalen Moment, doch dann schaut sie Mason an und beobachtet, wie er sich, im Erdgeschoss angekommen, mittig vor die Treppe stellt.

»Ich danke dir, Mason, für dieses wunderschöne Wandgemälde, das mir wirklich viel bedeutet. Und Mr Leonardy, Sie sind ein begnadeter Künstler.« Dabei blickt sie noch einmal lächelnd auf mich herab und deutet mit einem winzigen Kopfnicken in Richtung Mason. »Ich möchte diesen besonderen Anlass auch für ein Geschenk nutzen«, sagt sie. »Dieses Lied ist für dich. Für den Mann meines Lebens.« Katie lächelt Mason zu, doch schon im nächsten Augenblick, als er ihr eine Kusshand zuwirft und sich dann umdreht, um in die Menge der Gäste hinter ihm zu winken, flackert Katies Blick zurück zu mir. Ich schmunzele selig und gebe ihr mit einem kurzen Nicken zu verstehen, dass ich weiß, was sie mir zu signalisieren versucht.

Weder ihre Einleitung, bei der mich tausend kleine Schauder durchrieselten, noch das Geschenk ihres Gesangs gilt wirklich Mason. Doch nur, wenn ich mich hinter ihn stelle, wird es ihr auch weiterhin – für die Dauer des Songs – gelingen, diese Tatsache geschickt zu kaschieren.

Mit wild klopfendem Herzen bahne ich mir meinen Weg durch die Menge und stelle mich wenige Meter hinter Mason und somit auch unmittelbar neben den fetten Kerl, der einen Arm um Jills Taille gelegt hat. »Gratulation zu Ihrem Kunstwerk«, höre ich ihn sagen, nicke jedoch nur und hoffe dabei inständig, dass er für die kommenden Minuten seine Klappe hält. Als der Pianist sanft die ersten Töne anschlägt, überziehen sich meine Unterarme unwillkürlich mit Gänsehaut. Wie sehr ich die Musiker doch um ihre Kunst beneide, Gefühle mit nur einem einzigen Klang freisetzen und hervorrufen zu können, die so viel stärker erscheinen als alles, was ich mit meiner Malerei wohl je zu erzeugen vermag.

Das Lied, das Katie gewählt hat, ist *All of Me* von John Legend. Doch erst, als ihre zauberhafte Stimme so zart und doch auch stark den riesigen Eingangsbereich der Villa flutet und mein Herz damit in eine viel zu lange entbehrte Wärme hüllt, erahne ich, dass sie diesen Song nicht nur ausgesucht hat, weil sie wusste, dass er im Repertoire des Pianisten vertreten ist. Nein, jetzt erst erfasse ich auch, wie wunderbar der Text zu uns beiden passt.

Katie und ich, wir mögen beide ziemlich kaputt und vom Schicksal gebrandmarkt sein. Objektiv betrachtet sind wir alles andere als perfekt. Trotzdem ist sie es für mich. Wir lieben einander – mit jeder einzelnen Narbe, die wir im Laufe der Zeit davongetragen haben.

Zusammen ergeben die Scherben unserer Seelen ein wunderschönes Mosaik. Ein Kunstwerk, das nur davon lebt, aus zerbrochenen Teilen zu bestehen. Zusammen *sind* wir.

Katies Augen lächeln mich über Masons Kopf hinweg an, und während sich mir vor Rührung die Kehle zuschnürt, bewundere ich sie für ihre Stärke, so glockenklar und herzergreifend zu singen.

Nein, es war weder Zufall noch Willkür, dass sie sich ausgerechnet für dieses Lied entschieden hat, das auf einzigartige Weise von einer Liebe erzählt, die ebenso bedingungslos und unerschütterlich ist wie die unsere. Der Text enthält eine Botschaft, deren Quintessenz zugleich auch die einzige Antwort auf all unsere Zweifel und Fragen ist:

Wenn man realisiert, nicht ohneeinander leben zu können, was bleibt einem dann noch für eine andere Wahl, als alles auf eine Karte zu setzen und für diese Liebe zu kämpfen – bis zum Letzten!?

Katie hat das erkannt. Und obwohl ich nicht wusste, wonach ich suchte, als ich sie bat, für mich zu singen, kann ich mir nun keinen schöneren Beweis ihrer ungebrochenen Bereitschaft, mit mir zu fliehen, vorstellen.

Das ist genau die Bestätigung, die ich so dringend brauchte.

Als der letzte Ton unter der hohen Decke verhallt, schauen wir einander so unverhohlen an, als hätten sich sämtliche anderen Personen in Luft aufgelöst. Als gäbe es nur noch uns. Doch dann, ganz unvermittelt und ohne die leiseste Vorwarnung, sackt Katie plötzlich in sich zusammen und fällt mitten auf der Treppe in Ohnmacht. Für einen Moment fühle ich mich an ihre durchaus beeindruckenden Schauspielkünste während der Führung erinnert, doch dann stürzt sie unter dem erschreckten Aufschrei der Menge die komplette Treppe hinunter und bleibt unmittelbar vor Mason liegen.

»Katie!«, entfährt es mir, und ich eile auf sie zu, ohne auch nur ansatzweise darüber nachzudenken. Auf meinem Weg überhole ich sogar Mason, der wie erstarrt dasteht. Doch gerade als ich mich an ihm vorbeischiebe, packt er mich plötzlich an der Schulter, zieht mich mit einem kräftigen Ruck zurück und geht an meiner Stelle neben ihr in die Knie. Es fällt mir unsagbar schwer, aber ich bleibe an meinem Platz und sehe hilflos mit an, wie dieser Grobian Katies Wangen tätschelt, immer stärker, immer panischer, bis Selma lautstark nach Doktor Brenner und Zach ruft. Letzterer kümmert sich sofort um Mason.

Von Katies Ohnmachtsanfall bis zum Moment ihres Erwachens vergeht höchstens eine Minute, die sich jedoch wie eine Ewigkeit anfühlt. Als Zach Mason zurückzieht, wage ich mich wieder vor und lege ihren Kopf hoch. Irgendwo, weit im Hintergrund, höre ich Mason schreien.

Nur wenige bange Herzschläge später kommt Katie zu sich und öffnet die Augen. Sofort will sie den Kopf weiter anheben, doch ich schüttele den meinen. »Liegen bleiben! Sie waren ohnmächtig, Mrs Sturridge.« Ich rede auch deshalb so schnell und so betont förmlich, damit ihr nicht aus Versehen auch noch *mein* Vorname entwischt, ehe sie die Besinnung vollständig zurückerlangt.

»Oh!«, haucht sie nur und lässt sich wieder zurücksinken. Zach gibt Mason frei, der neben Katie auf den Boden sackt und sie vollkommen übertrieben an sich reißt. In diesem Moment wird mir klar, dass er sie auf seine eigene kranke Art wohl tatsächlich liebt. Doch kennt er sie überhaupt? *»Er wollte sich nie mit den Details um meine Vergangenheit belasten«*, höre ich Katie in meiner Erinnerung sagen. *»Er weiß nicht einmal, was mein Vater getan hat und warum ich vor den anderen Mädchen im Heim geflüchtet bin.«*

Doktor Brenner eilt herbei und untersucht Katie noch an Ort und Stelle, während Boris und Zach sich so breit machen wie nur irgend möglich, um den unliebsamen Vorfall vor den Gästen abzuschirmen. Der Pianist nimmt wieder hinter dem Flügel Platz und beginnt zu spielen. Selma winkt mich nervös heran, denn für mich gibt es tatsächlich keinen Vorwand mehr, länger in Katies Nähe zu bleiben. Schweren Herzens löse ich mich und schlurfe auf Selma zu, die mir befiehlt, hinab in die Küche zu gehen. Mir ist klar, dass die Feier für mich zu Ende ist. Nachdem ich Masons Zorn auf mich gezogen habe, sollte ich ihm für den heutigen Abend nicht mehr unter die Augen treten.

»Was glauben Sie, tun Sie da, sich so über ihn hinwegzusetzen, Sie Dummkopf!«, schimpft Selma. Dennoch wende ich mich noch einmal zu Katie um, die hinter der dichten Menge ihrer Gäste nicht mehr sichtbar ist. In vorderster Reihe der gezwungen Feiernden steht dieser fette Kerl mit der schmächtigen Jill, der mich seltsam skeptisch mustert und dessen Blick mich bis spät in die Nacht verfolgt.

Erst als Selma mir die beruhigende Nachricht überbringt, dass es Katie wieder besser geht und sie für den Rest des Abends zur Sicherheit im Bett bleibt, gehe auch ich in mein Zimmer. Ich nehme den Weg über die hintere Treppe, die nicht durch das Entree führt, um weder Mason noch seinem unsympathischen Geschäftspartner mit dem stechenden Blick ein weiteres Mal unterzukommen.

XXXVI.
~ Jonah ~

Am Tag nach der Feier bekomme ich Katie nicht zu Gesicht. Den Großteil dieses Sonntags verbringe ich in meinem Zimmer. Selmas Schilderungen zufolge scheint Mason an diesem Tag besonders starken Stimmungsschwankungen zu unterliegen, und nachdem ich mich vor versammelter Mannschaft so über ihn hinweggesetzt habe, hält sie es nicht für weise, mich ihm zu nähern.

Als ich am Montagmorgen zu Mason ins Kasino beordert werde, wundere ich mich umso mehr, dass weder Boris noch Zach in Sichtweite ist. Der Hausherr ist vollkommen allein. Er trägt einen seiner silbergrauen Anzüge und ist gerade dabei, sich ein Glas Hochprozentiges einzugießen. »Schottischer Whisky, für Sie auch?«

»Nein danke.«

»Hier«, sagt Mason und greift in die Innentasche seines Jacketts. »Sie haben die ganze Zeit, zweieinhalb Monate lang, für uns gearbeitet, ohne einen Cent dafür zu sehen, Mr Tanner.« Damit überreicht er mir einen Briefumschlag.

Ich nehme ihn an mich, bedanke mich und stecke den Umschlag ein, ohne einen Blick hineinzuwerfen. Mason quittiert das mit einer hochgezogenen Braue. »Sie haben ein natürliches Vertrauen, das Sie eines Tages vielleicht noch teuer zu stehen kommen wird. Wie selbst Ihre Großmutter sagte: Eine gesunde Portion Misstrauen kann nie schaden.« Er prostet mir zu, trinkt jedoch nicht. »Ich habe einen letzten Auftrag für Sie, Mr Tanner. Ich hoffe, Ihr Lebensgefährte kann Sie für ein paar weitere Tage entbehren.«

Ich lege die Stirn in Falten. »Nun, das kommt wohl ganz darauf an, worum es Ihnen geht.«

Er nickt mit einem leichten Schmunzeln. »Um meine Frau. Ich muss heute nach Portland reisen und werde einige Tage dort bleiben müssen.«

»Wie geht es Mrs Sturridge denn?« Ich erwarte, dass sich Masons Miene aufgrund meiner Besorgnis verdüstert, doch zu meinem Erstaunen beobachte ich ein Schmunzeln, das sich über sein Gesicht legt und langsam zu einem Grinsen ausdehnt.

»Es geht ihr den Umständen entsprechend gut.«

»Den Umständen?«

»Rose ist schwanger«, eröffnet mir Mason mit sichtlichem Stolz. Mir stockt der Atem, während er unbeirrt fortfährt: »Ich möchte auf keinen Fall, dass sie sich zu sehr anstrengt. Doktor Brenner sagt, sie soll sich unbedingt schonen, solange ihr noch schwindelig wird.«

Obwohl ich nichts von dem, was Mason gerade erzählt, wahrnehme, spüre ich mich dennoch nicken. In meinem Kopf dreht sich alles. »Meinen Glückwunsch!«, presse ich mühsam hervor.

»Danke. Aber wir müssen abwarten. Sie muss sich ausruhen. Ich will, dass es dieses Mal klappt. Sie soll dieses Kind austragen!« Der wahnwitzige Ausdruck in seinen Augen unterstreicht den beinahe albernen Trotz, mit dem er seine kurzen Sätze ausspricht.

Dieses Kind?

Ich schlucke die Frage hinunter und stelle stattdessen eine andere, viel entscheidendere: »Was soll ich tun?«

»Sie sollen während meiner Abwesenheit ein Auge auf Rose werfen.«

Mein Herz tut einen Sprung in meiner Brust, doch rein äußerlich bleibe ich gefasst und schüttele nur verständnislos den Kopf. »Aber dafür haben Sie doch Boris.«

»Nein, nein!«, sagt Mason und wirkt dabei sofort ein wenig ungehalten. »Dafür habe ich niemanden. Ich spreche doch nicht von Roses Sicherheit, die ich durch ihre Bewachung gewährleiste. Es geht mir eher um die Gefahren, denen sie sich selbst aussetzt. Sie ist manchmal so schrecklich stur, und ich befürchte, dass sie sich über Doktor Brenners Rat hinwegsetzt, ihr Bett verlässt und sich in irgendwelche Arbeiten stürzt, anstatt sich wirklich auszuruhen.«

»Arbeiten?« Ich habe Katie in all der Zeit hier nicht einen Finger rühren sehen. Bestimmt würde sie nur allzu gerne einige Aufgaben übernehmen, aber Mason hat sie zur Untätigkeit verdammt, und sie erträgt ihr Schicksal offenbar widerstandslos und mit einer Würde, für die ich sie bewundere.

»Rose und Sie scheinen einen gewissen Draht zueinander zu haben. Verkürzen Sie ihr die Zeit bis zu meiner Rückkehr. Sie merken es ja, wenn sie ihr Zimmer verlässt. Bevor sie sich körperlich betätigt, begleiten Sie sie in den Garten oder lesen Sie ihr etwas vor. Was auch immer Sie tun, sorgen Sie einfach dafür, dass sie sich nicht übernimmt. Einverstanden?«

Nach all den Wochen des Herumschleichens und Taktierens habe ich wirklich keine Ahnung, wie ich auf sein offenes Angebot reagieren soll. Ich misstraue dem Ganzen und überlege, ob sich Masons Reaktion tatsächlich durch seine Krankheit erklären lässt. Sind seine Stimmungsschwankungen so enorm? Kann es wirklich sein, dass es das Schicksal ausnahmsweise einmal gut mit uns meint und Katie und ich in letzter Sekunde doch noch unsere Chance auf Flucht bekommen? Es scheint so, denn Mason schaut mir nach wie vor unverwandt in die Augen, bis ich mich endlich zu einer Antwort durchringen kann: »In Ordnung, ja. Und –«

Mason winkt ab. »Die Bezahlung wird die gleiche sein wie die, die Sie bereits erhalten haben.« Er deutet auf den Umschlag, den ich mir nachlässig in die Hosentasche gesteckt habe.

Ohne zu wissen, wie hoch diese Bezahlung ist, nicke ich ihm zu und stelle meine eigentliche Frage. »Und für wie lange sind Sie verreist?«

»Für drei Tage. Ich fahre jetzt los und kehre am Donnerstagmorgen zurück. Nachdem wir gestern die freudigen Neuigkeiten erfahren haben, habe ich meinen Aufenthalt um zwei Tage verkürzt, aber ganz kann ich ihn leider nicht canceln, unmöglich.«

* * *

Als sich das Tor hinter Masons Wagen schließt, lasse ich sicherheitshalber noch ein paar weitere Minuten verstreichen. Erst als Boris das Wachhaus in Richtung Haupthaus verlässt und ich weiß, dass mir zumindest ein paar Minuten ohne Monitorüberwachung bleiben, verlasse ich mein Zimmer und gehe über den Korridor und die Treppe hinab in das erste Obergeschoss. Zum ersten Mal trete ich durch die Tür, hinter der sich der Gang verbirgt, von dem aus Masons Privaträume abgehen. Es fühlt sich seltsam an, diese Grenze zu übertreten, doch nun habe ich ja einen offiziellen Auftrag von höchster Stelle.

Es ist dämmrig, und so fallen mir die rot blinkenden Lichter in den Ecken sofort auf. Die Überwachungskameras sind an der Decke angebracht und filmen, vermutlich auf Bewegung hin, umlaufend. Obwohl ich nie zuvor hier war, habe ich mir von Katie beschreiben lassen, welche Räume sich hinter den insgesamt neun Türen verbergen. Und so weiß ich, dass ihr Schlafzimmer das am weitesten abgelegene ist, ein Eckzimmer in L-Form, mit angrenzendem Bad und begehbarem Kleiderschrank. Leise klopfe ich an. »Komm rein, Selma!«, ruft sie von innen. Schnell schlüpfe ich in den riesigen Raum. Noch ehe ich Katie auch nur flüchtig ansehe, hangelt sich mein Blick an den Wänden und der Decke entlang. In einer Ecke erspähe ich eine Kamera, die jedoch weder leuchtet noch blinkt.

»Was tust du hier?«, fragt Katie erschrocken.

Ich schließe zunächst die Tür in meinem Rücken und dann die Distanz zu ihr. Mit nur wenigen großen Schritten bin ich an ihrer Seite und ziehe sie in meine Arme. »Du hast mir einen solchen Schrecken eingejagt, weißt du das? Ich war krank vor Sorge um dich.«

»Es geht mir gut«, versichert sie mir und schmiegt ihre Nase dabei an meinen Hals.

»Wirklich?« Ich schiebe sie ein wenig von mir weg, um sie ansehen zu können. »Du bist schwanger?«

Sie erstarrt. »Hat Mason dir das erzählt?«

»Ja. Stimmt es denn?«

Es fällt ihr sichtlich schwer, meinen Blick zu halten, doch nach einigem Blinzeln fasst sie sich und nickt. »Ja. Aber das bedeutet nichts, außer, dass wir dadurch zumindest das Glück haben, jetzt alleine zu sein. Wir können es endlich wagen!«

Katies abgeklärter, emotionsloser Tonfall lässt mich aufhorchen. »Okay, ganz von vorne. Was ist hier los?«

»Der Arzt sagt, ich leide an Eisenmangel. Deshalb auch die Ohnmacht. Es ist genauso wie letztes Mal.«

»Wie letztes Mal?«

»Vor ein paar Monaten. Kurz vor unserem Wiedersehen, da war ich schon einmal schwanger. Aber ich habe das Kind in der achten Woche verloren.« Ich starre sie ungläubig an, während Katie ihre Hände knetet. »Mason wünscht sich schon lange ein Baby«, wispert sie. »Viele Jahre lang habe ich mich gegen die Idee gesträubt. Selma hat mir damals alles über den Zyklus einer Frau erklärt, und so habe ich immer, so gut es ging, auf natürliche Weise verhütet. Dann, als auch ich mich zunehmend nach den Möglichkeiten eines Babys sehnte – nach dem Trost, der Aufgabe, einfach nach jemandem, den ich lieben und umsorgen könnte –, tat sich trotzdem lange nichts. Dann hat es endlich geklappt … aber ich verlor das Baby.«

»Und jetzt bist du wieder schwanger«, sage ich. Auch, weil ich diese Neuigkeit selbst noch nicht verinnerlicht habe.

Katie nickt mit emotionslosem Gesicht. »Doktor Brenner hat es gestern anhand eines Bluttests festgestellt und mich gefragt, ob ich seinem Rat gefolgt sei und seit der Ausschabung eine Regelblutung abgewartet hätte. Ich musste verneinen und ihm das Datum nennen, wann Mason und ich zuletzt … Du weißt schon. Daraufhin meinte er, ich wäre noch ganz am Anfang. Zu früh, um überhaupt etwas auf einem Ultraschallbild erkennen zu können.«

»Du hast noch einmal mit ihm geschlafen?« Die Nachricht trifft mich exakt so hart wie erwartet. Katie ergreift meine Hand. Zögerlich, als wäre sie sich nicht sicher, ob sie ihre Berührung überhaupt noch möchte. Sofort erwidere ich den Druck ihrer Finger und hebe sie an meinen Mund, um die Spitzen zu küssen.

»Nur ein einziges Mal. Ich habe ihn immer abgeblockt, aber in dieser einen Nacht ließ er sich einfach …«

»Schon gut! Du musst dich nicht rechtfertigen«, sage ich schnell, ehe die Bilder in meinem Kopf noch lebendiger werden.

»Jonah. Es ist nicht Masons Kind«, entgegnet Katie so direkt, dass es mich wie ein Schlag trifft. Meinen Schock erfassend, neigt sie den Kopf zur Seite und schaut verunsichert. »Ich habe die Anzeichen seit etwa drei Wochen. Das Schwindelgefühl, die überempfindlichen Brüste …«

»Und das bedeutet?«

»Dass es unser Kind ist.«

»Unser Kind«, wiederhole ich wie in Trance. In meinem Kopf dreht sich alles, und ich bekomme kaum noch Luft. Die Sorge um Katie, Masons wundersamer Auftrag, das noch so frische Wissen um ihre Schwangerschaft – das alles überfordert mich.

Katie hingegen denkt vollkommen klar. Und fast schon erschreckend rational. »Deswegen müssen wir schleunigst hier abhauen. Wenn Mason zurück ist, will Doktor Brenner den Ultraschall machen. Dann sieht er, dass ich fast vier Wochen weiter bin als gedacht. Und dann bringt Mason uns um.« Panik spiegelt sich in ihrem Blick wider. »Heute Abend«, platzt es schon im nächsten Augenblick aus ihr hervor. »Lass uns schon heute Abend fliehen, unmittelbar bevor der Nachtwächter kommt. Wir brauchen gar nicht viel zu tun, jetzt, wo Boris ohne Zach ist. Ich schicke ihn unter einem Vorwand in die Küche zu Selma. Dann haben wir ein paar Minuten, um durch die Tür am Tor zu entkommen.«

Im ersten Moment wirkt Katies so hastig aus dem Ärmel geschüttelter Fluchtplan nicht wirklich überzeugend auf mich. Aber sie hat recht, denn zum ersten Mal nach der unterirdischen Stadtführung bietet sich uns heute wieder eine konkrete Möglichkeit zur Flucht. Und unter diesen neuen Umständen haben wir schlichtweg keine andere Wahl, als die Chance wahrzunehmen.

»Dann rufen wir uns aus irgendeiner Nebengasse ein Taxi und schicken es aus der Stadt hinaus. Vielleicht nach Nordwesten, in Richtung Kanada«, überlegt Katie weiter.

»Okay«, flüstere ich. Ein paar Sekunden sehen wir uns schweigend an.

Dann kippt sie plötzlich vornüber, in meine Arme. »Oh Jonah.«

Katie weint, ebenso wie ich, einfach, weil uns für den Moment alles zu viel ist. Zu viel Liebe, der wir in diesem Schlafzimmer nicht den Platz bieten können, der ihr gebührt. Zu viel erlebter Kummer, dem wir in diesen Minuten keine Beachtung schenken, weil wir uns mit aller Kraft in Zuversicht üben. Zu viel Angst vor dem kommenden Abend und der anschließenden Nacht. Zu viel Rührung darüber, dass tatsächlich neues Leben in Katies Körper heranwächst. Und zu viel Hoffnung, dass sich an diesem späten Punkt doch noch alles zum Guten wendet, wie auch immer.

Alle diese Gefühle schwappen aus uns heraus wie aus einem übervollen Fass, und wir halten einander, bis wir wieder tief und frei atmen können.

* * *

Der Tag verstreicht, und wir versuchen uns nichts anmerken zu lassen. Natürlich essen wir getrennt voneinander, wie immer. Katie in ihrem Bett, ich in der Küche. Ständig gleitet mein suchender Blick dabei durch den Raum, als wüsste ich nicht, dass Jill seit der Nacht nach der Feier nicht mehr bei uns ist.

»Fragen Sie nicht!«, droht Selma auch jetzt wieder, als sie merkt, dass ich nach der Kleinen Ausschau halte.

»Sagen Sie mir wenigstens, wo sie ist. Doch nicht etwa bei dem Fettsack?«

»Mr Bennet. Er war lange Jahre ein Mitglied des Stadtrats.«

»Umso schlimmer! Sie ist bei ihm, richtig? Für wie lange?«

»Was weiß denn ich. Vielleicht ein paar Tage, vielleicht länger. Und jetzt hören Sie endlich auf, mich zu löchern. Essen Sie!«

Den Nachmittag verbringen Katie und ich größtenteils gemeinsam im Entree. Nachdem ich vereinbarungsgemäß den Schutzlack aufgetragen habe, setze ich mich neben sie auf die Treppe. »Wir nehmen nicht nur *ein* Taxi, Katie. Wir nehmen mehrere. Um die Spuren zu verwischen«, wispere ich ihr meine Überlegungen zu.

»Ich bin nervös.« Sie nestelt an ihren Fingern herum, und ich hindere sie daran, indem ich kurz ihre Hand erfasse. »Das bin ich auch, aber wir schaffen das, hörst du?«

»Wo wollen wir hin? Nach Norden?«

»Ja, Kanada ist eine gute Idee. Du hast doch deinen Pass, oder?« Sie nickt, zückt ihn aus der Gesäßtasche ihrer Jeans und hält ihn mir hin.

»Sehr gut. Soll ich ihn nehmen?«

»Bitte, ja.«

Unser leises Sprechen und die Pläne, die wir schmieden, all das erinnert mich unheimlich an die Zeit, nachdem wir im Heim getrennt wurden und uns über E-Mails austauschten, um unsere Flucht zu planen. Ein drückendes Gefühl legt sich auf meinen Magen. Ich habe furchtbare Angst, dass wieder etwas schiefgehen könnte.

»Mason hat mich heute Morgen bezahlt. Er hat mir achttausend Dollar gegeben.«

»Aber als Scheck, oder?«

»Den Großteil, ja. Tausendfünfhundert hat er mir aber in bar gezahlt.«

Katie sieht besorgt aus. »Reicht das denn für die Reise?«

Ich grinse. »Du verwöhntes Gör. Das reicht, um anderthalb Monate über die Runden zu kommen.« Sie streckt mir die Zunge heraus, doch von der Leichtigkeit, die man hinter unseren Scherzen vermuten könnte, ist leider keine Spur. Es ist lediglich ein Spiel, das wir beide spielen, um nicht in unserer Nervosität zu ertrinken.

»Was ist mit Selma?«, fragt Katie schließlich. Wir einigen uns darauf, sie in letzter Sekunde einzuweihen und mitzunehmen. Einerseits, weil es so sicherer für Selma selbst ist, sollte etwas schiefgehen. Andererseits, um auch unsere Pläne nicht zu gefährden, falls Selma sich durch ihr nervöses Verhalten verrät.

Schließlich kehrt Katie zurück in ihr Schlafzimmer, vorgebend, sich hinlegen und ein wenig ausruhen zu wollen. Und auch ich ziehe mich in mein Zimmer zurück. Von dort aus kann ich das Wachhaus vor der Villa sehr gut und unauffällig beobachten. Wie eine Wildkatze im Dickicht lauere ich auf den richtigen Zeitpunkt.

Und dann, ganz plötzlich, ist er da. Die Uhr zeigt fünf nach halb sieben, als Boris das Wachhaus verlässt, sich herzhaft gähnend streckt und dann eine Zigarette ansteckt. Das ist mein Zeitfenster.

»Boris raucht gerade. Bereit?« Warum ich bei meinem Eintreten in Katies Schlafzimmer flüstere, ist mir selbst nicht klar, aber sie spricht genauso leise. »Ja.« Sie deutet auf ihre gepackte Tasche, die neben dem Bett bereitsteht. Ich lasse meinen Rucksack von den Schultern gleiten und stelle ihn darauf. Wir sehen einander an, beide so schrecklich nervös, dass wir kaum noch atmen können.

»Los!«, sage ich, schlüpfe in das angrenzende Badezimmer und werfe einen vorsichtigen Blick durch das schmale Eckfenster in die Einfahrt. Boris steht nach wie vor rauchend vor dem Wachhaus. Katie wählt derweil die Durchwahl zur Küche. Selma erhält den Befehl, die Küche sofort zu verlassen und die Tür hinter sich abzuschließen. »Beeil dich! Und warte auf der Treppe zum ersten Obergeschoss, bis ich zu dir komme«, zischt Katie ihr über die Leitung zu und legt prompt wieder auf.

Es vergeht nur etwa eine halbe Minute, in der es mucksmäuschenstill bleibt, bis Selmas Schritte durch die Flure der Villa bis ins erste Obergeschoss hallen. Nur wenig später drückt Boris seinen Zigarettenstummel aus und kehrt zurück in den Bungalow, hinter seine Monitore. Ich werfe einen Blick auf die Uhr. Wir liegen gut in der Zeit, denn der Nachtwächter wird frühestens in zwölf, dreizehn Minuten erscheinen. Wieder nicke ich Katie zu, die das Telefon nach wie vor in der Hand hält. Auf mein Zeichen hin tippt sie die Durchwahl des Wachhauses ein. »Boris, bitte komm in die Küche. Es gibt etwas, das ich Selma und dir sagen muss«, ordnet sie knapp an. Diesmal legt sie das Telefon zurück auf das Nachtschränkchen.

Mit einem kurzen Nicken zu mir verlässt Katie das Schlafzimmer in Richtung Treppe. Wenn Boris sie jetzt noch über den Bildschirm beobachtet, wird er denken, sie macht sich auf den Weg zur Küche, und wird sich sputen, noch vor ihr dort zu erscheinen. Doch in Wirklichkeit geht sie zu Selma, die im Schutz der unüberwachten Treppe auf sie wartet, wie Katie es ihr aufgetragen hat.

Ich bleibe zurück, spähe weiterhin hinab in die Einfahrt und halte vor Anspannung die Luft an. Es dauert zwar einen Moment, doch dann verlässt Boris den Bungalow in Richtung Villa. Ich husche durch Katies Schlafzimmer bis zu der offen stehenden Tür und rufe ihr ein leises »Okay« zu. Das ist ihr Zeichen, dass sie – nun unbeobachtet – hinab ins Entree laufen und das Steuerungsgerät für die Alarmanlage in Angriff nehmen kann. Ich eile inzwischen wieder zurück ins Badezimmer und lausche angestrengt auf den lang gezogenen hohen Ton, der ertönt, sobald sich Boris mithilfe seiner Magnetkarte Zutritt durch den Hintereingang der Villa verschafft. Das Piepen erklingt. Ich höre sogar das Klackern, mit dem die Tür hinter ihm ins Schloss fällt, als er die Küche betreten hat.

Voller Euphorie, dass die Umsetzung unseres Plans bisher so reibungslos funktioniert, will ich Katie das letzte, alles entscheidende »*Jetzt!*« zurufen. Ihr Zeichen, den Schalter umzulegen, der die Öffnungsfunktion der Eingangstüren im Keller blockiert. Damit würde Boris in der Küche festsitzen.

Ich öffne den Mund, die Luft für den kleinen Befehl bereits geschöpft, doch in letzter Sekunde bleibt mir mein Ruf in der Kehle stecken. Denn dort unten, ganz am Rande meines Sichtfeldes, sehe ich das Rascheln einiger Blätter an dem Rhododendronbusch, der neben dem Eingang zur Küche wächst. Nur eine Sekunde später erblicke ich Boris' Glatze und weiche reflexartig vom Fenster zurück. Er bewegt sich in Richtung Hauseingang.

Seltsamerweise begreife ich sofort, was geschehen ist. Dass er die Tür zur Küche zwar aufgezogen, sie aber nicht hinter sich, sondern *vor* seiner Nase wieder hat zufallen lassen. Dass er Katies Anweisung missachtet und die Küche nicht betreten hat. Einzig und allein das *Warum* erschließt sich mir nicht.

Ich schüttele den Schock ab, renne zur Treppe und rufe: »Leg den Schalter nicht um, Katie. Komm sofort hoch! Zurück in die Küche, Selma!« Beide Frauen reagieren prompt. Selma rafft ihre Schürze und läuft, so schnell sie kann, die Treppe hinab, während Katie mit weit aufgerissenen Augen auf mich zustürmt. Sie ist kreidebleich.

Bei ihrem Anblick spiele ich tatsächlich mit dem albernen Gedanken, sie an der Hand zu fassen und einfach loszurennen. Doch natürlich weiß ich, dass wir so – mit Boris vor der Haustür – nicht weit kommen würden.

Den Blick fest in Katies panische Augen gerichtet, schüttele ich nur den Kopf, denn Zeit für Erklärungsversuche haben wir nicht.

»Boris. Geh in die Küche und überleg dir, was du ihm erklärst! Ich komme gleich nach.«

Sie nickt und wendet sich ab. Strafft die schmalen Schultern und versucht ihr Bestes, sich von der nervösen Flüchtenden auf die autoritäre Hausherrin zu besinnen, die im Begriff ist, eine Anweisung zu erteilen. Ich hingegen habe meinen fertig gepackten Rucksack vor Augen, der auf Katies Tasche neben Masons und ihrem Ehebett steht. So schnell mich meine Füße tragen, renne ich zu ihrem Schlafzimmer.

Noch bevor ich die Tür am Ende des Korridors erreiche, hallt ein unheilvolles Poltern durch das Entree und das Treppenhaus: Boris' Stimme und Katie, die einen kleinen, halb erstickten Laut ausstößt. Ich betrete das Schlafzimmer, reiße meinen Rucksack an mich und kicke ihre Tasche so tief wie möglich unter das Bett.

Schon knallt die Tür hinter mir gegen die Wand – und als ich herumfahre, steht Mason wie der Rächer persönlich im Rahmen.

»Du verdammter Scheißkerl!«, brüllt er und stürmt auf mich zu. »Wer bist du wirklich?« Mein Blick haftet auf seiner wild pulsierenden Halsschlagader. Zach erscheint hinter ihm und unmittelbar danach auch Boris. Katies Handgelenke fest in seinem Griff, schiebt er sie vor sich über die Schwelle in den Raum.

Ich hebe die Hände in einer abwehrenden Geste und suche ebenso verzweifelt wie vergeblich nach einer Erklärung für dieses Szenario, in dem Katie und ich uns so unverhofft wiederfinden. Mason nickt in meine Richtung. Sofort lässt Boris von Katie ab, die entsetzt japst und die Hand vor den Mund schlägt, als er und Zach sich jeder einen meiner Arme krallen.

»I-ich verstehe nicht, Mr Sturridge«, stammele ich, doch da trifft mich schon Masons Faust in die Magengrube. Obwohl er sich diesmal selbst die Hände an mir schmutzig macht und längst nicht so kräftig zuschlägt wie Boris, bleibt mir die Luft weg, und der gellende Schmerz durchfährt mich wie der Hall eines Gongs. Als die großen, heftigen Wellen in flachere, erträglichere abebben und ich die Augen wieder öffne, kniet Mason vor seinem Schreibtisch, tippt eine Zahlenkombination in den dort befindlichen Safe ein, zieht einen Revolver aus dem Tresor und entsichert ihn mit einem geübt wirkenden Handgriff.

»Mason!«, ruft Katie und macht Anstalten, seinen Arm zu ergreifen, als er sich mir nähert.

Er verpasst ihr eine schallende Ohrfeige. »Ruhe, du Miststück!« Katie fällt rücklings auf das Bett und hält sich die Wange. »Weißt du, was komisch ist?«, fragt Mason an mich gewandt. »Dass ich es von Anfang an geahnt habe. Ich habe gefühlt, dass ich dir nicht trauen sollte, auch wenn ich die Bestätigung für mein Misstrauen erst am Samstagabend bekam. Kurz nachdem Rose ohnmächtig wurde, stand ich inmitten meiner Gäste im Entree, als mir plötzlich mein guter alter Freund Leroy Bennet die Hand auf die Schulter legte.«

Das Bild des fetten Mannes mit der Halbglatze durchfährt mich.

»Er fragte mich, warum der junge Künstler so aufgebracht war, als sich der Zwischenfall mit meiner Frau ereignete. Und vor allem, wieso er einen fremden Namen ausstieß.«

Ich schlucke hart, als er das sagt. Was verheerend ist, zumal Mason mich aus unmittelbarer Nähe mustert. »Du hast sie *Katie* genannt. Woher kennst du ihren richtigen Namen?«

Ich halte seinen Blick so lange, bis ich spüre, dass ich meine Antwort keine weitere Sekunde herauszögern darf. »Ich habe keine Ahnung, wovon dieser Mann gesprochen hat.«

»So, das weißt du nicht?«

»Nein«, behaupte ich trotzig. Mason nickt, wiegt den Kopf hin und her ... und schlägt mir dann mit der Waffe mitten ins Gesicht. Ein scharfer Stich durchzuckt mein linkes Auge, meine Wange, die Nase. Ich spüre, wie die Haut an meiner Nasenwurzel aufplatzt und die Wunde sofort zu bluten beginnt. Aber seltsamerweise ist es mir vollkommen egal. Ich sehe Katie hinter Mason, stumm vor sich hin weinend und ängstlich auf dem Bett kauernd, wie das verstörte kleine Mädchen, das sie einst gewesen sein muss, als ihr Vater jegliche Beherrschung über sich und seine Taten verlor.

Nach dem Schlag atmet Mason kurz durch, als müsste er sich fassen und seine Gedanken neu ordnen. »Und du, Rose –« Er dehnt den falschen Namen und greift dabei nach ihrer losen Haarsträhne. Katie schrickt kurz unter seiner Berührung zusammen, hält dann aber wieder vollkommen still. »Du hast wohl auch keine Ahnung, wovon Leroy da sprach, hm?« Sie schüttelt den Kopf. »Das heißt, ihr bleibt weiterhin bei eurer Geschichte. Du ...« Er zeigt auf mich, »bist ein homosexueller Künstler. Und du ...«, damit beugt er sich hinab, streicht Katies Haarsträhne mit dem Revolverlauf zurück und küsst ihre Wange, die von seinem Schlag rot glüht, »du bist meine Ehefrau und liebst mich. Und ihr beide seid euch noch nie zuvor im Leben begegnet.«

»Ganz genau!«, rufe ich, ehe Katie auch nur mit dem Gedanken spielen kann, ihm die Wahrheit zu sagen.

»Und ihr wolltet keinen neuen Fluchtversuch wagen, heute, wo ich es euch schon so leicht gemacht habe?«

Für einen Moment muss mir wohl das Entsetzen im Gesicht stehen, denn wenn überhaupt, lächelt Mason nun noch süffisanter als zuvor. »Oh ja, durch Leroys kleinen Hinweis ergab plötzlich alles einen Sinn. Die ewig langen Passagen, in denen ich Rose auf den Videoaufzeichnungen weder im oberen noch im unteren Korridor sah und sie offenbar bei dir im Treppenhaus saß. Selbst Roses Schwindelanfall bei der Stadtführung erschien mir im Nachhinein in einem vollkommen anderen Licht. Alle Puzzleteile fielen wie von selbst an ihren Platz, als mir bewusst wurde, dass du meine Rose aus ihrem früheren Leben kennst. Also habe ich euch eine Falle gestellt, und ihr seid blindlings hineingetappt, ganz wie erwartet. Boris hat sofort angerufen, als ihr ihn in die Küche locken wolltet. Ihr hattet vor, ihn dort einzusperren, nicht wahr? Aber dann hättet ihr trotzdem noch mit Zach und mir fertigwerden müssen, denn wir saßen die ganze Zeit im Wagen, nur eine Straßenecke entfernt.« Damit zerrt er mir meinen Rucksack von den Schultern, drückt ihn Zach in die Hände und lässt ihn den gesamten Inhalt auf den Boden vor dem Bett schütten. »Da, alles ist gepackt!«, tobt Mason und fuchtelt dabei wild mit der Waffe vor meinem Gesicht herum.

»Ich trage meinen Rucksack beim Malen immer bei mir, wegen des Pinseletuis. Und er war schon gepackt, weil ich bis heute Morgen davon ausgegangen bin, dass ich heute abreisen würde.«

Woher auch immer diese Notlügen kommen, ich bin froh, dass sie mir einfallen und ich sie so überzeugend hervorbringe. Denn für einen winzigen Moment stutzt Mason tatsächlich. Katie, die das ebenso spürt wie ich, legt sofort nach. »Mason. Ich liebe dich!«

»So, tust du das, ja? Warum bleibst du dann nicht im Bett, wie Doktor Brenner es empfohlen hat, und schützt unser Baby? Warum trägst du deine Jacke und Stiefel?«, fragt er und greift mit seiner Linken erneut nach ihrem Gesicht.

»Weil wir in den Garten gehen wollten«, erwidert Katie leise, beschwichtigend.

»Zusammen?«, zischt Mason in rasender Eifersucht.

»Sie haben mir doch aufgetragen, mich um sie zu kümmern«, erwidere ich so ungehalten, dass Boris auch ohne Masons ausdrückliche Anordnung reagiert und mir eine Kopfnuss verpasst, die mich ein paar Sekunden lang alles doppelt sehen lässt.

»Ja, das habe ich«, gibt Mason ungerührt zu. »Aber du solltest dich nicht bis in unser Schlafzimmer um sie kümmern. Ihr beide, ihr haltet mich doch zum Narren. Woher kennt ihr euch?«

»Wir kennen uns nicht!«, rufen wir wie aus einem Mund, und das klingt ernsthaft verzweifelt. Als würden wir tatsächlich die Wahrheit sagen. Ich sehe, dass Mason ihr Kinn immer fester drückt, denn Katie beginnt leicht zu zittern, und in ihren Augenwinkeln bilden sich neue Tränen.

»Sie tun ihr weh«, zische ich und weiß im selben Moment, dass ich damit einen groben Fehler begangen habe.

»Und wenn schon!«, blafft Mason. »Sie ist meine Frau, verstanden? Und ich mache mit ihr, was mir gefällt. Dir hat das vollkommen egal zu sein. Ich zeige dir, was ich mit diesem treulosen Miststück mache.« Und damit beginnt er wie ein Verrückter, an seinem Hemd zu zerren. Den Revolver nach wie vor in der Rechten, fummelt er die oberen Knöpfe auf und reißt dann die komplette Leiste auf. »Und du, Rose, solltest nicht vergessen, wer dich aus der Gosse geholt hat. Vielleicht muss ich dich mal wieder in aller Deutlichkeit daran erinnern«, knurrt er Katie an.

»Wage es nicht!«, höre ich mich erschrocken rufen, als mir klar wird, was er vorhat.

Er wirbelt zu mir herum. »Was? Jetzt ist es dir doch nicht egal, was mit ihr geschieht? Dann empfindest du also doch mehr für sie?«

Ich schüttele den Kopf, aber er ignoriert mich, legt den Revolver so auf dem Bett ab, dass Katie ihn nicht erreicht, und streift ihr die Stiefel von den Beinen, ohne auch nur mit der Wimper zu zucken. Dann reißt er ihr die Jacke herunter, knetet kurz und viel zu kräftig ihre empfindlichen Brüste durch das Oberteil und öffnet ihre Jeans. Das alles geht so schnell, dass ich es nicht mal schaffe, mich von meinem Entsetzen zu erholen. Auch Katie wirkt wie schockgefroren; sie regt sich nicht, wehrt sich nicht mal ein bisschen. Schon zieht Mason ihr die Hose herunter.

»Schatz!«, wispert sie plötzlich und sieht ihn tief an. »Wenn du mit mir schlafen willst, dann bin ich nur allzu bereit dafür. Aber nicht so. Lass die Männer gehen! Sie sollen Mr Tanner in sein Zimmer bringen, damit wir Zeit füreinander haben. Du kannst später in Ruhe mit ihm sprechen. Und überhaupt ist er doch fertig mit seiner Malerei. Er kann unser Haus jederzeit verlassen, dann sind wir alle Sorgen los.«

Sie lullt ihn ein mit ihren Worten und sanften Streichelbewegungen. »Schlaf mit mir!«, wispert sie schließlich und nimmt ihm damit endgültig den Wind aus den Segeln. Oh ja, ich verstehe genau, was sie tut. Sie schützt mich, indem sie ihn zum Einknicken bringt, und verschafft uns somit wertvolle Zeit. Mit allen Mitteln versucht sie zu verhindern, dass ich mit ansehen muss, wie dieser Scheißkerl sie vergewaltigt. Mason streckt den Arm aus und drückt auf den Knopf neben Katies Bett. Drei kurze Piepser erklingen, und schon blinkt ein rotes Licht an der Kamera auf, die von der Ecke des Raums auf das Bett ausgerichtet ist.

»Verschwindet! Bringt unseren Picasso auf sein Zimmer und sorgt dafür, dass er dort bleibt! Ich kümmere mich später um ihn«, befiehlt Mason, bevor er sich von Katie in einen langen Kuss ziehen lässt.

Ich möchte schreien, mich mit aller Kraft gegen Boris und Zach stemmen, aber ich weiß, dass es sinnlos wäre. Und so lasse ich mich in mein Zimmer schleifen. Das Blut rauscht mir in den Ohren, und die Schmerzen der Schläge, die ich kassiert habe, brechen plötzlich mit voller Wucht durch, sodass ich die hämischen Kommentare der beiden Männer kaum mehr höre. Auf der Türschwelle tritt Boris mir von hinten in die Kniekehlen, und ich falle der Länge nach hin. Der Rucksack landet unmittelbar neben meinem Kopf, und meine wenigen Habseligkeiten, die sich in ihm befanden, verteilen sich neben mir auf dem Boden. Dann krächzt der Schlüssel im Schloss … und schon wird die Tür von außen verriegelt.

Nur mit Mühe schaffe ich es noch rechtzeitig zur Toilette, um mich in einem Schwall aus Blut und Halbverdautem zu übergeben.

XXXVII.
~ Jonah ~

Haltlos tigere ich durch das Zimmer, raufe mir die Haare und trete von Zeit zu Zeit wahllos gegen irgendein Möbelstück. Ich habe das Gefühl, den Verstand zu verlieren, und verrenne mich förmlich in der schrecklichen Vorstellung von dem, was sich zur selben Zeit eine Etage unter mir abspielt.

Als sich das Gefühl, vor lauter Tatenlosigkeit verrückt zu werden, bis ins Unerträgliche steigert, reiße ich den Stecker der Schreibtischlampe aus der Dose, schneide das Kabel durch und packe die Leuchte an ihrem Hals, jederzeit bereit, den Sockel als Schlaginstrument einzusetzen. Nein, ich werde nicht wie gelähmt abwarten, was sie mit mir tun, wenn sie kommen. Ich werde mich wehren, so gut ich kann.

Irgendwann – es ist schon lange stockdunkel – ertönt das leise, schabende Geräusch des sich drehenden Schlüssels. Ich stürme auf die Tür zu, die Lampe über den Kopf erhoben und fest entschlossen, den ersten Moment der Überraschung für mich zu nutzen. Doch dann öffnet sich die Tür einen Spaltbreit, und ich bremse die niederschnellende Bewegung meines Armes in letzter Sekunde aus.

»Selma!« Sie schiebt mich zurück und quetscht sich zu mir ins Zimmer.

»Oh, mein Gott!«, wispert sie besorgt, doch ich schüttele nur den Kopf, als sie die Platzwunde auf meinem Nasenbein und meine geschwollene Wange betrachtet. »Sie haben dich übel zugerichtet.«

Offensichtlich, wenn du mich nach all der Zeit so plötzlich duzt, denke ich verbittert. »Das ist nichts. Wo sind Boris und Zach?«

»Im Wachhaus. Ich denke, sie schlafen.«

»Schon?« Die Uhr auf dem Nachttisch zeigt gerade einmal kurz nach zehn, doch Selma nickt. »Und wo ist Mason?«

»Noch immer in seinem Schlafzimmer, mit Mrs Sturridge.« Selma erfasst meine Hand und drückt sie fest. »Jonah, was hat er mit ihr gemacht?«

»Er ...« Ich kann es kaum aussprechen. »Er hat sie gezwungen, mit ihm zu schlafen.«

Selma schaut sehr betrübt, und ihre Hand fällt schlaff von meiner. »Er hat herausbekommen, dass ihr euch liebt, nicht wahr?« Mein Kopf schießt hoch; ich sehe sie ungläubig an. Ein trauriges Lächeln umspielt ihre Mundwinkel, und sie streichelt meinen Arm. »Denkst du etwa, ich bin blind? Was glaubst du wohl, was ich dir sagen wollte, als ich dich bei der Feier einen *Dummkopf* nannte? Jonah, du warst in den letzten Wochen viel zu nachlässig darin, deine Gefühle für sie zu unterdrücken. In deinen Augen stand die pure Sehnsucht.«

Wieder raufe ich mir die Haare, denn Selma hat recht. Wir waren zu unvorsichtig. *Ich* war zu unvorsichtig. »Selma, ich weiß nicht, was ich tun soll? Wir haben auf einen guten Zeitpunkt gewartet, um zu fliehen. Wochenlang.«

Der Gesichtsausdruck der kleinen pummeligen Frau ist ebenso traurig wie resigniert. »Auf diesen Moment warte ich seit fast zwei Jahrzehnten. Glaub mir, er kommt nicht einfach so. Man muss ihn sich schaffen.«

Etwas an ihrem Tonfall lässt mich aufhorchen. Ihre kleinen dunklen Augen funkeln mich eindringlich an, und als sich ihre knubbeligen Finger um meine Oberarme legen und bedeutungsvoll zudrücken, spüre ich, dass mehr hinter ihren Worten steckt als nur blanke Theorie. »Mr Sturridge rief mich vor einer Stunde an. Er wollte einen Gin haben, also habe ich ihm den Drink aufs Zimmer gebracht. Als ich sie sah, wie sie neben ihm lag, Jonah, da … Ich wusste, ich habe das Richtige getan.«

»Das Richtige?«

»Ich habe das Schlafmittel in seinen Gin gemischt, das wir ihm sonst nur in seinen manischen Phasen verabreichen. Mrs Sturridge hat das doch auch getan, vor ein paar Wochen, als sie sich nachts mit dir getroffen hat. Ich habe sie einmal zufällig dabei beobachtet, als sie es in seinen Drink mischte. Aber heute habe ich die doppelte Dosierung genommen.«

Mein Herz unterbricht seinen Rhythmus für ein, zwei Schläge, nur um danach in einen aufgeregten Galopp zu verfallen. Ich starre sie an. »H-hat es gewirkt?«

»Er schläft tief und fest, ja.«

»Und woher weißt du das?«

Nun grinst sie regelrecht stolz. »Weil ich den Jungs in ihrem Wachhaus auch so einen Spezialdrink gebracht und dabei einen Blick auf die Monitore geworfen habe.«

Fassungslos reiße ich die Augen auf und packe sie bei den Schultern. »Selma!«

Vermutlich bin ich ihr zu laut, denn sie klapst sofort gegen meine Brust und sieht mich mahnend an. »Nein, warte, du weißt noch nicht alles! Brian hat abgelehnt. Er wollte partout nichts trinken.«

»Brian?«

»Der Nachtwächter.«

»Aber Zach und Boris schlafen?«

»Ich gehe schwer davon aus. Zumindest haben sie ihre Gläser auf ex geleert, noch während ich da war. Und wenn das Zeug bei diesem Irren gewirkt hat –«

Ich drücke ihr einen Kuss auf die rot gefleckte Wange, den sie sofort wieder wegwischt. »Pack deine Sachen, ich hole Katie!«, kommandiere ich, doch sie schaut mich nur traurig an.

»Ich komme nicht mit.«

»Was?«

»Ich sagte, ich komme nicht mit. Ihr braucht mich jetzt. Da unten sitzt immerhin noch ein Wachmann vor seinen Monitoren und hat ein Auge auf die Gänge im Haus. Er weiß nicht, dass ich bei dir bin, denn das habe ich erst gewagt, als er sich draußen eine Zigarette angezündet hat. Aber jetzt weiß ich ehrlich gesagt gar nicht, wie du unbemerkt zu Mrs Sturridge gelangen könntest.«

»Lass mich überlegen! Dieser Brian sitzt in dem Bungalow, in dem Zach und Boris schlafen, und denkt, ich wäre hier nach wie vor eingeschlossen und du wärst in der Küche oder schon im Bett, ja?«

»Ja.«

»Ich weiß, wie wir Brian für einen Moment hinter den Monitoren hervorlocken können, um erst einmal unbemerkt aus diesem Zimmer herauszukommen.« Mein Plan ist simpel, wird aber hoffentlich funktionieren. Ich schildere ihn Selma, die angespannt lauscht.

»Sobald ich in Masons Schlafzimmer bin, ist Brian erst mal wieder blind, richtig?«, frage ich abschließend.

»Nein, Mr Sturridge hat doch die Kameras angeschaltet, sonst hätte ich vorhin nicht sehen können, dass er schläft.«

Erst als sie das sagt, wird mir bewusst, was ich bislang erfolgreich verdrängt habe. Mason hat Katie nicht nur gegen ihren Willen zum Sex gezwungen, er hat sie auch noch gedemütigt, indem er seine Wachmänner über die Kamera zu Zeugen machte. So unsicher ist er sich seiner Frau also, dass er ihr nicht einmal vertraut, während er mit ihr schläft.

Ich nicke. »Aber ich weiß ja, wo ich die Kameras abschalten kann. Und ehe Brian zurück ist und das checkt, sind wir hoffentlich schon draußen.«

»Selbst wenn nicht, Mr Sturridge könnte die Kameras auch abgeschaltet haben. Und Brian würde sich nie in sein Schlafzimmer wagen«, sagt Selma zufrieden. »Aber sobald du einen Schritt über die Schwelle tust, kann er dich auf dem Korridor sehen.«

»Auch im Dunkeln?«

»Zumindest schemenhaft, denke ich.«

Sofort habe ich Katies Bild wieder vor Augen, wie sie sich in meiner ersten Nacht zu mir schlich, einen schwarzen Mantel über dem weißen Nachthemd. Also brauchen wir dunkle Kleidung.

Aber jetzt müssen wir uns sputen. Ich sehe Selma an. »Du hast drei von vier Männern ausgeschaltet. Eine bessere Chance bekommen wir nicht mehr.« Ich drücke ihre Hände. »Selma, bitte komm mit uns! Du kannst unmöglich hierbleiben. Es gibt Aufzeichnungen von dem, was du getan hast, und nur der Himmel weiß, was Mason mit dir anstellen wird, wenn er dahinterkommt.«

»Und wo soll ich hin?«

Noch einmal überlege ich kurz. Dann teile ich ihr meine Idee mit und atme erleichtert auf, als sie nickt. Schnell zücke ich vierhundert Dollar aus dem Umschlag, den Mason mir gegeben hat, und reiche ihr die Scheine. Mit regloser Miene starrt sie darauf.

»Egal, ob ich das hier überstehe oder nicht ...«, sagt Selma und drückt meine Hände, »bitte sorg dafür, dass dieses

Schwein und möglichst viele seiner *Geschäftspartner* hinter Gitter kommen.«

Ich schlucke unter ihren ungewohnt heftigen Worten. Dann schließe ich sie noch einmal kurz in die Arme, stopfe meine nach wie vor auf dem Boden verteilten Habseligkeiten in meinen Rucksack, schultere ihn und stürze ins Badezimmer, um die gläserne Flasche mit dem Mundwasser aus dem Spiegelschrank zu holen. »Bereit?«, frage ich und öffne auf Selmas Nicken hin das Fenster, das zum Eingangstor der Villa hinausgeht. Mit einem gezielten Wurf lasse ich die Glasflasche etwa fünf Meter vor der Tür des Wachhauses zerschellen. Der Knall hallt so laut und unverhofft durch die Nacht, dass Brian einfach aufschrecken muss. Und richtig: Ich habe kaum das Fenster geschlossen und mich hinter den Vorhang zurückgezogen, da öffnet sich schon die Tür des Wachhauses, und er erscheint mit gezückter Waffe.

»Und los!«, zische ich Selma zu. Zusammen stürmen wir aus dem Zimmer, doch während ich sofort mit der zur Schlagwaffe umfunktionierten Schreibtischleuchte losrenne, besitzt Selma sogar noch die Nerven, die Tür wieder hinter uns abzusperren.

Auf meinem Weg zu Katie flitze ich auf Zehenspitzen die Treppe hinab, lasse die Tür zum Korridor offen stehen und knalle fast gegen die Schlafzimmertür, so schnell bin ich gelaufen. Als ich meine bebenden Finger auf die Klinke lege und die Tür vorsichtig aufdrücke, blickt Katie mich erschrocken an.

Das schwache Licht des Gartens fällt durch die unverhüllten Fenster und mischt sich mit dem gelblichen Schein der kleinen Nachttischlampe. Katie liegt halb neben, halb unter Mason, der einen Arm und ein Bein um sie geschlungen hat und ihrem zierlichen Körper vermutlich einen Großteil seines

Gewichts zumutet. Sein leises Schnarchen lässt darauf schliessen, dass Selmas Schlummertrank tatsächlich die erhoffte Wirkung zeigt.

Ich lege meinen Zeigefinger vor den Mund und schleiche um das Bett herum, um den Knopf für die Kamera zu drücken. Mit einem Pfeifton, der übermächtig durch die Stille des Raums tönt und Masons Schnarchrhythmus kurzfristig stört, schaltet sich das rote Licht der Kameras ab.

Gut, die erste Hürde ist genommen. Doch für Optimismus ist es viel zu früh, denn hier wieder unbemerkt herauszukommen wird vermutlich wesentlich schwieriger.

Ich deute mit der Nasenspitze in Richtung Tür und zupfe an Katies Hand. Ihr Anblick ängstigt mich. Sie sieht mich nach wie vor vollkommen reglos an. Einzig und allein ihre weit aufgerissenen Augen verfolgen meine Bewegungen. Es wirkt fast so, als verstünde sie überhaupt nicht, was ich hier mache. Ich flehe sie mit meinem Blick an, und – Gott sei Dank – ihr heftiges Blinzeln zeigt mir, dass sie endlich auftaucht. Vorsichtig beginnt sie, Masons Arm von sich zu pellen und sich unter ihm wegzudrehen. Er murmelt etwas Unverständliches im Schlaf und windet sich. Immer wieder rückt er nach, wenn Katie sich schon fast von ihm befreit hat. Sein schlafendes Gesicht verliert jeglichen Ansatz von Friedlichkeit, sieht zunehmend missmutig aus, und die Augen bewegen sich schnell unter den geschlossenen Lidern. Er wird immer unruhiger und lässt Katie nicht einmal in seinem Delirium ein wenig Freiraum zum Atmen.

Kurz entschlossen ergreife ich ihre Hand und ziehe sie vom Bett in den Stand. Ich weiß nicht, ob die Dosierung des Schlafmittels nicht ausreichend war oder ob es seine Manie ist, die in diesem Moment durchschlägt, aber Mason erwacht. Genau in der Sekunde, in der ich meinen Arm um Katies nackten Rücken schlinge, um ihren Schwung auszubremsen, schreckt er hoch und sieht uns mit weit aufgerissenen Augen an.

Ich halte Katie, die in meinen Armen erstarrt ist, schützend fest. Für die Dauer einiger aussetzender Herzschläge hoffe ich, dass Mason einfach wieder in sich zusammensackt und weiterschläft. Doch dann öffnet sich sein Mund, seine Augen verengen sich zu schmalen Schlitzen, und er macht Anstalten, seine Hand zwischen die beiden Matratzen gleiten zu lassen. Ich zögere keinen Augenblick. Der Schlag, mit dem die Schreibtischleuchte Masons Schläfe trifft, vibriert durch meinen gesamten Körper. Katie japst erschrocken auf, und Mason fällt wie ein Stein zurück auf das Bett. Alles geht so schnell, dass ich danach ein paar Sekunden brauche, um es zu realisieren. Dann beuge ich mich vor, den Hals der Leuchte nach wie vor fest umklammert, und greife tief zwischen die Matratzen. Mit wild pochendem Herzen ziehe ich Masons Revolver hervor. Ich lasse die Schreibtischlampe fallen und ziehe Katie an meine Seite. »Jetzt wird alles gut! Zieh dich nur schnell an!« Sie gehorcht, fast wie mechanisch, doch mir entgeht nicht, dass sie noch kein einziges Wort mit mir gewechselt hat.

Plötzlich fällt mir auch ihre Tasche wieder ein, die unangetastet unter dem Bett liegt. Ich ziehe sie hervor und versuche Mason dabei nicht aus den Augen zu lassen. Den Blick auf seine leblos wirkende Erscheinung gerichtet, kommt mir mit einem Mal eine hoffentlich rettende Idee. »Wo hängen seine Jacketts?«

Zunächst weiß ich nicht, ob Katie mich überhaupt verstanden hat. Doch dann taucht sie in dem begehbaren Kleiderschrank ab und drückt mir schon nach wenigen Sekunden ein dunkles Jackett in die Hand. Ich streife es über, und während sie ihre Jeans und Stiefel anzieht, verschwinde ich im Umkleidezimmer und hole mir einen von Masons Hüten, die er stets trägt, wenn er das Haus verlässt. Ich nehme meinen Rucksack vor die Brust und verstecke die andere Hand mit dem Revolver dahinter, unwillig, ihn abzulegen, jetzt, wo uns der schwierigste Part der Flucht so unmittelbar bevorsteht. Katie hängt sich ihre Tasche über die Schulter.

»Komm, hak dich bei mir unter, wie du es immer bei Mason machst.« Wieder gehorcht sie sofort. Doch dann, als wir das Schlafzimmer verlassen, ohne uns noch einmal zu dem nach wie vor bewusstlosen Tyrannen umzudrehen, und ich mit geneigtem Kopf neben Katie die Treppe zum Erdgeschoss hinabsteige, stiert sie unablässig auf meine hinter dem Rucksack verborgene Hand, in der ich den Revolver halte.

»Katie, ich werde niemanden töten, vertrau mir«, versichere ich ihr, wohl wissend, dass ich Unmögliches von ihr verlange. Denn Männern mit Revolvern kann man in Katies Welt nicht vertrauen – ganz egal, wie sehr man sie auch liebt und von ihnen zurückgeliebt wird.

Dementsprechend nickt sie nicht, gibt mir kein »Okay« oder »Ist gut«. Sie wendet einfach den Blick nach vorne und lässt sich weiter von mir führen. Und für den Moment ist das auch genug.

Neben der Haustür befindet sich die Schalttafel, mit der die Alarmanlage gesteuert wird. Katie gibt eine Zahlenkombination ein und drückt so lange auf den breitesten Knopf, bis ein leises Surren ertönt.

»Die Tür im Tor?«, hake ich nach und erwidere ihr Nicken. Ein letzter tiefer Blick, dann verlassen wir ohne erkennbare Hast das Haus, in dem Katie fünfzehn Jahre lang lebte und das doch nie mehr als ein Gefängnis für sie war. Wir steigen die Stufen der breiten Fronttreppe hinab und laufen so leise wie möglich, aber mit entschlossenen Schritten über die hellen Wegsteine. Je mehr wir uns dem Wachhaus nähern, desto aufgeregter pocht mein Herz.

Ist Brian womöglich gerade auf der Toilette? Oder hat ihn die zerschellte Mundwasserflasche zu einem Rundgang über das Grundstück bewogen? Und vor allem: Ist es Selma rechtzeitig gelungen, das Haus durch den Kellereingang zu verlassen?

Als wir uns dem Wachhaus auf etwa zehn Meter genähert haben, hören wir ein metallenes Klackern aus Richtung der Eingangstür.

»Bleib hier!«, zische ich Katie zu, die postwendend stehen bleibt, und stürze in Richtung der Tür, die sich im selben Moment nach außen hin öffnet. »Mr Sturridge, möchten Sie noch einmal in die Stadt fahren? Soll ich Zach für Sie wecken?«, fragt Brian, noch bevor er die Tür weit genug geöffnet hat, um mich zu sehen. Aufgrund des Jacketts, des Hutes und der herrschenden Dunkelheit hat er mich über die Monitore bisher nicht erkannt. Und das ist meine Chance. Ehe er über die Schwelle ins Freie tritt, bin ich bei ihm und schmeiße mich mit der geballten Kraft des Anlaufs, den ich genommen habe, von außen gegen die Tür. Sie knallt zurück, schlägt gegen seine Stirn, und Brian wird mit voller Wucht zurückgestoßen. Es folgt ein schwerer Aufprall, den wir bis draußen hören.

»Schnell!«, lässt eine panische Stimme aus der Dunkelheit verlauten. *Selma*.

»Komm!«, rufe ich Katie zu, erfasse ihre Hand und ziehe sie rennend in Richtung Tor.

Sosehr wir befürchteten, dass sich zumindest einer der drei Wachmänner aufrappeln und uns folgen würde – nichts dergleichen geschieht. Wir rennen, so schnell uns unsere Beine tragen, und erst als wir uns bestimmt schon vierhundert Meter von der Villa entfernt haben, sichere ich den Revolver und stopfe ihn in meinen Rucksack, ohne unseren Lauf dafür zu unterbrechen. Katie ist nicht mehr außer Atem als ich, doch unser Abstand zu Selma vergrößert sich zunehmend. Als ich mich zu ihr umdrehe, steht sie an einer Straßenecke und deutet auf das Schild des Cafés, in dessen Schatten sie im nächsten Moment abtaucht. Die Gedanken, mit denen ich mich in diesen hektischen Sekunden von Selma verabschiede, sind fast zärtlicher Natur.

Ich manövriere Katie und mich von einer schmalen Gasse in die nächste, und als wir nach ein paar weiteren Minuten die erste breitere Straße erreichen, hält ein Bus vor unserer Nase, in den ich mit einer solchen Selbstverständlichkeit hineinspringe, als wären wir nur so gerannt, um ihn noch zu erreichen.

»Zweimal Endstation«, keuche ich, denn ich habe nicht den leisesten Schimmer, wohin die Fahrt überhaupt geht. Dem Preis nach sind es nicht mehr viele Haltestellen. Der Busfahrer mustert mein geschundenes Gesicht mit unverhohlenem Entsetzen. »Fahrradunfall«, behaupte ich schulterzuckend und zahle die paar Dollar für die Fahrt mit einem Zehner-Schein, weil das der kleinste ist, den Mason in den Umschlag gepackt hat.

»Kein Wechselgeld«, sagt der Fahrer erschrocken, während sein Kassenautomat meinen Schein einzieht.

»Schon gut«, erwidere ich nur, verstecke meine bebenden Hände und wende mich unter seinem nach wie vor sehr skeptischen Blick ab, bevor er sich weigert, uns mitzunehmen.

Katie hat sich in eine der vorderen Bänke fallen lassen und atmet flach und hastig. Ich nehme dicht neben ihr Platz und presse mich an sie, denn ich brauche ihre Nähe. Katie hat offenbar weder die Kraft noch die Nerven, in den wenigen Minuten, die wir im Bus verbringen, mit mir zu sprechen. Ihre

Finger zittern – ebenso wie meine – wie Blätter, die sich von einem Baum lösen wollen. Also streichele ich nur besänftigend über ihren Oberschenkel und küsse ihr Haar, als sie ihren Kopf an meine Schulter lehnt. Ihr Duft vermag es, mich für den Moment zumindest ein wenig zu beruhigen.

Kurz nach einer kleineren Straßenkreuzung, die ich wiedererkenne, steigen wir aus – den Hinweis des Busfahrers ignorierend, dass dies nicht die Endstation sei. Katie an der Hand, überquere ich die Straße und steuere auf die Telefonzelle zu.

Ich nutze die letzten Münzen in meiner Geldbörse, um uns ein Taxi zu rufen. Dafür melde ich mich unter einem falschen Namen und verstelle meine Stimme dabei sogar ein wenig. Beides ist wahrscheinlich vollkommen übertrieben, aber die zweieinhalb Monate im Hause Sturridge sind auch an mir nicht spurlos vorbeigegangen, und ich kann beim besten Willen nicht abschätzen, wie weit Masons Einfluss und seine Beziehungen reichen.

Wir warten in einer Passage, die nahezu unbeleuchtet ist, zumal die Geschäfte, deren Eingänge sie überdacht, schon lange geschlossen haben. Katie spricht nach wie vor nicht, und so halte ich sie einfach nur fest in meinen Armen. Als das Taxi kommt und wir Platz nehmen, sage ich grußlos: »Bitte rufen Sie ein weiteres Taxi für meine Tante.« Ich nenne ihm Selmas Standort, und der Taxifahrer bestellt per Funk einen Kollegen dorthin. Dann sieht er uns wieder an.

»Und wo soll es bei Ihnen hingehen?«

»Nach Bellingham, weil wir noch in dieser Nacht rüber nach Kanada müssen. Schalten Sie den Funk und das Taxameter aus. Ich zahle Ihnen dreihundert Dollar für die knapp neunzig Meilen, das ist ein Drittel mehr als der reguläre Fahrtpreis.«

Der Fahrer, den ich auf Mitte vierzig schätze, sieht mich bestimmt zehn Sekunden lang schweigend an und wägt das Für und Wider des angebotenen Deals ab.

Ich halte seinem durchdringenden Blick stand, ohne dabei auch nur zu blinzeln. »Wir sind keine Verbrecher. Wir brauchen nur jemanden, der uns hilft. Bitte!«

Er nickt. Dann dreht er sich um, schaut noch einmal über die andere Schulter zurück und fädelt seinen Wagen in den spärlichen Nachtverkehr ein. Lange bleibt es mucksmäuschenstill. Erst Katies verhaltenes Husten durchbricht die Stille. Ich durchkrame meinen Rucksack nach der Wasserflasche, die Selma mir noch zugesteckt hat.

»Hier, trink etwas. Und versuch zu schlafen. Wir sind eine Weile unterwegs.«

Katie trinkt gehorsam und lässt sich dann anstandslos in meinen Schoß ziehen. Wie eine kleine Katze rollt sie sich auf der Rückbank zusammen. Den Kopf auf meine Oberschenkel gebettet, liegt sie mit geschlossenen Lidern da. Ob sie wirklich schläft, vermag ich nicht zu sagen, aber es fühlt sich so an. Ich streichele ihr Haar. Beobachte sie eingehend und lausche auf ihren Atem, der jedoch so ruhig geht, dass ich ihn nicht hören, sondern nur fühlen kann.

Während ich Katie so halte und die Nacht am Fenster des Taxis vorbeifliegt, stellt sich eine Art Zuversicht bei mir ein. Ein Gefühl, das zwar wunderschön ist, dem ich aber noch nicht gänzlich vertraue.

XXXVIII.
~ Jonah ~

Wir erreichen Bellingham kurz nach Mitternacht ohne irgendeinen Zwischenfall. Im äußersten Randgebiet der mir unbekannten Stadt finde ich schnell, wonach ich suche.

»Warten Sie!«, rufe ich und deute auf ein riesiges Möbelgeschäft an der nächsten Kreuzung. »Lassen Sie uns bitte hier aussteigen. Dann müssen meine Schwester und ihr Mann, die uns hier aufgabeln, nicht bis in die Innenstadt fahren.«

»Also treffen Sie sich mit Ihrer Schwester und fahren gemeinsam nach Kanada?«, hakt der offensichtlich verwirrte Taxifahrer nach, der sich bislang vollkommen still verhalten und nur ab und an zu der leisen Musik seiner Country-CD gepfiffen hat.

»Ja. Unsere Mom musste notoperiert werden, und es geht ihr nicht gut.«

Er nickt, zählt die Scheine, die ich ihm reiche, und wünscht uns eine gute Weiterreise. Vermutlich fällt ihm erst sehr viel später auf, dass es trotzdem keinen Sinn ergibt, weshalb er Funk und Taxameter ausschalten sollte. Doch selbst wenn er deshalb die Polizei benachrichtigen würde: Aus Seattle sind wir nun raus, und ich habe einige falsche Fährten gelegt.

Katie und ich bleiben auf dem riesigen Parkplatz stehen, bis das Taxi außer Sichtweite ist. Ich nutze die Zeit, Masons Revolver in die zusammengeknüllte Jeans in meinem Rucksack einzuschlagen. Katie steht derweil zitternd da und reibt sich über die Arme. Ich suche in ihrer Tasche nach einem dickeren Pullover und werde schnell fündig.

Neben dem Eingang des Möbelgeschäfts steht eine Mülltonne. Nachdem ich in alle Taschen gefasst und damit sichergestellt habe, dass sie absolut leer sind und somit keine Hinweise auf den Eigentümer bereithalten, landet Masons Jackett gemeinsam mit seinem Hut darin.

»Komm«, wispere ich Katie zu, ergreife ihre Hand und laufe eilig mit ihr in Richtung des etwa dreihundert Meter entfernten Fast-Food-Lokals, das wir im Taxi sitzend zwar rechts von uns liegen ließen, das aber mein eigentliches Ziel war.

Die fortgeschrittene Nacht scheint uns in einem unbarmherzigen Countdown anzuzählen. Obwohl unsere Flucht aus Masons Villa nun schon zwei Stunden zurückliegt und mir mein gesunder Menschenverstand sagt, dass er mit seiner schweren Kopfverletzung wohl kaum in der Lage sein kann, die Männer gezielt auf unsere Fährte zu lotsen, fühle ich mich gehetzt und beobachtet. Wir müssen weiterhin schnell handeln, um unseren Vorsprung zu bewahren und möglichst noch auszubauen, bis der Morgen anbricht.

Der späten Uhrzeit zum Trotz herrscht noch reger Betrieb in dem Fast-Food-Restaurant, dessen Parkplatz entsprechend belegt ist. Die Fahrzeuge stehen dicht an dicht, jedes für sich die Chance einer Mitfahrgelegenheit. Genau deshalb war es so wichtig, den der Interstate-Abfahrt nächstgelegenen Imbiss anzugehen.

Obwohl Katie tausend Fragen durch den Kopf gehen müssen, schweigt sie weiterhin, was mir langsam, aber sicher eine Höllenangst einjagt. Warum fragt sie nicht, was wir hier machen und wie wir jetzt zur kanadischen Grenze kommen sollen? Weshalb erkundigt sie sich nicht nach Selma?

Nun, warum auch immer sie weiterhin an ihrem Schweigen festhält – ich entscheide mich, ihre Fragen zu beantworten, ohne dass sie auch nur eine davon stellen muss. »Wenn du zur Toilette musst, dann geh am besten hier. Ich suche in der Zeit die Kennzeichen der parkenden Wagen ab. Vielleicht haben wir ja Glück und jemand kommt aus Idaho, Montana oder North Dakota.« Sie sieht mich fragend an. »Wir laufen nicht über die Grenze nach Kanada, Katie. Du bist schwanger und solltest dich schonen. Außerdem, wenn ich mit dieser Schlägervisage bei den Grenzbeamten kein Misstrauen erwecke, wer dann?« Abgesehen davon, müsste ich, würden wir an unserem ursprünglichen Plan festhalten, den Revolver vor der Grenze zurücklassen, und der Gedanke missfällt mir absolut. Aber das lasse ich Katie gegenüber unerwähnt.

»Wir werden versuchen zu trampen. Zu Miles, in Ordnung?« Ihre Augen weiten sich. Sie überlegt kurz und nickt dann. Anstalten, tatsächlich die Toilette aufzusuchen, macht sie keine, also fahre ich fort: »Selma hat Seattle inzwischen auch hinter sich gelassen«, behaupte ich und hoffe, dass das stimmt. Selma und ich hatten uns darauf geeinigt, unsere Zufluchtsorte nicht auszutauschen. »Ich habe ihr Geld gegeben. Wo auch immer sie unterkommt, sie wird in drei Tagen in dem Restaurant am Hafen anrufen. Ich kenne dort eine Bedienung, Lisa, der sie eine verschlüsselte Telefonnummer mitteilen wird. Sie wird die einzelnen Zahlen nach einem Muster verdrehen, das ich ihr erklärt habe. Dann rufe ich sie an und teile ihr mit, wie es weitergeht.« Katie sieht mich lange an. Dann, ohne weitere Verzögerungen, beugt sie sich plötzlich vornüber und sichtet die ersten Kennzeichen im schwachen Licht des Parkplatzes. Ihr Anblick rührt mich; sie ist so unglaublich tapfer.

Unsere Suche verläuft ernüchternd. Alle parkenden Autos kommen aus Washington, bis auf zwei, die ein kanadisches Kennzeichen tragen. Katie und ich sehen uns frustriert um, für den Moment ratlos. In der kommenden halben Stunde kommen sieben weitere Autos, doch keines mit einem erhofften Nummernschild. Dann biegt ein Lastwagen mit schepperndem Auspuff auf den Parkplatz ein. Katie und ich nehmen sein Kennzeichen synchron in Augenschein. Ich sehe die Verwirrung und den Argwohn des aussteigenden Mannes, als ich mich wieder aufrichte und ihn an dem kastenförmigen Heck seines Lasters vorbei anschaue.

»Sie kommen aus North Dakota!«

Er reißt die Augen auf. »Oh ja, jetzt, wo du es sagst, Kumpel.«

»Fahren Sie dorthin zurück, durch Idaho?«

»Na, wie denn sonst?«, fragt er gleichermaßen verständnislos wie genervt. »Sag mal, hast du den, der dir die Fresse poliert hat, auch so blöd von der Seite angequatscht?« Er schüttelt den Kopf und will sich schon abwenden, doch ich steuere direkt auf ihn zu.

»Hören Sie, wir trampen zu Freunden nach Idaho. Der Trucker, der uns eigentlich bis dahin mitnehmen wollte, musste kurzfristig seine Route ändern. Und jetzt stehen wir hier, mitten in der Nacht, und –«

Der Mann schüttelt den Kopf, sobald er begreift, worauf mein Wortschwall hinauslaufen wird. »Sorry, aber ich kann euch unmöglich mitnehmen, Leute. Wenn überhaupt hätte ich nur einen Platz frei, keine zwei.«

»Aber wir könnten doch in den Laderaum gehen«, schlage ich vor.

»Ist verboten! Wenn die Bullen …«

»Und wenn wir Sie bezahlen?«, falle ich ihm ins Wort. »Mitten in der Nacht kontrolliert doch ohnehin niemand. Und wenn Sie durchfahren, sind wir zum Frühstück schon in Idaho. Wie wäre es mit zweihundert Dollar?« Das bringt sein anhaltendes Kopfschütteln zu einem abrupten Stillstand. »Mehr habe ich nicht, Kumpel«, passe ich mich seinem saloppen Tonfall an.

Nun kratzt er sich am Hinterkopf und sieht sich um, als ob er sicherstellen wollte, dass uns auch niemand beobachtet. »Na schön! Wartet, bis ich pinkeln war und mir einen Burger zwischen die Kiemen geschoben habe, dann nehme ich euch mit. Aber die Kohle gibst du mir vorher, mein Freund.«

»Hundert, wenn wir losfahren, hundert bei der Ankunft.« Er verzieht den Mund, willigt dann aber ein. Ich drücke Katies Hand in meiner und schaue sie lächelnd an. In Gedanken sehe ich uns beide bereits an einem von Milows Bistrotischen sitzen. Nur dass zwischen dem Hier und Jetzt und der Erfüllung dieser kleinen Vision noch mindestens sieben Stunden Fahrt liegen. Gerade will ich wehmütig seufzen, da erwidert Katie mein Lächeln. Zaghaft zwar, aber dennoch. Sie lächelt.

* * *

Die Werkzeuge in der metallenen Kiste scheppern bei jeder Straßenunebenheit, über die der Lkw fährt.

Katie und ich tragen mittlerweile mehrere Schichten Kleidung und wärmen uns gegenseitig. Mit ein wenig mehr Licht und Polsterung könnte es hier hinten fast gemütlich sein. Andererseits bin ich froh, dass der Laderaum geschlossen ist, denn der Weg nach Idaho führt uns zunächst die komplette Strecke über Seattle zurück, und ich fühle mich deutlich entspannter, das nicht durch die grünen Schilder am Straßenrand, deren Meilenangaben sich immer weiter verringern, mitverfolgen zu müssen.

In den ersten beiden Stunden unserer Flucht haben wir zwar eine vollkommen unnütze Strecke hinter uns gebracht, aber ich habe dennoch das Gefühl, damit das Richtige getan zu haben. Sollte Mason uns irgendwie auf die Schliche gekommen sein, bin ich mir sicher, dass unsere Spur spätestens mit dem Bericht des Taxifahrers endet, also vor dem Möbelladen in Bellingham. Dann wird er denken, dass wir wirklich nach Kanada geflohen sind.

»Jonah?«, sagt eine schwache Stimme an meinem Ohr. Es ist nur mein Name, nicht mehr. Aber nach Stunden des Schweigens durchfährt er mich wie ein enormer Befreiungsschlag.

»Ja, Katie?«

»Hat es wirklich funktioniert?«

»Ja ... Ja, Baby, das hat es tatsächlich«, wispere ich und berühre ihre weichen Lippen zaghaft mit meinen viel zu trockenen.

Der burschikose Oscar aus North Dakota hält sein Versprechen, die Nacht durchzufahren. Zwar weiß er nicht, warum wir es so eilig haben, aber das schien ihn nach meinem Vorschlag mit der Bezahlung auch nicht weiter zu interessieren.

Wir erreichen Sandpoint schon gegen neun Uhr morgens. Hier, an einer Servicestation direkt an der Interstate, endet unsere Mitfahrgelegenheit. Wir bedanken uns bei Oscar, zahlen die vereinbarte zweite Rate und überbrücken die Zeit, bis das Taxi eintrifft, das wir uns von dem öffentlichen Telefon aus rufen, mit einem kräftigen Frühstück.

Als ich sehe, wie Katie reinhaut, fällt mir die Schwangerschaft wieder ein, und die Erkenntnis durchfährt mich wie ein warmer Schauer: Schon in wenigen Monaten könnte der Beweis unserer Liebe in Katies Armen liegen und selig an ihrer Brust nuckeln. Diese Vorstellung hält mich für einige Sekunden gefangen und zaubert mir ein Lächeln aufs Gesicht. Zum ersten Mal spüre ich, dass ich dieses Kind mit ihr auch wirklich will.

Amüsiert beobachte ich, wie Katie eine Extrascheibe Toastbrot in das auslaufende Eigelb tunkt und den Bissen mit einem großen Schluck Orangensaft hinunterspült. Erst als sie meinen Blick bemerkt, hält sie in ihren Kaubewegungen inne und sieht mich ein wenig verlegen an. »Ich kann nicht fassen, mit dir hier zu sein«, gestehe ich leise und drücke ihre Hand, als müsste ich mich noch einmal von ihrer Anwesenheit überzeugen.

Das Taxi kommt, und wir fahren die letzten vierzig Meilen bis Papen City. Es ist genau halb elf, als wir an der Straßenecke vor Milows *Pie Paradise* aussteigen und ich dem Fahrer sein Geld reiche. Katie starrt das Schild über dem Café mit großen Augen an. »Bereit?«, frage ich und lege meinen Arm um ihre Taille. Sie schüttelt kaum wahrnehmbar den Kopf, steuert aber schon im nächsten Moment auf die gläserne Tür mit dem nostalgischen *Geöffnet*-Schild zu.

Der Klang des kleinen Glöckchens verkündet unsere Ankunft. Es ist kaum etwas los, nur in der hintersten Ecke sitzen zwei Teenager, dicht zueinander über den Tisch gebeugt. »Guten Morgen und herzlich willkommen im *Pie Paradise!*«, ruft eine Frauenstimme. Die dazugehörige Kellnerin mit dem hellblond gefärbten Kurzhaarschnitt und den knallrot geschminkten Lippen kommt durch die Schwingtür hinter dem Tresen auf uns zu. Es ist Kim. Ich kenne sie von der Café-Eröffnung, als wir Milow gemeinsam halfen.

Sobald sie mich erblickt, weiten sich ihre Augen. »Jonah!« Die Tür in ihrem Rücken kommt nicht mal zum Ausschwingen, ehe sie von innen erneut aufgestoßen wird und Milow aus seiner Backstube hervorstürmt. Mit riesigen Augen sieht er mich an. Ebenso erleichtert wie wütend.

»Ist dir eigentlich klar, wann du dich das letzte Mal –«, poltert er sofort los, doch dann fällt sein Blick auf Katie ... und seine Miene entgleist komplett. Seine Kinnlade klappt herab, und er gafft sie so ungeschminkt fassungslos an, dass es fast komisch sein könnte. Wäre ich nur nicht zu erschöpft, um belustigt zu sein.

»Himmel, Arsch und Zwirn!«, entfährt es Milow schließlich, bevor er hinter dem Tresen hervorprescht. Katie, die ebenfalls auf ihn zuläuft, fliegt förmlich in seine offenen Arme. Mit einem unterdrückten Jubelgebrüll, das eher so klingt, als würde ein strangulierter Bär es ausstoßen, drückt Milow Katie an sich und wirbelt sie hin und her, wie das kleine Mädchen, als das er sie einst kennenlernte.

Die einzige Schwester, die er je kannte.

Ich spüre die Tränen, die zunächst in meiner Kehle kitzeln und schon mit dem nächsten Blinzeln in meinen Wimpern hängen bleiben. Ich lasse sie ungehindert laufen. In diesem Moment könnte ich wahrhaftig vor Erleichterung zusammenbrechen. Doch der Schmerz meiner Verletzungen und das Brennen, das die salzige Nässe in der Platzwunde an meinem Jochbein hervorruft, halten mir die Strapazen der vergangenen vierundzwanzig Stunden vor Augen und verhindern eine tiefreichende Entspannung.

Inzwischen wiegt Milow Katie regelrecht in seinen Armen. »Ich habe es ihm nicht geglaubt, Kleines. Ich dachte, er wäre verrückt und du womöglich sogar tot«, gesteht er ihr flüsternd.

Als er Katie absetzt, umfasst sie sein rundliches Gesicht mit ihren zierlichen Händen und drückt ihm einen Kuss auf die linke Wange, direkt auf die lange Narbe, die als einziges äußeres Merkmal noch von dem Unfall zeugt, bei dem seine Eltern ums Leben kamen.

»Und damit lagst du gar nicht so falsch, Milow. Ich war tot, in so vielerlei Hinsicht. Nie im Leben hätte ich damit gerechnet, dich noch einmal wiederzusehen.« Einen Moment lang betrachten die beiden sich noch gegenseitig, dann fallen Katies Hände von seinem Gesicht, ihre Linke verschränkt sich mit seiner Rechten, und Milow dreht sich zu mir um.

»Mann, Wunderknabe, ich muss schon sagen!« Er lässt Katie gehen, kommt auf mich zu und zieht mich ebenfalls so fest in seine Arme, dass mich der Schmerz in meinen Rippen aufstöhnen lässt. »Ihr müsst mir alles erzählen. Ich dachte, damals am Hafen hat sie sich vor dir verleugnet, Jonah? Also war sie es doch? Warum hast du danach nicht mehr angerufen? Und wie zum Teufel siehst du überhaupt aus?«

»Ich –« ... habe keine Ahnung, wie ich so schnell auf alle diese Fragen antworten soll, also beginne ich mit der leichtesten. »Ja, die Frau am Hafen war tatsächlich Katie.«

»Aber dein Anruf damals, das war Anfang Februar, richtig? Wir haben Ende April, du Arsch!«, blafft er sichtlich gekränkt.

»Das kann ich dir erklären, Miles.«

»So? Dass du mir drei Monate lang nichts erzählt hast, obwohl Katie schon bei dir war? Wirklich?« Er wendet sich ab und verschwindet in seiner Küche. »Kuchen?«, ruft er uns nur noch zu.

»Birne, bitte!«

»Was auch immer!«, schimpft er.

Kim streicht peinlich berührt die Schürze ihrer Arbeitskleidung glatt. »Na, dann brühe ich doch schon mal frischen Kaffee auf, während Milow auf euren Kuchen spuckt«, flachst sie nervös und bringt die Tür erneut zum Schwingen.

Katie kommt zu mir, setzt sich dicht neben mich und lässt sich bereitwillig in meine Arme ziehen. Sie spürt, genau wie ich, dass Milows Gewitter nichts Bedrohliches anhaftet. Im Gegenteil. »Es fühlt sich so an, als wären wir drei nie getrennt gewesen«, befindet sie. »Ja, vollkommen verrückt, nicht wahr?«

Milow kehrt mit zwei prall gefüllten Kuchentellern zurück, die er scheppernd vor uns abstellt, und geht dann hinter dem jungen Paar her, das sein *Pie Paradise* gerade verlässt. Er verriegelt die Tür hinter den beiden und dreht das Schild auf *Geschlossen*. Dann kommt er wieder zu uns, hievt sich ebenfalls auf einen der Barhocker und schließt Kim auf ähnlich eindeutige Weise in seine Arme, wie ich Katie in meinen halte. Ich scheine in meiner Abwesenheit also auch so einiges verpasst zu haben. »So, so.« Ich nicke ihm zu.

»Ja. Und ihr so?«, fragt Milow und wackelt mit den Augenbrauen, dass wir alle lachen müssen.

Wir erzählen Milow und Kim die komplette Story von unserem Wiedersehen bis zu der nervenaufreibenden Flucht. Katie ergreift meine Hand und drückt nervös daran herum. Ob sie versucht, mir Halt zu geben, oder sich selbst an mir stützt, kann ich dabei nicht erkennen. Vermutlich trifft beides zu.

Am Ende unserer Schilderung werfen Milow und Kim sich einen Blick zu, der ihr ganzes Entsetzen widerspiegelt. Schließlich wendet Kim sich ab, wischt in ihrer Überforderung ein paar Kuchenkrumen vom Tresen und stapelt unsere leeren Teller und Tassen. Wie lange unsere Unterhaltung inzwischen andauert, realisiere ich erst in der einkehrenden Stille, in der das Ticken des Sekundenzeigers der großen Wanduhr das einzige Geräusch ist und meine Aufmerksamkeit auf sich lenkt. Es ist bereits zwei Uhr nachmittags.

»Die Kaffeezeit beginnt bald, dann sollten wir wieder öffnen«, gibt Kim zu bedenken. »Aber zuvor solltest du Jonah und Katie hochbringen, Schatz. Ihr müsst doch furchtbar erschöpft sein nach den ganzen Strapazen. Ich bereite in der Zeit hier unten alles vor.«

Gesagt, getan. Milow begleitet uns ein Stockwerk höher in seine Wohnung. Dort wartet ein ungeduldiger Nash, der uns so stürmisch und ausgelassen begrüßt, dass er Katie mit dem lustigen Hin-und-her-Klappen seines Hinterteils ein erstes richtiges Lachen entlockt.

Gott, ich habe den Burschen vermisst! Mit frischen Tränen in den Augen schlucke ich die Bemerkung, dass mein Hund in den vergangenen Wochen tatsächlich ganz schön pummelig geworden ist, hinunter und ziehe Milow stattdessen noch einmal an mich, bevor er mir die Hand auf die Schulter legt und mir von Katie unbemerkt zuraunt: »Fühlt euch wie zu Hause, hörst du? Lass der Kleinen ein Schaumbad ein und wasch den ganzen Scheiß, so weit es geht, von ihr. Und dann ruht ihr euch erst mal aus, kapiert? Das Gästebett ist noch von dir bezogen, und von der Breite her müsstet ihr beide locker ...«

»Sie ist schwanger«, wispere ich ihm inmitten seines Wortschwalls zu. Es ist das Einzige, was wir in unserer Schilderung der Geschehnisse bisher unerwähnt gelassen haben, und nun platzt es einfach so aus mir heraus.

»Von dir?«, hakt Milow nach einer ersten Schrecksekunde nach. Erst als ich nicke, erhellt sich seine Miene wieder, und er zieht mich erneut in seine Umarmung. Kurz darauf stößt er mich jedoch abrupt von sich und reibt beinahe unwirsch über seine Augen. »Ich gehe jetzt. Scheiße, Mann, das hält doch kein Mensch aus! Erst drei Monate lang gar nichts und dann ...« Damit wendet er sich ab, nur um sich im nächsten Moment doch noch einmal umzudrehen und zu Katie hinunterzubeugen, die nach wie vor bei Nash kniet. Leise säuselnd redet sie auf meinen Hund ein und krault ihm dabei die Ohren. Als Milow ihr einen Kuss auf den Scheitel drückt, schaut sie fast ein bisschen verdutzt zu ihm auf. »Ich kann nicht glauben, dass du wieder bei uns bist, Kleines«, sagt er und beißt sich auf die Unterlippe, um seiner Rührung Herr zu werden. »Ernsthaft, ich hätte wetten können, dass unser Romeo hier in seiner Liebe zu dir durchgedreht ist.«

Milows Idee mit dem Vollbad klang so verlockend, dass ich sie sogleich in die Tat umsetze. Ich steige hinter Katie in die Wanne und schließe sie in meine Arme. Nach den ersten Minuten in absoluter Stille beginne ich behutsam, ihren Körper zu waschen. Katie lehnt sich zurück und legt den Kopf an meine Schulter.

»Ich kann nicht ungeschehen machen, was er dir angetan hat. Aber ich wünschte, ich könnte es«, flüstere ich in ihr Ohr und lasse den Waschlappen dabei über ihre Oberschenkel streifen. Sie schließt die Augen und öffnet die Beine. Langsam, aber nicht zögerlich.

»Deinetwegen ... nur deinetwegen«, stelle ich klar und folge ihrer Aufforderung, indem ich den Lappen zu ihrer intimsten Stelle führe und sie behutsam dort streichele. Ich küsse sie zärtlich, beinahe zaghaft. Doch Katie braucht mehr in diesem Moment. Mehr Bestätigung, mehr Halt, mehr Entschuldigung und Versprechen. Ihre Miene wirkt bedürftig, fast schon flehend, und wir beginnen beide zu weinen bei diesem Kuss, den wir nun teilen und in den wir für einen langen Atemzug abtauchen. Meine Tränen fallen ungehindert auf Katies Wangen und mischen sich dort mit ihren. Gemeinsam tropfen sie in das duftende Wasser und werden somit Bestandteil der Wärme, die uns umgibt. Kummer und Leid lösen sich auf, kehren sich für die Dauer unserer Zärtlichkeit rückstandslos ins Gute. Und weil wir wohl beide das abrupte Ende dieser Erlösung fürchten, hören wir einfach nicht auf, uns zu küssen.

XXXIX.
~ Jonah ~

Am folgenden Morgen sitzen Katie und ich gemeinsam mit Amy, Jerry, Tim und Mary in dem gemütlichen Wohnraum des Holzhauses, in dem ich bei dem Blizzard im Januar untergekommen war. Und noch jemand ist bei uns. Gracey, Jerrys und Marys neugeborene Tochter, auf der Katies zärtlicher Blick haftet und die sanft von ihrem Vater in den Armen gewiegt wird, während er uns sehr genau zuhört.

»Jerry, Amy sagte mir, dass du früher Anwalt in Seattle warst.« Mit diesem Satz beende ich unsere ausführliche Schilderung und leite mein Anliegen ein. Er nickt. »Ja. Und dieser Sturridge ist mir durchaus bekannt, auch wenn ich selbst nicht auf Strafrecht spezialisiert war. Dafür war mein Partner Rob zuständig.«

»Dieser Kontakt besteht noch, richtig?«, hake ich nach.

Jerry grinst. »Rob ist mein bester Freund.«

»Und wie wahrscheinlich ist es, dass er Teil des Korruptionsnetzes ist, das Mason um sich herum gesponnen hat?«

»Ungefähr so wahrscheinlich wie der Schnittpunkt zweier Parallelen. Rob ist mit Sicherheit nicht geschmiert.«

Ein vertrauenswürdiger Anwalt, mitten in Seattle. Darauf hatte ich gehofft. »Aber ich weiß nicht, ob Rob bereit ist, sich dieses weißen Hais anzunehmen«, zeigt Jerry sich skeptisch. »Für so einen Fall braucht man handfeste Beweise.«

»Reicht da nicht ein Durchsuchungsbefehl oder so?«, frage ich.

»Nur wenn der Verdacht gegen Sturridge hart genug wäre. Und das wäre er nur, wenn wir genügend Indizien hätten. Zweifellos wird Sturridge aber auch ziemlich viele einflussreiche Helfer haben, die ihn decken.«

»Oh ja, die gibt es ganz sicher«, seufzt Katie verbittert.

»Wir müssen gut überlegt und auch schnell handeln«, grübelt Jerry laut. »Sturridge darf sich keine Möglichkeit zur Reaktion bieten. Am besten wäre es, möglichst viele Handlanger zur selben Zeit auszuheben wie ihn. Allein aufgrund eines Verdachts kann man jemanden nur für vierundzwanzig Stunden festhalten. Also bräuchten wir innerhalb dieser Frist Beweise und dafür die entsprechenden, möglichst aussagewilligen Zeugen. Das Ganze würde einer Razzia enormen Ausmaßes gleichkommen und wäre umso schwieriger durchzuführen, zumal wir ja nicht einmal wissen, wer an welcher Stelle geschmiert wurde. Ich meine, Rob kennt Cops, denen er blind vertraut, aber zu hundert Prozent sicher könnten wir wohl nicht sein.«

»Auch neunzig Prozent sind viel näher, als wir ohne den Kontakt zu euch je kommen würden«, entgegne ich. »Wir haben Selma, die mit Sicherheit aussagt. Wenn alles gut geht, können wir schon übermorgen wieder Kontakt zu ihr aufnehmen. Wir haben uns getrennt, weil so die Chancen größer waren, dass zumindest einem von uns die Flucht gelingt. Und sie hat keine Ahnung, wo Katie und ich stecken. Außerdem wissen wir von diesem Leroy Bennet, einem ehemaligen Stadtratsmitglied Seattles, bei dem die kleine Jill vermutlich noch immer ist. Dort könnten wir doch ansetzen, das ist ein ganz handfester Vorwurf. Freiheitsberaubung, oder, Jerry?« Zu meiner Erleichterung nickt er sofort, also fahre ich fort: »Überdies dürfte es ein Leichtes sein, durch Julius und Tammy zumindest eine Kopie von Katies alter Heimakte zu bekommen. Darin liegen ihre Geburtsurkunde und etliche Fotos, die in Kombination mit ihrem heutigen Pass und dem falschen Namen und Geburtsdatum als Beweismaterial standhalten dürften, oder?«

Jerry nickt noch einmal. »Ja, das wäre für den Anfang gar nicht mal schlecht. Nichtsdestotrotz wären ein paar von Masons Helfern und Geldgebern nützlich. Wenn es uns gelänge, sie handfest dranzukriegen und ihnen dann mit Strafminderung zu winken, würden sie vielleicht gegen ihn aussagen. Zumindest wäre es nicht das erste Mal, dass einem kriminellen Drahtzieher auf diese Art das Handwerk gelegt wird.«

»Okay. Ich kenne keinen Namen, bis auf diesen Leroy Bennet«, gestehe ich. »Und selbst wenn ich wüsste, wie die anderen heißen, hätte ich immer noch keine Ahnung, in welchen geschäftlichen Verbindungen sie zu Mason stehen. Aber ich kann euch siebenundvierzig Gesichter von Gästen aufzeichnen, die Masons Party besucht haben.« Jerrys, Tims sowie die Gesichtszüge der beiden Frauen erstarren schlagartig.

»Siebenundvierzig? Wie das?«, haucht Amy.

»Er hat ein fotografisches Gedächtnis«, erklärt Katie. Sie mustert mich eingehend, fast schon ehrfürchtig, und ich spüre die Röte in meine Wangen aufsteigen.

»Und du meinst, du kannst wirklich von all diesen Menschen Phantombilder erstellen?«, hakt Amy nach.

»Nein, keine Phantombilder. Porträts, die keinen Freiraum für Interpretationen lassen«, sage ich und lausche angespannt der Stille, die ich mit diesen Worten heraufbeschworen habe.

»Bitte, hilf uns, Jerry!«, wispert Katie.

* * *

Zwei Tage später erwache ich von einem unverkennbaren Geräusch, das gedämpft aus dem angrenzenden Badezimmer dringt. Ich brauche nur einen Moment, um zu realisieren, dass es Katie ist, die sich erbricht. Wieder einmal. Die morgendliche Übelkeit hat spät bei ihr eingesetzt, erst Anfang des dritten Schwangerschaftsmonats, dafür aber umso heftiger. Ich springe auf, ignoriere ihr gepresstes »Geh weg!« und streiche Katies Haar zurück, bis die Krämpfe abebben und sie schlaff auf dem Toilettendeckel zusammensackt.

»So schlimm?«, frage ich mitleidig und betätige die Spülung.

»Jetzt geht es wieder.« Sie rappelt sich auf, um sich am Waschbecken den Mund auszuspülen. Gemeinsam putzen wir uns die Zähne und kriechen dann zurück ins Bett. Doch an Schlaf ist nicht länger zu denken. Im Licht der frühen Morgensonne, das nahezu ungebrochen durch die transparenten Vorhänge des Gästezimmers fällt, sehen wir einander an. Staunend, ungläubig, glücklich. Nur hin und wieder kräuselt sich Katies kleine Nase, und sie schüttelt kaum merklich den Kopf.

»Was denn?«, hake ich nach.

»Ich war so fest davon überzeugt, das Baby spätestens durch den Stress der Flucht zu verlieren.«

»Davor hatte ich auch ein wenig Angst«, gestehe ich, streichele vorsichtig über ihren zart gewölbten Bauch und ziehe sie dann noch näher zu mir heran. »Aber offensichtlich hat sich dieses kleine Wesen fest bei dir eingenistet, sonst wäre dir wohl kaum so übel.«

»Ja«, sagt Katie nach einer Weile. Wenn überhaupt, wirkt sie jetzt noch verwunderter als zuvor.

»Weißt du, was ich glaube?«, frage ich, wohl ahnend, welche Gedanken sie so beschäftigen. Sie sieht mit ihren großen hellblauen Augen zu mir auf. Bildschön, wie eh und je. »Ich glaube, du konntest es einfach nicht. Dein gesamtes Unterbewusstsein hat sich dagegen gesträubt, Mason zum Vater deiner Kinder zu machen«, wispere ich und streiche ihr die Haarsträhne hinter das Ohr. Mehr muss ich nicht sagen, denn sie hat schon verstanden, was ich meine, lässt sich meine Worte mit einem Ausdruck des Erstaunens durch den Kopf gehen ... und nickt schließlich.

»Hab keine Sorge, diesmal wird alles gut gehen«, versichere ich ihr. Katie hält ganz still, während ich meine Hand unter ihr Nachtshirt gleiten lasse und ihren Rücken kraule.

Erst nach etlichen Minuten stützt sie sich erneut auf meiner Brust hoch und sieht mich ernst an. »Das heißt, wir werden tatsächlich Eltern?«

Ich spüre das Schmunzeln, das sich über mein Gesicht zieht, und hoffe, dass es alle Zweifel in Katie wegwischen wird, ob ich mich auch wirklich bereit für dieses Kind mit ihr fühle. Um sicherzugehen, lasse ich mir die Zeit, es zu einem ausgereiften Grinsen auszudehnen, und beobachte dabei fasziniert, wie meine Freude in ihre himmelblauen Augen überspringt, ehe ich ihr meine Antwort gebe: »Sieht ganz danach aus, ja.«

* * *

Die Tage seit unserer Flucht waren sehr anstrengend, da ich von morgens bis abends gezeichnet und nebenher noch mit Ruby, Tammy und Julius gesprochen habe, die über unsere Neuigkeiten natürlich vollkommen aus dem Häuschen waren. Ihnen zu erklären, wie heikel unsere momentane Situation ist, war viel schwerer, als ich es mir im Vorfeld ausgemalt hatte, doch die Überwindung hatte sich gelohnt. Pünktlich zu unserem heutigen Termin bringt der Postbote einen großen, gepolsterten Umschlag aus Kalifornien, in dem sich Katies Heimakte befindet.

Nur wenige Minuten später fahren wir wieder zu Jerry und Mary, um dort endlich Rob kennenzulernen, der so gar nicht wie ein steifer Anwalt wirkt. Er ist sehr klein, untersetzt, versprüht derbe Herzlichkeit und trägt nicht einmal einen Anzug. Sein Blick in unsere Augen ist fest, ebenso wie sein Händedruck, und ich weiß sofort, dass wir nicht auf den Falschen setzen.

Wir nehmen am großen Esstisch Platz, und Jerry bittet mich, ihm die Porträts zu zeigen, die ich gezeichnet habe. Ich breite die siebenundvierzig Karten in exakt der Anordnung vor uns aus, in der ich sie mir eingeprägt habe.

»Unfassbar!«, sagt Rob, der hinter mir steht und mir über die Schulter schaut. »Ja, absolut genial«, lobt auch Jerry.

Während die beiden Männer Katie erste Fragen zu den Menschen auf meinen Bildern stellen, wende ich mich ihrer ehemaligen Heimakte zu. Sie ist in einer chronologischen Reihenfolge sortiert. Zunächst stoße ich auf Katies Geburtsurkunde und ein kleines Einsteckalbum mit ihren Kinderfotos. Darauf ist nicht nur sie selbst abgelichtet, auch ihre Geschwister sehe ich zum ersten Mal. Katies ältere Schwester Alice ähnelte ihr äußerlich sehr, sah aber irgendwie ruhiger aus. Bedachter. Denn Katie selbst scheint früher einmal ein richtiger Wildfang gewesen zu sein. Fast kann ich ihr unbeschwertes Lachen aus den Bildern heraushören. Theo, der kleine pausbäckige Bruder, glich mit seinen hellblonden Locken und den familientypischen blauen Augen einer nostalgischen Putte. So niedlich, dass man ihn locker in jede Fernsehwerbung hätte stecken können.

Ich schlucke hart, als mir bewusst wird, dass die beiden kurz nach dem Entstehen dieser Fotos umgebracht wurden. Schnell blättere ich die Seiten durch und wende mich dann dem folgenden Bericht zu, in dem beschrieben steht, wie man Katie als einzige Überlebende des Familiendramas in ihrem Elternhaus vorfand, völlig verstört und unfähig zu sprechen. Wie sie zunächst in ein Krankenhaus und dann in die psychiatrische Anstalt kam. Dass man versuchte, sie bei ihrer einzigen Tante Jacqueline Williams unterzubringen, das Vorhaben jedoch scheiterte, weil diese durch den Amoklauf ihres Bruders selbst depressiv wurde und Katie sie zu sehr an den Vorfall erinnerte. Darum beschloss man von Amts wegen, den Kontakt komplett zu unterbinden, und brachte Katie in das Heim nach Meddington, zu Julius und Tammy, wo ich ein paar Jahre später auf sie traf.

Neben vielen Fotos dieser Zeit hat Tammy auch eine Kopie ihrer eigenen *Zeugenaussage im Vermisstenfall Katelyn Christina Williams* beigefügt. Dort beschreibt sie explizit, wie es dazu kam, dass das Heim neu strukturiert werden musste und Katie und ich auseinandergerissen wurden. Sie berichtet von unserer besonderen Bindung und von den verzweifelten E-Mails, die wir uns schrieben. An dieser Stelle steht die eingeklammerte Bemerkung *(s.a. Anlage 3a)* im Text, und als ich die Seite umblättere, stoße ich auf einen Ausdruck unserer offenbar wiederhergestellten Nachrichten, in denen wir gemeinsam unsere Flucht planten und uns dabei immer wieder beteuerten, wie sehr wir einander liebten.

Während ich mit den Tränen kämpfe, lehnt Katie sich zu mir herüber, liest ebenfalls und verschränkt dabei ihre Hand mit meiner. »Wir waren wie die Königskinder«, wispert sie.

»Nein, wir waren Narren«, flüstere ich zurück. »Besonders ich. Was habe ich denn geglaubt, wie weit wir kommen? Du hattest ja nicht einmal einen Pass.«

Ich bringe die Papiere wieder in die richtige Reihenfolge und reiche sie dann Rob. »Hier. Darin ist alles belegt, was Katies

Verschwinden angeht. Und von da an können wir mit ihrer Aussage arbeiten und natürlich mit ihrem falschen Pass.«

»Okay. Gibt es von dem Moment, in dem diese Dokumentation aufhört, auch Zeugen, die bestätigen können, was danach mit dir geschah, Katie?«

»Erst ab dem Moment, als ich zu Mason kam. Zuvor ...« Sie berichtet von Larry, dem Zuhälter und Drogendealer, an den sie damals geriet, und Rob zeichnet ihre Aussage mit seinem Smartphone auf.

Während er ihr weitere Fragen stellt, nimmt Jerry neben mir Platz und deutet auf einen Stapel laminierter Fotos, der so dick ist, dass er ihn mit beiden Händen festhalten muss. »Rob und ich waren auch fleißig, wenn auch nicht auf so kreative Art und Weise wie du.« Er flüstert, um die Aufnahme seines Freundes nicht zu stören. »Das sind Fahndungsbilder von aktenkundigen Kriminellen aus Seattle. Taschendiebe und Schlägertypen haben wir dabei mal außen vor gelassen und uns eher auf die etwas größeren Brocken konzentriert, die sich selbst nicht gerne die Hände beschmutzen, sondern ihre Leute dafür haben, wenn es dreckig wird.«

»Zum Beispiel?«

»Kredithaie, Drogendealer, Kunst- und Markenfälscher. Und hierbei hat Rob hauptsächlich die rausgesucht, die in den letzten Jahren zwar immer wieder auffällig geworden sind, denen man im Endeffekt aber nie etwas nachweisen konnte.«

»Und jetzt wollt ihr schauen, ob es Übereinstimmungen zwischen ihnen und Masons Gästen gibt?« Jerry nickt, doch ich schüttele den Kopf. »Ich glaube, diese Gäste waren eher eine Art Geldgeber-Lobby. Einflussreiche Männer, die nie im Leben aktenkundig geworden sind und nach außen hin strahlend weiße Westen haben. Sie investieren Teile ihrer Vermögen über Mason. Wohin die Gelder fließen, ist ihnen dabei nicht so wichtig. Nur dass sie möglichst viel Gewinn erzielen. Mason hingegen tarnt seine illegalen Machenschaften durch ein paar Immobiliengeschäfte und bleibt dabei ebenfalls im Hintergrund der eigentlichen Deals. Ich meine, die Menschen in Seattle wissen nur, dass er einige Nachtclubs besitzt, was nicht illegal ist. Dass die Clubs lediglich die Kulissen für Drogenhandel, Zwangsprostitution und zumindest vereinzelt auch für Menschenhandel sind, weiß er sehr geschickt zu kaschieren.«

»Also glaubst du, die Gäste waren einfach ein paar reiche Säcke, die ihm seine Geschäfte mitfinanzieren, ohne überhaupt zu wissen, worin sie dabei investieren?«

»Oder nur oberflächlich. Wie gesagt, ganz unbescholten sind sie sicher nicht, sonst hätte dieser Leroy Bennet das Mädchen nicht mitgenommen.«

»Das war auch unsere zweite Theorie«, sagt Jerry. Er steht auf, nimmt den Deckel von der Weinkiste, die mitten auf dem Tisch steht, und zieht sie zu mir. Sie ist bis obenhin voll mit Fotos. »Das sind die Reichen und Mächtigen aus Seattle und Portland«, erklärt Jerry. »Ich sagte ja, wir waren auch fleißig. Aber jetzt seid ihr gefragt. Erst gehen wir die kleinen Fische durch, dann die großen, okay? Bestimmt gibt es ein paar Übereinstimmungen mit deinen Porträts. Ich meine, zumindest schon zwei erkannt zu haben, aber das müsstet ihr mir noch bestätigen.«

»Ja, in Ordnung«, willige ich ein. Und so verbringen wir unseren Tag. Ich bewundere Katie für ihre Ausdauer, mit der sie jedes Foto zur Hand nimmt und prüft, ob ihr der oder die Abgelichtete etwas sagt. Im Endeffekt liegen auf zweiunddreißig meiner Zeichnungen echte Fotografien und daneben noch fünfzehn weitere – gemischt aus dem dicken Stapel und den Bildern der Weinkiste –, auf denen Katie Geschäftskontakte ihres Mannes wiedererkannt hat.

Jerry und Rob lassen sich beinahe synchron in ihren Stühlen zurückfallen und starren fassungslos auf den Tisch. »Das ist der mit Abstand größte Scheißfall, den ich jemals hatte«, erklärt Rob und wischt sich einige Schweißperlen von der breiten Stirn.

»Wenn wir das durchziehen, müssen wir schnell sein«, pflichtet ihm Jerry bei. »Und ich befürchte, die größte Gefahr besteht in der Menge der Cops, die wir brauchen, um eine Razzia dieses Ausmaßes durchzuführen.«

»Ja, aber selbst wenn ein Viertel von ihnen geschmiert wäre und Warnungen aussenden würde ... Sieh dir diese Masse an, Jerry!«, hält Rob dagegen. Entschlossen schlägt er sich auf die kräftigen Oberschenkel. »Es nützt nichts, an dieser Stelle muss ich Russel einschalten.« Er sieht uns an und beantwortet meine Rückfrage schon, bevor ich sie stellen kann. »Russel Brown ist quasi das Oberhaupt der Kriminalpolizei in Seattle. Wir haben schon oft zusammengearbeitet, und ich kenne ihn als absolut korrekten Mann, für den ich meine Hand ins Feuer legen würde. Trotzdem werde ich euch schützen, indem ich euren momentanen Aufenthaltsort nicht preisgebe. Wichtig ist jetzt nur, dass er uns schnellstmöglich einen taktisch intelligenten Plan zum Übergriff ausarbeitet, denn in diesem Fall brauchen wir definitiv Hilfe von oben. Und an der Stelle beginnt Russels Arbeit. Ich habe von solchen Dingen keine Ahnung.«

Ich halte Katies Hand und spüre ihre Anspannung. »Okay«, entgegnet sie schließlich und gibt Rob damit das Startsignal.

»Gut, dann spreche ich gleich morgen mit Russel. Und ihr teilt mir nachher noch mit, wo sich diese Selma aufhält, damit ich sie dort abholen kann.« Er schaut auf seine Armbanduhr und erhebt sich. Jerry heftet meine Zeichnungen mit den jeweiligen Fotos und seinen Notizen zusammen und packt alles sorgfältig in die Weinkiste.

»Danke«, sage ich und stehe auf, um Rob die Hand zu schütteln. Er lächelt schwach. »Haltet euch bereit. Sobald feststeht, wann der Übergriff stattfindet, rufe ich euch an. Wahrscheinlich bringen euch ein paar hiesige Cops bis nach Seattle. Und keine Bange, Katie, wenn überhaupt, siehst du Mason oder die anderen Männer nur durch eine dieser Glasscheiben wieder, durch die sie nicht schauen können.« Katie nickt tapfer und bedankt sich ebenfalls bei Rob für dessen Einsatz.

Als er gefahren ist, plumpse ich erschöpft auf meinen Stuhl zurück, ziehe sie auf meinen Schoß und halte sie minutenlang stumm in meinen Armen, bis Mary zwei Teller mit Spaghetti bolognese vor uns abstellt.

~ Jonah ~

Es ist schon kurz nach zehn und das *Pie Paradise* liegt im Dunkeln, als ich Milows Wagen davor parke und den Motor abstelle. Matt, aber zufrieden steige ich aus und beeile mich, auf die Beifahrerseite zu kommen, um Katie die Tür zu öffnen. Sie nimmt meine Hand und lässt sich bereitwillig in meine Arme ziehen.

»Alles klar?«, frage ich und schiebe ihre Haarsträhne zur Seite, um Katies Schläfe zu küssen.

»Ja, aber gleich nach dem Anruf im Hafenlokal will ich einfach nur noch ins Bett.«

Ich lächele sie an. »Na, das klingt doch nach einem Plan.«

Etwas ungeschickt – mit links, weil ich Katies Hand nicht loslassen will – schließe ich die Haustür neben der breiten Glasfront des Cafés auf und bemerke dabei aus den Augenwinkeln heraus ein kurzes Aufblinken. Auch Katie dreht sich um, doch offenbar kam das Blinken nur von einer Zentralverriegelung.

Durch den schmalen Korridor steuern wir auf die Treppe mit den ächzenden Holzstufen zu, die zu Milows Wohnung führt. Aber bevor wir sie erreichen, öffnet sich links von uns die Tür zur Backstube, über die Milows Wohntrakt mit dem Café verbunden ist. Einen Moment lang verdutzt, dass er noch hier unten ist und womöglich neue Backideen austüftelt, halte ich inne.

Und dann passiert alles ganz schnell.

Ein vollkommen fremder Mann tritt eiligen Schrittes aus der Küche heraus, richtet seinen Revolver auf uns und blockiert den Weg.

»Haustür aufmachen!«, befiehlt er mit einem slawischen Akzent, der mich sofort an Boris erinnert. Schlagartig ist mir klar, dass dieser Kerl einer von Masons Schergen sein muss. Nur weiß ich nicht, wie um alles in der Welt er uns hier gefunden hat.

Vollkommen perplex, reagiere ich intuitiv und schiebe Katie hinter mich. »Mach die verdammte Tür auf!«, wiederholt der Typ scharf und kommt einen weiteren Schritt auf uns zu. Ich strauchele rückwärts, ziehe Katie an meine Seite und öffne die Haustür in meinem Rücken, ohne mich umzudrehen. Schon japst Katie erschrocken auf, ehe mich der markante Geruch von Gin Tonic und diesem bestimmten Aftershave erreicht, das ich an keinem anderen Mann zuvor gerochen habe.

Mason steht unmittelbar hinter uns und zieht die Tür mit einem unheilvollen Klacken wieder ins Schloss.

»Hm, dass wir uns so schnell wiedersehen, was, Rose?«, brummt er und berührt Katie dabei offenbar, denn sie zuckt an meiner Seite zusammen und duckt reflexartig den Kopf.

»Lass sie in Ruhe!«, knurre ich wütend und wundere mich im selben Moment darüber, dass ich überhaupt noch sprechen kann.

Wo sind Miles und Kim? Und warum bellt Nash nicht?

»Hört, hört, ich soll meine eigene Frau in Ruhe lassen, sagt der vermeintlich schwule Künstler. Du wirst immer mutiger, das muss ich dir lassen. Und das, obwohl deine Tarnung längst aufgeflogen ist. Ehrlich gesagt hat es mich sogar verwundert, dass zumindest Teile deines erlogenen Backgrounds stimmen. Dieser Mann, mit dem du angeblich zusammen bist, und der Hund, es gibt sie beide. Nur dass der Rotschopf vorhin seine kleine Kellnerin an der Hand hielt und einen schwer verliebten Eindruck auf uns machte, als er das Haus verließ. Nicht wahr, Vlad?«

Vlad nickt, aber das nehme ich kaum noch wahr.

Gott sei Dank, sie leben also noch. Das bedeuten seine Worte doch?

»Natürlich wurde mir nicht erst da klar, dass ich es mit hinterhältigen Lügnern zu tun habe«, fährt Mason fort. »Denn, seht ihr, als ich vor ein paar Tagen in meinem eigenen Blut erwachte und ihr spurlos verschwunden wart, da kam ich mir doch ziemlich verraten vor. Von dir, Picasso, natürlich. Aber hauptsächlich von der Frau, die ich aus der Gosse geholt und der ich ein Leben in Wohlstand und Luxus ermöglicht habe.« Er greift nach Katie und zieht sie kräftig an den Haaren. Ihr Gesicht verzieht sich stumm zu einer gequälten Grimasse.

»Du meinst wohl, von einer Frau, die du wie eine Gefangene gehalten hast und die aus freien Stücken niemals so lange bei dir geblieben wäre«, blaffe ich und ziehe Masons Aufmerksamkeit damit ganz bewusst auf mich. Ich drehe mich sogar zu ihm um und sehe ihn direkt an. Ein großes Pflaster bedeckt seine linke Schläfe, und ich empfinde eine gewisse Genugtuung, dass mein Schlag mit der Schreibtischleuchte ihn ähnlich übel zugerichtet hat, wie ich selbst aussehe.

»Du mieser kleiner Scheißer!«, zischt Mason und schubst mich in Richtung Treppengeländer, gegen das er mich mit aller Kraft presst. Seine Nasenflügel beben, und er gerät in Rage, als er wie wild geworden beginnt, auf mich einzuprügeln. Seine Schläge prasseln wie Hagel auf mich ein. Kontinuierlich, aber ohne großen Schaden anzurichten. Ich tue nichts, außer meinen Kopf zu schützen, denn seine Aktion, so schmerzhaft sie für mich auch sein mag, bringt doch auch einen Nutzen mit sich. Erstens verliert Mason spürbar an Kraft, je länger ich ihn gewähren lasse. Und zweitens strauchleln wir beide gerade durch meine Passivität in eine neue Position, die für Katie mehr als nur erfolgversprechend ist. Denn mit unserer jetzigen Haltung blockieren Mason und ich die zuvor noch freie Schussbahn von Vlad zu Katie, die ihrerseits nun unmittelbar vor der Haustür steht. Die Weichen für ihre Flucht sind gestellt. Nur dass sie die Chance nicht realisiert, geschweige denn in der Lage ist, sie zu nutzen.

Offenbar bewegungsunfähig steht sie da, wie schockgefroren, und beobachtet hilflos, wie Mason weiterhin auf mich eindrischt. Mein Rucksack fällt dabei zu Boden. Ich erinnere mich an den Revolver, den ich seit unserer Flucht stets bei mir trage, und kicke den Rucksack, als wäre es Zufall, in Katies Richtung. Ich muss Zeit gewinnen – für sie – und spüre auch, wie mir das gelingen kann. Denn Mason mag viele Trümpfe in der Hand haben, doch unser entscheidender ist, dass wir ihn kennen. Und ich weiß, dass nichts auf der Welt Mason mehr Vergnügen bereitet, als sich selbst zu beweihräuchern.

»Wie ... hast du ... uns gefunden?«, presse ich zwischen seinen Fausthieben hervor. Und wirklich, es funktioniert. Für einen Moment hält er inne und legt seine Hand an meine Kehle. Natürlich drückt er zu, aber ich hatte recht: Seine Kräfte lassen nach, und es macht fast den Anschein, als würde er sich zugleich an mir abstützen.

»Tja. So etwas passiert, wenn man kopflos handelt«, keucht er. »Hast du mir nicht selbst erzählt, die Pension hätte alle deine Wertgegenstände als Pfand einbehalten, als du Loser deine Miete nicht mehr bezahlen konntest? Boris und Zach bestätigten, dass sie nicht einmal ein Handy bei dir gefunden hätten.«

»Wo sind die beiden?«, röchele ich. Nicht aus Interesse, sondern nur, um weiterhin Zeit zu schinden. Zeit, die Katie dringend benötigt, um aus ihrer Starre zu finden und zu türmen. Ich will sie und unser Kind in Sicherheit wissen.

»Boris und Zach?«, fragt Mason. »Nun, was denkst du, wo sie sind, nachdem sie euch beide entwischen ließen? Was glaubst du wohl, was mit Männern passiert, die mich so grundlegend enttäuschen?«

»Dasselbe wie mit Ray?«, presse ich hervor.

Masons rechtes Augenlid zuckt nervös, doch dann grinst er mir offen ins Gesicht. »Oh, du weißt viel zu viel … Jedenfalls habe ich die Pension ausfindig gemacht und deine scheiß Rechnung beglichen. Neben deiner Kamera und deinem Handy wurden mir auch einige ziemlich interessante Bilder ausgehändigt. Wie lange kennst du meine Rose eigentlich schon, hm?« Masons Stirn knallt mit voller Wucht gegen meine. Er verpasst mir eine Kopfnuss, die ihn allerdings ähnlich hart trifft wie mich. »Ich habe dein Handy geknackt«, klärt er mich unnötigerweise auf. Als hätte ich nicht längst geschlussfolgert, wie er vorgegangen ist. »Bei all den Nachrichten, die du mit deinem Kumpel hin- und hergeschickt hattest, war es ein Leichtes zu raten, wohin ihr geflüchtet seid.«

Oh, er kommt sich so clever vor. Und zu meiner Schande muss ich gestehen, dass ich mich selten zuvor dämlicher fühlte. Ich hätte daran denken müssen, verdammt noch mal.

In diesem Moment höre ich Geräusche auf dem Bürgersteig vor der Haustür. Milows gedämpfte Stimme und Kims Kichern werden von Schritt zu Schritt lauter. Sie sind zurück … und vollkommen ahnungslos. Mason wirkt für den Bruchteil einer Sekunde irritiert. Doch dann sieht er Katie an, die nach wie vor einer Wachsfigur gleicht, und wispert: »Ich bin hier, um zurückzuholen, was mir gehört.« Damit nickt er Vlad zu, der seine Waffe genau in dem Augenblick auf die Haustür ausrichtet, als sich Milows Schlüssel im Schloss dreht.

»Miles, nicht!«, versuche ich zu rufen, doch Masons Griff um meinen Hals ist zu fest. Ein tonloses Röcheln, mehr bringe ich nicht zustande.

Ich beschließe in einer Art Reflex, mich nun doch zur Wehr zu setzen, und trete Mason mit aller Kraft zwischen die Beine. Mein Knie trifft den richtigen Punkt, denn er klappt machtlos zusammen, so abrupt wie ein Taschenmesser. Ich atme tief durch und spüre dabei erst, wie nötig das war. Im nächsten Moment lösen sich zwei schnelle Schüsse aus dem Revolver und hallen so übermächtig in meinen Ohren wider, dass alle anderen Geräusche gedämpft zu mir durchdringen.

Irgendwo, in einer entlegenen Ecke meines Kopfes, realisiere ich, dass Mason von jetzt an unter Zeitdruck steht, denn mit diesen Schüssen hat Vlad zweifellos die Nachbarn aufgeschreckt.

Gleichzeitig vernehme ich Nashs jämmerliches Jaulen und den dumpfen, verblüfften Laut, den Milow ausstößt, bevor er so schlaff und schwer auf dem Fliesenboden aufschlägt, dass es unter meinen Schuhen vibriert. Er wurde getroffen, das begreife ich schon, bevor ich seinen reglosen Körper längs über der Türschwelle liegen sehe und seiner panisch aufschreienden Freundin mein »Lauf, Kim! Lauf und wähl den Notruf!« entgegenschmettere.

Sie reagiert sofort und stürmt los. Weitere Schüsse donnern durch die Nacht, aber Vlad verfehlt Kim, deren entsetztes Geschrei anhält und nur allmählich leiser wird. Sie trägt das Grauen, das sich hier abspielt, ungehindert in die friedliche

Welt hinaus, denn Vlad schafft es nicht, sie zu treffen, bis die Dunkelheit sie schluckt. Auch, weil ich den nach wie vor um Luft ringenden Mason als Schutzschild gebrauche, mich hinter ihm verschanze und wir somit gemeinsam den schmalen Gang zur Haustür versperren. Woher ich plötzlich die Kraft nehme, Mason wie eine Puppe in meinem Griff schlenkern zu lassen, ist mir selbst nicht klar, aber ich tippe auf eine Überdosis Adrenalin und die unbändige Wut, die mich überkam, als Milow im Hauseingang zusammenbrach.

Was ich aber noch viel weniger verstehe als meinen plötzlichen Kraftschub, ist, warum Masons Scherge nicht spätestens jetzt auf mich zustürmt, die wenigen Meter Distanz zwischen uns schließt und mich aus nächster Nähe erschießt. Ich stehe direkt vor ihm, und so groß, wie er ist, müsste es ihm ein Leichtes sein, mich zu treffen, ohne seinen Boss dabei zu verletzen. Erst als ich für den Bruchteil einer Sekunde hinter mich spähe, wird mir alles klar.

Katie steht mitten im Gang, nur etwa anderthalb Meter hinter mir und unmittelbar vor Milow, als wollte sie ihn beschützen. Sie zielt mit Masons Waffe, die sie in dem vorangegangenen Chaos blitzartig aus meinem Rucksack gezogen haben muss, auf den bulligen Mann.

Nun steht sie auf der einen, Vlad auf der anderen Seite des Gangs, und Mason und ich rangeln in der Mitte miteinander. Mason erfasst die neue Situation unmittelbar nach mir. Bei Katies Anblick bröckelt der Zorn zunächst aus seinem Gesicht und weicht purer Fassungslosigkeit, nur um im nächsten Augenblick umso extremer zurückzukehren.

»Nein! So endet diese Geschichte nicht, Rose!«, brüllt er, rasend vor Wut. »Wenn ich gehe, dann nur mit dir. Bis in den Tod vereint, so, wie es sein soll!« Mit diesen bedrohlichen Worten rammt er mir seinen Ellbogen in den Magen und versetzt mir zugleich einen kräftigen Tritt gegen die Kniescheibe. Ich schreie auf, falle unweigerlich hin und ziehe Mason mit mir. Der Schmerz beraubt mich für einen entscheidenden Moment meiner Sinne. Ich sehe nur gleißendes Weiß und höre schrille Töne, die nichts mit den eigentlichen Geschehnissen um mich herum zu tun haben.

Mason nutzt seine Chance, windet sich aus meinem Klammergriff und stürzt auf Vlad zu, den er ebenfalls zur Seite stößt und dabei seine Waffe an sich reißt.

Was dann kommt, spielt sich wie in Zeitlupe vor mir ab, obwohl es in Echtzeit wohl nicht einmal drei Sekunden dauert.

Ich werfe Katie einen verzweifelten Blick zu und erkenne, dass sich etwas in ihr löst. Eine Blockade, die sie viel länger beherrschte, als wir uns kennen, fällt von ihr, just in diesem Moment, einfach so.

Nein, nicht einfach so.

Irgendetwas sagt mir, dass Masons Worte diesen Effekt auf sie hatten. Ohne dass Katie es mir oder sonst irgendjemandem gegenüber je erwähnt hat, weiß ich plötzlich, dass ihr Vater etwas ganz Ähnliches gesagt haben muss, bevor ihn die Eifersucht endgültig übermannte und er den Großteil seiner Familie und sich selbst erschoss.

»*Wenn ich gehen muss, dann gehen wir alle! Als Familie, so, wie es sein soll!*«, schreit ein Mann in meinem Kopf, den ich nie kannte. Trotzdem fühlt es sich so real an, so greifbar, als wäre es meine eigene Erinnerung. Und nicht Katies.

Noch ehe Mason den Revolver richtig zur Hand nehmen kann, löst sich ein Schuss. Nicht aus seiner, sondern aus der Waffe, die Katie hält. Trotz seiner heftigen Bewegungen trifft die Kugel Mason so exakt in die Mitte seiner Stirn, dass mich, noch ehe seine Züge zu dieser seltsam verzerrten Maske erstarren und er nach hinten kippt, nur ein einziger Gedanke durchzuckt: *David gegen Goliath.*

»Bis dass der Tod uns scheidet«, sagt Katie ruhig und ohne irgendeine Gefühlsregung, den Blick fest auf Mason gerichtet.

»Nicht bewegen!«, schreit sie Vlad im nächsten Moment an. Ihr Tonfall erschreckt mich, so durchdringend und bestimmt ist er. Nie zuvor habe ich dieses sonst so sanfte Wesen dermaßen laut gehört. Ich versuche mich aufzurichten, aber meine Kniescheibe hat offenbar mehr abgekriegt, als mir bisher bewusst war, denn sofort schießt gellender Schmerz durch das Bein bis in mein Rückenmark und lässt mich erneut mit einem Stöhnen zusammenbrechen.

»Sieh nach Milow!«, fordert Katie und tritt ein wenig zur Seite, um mir den Weg zu ihm frei zu machen. So schnell wie möglich robbe ich zu unserem besten Freund und rolle ihn mit aller Kraft auf den Rücken. Ich lege meine Hand an seinen Hals und meinen Kopf auf seine kräftige Brust, die sich so vertraut wie die eines Bruders anfühlt.

Alles, was ich höre, ist mein eigener flacher Atem und die schrillen Sirenen, die in weiter Ferne die Stille der Nacht durchschneiden.

»Und?«, fragt Katie, deren Stimme ich nun doch eine Spur Panik entnehme.

»Alles okay«, erwidere ich leise und unterdrücke mit aller verbliebenen Kraft den verzweifelten Schrei, der sich aus meiner Kehle lösen will.

Es ist das erste Mal, dass ich Katie anlüge.

Epilog
~ Ein Jahr später ~

~ Katie ~

Die Sonne löst die Wolken auf.

Ihr gleißendes Licht lässt das taubenetzte Gras schimmern, das uns wie ein grünes Meer umgibt. Ich drehe mich zur Seite, sodass mein Körper einen möglichst breiten, schützenden Schatten über die rot karierte Decke wirft.

Jonah liegt neben mir und schaut mich aus diesen schönen Augen an, deren Farbe ich gar nicht länger zu bestimmen versuche. Es sind wohl einfach die Augen eines Malers, der alle Farben gleichermaßen liebt und keine über die anderen stellen möchte. Die Idee zaubert mir ein Schmunzeln ins Gesicht.

»Was geht durch diesen hübschen Kopf?«, fragt er prompt und stützt sich gerade so weit hoch, dass er meine Schläfe erreicht und sie küssen kann. Dies sei eine seiner Lieblingsstellen, hat er mir erst vor Kurzem gestanden: *»Dort kann ich deine Haut küssen, dein Haar riechen und gleichzeitig in dein Ohr flüstern.«* Ich lächele ihn an.

»Woran denkst du, hm?«, hakt er erneut nach.

»Ich bin glücklich. Und fühle mich schuldig dafür.« Er sieht mich lange an. Dann nickt er bedächtig und setzt sich auf. »Miles würde nicht wollen, dass du dich seinetwegen schlecht fühlst.«

»Vermutlich nicht«, gebe ich zu. »Und dich würde er boxen, wenn er wüsste, wie oft du immer noch aus dem Schlaf schreckst und seinen Namen rufst.«

Jonah lächelt schmerzlich. »Wir sind ganz schön kaputt«, befindet er nach einer Weile leise.

»Ja. Ein Wunder, dass aus zweierlei Kaputtem etwas so Perfektes entstehen kann.« Ich deute mit der Nasenspitze auf unseren kleinen Sohn, der wieder einmal beim Trinken an meiner Brust eingeschlafen ist. Er ist ein Träumer, für den die Nahrungsaufnahme im höchsten Fall zweitrangig ist. Ganz wie sein Vater.

Jonah rutscht herab und betrachtet unser kleines Bündel aus nächster Nähe, während er ihm behutsam über das flaumige hellblonde Haar streicht. »Soll ich uns etwas Kuchen holen?«, fragt er mich nach einer Weile, unmittelbar bevor ihn die Trägheit übermannt und er in der sanften Frühlingswärme ebenso eindöst wie unser Baby.

»Ja, gerne.«

Jonah rappelt sich etwas umständlich auf; sein linkes Knie macht ihm noch immer zu schaffen. Nash bellt ihm freudig entgegen, als er sich erhebt.

In der Nacht, als Milow starb, heute vor einem Jahr, fand man Nash in einer halben Meile Entfernung am Straßenrand, verletzt und vollkommen verstört. Vlads Kugel hatte sein linkes Vorderbein durchschlagen und dabei wichtige Sehnen und Nervenbahnen durchtrennt. Seitdem humpelt er, und wenn er rennt, benutzt er oft nur seine drei anderen Beine.

Die Terrassentür unseres kleinen Hauses klappt hinter Jonah zu, und unser Sohn räkelt sich auf der Picknickdecke. Ich rücke ein Stückchen von ihm ab und bedecke meine Brust. Dieses kleine Wesen in meinen Armen zu halten ist mein größtes

Wunder. Seine Geburt war so bedeutungsvoll für mich, so alles verändernd wie der Beginn einer neuen Ära. Ich hielt ihn hemmungslos schluchzend in den Armen, nur der Himmel weiß, wie lange, und fragte mich dabei immer wieder, ob nur ich mein Mutterwerden so einschneidend empfand oder ob es anderen Frauen ähnlich geht. Nun liegen wir zusammen auf dem gemütlichen Lager unter der alten Trauerweide, das sein Vater für uns errichtet hat.

Ich glaube, als Jonah und ich im vergangenen Winter das Cottage besichtigten, entschieden wir uns sofort für den Garten und viel weniger für das Haus. Das Grundstück mit seiner Trauerweide und dem Bachlauf weckte sofort schöne Erinnerungen in uns.

Wir kauften das Anwesen mit einem Teil des Geldes, das mir von Masons Vermögen zugesprochen worden war. Meine Ehe mit ihm wurde auf meinen Antrag hin in einem Schnellverfahren annulliert. Dadurch gab ich zwar sämtliche Ansprüche auf, die ich als seine Frau hätte geltend machen können, doch Jerry und Rob unterstützten mich durch den gesamten Prozess und setzten im Endeffekt ein beachtliches Schmerzensgeld für mich durch, basierend auf all den Jahren, die Mason mich gegen meinen Willen festgehalten hatte. Die Entschädigung wurde aus seiner Hinterlassenschaft gezahlt und machte mich zur Millionärin.

Ähnlich erging es Selma, die neben Jill unsere wichtigste Zeugin im Prozess war und entscheidend dazu beitrug, viele von Masons Machenschaften aufzudecken und einen Großteil seiner Helfer und Geschäftspartner zu überführen.

Selma lebt nun in Florida. Ein Foto von ihr, das sie im Badeanzug am Strand von Miami Beach zeigt, ziert unsere Kühlschranktür. Es hält mir immer wieder vor Augen, dass ich damals das Richtige getan habe, als ich den Abzug des Revolvers betätigte und Mason erschoss. Hätte ich es nicht getan – hätte ich auch nur einen Moment länger gezögert –, wären Jonah und ich an seiner Stelle gestorben. Ebenso wie unser Sohn. Daran hat auch das Gericht nie gezweifelt, das die Notwehr anerkannte und mich freisprach. Dennoch kam ich nicht ungeschoren davon, denn von dem Schuldgefühl, einem Menschen das Leben genommen zu haben, kann mich niemand freisprechen. Und vor allem nicht von der Erkenntnis, dass es dadurch eine ewige Parallele zwischen mir und meinem Vater geben wird.

Die Terrassentür öffnet sich wieder. Nash, der draußen warten musste, bellt freudig und läuft schwanzwedelnd neben Jonah her, während der mit zwei Tellern Kuchen in den Händen auf mich zusteuert.

Mein Mann, durchzuckt es mich bei seinem Anblick.

Noch ehe ich unserem Baby das Leben schenkte, nahm ich Jonahs Nachnamen an. Jetzt bin ich Katelyn Christina Tanner. Ein Name, mit dem ich ausnahmsweise keine traumatischen Ereignisse verbinde.

Unsere Hochzeit war bitter-süß, wie so ziemlich alles in unserem Leben. Wir feierten im kleinsten Kreise unserer Freunde. Mary und Jerry kamen mitsamt ihrer liebenswert unkonventionellen Familie, ebenso wie Amy und ihre kleine Tochter Julie. Auch Ruby, Tammy und Julius sowie natürlich Rob nahmen unsere Einladungen an. Nur Kim sagte in letzter Sekunde ab. Keiner verstand das besser als Jonah und ich, auch wenn wir sie natürlich gerne bei uns gehabt hätten.

Nach Milows Tod hat Kim seinen Platz in der Backstube des *Pie Paradise* eingenommen und hält mit den Kuchen, die sie nach seinen und den Rezepten seiner Mutter backt, die Erinnerung an ihn lebendig. Bis heute macht sie sich schwere Vorwürfe und fühlt sich mitschuldig an Milows Tod. Denn Vlad war an dem Abend zuvor ins Café spaziert, hatte ein Stück Kuchen gegessen und einen Kaffee getrunken und sich dann, als Kim für einen Moment zu Milow in die Küche geschlüpft war, in der Abstellkammer neben der Herrentoilette verschanzt, bis das *Pie Paradise* schloss und er alleine zurückblieb.

Kim fragt sich bis jetzt, warum sie sich nichts dabei gedacht hatte, als sie aus der Küche zurückkehrte, auf seinem Platz eine Zwanzig-Dollar-Note vorfand, die seine Rechnung mehr als nur beglich, und von dem fremden Mann weit und breit keine Spur war.

Jonah und ich telefonieren regelmäßig mit Kim. Aber natürlich können wir das Loch, das Milow in unserem Leben hinterlassen hat, nicht schließen. Er fehlt uns allen so sehr, dass es mich jedes Mal innerlich in Stücke reißt, wenn ich mir bewusst mache, dass ich diesen liebenswerten großherzigen Grobian nie mehr wiedersehen werde. Und Jonah geht es genauso. Am Abend sitzt er oft minutenlang reglos auf der Veranda und starrt vor sich hin ins Leere. Dann weiß ich, dass er mit seinen Gedanken bei Milow ist.

Schon damals, bei unserem Hochzeitstanz, hielt er mich so eng in seinen Armen, wie es mein Kugelbauch nur zuließ. Wir weinten still vor uns hin, beide in unseren Gedanken und Erinnerungen an Milow vereint, der uns an diesem Tag noch schmerzlicher fehlte als sonst. »Gott, er würde uns so was von in den Arsch treten«, wisperte Jonah mir schließlich ins Ohr und küsste mich dann so leidenschaftlich und voller Verzweiflung, dass unsere Gäste johlten und kurzerhand zu uns auf die Tanzfläche stürmten.

Nur zwei Wochen später bezogen wir unser Haus in Kanada. Wir leben nun in einer verschlafenen Kleinstadt in British Columbia, die ausgerechnet den Namen *Hope* trägt. Meine Gedanken tragen mich oft zu meiner gleichnamigen Freundin, der ich nicht einmal eine Hochzeitseinladung hatte schicken können, weil ich ihren momentanen Aufenthaltsort nicht kenne.

Jonah studiert inzwischen wieder und wird schon in wenigen Jahren Jugendliche in den Fächern Englisch, Mathematik und natürlich Kunst unterrichten, wenn er weiterhin so zielstrebig vorgeht wie bisher.

»Hier, *Pears in heaven,* nach dem eigentlich geheimen Rezept des weltbesten Kuchenbäckers«, verkündet Jonah stolz, noch während er sich die Schuhe abstreift und dann auf die Picknickdecke tritt. »Ich hoffe, es ist mir einigermaßen gelungen.«

Ich setze mich auf und lege die Hand auf den Bauch unseres Kleinen, der nach wie vor auf der Decke liegt, damit er durch den Verlust meiner Körperwärme nicht aufwacht. Lächelnd schaue ich zu Jonah empor. Das Licht der Sonne fällt durch die Zweige der alten Trauerweide in seinem Rücken, sodass wohl nur eine dunkle Silhouette von ihm zu erkennen wäre, würde ich nun ein Foto von ihm schießen. Das mentale Bild, das ich in diesem Moment abspeichere und dem Album mit meinen liebsten Erinnerungen hinzufüge, fällt hingegen sehr viel klarer aus. Dieses Lächeln, diese klugen Augen, das Wuschelhaar … und dieser schon optisch völlig verkorkste Kuchen in seinen Händen. Ich unterdrücke ein amüsiertes Schnauben.

»Ach, Scheißhaufen-Junge«, seufzt eine altbekannte Stimme in meinem Kopf. Und plötzlich, ganz unverhofft, lugt ein hellblond gelocktes Mädchen an dem knorrigen Stamm hinter Jonah vorbei und winkt mir zu. Ich traue meinen Augen kaum, glaube mich zu irren und blinzele irritiert, aber ... Nein! Sie steht wirklich dort und legt verschwörerisch den Zeigefinger vor die geschürzten Lippen.

»Hope!«, wispere ich und reiße meine Augen auf. Jonah steht mit seinem Kuchen vor mir und schaut sich verwirrt um, doch just in dem Moment zieht Hope den Kopf wieder zurück und versteckt sich hinter der Trauerweide, ehe Jonah sie zu Gesicht bekommt.

Erst jetzt fällt mir auf, dass sie gar nicht die erwachsene Frau ist, von der ich mich vor über einem Jahr am Hafen von Seattle verabschiedete. Nein, sie ist wieder das Mädchen, das im Heim so lange meine einzige Freundin war, ehe ich Jonah kennenlernte. Für einige Wimpernschläge wird mir schwindelig, und ich habe das Gefühl, den Boden unter mir zu verlieren. Dann, als Jonah sich mir wieder zuwendet, zeigt sie sich prompt noch einmal.

Nur dieses Mal *ist* sie erwachsen.

Mein Herzschlag beschleunigt sich, mein Atem wird immer flacher. Ich möchte ihr etwas zurufen, öffne den Mund ... und bleibe doch stumm. Hope lacht mich an. Sie, die so alt ist wie meine große Schwester nun wäre, die den weißblonden Lockenkopf und die kindlichen Augen meines kleinen Bruders hat und die unerschütterliche Lebensfreude meiner Mom in sich trägt. Lacht sie mich wirklich an, oder verspottet sie mich? Ich bin mir nicht sicher.

Und dann, noch ehe ich Klarheit erlangen kann, löst sich Hope vor meinen Augen in Luft auf. Einfach so.

Ich strecke den Arm nach ihr aus und glaube einen Schrei auszustoßen, der jedoch nur in meinem Inneren widerhallt. Nach außen hin bleibe ich vollkommen still.

Schon im nächsten Augenblick ist Jonah bei mir. »Ganz ruhig«, haucht er und schließt mich von hinten in seine Arme.

Er wiegt mich wie ein Kind hin und her und wispert mir dabei ins Ohr. »Ist schon gut, lass sie gehen«, beschwört er mich so leise, als müsste er in einem Raum voller Menschen ein bedeutendes Geheimnis zwischen uns bewahren.

Ich schüttele in aller Vehemenz den Kopf, versuche sogar, mich loszumachen, doch er hält mich entschlossen fest. »Katie, du brauchst sie nicht mehr. Du bist jetzt hier, bei mir. In Sicherheit.«

Seine Umarmung strahlt eine Wärme aus, die mein kurzfristig eingefrorenes Herz wieder antaut und das Gewicht der Panik von meiner Brust hebt. »Sie ... war nie wirklich da?«, entfährt es mir voller Entsetzen. Jonah schüttelt den Kopf an meiner Wange. »Nein, war sie nicht, Baby.«

»Aber wir haben uns doch ein Zimmer geteilt.«

»Katie, ihr Mädchen wart doch zu siebt – in Doppelzimmern, genau wie wir Jungs. Und weil du so schrecklich unruhig geschlafen und fast jede Nacht geweint und geschrien hast, hattest du als Einzige von uns allen ein Zimmer für dich allein. Zumindest, bis Shannon kam.«

»Und du wusstest es? Aber ... warum hast du nie etwas gesagt? Warum hast du so getan, als ob ...«

»Weil sie wichtig für dich war«, erklärt er mir ruhig, aber bestimmt.

Wie um alles in der Welt kann er so gefasst sein?

»Das heißt, ich bin genauso gestört wie Mason und ... mein Dad? Du bist mit einer Verrückten zusammen!«, rufe ich und fühle dabei, wie die Angst in mir wieder Oberhand gewinnt.

»Nein«, sagt Jonah und zieht den Kreis seiner Arme noch ein wenig enger um mich. Er wiegt mich unbeirrt weiter und flüstert: »Es war eine Art Selbstschutz, Katie. Und Gott weiß, wie sehr du ihn gebraucht hast, um eben nicht den Verstand zu verlieren. Du warst so allein, für so lange Zeit. Zuerst durch das, was dein Vater getan hat, dann im Heim. Und später, bei Larry und Mason, warst du es wieder. In diesen Zeiten war Hope immer für dich da.«

Unser Sohn streckt sich und scheint aufzuwachen. Mit einem herzhaften Gähnen lenkt er meine Aufmerksamkeit auf sich. Für einen Moment frage ich mich, ob *er* überhaupt wirklich existiert. Schon ergreift Jonah meine Hand, verschränkt sie mit seiner und legt sie auf den winzigen Körper vor uns, wie zur Bestätigung. Das Baby entspannt sich umgehend unter unserer Berührung, und während ich weiterhin versuche, der aufkochenden Angst in mir Herr zu werden, driftet unser Sohn noch einmal ins Land der süßen Träume ab.

Jonahs Flüstern kitzelt an meinem Ohr: »Hope war der Strohhalm, an den du dich geklammert hast. Ihr Name, *Hoffnung*, ist bestimmt kein Zufall. Du wusstest tief in deinem Unterbewusstsein immer, dass sie eigentlich nur in dir existierte. Sie war die Hoffnung, die in dir lebte, Katie, die ganze Zeit über. Und wenn du Gefahr liefst, sie zu verlieren, erschien sie dir als deine beste Freundin, die wie durch Magie immer genau wusste, wo du warst und wie du dich gerade fühltest. Selbst damals, als du noch mit niemandem gesprochen hast. War es nicht so?«

Natürlich wusste ich immer, wie klug Jonah ist. Doch nun durchfährt mich ein regelrechtes Gefühl von Ehrfurcht, als ich begreife, dass er das Geheimnis um Hope wohl schon damals durchblickte, als gerade mal Dreizehnjähriger.

»Es war ein Schutzmechanismus«, wiederholt er eindringlich. »Ein Selbstschutz, auf den du nun nicht länger angewiesen bist. Sie verlässt dich nicht, Katie. Im Gegenteil, sie wird mit dir verschmelzen. Also lass sie los.« Die verschränkten Hände nach wie vor auf unserem Baby ruhend, gleicht sich mein Atemfluss langsam, aber sicher an Jonahs an, und auch mein holpriger Herzschlag reguliert sich zunehmend.

Er bleibt nah bei mir und hält mich einfach nur fest. Ruhig lässt er mir die Zeit, die ich brauche, um mich zu fassen. Er weiß, dass mir die Erkenntnis den Boden unter den Füßen weggerissen hat und ich nach wie vor kaum glauben kann, dass ich Hope von jetzt an nie wieder begegnen soll. Jonah und ich, wir kennen dieses Gefühl der Leere, das ein solcher Verlust mit sich bringt. Ja, wir kennen es beide erschreckend gut.

Irgendwann fühle ich mich bereit. Ich schließe die Augen und verabschiede mich ebenso heimlich und stumm von meiner Freundin, wie ich sie vor langer Zeit in meinem Leben aufgenommen habe. Jonah spürt den Wandel, der sich in mir vollzieht, und küsst meinen Hals so sanft, dass sich mein Kopf ganz von selbst zur Seite neigt. »Weißt du was? Auch ich brauchte oft einen Strohhalm, an den ich mich klammern konnte, um nicht durchzudrehen«, haucht er gegen die feuchte Stelle, die seine Lippen auf meiner Haut hinterlassen haben.

»So? Und wie heißt dein imaginärer Freund?«, frage ich, nach wie vor ein wenig verbittert. Ich lehne meinen Kopf gegen seine Schulter. »Was war dein Ventil, wenn die Verzweiflung in dir zu groß wurde?«

»Ich …« Er druckst noch ein wenig herum, bevor er ein weiteres Mal ins Haus eilt und kurz darauf mit ein paar gefalteten Zetteln in der Hand wiederkommt. »Hier«, sagt er nur.

»Das ist kein Bild«, stelle ich erstaunt fest und warte, bis er sich wieder hinter mich gesetzt hat.

»Nein, das stammt aus der Zeit, in der ich kaum noch malen konnte«, gesteht er. »Aber ich glaube, deine *Hope* hat auch mich damals inspiriert.« Jonah wirkt verlegen, aber ich lege ihm nur einen Finger vor den Mund, zumal ich bereits mit dem Lesen seiner Schrift gewordenen Gedanken begonnen habe. Denn genau das sind sie, diese drei Verse, von denen ein jeder mit dem Satz »*So, wie die Hoffnung lebt, so leben auch wir*« beginnt, bevor sie sich voneinander unterscheiden.

Ich tauche zwischen den Zeilen ab, hinein in Jonahs faszinierende Gedanken und Gleichnisse. Sehe die Welt für ein paar Minuten mit seinen Augen und lasse mich durch seine sorgsam gewählten Worte verzaubern.

Der letzte Vers nimmt mich am stärksten gefangen. Unwillkürlich flackert Milows Gesicht vor meinem geistigen Auge auf. Ich spüre die Tränen, die in mir aufsteigen, und blinzele ungeduldig, sodass sie überlaufen und ich wieder klarer sehen kann. Immer wieder lese ich die wenigen Sätze, bis sie sich tief in mein Herz eingebrannt haben und ich nicht länger auf das Stück Papier in meinen Händen angewiesen bin.

»Diesen hier solltest du Milow widmen, Jonah.«
»Wirklich?«
»Wirklich. Es wäre ein wunderbares Geschenk zu seinem Todestag.«
»Noch besser als der Kuchen?«
»Nun, den habe ich noch nicht probiert, aber …« Mein Lächeln fällt vermutlich ein wenig mitleidig aus. Jedenfalls nickt Jonah nachdenklich. Unser Sohn ist inzwischen endgültig erwacht und schaut sich mit seinen großen blauen Augen staunend um.

»Komm, junger Mann!«, sagt Jonah mit diesem verzückten Blick eines stolzen Vaters und hebt ihn sich an die Schulter. »Erweisen wir deinem Onkel Miles die Ehre, die ihm gebührt. Er war Mommys und mein bester Freund, weißt du? Und er ist dein Namensgeber, kleiner Milow.«

Gemeinsam schlendern wir zu dem Bach, der seine schlängelnde Schneise durch das saftige Grün des Grases zieht. Dort angekommen, legt mir Jonah unser Baby in die Arme. Er küsst zunächst die Stirn unseres Sohnes, dann die meine und faltet danach den Zettel, auf dem sein letzter Vers steht, in aller Sorgfalt.

Hand in Hand sehen wir dem schaukelnden Papierschiffchen nach, das munter in der Strömung treibt. Und in Gedanken wiederhole ich noch einmal Jonahs Worte, deren Tinte das plätschernde Wasser nun, nach all der Zeit, zerfließen lässt und damit zugleich unsere Seelen reinigt:

So, wie die Hoffnung lebt, so leben auch wir.
Dankbar, wie das einsame Kind,
das die Fürsorge eines wahren Freundes erfährt.
Verstanden, wie die Seele, die sich an die
eines Gleichgesinnten schmiegt.
Gesegnet, wie das Herz, das nicht nur liebt,
sondern auch zurückgeliebt wird.
Offen, wie der Himmel unserer Kindheit
an wolkenlosen Tagen.
Jenseits der Verzweiflung und so unsagbar frei,
wie sonst nur die Liebe selbst.
Unsterblich, durch jede Erinnerung,
die wir miteinander teilen.
So leben wir, für einen Wimpernschlag vereint
im ewigen Fluss der Zeit.
Und die Hoffnung?

Die Hoffnung lebt in uns.

Danksagung

Dieser Roman ist ein wahres Herzensprojekt, das ich über zwei Jahrzehnte in mir herumtrug und reifen ließ. Dass du, lieber Leser/liebe Leserin, Jonahs und Katies Story nun tatsächlich in den Händen hältst, ist das Ergebnis einer Gemeinschaftsarbeit, die von vielen Menschen geleistet wurde. Mein besonderer Dank gilt hierbei:

Dem weltbesten Ehemann Oliver sowie unseren wunderbaren Kindern Mariella und Giuliano.
Weil ihr mich inspiriert und animiert, mich abtauchen und verweilen lasst – und ab und an auch wieder energisch zurück ins reale Leben zieht, wenn ich es mit dem Tunnelblick übertreibe. Ihr seid meine Besten, und ich liebe euch wie verrückt.

Meinen Eltern, Geschwistern, Nichten und Neffen.
Ich bin sehr dankbar, Teil einer herzlichen Familie mit so vielen Ohren zu sein, denn so habe ich bisher immer ein offenes gefunden, wenn ich eines brauchte.

Meiner Agentin Silke Weniger.
Für Ihre wunderbare Arbeit und die Zeit, die Sie sich nehmen, wann immer ich Ihre Hilfe benötige.

Meinen Testleserinnen Sandra Budde, Beate Döring, Sabrina Eikermann und Verena Scheider.
»Wie kann Jonah seine Brust abhören, wenn Milow doch auf dem Bauch liegt?«, »War die Tür nicht gerade noch abgeschlossen?«, ihr seid einfach spitze – immer und immer wieder!

Sandy Holzem.
Dafür, dass du meiner Katie ihren süßen Namen gegeben hast.

Meiner lieben Lektorin und »Entdeckerin« Eliane Wurzer.
»I love it!« – Ein schöneres Kompliment als dieses hättest du mir nicht machen können. Du weißt, wie viel mir deine Meinung bedeutet. *Danke* für alles!

Meiner Printlektorin Isabell Spanier.
Liebe Isabell, ich weiß, dass wir uns bei der Manuskriptarbeit auf »Nicht viel Drumherum« geeinigt hatten – einfach, weil die Zeit bis zur Abgabe unglaublich knapp bemessen war. *Aber jetzt* darf ich! Ich muss dir einfach sagen, wie wahnsinnig beeindruckt ich nicht nur von deinem großartigen Textgefühl bin, sondern auch von der Genauigkeit, dem Engagement und der Hingabe, die du während unserer gemeinsamen Arbeit an den Tag (und in so manch eine Nacht) gelegt hast. Nicht umsonst trug eine meiner E-Mails an dich den Betreff »Hast du eigentlich jemals frei???«. Denn egal, ob am Wochenende, spätabends oder am frühesten Morgen – Jonah und Katie durften dich ebenso intensiv begleiten wie mich. Und dafür danke ich dir von Herzen!

Meinen treuen Lesern und Leserinnen.
Für eure Unterstützung und die umwerfend süßen Kommentare, die mich Tag für Tag erreichen.

D.A.N.K.E.
Eure Susanna